大梵宫

杜安隐 著

四川文艺出版社

图书在版编目（CIP）数据

大梵宫 / 杜安隐著. —成都：四川文艺出版社，2019. 9

ISBN 978-7-5411-5446-1

Ⅰ. ①大… Ⅱ. ①杜… Ⅲ. ①长篇小说－中国－当代 Ⅳ.

①I247.5

中国版本图书馆CIP数据核字（2019）第196175号

DAFANGONG

大梵宫

杜安隐 著

责任编辑	彭　炜
责任校对	蓝　海
封面设计	叶　茂
内文设计	史小燕
责任印制	唐　茵

出版发行	四川文艺出版社（成都市槐树街2号）
网　　址	www.scwys.com
电　　话	028-86259287（发行部）　028-86259303（编辑部）
传　　真	028-86259306

邮购地址	成都市槐树街2号四川文艺出版社邮购部　610031
印　　刷	四川五洲彩印有限责任公司
成品尺寸	165mm×235mm　　开　本　16开
印　　张	32.75　　　　　　字　数　540千
版　　次	2019年9月第一版　印　次　2019年9月第一次印刷
书　　号	ISBN 978-7-5411-5446-1
定　　价	69.00元

DaFanGong

目录

序　章

世间万物的宿命，其欲望本质富于荒诞，其理想最终湮灭，其命运必为悲剧。

立夏，天地始交，万物并秀。

柱国公慕容信在汉白玉铺就的路上踽踽独行，陛下宇文虎召集群臣在东都城君臣议事的殿宇"安乐殿"宴饮。

四月的东都城，草长莺飞，春意荡漾，慕容信心神不宁，眼前春光视为中空无物。玉阶两旁错落有致安放着盆盆碧色牡丹，迎风卖弄花姿风情。他瞥见前方一身朱袍的尚书崔如素，正驻足凝神赏花，便收住脚步。

"崔尚书也爱做牡丹花下鬼么？"慕容信稳住心神，假意轻松与他戏谑。

"柱国公是东都城方圆百里的美男子，风流鬼的雅号，老夫哪受用得起？"崔尚书不阴不阳回击，慕容信被呛得无言以对。

他悻悻望向远方，远方空旷，这约定好的曹柱国公怎么还不现身？

"牡丹真国色，何人不爱怜？陛下竟肯将他最爱的'欧家碧'悉数搬出来共赏，个中深意，大有玄机，你说是不是？柱国公？"

崔如素双手扶正头颅上的官帽，将慕容信天马行空的纷乱愁思拉回现实。

"欧家碧"原是平城的欧姓花师用药壅培白牡丹根下，使得花开浅碧色，是极为珍稀的牡丹品种，作为贡品，每年仅供奉朝廷。

"当今天下太平，百姓安居乐业，陛下不过是独乐乐不如众乐乐心境。哪有玄机可言！"

慕容信深有同感，但他只能极力掩饰。

"帝王的心思，身为下臣，哪能猜得透呢？听说曹柱国公今日将献上一位善舞吹篥的佳人给陛下？他不是一向鄙视以女色伺君的手段？何以转性了？"

崔如素扁平的鼻头触碰着牡丹花瓣，面带狐疑发问。

"上有所好下必甚焉。崔尚书难不成还以为曹某人另有所图？"不等慕容信回话，矮壮矫健的柱国公曹贵面罩青色，疾步走来，闷声替他解围。

"柱国公多虑了，佳人何在？"崔如素是以城府深沉易称，绰号为崔狐狸，他堆起笑脸，向曹贵身后张望。

"崔尚书少安毋躁，佳人已送入后庭，宴席时，便能见到。"曹贵平静的口吻背后，潜伏着不安的躁动。

"好，那崔某先行告退一步。"崔如素讪笑着作揖离开。

慕容信与曹贵并肩同赏"欧家碧"，微风吹来，牡丹的清芳盈面。

"黑鱼儿，还是放手算了，打打杀杀大半生了，该过安稳日子。"

慕容信叫着他的小名，曹贵生得黝黑，身子滑溜，自小就爱在湖底钻进钻出，还真是名如其人。慕容信抬头望天，天际飘来一朵乌云，黑压压地令人窒息。

"你没见我这身红袍？他爱绿，阴气沉沉的绿，我偏喜红，像火一样燃烧，像火一样热烈，像火一样辉煌！"

曹贵扑打着纹绣瑰丽神兽图案的朱红锦袍，神色凛然，嗓音嘶哑，是做好向死后生的准备了。

"火？容易引火烧身，黑鱼儿。"慕容信面对曹贵的执拗，不再徒劳劝阻。

"不管了，是福是祸，是成是败，即刻见分晓！"曹贵将慕容信的袍领扶正，语调悲壮。

"黑鱼儿！"慕容信原地立定，轻声呼唤，两行浊泪滚滚而下！他想起了当年，两人一同习武入伍，一同浴血沙场，出生入死——他们，一个是鲜卑人，一位是中原汉人，习性各异，并不影响生死与共的交情。

安乐殿上，文武百官相对而坐，高坐龙椅上的陛下宇文虎，戴着精细的纱帽，椭圆冬瓜面上，肌肉松弛，眼袋乌青，是沉湎酒色的纵欲疲态。唯独一双虎眼折射出灼灼精光，不怒自威，令人胆战心惊。

慕容信迟疑着坐到他的席位上，右侧座位稳坐着东疆石头城的守日大将军尉迟公，他暗自诧异这尉迟公不镇守边关要害之地，跑回来干什么？左边空位是陛下皇兄宇文周的，他素不注重中原文化的礼节仪式，迟到也是常有的事，慕容信倒不多想。

殿宇上空本用七彩琉璃镶嵌，平素幻化出神秘瑰丽的光晕，现在是被一层碧色纱幔笼罩，透出青幽幽的鬼魅阴影，想到碧色牡丹，在风中摇摇欲堕，他更加惴惴不安，这与平日光明敞亮的朝堂太不一样了。

眼前白衣飘飘，一群穿素雅白纻舞衣，佩饰珠翠，舞鞋上缀有明珠的美女们在秦筝赵瑟挟笙竽的交响乐中高举长袖，翩翩起舞，宛如天上飞仙。

"哎呀，还是都城好，老夫已许久未能观赏这《白纻舞》了！"

黄发豹眼的尉迟公手执酒樽，眼珠通红，瞪着宴席中婀娜多姿的舞女们，喷着满嘴酒气，开怀感叹。

慕容信低头喝酒，假作未听见，不便掺和。这尉迟公与他，曾是战场上的对手，平日交集不多。

"扬眉转袖若雪飞，倾城独立世所希，琴瑟未调心已悲，任罗胜绮强自持，忍思一舞望所思，将转未转恒如凝！边关胡姬常清唱《白纻舞》，始终难睹芳颜，承蒙陛下隆恩，才算大开眼界。"

尉迟公的脸颊泛出边境寒风吹出的两团枣红，兀自饶舌，言辞中的谄媚，听得慕容信很不是滋味。任是战场上多英勇的好汉，到了这温柔乡，都得乖乖投降。

镇守边关是苦差，慕容信也是从边疆苦寒地过来的人，他向尉迟公举杯，用袖袍遮挡半张脸，眼角瞟向曹贵，他也正望着他！干了！他抬头闭眼饮尽杯中酒，油然生出"明日隔山岳，世事两茫茫"的苍凉悲壮。

朝堂中央，舞女们双手举起雪白如练的飘曳长袖，折腰转身，表演着"掩袖""拂袖""飞袖"的撩人舞姿，她们含笑流盼，如诉如怨，在白袖遮挡下，露出轮廓完美的侧颜，眼神勾魂摄魄，舞姿妖冶魅人，陛下与座中的王公大臣们欢笑畅饮，好一派君明臣贤的融洽氛围。

白衣舞娘们退场后，浑厚激昂的鼓声雨点般敲响，披着透明红薄纱金点的一位舞女赤着雪白的双脚旋转进场，此女面相冷艳，额头中间点有朱砂红点，碧眼薄唇，身材曼妙，显出异域风情的神秘性感。

慕容信清楚这就是曹贵献给陛下的佳人，她跳着《婆罗多舞》的哑舞。

耳畔鼓点阵阵，额头浸出冷汗，慕容信畏惧地低头，从来没有的紧迫与恐惧如猛浪袭来，眼尾瞥见巨大的宫门被将士悄然锁住。这不合常理！他放下酒樽，按住腰间佩剑，以防不测。

鼓声戛然而止，陛下从花纹繁复的龙椅上起身，举起莲花金杯，虎眼是君临天下的傲慢气势，他朝台下众臣高声而言："人生苦短，譬如朝露来去无踪，金戈铁马，当以醇酒畅饮豪情！"言毕，带头饮尽金杯酒。

台下众臣山呼万岁，群起痛饮，鼓声继续敲响，慕容信坐立不安，红衫舞女凄厉的惨叫突地传来，他惊得霍然起身，眼前飞逝一道闪亮的光芒，是舞娘红唇吐出薄如蝉翼的雪亮刀片，正向座上的陛下直端射去！

此起彼伏的惊恐叫声响彻朝堂，士兵、护卫、舞女、乐师们四处奔走的纷乱脚步声，充斥着慕容信的双耳。

陛下遭曹贵暗杀了！他本能反应，正要抽出宝剑，却被尉迟公的一双大手强行摁住，动弹不得。

"你要造反？"他挣扎着偏头怒喝。

"是你要造反！"尉迟公的神情，是猫捉老鼠的戏弄。

慕容信惊惶地搜寻着曹贵，曹贵早已被卫士五花大绑，他身旁的卫士们早在宇文周的利刃之下倒地身亡，割断的头颅如西瓜满地骨碌滚动，慕容信见到迟迟未回座位的宇文周，他嘴角的冷笑，是洞穿阴谋诡计的得意。

曹贵嘴里塞了一团脏物，呜呜乱叫挣扎不能言语，眼里迸出怒火，正直直射在慕容信的脸上，他认定他出卖了他，身躯伟岸的慕容信来不及辩解，就被尉迟公狠狠压在桌上，自身难保。

"将乱臣贼子曹贵带上来，孤要看看他为何要自不量力来造反？"宇文虎手按屠龙剑柄，脸色铁青，御榻前方的地上，当了替死鬼的宫女尸体横在殿前，红衣舞女早已气绝身亡，背上的利剑伤口渗出的血滴如出土的蚯蚓，在凹凸莲花地板上蜿蜒向前。

太监与宫女们面无表情地忙碌着清理杀戮现场。

慕容信惶恐不安，曹贵造反的秘密，是谁泄露出去，才让陛下部署周密，令他全军覆灭？想起昨夜窗外那道诡异的黑影，他顿感死神临近。

头顶上方的轻纱帷幕被利刀划破撕裂，无数手握兵器的武将从天而降，密集地维护着宇文虎的安危。

曹贵被推搡着押送到宇文虎脚下，宇文虎挥手示意，侍从将曹贵嘴里手巾扯出来，曹贵目光如炬，冷眼四顾，朝廷上下陷入可怕的静寂，大家都在静待这位胆敢弑君的曹柱国公开口。

"自古成者王败者寇，宇文虎，老夫今日下场，不出十年，也是你的下场！"

曹贵面无惧色，怒吼完毕，扫视周遭人头，慕容信听得心如刀割，曹贵话音刚落，就口喷鲜血，扑倒在殿上吭哧着犹作困兽挣扎——他欲咬舌自尽时，被宇文周发现，一拳击碎满嘴好牙。

"叛乱者不得好死！押叛臣曹贵到殿外，让他尝尝万箭穿心的滋味！"宇文虎面色阴森下死令。

慕容信素知宇文虎手段残忍，他无非是杀鸡儆猴，威慑群臣。众人将曹贵抬到殿外，即刻退下，高处密布的弓箭手，利箭唰唰射向曹贵，慕容信不忍目睹，耳边是曹贵的死前咒语："谁终将声震人间，必长久深自缄默；谁终将点燃闪电，必长久如云漂泊！"

刹那间，曹贵成了弓箭手练习的稻草人，浑身扎满毒箭，黑血迸涌，跪着毙命！

慕容信眼见好兄弟死得如此惨状，五内俱焚，却不敢当场流露半分悲伤。陛下宇文虎目如野狼，瞪视着他，良久不语。

慕容信脊背发冷，曹贵误会他，陛下已生疑心，他与他的慕容家族怕是逃不掉一场浩劫了。

第二章

宇文开：窃听者

宇文开是宇文家族中的一位异数。

骁勇善战是鲜卑血统的主基因，他的阿爷宇文泽，是东都城赫赫有名的战神，位至柱国公。长兄宇文雄，追随阿爷出兵征战，誓要成为新一代战神。生在武将世家，父兄皆以弓马显名，就出了位宇文开独好博览群书，精熟典章制度，沉迷工艺技能。

能得此天赋又蓬勃发展，缘于宇文开的阿娘——一位西南边陲李姓工匠世家后代的汉家女。

宇文开在她的箱笼翻出被祥云花纹缎面包裹严实的《缺一门》古书，便一发不可收拾。他卖力地捣鼓着工匠活，每出新品，必会给阿娘炫宝。

阿娘李甄梅是虔诚的佛徒，她的故土四季如春，人人礼佛，每日晨起，净水、插花、燃香供奉佛祖，是她的必备功课。

宇文开恭敬地端坐胡床，等候拜佛的阿娘，阿娘背影窈窕，在檀香萦绕的室内，阿娘转身，露出腮边红晕，状若时兴的"桃花妆"，头插银蝶步摇簪，随风发出银器相碰的动听轻响。

李甄梅的凤眼流淌着星辰般的柔情，嗓音婉转："开儿，让阿娘瞧瞧。"说完，与他相对而坐胡床上。

宇文开毕恭毕敬呈上楼台。

"嗯，造型惟妙惟肖，开儿，你日后就干这营生，不要学你长兄堂弟们，成日就晓得舞枪弄棒，打打杀杀，只怕难得善终。"

李甄梅转动着掌中楼阁，赞许地为儿子指明前方的路。

"阿娘，长兄宇文雄是天地间的大英雄，十二岁就能骑马奔驰，左右射箭，骁勇敏捷，奔驰如飞，他常对我说：'自古名将，只有韩信、白起、卫青、霍去病成为美谈，但我考察他们的行事风格，还不足以令我崇尚。要是他们与我同时代，我才不会让这些小子独占高名！'"

"你长兄？他经历过多少生死？你阿爷厮杀沙场，屡屡几乎丧命的血腥残酷，阿娘遭遇过，只想你日后落得个平安无事最好。"

宇文开见阿娘面色发白，她就是败兵的女儿，亲眼见到父亲被敌军斩首，逃亡后，不巧遇上敌将宇文泽，俘虏成为他的小妾。

"自古圣贤，文武不备而能成其功业者，少之又少，普天下的男子汉大丈夫，有勇无谋者也能成为武将。开儿，宇文家族不缺带兵打仗的人物，你也无须当这看似威风凛凛的所谓将军，却不知是生死命悬一线的赌徒，说甚大将军！让那些不要命的勇士去争夺厮杀罢了！"

阿娘脸色涨红，神色激动，战乱中的人，命运叵测。她成了杀父仇人的女人，而这仇人还宠爱她。这其中的爱恨情仇，如何说得清？

婢女碧云捧着一对白瓷莲花纹小足缸的茶盘走来："夫人，这是将军托人从西南采摘的黄芽新茶，用了山泉水煮沸冷却后泡好，请夫人享用。"

黄芽茶是珍贵的贡品，府中上下，唯阿娘最喜饮用。

"嗯，果然鲜嫩，开儿，你也来尝尝？"李甄梅饮下一口茶汤，神色舒坦，毕竟是她故土之物。

宇文开摇首拒绝，他乐意遵从的是阿爷宇文泽要宇文家族的男儿们大口饮酒的死命。

"阿娘，开儿独爱畅饮'梨花春'！"梨花春是上等的佳酿，此酒在梨花怒放时酿制出锅，酒味浓郁，甘洌，而梨花，又是美得不可方物的花中尤物。宇文开就爱这花开满树的繁华与满树的落寞并存。

"好男儿，是得有豪饮的本性！开儿，阿娘只知，打江山，圣上需要将军，江山坐稳当了，圣上需要工匠，一朝天子一朝臣，宫殿也需改朝换代呢，自古使然。他得建造比从前的皇帝还大、还豪华的宫殿不是？天底下的皇帝，谁不认为自个儿本事最大？为长远计，你就当工匠中的盖世英雄，也不辱没家族荣誉。"

阿娘极力怂恿宇文开学技艺傍身，他自然听从，这原本是他所爱。

"开弟何在？走，到大黑山去！崔文庭已出发了。"长兄宇文雄的伟岸身躯出现，如一座移动的大山，惊扰佛堂清静。

他常是人未到，声先到，不经约定，临时兴起命令他。

"去吧，你长兄性急，动作麻利点！"李甄梅习以为常，笑着催儿子出门。

"是，长兄。"宇文开恭敬从命。

到大黑山狩猎，宇文雄必定叫上宇文开同行。还有一位同伴，是尚书崔如素的公子，学识渊博的崔文庭，三人是雷打不动的都城三剑客。

长兄不善言谈，与崔文庭的对话，只有饱读诗书的宇文开，才能派上用场。

都城外的大黑山，生长着漫山遍野的油松，远远望去，密集的松林黑压压地气象峥嵘，得名黑山。山里猎物不计其数，野鸡、野兔、野猪，全是猎人眼里的上等猎物。

三人狩猎，规矩早定。

进入黑山，分头射杀，擒到猎物，黑山入口大松树下聚集，烤肉喝酒，畅谈天下。

宇文开选了向东的树林深处，地上铺满厚实松软的松针，人马迈步均无声息。他从腰间的箭袋抽出箭，搭上弓弦，对准前方树下一头毛色灰黑的肥兔脑袋，正欲一箭射出，灰兔警觉地四下张望，似被惊觉，倏忽钻入树丛，不见踪影。光影从松树缝隙洒落，串起稀疏的亮片，微风吹来，松涛轻吟，宇文开索性放下弓箭，仰倒在马背上，任凭坐骑信步悠然前行。

"荒唐！你这是要置我于抄家灭门之境！"

宇文开突被平地冒出的嘶吼惊吓住，他猛地勒住缰绳，溜下马背，前面数人才能合抱的大树遮挡住视野。

他匍匐前进，屏息偷听。

"你最好慎重考虑，我是铁定要行动！你既已知情了，不参与，倘若事败，他会处置你，我的事成了，也会处置你。"

咫尺之遥，着纱帽绿衫的瘦男子，举起拳头，似在威胁，编发蓝袍、个头魁梧的男子，抬头不语，似在斟酌思虑。

宇文开脑海灵光闪现，此两人的身影、着装明明就是崔文庭、宇文雄！他顿时意识错乱。

忙打马奔向约定的树下，遥望去，形如伞盖的油松树下，空荡无人。

宇文开翻身滚下马，解开酒壶，坐在地上，先喝下半壶酒，压惊壮胆。朝廷的事，一向不关注，可父兄的举动牵涉家族安危，宇文开不得不留意。

风吹起一股黄沙漫漫，随风送来宇文雄的高歌，词曰：彩菱歌叹木兰舟，送客销魂百尺楼，还似洛妃乘雾去，碧天无际水空流。

宇文雄本是无拘无束的人，行事作风完全随性的男子，高兴时，自个敲打兵器，高歌而舞，不高兴时，骂骂咧咧，众人倒霉。

果不出所料，四五只黄狗狂吠着聚拢撕咬垂死挣扎的野鸡，扛着树枝，抱着干柴、拎着猎物的随从们分工忙碌：支架子生火烤肉，磨刀霍霍向猎物，开膛破肚，剥皮斩肉，忙得不亦乐乎。

宇文雄与崔文庭一前一后快马抵达。

"老二，你收成如何？"宇文雄的腔调历来高亢。他的蓝绣短袍，在阳光照耀下，发出刺目的光泽。

宇文开猛地惊醒，树干背后的身影，也泛出这般刺目的光芒，他确定就是他！内心痛苦万状，他为何要挑起牵连全家族性命的叛乱？他为何掩饰得神色平常？

"不敢与长兄争锋，小弟无能，勉为其难射中野兔一只！"宇文开强作欢颜回应。

"哈哈哈，我就纳闷儿了，我们宇文家族的男儿，哪个拉出来不是草原上的一匹骏马？就出了你个心慈手软的怪物！"

宇文开早习惯宇文雄对他恨铁不成钢的嘲讽，他平静地不发一言。

"宇文兄，此言差矣。"崔文庭跳下马来，双手拍打着掌间尘粒，从腰间扯下酒囊，向宇文开隔空抛去，"五年的梨花春老酒！"

"梨花春？"宇文开大喜过望，鲤鱼打挺飞跃起身，稳稳接在手中，何以解忧？唯有杜康。

"宇文兄，文韬武略，各有所长，你又何必小看开弟的志向！三十年河东三十年河西，能名垂青史的人，也可能是宇文开，而你，宇文雄，可能臭名昭著！"

崔文庭的语调，调侃中蕴藏杀机，明明是宇文开偷听到的另一人的声调！看着他们演戏，宇文开头晕了，酒劲和惧怕令他头晕目眩。

"臭名昭著又如何？横竖也是让后人记住！名垂青史能怎样？横竖不过一堆黄土！"宇文雄神色洒脱，并不认同崔文庭的论调。

"你不仅是不要命，还很不要脸面！"崔文庭脸上闪过戏谑的笑意。

"大丈夫行事，顾忌太多，怎成气候？"

宇文雄一贯自负，他对这时代与世界生存法则的解读，有悖常人。

"大将军，肉烤熟了，请落座就食。"随从上前禀报。

三人分三个方位，盘腿坐下，用匕首割着烤熟的兔肉，抹上青盐，撕扯着咀嚼起来，每人身旁放着一壶酒，吃肉喝酒，好不自在！

"崔兄，你不是喜坐而论道？说来听听，放眼望去，谁将成为臭名昭著的英雄，谁会是名垂青史的好汉？"

宇文雄动作奇快啃掉兔腿，撩起袖袍擦拭嘴边的油滴，饶有兴致发问。

"你不是早给自己下定论了？你就当那臭名昭著的英雄？"崔文庭吃相斯文，他用匕首将肉切割成小块，细嚼慢咽。

"我指的是当今这四大显贵，中原王宇文家族、河南王崔家、漠北王慕容氏、陇西王那氏，谁能争锋？"

宇文雄手抚连腮胡须，眼神桀骜不驯。

"开弟以为？"崔文庭将目光转向卖力啃肉的宇文开。

"我一介工匠，哪会指点江山？"宇文开撩起衣袖擦拭唇角油滴，摆手推辞。

"开弟，平素你读书最多，你来说说又何妨？"长兄宇文雄下令了，宇文开不能驳回，长兄可是最要面子的人。

"宇文家族根基牢固，当今陛下英明决断，千秋万寿，照此看来，这江山，还是宇文家族掌控！"宇文开勉力就范。

宇文雄扭头转向崔文庭，迫不及待要听他的高见——他信服崔文庭的判断。

"开弟言之有理，宇文家族声势正茂，难以撼动，不过，柱国公曹贵与慕容公替宇文家打下江山，这两人，一个擅制法典法规，一位征战神勇，倘若他们联手，这天下还能维持太平么？"

此言一出，三人均默然饮酒。

宇文开不敢想象，长兄宇文雄一旦参与叛乱，他们这一脉的宇文家族将何去何从？他又何去何从？

起风了，河南王崔氏的旗帜：绣着黑蛇伏在金狮脖颈的图案，寓意"智慧与荣耀"，与宇文家族的旗帜：一头昂首屹立的黑熊，寓意"力量与骄傲"，缠绕在风中猎猎作响。

"呀，变天了！"三人异口同声道。

第三章

慕容伽兰：斩郎刀

春逢谷雨晴。

雨后的东都城，天空透明辽阔，慕容公宅府鼓乐喧天，一对乳燕穿过雕花刻兽的灰墙影壁，飞越设楼台，堆假山的庭院，转入中堂，停在堂前门廊下的西府海棠花树上，瞅着满枝头的粉白花朵，凑着热闹欢快鸣叫。

二层阁楼，是慕容柱国公的二女儿慕容伽兰的闺房，门柱、走廊绑着正红绸花，身着红罗衣衫、红底镶金线曳地百褶裙嫁衣的慕容伽兰端坐妆奁前，三四个婢女围着替她梳妆，阿娘崔明珠在旁作陪。

十四岁的伽兰，梳着生动灵转的随云髻，金镶玉的梨花步摇斜插一侧，妆面为"寿阳妆"，眉似远山，浓淡相宜，额头用金粉描就的梨花花子妆饰，清丽出尘的气质，使人望之生情。

"伽兰，你就那么喜欢梨花？"

出身清河崔氏望族的崔明珠，穿了单丝碧罗笼裙，拖在地面，绽放出一圈花朵的涟漪，腰间悬垂着深蓝长流苏，缀以珍珠、璎珞、玉珏编织而成的禁步，典雅瑰丽。

"阿娘，梨花芳姿素淡，女儿就爱它的这份素雅淡然，从花蕊、花骨浸润出的素雅淡然。"

慕容伽兰冲着铜镜里的美人儿傲然轻笑，感怀出嫁的辗转愁思，不由伤感吟诗："旧山虽在不关身，且向京都过暮春。一树梨花一溪月，不知今夜属何人？"

"二小姐，此言差也，今夜自然属新郎爷呀！还会有何人？"

贴身婢女朝云与她相伴多年，名为主仆，实为姐妹。她粗通文墨，嬉笑着打趣。

"你没听旁人评说他的闲言碎语？"

慕容伽兰嘟起嘴，外界传闻甚嚣，她的未来郎君长相奇特。慕容伽兰听得忧虑重重，只怕郎君是位见不得人的丑八怪；仅是面目可憎还好，若兼性情古怪，相处岂不烦恼，还得一生不分离，怎不心有戚戚？

"伽兰，这门婚事可是由你阿爷指定操办，阿娘插不上半句话，你最明白阿娘苦衷，平日里，阿爷如何待阿娘？阿娘无用，连累你也跟着受委屈了。"

阿娘崔明珠看穿她忧思，把玩着精美的绢扇，神情无奈且无助。

慕容伽兰默不作声，她的婚事是阿爷指定，郎君是追随他多年的部属那庆召的儿子那罗延。

以阿爷征战疆场的骁勇，阅人无数的老练，他选中的男人，应该不会差，说到底，还是男人看男人摸得透彻。慕容伽兰自信阿爷挑选的人物，定有过人之处。

按照阿娘崔明珠本意，自己与汉家贵族四姓：河间郑氏、清河崔氏、渤海高氏、陇西杨氏中的任何一位通婚，才合她心意。但以她在慕容信府上岌岌可危的地位，虽是亲娘，也做不得半分主，阿爷这位鲜卑男儿的勇猛与霸道，纵有才情万般的阿娘，也只能乖乖听命。

"阿娘，请别自责，儿女婚姻，自有天意，女儿谨遵安排。"

慕容伽兰嘴上出言抚慰娘，听闻这未来夫君，有术士高人预言他容貌奇特，不似凡人。"奇特"一词，难定界限。罢了，罢了，事已至此，只得从命。

"朝云，把梨花璎珞的禁步拿来。"

伽兰瞅见阿娘腰间的禁步，蓦然想起，梨花禁步是阿爷赠她及笄之年的礼物。

"你怎么就和阿娘不同心？牡丹华贵，海棠娇艳，玉兰清雅，哪一个不比这梨花强？"

深受中原文化熏陶的崔氏，凡事趋吉避凶，梨花，谐音有分离之意，她视为不祥。

“慕容夫人多虑了，这梨花的寓意是有情人一生相守不分离呢。”

朝云不愧是慕容伽兰肚里的蛔虫，她的这番言论，让崔氏不再反驳。

“当真有此寓意？”慕容伽兰喜忧参半，忠贞无贰的爱情，世间女子，谁不渴望？眼见才貌双全的阿娘因阿爷另结新欢遭受冷落，伽兰暗暗许愿，她的夫君，定是与她同生死，共长久的有情郎。

朝云取来苍黄流苏的禁步，姹紫嫣红中，伽兰独爱黄色，额上的花子妆饰是金黄，流苏是庄重的苍黄，系在大红嫁衣上，黄红得当，贵气凌人。

“伽兰，暴雨已延误了时辰，还不快下楼，赶上午后的吉辰？”慕容信瓮声瓮气的大嗓门儿，府中上下人等闻之，无不噤若寒蝉。就慕容伽兰最不忌惮，倒是阿娘闻言失色，脸上的“桃花妆”也掩盖不了她俏脸苍白的惊惶。急速起身，步履仓促。

临行前，慕容伽兰再次凝望铜镜里的自己，白皙的鹅蛋脸，长眉黛青，杏眼明媚，玉鼻挺拔，朱丹红唇，满头乌发只别了梨花步摇，好一位天界下凡的世外仙姝！

是该拜别父母了。

她迟疑着起身，裙摆游走在地，窸窸窣窣似她矛盾心境，朝云眼疾手快拖住裙角，出身在显赫家族，慕容伽兰早就受教，她的婚姻需要强强联合的利益结合，这是王公贵族子孙的必经之路，由不得她。

只是担忧阿娘。她走后，阿娘与变心的阿爷，受宠的大娘如何相处？

众人仰慕喜着色彩艳丽盔甲的阿爷，是别号“慕容郎”的美男子，生就仪表堂堂，英武威猛，可同样风流多情，连娶两位汉族女子并列为妻，之前的妻子与孩子，早被他无情抛弃在敌军。阿娘崔氏美丽多姿，才华过人，外人看来，她最该多受到恩宠，但事实却并非如此。

“女儿出嫁，又不是送她入虎口，郎君又是位大丈夫，我挑出来的英雄豪杰，你一娘们儿就知哭哭啼啼作甚？徒增晦气不是？”

刚到楼下，慕容伽兰就见阿爷面带不悦叱责阿娘，阿娘坐在大堂中间长条供桌右侧，强忍愤懑，垂首不语。

大堂墙上悬挂长卷的《游春图》，青山绿水掩映成趣，旁边一副工整的楷书对联：“满湖净水涤俗尘，一刹松荫承甘露。”是当朝尚书令高成道，也是阿爷故交的书作。

"阿爷，阿娘。"

慕容伽兰视而不见双亲间的针锋相对，她轻移莲步，盈盈下拜，嗓音哽咽。

"伽兰，过来，阿娘将这块龙凤白玉珏赠送你，愿你们夫妻二人郎情妾意，白首偕老。"

崔明珠解下腰间禁步的玉珏，语带双关。

阿蛮拿出备好的锦盒，将玉珏安放入内，再递给伽兰。

"阿娘，你要珍重。"伽兰双手接过锦盒，终忍不住，泪如泉涌。母女心意相通，她怎不知阿娘深藏不敢露的心思，不得宠爱的忧伤，左右不过是阿爷的不解风情、狂妄自大。

慕容信见她落泪了，一反凶悍表情，温和地劝慰："伽兰，阿爷也送你一个宝贝，可别哭花了脸，惹得新郎君不疼爱你！"

慕容信的话，击中伽兰天性爱美的要害，她止住泪水，向朝云望去，心思敏捷的婢女朝云忙端出铜镜，她对镜理云鬟，匀铅粉，遮泪痕。

慕容信取出绣着鸳鸯戏水的红香囊，正欲拿给伽兰，临阵缩手，毫不掩饰地夸耀："呀，看我这粗心大意地，这绣花香囊是你大娘放了辟邪的丹药，护佑我的信物，阿爷就不能给你了。"

"阿爷！？"

慕容伽兰拖长腔调呼唤慕容信，嗔怪暗示他，别那么直白地刺激阿娘崔氏。阿娘崔明珠妒性最重，偏偏阿爷常不识时务，左一个大娘好，右一个大娘巧的夸赞不休。

那大娘郭氏不过是汉家平头百姓的女儿，就因烧得一手好卤煮，性子温顺，接连给慕容信生下四个儿子，深得他宠爱。可阿娘是清河望族的崔明珠，自诩才情美貌并重，哪咽得下这口气？要她和那寻常人家女儿的郭氏争宠？她才不屑！倘若不是碍于家族安危，她哪肯屈尊来当他的妻子？

诚然，阿娘喜欢阿爷这位俊郎君，喜欢他的孔武有力，可为何，为何阿爷竟然爱那出身卑贱的郭氏多过阿娘？

昔日的恩爱与冷落交织再现，慕容伽兰感受到阿娘崔明珠积压的妒火点燃了，碍于阿爷刚烈的暴躁脾气，她才不敢发作，只是扭头注视墙上的《游春图》

不语，借此保持她名门闺秀该有的优雅仪态。

"伽兰，阿爷不妨给你说说天下男人的通病。有本事的男人，要建功立业的男人，他的心怎能拴在一个女人身上？男人就该四海为家！四海有家！"

阿爷慕容信神色轻松地抖着艳丽薄纱袍上轻微的褶皱，他天性爱美，不仅是自己要美，他所爱的女人也要美。

他的这番言论并无过错，放眼望去，朝中上下，文武百官，谁个不是三妻四妾？就连那普通百姓，多收了几斗粮食，也会有换妻念头，何况是他？慕容伽兰不便反驳，不代表她就认同。

"阿爷，伽兰的夫君，绝不会是拥有三宫六院的夫君；伽兰的夫君，他既可顶天立地开疆辟土，也可忠诚呵护保全他的女人，唯一的女人。"

慕容伽兰说这话时，面若桃花，目光清明，语气坚定。胸有成竹的表情，已然她也拥有如此夫君，胜券在握。

"一个女儿家，说这种浑话，太不懂规矩了，就不怕嫁过去后，惹你夫家耻笑？"崔明珠脸色骤变，一夫一妻？简直是大逆不道，痴人说梦，这还了得，天底下的男儿，谁能接受？

"错也！这才是我慕容家的小姐，有胆量！有气魄！"

阿爷慕容信一脸欣喜，他喜爱慕容伽兰身上的豪气，这一点，完全继承了他的优良基因。

成大事者，就该当狠则狠，顾及那么多闲人言论作甚？慕容信人到晚年，什么富贵荣华，什么穷困落魄，他都经历过，已然无畏。

"阿娘，阿爷都赞同了，有他撑腰，我怕什么？"

伽兰扭着阿娘的胳膊撒娇，她嫁人的夫君是阿爷属下的儿子，论起家世、门第，自然算对方高攀。

"话可不是这般说，我的二小姐，女人呢，刚烈勇猛是好，可过分了，就招人嫌，一味柔顺呢，也不好，刚柔相济的女人，拿捏分寸得当的女人，男人才爱。"

慕容信话有深意，倒像是说给阿娘听，慕容伽兰听着，咀嚼咀嚼，也不无道理。

"阿爷送你这把匕首，可别小瞧，当年阿爷用这匕首刺杀不少于五十头野狼，就命名为：斩狼刀。送你防身，驯服男人用！征服男人，温柔是妇德根本，刚烈也同样重要，那就姑且改为'斩郎刀'，收好啰！哪个男人有负于你，直接斩了他！"

慕容信从箭袋抽出刀把嵌有宝石的匕首，他是希望自己的女儿真能说到做到，成为一代巾帼不让须眉的女中豪杰！万万不可再走她姐姐慕容伽昙的冤枉路了。

府邸外，夫家人"催嫁"的呼声海浪般高，不得不走了。

慕容信与崔氏两人站在中堂的大门前，迈出府邸门槛的伽兰蓦然回首，阿爷与阿娘难得并肩一起，正向她翘首盼望。她暗暗祈福：愿佛祖庇佑阿爷、阿娘恩爱到老。

"好，伽兰出嫁，算是了桩大事，叫郭大娘赶快烤鹿肉，整些下酒卤菜！"听到阿爷慕容信吩咐侍从，他要饮酒作乐，慕容伽兰隐隐叹气，死不悔改的阿爷，只怕又会惹恼阿娘了。

不用猜，她也见到阿娘粉面罩霜。自己嫁人了，在这慕容府上，小妹慕容伽莲尚且年幼，阿娘以后，怕是连个说知心话的人也没有了，喜新厌旧的阿爷，眼里只有通宵畅达陪同他饮酒作乐的大娘。

从前与阿娘酿制花酒，共玩曲水流觞饮酒游戏的高雅做派呢？如今，全被那俗不可耐的郭氏抢了风头。换成是慕容伽兰自己，也会嫉恨交加。

"兰儿！"慕容伽兰正欲上马，阿娘崔明珠小跑着跑到她身旁。

"阿娘！"慕容伽兰张开双臂，与阿娘紧紧相拥，泪如雨下。

"让你阿爷尽情纵乐去吧，他的好日子怕也不多了。"阿娘崔明珠快意地附耳诅咒。

"阿娘？"她不禁愕然，猛力推开阿娘，夫妻本是同林鸟，相煎何太急？

天空飞来一群不知名的黑鸟，呱呱哀鸣数声，在府邸上空盘旋数次，陡然飞入云中，不见踪影。

"连神鸟都现身显灵了，喜事呐！"慕容伽兰听见楼上阿爷在大娘郭氏房内的爽朗大笑。

慕容伽兰扶着气得娇躯发抖的阿娘，不知如何安慰。

"夫人，累大半天了，进房歇息，刚熬好了杏仁奶酪，趁热吃了罢？"

懂事的阿蛮躬身上前，适时化解崔明珠的烦恼。

"兰儿，你阿爷说是神鸟？你以为呢？"

阿娘面皮涨得通红，根本不理睬阿蛮一番好心。

"阿娘，一群普通的飞鸟而已，何必较真？"

慕容伽兰撇嘴，她不希望阿娘借题发挥。崔明珠发出轻蔑的冷哼："狗屁神鸟，不过是以腐肉为生的乌鸦，最不吉利的一种鸟，只有要死人的地方，这群黑鸟才会飞来。"

慕容伽兰听得头皮发麻，阿娘的怨气，如一道黑沉沉的深渊。

"阿蛮，慕容老爷说刚飞走的那群黑鸟是神鸟，是不是？"阿娘崔明珠不罢休地再次追问。

慕容伽兰了解阿蛮，她是阿娘从娘家带来的婢女，自小受到中原文化的耳濡目染，她对所谓神鸟的寓意，自然懂得。但是，她不会明说，她要做到息事宁人。况且，在游牧民族的文化图腾中，乌鸦就是吉祥的神鸟。

"阿蛮愚钝，哪敢胡说？今日是二小姐的出嫁吉日，应景应时，就当是神鸟好了。"她跪在崔氏跟前，温言细语自圆其说。

"我看未见得，这与兰儿关系不大，我倒要见他能张狂几时？"阿娘直截了当放出狠话，与她平素在慕容信面前伪装的大度不同，真实的她，是最为严厉的美妒妇。

慕容伽兰怔怔望着阿娘私下宣泄嫉妒的恶毒，好生同情她，女人，没有掌控权的女人，仅剩嫉妒，当真可怕。

她不要成为阿娘这样的女人。

第四章

慕容信：窗前黑影

"漠北王"的慕容宅院，被黑夜这头野兽的巨盆大口吞没。

中堂的烛火闪耀，将供案上的一尊玲珑卧佛，照射出通透的温润光泽。

玉树临风的"漠北王"慕容信摩挲着佛像雕刻的精微纹理，由整块白玉材质雕刻而成的卧佛，衣纹稠密整齐，有古印度犍陀罗艺术风格的痕迹，雕刻、材质均属罕见珍品。

他迟疑良久，方才抬起俊朗的面容，冲着坐在他对面一言不发的崔明珠冷声发话："莲儿嫁给宇文雄，还是送给陛下？着实为难。"

"现在觉得为难？当初做什么去了？莲儿学琵琶既非当乐伎，偏要拉她当众出风头？招来一头西北狼上门！聘礼都送来了，看你怎么收拾残局？"

神色倨傲的崔明珠手执孔雀羽毛扇，眼神掩饰不住的鄙夷。这佛像是"中原王"宇文泽的大公子宇文雄送来迎娶慕容伽莲的聘礼。

"你除了抱怨，就不能替我分忧？两难择其一，两害择其轻。嫁给宇文家，不是不好，但不是最好。"

身躯伟岸的慕容信，掸着做工精美的灰缎长袍，端起桌上的龙泉青瓷茶碗，对他美貌的汉族妻子，态度甚不友好。

"你早有定夺，何必假惺惺问我？伽兰也好，莲儿也罢，不都是你向上攀爬的楼梯？就连我嫁给你，也是利益的结合，身为女子，婚姻大事，哪能做主？"

崔明珠的杏眼透出识破郎君本质的绝望，她厌恶地扭过脸，外人趋之若鹜的美男子，心狠手辣，对亲人也不例外，她领教过他的冷酷与绝情。

慕容信无视妻子的怨恨，两人的隔阂，从大女儿伽昙入宫猝死开始，再也无法释然。

他冷眼仰望中堂高墙上的《放牧图》，一群骑着白马，臂上蹲伏苍鹰的族人，奔跑在苍茫草地上的场景，那里是他的故土，有他的先祖。朝夕不饱，居无定所的游牧生活，他早已抛弃。

要想子孙后代在与皇权的共生中长保权势富贵，凭借世代承袭的封爵、勋阶是一条路，与皇室联姻又是一条道。他有四个儿子，三个女儿，大女儿慕容伽昙嫁给皇帝陛下的大太子，本是未来天下法定的继承者，走在通向权力巅峰的康庄大道，但世事难料，女儿进宫三月，就莫名丧命。

为了荣华富贵，他宁愿舍妻抛子追随已逝先帝，至今，原配妻子与儿子还被扣押在辽北敌军的北芒山。多少人背地里骂他无情无义！何谓有情有义？慕容氏家族的兴旺，不靠他的无情无义，他的沐血疆场，他的如履薄冰转头伺候从前的兄弟，现今的陛下，能获得柱国公的封号？能从居无定所的荒漠草原入住中原这物产丰饶的高门深院？

慕容信从沉思中清醒，意志加倍坚定："陛下新建的小迷楼即将竣工，需要大量美人充实后宫，文武百官，谁不挖空心思预备着送美人进宫邀宠？这是机会，我要抓住！"

慕容信紧握拳头，语气甚为不耐——如果还能选择，谁愿意让亲生骨肉去送死？

"你为什么不体谅我？不理解我的用心良苦？我还不是为了慕容家族，还不是为了你们富贵长享？"他真的动怒了，崔氏成日拿伽昙的死要挟他，羞辱他。

"我凭什么要体谅一个无情无义男人的用心良苦？大女儿伽昙死了，你还要让莲儿去送死！你有考虑过我的感受没有？我是她们的阿娘！"

崔明珠说到伤心处，将孔雀羽毛扇摔到慕容信面前，慕容信伸手接住，三两下撕烂了他当初相赠她的定情物！

"那是她命不好！福薄，没本事当皇后，就得是这个下场！"

慕容信气咻咻地将撕得粉碎的羽扇抛向半空，任其纷扬飘洒在地——他们的

情爱也随之烟消云散。

"那是因为她们是我生的女儿，不是儿子，你为什么不送你的亲生儿子进宫？"

崔明珠头上的珠宝沾满羽毛碎屑，配上她扭曲的面孔，看上去，像滑稽的小丑，如果可以，她眼里的怒火完全能将他焚烧成灰。

"愚蠢的女人，你还在为此争风吃醋？可笑之极！"

慕容信对她也失去解释的耐心了。他是愿赌服输的赌徒脾性——通往皇权的道路，怎能不沾满血迹？不过是牺牲慕容伽昙的一条性命，相比起战场上，千军万马的浴血丧命，算得什么大事？

三个貌美的女儿，是他权势前行的筹码。半月前，他将二女儿慕容伽兰，下嫁给人称"冷面金刚"的那罗延——高人说其人日后富贵无比，宁可信其有，不可信其无，小女儿慕容伽莲，是继慕容伽昙死后的第二颗棋子。

陛下宇文虎是他少年时代的伙伴，当上皇帝后，宇文虎沉迷奢靡放纵的享乐生活，慕容信为讨其欢心，将慕容伽莲高价送入从不收徒的制乐高手凌波香门下学琵琶。

慕容信五十五岁寿宴当夜，命慕容伽莲登台助兴，不过是想她在豪门贵族中树立名声，他日献给陛下，以示贵重，哪料，半路引出"中原王"柱国公宇文泽的大公子宇文雄。

东都的四大家族中，"中原王"宇文家族，拥有纯正的鲜卑血统，宇文泽这一脉，属陛下宇文虎的旁系。他的大公子宇文雄，武艺超群，壮硕神勇，算得上一号人物，要想长保慕容家族的荣华富贵，仅有神勇猛力的宇文雄做不到。慕容伽莲只能是陛下的皇后，不管谁是这位陛下，除此之外的任何男人，都是痴心妄想！

慕容信早做好打算。

"与其让莲儿进宫送死，不如嫁给宇文雄，好赖衣食无忧一世，算我求你了。"崔明珠抬起泪眼迷蒙的双眸，扑通跪在地上，抱住他大腿，徒劳地哀求。

"妇人见识！明天一早，我就将她献给陛下，免得夜长梦多，误我大事！"
慕容信怒喝着。

"你，无情无义，不配当莲儿的阿爷！你以为你想要抢夺的宝座上面堆满金山银山，怎不知就是粪土狗屎！"

崔明珠见他固执坚持，怒火攻心，从地上爬起身，与他抗争。慕容信心知肚明，她对他，既爱又恨。爱他的脱俗容颜，爱他的武将风采，恨他的移情别恋，恨他的冷酷残忍。他深谙情爱之道，本就爱恨交织，他才不为此所扰。

"哼！"慕容信转身背对她。

"启禀柱国公，曹柱国公到访。"近身侍卫崔浩躬身禀报，慕容信与崔明珠立刻佯装无事。

"将贵客接到密室，佛像装起来，安放到佛堂，扶夫人回房休息。"

曹贵是他镇川镇上一起长大的伙伴，也是在战场上救过他性命的大恩人，他不能怠慢。慕容信从容安排后，前去会客。

狭小的密室内，蒙着黑面纱的曹贵与慕容信凑近窃窃私语。

"曹兄，此事不妥，时机未到，万望忍耐，再伺机而行。"慕容信听完他的话，紧皱浓眉竭力劝解。

"来不及了，慕容兄，三日后立夏，万物至此皆长大。"

精瘦干练的曹贵，着贴身黑衫，更显出他枯瘦的身形，他揭开面纱，手掌战栗，面色蜡黄憔悴，唯眼神透出慑人精光。

"你是执意要，要'乱'了？"慕容信勉力将叛字咽下，望着这位与他同在沙场征战的同僚，胸间有无尽的悲怆之感袭来。

"真正的霸者不求自我保存，而求强力，为强力而不惜将生命孤注一掷！他稳坐的万里江山，不是你我拼死搏命抢来？我们捞到什么了？"

曹贵的逼问，他深以为然。

"皇位刚坐稳，就将我手上的兵权收回，竟然交给宇文周，只会溜须拍马屁，无德无能的骄狂小人！"曹贵到底意难平。

"飞鸟尽，良弓藏。狡兔死，走狗烹。世事如此。"

慕容信随口而出，这是崔氏常在他耳边絮叨的老生常谈。宇文周是皇帝的哥哥，受重用乃人之常情。

皇帝宇文虎将替他打下江山的八位功臣同时位列柱国公，还特别封慕容信与曹贵同为大司马，明着看上去，已是权势熏天，实则，两人的兵权相继被夺走，只是摆设的空架子。

"我才不要这般窝囊老死，不如趁机抄起家伙赌一把！这天下，他不也是靠我们抢来的？"曹贵的野心大火，来势凶猛，任谁也无法浇灭。

慕容信深知，谋反此等大事，事前无先见之明，事中显犹豫之意，事后无断臂之智，成功概率极低。成功便罢了，失败将遭受灭族之灾，这才是他迟迟不走造反这条道的根源。

"不铤而走险，哪能绝处逢生？！"曹贵步步逼近，横竖他是无牵无挂。

慕容信见劝阻不了他，保持缄默，端起茶盅，正待饮茶，一道黑影从窗前飘忽而过。

"谁？"手上茶盅落地，他飞跃窗前，探头张望，没人，夜色深沉的宅院，伸手不见五指，墙角传来懒猫的叫声。

"是谁在偷听？"曹贵快速蒙上面纱，抄起宝剑，强压不安询问道。

"虚惊一场，是只野猫。"慕容信话虽如此，到底心中不踏实，他确信刚才见到的是人影。

曹贵向他拱手告别："慕容兄，三日后，安乐殿前宴席见，摔杯为号。"

慕容信迟疑着点头，虽不是同谋，但他得这么做，暂时答应，不然，曹贵又得节外生枝。

慕容信不肯轻易答应，他想得长远且慎重，将女儿慕容伽莲献给陛下宇文虎，走传统联姻的方式，持久维系慕容家族的地位，既稳当又低成本。

他也不会向陛下告密，将曹贵出卖。万一，叛乱成功了呢？那就将慕容伽莲献给曹贵，总之，他不肯冒险，他恐惧慕容家族这来之不易的地位与家产瞬间坍塌消亡。

三日后，再定夺。

想起崔明珠伤心欲绝的神色，他走入她房内，打算安抚她。崔明珠坐在床榻上，正思忖什么，也许在等候他。

"见过莲儿了？"慕容信挨近她，用伪饰过的亲热语调。

"明天几时送莲儿进宫？"崔明珠脸上泪痕犹在，暗黑中，他见她的神色轻松，他猜得到，以她的心机，她会瞒着他，将慕容伽莲偷送到以为他查不到的地方，他了解她的套路，才会假装不知。

"暂不忙，这几日，你带莲儿到伽兰家住几日，她得离开慕容家，靠自己面对这个充满诱惑与阴谋的世界了。"

"我乏了，睡罢。"

慕容信谋划好这一切后，也觉神思倦怠，他揽住崔明珠的腰身，良心发现赏赐她一点从前恩爱的柔情。

第五章

慕容伽兰：佛见笑

兰生幽谷，无人自芳。

在旌旗飘然，吹打鼓乐的迎亲队伍中，红衣白马的伽兰显得尤为安静，这份沉静似乎更应该出现在历经劫难的人身上才会具备，而她天生如此。

芳名"兰"是阿娘为她所取，耐得住寂寞，才守得住你所想。

去夫家的途中，伽兰琢磨着阿娘的话，耐人寻味。日后漫漫人生路，孤身前行，须得学会无人自芳的本领。

那家府邸，气质简朴厚重，门前一对石狮脖间悬挂着挽花红绸布，透出隐隐威严与暗含的喜庆气息。

早有一干浑身簇新的侍从等候在那府门前，将伽兰扶下马，鼓乐暂停，换上新的迎亲曲调《缓声歌》。

伽兰下马站定，擒着喜帕下方缀满金线穿就的颗颗珍珠，圆润的珍珠，是庇佑她心神安宁的佛珠。

朝云在侧，迈着碎步在那府家人的指引下陪同前行，进入府内，转入正堂旁的厢房，她才忐忑不安地对伽兰耳语："怎不先行礼呢？"

伽兰停下脚步，珍珠幕帘在额前跳跃晃荡，她强作镇定："既来之，则安之。"

朝云不再多言，扶住伽兰，缓步穿过游廊，进入宽敞的后院。

伽兰鼻端有熟悉的花香荡漾，什么花儿这么香？她好奇地撩起珠帘，探头张望，原是院内一丛高比房檐、枝茂花繁香浓的"佛见笑"。佛典中说它是天上开的花，白色而柔软，见此花者，恶自去除，是天降的吉兆。

"那府也有佛见笑呢。"朝云在伽兰耳边通报。

伽兰思绪缥缈，自家府邸宅楼前也有佛见笑花架，高广可容数十客，每逢夏初，繁花怒放时，阿娘牵手阿爷，宴客于其下。自定游戏规则："有飞花堕酒中者，罚饮一大杯。"当语笑喧哗之际，微风吹过，则满座杯内落英缤纷，人人痛饮，个个大醉，阿娘多才，自号"飞英会"，那可是东都宴会的美谈。

阿娘还善制佛见笑花酒，把一种叫作"木香"的香料研磨成细末，投入酒瓶中，后将酒瓶加以密封。到了饮酒时节，开瓶取酒，此时芳香四溢，再临时在酒面洒上佛见笑花瓣，酒香闻来正如花香，莫不使人心旷神怡。

漂浮着"佛见笑"花瓣的醇酒，是阿娘、阿爷两情相悦时的定情见证。

忆及阿爷阿娘共度"飞英会"的风流雅集，慕容伽兰不由得落泪，他们的恩爱，何时才会再续从前？

走走停停，到了后院正房门前，带路的两位中年家妇，垂手止步道别："先请新人在此歇息，再等吉时青庐交拜。"

在金线织就鸳鸯交头戏水图纹的床榻上坐定，伽兰方松口气，朝云从靠窗的胡床方桌上，端来冒着热气的茶水。

"还算是大户人家，有点讲究。二小姐，这茶品相不错，喝点润润喉。"

朝云虽是急性话多，可她细心，这茶汤清亮，不比伽兰府中常备的南方佳茗差。

只不过，这那府四周僻静，不像是操办喜事的大户人家应有的热闹，难免不使人生疑。

"二小姐，好生怪异呢，就这样直接到内室了？"朝云躬身递过茶盅，满腹疑云。

"你呀，不分轻重，都什么时候了，还有心情品茶？快去打听打听，到底出了什么事？"

本该热热闹闹大肆庆贺的喜事，不可能就这般仓促草率。伽兰刚到夫君家，不敢造次，她只是无端猜疑，怕是郎君在这节骨眼上出了什么岔子：难道是悔婚？谅他不敢，就是吃了豹子胆也不会有逆反举止。伽兰决断地阻止了胡思乱想。

"遵命，二小姐。"

朝云调皮地吐出粉红舌头，身影飘出门外。

一片万籁俱寂，一地水银倾泻，暴雨耽搁，路途遥远，原来已到月色如华时分。

伽兰伸手分开喜帕的珍珠帘，眼见着明晃晃的红烛数对，将室内映照得温暖明亮，有面食杂粿糕点的香味，勾得她腹中馋虫咕咕直叫，昨天到今早，十几个时辰，粒米未进，不饿才怪呢。

她索性将喜帕拿下，铺在锦缎喜被上，大圆桌面，摆满了高足青瓷碗盏，堆得溜尖的酪樱桃、酪雕胡、蒸饼、笼饼，封上贴有大红喜字的老酒坛一溜搁在墙角。

伽兰起身，夹了几块糕点吞下肚，和着茶水，腹中已觉半饱，她在室内来回走动几圈，觉察不妥，还是不要失了礼数。返回床榻前，搭上红盖头，端坐着静候，不多会儿，渐觉困顿，遂倚靠床栏小憩，睡意昏沉中，她晃晃悠悠走出那府，来到一处芳草萋萋的空旷大地，天苍苍，野茫茫，风吹草低见牛羊，空中隐然有悲凉的马头琴声在哀鸣。

雨后天晴的草地，水草丰美，几匹骏马低头吃草，天空一轮双彩虹，此情此景，她莫名地心生欢喜，预感有天神降临。

她凝望着天空的彩虹，色彩斑斓的彩虹，犹如一匹光彩夺目的锦缎。

"阿弥陀佛。"清朗的佛号，引得她惊喜回首，一位身形魁梧，着黄衣僧袍的僧人牵马站定她身后，似乎从天降落。

伽兰愣住了，这位僧人，长相奇特，不是一般意义上的英俊男子，神色自带不可侵犯的庄严肃穆。他双手合掌，任凭马儿独自撒欢，向她走近："你在这里？"语气竟是久别重逢故人赴约的亲近。

"嗯，你也来这里？"她也这样深情对答，真是怪哉，竟会有似曾相识的错觉，难不成是久未谋面的故交？

"还记得上世离别，我对你说过的话？"黄袍僧人嘴角浮现微笑。

伽兰留意到他的僧袍陈旧破败，应该穿了许多年。

"你？我？离别？什么话？"

伽兰苦苦思索，仿佛有稀疏的记忆，可是，到底是什么呢？她茫然无知地摇头。

"前世我不和你结夫妻的缘，但我与你允同修梵行的诺。我若得遇明师，必记挂你还在红尘漂泊。我若得度，必来度你。"

黄袍僧人饱含深意的这番话，如雷鸣轰隆，炸开她尘封的前世大门。

累世的轮回中，他是富家子弟，也是她的新婚夫君，新婚当夜，他执意脱下锦服要离家出走修行，她跑出洞房悲切啼哭，追赶不舍。

前尘往事，历历在目，伽兰瞬间泪流满面，她失态地猛然扑入他怀里，嘤嘤哭泣。她记得了，这是他临行前的告别。

可这一别，又是几番轮回？几世春秋？

"你已得度，所以你来度我？"

良久，伽兰才抬起头，垂满泪珠的脸庞，如滴雨的兰花。

"我已得遇明师，正在得度途中，我知道你还在红尘漂泊，便寻找到你，你我彼此相助，同在红尘修行，完成我们共同的天命与尘世的使命。"

黄袍僧人替她理顺凌乱的黑发，面容冷峻。

"什么天命？什么使命？"

伽兰茫然无措，难不成自己已具有神通广大的法力，才要去完成他所说的天命？

"天命不可说，亦不可违。"

僧人仰头向天，神色肃穆。伽兰惊奇地见到，在彩虹消退的天际，出现一座海市蜃楼的城堡。

"我要离去了。"僧人竖起手指在唇间发力，尖厉的唿哨声响彻云霄，他的白马坐骑颠颠跑来，俯首跪下。

"去哪里？"伽兰讶然自己竟然没有了那一世对他的不舍与伤怀。

"去该去的地方。"僧人的语气平和，神态安宁。

"我们会再见，会再续宿世的因缘。"他的话随风传达。

伽兰目送他打马远走，草原的风吹过，她有阵阵寒意袭来，一道白光闪现，她的鼻端分明又嗅到佛见笑芬芳的浓香。

"二小姐，二小姐。"伽兰被朝云的呼声惊醒，室内喜气盈人，原是南柯一梦。

"你说，怪也不怪，这新郎君在般若寺，照顾他阿娘，今夜，怕是不能行礼了。"

"他阿娘？不是在那府么？"伽兰倏然起身，到镜前整理散乱的云鬓。

"他有两位阿娘，那郎君从小在般若寺长大，抚养他的阿娘是寺庙的尼姑智仙师父，他与这位阿娘感情深厚，智仙师父年岁已高，突发眩晕昏厥过去，那郎君这才前去伺候。"

朝云的话触动了伽兰的心思，她暗中赞叹，这那罗延是个好有孝心的郎君。

"你去禀报那家阿爷，就说我愿意去般若寺陪同郎君一起伺候智仙师父。"伽兰暗忖，这夫君既非常人，她又何须当一般女子？

"这，合礼数吗？二小姐，三思而后行吧，汉人对女性要求规矩多，再者，你们还没正式行礼。"

朝云顾虑重重，她是汉女，礼数懂得多，也受禁锢多。

"有什么不合适？阿爷常教我大丈夫行事，不拘小节。我在你身后，你去禀报就是了！"伽兰自有主见。

两人经过迤逦的走廊，到宽门阔户的中堂，那府主公那庆召正仰靠在中堂高背椅上闭目养神。

慕容伽兰从阿爷处获知，那家属西北陇西贵族后裔，祖辈开始就效劳北方非汉族王朝，并因功被赐那姓。是慕容信手下的参将，从他的父辈开始，为确保家族地位不衰，那氏家族就深谋远虑地与非汉族的名门贵族联姻。

慕容氏一族，是当朝权势最大的门第之一，与他家联姻，陇西那氏家族也就借此成为真正意义上的名门贵胄，与汉族氏人讲求门第与家族出身的清河贵族崔氏一族日后可算平起平坐。

"慕容伽兰拜见公公。"慕容伽兰见朝云畏手畏脚的怯场样，不待她搀扶，直接跨入中堂，落落大方向那庆召跪拜施礼。

"噢，慕容小姐？请起，看茶，上座。"

那庆召睁开眼，忙不迭地吩咐下人。

慕容伽兰抬头见到她的公公，生得相貌堂堂，威武有型，虽与美男子的阿爷无法相比，但自有勇猛的英雄气势。

阿娘曾私下透露过，公公那庆召原本向阿娘崔明珠提过亲，托了重金下聘，阿娘的阿爷固守"恃其族望，耻与诸姓为婚"而婉拒，他傲慢地进行着内部通婚，以保持高贵的血统。当朝宰相也感叹："此生所遗憾者，未能娶四姓女！"
这四姓即：范阳卢氏、清河崔氏、荥阳郑氏、渤海高氏。尤以崔氏女子以家风贤
淑，品性贞洁，才情貌美赢得天下美誉。

是那庆召的铩羽而归，才成全了阿爷慕容信与阿娘的婚事。阿爷请求皇帝
下旨婚配，崔明珠这才成了他的第三任妻子。作为补偿，阿爷从阿娘带来的婢女
中，选了姿容平常的吕春桃赏赐给那庆召。

"你家阿娘、大娘可好？犬子孝心重，在般若寺照顾他师父，冷落慕容小
姐，望小姐体谅。"

坐在搭有斑斓花纹的虎皮椅上，留着长及胸前美须的那庆召端起热腾腾的茶
汤，殷勤作答。

慕容伽兰估计他是担忧自己生在富贵温柔乡，与在寺庙长大、生性节俭的那
罗延相处不和，影响两家关系。阿爷早嘱咐过她，这那罗延将来贵不可言，须少
使小姐脾气。

"多谢阿公关怀，阿娘、大娘都好，阿公放心，阿爷着重教训过兰儿，处处
以夫君大局为重。"慕容伽兰乖巧应答。

中堂的屏风后面，一位生得娇小瘦弱，姿色平庸的妇女转身来到那庆召身
旁，慕容伽兰揣测这妇人身份，定是夫君生母无疑。

"兰儿，这是犬子阿娘。"

那庆召向她和颜悦色引荐。

"媳妇慕容伽兰拜见阿婆。"

慕容伽兰知道，阿婆她本是阿娘身边的婢女。

她的阿婆吕春桃哭丧着脸，只是点点头，慕容伽兰受她冷落，很不是滋味。

"阿公、阿婆，兰儿想到寺庙去陪夫君，一同伺候师父。"

她强装笑脸，诚恳请示。

那庆召闻言，激动地起身拍掌："好！虎父无犬女！给新妇备马，备素斋送
至寺内，让延儿与兰儿在寺庙行礼，得佛菩萨加持！"

慕容伽兰满心欢喜，为能获得阿公热忱支持。

"在寺庙拜堂成亲？不行，你们眼中可曾有我这阿娘？明明我才是受尽怀胎十
月分娩之苦的生母，平素恩怨就不计较了，结婚这头等大事，还不把我当回事？"

吕春桃跳脚抗议，怨恨的眼神仇视着慕容伽兰。

慕容伽兰惊慌地跪在地上不敢出声，刚嫁入那府家门，就惹得阿婆恼怒，日后婆媳相处，岂不是冰火相对？耳边响起阿娘的嘱咐，女子嫁为人妇，先要学会顺从。

她保持着恭顺的沉默，此事只能是阿公出面调解。阿公不负她望，已出言抚慰："你就再忍这一时，这么多年都过去了，再忍忍，况且，母凭子贵，你得看长远些，说不定，你日后就能享受延儿带来的富贵荣华呢。"

"日后，谁管得了日后的事？你就欺负我，这次，偏生不能听你做主！"阿婆吕氏抓住机会，坚决不让步。

"混账泼妇，不明事理！"阿公那庆召毕竟是武将出身，耐心有限，盛怒下，他抬手将阿婆吕氏掀翻在地，昂首阔步走出去。

慕容伽兰被他的粗鲁行径惊到不知所措，她本欲上前扶阿婆吕氏，想起她不友善的目光，示意朝云代劳，朝云还没近身，就被阿婆吕氏骂得灰溜溜退缩。

"滚远点，下贱娼妇！轮不到你来假充好人！"

慕容伽兰听得血气冲头，阿婆分明是指桑骂槐，她忍住了，可怜之人必有可恨之处！怪不得不招阿公喜欢，是她自找苦吃！

"阿公，等等兰儿！"

她呼唤着阿公，疾步跨出中堂门槛。就让窗外那丛洁白无瑕的佛见笑陪伴不识好歹的阿婆去！

第六章

智仙：天命

般若寺是座黑瓦、明黄墙面的小寺庙，是那庆召的私人住宅，捐出来成为智仙住持的家庙，设有五间布置典雅的禅房，每间禅房分别命名：幽泉、欢心、桃夭、松月、眠琴。

智仙住在"桃夭"，她的禅房窗下，有株低矮的桃树，在四月的光阴里，桃枝上疏朗地缀着几颗花骨朵。她从没告知他人，未出家前，她的俗名就是桃花。

桃花本是山野农户家的织布女，十四岁时与同村樵夫段纯阳定下婚约，没等到她出嫁，就被她的师父从家中掳走，一路向西，到陇西的深山精研佛法，师父智果是一代武术大家，也是佛法研习深厚的修行人。

智果师父圆寂前留下遗嘱，每一个人来到这世间，都有其天命与责任。智仙的天命不是嫁给樵夫结婚生子，而是要辅佐贤能君王，安定天下，造福苍生。安葬好师父后，智仙一路化缘，凭借记忆找到往日的山野故土，物是人非，她的阿爷、阿娘已离世，樵夫段纯阳也被一位道长带走，不知所踪。心灰意冷的智仙这才放下尘缘眷恋，追寻王气来到东都城的那庆召府邸。

王气在这上空消散，随后传出新生小孩啼哭，她飞身跃入那氏府内，见到新生孩子被摔在地上，发出洪亮如雷的哭喊，她连忙抱起孩子，见到婴孩的额角被磕破一块，大声呵斥床上的妇人："你怎么这么不小心，将小儿掉在地上？影响他迟到的运程！"

那庆召见她话出有因，忙恭敬地请她吃茶细谈，她如实道来，这孩子生有奇相，绝非平庸之辈，她要亲自抚育。

见多识广的那庆召不顾及床上儿子亲生母亲的哭喊劝阻，拿出他的庭院改建为"般若寺"供养她。

时光流转，十八年过去了，智仙由青春美丽的年轻女尼，变为成熟稳重的中年尼姑，她与那罗延亦师亦母，情感深厚。

她的身体，渐有病痛，不是咳嗽就是眩晕引发的昏厥。

那罗延的大喜日，她本欲焚香诵经为他们祈福，《法华经》只诵到一半，就猝然晕倒在禅房，醒来时，依稀以为是段纯阳的身影在眼前晃动，她失态地张臂欢呼："纯阳，你让我找得好苦！"

"师娘，是徒儿。"身着红袍的那罗延上前扶住她。

智仙臊得面皮发烫，她喘息着颓然躺下，仰靠在粗布碎花的方枕上，勉力收住心神，方才的幻觉，好没来由！可又好生甜蜜！

情缘难断，她苦涩地将它深藏。

"那罗延，可记得为师的教诲，熟读韩非子的书？"

那罗延的名字是智仙所取，寓意无坚不摧的金刚力士。就是在病中，她也不忘徒儿的功课，时不我待，随着她的年岁渐高，对时间流逝的惶恐加剧。

"徒儿谨遵师命。道者，万物之所然也，万理之所稽也，理者成物中之文也，道者万物之所以成也，故曰道，理之者也。"

狮鼻豹眼的那罗延，流畅地背诵《韩非子》。

现年十八岁的他，已多次跟随阿爷那庆召到边疆征战，练就沉稳个性，寡言老成。

智仙欣慰地点头，当今圣上一味崇尚武力，不知敬畏天地，抚恤苍生，以致内忧外患，此起彼伏，征战不息杀戮无数，百姓遭殃，生灵涂炭，是该有贤明的君主出来一统天下，终止战乱，让众生安居乐业，各得其所，各有其居。

智果师父常告诫她，要以天下苍生为重，天下安定，她的亲人、好友才会安定，这也是她今生修行的使命与意义。

她希望自己不辜负师父要她完成的天命，择到身怀远大抱负的人中之龙加以辅佐，造福众生。

"好，天下大道至简，得天下者，非得相应的雄才大略匹配，方能成事。"智仙加重语气，对他耐心教导。

智仙叹息着，耳端有渐渐逼拢的人马呼声。

"你的新娘要到了，须得好好待之，她将成为你完成大业路上最忠诚的伴侣与最得力的助手，快去迎接！"智仙眼里闪现洞察先机的灵性。

"师娘，您的身体要紧，待孩儿伺候您老人家身体痊愈再去不迟。"那罗延对她的孝心可鉴。

智仙虚弱地摆摆手，"为师的病，为师明白，静躺几日就康复了，你就安心回府成婚吧。"

智仙体谅他的难处，疲惫地合拢双眼，示意他退下。

她听见那罗延蹑手蹑脚端起烛台，将门虚掩上，退到空旷的院落，熙熙攘攘的人嘶马叫近到眼前。智仙这才翻身起来，盘腿运气，一个鹞子翻身飞到房檐，冷眼旁观窗下的红尘。

数十盏灯笼将般若寺门口照耀如白昼，身着海棠红嫁衣的新妇慕容伽兰随阿公那庆召在寺庙门口下马。

寺庙的朱红大门紧闭，左右两株百年古松，虬枝曲张，气势雄伟，直冲天际。树下左右蹲伏镇庙白狮一对，怒目金刚状，威武不屈势。这是她按照师父在山中给她讲述的寺庙布局。

般若寺近在咫尺，那罗延的新妇慕容伽兰单手捂住前胸，抓紧她身旁侍女的胳膊，注视着庙门，智仙见她这既害怕又期待的模样，忍不住心生怜悯。她自己也有过这样的矛盾心境，既期盼又恐慌。等待她的究竟会是何方神圣？她暗中说出慕容伽兰的心里话。

那庆召正欲让手下上前敲门，寺庙大门发出沉重而徐缓的开启声，火光中，狮鼻环口，身形粗壮的那罗延，在夜色里透出不凡器宇，如一尊神仙，出现在众人面前。

"阿爷，怎得亲自前来？孩儿有失远迎，乞请见谅！"那罗延快步上前，在那庆召的马前行礼。

智仙能读懂现场所有人的腹语，这是师父传授的"他心通"神通。

见到他了，倒非传闻中那么不堪入目。智仙听见伽兰的心语，目光流转，伽兰的眼里流露出钦佩与爱慕，悬了半天的心，嗒然落定。

"智仙大师的身体如何了？"那庆召慈爱地笑着，以手抚飘逸美须，高声询问。眼见儿子愈发有气壮山河的伟岸身躯，继承那氏家族优良血统，身为人父，岂不开怀？

"烦劳阿爷挂念，师娘刚躺下，嘱咐孩儿回府完婚。"

那罗延毕恭毕敬向阿爷禀报，俯首时，偷眼瞟向伽兰，一见不打紧，怎么竟似曾相识？

那罗延是喜怒不形于色的人，当他禁不住再次注目端详伽兰时，与她目光撞个正着，四目交汇刹那间，两人都有被电触动的奇妙感受。

智仙感应到两人的累世业力，此生姻缘，早就注定。

"那，那就打道回府，明日重摆喜宴，再行大礼。速速派发喜帖，邀请八方贵客临门。"

那庆召见智仙既然发话了，转而吩咐手下。

那罗延步履稳重来到伽兰面前，她先款款行礼，那罗延还礼后，将她的马牵过来，扶她上马，两人配合协调，就连她的侍女在旁，也看得咋舌惊奇，二小姐一贯高傲自负，如今还没嫁作他人妇呢，怎么就改了性子？

那罗延扶伽兰在马背坐稳，霸道命令："与我同行！"智仙见状，笑得合不拢嘴，这才是不枉她悉心调教出来的徒弟本色！

"遵命，夫君。"伽兰眼神明亮，俯首应许。

那罗延展颜欢笑，纵身飞跃上马，动作矫健神勇。驾，他抖动缰绳，黑马仰头嘶鸣，放开四蹄，疾驰前进，她的坐骑白马欢叫着跟上，两人并肩前行。

喧嚣的车马远去，外面又成漆黑一团，智仙飞跃下地在庭，仰头观看天象，松影扶疏，残月犹在，天际两颗闪耀明星光芒变暗，突然划过一道星痕堕地，智仙困乏地闭上双眼，她知道，星象变动，天下即将大乱了。

"段纯阳，你在哪里？"乱世中，她隐秘在心的牵挂是与她有过婚约的樵夫。

第七章

慕容信：千日醉

慕容公宅院，冷风凄雨，愁煞人。

暗红的灯笼在风雨中摇摆，忽明忽暗的烛火摇摇欲坠。

披着绣金边黑色斗篷的慕容信，神色颓败坐在大娘郭氏房内。前日还丰神俊朗的美男子慕容信，一日之间衰老十岁。他从宫中秘信获知，陛下将定他自裁死罪，家眷流放边陲。

死期逼近，他需要着手安排重要事情，容不得分神。

郭氏披头散发扑倒在胡床上，捶打床面，啼哭着抱怨自己命运悲苦，才过上几天好日子，又得颠沛流离，居无定所。

"我们孤儿寡母，以后如何活下去哪？"想到四个未成年的儿子，郭氏悲从中来，呼天抢地。

慕容信心生内疚，沉重的内疚，是他创建这高门大院，也是他亲手摧毁这一切。

慕容家族是生生不息的种族，消灭不掉。

"去密室拣好金银细软，分开装，到边陲的路途漫长艰险，你们自己珍重，逃出都城，还有一线生机。"

慕容信摸出一串钥匙，塞入郭氏手里，透出英雄末路的无奈。

"我们只能逃亡？夫君，不如一起拼了？没有你，我一个女人，四个儿子，我活不下去！"郭氏泪眼婆娑，哭声尖厉。

慕容信当然明白郭氏存活的不易，但是无法，跟了他，既能享受荣华富贵，也得面对生死离别，他的原配妻儿，不也还在敌军的城堡扣押，生死不明？

"你太懦弱，天下之大，不是没有出路，那是你没有不择手段！活下去，带着慕容家族的后代，活下去，哪怕，哪怕去当娼妓！"慕容信的话，冷冰冰地毫无温情。

"什么？要我去当娼妓，那活下去还有什么盼头？"郭氏的泪水冻成冰滴。

"没有盼头就是盼头！没有希望就是希望！把儿子们叫来，我要与他们诀别。"

慕容信用力扳着她肩头，要她清醒面对陷入绝境的现实。

郭氏似乎不认识他，眼前凶神恶煞的他，是她替他生下四个儿子的夫君？她目光呆滞傻瞪着他。

孩子们陆续上前跪拜，慕容信神色庄严，目光逐一扫视子嗣们，十五岁的大儿子慕容中，生性胆怯，勉强学了点功夫，十三岁的二儿子慕容英，相貌英俊，是不折不扣的文弱书生，十岁的三儿子慕容天，八岁的幼子慕容冲，一脸天真烂漫，都未成器。

"孩儿们，阿爷将离你们远去，再过两日，你们就跟随阿娘到蜀地边陲，这一去，路途遥远，艰险异常，你们要记住阿爷的话：无论遇上天大的困境，都要活下去，谨记你们是漠北王的后裔，你们的家族信念：生生不息。"

"父王，你会何时来见我们呢？"

幼子慕容冲扯着慕容信的衣袍娇憨发问，郭氏再也忍不住，怀抱慕容天，呜呜哭泣。

"冲儿，父王在战场为将军的荣耀而战，为我们慕容家族而战，这是父王的使命，我们每一位生而为人者，都肩负各自的使命。"

慕容信眼眶发红，他眷恋不舍地抚摸着慕容冲的发辫，对子嗣们耐心说教。

与四个儿子道别后，他狠心离去，扯断身后号啕大哭的郭氏牵着他的手。还有崔明珠，他也得做好安顿。

整个慕容宅，也只有崔明珠的室内，没有异常氛围，一切寻常，不，更为热烈，房内插满轮叶百合，花形硕大雅致，花瓣橘红，色美如彩球，在枝头热烈怒放。

慕容信跨门进去，阿蛮恭敬地接过他的纱帽，他的妻子崔明珠，粉面桃花，红衣华美。

"饿了吧？夫君，请入席用膳。"

"有什么喜事？"慕容信略有不快。危急关头，哪有心思饮酒作乐？

"等你一起用膳，就是我的喜事。"崔明珠指着满桌丰盛的酒菜，巧笑嫣然。

"恐怕是最后一顿了。"慕容信颓然坐下，无声哀叹。

"那又怎样？我们终将一死。"

崔明珠付之一笑，无惧无畏，眼波流动，美艳依然。慕容信对她的沉着应对，不得不心生敬佩。

"好，好个终将一死！嫁入我们慕容家族的女人，非同常人，你不过一介妇人，也有如此胆量，我乃堂堂大丈夫，何须惧死？来，来，一起上座，我的夫人。"

慕容信牵过崔明珠的纤手，亲昵地搂住她的腰，坐在酒桌前，从前伉俪情深的恩爱，似乎回来了，只可惜，美好短暂。

慕容信深知崔明珠的承受力，他没有隐晦，将陛下要赐死他的密信透露。

想到曹贵叛变，被宇文虎下令乱箭射死的惨状，他就不寒而栗。想当初，宇文虎、曹贵与他都是镇川镇一同长大的伙伴，三人浴血奋战的大好江山，全成了宇文虎一人独揽的皇图霸业，说好的"苟富贵，勿相忘"呢？怪只怪权力的滋味太让人痴迷。

"陛下这样安排，也算是顾念了旧情，保存你将军的尊严，善待你的后人。"崔明珠听完，安之若素。

"善待后人？不要对他妄想了，他是皇帝，不再是我儿时的宇文虎兄长。"慕容信冷哼道。

"权力的力量寄寓于人心之所在，它只是个把戏，如空中魅影。"崔明珠点头认同。

"我去后，你怎么安排？"对饮三盅，他直接问她。

"我随你而去。"崔明珠眼珠明亮，不假思索。

"伽莲呢？"崔明珠要殉葬，慕容信不喜反忧，严厉地质问。

"是啊，伽兰嫁人，有夫家关照，伽莲，送她到姐姐那儿去？伽兰自会照应这个唯一的小妹。"崔明珠不再惧怕他，面容浮现奇异的媚笑。

"你是将莲儿送走了？"慕容信清楚崔明珠手腕，她心思缜密，能镇定坐下与他饮酒，一定是将重要事情安排得妥当。

"是，我让她到昆仑山的玄圃避难，和她师父凌波香一起，我们母女不会去当流亡人。"崔明珠态度明确。

"你在宫内也有人？"慕容信豁然大悟，他能在宫内收买人心，她为何不能呢？不过都是花银子。

"昆仑山相距遥远，莲儿还是太小。好在，她师父在玄圃，也不会有人为难她。"慕容信无端心疼起只有十二岁的小女儿。

"总比辽北的大黑山强。"崔明珠低声咕哝。

想起羁押在四季冰封的辽北大黑山上的妻儿，生死未明，慕容信羞愧地低下高傲的头颅，那是他前半生败仗的耻辱，也因了这耻辱，他才获得先帝器重，享受封号、封地的荣华富贵，然后延续至今，又回到从前，连从前都不如，"漠北王"慕容家族成员面临大逃亡，他也将性命不保。

"把我的夜白留给莲儿，夜白性烈难驯，这府中上下，就服她，也是莲儿和这神物的缘分，希望日后成为莲儿忠诚的坐骑。"

慕容信留恋地安排，他有两匹西域宝马，一匹是全身无杂毛、日行千里的"夜白"；另一匹是耐力持久，眼珠碧绿的"翠龙"。

"那么，翠龙留给兰儿？我已安排人送走了。"崔明珠自小见多尔虞我诈的勾当，曹贵谋反，势必牵连慕容信，她早提前做好安排。

慕容信服气地认可她："你可真聪慧，不愧为我的贤妻。"

突遭家世变故，大多数人都会选择携带金银财宝防身，她反其道而行的背后，是破釜沉舟的坚决。

"跟你这么多年，经历的事还不多么？我们必死，才能换回孩子们的生。"

崔明珠动情地说，凄美的笑容，令慕容信再一次沉默不语，再一次对她陡生敬意。

"你要活下来，保存慕容家族的女人，也许，她们才是继承漠北王纯正血统的人。"

停顿许久，慕容信下定决心，一口一口吞着酒盅内的"千日醉"。他与郭氏生的四个儿子，出息不大，崔明珠与他才是真正棋逢对手的夫妻，两人的血液里流淌着相似的野心与抱负，坚韧与顽强的斗志。

"不，我要陪你，你是王者，不能孤身上路，我是王后，理应相伴。"

崔明珠潜藏的傲气显现，慕容信深情地凝视她，这位深爱他的妒妇。她还是心心念念要成为他的王后，真正的王者，只能有一位，王后亦如此，不能同生，那就黄泉路上相伴。

"一个国家，一个人的命运，都有各自的命数，生死何惧？我将财产分为四份，一份给郭氏，她带领儿子们去边陲；一份，给婢女侍从们；一份给莲儿；余下，打点宫内的人，给莲儿日后存点福报。"

慕容信同样有条不紊妥善处理后，卸下重担，解开斗篷，与崔明珠吃酒，畅谈。

"明日，陛下赏赐的鸩酒到了，你便给我和着'千日醉'一起饮下。"酒至半酣，慕容信亲吻着妻子的脸庞，对她郑重交代。

"我让阿蛮点火将这宅子全烧掉，就是死，也要和你死在一起，轰轰烈烈死在慕容宅院内！"崔明珠笑谈生死，神色轻松地吩咐阿蛮。

慕容信仰头大笑，将崔明珠搂在怀中，悲怆高歌他的故土之歌："天苍苍，野茫茫，风吹草低见牛羊。"

"夫人……"阿蛮斟酒的手颤抖着，说不下去。

醉后的慕容信躺倒在胡床上，进入梦境。他见到浑身血迹斑斑的曹贵，挺剑刺向他，怒目呵斥："慕容信，你这个小人，为何背叛我？"

"黑鱼儿，我没有！如果我出卖你，为何宇文虎也要赐我死？"他厉声反驳。

"我信你，走，随我去，我们还是好兄弟！"曹贵伸出枯瘦血污的手来拉他。

"去哪里？"

慕容信眼前突地扬起黄沙漫漫，进入昏暗无边、阴风阵阵的无名地界。

"还能去哪儿？你、我杀人无数，必得先到地下炼狱一番，再升天国净化。"

曹贵的笑容，阴险得很，咧开的嘴里喷涌出汩汩鲜血，眼见他变成血人。

"黑鱼儿！"慕容信惊恐地呼喊，从梦中醒来。

当下的现世，同样暗黑，耳边一片鬼哭狼嚎，整个慕容宅陷入大难来临的恐慌。

慕容信赤脚下地，强风席卷着窗前帘扇，发出啪啪响动，暴雨猛烈扫进室内，淅淅沥沥洒满他身，他置若罔闻，望向通往"安乐殿"的层层殿宇，他清晰地见到，数十个着黄袍的太监趋马冒雨疾驰而来。

"我死不足惜，愿长生天庇佑漠北王的后代子孙生生不息。"

慕容信扑通跪在地上，挺拔的身躯垂到地面，如一截折弯的白桦树。

他回首，他的妻子崔明珠早卸下红装着白衫，素颜朝天，站在轮叶百合花瓣撒满的地上，捧着官帽，面色平静立在他身后。

她也许不明白，她的王者，那么嚣张跋扈的人，也有怕的时候，愈厉害的人，他怕的东西就愈对他致命。

慕容信接过官帽，死，也要死得有"慕容郎"的尊严与风度。

"来，阿珠，跟我回家。"他洒脱地笑容，美男子的魅力彰显，伸出双手，温情地对他的女人说。

第八章

慕容伽莲：玄圃

夜白脚力好，连跑三天，也无疲态，将慕容伽莲平安送入玄圃。

昆仑山的玄圃，是一条马蹄形的狭长幽谷，受常夏无冬的暖湿气候影响，整个山谷长满奇花异草，浓郁的花香、清新的草味随风盈动，闻者无不心旷神怡，又被人称之"闻香谷"。

这一路的颠簸，慕容伽莲都处于高度戒备中，只用干粮充饥，进到闻香谷，她整个身躯坍塌般从夜白的背上滚落在玄湖岸边，躺在绯红的"西洛红"花海里。

天空万里无云，繁芜的花香中，她辨别出有迷迭香的气味，肯定是师父凌波香无疑，她出生就自带迷迭体香，是名满天下的大美人。玄圃是凌波香追寻数年的长生不老术的道场。

"莲儿，还这么贪睡？"

永远蒙着面纱，身形高挑的凌波香踏步走近，俯身唤醒她。

慕容伽莲赶忙翻身起拜："师父好。"

"为何这么匆忙赶路？莫非有追兵？还是你父王出事了？"

凌波香紧蹙眉头，眺望着山谷远方，天际隐隐有黑云滚滚，预兆着兵变前奏，她可不愿有麻烦牵扯上身。

"不，只是莲儿不愿进宫，阿爷托师父照应几天，缓些时日，莲儿就归去。"

慕容伽莲读懂凌波香深藏于内的隐忧，她乖巧地从马背的软皮囊里，掏出装满金豆的锦袋，恭敬地捧给凌波香。

出身制乐器世家的凌波香，习得一手好琴，尤擅琵琶，但从不以真容示人，常年系戴非黑即白面纱，让众多只闻其名，只嗅其香，对她垂涎欲滴的风流公子们扼腕叹息不已。

她从不收徒，慕容伽莲是唯一，那还是靠了阿爷"慕容郎"的情面。慕容伽莲记得，满六岁那年，阿爷备了骏马、香料、丝绸等厚礼拜见凌波香，东都城内华丽的绮丽阁——凌波香的楼阁，前来一睹佳人风采的围观人群，挤得水泄不通。

绮丽阁二楼，绯红的西洛红处处绽放，幽幽生香，偌大的胡床上方，墙上挂着暧昧不明的《海棠春睡图》，锦缎的灯笼绘着香艳女体画，羞得慕容伽莲不敢细看，踏在花团锦簇的波斯地毯上，仙鹤造型的青铜香炉焚烧着香片，一时间，各色香气熏得她头昏脑涨。

凌波香身披拖地桃红斗篷，体态高挑，面上蒙着白缎金边的面纱，一双细长的丹凤眼，闪烁不定。她矜持地行礼，邀请慕容信随她进入五色珠编织的厚重幕帘内，慕容伽莲则被侍女安排在外间的罗汉榻上，对着满桌的瓜果杂食，安静等候。

室内忽而传出阿爷与凌波香的笑声，忽而有琴声，忽而是静默，任凭乌合之众在楼外大声喧哗推搡如闹哄哄的集市，而绮丽阁内暖香迷幻，与世隔绝如天外仙境。

无人得知慕容信用了何种手段，竟然使得凌波香破格收慕容伽莲为她的弟子，她只在夜晚授课，且面遮黑纱，这么多年来，就连随她学艺的慕容伽莲也从未见过她的真容。

昆仑山的玄圃，是凌波香寻觅多年的秘境，随后，在此花费巨资修建三栋碉堡楼，外墙用黑点花岗岩，内里完全按照绮丽阁的香艳风格布置，尖尖的楼顶涂满花朵的桃红图案，白日来看上去，与山谷秀丽景色融为一体。

半年前，凌波香邀约慕容信、崔明珠、慕容伽莲在此小住几日，并以要盖一座同比例的绮丽阁获赠慕容信赏赐的大量钱财，这袋金豆正是她眼前急需的粮食。

玄圃的夜色，暗黑无边，倘若不是天际的月牙儿洒出豆筛过的点滴光辉，整个山谷便成了阴森黝黑的无人区。

慕容伽莲住在"凤求凰"堡楼，相比凌波香绮丽阁的奢华瑰丽，这里简约得多，仅有桌、椅、床，必备日用家什。

伽莲谢绝了晚膳，连日颠簸，败坏了胃口，她躺在床上酣睡许久，醒来时，黑幕已降临。

她翻身起来，抚摸着放在床头的琵琶，手起弦落，本想舒缓弹奏一曲，坚持她每日的功课，眼前闪现阿娘凄苦的面容，顿时了无兴致。

阿娘要她即刻逃离都城，说是为免她同走大姐的悲苦命运。

大姐送进宫，皇后没当上，反而死在宫内，前车之鉴，她也不愿进宫送死，再说了，阿娘说皇帝都是个有白胡子的老爷爷了呢。

可要她留在这人烟稀少的玄圃多久呢？夜深人静，她想念都城内的繁华热闹了，阿爷寿宴，她首次登台演奏，博得满堂喝彩，她才舔到苦练琵琶多年的一点儿甜头，就转瞬即逝。

人群中，她记得那位耳戴金耳环的年轻公子，他有特别热烈的眼神，与两位华贵公子哥同坐一桌。他的掌声最持久，他的眼神最明亮，他的身形最伟岸。

阿娘说他是宇文家族的大公子宇文雄，是战神的儿子。宇文雄，伽莲轻声喊出这个名字后，耳根发烫了。

"阿娘要你平平安安，嫁给宇文家的公子也好，河南王崔氏的公子也罢，都是名门望族，稳妥富贵一辈子，何须去操心劳神当什么皇后？皇后宝座，权力巅峰，岂能是你这个弹奏乐器的弱小女人能掌控？"

阿娘的教诲，让她五体投地。"阿娘，我走了，阿爷怎么办？他送谁进宫给陛下呢？"伽莲继而想起阿爷，进宫，是阿爷早就安排的路，他认为自己的女儿天生就是该当皇后的命格。

"你阿爷本事大，难不倒他。"阿娘诡异地笑着安慰她。

"阿爷，大姐为何没当成皇后？"她好奇地问过阿爷。

"通往权力的巅峰，每一位男人都是猎人，每一位女人都是陷阱。你大姐只把自己当成女人了，所以，她必须得为自己的错误认知付出生命的代价。"

阿爷眯缝着好看的丹凤眼，冷静地回答她。

窗外月牙逐渐亮出，她听见夜白的低鸣，推门出去，夜白竟然已在门前等

候，哈，夜白，我们这就是心有灵犀么？

伽莲狂喜地抱着夜白的头，亲吻它光洁柔滑的额头，在这无边无垠的幽谷旷野，夜白才是她至亲的宝物。

她知道夜白是饿了，带的干粮早就食光，凌波香的侍女们也睡熟了，慕容伽莲摸黑出门给爱马寻找粮草，漆黑里，唯前方碉楼的窗口透出微弱的光。

慕容伽莲向光亮处走去，夜白听话地跟在她身后。

近到紧闭的厚门，刚欲举手相叩，临时，缩回了手，猜想着屋内该不会是练完功的师父在卸妆？她也好想见识大美人师父的真容呢。

伽莲趴在窗前，戳破窗户薄纸，向室内偷望，目光所见，是两个陌生的男人，亲热地搂抱亲吻！

这是怎么回事？伽莲心儿怦怦乱跳，害羞地缩头，但要探寻究竟，拼命睁大眼，瞥见师父的白纱斗篷搭在椅背，耳中听见师父妩媚的调笑声："我可从未承诺给你爱情。"

"这会子，你我不是爱，是什么？不是情，又是什么？"浑厚磁性的男声，气息急促，他翻身将师父撂倒，嘴里咬住一块红绸带，师父仰躺着压抑地轻笑："别太放肆，动静大了，让人听见！"

"怕甚？我已给她们都吃了安息香，个个睡得比死猪还死。这鬼都不会来的地界，咱们就闹腾个天翻地覆，才不负韶华光阴！"

男子蛮横地压住他，似乎在玩一场刺激惊险的游戏。

师父是男人？！名满天下的大美人是男人？伽莲不敢相信眼前耸人听闻的真相，她双手捂面，惊恐地喃喃自语："天哪，师父是男人！"

"谁！"室内的男人们，有所觉察。

夜白驻足在她身边，安然地望着她，嘴里喷着团团白气，玄圃的夜晚，冰凉刺骨，慕容伽莲浑身发抖，蜷缩在房门前，动弹不得。

门哐啷推开。"师父？"伽莲带着哭音求救，又惊又怕。

"师父？凌波香早死了！"面前的男子，狞笑着逼近她，这是教授她六年琵琶乐器的师父？明明就是，声音是，身段是，唯面容陌生，他五官清秀，高挺修长的鹰钩鼻在暗淡月色下，比厉鬼还瘆人。

"她既已发现了我们，还磨磨蹭蹭作甚？耽误好事？"室内男子的语调，变得不耐烦。

"我从未承诺给你爱情，我却愿成为你的奴隶！"凌波香娇笑着，双手举起挽成圆圈的红绸带，向伽莲脖颈套去！

伽莲料不到他会杀她，情急之下，本能地高喊："阿爷，救我！"

"阿爷，救我！"玄圃深幽，向宇宙发射出她求救的回声。

凌波香愣了下，趁此时机，伽莲勇气顿生，翻身上马，夜白尽责地扬蹄飞奔，凌波香手里的红绸带，跟风而来，飘落在地。

伽莲耳际风声呼呼，她用尽全力贴紧夜白，别无选择，向返回都城的路径奔去！

"我从未承诺给你爱情，我却愿成为你的奴隶！"她耳边回旋着师父的话，忘记她的琵琶已遗落。

行天莫若龙，行地莫若马，越过水流湍急深涌若海的玄河，翻过陡峭崎岖荆棘密布的玄峰，奔跑在深沉黑夜的夜白，通身散发出慑人心魄的银白光芒，如一道白练在玄圃的深谷中跳跃飞腾，照耀四方。

第九章

慕容伽兰：卧佛

我希望你遭受背叛，唯有如此你才能领悟到忠诚之重要。

慕容伽兰从精美绝伦的白玉卧佛底座，掏出这方黑丝线织成字的兰花锦帕，细细研读，这是阿蛮带给她的阿娘遗物。

"蛮姑姑，阿娘怎么就，就这样狠心走了呢？"

伽兰悲恸到无语，她的天塌了。

成为那罗延的新妇，不及满月，家中连遭巨变：受曹贵叛乱失败牵连，阿爷饮完鸩酒，阿娘就将慕容宅院连同自己点燃烧成灰烬，小妹伽莲远走昆仑山，杳无音信，大娘郭氏率四个兄弟流放西蜀边陲。

"也是命数，柱国公被赐鸩酒，夫人不想流亡，也不愿独活，可能，这才是她最好的去处，好歹，也算是同柱国公一起了。"阿蛮屈膝垂泪，"这尊卧佛，夫人让你保管好，她还说要你好好保护三小姐，他日，三小姐出阁，就当是送她的嫁妆。"

阿蛮眼皮泡肿，崔氏交代过，她还得好好活下去，替她守护着伽兰、伽莲姐妹。

"这尊卧佛，不像是阿娘的珍宝，有什么来历？"伽兰摩挲着光洁的佛身，狐疑不已，阿娘留下这尊卧佛，是否别有用意？

"唉，也不知是祸还是福？这佛像是宇文家的大公子宇文雄向三小姐求亲送的聘礼，当晚，曹柱国公来访，柱国公就出事了。"阿蛮道出原委。

"福祸相依，原本不值得大惊小怪。"伽兰有感知，阿娘留下这尊佛像，是希望他日另有用途。

十四岁的伽兰痛哭到一夜无眠，次日晨起，坐在梳妆台前茶饭不思。

"二小姐，翠龙估计是发疯了，都叫嚷整天了，你得去看看。"一脸憔悴的朝云，穿白素衣，鬓角别纯白绒花，来到她脚下，跪在地上请求。

"翠龙？疯了？"慕容伽兰蓦然惊醒，活动着呆滞僵硬的四肢，她要恢复元气，不能身陷悲痛，难以自拔。天，还没有塌，她有夫君那罗延，"宝马"翠龙。

"翠龙昨日才进那府马厩，与其他马匹同吃一马槽，怕是不惯？"她将锦帕纳入锦匣，顺手将白玉梨花簪别在发髻上，与朝云一同下楼。

那府表面，一切如故，慕容伽兰清楚，天没塌，不过，是变天了。娘家变故，连累夫君那罗延及阿公那庆召入宫受训。

翠龙咴儿咴儿地引颈高呼，四蹄乱刨，在寂静无人的那府，很是突兀。

"昨晚还好好的，今儿一早，不吃不喝，就朝着大门这么咴儿咴儿叫了一上午，也不知累！"朝云手里提着满篮斩得齐整的新鲜草料，甩动着胳膊，走得飞快。

莫非，小妹要回都城了？在慕容宅中，翠龙和夜白就是一对同槽好兄弟。翠龙是阿娘侍女阿蛮送来，告知她夜白和小妹一起。慕容伽兰凭借女人的第六直觉，翠龙不同寻常的举动，极大可能与夜白有关。

"翠龙，吃点东西，别饿坏了，你以后可是我的坐骑。"

慕容伽兰接过朝云手里的草料篮，她蹲下身，爱怜地抚摸着翠龙的鼻头，她见到它翠绿如宝石的双眼，流出一滴晶莹的泪珠，它是听懂小主人的话了。

慕容伽兰强忍悲伤，取出草料，放到手掌，喂食它，翠龙温顺地低头舔着草料，时间凝固，伽兰想起在慕容宅院，也会这样喂食翠龙，夜白调皮，时不时来抢食，大家一起嬉戏。

夜白，伽莲，你们到昆仑山了么？伽兰心底默然呼唤着这世间的亲人，她唯一的亲妹妹。

安抚好翠龙，伽兰直起腰，想到夫君那罗延、阿公那庆召，陛下会用什么方式来惩罚戴罪之人的亲家？

"二小姐，王爷要你安心，他会早点归来陪你。"婢女朝云将夫君那罗延临走前的嘱咐转述给她。

"朝云，备马！我要回去祭奠阿爷、阿娘。"伽兰按捺不住痛失双亲的悲苦，双眼通红，嗓音嘶哑。

"恐怕不便，二小姐，他们还在慕容府邸打探三小姐下落。你这一去，岂不是自投罗网？"朝云面带悲戚，扑通跪在地上，死命扯住她腿。

"阿爷、阿娘死得那么惨烈，身为女儿，无能为力，你知道我的心有多痛么？"伽兰双手攥紧朝云肩胛，指甲深入她皮肉，朝云咬牙忍痛承受。双亲死亡，身为亲生子女，不能送行，换作他人，能不发狂？

"二小姐，想哭就哭嘛，憋在心里太委屈了，我让你依靠。"朝云肩胛渗出血痕，痛得她眼里泪花直打转。

"我才不要依靠呢，我要依靠的也不该是你。"朝云的苦心适得其反。

伽兰松开双手，面带不屑。

"哎呀，你的魔掌毒性太重！我都流血了。"朝云带着哭腔，这回是真的痛彻心扉。

"我是心在滴血，你的皮肉之痛能与我相比？"

伽兰冷冷回敬她，朝云见她面色大变，语调是从未有过的冷酷，与往日的调笑大为不同，唬得连连磕头求饶："二小姐，奴婢说错话了。"

"糊涂朝云，你何止是说错话了？那夫人此时伤心欲绝，你还有心思逗趣撒娇卖乖？这不是在慕容宅内，二小姐已经是那夫人了。"

同样一身缟素的阿蛮走近，厉声训斥朝云。慕容一族衰亡，作为阿娘最贴身的侍女，她无处可去，跟随伽兰留在那府伺候。

"阿蛮姑姑教训的极是，朝云，以后该改称呼了，今日起，东都城内，我漠北王慕容一族不复存在了，蛮姑姑、你、我，还有小妹，我们都是依托那府活下去的人。"

伽兰这话，意在提醒自己不再是有阿爷、阿娘宠溺的慕容家二小姐了，她是双亲死亡，初为人妻的那夫人。

朝云畏惧地点头称是。

"那夫人，陛下圣颜大怒，那大将军怕是要受牵连呢。"

阿蛮面色浮肿，老态毕现——她的悲伤藏在内心。

"朝廷之事，自有定数，我只担心伽莲，不晓得小妹，她，她知否家中变故？"伽兰悲从中来，泣不成声。

阿蛮走上前，抱住伽兰，双手拍打她后背，像崔氏当年宽慰年幼的伽兰。

"大将军回府啦！"

朝云高声呼喊，抓住她将功请罪的机会。

"兰儿。"那罗延面色黑沉，走向她。

"夫君。"慕容伽兰擦拭着泪迹，扑入他怀。

夜幕之下，伽兰与那罗延共骑翠龙隐身在距慕容宅不远的树林里，默然地与往昔的荣耀告别。

往日亭台楼阁、曲径通幽的华丽慕容宅，夷为黑色平地，化为呛人鼻息的灰烬。

"那罗延，阿爷、阿娘就此惨死，我，我们该报仇！"伽兰俯身在她夫君怀里，再次恨声发问。

"报仇？可找谁复仇去？"那罗延反问她，也是一脸茫然，是啊，总得有个对象。

"终有一天，我会亲自查出真相，将泄密陷害阿爷、阿娘的人碎尸万段！"伽兰望着荒凉成废墟的家园空地，默默发誓。

那可该算上曹贵后人一份。那罗延没敢说出口，怀中的小妻子，够不幸了，身为她的夫君，他有责任，不能再让自己的妻子伤心失望。

"只怕那府也会遭此一劫。"返回途中，那罗延忍不住忧心忡忡。

"陛下打算怎样处置？"伽兰闻言，紧张地勒住缰绳，声音战栗。

"陛下下令整个那氏一族剥夺封号，流放到荒野边疆，听命守日大将军尉迟公的麾下调遣。可阿爷说，这陛下性格反复无常，朝令夕改也是常有的，还得想法周旋，找出破局生机。"

那罗延爱怜地抱紧娇妻，壮胆说出来终于要面对的残酷事实。

"没有挽救余地？"伽兰不甘心。

"也不是，陛下沉迷美色，如有佳人相送，再以厚礼贿赂宫中近臣说情，也不是一线机会也没有。"那罗延字斟句酌，缓慢吐露实言。

"要是我小妹在，就能解决这燃眉之急了。"伽兰记起阿爷，他可是将小妹伽莲当成陛下的皇后苦心栽培多年。

"她在哪儿？"那罗延勒住缰绳。

"离此地三千里之远的昆仑山，以翠龙的速度，三日就可抵达。"

伽兰想得深远。

那罗延若有所思点头，保持着沉思状，照旧不苟言笑。伽兰用力握紧他的手，哀伤地说："我失去双亲，你，就是我的家，我的天。"

那罗延疼惜地亲吻她的前额，语气笃定："我就是你的天，你的地，我要为你遮风挡雨，伴你走出黑暗走进光明。"

第十章

宇文虎：屠龙剑

安乐殿内，气氛凝重。

从天悬挂的苍黄幕帘被风吹得哗啦啦响，黑压压的众臣，垂首站立，谁也不敢吭气。

陛下宇文虎蹙着黑眉，怒目逼视跪在殿下的那庆召父子，他们伏在地面，神情如履薄冰。

腰间的"屠龙剑"隐有啸声。屠龙剑，缚虎绦，运转天罡斡斗杓。此剑传说由欧冶子和干将两大剑师联手所铸。为铸此剑，两人凿黑山，放雪水，引至铸剑炉旁的九个圆形水池中，剑成后，俯视剑身，如同登高山而下望深渊，缥缈而深邃，隐然有巨龙盘卧，是名"屠龙"。

他用这把天下独有的名剑，已杀掉两位皇帝，宝剑已成货真价实的"屠龙剑"，他已成为真正的"屠龙手"。

宇文虎感应到剑柄下的流苏在强烈晃动，宝剑在督促他该下令，他用力摁住剑柄，顶上纱帽微微战栗：对那庆召这个轻易杀不得，动不得，必须倚重，又貌合神离的得力部属，是处决还是不动？

才将性格刚烈不服管教妄想造反的曹贵及同党慕容信处死，这位那庆召，同样武功高强，有勇有谋，既是慕容信忠诚的部属，还是联姻的亲家，造反一事，他不可能不知情。

杀？简单利落，永除后患，但，朝廷上就少了位领兵打仗的猛将，日后边疆战事再起，谁来保家卫国？不杀，又不能震慑朝堂百官。

杀还是不杀，真是个问题。

宇文虎不耐烦了，他扭转身躯，身后是他的近臣罗什力，死心追随多年，罗什力最知他的困惑，躬身上前耳语："刚有急报，东方蛇岛日落部族的野人又来入侵北疆，不如将其从轻发落，剥夺封号，流放边疆抗敌，将功赎罪？"

宇文虎长嘘口气，闭上双眼，罗什力会意，挺直脊背，站出来，清清喉咙，亮出公鸭嗓音下诏："念那大将军以勇纵横，忠心事主多年，曹贵反贼一党，全以伏罪诛杀，着，免去大将军封号，降职北疆刺史，以示警诫，限三日内，奔赴北疆，驱除北蛮。"

"谢陛下英明裁决，微臣那庆召必定永远效忠朝廷！"那庆召父子磕头如捣蒜，宇文虎阴晴不定的脸色，才恢复常态。

散朝后，宇文虎踏进西宫的朝霞殿内，天空乌云密布，轰隆隆的雷声滚滚而过，瓢泼大雨一泻千里，殿内空庭开得繁盛的凌霄花被淋得花容憔悴。

朝霞殿内，富丽堂皇，以销金红罗幂其壁，以白银钉玳瑁押之，蜀锦流苏斗帐，四角置金凤，头衔五色流苏，帐门角安纯金银鉴镂香炉，以石墨烧集名香，缕缕芳香在半空袅袅升起。

宇文虎坐在雕花满月窗前的长榻，睹雨思亲，他的阿娘、姑姑就是在暴雨天的战乱中被敌军抢走，阿爷拼尽全力，终究惨死在他面前，他将阿爷埋葬，骑上他的马，拿起他的剑加入军队。

他成了彪悍不畏死的孤将，为了坐上皇帝宝座，将亲人有尊严地迎接归来，他不分昼夜，殚精竭虑，从未忘记过他的使命，他那远在敌营的阿娘、姑姑，是时候该去寻找她们，风风光光迎接回宫了。

阿娘、姑姑就在北方蛮子的敌营内，他需交给办事得力的人去做。罗什力对他是绝对忠诚，可却是无能之辈。

派遣谁去？得力又善战还能有谋略？他枕臂思忖。

"陛下，乏了吧？请饮下臣妾熬制好的黑仁羹。"

朝霞殿的女主是他的宠妃青莺萝，纤细秀丽的她穿着正红穿花凤锦衣衫，乌发插戴红宝石镶嵌的贵重步摇，白嫩的双手捧着斗笠玉碗，百灵鸟的嗓音，将他的烦忧扫去八九成。

他接过来品尝着，不甜不腻，一股暖流直抵肺腑，果然舒畅！

宇文虎的后宫原设三位夫人，朝霞殿的青妃，原是歌伎出身，跟随他多年，能歌善舞；霜云殿的梅雪衣，丹青高手的她是北疆冰岛部落酋长的女儿，被石头城尉迟公大将军收复后，养大成人送入宫；瑶华殿的前女主慕容伽昙，暴病身亡后，一直虚空。

"陛下，发什么愁闷，人生苦短，要及时行乐。"青莴萝握住锦帕，细心替宇文虎擦拭嘴角的汁液。

"说得好，小迷楼工程进展如何了？""小迷楼"是青莴萝给他建议修建的奢华行宫，也是他肆意寻欢作乐的隐蔽之宫。由她亲自推荐熟悉的一位异邦族人卧佛子监造。

"还有个十天半月就完工了，陛下，小迷楼落成之后，我可得当第一位被你宠幸的夫人。"

小迷楼整体创意、设计、机关都是青莴萝的主意，她最了解他，每一处寝宫各有不同花样的玩法趣味。

"唔，这可不行，定要新人来，才有乐趣！你已贵为夫人，就不得一般见识。"宇文虎沉下声来。

青莴萝的脸色变得极端难看，不过转而强装欢颜，宇文虎均看在眼里。

"女人的嫉妒，是毁容的毒药。夫人近来，可是排出新舞要给孤赏？"宇文虎为了安抚她，也真觉得累了，仰靠在贵妃长榻松软的羽毛厚枕上，入目都是流光溢彩的锦缎幔帐，靛蓝带花的器皿，桃红牡丹花开的灯笼，唔，人间温柔乡，莫过于此！他自言自语，看透青妃耍的小把戏，招手要她靠拢，懒懒发问。

"哎哟，什么都瞒不过陛下的火眼金睛！臣妾刚排好《松间月下舞》，连日紧锣密鼓训练，脚掌都磨破了呢。"青莴萝跷起脚，伸展着修长玉腿，挑逗着使小性，随后，她整个人像柔软的菟丝子缠绕在宇文虎身上。

两人温存半晌，八月的暴雨来得快，去得也快，窗外的世界清凉安静，隐隐有不成调的箫声，穿破云层。

"谁的箫声，这般如泣如怨？"宇文虎耳朵敏锐，本是眯眼打盹儿，猛然推开伏在身上的青莴萝，厉声向四周宫女询问。

青莴萝无力地扯动着薄衫衣带，眼神满含怨毒，她知道是谁，还能有谁？好不容易死了一个慕容伽昙，这梅雪衣又来装神弄鬼，学什么吹箫，不就是想陛下多去宠幸她？

"回陛下，是霜云殿的梅夫人，她在练习吹箫。"罗什力消息最灵通，他疾步上前，跪在地上禀报。

"她不是爱静，爱独处，什么时候也来凑热闹，学起吹吹打打了？"青妃脸色掠过一丝嘲讽，语泛酸意。

"青夫人，人，都会变。雪衣呢，什么都好，就是人太冷了，不如你，甜腻暖心。"宇文虎下地穿鞋，走前，不忘抚慰着佳人备受冷落的心。

"陛下，记得来朝霞殿，茑萝还未替陛下跳新舞呢。"青茑萝翻身下地，一头浓密的青丝垂在胸前，赤脚站在宫门后，神色哀怨。

"罗什力，陪孤到霜云殿去。"宇文虎并未回应，他撩起丹纱袍，阔步出宫门，上马扬长而去。

临近霜云殿，宇文虎率先下马，双手在背，不疾不徐迈步向前，雨后的霜云殿，朱墙黄瓦，垂柳绿烟，缥缈如仙宫。

梅雪衣浓黑的青丝绾成望仙九鬟髻，插梅花金簪一枝，外披青绿如意牡丹锦袍，白底红梅衣衫，映照出她肌肤胜雪的玉容清冷。

她坐在白瓷圆凳上，低头把玩着长箫，并未留意陛下宇文虎前来。

"欲与梅花留一曲，共将长箫管中吹。"梅雪衣浑圆的嗓音比不得青茑萝的清脆，她是孤傲的，面对陛下，照旧如是。

通身素白的梅雪衣，隐坐在澄澈碧蓝的天际下，她就成为画中人，迷幻冰冷，果然不负"冰美人"雅称。

"雪衣，何时学起品箫了？"宇文虎爱怜地靠近她，伸手搭在她肩头。

"陛下，恕臣妾无礼。"梅雪衣猛然惊醒，跪下行礼请安，她的长眉蝉鬓，望之缥缈如蝉翼，玉鼻丹唇，宛如游龙飞天仙女。相比青茑萝的娇媚柔情，梅雪衣的冷艳高贵，更胜一筹。

"孤突闻有箫声，不想是你，想必是一个人画画时间久了，也无趣？"宇文虎扶她起身，牵着她，向殿内走去。

"陛下圣明，画画与吹箫，不过一回事，藤黄颜料缺失，臣妾也趁机歇息，才学着吹箫解闷。"梅雪衣的脸冷若冰霜，不负她的出生地冰雪之岛的盛名。

宇文虎听见"藤黄"两字，停止脚步，呼吸沉重，瑶华殿的慕容伽昙致死首因就是藤黄，此乃剧毒，可致人呼吸麻痹而亡。

至此，宫内就断绝藤黄。

梅雪衣话音刚落，才意识自己言多已失，戛然停止话题，两人默然入室。

霜云殿，雪洞似的旷朗，一色玩器全无，墙上挂有佩剑一把，仅有的长方大案，供养玲珑奇石一尊、菖蒲一盆，印色池、墨匣、笔洗、笔筒等书房用物。展开的洒金宣纸，上有娟秀楷书墨汁未干，原是梅雪衣新诗《看梅》一首：

"香清寒艳好，谁惜是天真。白梅榭后阳和至，散与群芳自在春。"

宇文虎虽是不通文墨，也能感受她诗句里的缠绵情意。

"梅夫人，来、来，再为孤作诗一首。"宇文虎拿起毛笔，递给梅雪衣，他就爱她冷傲背后的才情。

"砌雪无消日，卷帘时自矕。庭梅对我有怜意，先露枝头一点春。"

梅雪衣含笑低头唰唰挥毫，须臾诗成。

"好，好诗！来人呀，将新到大百花孔雀锦赏梅夫人！"宇文虎击掌夸赞赏赐。梅雪衣微微轻笑，略略垂首致谢，并不十分开怀。

"陛下，天色已晚，在此用过晚膳可好？"梅雪衣雪白的脸上划过一道浅浅的红晕，她走近胡床边，请求他。

临窗的胡床供案瓷瓶内插满绽放的朵朵绿萼，奇香扑鼻。墙上画作是落红点点的雪里红梅，两位高士在草亭赏雪，胡床是棕色的厚实铺垫，铺着黄黑斑驳纹路的虎皮，显出野性气势。

宇文虎抽出玉簪搔头，她什么都好，就是性子太冷，脾气太硬。他为此已经冷落她多时了，该解冻了。

"好，许久未能陪伴雪衣，今夜，孤就歇在霜云殿吧。"宇文虎搂住她，不顾众宫女在场，就用胡须乱扎她的娇嫩脸腮，将她强推倒在胡床，撕扯衣衫，欲成好事。

梅雪衣羞愧地避让，嘴里连声告饶："陛下，宫内耳目甚多，此举有失圣颜。"

"什么狗屁圣颜？哪来的那么多臭规矩？老子已是普天之下，莫非王土的皇帝，谁敢说个不字？就你敢令孤扫兴！"

宇文虎才不听呢，他大手一挥，只听瓷器滚落在地的破裂声，朵朵绿萼散开，宫女们慌得捡花扫地。

"这是孤的后宫，你是孤的女人，孤想干什么就干什么！"遭美人抗拒，惹怒了宇文虎，他起身发威，莫说整个后宫了，就是满朝文武，谁会当场驳他面子？你个梅雪衣算什么，不就是尉迟公大将军的义女？

宇文虎气得火气上涌，发泄完毕，等着梅雪衣的乞求，罗什力频频给梅雪衣使眼色，要她赶紧跪地求饶。

霜云殿内的宫女首领是环佩，她带头，后面的宫女齐刷刷全跪在地下，梅雪衣凄然而无奈地笑了，以她孤傲的天性，当然不肯求情，可她不是一个人在宫内，还有一干宫女呢，倒霉的是她们，最终吃苦头的还是自己。

"陛下，雪衣无知，请陛下惩罚，雪衣甘愿受罚。"梅雪衣轻飘飘地下跪，她的话，哪是求情，分明是较劲。

罗什力在旁暗中摇头，陛下的性情虽古怪，可他吃软不吃硬，他早看透了。这梅雪衣真是吃了豹子胆，以卵击石。

"陛下，朝霞殿的青夫人邀请陛下去赏舞。"罗什力挺身出来。

"你不是要惩罚？那孤就成全你，以后宫内所有乐器，不准你碰！你不是爱画画？那就画画去，画一辈子画！别妄想再来勾引孤！"宇文虎气急攻心，对这位冰岛的异族女子爱恨交织。

"谢陛下慈悲，雪衣以后就奉旨作画了。"梅雪衣的眼里渗出点点泪花，他看得怒不可遏，她以为自己好赖也算千金之体，不可如此轻薄？就凭了他是天子，便能肆意凌辱她，哼，一个败将之女，算得了什么？

"罗什力！走，前往朝霞殿！"宇文虎挥动宽大袖袍，气咻咻扫兴出宫，原本想与她缠绵一番，挽回旧情，全被她的不识趣搅乱了。

经过上林苑，苑中种植诸多奇花异果，春李，冬华春熟；安石榴，子大如碗盏，其味不酸；西王母枣，冬夏有叶，九月生花，二月乃熟，时值枣花吐蕊，幽香盈盈，宇文虎的怒火被枣花香驱散，路过瑶华殿，脑海闪现慕容伽昙曾对他的耳语，她还有两位貌若天仙的妹妹呢，尤其是小妹妹，才情过人。他生起别的念头："罗什力，速速传旨，派丞相崔如素前往北疆镇敌迎接皇阿娘、皇姑回朝，宇文泽、宇文雄父子同往！明早出发，让那庆召原地待命！不得离开都城半步！"

宇文虎突然叫住转身离去的罗什力，话中有话："慢着，慕容家不是还有位小女儿？听闻才貌双绝，善弹琵琶？"

"陛下，微臣这就传旨！"罗什力点头哈腰，眉梢处有掩饰不住的喜色，躬身退下。

第十一章

那庆召：变机

"我年十二三为无赖贼，逢人则杀；十四五为难当贼，有所不快者，无不杀之；十七八为好贼，上阵乃杀人；年二十，便为天下大将，用兵以救人死。"

坐在黑暗中自斟自饮的那庆召，耳际响起慕容信朗朗笑语，饮酒畅谈的豪迈之言，不禁老泪纵横，果真是：醉起微阳若初曙，映帘梦断闻残语。

生于如此乱世，他们的经历大体相同，不成杀人者，就是被人杀者，他们个个练就一身好功夫，货与帝王家。那庆召与慕容信都生得高大魁梧，武艺绝伦，兼有谋略，慕容信仁勇好侠，以德行操守深得人心，他则以勇猛刚健为胜，曾经跟随慕容信到龙门打猎，那庆召独自抵挡一头猛兽，左手紧抱兽腰，右手拔出兽舌，赢得慕容信的高度肯定，当即赏他一条金腰带。

在攻打江都的战场上，敌军用刀绑在大象的鼻子上赶在前面作战，面对庞然大物，众士兵吓得纷纷后撤，唯他挺立鳌头，拉弓射象，大声吼出："我们只有前进赴死的责任，没有后退求生的道理！"言罢，射杀头象，逼得群象回转退后，身为统帅的慕容信也打马出来，与他并肩作战。

军士们受到鼓舞，在两人率领下冲入象群，奋勇杀敌，杀得性起，那庆召后背突遭冷箭，慕容信眼疾手快，飞身跨到他的马背，扶着他从纷乱的象群逃脱。慕容信不仅是他的首领，还成了他的救命恩人，之后，他更忠心耿耿跟随慕容信，两人惺惺相惜，并肩共患难打过无数场胜仗。

想这慕容信风姿潇洒，武艺高强，智谋过人，苍天也妒英才，好端端一条汉子，怎么就落在宇文虎的手上呢？

四人同封为柱国公，都曾在先皇宇文圣的手下做过将领。宇文虎，论武功，比不上那庆召，论才智，拼不过慕容信，论战功，赢不过曹贵，他就胜在心狠手毒上，胆敢连杀两位皇帝篡位。

曹贵岂能服气？慕容信哪能甘心？

他那庆召也奈何不得。眼下之计，唯有顺从自保。

曹贵事败，慕容信被处死，内里疑云团团，以曹贵的智谋，以慕容信的谨慎，两人联手，万不会这般惨烈收场。

事出蹊跷，定是有内鬼泄密，这个内鬼会是谁？他泄密的目的是什么？是中原王宇文家族一脉？还是河南王崔如素门下？或者镇疆守日大将军尉迟公？皇帝哥哥宇文周？他们都有可能，他们也都不可能，那庆召想得头痛欲裂而无果。

不管是谁，来者不善，他在暗处，我在明处，局势不明朗，只能谨慎、谨慎，再谨慎。

想到三日内就得速去北疆抗敌的诏令，那庆召迟缓起身，准备向儿子道别，还未迈步，就听见宣告诏令到的洪亮腔调。

又来诏令！必定计划有变。宇文虎此人善变多疑，那庆召心里有数，他赶忙更衣出门跪地迎接。

那府上下灯笼齐刷刷照亮，那庆召父子及众家奴黑压压跪在庭院，迎接诏令，宣诏的公公是陛下亲信罗什力，待他宣读完毕，那庆召双手接过黄麻纸的诏令，起身恳请罗什力稍坐片刻歇息。

“也罢，今夜只宜谈风月，不谈公事！”罗什力面皮紧绷，目光游离打望院落前后左右，举步不前。那庆召会意，急急挥退众人，将罗什力迎到中堂，伺候他喝茶、吃点心。随后，那庆召才将内装一尊纯金小佛像的锦匣推到他面前。

罗什力抖抖衣袖，单手按住佛像，盯住面前花团锦簇的雕花屏风，貌似随意地问：“听说慕容家的小女儿才艺双绝？”

“陛下的意思……”

那庆召闻言心头敞亮，预感喜从天降，宇文虎这个好色之徒，果真肆无忌惮，眼下这不利的局势，有机会扭转了。他表面不动声色，假作反应迟钝，揣摩圣意。

"还用说？速办速决，指不定，你这大将军的封号还可保。"

罗什力将佛像匣子拿起来，在手掌抛动，掂量轻重，揣入怀里，傲慢地大步出门。

罗什力前脚刚走，那庆召就唤儿子那罗延入座，思量着应对之策。

"阿爷，兰儿也是有此想法，倒也不谋而合了，当务之急是到昆仑山找到小妹慕容伽莲。"那罗延听完阿爷转达的圣意后，喜色欣然在望。

"那明儿，你就亲往昆仑山去迎接慕容伽莲，料不到，那府一门安危，竟然仰仗她这样一位弱女子！荒唐啊荒唐！"

那庆召捻须长叹。

"阿爷，这世间的女子，若论起英豪来，也不逊色男儿。解脱眼下困境为重，哪管是男是女？"那罗延素来理智冷静。

"是，延儿这话，也在理，只是苦了那小女子，伴君如伴虎，前几年的慕容家大小姐进宫数月，就命丧瑶华殿。"

那庆召想起貌若天仙的崔明珠，他所倾慕的女人，自焚于烈火中，她的女儿，国色天香的慕容伽璟，当年也是由他护送入宫，繁华热闹场景，烈火熊熊之势，到头来，猝死悲凉。

"阿爷，送小妹入宫，只是缓兵之计，虽是一入宫门深似海，全看小妹的造化，好在，还有我们在她背后支撑。小妹，不是一个人在博弈。"

儿子素有"冷面金刚"之称，他绝不轻言心慈手软。

"阿爷明白，活到这个岁数，送走多少人上路，阿爷就是看明白了，才会发此感叹，倘若，又是让慕容伽莲白白去送死，日后九泉之下，怕是愧见柱国公哪。"

那庆召心有所忧，见多了生死，反倒更惧怕死亡。

"阿爷，我们没有时间去顾虑这么多了，要真走到那一步，愧对？愧对就愧对！成大事者不拘小节！想，慕容公也是大英雄，换作是他，也会这么做！"

儿子的话，细细思量不无道理，那庆召不再瞻前顾尾了。

一阵凉风送来，那庆召顿觉背上生冷，喉间大不适，似有痰上涌，他坐直身躯，尽力用咳嗽将不适压下去。

"阿爷，是旧伤复发了？要不要叫阿娘熬点汤药？"那罗延上前，轻轻替他捶背，神色间不无担忧。

"老毛病了，歇歇就好，这段时间，你阿娘担惊受怕，省得再麻烦她，你去安排，这才是大事！日后那氏一族的兴盛，就靠你了。"

那庆召痛苦地摆手，长年征战，早已是伤痕累累，只是背部的箭伤太深，伤及肺部，天冷就会剧烈咳嗽，他捂住腹部，大口出气，抬头望向门庭，眼前有重影叠加，怕真是人老眼花了？一种大势已去的悲凉油然而生："延儿，阿爷老也，谨记，不要轻易跟随朝堂要拉拢你的大臣，保持中立，虽非万全之策，可也能保证死得比别人慢一点，上苍给予的机会，往往很奇妙，不是给最雄壮的人，也不是给速度最快的人，却是留给活得最长久的人。"

"阿爷教诲，孩儿铭记在心。"那罗延扑通跪在地上，语调悲苦。

"海阔凭鱼跃，天高任鸟飞，延儿，天下之大，该轮到你辈去奋勇搏击了，用你的胆量与计谋，去亲手追逐荣誉的桂冠，看看阿爷的金腰带。"

那庆召摩挲着金腰带上缝制的上百块不同色彩的猫眼宝石，这是他打完胜仗的战利品，一战一宝石，勇士的荣耀与身体的创伤同等多。

"阿爷，终有一天，孩儿也将拥有金腰带！"那罗延手按佩剑，豪情万丈。

"何必学阿爷？你应该有天大的野心与抱负，说不定，你也该是戴皇冠的人物，记住智仙师父对你的期望！"

那庆召笑容复杂，出言暗示他这个勇猛担当作风都颇似自己的儿子。

"那有何不可？天下男儿，总得有远大抱负与志向！"那罗延并不忸怩作态，爽快承认。

"延儿，朝堂势力变幻莫测，言语是最锋利的刀，杀人不见血，你切记，定要寡言慎语。"

那庆召紧锁眉头，想到安乐殿上曹贵自杀未遂和慕容信的死，内鬼是谁？这是他要解决的棘手谜案。

第十二章

宇文雄：夜白与追风

大黑山的夜色来得猝不及防。

能力举三百斤的勇将宇文雄孤身骑着他的"追风"在黑山上胡乱转悠着摸索出路。他听到传言，大黑山近日有闪电般的神兽出没，他是最不信邪的人，不带随从，直接打马前行，自认为大黑山的地形熟悉如东都城内的酒肆，人都易栽倒在最熟悉的路上，当夜色如黑布笼罩着大黑山的密林深处时，他跑了数十圈，还在原地打转！

山风怪叫着呼啸而来，掀起松涛低吼，不时有野鸟虫鸣，宇文雄既累又乏，跳下马背，被困在这密不透风的松树林里，今夜只得在此过夜了。

他走到流水潺潺的空草地，用剑划拉一大捆干枯松枝，点燃篝火，月色疏朗，毕剥作响的火焰中，散发出松针的清香，宇文雄靠在追风柔软的马肚上，闭目小盹儿。

迷糊中，宇文雄被追风躁动不安的嘶鸣惊醒，军人的警惕天性使他抽出宝剑，一跃而起，追风向着前方跷起双蹄鸣叫，宇文雄注目凝望，他见到一道白光在暗黑无边中飞速跳跃。莫非果真是神兽现身？被我第一个发现？他灵活地爬上松树，高处查看，果然，白色闪电循着追风的鸣声过来！

咦，这怪物还不怕人？宇文雄豪情顿生，从树上纵身跳上马背，追风一路高鸣，四蹄生风，迫不及待要与闪电汇合。

穿梭在茫茫林海，宇文雄如在天上腾云驾雾，他弓起背，瞪大双眼，近了，更近了，原来传说中的神兽不过是一匹浑身洁白无杂毛的骏马，近到咫尺，银白光芒暗淡下来，他才看清楚，马背上还驮着一个耷拉脑袋、衣衫破烂的年轻女子！

他拍额惊呼："呀，夜白！"自己的坐骑追风虽也是来自波斯的名种，可还不能与夜白相媲美，夜白是千里马中的极品。

追风殷勤地与夜白套近乎，宇文雄抱起马背上陷入昏迷中的女子，撩起她乌发遮挡的俏脸细看，他倒吸一口冷气，这不是慕容家的三小姐，他心仪的女子慕容伽莲吗？

寿宴那夜，他对她一见钟情，趁了酒意壮胆，将聘礼送入慕容府上求亲，没等到回应的佳讯，只等来慕容信被赐鸩酒，全家遭流放边陲蜀地，三小姐慕容伽莲失踪的消息！

宇文雄感到事态严重，这位三小姐该不会是逃跑出来？

他驱赶着追风带着夜白到刚才的憩息之地。

双臂抱住她轻若羽翼的娇躯，宇文雄激动地不知所措，想起那晚，她身披湖蓝轻纱，在幽静的花厅，低首抚琴，一颦一笑，都那么娇俏秀美，那么高不可攀。现在，她成了贬谪凡间受苦的仙女，红唇干渴到泛白脱皮，双手被缰绳磨起了水泡，衣衫被树枝撕裂，裸露出肌肤，昏迷到人事不省。

宇文雄脱下织花锦缎袍，平铺在地，将伽莲放上去，给火堆加柴，撕下袍襟，到河边蘸湿，滋润她干枯的双唇，擦拭她脸庞上的污渍。

他激动难耐，一颗心要飞出胸膛的激烈，手上动作轻柔细腻，伽莲终于睁开双眸，她见自己躺在陌生雄伟的男子怀中，惊得要挣扎起身，碍于浑身无力，她挣扎着语不成句："你，你，你是谁？"

"我？我是宇文家的大公子宇文雄。"素来胆大的宇文雄口吃了，在喜欢的女性面前，他也有无能的一面。

宇文雄见她神志恢复，不敢造次，将伽莲扶起倚靠在树背上，他屈膝跪在娇弱的她的跟前。

"宇文，宇文家，大公子？宇文雄？"伽莲重复着他的话，似曾相识的人名。连日的逃亡路上，又渴又饿又恐惧，慌乱中误入大黑山，就再也走不出去，她还以为她将死在这迷宫一般的大黑山呢。

"来，先吃点东西。"宇文雄摘下五色丝线编织的合欢帽，拿出携带的干肉与水，伽莲饿坏了，也不顾矜持，咀嚼着干肉，吞饮着清水。

"我要回家，见阿爷、阿娘，你，你可否带我走出这迷宫？"腹中半饱，伽莲可怜兮兮请求他。

"回家？回慕容宅？"宇文雄不知该如何作答，东都城内的那场大火，雄伟的慕容宅与主人慕容信、崔明珠双双化为灰烬，权势显赫的慕容家族就此衰败，从此，东都城内再也不见慕容宅。他不敢说出真相，那太残酷，可不说真话，又应如何回她？

"是，我的阿爷是人称美男子的'慕容郎'，你可曾到过我家么？"伽莲猛地抓住他胳膊摇晃，如抓住救命稻草。

"呃，你阿爷寿诞，我，我去过。"宇文雄神色不太自然，他那晚醉酒后失态，为伽莲的琵琶演奏使劲鼓掌，疯狂叫好，还当众口出狂言，要娶伽莲为妻的混账话，沦为席中人的笑柄。

"我，我想起你了。"伽莲的眼神漾满羞涩的笑意，阿娘临走前说过，一位宇文公子向她提亲，还送了聘礼，就是他罢？

"我，我失礼了，慕容小姐。"宇文雄起身，极正式地向她行礼。

"不，不，宇文公子。"伽莲本欲起身还礼，惊觉身上衣衫刮破，慌忙双手遮掩，复又难堪坐下，情形尴尬。

宇文雄看在眼里，疼在心里，他将地上的锦袍捡起，抖落灰尘，双手递过去："慕容小姐若不嫌弃，请先用我的衣袍暂时将就下，夜深，天冷。"

"谢谢宇文公子。"伽莲声若蚊音，接过锦袍，披在身上，别无他法，遮羞要紧。

"慕容小姐，怎会落到如此狼狈？"宇文雄见她穿上自己的衣袍，正如自己贴身与她相拥，他顿感一种莫名的心满意足。

"没，没什么。明早天亮，还想烦请宇文公子送我回家，可好？"伽莲忆起师父凌波香的丑闻，不愿再提及，她转移话题，此时，只想回到家，回到阿爷、阿娘身旁。

"送你回去，在下义不容辞。慕容小姐，请先歇息，明早，我们还得寻找出山的路呢。"宇文雄见她神色痛苦，知她有苦衷，也不便勉强。

月亮西沉，夜白和追风躲在河对岸吃草，伽莲关切地要宇文雄早点休息。

他起身走到岸边，重新捡来大捆干柴，蹲在火堆旁添柴，火光熊熊燃烧，映照着河岸灯火通明。

"不，你睡，我得守护你，火灭了，会有猛兽蹿出来，把你吃掉了，我可怎么对得起你的信任？"宇文雄半开玩笑吓唬她。

"乱说，我这几晚就没碰上什么猛兽，可能夜白有灵性，它带我去到陡峭的山洞，无人敢来，还是得谢谢你。"

伽莲的脸色羞红，自小到大，也没人说过要守护她。

"男子汉生来就该保护女人，何况还是你。"宇文雄的脸庞，被火光照耀得紫红发亮，生就浓眉杏眼，高鼻阔嘴的他，一耳戴着金边大耳环，晃荡着异邦男子的彪悍凶猛。

伽莲听见他的话，羞涩得低头假寐，她对他，在初次寿宴上，也是心有所属。

"此处无酒、无乐，不如我为小姐舞剑！"

宇文雄灵机一动，要在钟情的她面前展露自己的不凡。呼来追风，飞身上马，长剑在手，沿岸奔驰往返，所舞之处，青光闪寒，复抛剑入空，高达数丈，腾空飞远，如电光闪射！舞罢，宇文雄手持剑鞘，当空承接，下马在伽莲面前站定。

"哇，太威武了！宇文公子有盖世武功，必定成为国家的栋梁之材。"伽莲拍掌赞叹，满眼都是渴望与爱慕。

"那是必然！我宇文家族世代都有保家卫国的使命，阿爷是盖世无双的战神，好了，慕容小姐可放心歇息了。"

获得他最喜欢女子的赞赏，宇文雄得意极了，思量着明天送伽莲到"冷面金刚"府上，暂时栖身。假以时日，他再旧话重提，向伽莲提亲，想必，以他的身世家庭，"冷面金刚"和她姐姐都不会拒绝，这时胜算在握，才不遭人笑话。

他筹划着，偷望着她，靠树入睡的她，那么娇弱，美丽，无助，轻灵，她太需要有人守护了。而这个使命当仁不让地落在他的身上。

天边闪闪烁烁的星子渐隐云层，大黑山的夜纱层层褪去。

终抵不过困倦，宇文雄卧地而眠，不知东方之既白。

第十三章

崔文庭：琵琶女

崔文庭正俯身在杏云阁的条案上专注描画，他天性纯孝，孜孜儒学，虚怀接下，宾对礼上。只是男生女相，面皮白净，斯文有礼，又极爱杏花，房前屋后，遍植杏树，杏云阁乃是他的安乐窝。

崔文庭低头作画太投入，毫不觉察阿爷崔如素进来，在他身后伸出剑尖戳着宣纸上刚勾勒出雏形的仕女像，闷声训斥："你这不学无术的纨绔子弟做派，何时才是尽头？"他以为崔文庭所作是淫秽的宫闱图，将画作扯在手中，作势要撕烂。

"阿爷误会！不过是孩儿的习作。"崔文庭趁其不备抢到手里，背到身后，调皮地辩解。

"拿给我！你还胆大包天了？目无尊长！圣贤书都读到哪儿去了？"崔如素见他顽劣捣蛋，勃然大怒。

"是，阿爷！"崔文庭见阿爷动怒了，忙低头将未完成的画作不情愿地双手呈上。

自从慕容家出事后，阿爷的脾性就变得乖张暴躁了。

"跪下！河南王家训是什么？"崔如素武断地把宣纸撕扯如纷扬飘洒的雪花，面无表情喝问儿子。

"智慧与荣耀。"崔文庭扑通跪下，咬牙朗声作答。

"你也记得是智慧与荣耀，文庭，阿爷即刻启程到遥远的北疆抗敌，带上你大哥去历练，留你驻守族中，责任重大，你切不可还当自己是没长大的风流公子哥儿。"

"阿爷偏心，怎不带孩儿同往？"崔文庭早想走出堡垒一般的都城，向往深不可测的外面世界。

"你？你才十六岁，你的体力、武功、骑射，哪一样有你大哥强？你以为去郊游狩猎？我们可是去杀敌，提起脑袋玩命！"崔如素冷哼着驳回他。

他也曾效力慕容信麾下，此次叛变出事，始料未及，倘若陛下深究起来，只怕他也脱不了干系，幸好派遣他出兵抗敌，迎接皇太后与皇姑返回都城，随行还有另一位柱国公，享有"战神"称号的宇文泽与他武艺高强的大公子宇文雄，此去应当可以顺利完成任务。

"好，孩儿遵命就是了。"崔文庭不愿与阿爷抗争，他恭敬地垂首听命，按惯例，阿爷出门前，必有话要训。

"切记，不准与不三不四的人来往，尤其是那个寺庙的小和尚谦明；不准在外花天酒地，寻欢作乐。老老实实读书、习武、守家。"

崔如素板着面孔训话完毕，才放心离去。

"这花天酒地才是男人最快活的事，这不准，那不行，有什么劲头！"崔文庭的书童崔散金吐着舌头咋呼，弯腰捡起地上的碎纸，替主人打抱不平。

"什么都好，就是不和谦明师父一起，那可无趣得紧。"崔文庭探头见阿爷骑马出去，重新铺排宣纸，依旧描笔勾勒。

"是咧，才约了谦明师父后日喝酒吃肉吟诗呢，就这样爽约？"崔散金是个勤劳、操心的书童，打扫干净地面，他又马不停蹄下楼端茶。

"不，不可爽约。"崔文庭搁下手中羊毫，品饮盏中热茶，沉吟着对策。

谦明师父自小在寺庙长大，天资聪颖，佛法要义，吟诗作对，无一不精通，兼性格鲜活，不拘泥寺庙清规戒律，崔文庭与他一见如故，相识不久，彼此以为知音。

三人饮酒，喝到痛快处，宇文雄撩起长袍，提起长剑，表演舞剑，崔文庭挥毫写字、谦明诵唱梵呗，这是东都城老百姓戏称的"东都三绝"。

次日掌灯时分，崔文庭、宇文雄、谦明三人坐在东都城内一等一的妓馆环采阁的豪华包间。

"怎么带到这儿？"崔文庭除下面纱，落座就皱眉，他是责怪宇文雄安排不当，谦明师父是出家人，明目张胆带他来这风尘地，总似不妥。阿爷要他不得来此地，这下可好，他两样都犯忌了。

崔散金懂事地将门窗一一关紧，屏蔽外面莺莺燕燕的浪笑，咿咿呀呀的唱腔。

"你要喝酒、吃肉、吟诗，环采阁最适合不过！对不对？谦明师父？"宇文雄促狭笑道。

"不妨，仁者心有高下，不依佛慧，故见此土为不净耳！"谦明嬉笑如故，天气见凉，他头戴素帽，穿土黄衣袍，手摇象牙骨折扇，恍眼一瞧，就是年轻俊秀的普通官宦子弟。

"看看，这才是高人，随遇而安。环采阁的红焖牛肉，可是一绝，还有更绝的上等佳酿梨花春，无不让饮者留其名。"

宇文雄神清气爽，击掌叫来颇有姿色的相熟娘子，连点各色下酒小菜、梨花春数坛。

"宇文兄面带喜色，应有好事近。"谦明毫不客气，双腿盘在椅上，拣起桌上热气蒸腾的胡饼，拿出匕首切开，细嚼慢咽。

"好事近？我本是昨日就该随阿爷出征东方讨伐敌蛮，为了今儿的赴宴饮酒，我向阿爷撒下弥天谎言，才赢来这半天闲工夫，明早就得快马加鞭赶路呢。"

宇文雄不情愿承认是好事。

"此去东征，你定能荣耀归来，且有男女间的好事近。"谦明半眯眼，似在暗中掐指核算，语气不容置疑。

"好，托师父吉言！举杯，将进酒，杯莫停！"宇文雄得意地撸起衣袖，露出腱子肉发达的手臂，上面有飞鸟展翅欲飞的纹青，捧起酒坛仰头就灌。

崔文庭与谦明均不示弱，人手一坛牛饮。三人年纪相仿，酒量过人，炖肉上桌，谦明径直将满盆炖肉端在近前，匕首插肉，一口一块，豪放做派，观者咂舌。

酒至半饱，崔文庭拿起手帕擦拭油腻，呹喝谦明暂停，该吟诗作对了。

"就我等粗野男子，有甚乐趣？须得有唱曲的佳人在旁助兴。"宇文雄酒意上涌，崔散金推开门，隔壁房有琵琶乐传来。

崔文庭与宇文雄听见琵琶声，两人同声呼出："唤那弹琵琶者上来！"

"哈哈哈，你们是喜欢琵琶还是喜欢弹琵琶的人？"谦明调笑两人，一口酒喷射在对面墙上。

宇文雄一反常态举起酒坛挡脸，崔文庭心虚着也不插话，琵琶女，是慕容伽莲，在慕容信的寿诞夜，她的琴弦也撩拨得崔文庭情思萌动。

"奴家拜见公子爷，想要听什么曲儿呢？"怀抱琵琶半遮面的妙龄女子和穿着寒酸破旧，面容稚嫩的年轻女子一同在三人面前道万福。

"拣你熟悉的曲儿随便弹奏一曲就是了。"

宇文雄醉眼惺忪瞪着歌女，抓起一把碎银丢在桌面。

崔文庭也从兜里摸出散碎银两，叠加上面。

女子坐下，灵巧地拨动琴弦，身旁的女孩站着清唱：

> 弱柳丝千缕。嫩黄匀遍鸦啼处。寒入罗衣春尚浅，过一番风雨。问燕子来时，绿水桥边路。曾画楼、见个人人否。料静掩云窗，尘满哀弦危柱。

"太悲了，不宜多听。"琴至中途，谦明摆手制止，将随身的银两全部掏出来，独独放入清唱女孩的手中："可怜小小年纪，就得闯荡风月江湖，你叫什么名？打哪里来？"

"回公子，我姓司空，名璞玉，中原人士。"叫司空璞玉的女孩，眼神清明，神情娇憨，落落大方。

"怎么？谦明师父也动凡心了，还不一起喝酒？"宇文雄来劲了，他提起酒坛，注满空碗，端到司空璞玉面前，意图不轨。

"人家谦明师父不过是大发慈悲，你净乱想！"弹奏琵琶的女子，眉梢风情有几分神似慕容伽莲，崔文庭看得微醺。

"续弹，方有始有终。"崔文庭不信邪。

> 庾信愁如许。为谁都著眉端聚。独立东风弹泪眼，寄烟波东去。念永昼春闲，人倦如何度。闲傍枕、百啭黄鹂语。唤觉来厌厌，残照依然花坞。

琵琶鸣咽停顿，谦明师父面色愈喝愈发青，司空璞玉从怀里摸出光亮如鸡蛋的颂埙，吹奏起来。

她吹奏的埙曲，音色幽深、悲凄、哀婉，一刹那，时光恍如静止。

崔文庭博学，他知晓埙之为器，立秋之音也。平底六孔，水之数也。中虚上锐，火之形也。埙以水火相和而后成器，亦以水火相和而后成声。故大者声合黄钟大吕，小者声合太簇夹钟，要皆中声之和而已。

"璞玉，果然是块璞玉，就算我为你动凡心，那又何妨？遗憾我不会吹篪，不然我和你可结埙篪之交。"

谦明拉过司空璞玉的纤手，颇为爱怜地向她表明心迹。

"古诗云：'天之诱民，如埙如篪。'上天诱导平民，犹如埙篪一样相和。谦明师父开戒了。"崔文庭听见他的这番呓语，也不讶然，佛法修行，并非一味持戒，他的思绪飘向慕容伽莲，一样的琵琶，不一样的琵琶女。

"文庭兄，你为琴动心了。"谦明似笑非笑，他能读懂世间人性机关。

"他是为琵琶女动了心！"宇文雄醉醺醺地，说出的话含混不清，亦真亦假。

"天下男人，不是对女人动心，就是对权力、财富动心，天下女人，多数只为情，为男人动心，你们呀，别成痴男怨女。"

谦明喝着酒，点拨两人。

"怎么可能？"崔文庭与宇文雄再一次异口同声坚定辩解。

"怎么不可能？世间儿女情事，本就变幻无穷。你们不要爱上同一个琵琶女就好。"谦明的话，总是语带双关。

崔文庭面皮滚烫，忙用咳嗽来掩饰心虚，宇文雄闻言，双手各拎一坛酒，放置他脚下，明目张胆挑衅："崔文庭，她是我的，不能抢！"

众目睽睽下，崔文庭的男性尊严受到挑战，他蹲下身，无言地举起酒坛，冲嘴里灌着烈酒，这是他对宇文雄示威的回应。

"她会是谁的女人？谁也做不了主，只有她自己的命运才能给她做主。你们，可没必要为一个女人伤了兄弟和气！"谦明摇着折扇，悠然吐出这话解围。

"她只能属于战神！属于我！"宇文雄气呼呼地抡起拳头砸碎酒坛，带着四溢的酒香，飞身跃下楼去！

崔文庭暗呼糟糕，这宇文雄将他当成情敌了，重色轻友的家伙！他苦笑着吃闷酒。

"文庭，你俩怎么都喜欢上同一个琵琶女？这可不是什么好兆头。"谦明皱眉提醒。

"可能就是一段孽缘。我没他胆量大，他都送聘礼了，我什么也没做。"崔文庭本欲放弃，又有不甘，事关男人的颜面。

"只怕只是一场水中捞月的幻境。"

"你是指宇文雄，还是我？"

"都有可能，人生的情爱，本质就是水中捞月的幻境。"

谦明放下折扇，闭目享受醇酒的至乐滋味。

崔文庭陷入沉思，原本的欢宴，就此草草收场。

第十四章

慕容伽莲：入宫

慕容伽莲坐在刻有云纹图饰的黑檀木镶嵌的椭圆铜镜前，无语凝噎。室内摆设、器皿一如家中，这是姐姐专程为她收拾的闺房，她知道姐姐苦心营造背后的目的，才会毫不动容。

她抽出镜前瓶内绽放的玉簪花，发狠地将花瓣碾碎，低声哭喊："为什么会这样？为什么会这样？"

不过短短数日，天地骤变，双亲死亡，她再也不能在阿娘怀里撒娇，向阿爷身旁发嗲，更为诡异的是，明明是大美人的师父却变身为男人！以为到姐姐家中，暂缓时日等着宇文雄提亲，了却平生事，姐姐却要送她入宫！她就是为了避免入宫，才历经千辛万苦到昆仑山，跑回来，还是逃脱不了入宫的命运！

若阿娘尚在，万万不会同意姐姐此举，可是阿娘不在。

"我该怎么办？我该怎么办？"

伽莲的心随着满屋花瓣一起碾碎，她扑倒在床上，咬着锦被压抑地抽泣。

"小妹，开门，小妹。"伽兰在门外不紧不慢地呼喊。

她将房门闩死，不希望受到任何干扰，可这姐姐，她唯一的依靠，独一无二的亲人，她不能拒绝。

站在镜前，理好妆面，伽莲粉面含霜开门，伽兰望着满地残花，接过朝云手上的托盘，对她吩咐："将我房中的帝王百合挪来，小妹大喜的日子到了，需要百合如意的喜气，还有，那尊佛像，一并带来。"

"好姐姐，我不去，可不可以？"伽莲仰望着比她高半个头的伽兰，神色哀婉哀求道。

"先吃了这碗杏仁奶酪，你倒和阿娘一样，都爱吃这甜腻腻的小食。"伽兰不为所动，将碗强行塞入她手中，坐在梳妆台旁的高椅上，手抚腹部，她怀孕了，不能大幅度地动作。

"阿姐，你明知阿娘是不要我入宫，可你为何违抗阿娘意愿？"伽莲昂起头，伤心欲绝将碗哐当扔在地面，雪白柔嫩的杏仁奶酪四处喷洒，淡淡的奶香给室内洒了一层剑拔弩张的硝烟味。

"别忘记，你、我是慕容家的后人，而今，东都城里，慕容家的旗帜已倒，慕容家已无人可继！阿娘不过是妇人见识，阿爷交代我，要我来重振慕容家族的荣誉！"

慕容伽莲从未听见姐姐这样义正词严的悲壮，她以为自己不过是弱小的女子，需依靠嫁人才有出路的女子。

"我做不到，姐姐，我没有姐姐的雄才大略，没有姐姐的果敢手腕，我不想进宫，像大姐那样不明不白就死了。我不要，我要嫁人，我要生儿育女，我要夫唱妇随的平常日子，我只要这样的生活。"

慕容伽兰无比悲愤地吐出心声。

"你就别妄想了，小妹。既然投胎到慕容家，就得去履行慕容家的家族责任。你、我都不是平头百姓家的女子，世上，哪有不劳而获就能安享荣华富贵的道理？"

姐姐伽兰，表情严厉到令伽莲心生畏惧。

"所以才要你进宫，你比大姐聪慧，比大姐更有才华，你会当上皇后，将我们慕容家族的旗帜重新插在东都城内的慕容宅中。"

伽莲听见姐姐的话语，转而温婉缓和，她停止了抗争，别无出路，只能进宫，听人摆布。

姐妹两人一时无话，伽莲抬头，见到窗外的天空，东都城内的天空，湛蓝无云，就如她孤家寡人一般干净，她忍不住落泪，进入皇宫后的路，她就得一个人走了，哪怕漆黑一团，哪怕跪着也要走下去！

伽兰将她拉到铜镜前，拿出青玉篦子，替她梳理黑发："阿爷、阿娘，小妹要出嫁了，嫁给全天下最有权势的男人，你们在九泉之下，就安息吧，我会好好替你们照顾她。"

伽莲木呆呆地，任由她摆布。

地面被人清理洁净，朝云将装佛像的锦匣呈上，供案上摆放白瓷瓶插满盛放的玉石色泽的帝王百合，室内有这一抹香气盈人，果真是有喜事盈门的吉兆。

伽莲见到佛像，心儿扑通扑通跳得厉害，那是宇文雄送给她的聘礼，她终归要失信于他，彼此情投意合的人。

"姐姐知道你的心事，带给你做个念想，你是当皇后的命，是他没福气，怨不得谁。"

伽兰悠然松气，她是全然不记得，宇文雄将叫花子样的小妹送入那府，她与夫君那罗延对他的感激之情。

伽莲记得。

"小妹，别怪姐姐狠心，你不入宫，只怕，姐姐和姐夫一家子，也是性命难保。"伽兰的温言软语，伽莲无话可驳，她想起面无情的冷面姐夫，有着一双犀利眼神的那庆召大将军，连他们这样厉害的角色，也对陛下唯唯诺诺，可想而知，后宫的生存，将是何等艰险？

想到这里，伽莲浑身起一层鸡皮疙瘩，她畏缩地哀叹："为什么阿爷不让你进宫，偏让我这个最愚蠢的人去送死？"

言下之意的怨恨，表露无遗。

"阿爷，阿爷的安排，自有他老人家的苦衷吧。"伽兰的话，语气硬不起来。

"好，我认命了。"身为慕容家的女儿，她的使命就是为家族牺牲，哪怕是赴汤蹈火，哪怕是失去所爱。伽莲明白自己的责任使然后，是更为欲哭无泪的绝望。

"小妹，你也别那么悲观，后宫也没那么可怕，这困境就是这样，你怕呢，就是困境，你不怕，也就那么回事。"伽兰终于上前，搂住伽莲，学着阿爷的口吻，为她鼓气。

"反正，大姐都死了，我也没什么好怕！"伽莲这话，硬生生将自己逼上绝境。

伽兰只是用力搂紧她，眼角泪光闪动。

"姐姐，我的琵琶落在昆仑山的玄圃了，我得有把好琵琶。"

伽莲也难受着呢，她替姐姐抹去泪水，想到丢失的琵琶。

"这么大意，你师父呢？来不及再去昆仑山取了，明儿采买一把就是了，还缺什么，一起采买。"伽兰眉头也不皱一下，轻松起身作势要离去。

"那，我，明儿自己去选？"伽莲咬着红唇，提出要求。

"好，不过，我得陪着你，不然，你跟人私奔了，我可担不起这个责任。"伽兰咯咯笑道，神采飞扬地打趣，这是许久未曾有过的姐妹间的调笑了。

"私奔？我逃得了你和姐夫的手心？"伽莲上下左右张望，感觉天罗地网也为她张开。

"小妹，你和那个宇文家公子，没做出格的事吧？"伽兰突地回头质问，想起更为重要的事来。

"什么话呀？"伽莲羞红了脸，姐姐太轻看人了。

"宇文家大公子，血气方刚，你又温顺听话，孤男寡女在野外，发生点事，也属正常。"

伽莲见姐姐猜疑她不贞，气恼非常，索性撸起衣袖，露出手臂朱红的"守宫砂"给她验证。

"那宇文大公子，也还算是个男子汉，没乘人之危。"伽兰笑着替她扯下衣袖，郑重其事遮盖好"守宫砂"。

"难道不是因为他与姐夫相熟的缘故？"伽莲没好气地辩争。

"他们这点交情，不值一提，他是一介勇夫，真要横来，将生米煮成熟饭，也不是没可能，他没这么做，说明他是对你真心实意，想名正言顺娶你。"

伽兰理着伽莲的鬓发，老练推测。

"有什么用？我还不是要进宫，辜负他的真心。"伽莲强忍悲痛，她怎能怨恨姐姐的主意？要怨就怨自己投胎投错了地方。

"谁让他不是皇帝？怪他没福气。"

伽兰重点强调，不容置疑，伽莲入宫，是唯一之路，任何人都阻挡不了。

入夜，慕容伽莲被房顶有人揭瓦的声响惊醒，没等她张嘴呼救，一道黑影轻盈地飘落在她床前，月色下，宇文雄的单边金耳环在她眼前晃动，慕容伽莲惊喜地掀开锦被，双手抱紧他的腰！

"莲儿，我要随阿爷东征，你要等我回来，向你提亲。"宇文雄在她耳边深情低语。

慕容伽莲听得蹙眉痛心，她明日进宫，哪里等得了他东征归来？可又不能与他透露半分实情，只得伏在他肩上，悲啼不止。

"别难过，我很快就回来。"宇文雄会错意，轻柔地拍打她的背，安慰她。

"不如，你带我走吧？"慕容伽莲再也伪装不下去，她向他哀求道。

"我要堂堂正正迎娶你，行青庐交拜之礼，干吗要跑？"

慕容伽莲看他憨厚的吃惊样，真想将实情全盘托出，话到嘴边，还是忍住了，她替他扶正衣袍的领袖，拉他的手送他到门前，她的命运不在自己的手中掌控，认命吧。

门外有狗吠，下人起夜的动静，慕容伽莲想要他快离去，说着违心的谎言："雄哥哥，路上保重，莲儿等你归来。"

两人紧紧相拥，深情吻别。宇文雄飞身到房顶，倏忽不见人影。

暗黑中，慕容伽莲一个趔趄，摔倒在地，腿上的疼痛与内心的愁绪，一并袭来，顿时泪如雨下。

第十五章

梅雪衣：血晕

霜云殿外，枫树血色初现，染红半壁宫墙。

梅雪衣披着如雪轻薄的连帽印花斗篷，手捏锦帕，在枫树下轻盈地跳着格子游戏，独乐乐玩得不亦乐乎。

"梅夫人。"宫女环佩拿着牦牛毛编织的毛毯，气喘吁吁跑来，脸颊通红，嘴边呵出一串白气。

"跑那么快作甚？"环佩是以前伺候瑶华殿的宫女，虽非她的贴身宫女，但沉稳识大体，也深得她欢心。

"降霜了，夫人，还穿这样单薄。"环佩将厚毛毯搭在梅雪衣的肩上，随她身后保持主仆距离。

"陛下今日新得一美人，是瑶华殿慕容夫人的妹妹呢。"环佩神情恭谨，低声禀报。

"这么突然，又是哪位大臣相送？"梅雪衣停住脚步，扯着毛毯，转向环佩，她薄施粉黛的瓜子脸在秋日的晨曦中，透出忧虑过多的青白色，细长的丹凤眼，眼尾描出上翘的弧度，有野狐狸的魅惑。

尽管表面对陛下的后宫夫人们漠不关心，实则，内心还是有隐隐的失落。那天本是欲擒故纵，却适得其反，得罪陛下，以后，这日子过得就提心吊胆了。好在，身后还有义父尉迟公是座靠山。

"是那庆召大将军为保封号，将慕容家三小姐送给陛下，她的琵琶弹奏极好。"环佩将打探到的消息和盘托出。

"妙呀，这样一来，岂不将朝霞殿那位气得吐血？"梅雪衣解恨地轻笑道。慕容伽昙死后，就剩青茑萝与她公然作对，她哪里会瞧得上酒楼妓馆出身的青茑萝？

"夫人，不去走动走动？"环佩懂得她的话中深意。

"那是自然！送张我新近的画作，嗯，她叫什么名？我以她的芳名画一张，才显得出我的一番诚心，是不是？"梅雪衣露出洁白的贝齿，无邪地歪头询问。

"夫人不愧冰雪聪明，好像是叫慕容伽莲，莲花的莲。"环佩拍掌赞同。

"莲，花中之君子者也。但愿她比她的姐姐长命。"

梅雪衣若有所思，返身走向霜云殿内。

"是啊，昙花一现，终归短暂。夫人送瑶华殿女主人的画作，还在呢。"环佩对旧主慕容伽昙印象颇好。

"是哪一张？藤黄的《柿柿如意》，还是丹砂的《佛面晨昙》？"梅雪衣问得细致。

"都还挂着呢，女主很喜爱，整天都要在画作前欣赏半天呢，夫人的画工好，你用丹砂的昙花，女主最是喜爱，夸赞你妙心巧手。"

环佩忆及从前事，眉宇间有挥散不去的惆怅。

"可惜了，她这个妙人儿，天妒红颜。"梅雪衣的轻叹如羽毛飘落在地，她走入殿内的连廊角落，这里摆放着寒意凛人的水晶球，里面有只沉睡不醒，浑身洁白的冰乌龟，这只千年的冰乌龟是她从冰岛带来的宠物，到了酷热的夏天，这只神物可是令室内降温的宝物。

"环佩，这位新来的美人，也是居瑶华殿？"梅雪衣盯着冰乌龟，调转莲步，翻阅着博古架上的宣纸，挑选纸张。

"不是，是居住畅音阁，离夫人与青夫人都远的畅音阁。"环佩端来净水，砚台、笔架，为夫人红袖添香。

"畅音阁？与她倒也匹配，择日我得亲自登门造访，好赖也是她姐姐的故人。"梅雪衣的神色是宠辱不惊的轻描淡写。

环佩研墨、铺纸停当，梅雪衣低头沉吟良久，垂腕运力，笔下挥毫，游龙飞舞：看花枝堆锦绣，听鸟语弄笙簧，一任他爱恨反复，世态炎凉，吾自顾庭前观云，檐后读书。

这一画，一鼓作气，一气呵成，梅雪衣也觉香汗淋淋，环佩手拿喷香的白锦巾，为她擦拭额前细密汗珠，正午阳光的光影洒入殿内，一头全身仓黑，颈间一抹雪白的飞鸟扑闪着翅膀飞进来，落在窗前廊下，翘头立稳，咕咕的歌声嘹亮。

　　"青鸟来信了，看这羽毛脏乱得，大半年没洗过澡了？"环佩捂嘴拍打着青鸟被尘垢打结的羽毛，解开这头仓黑的北方大鸟腿上的竹筒，呈交给坐在胡床上擦汗的梅雪衣。

　　"定是我义父捎来的信，石头城的冬天来得比都城早一月，不晓得义父咳嗽的老毛病减轻些没？"

　　梅雪衣神色欢欣，夹杂深切的关心。她的义父是镇疆大将军尉迟公，与梅雪衣的父亲同是"尉家军"的统领兄弟，父亲战败身亡，将雪衣托付给他抚养成人，这才有她进宫的缘由。

　　"环佩，将青鸟洗刷干净，拿些坚果喂饱它，路途迢迢，难为它次次都顺利送达。"梅雪衣支走身边人，拆开信纸，迅速看完，点火烧毁。

　　义父在信里说，他新得一妖媚胡姬，下月将送入宫内给陛下，与她做伴。

　　好哇，这宫里确实清静太久了，看来，往后这日子，有好戏可看了。梅雪衣站在月洞门的窗前，凝视着庭院角落的枫树，火红的枫叶，像是梦中父亲惨死前沾满鲜血的战袍，亲生阿爷、阿娘如何死去，她并不知晓，义父是在冰岛的山洞里找到酣睡的她，彼时，她不足三岁，对战火纷乱的世界，一无所知。

　　全是义父告诉她，就连她的芳名也是义父所取，雪衣？血衣？

　　梅雪衣眼前有血浪喷涌，周边的景物快速旋转成血色浪漫的深黑旋涡，将她吸入，她双腿不受控制，扑通倒地。

　　"天哪，梅夫人的血晕症又犯了！"

　　她只依稀听见环佩焦急的哭喊。

第十六章

青茑萝：小迷楼

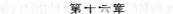

青茑萝的朝霞殿从来都是歌舞升平，今朝有酒今朝醉的繁盛景象。

今日是从未有过的寂静清冷。

靠墙挂在木架上一溜铜制的小钟，平常是宫女用小木槌击奏，铜钟下摆拴有小铃铛，随风晃动，会发出叮叮当当的撞击声。

无风无人，小铜钟也乐得偷清闲，呆呆地不吱声。

鹅黄的轻纱罗帐内，青茑萝裹着翠绿纱衣，挺直躯干趴在胡床上，享受着侍从青奴给她舒缓背部的按摩。

"好好的一出《松下林间舞》全被畅音阁那位给搅乱了。气杀我也，用力，再用力，这股气在体内捣乱四处乱窜，得赶出来！"

她的黑发撩拨在侧，露出修长脖颈上的三条细纹，憋着一肚子气，气哼哼地捶打着锦缎枕头发泄。

"可不是？不然气郁肝结，玉颜生斑，得不偿失。"

青奴抡起拳头加大力度上下推动，青茑萝嫩白的背部肌肤冒出团团红印。

"该死，她的琵琶弹奏得怎么可以那样好？"

青茑萝支起下巴，想起昨日之事，羞怒得很。

她花费心机，邀请到陛下，在她的朝霞殿观赏她的新舞，正在台上卖力地弓腰展露脚尖功夫，手上宫扇半遮桃腮，露出自己轮廓最美的四分脸，不想，陛下心思不在她这，侧身令罗什力招来新欢慕容伽莲一道共赏！

她不能表露内心燃烧的妒火，盯着姗姗来迟的慕容伽莲不放，她怀抱琵琶，身穿杏色浮花拖地长裙，像一股清新的春风飘来。众人的眼光都被她吸引，她柔嫩细腻的肌肤，清澈如溪流的双眸，年轻得足以让宫内女人们嫉妒，她最为嫉恨年轻的女人，暗中诅咒，脚底不稳，滑倒在地，当众出了个大洋相。

"陛下，救我！"青茑萝的罗裙散开，她干脆整个人扑倒在地，侧脸向皇帝发出哀求，她是怕陛下会就此迁怒，不如示弱自救。

宇文虎果然吃她这一招，起身弯腰扶起她："哎呀，夫人，你也太不小心了，歇息吧，不如让莲儿抚琴一曲？"

宇文虎此举温暖她幼小敏感的心灵，但他转身笑着邀请伽莲，乐开怀的嘴脸，当真可恶到极点。

青茑萝看在眼里，痛在心头，被青奴搀扶着坐在锦凳上，架起夫人高高在上的架势，挑剔着坐在金莲花开纹路台上的慕容伽莲，伽莲低垂脖颈，头上插戴紫红宝石葡萄的步摇，颗颗饱满光泽，刺痛青茑萝的心，毫无疑问，这自然是陛下所赐的见面礼。

慕容伽莲先是朝陛下嫣然轻笑，修长的纤手灵巧地弹拨着文曲《塞上曲》，曲调抒情，韵味深远。

一曲未终，"好曲，高妙！"宇文虎兴奋地兀自拍掌，身旁的罗什力一干小人，趁机起哄，堆起满面笑容，随之阿谀奉承的附和，不绝于耳，青茑萝听得恶心呕吐。

伽莲的脸蛋透出羞涩的粉红，眼里是满满的快活，但那真不是得意，不是小人得志便张狂的得意。

"像从前刚出道的我。"青茑萝面对这位娇小稚嫩的劲敌，压力如山大。

"莲妹妹果真有沉鱼落雁之色，技艺非凡，看来，是要艳压整个后宫啰。"

青茑萝虚伪的赞美，连她自己都听不下去，她必须这么做，不敢捋虎须。

"青夫人谬赞，以夫人国色天香的姿容，才是雄霸后宫的女主，莲儿的蒲柳之姿，只有仰望钦慕。"慕容伽莲走向前，跪下行礼，不卑不亢地回应，举手投足，都是名门闺秀的做派。

好个机敏的小浪妇。青茑萝抬起下巴，暗中倒吸一口冷气，不与她正面交锋，才死一个姐姐，又来个妹妹，真是躲不过，我这是要和慕容家的女人较劲一辈子了？

"人间多少明月夜，最忆佳人倚高楼。你们都是孤的女人，哪能不是花容月貌，才艺双绝？"

陛下宇文虎环抱她腰，另一手搂住伽莲，高昂着头颅，多么自满、霸气的帝王！青茑萝仰慕地盯着他，想到他从前落魄时的窘迫，若非她卖笑赚来的银两资助他，哪能有他今时今日的帝位？

可是，她再也管不了他，美人迟暮，膝下无子嗣，她仅靠从前的恩情来维持他对她的情，随着时光飞逝，这份情意愈显苍白无力，未来，她也是心慌意乱，只怕难以持久掌握眼前富贵。

陛下对场中的所有人由衷感叹："孤有茑萝的歌舞欣赏，莲儿的琴声遣闷，唔，再有位性子更热烈点的美人陪着豪饮，那才叫人生无憾。"

青茑萝听得气不打一处来，真是贪婪的男人！还不知足？还想要美人？话到嘴边却走了样："普天下的美人，都属陛下，莫要说再有一位，就是再进十位、八位，以后宫的宽敞，也是不嫌多。"

"哈哈哈，茑萝儿，这才有母仪天下的风姿，不愧跟随孤多年，格局也大了。"

宇文虎听得咧嘴大乐，唤着她的小名夸赞，青茑萝顺势倚靠在他肥厚的肩上，缀满珠宝的龙袍冷冰冰地硌得她脸颊生疼。

她的心也在冷却：听陛下的口气，还会源源不断进新人呢，她真后悔自己给他出主意建造小迷楼，以后，她该如何在这深宫有惊无险地活下去？

"夫人，无须忧怀，你与陛下患难与共，这样的殊荣与恩情谁也无法替代。"青奴累得脑门滴汗，从胡床下来，喘息着宽慰她。青茑萝皱眉挥手，要她退下，她忌讳被人提及从前不光彩的过往，此时，不是计较的时候。

青茑萝是没当上皇帝前的宇文虎从一处酒家带出来的歌女，论年龄，她比宇文虎还年长三岁，宇文虎落魄时，她慧眼识珠，认定此人不同寻常，常拿银两周济他，宇文虎也是知恩图报的男人，坐上皇位，封她为夫人，享受荣华富贵。

她是真爱宇文虎，甭管他当不当皇帝，就想和他做成长久夫妻，可宇文虎今非昔比了，脾气比起往日加倍喜怒无常，他不可能是她一个人的夫君，她怎么办？年老色衰，无子嗣，她能怎么办？还不如当初就在酒家嫁个寻常人家过活安稳。

深宫华美，居之不易。当务之急还是小心伺候他，望他念在旧情上，延续她后半生的富贵生涯。

　　夜凉如水，宫女们鱼贯而入，悄无声息将烛火点燃，摆好晚宴，青茑萝走近落地铜镜前，看着镜中的自己，褪下锦衣华服，珠玉满头插戴的华贵夫人，脸上巧妙的粉饰遮盖不住眼底折射的沧桑。

　　年轻真好，眼前闪现出伽莲明净如月的眼神，人老珠黄，我是真成了人老珠黄了。她恐惧地抚摸着额头，光洁的额头已能触摸到清晰可见的纹路，不管情不情愿，我是真老了，花无白日红，情无百年好，他喜欢新人，就让他找，谁让自己爱他，爱他就爱屋及乌，刚好，由她监工的小迷楼快竣工了，需要美人充实。

　　青茑萝自小混迹市井，懂得分享的益处，以爱之名，享受现世富贵，有何不可？爱，是什么？对于她，爱，是变现的富贵生活。

　　她不再纠结了，吩咐青奴拿出忘忧神仙液，令宫女们敲响铜钟，吹笙弹琴，吃吃喝喝，热热闹闹，在醉生梦死的关头，世间烦恼不复存在。

　　青春不常驻，那就追求长命百岁，延续富贵生活。

　　"青奴，去把卧佛子请来！"青茑萝独自饮酒，愁更愁，想起她旧日的情郎，也是小迷楼的总负责人，异族人卧佛子，他可是炼丹的高手，珍藏有功效奇大的仙丹。

第十七章

尉迟公：花神曼陀罗

日出东方，利见大人。

守日大将军尉迟公驻守的是最为重要的东方边境线。这里有连绵不绝的高山与一望无际的戈壁沙漠。

一百年前的这片土地，蜿蜒九曲的闪电河，包围着水草丰美的洼地，是尉迟家族祖辈定居的乐土，平和富饶的生活被一批不知何处而来的外族野人入侵，掀起一场血与火的生死厮杀。

他们在石头城内，掠夺杀戮，吃人不眨眼，将整个城堡洗劫一空，侥幸逃命的尉迟公的曾祖父，躲到闪电河的源头以身火烧祭祀，向上苍诸神祈祷，才将石头城内的恶魔消灭——第二日起，上天连降三个月的沙尘暴，深深掩埋整石头城的所有生命。

石头城重见天日，这是尉迟公的祖父讲述给他的久远记忆。

肤硕体胖的尉迟公披着满头黄卷发，他目光有棱，红颊青眼，壮健如虎，腰挎百斤重的青铜宝剑，在黄土夯就的烽火台，巡视他的石头城。

城内的子民们，忙碌他们芸芸众生的日常生活，武场上，他的"尉家军"正有序地操演，呼号响彻云端。

前不久接到密报，河南王尚书崔如素、柱国公宇文泽父子率领的人马在边境线的顶端，抗御蛇岛的外族蛮子，他需要时刻备战，做好接应。

尉迟家族的成员注定与兵荒马乱的岁月相伴。他感叹着，走向城墙东方筑得高高的祭台，开始他每日例行的仪式。

他单腿半跪，眯眼远眺，一轮红日在黄沙迷漫中喷薄攀登。"日出东方，利见大人。"尉迟公怀着敬畏之心，临东而拜，嘴里念着家传咒语，静默片刻，唰地抽出宝剑，迎沙习练。

一圈下来，他握剑的手臂，使不出力，他从不畏对手刺向他躯体的剑气，也不惧变化无常的沙尘风暴袭击，唯独，他棘手女人，棘手与大漠花神曼陀罗一般清丽妖娆的胡姬秦花，石头城最美的女人。

曼陀罗花是沙漠中的花神，有奇香，有剧毒，是石头城男女婚配当夜必饮的合欢酒，饮酒后，男女都会产生兴奋、麻醉的快感，但不可多饮，多饮则会死人。

秦花的阿娘生她前夜，梦见妖娆的花神曼陀罗从天而降，都认为她是花神转世，命名秦花。

长到十三岁的秦花，常采摘洁白的曼陀罗戴于头上，她走过的地方，都会有幽香停留，分不清是花香还是体香。她生有碧蓝的双眸，如深不可测的海洋，秀挺小巧的鼻头，迷人的单薄樱桃红嘴，她的艳名远播，就凭了小巧的嘴，柔软纤细的腰肢，能吞进那么滚烫的酒，容纳车载斗酒的分量而醉不倒！

秦花的阿爷是石头城高度烈酒绿泉甘液的酿酒坊老板，从小在酒坛泡大，酒量惊人。

石头城最美的女人，必定要送入尉迟公的大将军府邸，秦花入府，与尉迟公斗酒，第一回合，不分伯仲，第二回合，酒至半酣，她已眼波流动，按捺不住赤裸裸地挑逗他。

"大将军是铁血柔情的大英雄，秦花佩服得紧，也爱慕得紧呢。"

"然后呢？"尉迟公开弓射箭，百发百中，就从来无法解读女人的话中深意，他傻傻追问。

"然后？你想怎么就怎么样呀！"秦花咯咯笑起来，没料到威风凛凛的大将军，在情场上，却是不解风情的雏儿。

"大将军不是常说要喝最烈的酒，骑最快的马，爱最美的女人？"秦花柔嫩无骨的手腕缠着他粗厚的脖颈，嘴里呼出的热气、酒香杂糅她的体味，喷洒入他的鼻孔、口腔，是令任何男人意乱情迷的雌性气息。

趁着体内蛰伏的野兽还没昂首咆哮，他推开她，阿嚏！打了大大的喷嚏，白色唾液挂满浓密的胡须。

"我美吗？我是石头城最美的女人啵？"

她咬住他的耳垂，柔媚地引诱他。

尉迟公被撩拨得酥麻难耐："是，你是最美的女人。"他突然打了个哆嗦，祖父训过他："最好的珍宝，当应奉献给皇帝。"

他已有石头城最快的乌骓马，每日畅饮最烈的绿泉甘液，他不能再贪心，祖父说过，过度贪婪是致命的罪魁祸首。

尉迟公意识清醒，他扶她站在地上，保持恭敬的距离，一手按在胸间，一手指向都城的方位，朗声而吼："最美的女人应当属于皇帝！我送你入宫！"

"最美的女人当属皇帝！"尉家军如听到将军发出的阵令，一律收敛嬉笑，正色统一高呼，气势地动山摇。素以骁勇善战著称的尉家军是尉迟公的祖父的祖父残酷训练出来的一支人数过万的强兵。

宇文虎的父辈与尉迟公的父辈都是同袍战友，夺取帝位，全凭了尉家军的后援，所以才会委以重任，派他们世代守护最重要的边境。这里是尉迟家族世代生活的土地，他们愿意听命皇帝，守护自己的土地与家园，为此，对皇帝的忠诚始终如一。

尉迟公说完，就令随从给秦花饮醒酒汤，大步进书房，铺纸研磨写信给宇文虎、梅雪衣。

"雪衣吾爱。"他提笔写道，似觉不妥，眼窝有泪流淌，他从她三岁就抚养她，直到十四岁入宫。两人相互依赖，情感远超义父义女关系，雪衣原本可以不入宫，成为他的女人，他的爱妻。祖父的遗命，使他不能违抗。

"参天大树必须在远离人的地方才能长大。公儿，我们的家族职责是守护整座石头城，守护我们的子民安居乐业，对皇帝必须忠诚，没有皇宫内的信任，就没有我们尉迟后代子孙在石头城的安稳生活。

"送雪衣入宫，你需要一只在皇帝身边的耳朵，只能是最爱你的人去。"祖父的遗愿，是通过深思熟虑后的万全之策。

尉迟公替皇帝将曹贵一党歼灭，他已深感富贵荣华如烟火绚烂，不费尽心思，步步为营，随时身家性命难保，身为一城之主的大将军，重任在身，儿女私情只是小事。

梅雪衣的个性倔强清高,深宫险恶,难获皇帝宠爱,这位秦花,是块讨男人欢心的好坯子,送入宫给雪衣做个伴,石头城的城墙再牢固,防御再精良,也还需要她们柔软的娇躯来做最后的保障。

"爱她,就送她进宫,恨她,也送她进宫。是这样吗?"酒醒了的秦花,裹着轻薄的银白镂空刺绣拖地长袍,披着豹纹斗篷,胸前丰乳傲然挺立,被水浸湿出清晰的轮廓,零落在雪白肌肤的乌发扎了一朵白色无花蕊的曼陀罗花,散发出浓烈刺鼻的香气,她赤脚来到他的书房,房内燃烧着熊熊烈火,室内炙热如夏。

"不,不是爱与恨的问题,是生与死的问题。"尉迟公头也不抬,语气清醒冷冽。

"我还以为我能嫁给你,石头城的大英雄,才算是此生无憾了呢?我才不稀罕什么皇宫,自古英雄配美人,不好吗?"

秦花解开斗篷,张开双臂,充满欲望的红唇靠拢他。

"皇帝才是天地间的大英雄!"

尉迟公转身,抽出宝剑,横挡在面前,剑光冷飕飕泛出寒光,秦花的脚步不得已停滞。

"我不稀罕,我只要石头城的大英雄!"秦花深情地呐喊,哀怨地瞪视他。

"你别无选择,不进宫,只有死!"

尉迟公不为秦花美丽的眼神所动,梅雪衣,他的义女,他心底最美最美的绝色佳人,他都能放手,何况她?他对雪衣有承诺,终有一日,他会到皇宫接她出来,回到石头城,相伴相老。

这是他留给梅雪衣的念想,喂养她深宫寂寞的芳心,他做得到吗?他不知道,他会与她相伴到老吗?他还是不知道,她已是陛下的女人,他不能动,也不敢动,只有一个可能,要么他起兵叛变,可他不愿意冒险,以尉家军上万人的将士和家庭来冒险,满足自己的私欲,他同样做不到。

"死?你要我死?你舍得?"秦花张大猩红的小嘴,难以置信,她是石头城的花魁,他是石头城的大英雄,最为匹配的英雄美女。

"我没什么舍得,不为我所用,就与死物无异。"尉迟公将宝剑插回剑鞘,无视眼前肉体芬芳的秦花。

"喔,原来你是要我入宫为你所用?"秦花听懂了,神色黯淡,失落地坐在虎皮椅背上。

"起来，秦花，你来看看，石头城的他们，我们的兄弟姐妹、父母亲人，他们的生死重要，还是你我个人的情爱欢愉重要？"

尉迟公呼地拉着她，推开窗，城楼下熙熙攘攘的人群如过江之鲫，世俗生活的烟火熏天，他对她凶狠地咆哮。

"我入宫就是了。"秦花被他透着杀机的凌厉眼神吓住了，她心不甘情不愿地认输，后怕地关上窗，猛扑在他后背，抱紧他，带着哭腔："可我喜欢英雄，喜欢你，我愿意将我的身体给你，就死而无憾了！"

"英雄？皇宫的皇帝才是天下的大英雄。女人的身体，应当给爱她的男人，才不算暴殄天物。"

尉迟公鄙夷地冷哼道，毫不留情推开她，将她关在门外。

他压抑他的欲望，克制他的情感，只为保存他的城，他的子民，他的尉家军。

尉迟公紧锁书房铁门，吩咐左右："没有我的指令，谁也不准进来！"

他坐在书案前，重新铺开纸，奋笔疾书：雪衣吾女……

第十八章

宇文周：情欲之花

宇文周接到诏令，要他出关迎接尉迟公送来的美人与五百坛烈酒。

"又是美人，哼，什么样的美人，还需我这位皇兄亲自去迎接？"

刚从赌场输钱出来的宇文周，心情不爽，骂骂咧咧地抱怨。

对外宣称，他与陛下是亲兄弟，本质上，他与宇文虎并非亲生骨肉的血亲，而是在夺取皇位上歃血为盟达成交易共识的兄弟：结拜成兄弟，共享大富贵。

宇文周本是匈奴皇族后代，父亲在世前拥有精锐部将上千，宇文虎与他结拜成兄弟，多是觊觎父亲的部将，父亲去世后，这支队伍就转交宇文虎统领，本对领兵打仗毫无兴趣的他则落得轻松，常带领家丁，骑高头大马，挟弓持弹，狂奔急驰于都城道上，走马观花赌场酒肆，城中百姓都称他为"轻薄赌公子"。

"一定是绝色大美人，皇帝陛下知道柱国公不好女色，才放心交给你。"

躬身等候他的随从血慈悲回应他。

血慈悲是他在一座破败寺庙遇上的化缘僧人，生得灵秀俊美，伶俐机灵。他当时身无长物，只将封皮磨损的《维摩诘经》当个宝贝，见到经书，原本骄纵冷血的宇文周想到早逝的阿娘，也是吃素念斋的主，偶发慈悲，问他姓名，他说是"血慈悲"，见血知慈悲，便收留他，专管他的千里马。

"他好色，老子好赌，不是亲兄弟也胜似亲兄弟。人生在世，酒色财气，哪一样缺得了？走，到下一家再试试手气，老子偏不信邪！"

宇文周拍打着干瘪的钱袋，摸摸腰间缀满珠宝的腰带，抬头看天色尚早，飞身跨上他的白花千里马，蛮横下令。

"柱国公,明早就得长途跋涉,此去玉门关外,也得十天行程,不如早日安歇,保存体力?"血慈悲拉住缰绳,劝阻他。

"废话,十天路程,算什么?以我这白花千里马的脚力,至少缩短一半路程,不赢点本钱,哪甘心上路?"

宇文周嗜赌如命,夺走缰绳,纵马前进。

"遵命!"血慈悲屁颠颠地追随上前。

苍天不负有心人,宇文周当晚大获全胜,赢得金豆、金叶各数袋,狂喜而归。

"血慈悲,你说是不是我去迎接的大美人在暗中助运?我许久没有赢得这般开怀顺畅了,简直就是神灵相助!"

"是嘞,柱国公的好运到了!切不可说是美人助运,那是皇帝陛下的女人。"血慈悲慌忙劝慰。

"那有什么区别?女人如衣裳,兄弟为手足,皇弟对我这样说过。"

宇文周满不在乎,他对血慈悲也不遮掩当年与陛下歃血为盟发过的誓言。

"可毕竟现在他是一国之君,你这样评说,不合君臣身份,倘若被小人得知,会引来杀身之祸。"血慈悲神色忧惧。

"我只和你说过,倘若被皇弟得知,那也是你泄密,我得先宰了你!"

宇文周情绪亢奋,狞笑着拍马疾驰。

"事有因果,也怪不得我。"血慈悲淡然回应,无所畏惧。

玉门关内,有大片长满芦花的湖塘,秀挺整齐的芦苇花,像整装待发的军队,恭候听命,又似亭亭玉立的美人,随风飘扬。

宇文周下令随行的精简轻骑在此驻扎营地,生火造饭,等候与石头城的"尉家军"都领尉迟谋带队的人马会合。

日落西山,残阳如血,染黄芦花,尉迟谋率领的队伍抵达宇文周的营地,两军相对。

宇文周骑白花千里马,金面长须,豹眼浓眉,溢满震慑人心的霸气。他头戴红穗金盔,身穿锁子黄金甲,使一杆鎏金长枪,在风中站定,好一条顶天立地的大汉!

身穿青铜铠甲,头戴虎头盔帽的尉迟谋从马上翻身下来,跪拜相迎:"有劳柱国公亲自接应，在下尉迟谋，奉命护送秦花姑娘在此交接。"

宇文周神色高傲，颔首示意："一路辛劳，尉迟都领，大将军派能开三百斤硬弓的勇士出行，对陛下果真忠诚可嘉。"

他的目光越过尉迟谋，估计他身后青骢马上戴着鸦色连帽斗篷，黑纱遮面，包裹严密，分不清男女的定是美人了。

尉迟谋转头过去，牵马的黑纱蒙面的人伸手将马上的人扶下来，观其姿态优美，举止灵巧，她双膝下跪，浑圆磁性的嗓音着实悦耳："小女秦花向柱国公行礼。"

"姑娘一路劳累，免礼。"宇文周见不到她的真实面目，回礼后，正欲向尉迟谋商议行程安排。

"呀。"秦花娇呼，大风将她面上的黑纱吹跑，晃晃悠悠向半空飘去，露出她碧眼、高鼻、粉唇的娇嫩俏脸，宇文周神速，举起鎏金长枪刺中黑纱，血慈悲一个飞身取下来，递给秦花的侍女，主仆两人配合天衣无缝。

"柱国公好功夫！"两方将士们齐齐喝彩，宇文周得意地露齿大笑，眼睛直愣愣盯着秦花，他见到如一泓碧泉的美眸，溅射出爱慕的火花，鼻端吸入一股梦幻缥缈的奇香，他竟然陶醉其间。

宇文周双腿夹紧马肚，向她冲过去，四周人群惊叫散开，趁慌乱中，他伸手抚弄她的一撮乌发发束，指尖拂过她的脸颊，他听见心房炸裂的巨响，世道再乱，真爱还在。

"将士们辛苦，今夜犒劳大家，吃肉喝酒休整，明日启程！"他豪迈地挥舞长枪，如同得胜凯旋，高声呼喊。

群起欢呼，气吞山河，淹没了落日的余晖。

当晚，月色溶溶，篝火熊熊，两军同坐，划拳猜令，吃喝笑骂不绝于耳，连日奔波，双方将士都有不醉不归之意。

宇文周的帐篷内，红烛长明，他与秦花、尉迟谋三人团坐一起，桌上放了大盘烤得金黄油亮的羊排，飘散着孜然与黑椒的浓香，冒着热气、焦黄酥脆的胡饼，每人面前一只凤嘴高脚银酒壶、莲花银碗，三人割肉畅饮。

"尉迟大将军与崔尚书部队会合了？"宇文周乍见到着豆青色衣衫上印染曼陀罗花纹的秦花进来，天然一段风流的体香，柔媚动人，暗自咋舌，果真是塞外尤物，皇弟又最爱豆青绿，这娘们定能获得宠爱，想到她将躺在皇弟龙榻，共赴巫山云雨，喉间竟有呛人的酸味涌来。

他躲闪着，不与她直视，接过血慈悲倒满的浊酒，与尉迟谋寒暄几句，便一饮而尽。

"还未曾汇聚，想是那边战事并不十分吃紧，听大将军讲，崔尚书要将皇太后、皇姑接回都城，须得耽搁些时辰。"

尉迟谋面容敦厚，老实禀报。

"陛下孝心，感天动地。"宇文周举起酒碗，回味着这烈酒滋味，忆及与宇文虎当初叛乱弑君的初衷，他为了获得曾被他挥霍一光的财富，宇文虎为了将流离在外的母亲、姑姑有尊严地接回来。

"血慈悲，这酒太寡淡，喝不尽兴，将我珍藏的苏合香料放进酒坛，余下的赏赐给将士们，加了苏合香料的酒，醉后睡得踏实，清醒也快，不耽误行程。"

宇文周动了鬼迷心窍，偷眼看秦花，默然饮酒的她，在烛光下，饮酒的姿态纯熟老练，写满深藏的情事。

她突然抬头，碧绿的美目与他对视，清脆的嗓音娇喝道："墨语，换个大碗，这小碗喝得了无意思！"

宇文周听秦花这话，甚是对胃，他劈头凝望着她，这位谜一般的女子，比赌场上风云变幻的赌局还过瘾。

"柱国公有所不知，秦花姑娘不仅是俺们石头城内一等一标致的姑娘，酒量大得很，就连大将军都喝不过呢！"

尉迟谋在旁添油加醋的煽动，激起宇文周好胜的赌性。

"血慈悲，拿一袋金豆出来，我倒要和这位秦花姑娘过过招，赌一局，如何？"宇文周眼里冒出火来，手背抹着狮鼻泛出的汗滴，平生赌过无数次，还从未与女人交过手。

"这，不太合适，秦花姑娘可是陛下的女人。"血慈悲迟疑着在他身旁提醒。

"秦花姑娘、尉迟都领，我这位年轻的马夫说我与你赌一局，不合适，你们以为呢？"

宇文周抢先将血慈悲的疑虑说出来，在座的人始料不及。

秦花先捂嘴笑了，尉迟谋愣了下，迅速反应过来："哪有什么不合适，秦花姑娘还没进宫嘛，再者，柱国公也是皇亲国戚，都算一家人了，早就听闻柱国公赌术高明，今日也让在下见识见识。"

"且慢，马夫的话也不无道理，这样，我与尉迟谋都领赌，秦花姑娘观战就是了，不过，依照赌场规矩，你们拿什么当筹码？"

宇文周会意，此举有失大体，传闻出去，损伤皇弟圣颜，就折中处理。

"喝酒呀！"秦花接嘴也快，不假思索。

"赌场没这规矩，要真金白银的筹码。"宇文周开心地大笑，为秦花的天真。

"把我的墨语当筹码，可以了吧？"秦花也不甘示弱，将眉目清秀的侍女推到灯下。

"好，血慈悲，倒掉袋中一半金豆，我们划拳定输赢，你们赢，这袋豆子属于你们，我赢，就得她陪本公一宿！"

宇文周冷静如赌场裁判官，见到兴奋得摩拳擦手的尉迟谋，高声宣称。

血慈悲换上蜡烛，明晃晃的烛光下，金豆子倾倒在桌面，黄灿灿如谷粒，诱人犯罪。

秦花面色绯红，墨语既腼腆又惧怕配合着血慈悲忙前忙后，伺候他们的主人们。

赌神继续眷顾着宇文周，他赢了，尉迟谋已经被灌得大醉不醒，余下的酒，宇文周让墨语、血慈悲全部喝掉。

夜深了，整个营地陷入沉睡的梦呓。

"血慈悲，扶尉迟谋都领回营。"宇文周毫无倦意地安排。

"墨语，你跟了柱国公去，好生伺候。"

秦花临走前，将侍女推过来，遵从规矩。宇文周摆手，冲她意味深长笑道："不必着急，返回都城再说，这一路，你也需要熟悉的人服侍。"

"谢谢柱国公体谅，铁骨柔情就是你这样的男人！"

他感受到秦花眼里的火焰在不安分地跳跃，那是对他的致敬，也是对他的挑逗。

"不知这下半夜的时辰，在芦花荡里能否看到星星？"

宇文周没来由地说了一句没头没脑的话。

秦花搀扶着不胜酒力的墨语刚出帐篷门，闻言后，她脚步暂缓，她听得见，也听得懂。宇文周暗想，抓起杯中冷酒，喝了个底朝天。

人群散去后，营帐内空荡荡的，宇文周吹灭烛火，披上厚黑丝绒斗篷，出去小解，营地散落着燃尽的灰烬，将士们进入梦乡，芦花在夜色里集体静默，天上圆月也成月牙儿，他向芦花深处走去。

他记得这芦花荡中有艘破旧的废船。他走在芦花丛中，野兽呼号的风声将他的脚步声淹没，柔软的芦花不时轻抚脸庞，撩得他莫名亢奋，他从未有过今夜的激动难耐，赌场的激情已浸润进他身体的血脉。

废船停泊在芦花荡的隐蔽处，他放慢脚步，一股熟悉的幽香混入他鼻腔，近了，近了，更近了，他嗅出了花香、酒香及肉香的浓烈气味，使他欲望膨胀的气味。

线条曼妙的秦花，半跪船头，如等候归家的夫君，娴静温良。

宇文周感受浑身血液在沸腾，他成了大胆的猎手，蹑手蹑脚靠拢，张开双臂，凶猛地扑向笼中的猎物。

他将秦花紧紧搂抱，就势压倒在船头，想想不妥，扯下斗篷，铺在船面，才轻柔地褪下她的裙，覆盖上去，身下的肉体温暖奇香，并不抗争，顺从地臣服他。

秦花调皮地舔他脖颈，麻酥酥的快感传来，暗示他加快进度，宇文周受到鼓励，豪情四射，狠力进入她体内最温柔的部分，女人撕咬着他的肉体，痛并快乐中，废船随他动作加剧晃动，月牙害羞地躲进云层，芦花摇摆，在为他的进攻摇旗呐喊。

月儿再露出来时，宇文周与秦花并排躺在船头。"情花？为情所生的花？花儿？"他眷恋地搓揉她坚挺壮实的丰乳，秦花被粮食与醇酒浸泡长大的玉体，在月色下，如一尊白玉雕像，光华满地。

"不，生命之花，情欲之花。"

秦花起身，举止风雅地穿上衣衫，心满意足地媚笑，顺手扯断一根低垂的芦花，在他裸露坚硬如铁的胸膛来回刷走，宇文周翻身抱紧她，亲吻她的黑发，喟然长叹："进宫后，我得叫你秦夫人了。"

他以为自己只是好赌之徒，从没料到对她，最不应该的女人，有如此非分的欲望与不舍。

"和你这一夜，就是现在要我死，我也不后悔了。"

秦花从身底抽出落红点点的锦帕铺在他胸膛，嗓音是浅唱低吟的性感。她起身跑下船，钻入芦花丛，倏忽不见人影。

宇文周翻身侧立，望着花海与天际同色的芦花丛，伊人何在？他以为自己是做了一场春梦，他捡起掉在船上的锦帕，点点落红，发出刺鼻甘甜的血腥味，他突然放声大笑，真是傻娘们，这天真的边塞女子，失去处子之身，如何向皇弟交差？怎能赢得欢宠？他可是都城百姓眼里的轻薄赌公子，不值得这样待他。

启程都城的途中，宇文周跑在队伍前头，刻意不与秦花照面，每夜安寨扎营，照旧日日赌钱饮酒，秦花躲在帐篷，吹篪解闷，他都当不知。

平安将秦花一行送达安乐殿前的千层白玉梯，宇文周遥望着她的队伍进入深宫，驻足不语。

"柱国公，切莫动情，回吧。"血慈悲手挽白花千里马的缰绳，调转马头。

"嗨，血慈悲，本公可是出名的轻薄赌公子，何来情可动？"

宇文周着重强调轻薄二字，不屑一顾。

"神性无所不在，就在那自然之中，只待轻薄浪子回头，金不换！"

血慈悲抬头，灵秀的眼眸清澈明亮，闪烁着睿智的光彩。

"没影的事，我纠正你，浪子回头，情不换！"宇文周恢复嬉笑本色，抢过缰绳，拍马狂奔，血慈悲早料到他这一着，飞身骑上自己的坐骑，从容不迫地跟上。

第十九章

慕容伽莲：火照之路

畅音阁位于西宫最不显眼的角落。

阁楼后院生长一片茂密的斑竹林，林间溪流汩汩而淌，竹片引水滴落在石缸，水声滴答清脆，是为"畅音阁"。

宫女丰仪，矮胖敦实，梳着双环发髻，笨手笨脚地端着盛满清水的铜盆，横跨门槛时，被裙摆绊住脚，啊哟，丰仪吃不住痛，惨叫着，胖如藕节的四肢连人带盆摔倒在地。

"丰仪，你生就这样富态，真不该是伺候人的主。"侍女雅霜见她这窘态，笑得直不起腰，指着她嘲讽。

"雅霜，有什么好笑？还不快去给伽莲夫人另换一盆冷水？"随伽莲入宫的阿蛮听见动静，走出来对不知轻重的雅霜训话。

后庭四围种植桂树，树林空地有低洼的水池，常年无故冒高热气泡，都以为此地不祥，才无人入住。

伽莲不怕，她命人将四周用布帘围住，成为她洗兰汤浴的温池。

从小迷楼侍寝回来，她就泡在这热气蒸腾的温池内，头靠石枕，嘴咬白巾，通红的脸上溢满汗珠，她痛楚地紧闭双眼，两耳不闻窗外事。

臀部的暗伤，随着水温滚烫的回升，如被火炉吊着炙烤，一阵阵撕心裂肺的痛楚轮番轰炸，她死死咬住汗巾，扛住不吭声。

这是陛下宇文虎送她的见面礼，她的初夜，不是温柔相对的鱼水之欢，而是疾风暴雨的侮辱与践踏。

"嚯嚯嚯，你是祭拜我的小羔羊。"

陛下宇文虎的残忍冷笑，惊得她浑身起鸡皮。那晚，皇宫里年长的宫女姑姑们伺候她，洗浴洁净后，替她抹上芬芳的花油，净身套上薄如蝉翼的竹叶青图的宽大丝绸长衫裙，送入陛下的新建而成的行宫小迷楼。

待宫女们依次退下后，寝宫四壁、天花板由菱形镜面堆砌，她感觉自己是躺在一座装潢浮夸的墓地，四周安静得连掉根银针都能听得见。

一束巨大的光晕，清冷柔和，从宫顶一颗鹅蛋大小的夜明珠散发，折射出万花筒的重重叠影，令她眼花缭乱，四只金铸的丹顶鹤香炉里焚烧着龙涎香料，鹤嘴吐出一串串青烟，来回飘散，躺在装饰绮丽奢华的龙床上，刺绣金龙戏凤锦被内的伽莲瑟瑟发抖。

她睁大双眼，不敢入睡，想象被亲人们集体恐惧的陛下该是何方三头六臂的古怪神物。

时间一点一点地溜走，龙涎香的香气散了，陛下还没来就寝，她以为他定是忙于朝政事务，耽搁了。

正囫囵进入梦乡，伽莲突然感到身躯发冷，睁眼见到一位器宇不凡的壮年男子，留着浓密的胡须，他粗鲁地将锦被掀翻，撕扯她的衣衫，凑近她时，嘴里喷出难闻的酒气，熏得她差点呕吐，她惊恐地望向宫门，影影绰绰，看不分明，侍卫与宫女们都刻意避了。

"陛下？"她恐慌地扭动身躯，以定身份。

"你就大声嚷嚷，反正无人听见！你是孤的女人，随孤爱怎么折腾就怎么折腾！"

……

她是被抬回畅音阁的。从来不曾预想，她的初夜，在皇宫里的恩宠，是这番有苦难言的羞辱。

"阿蛮，陛下，陛下有嗜痂之癖。"温泉池的水温，被一盆盆的冷水冲和后，降下温来，伽莲抽抽搭搭向阿蛮诉说初夜骇人的遭遇。

"莲儿，你受苦了。"阿蛮听得默然掉泪，她为伽莲擦拭头上的汗珠，心疼她遭受的非人蹂躏。

"阿蛮，我想姐姐，会不会是她受不了，受不了……自己了断自己，你说，有没有这样的可能？"

伽莲吃力地爬出温泉池，伏在岸边，胡乱揣测。阿蛮贴心地将干燥的毛毯给她盖上，见到她的臀部红肿像蜜桃。

"莲儿，我们刚入宫，唯有万事小心谨慎，不可无端猜测，这陛下的行为好生古怪。"阿蛮取来药膏，沾着锦帕，给她轻轻涂抹伤痕。

"待我伤好些，就去瑶华殿祭拜大姐。"伽莲蹙眉低语。

"好姐姐，别再取笑我，看在大家服侍同一个主子的面上，饶了我吧。"丰仪和雅霜两位宫女擦着地板斗嘴的闹声传进来。

伽莲与阿蛮默然窃听。

"不是我要取笑你，谁让你阿爷阿娘生下你这肥猪的蠢样，天生就让人取乐！"雅霜直起腰板，气焰嚣张。

"从前瑶华殿的夫人也没这样笑我呢。"丰仪不服气地顶嘴。

听到这里，伽莲与阿蛮相视而笑，找到裂缝了。阿蛮支走雅霜，唤丰仪进入内室，穿戴整齐的伽莲斜靠在暖枕上，笑容温和。

"伽莲夫人有何吩咐？"丰仪傻头傻脑地跪拜行礼。

"阿蛮，拿些甜果子赏给丰仪吃。"伽莲想起她是大姐身边伺候过的宫女，自来亲近。

"伽莲夫人真好性儿，真是心慈貌美的好夫人。"丰仪是有吃就是娘，胖嘟嘟的脸蛋乐开了花，她趴在地上连声称谢。

伽莲见她说话不伦不类，眼神无知无畏，晓得她是天真烂漫的人，心底更觉亲近。她换个更舒服点的坐姿，等丰仪吃甜果儿的当时，打着腹稿，要如何开口和她聊聊大姐的事。

雅霜急慌慌地跪下禀报："夫人，霜云殿的梅雪衣梅夫人前来拜见。"

"梅夫人？"伽莲印象不深，阿蛮也是一头雾水，这皇家深宫，她们进来不足十天，连路都没摸熟呢。

"梅夫人，从前与瑶华殿的昙夫人要好。"

雅霜搓揉着罗衫边角的褶皱，提醒道。

"哎呀，能见到环佩姐姐呢。"丰仪嘴里塞着甜果儿，含混不清地帮腔。

"那就快请梅夫人进来，夫人头疼，无法起身迎接，雅霜，我和你去接梅夫人。"

阿蛮稳当安排，伽莲方才松口气，她连站立都困难，更不用说去出门迎接了，唉，只有硬撑了。

"丰仪，你赶紧出去烧水煮茶，也不晓得这梅夫人喜好饮茶否？"伽莲忍痛下地，双膝一软，跪下来，她不用再忍痛起身了，一位袅袅婷婷的女子，飘然而至。

"伽莲拜见梅夫人。"她头伏在地，鞠躬行礼。

"莲儿妹妹请起，坐起来说话吧。"梅雪衣的嗓音软糯坚定，脸上笑容淡然，双手扶起伽莲，坐到椅上。

伽莲感触她的手极其冰冷，她勉强挤出笑容，勉为其难地侧身坐到她对面的锦凳，半低着头，不敢正视她。

"莲妹妹，入宫还惯？真真是个绝色美人，和瑶华殿的伽昙妹妹倒有几分相像。"梅雪衣端详着她，看得仔细，语气欣喜，神色冷漠。伽莲摸不清她是敌是友，不敢盲目应答。

"谢谢梅夫人关爱，莲儿初来后宫，恳请夫人多指教。"伽莲谦卑应答，细声嘱咐阿蛮，"阿蛮，泡滚滚的桃花女儿茶给梅夫人饮用。"

"莲儿妹妹真是兰心蕙质，我这身子骨本是手脚冰冷的冰岛耐寒体质，难为你惦念。我也送个小玩意给妹妹献丑。"

梅雪衣浅浅地笑，身旁的环佩取出画卷，解下丝带，画面上，殷红如血的一朵红莲在火中冉冉绽放。

"梅夫人技艺高妙，莲儿学识浅薄，冒昧请教，莲花出自水中，为何这红莲在烈火中盛放？"伽莲看得呼吸紧促，这色彩，太过血腥，她似乎都能闻到鲜血涌流的腥味。

"那不过是常人的理解，此画取名'火照之路'。希望莲妹在这幽黑的深宫蹚出条光明大道来！"梅雪衣的笑，带有阴沉沉的寒意。

伽莲听得毛骨悚然，直觉眼前的梅夫人定有不可告人的欲望隐藏，她咽下滚烫的桃花茶水，喉咙嘶哑："梅夫人太抬举莲儿了，此等，此等福报，莲儿怕是无福享受。"

"莲花出淤泥处，而不染，凤凰在烈火中，才涅槃。福报一说，不过是掩众人耳目的把戏！莲妹可不要陷入佛法愚痴。"

梅雪衣丢下这句话，起身作势要走。

"莲妹妹，小迷楼是陛下新建的销魂窟，想必设置的奇技淫巧不少，你可要熬得住。"她附耳对伽莲说完，飘然离去。

伽莲臊得面红耳赤，见梅雪衣的身影消失在畅音阁门庭后，她才示意阿蛮扶起身，落座吃杯热茶。

"这梅夫人，好生不简单呢。"伽莲对阿蛮感叹。

"能进这宫的女子，哪个简单了？谁的背后不有一帮子人在操纵？"阿蛮抿着一口热茶落肚，道出实情。

伽莲正视自己进宫的隐秘苦衷，默然认可她的实话有道理。

丰仪掀开珠帘，一头撞进来，慌手慌脚入室禀报，朝霞殿的青茑萝夫人过来拜见。

"今天这是什么日子？一个接一个的显贵夫人都来光临寒舍？"伽莲狐疑地嘀咕着，放下琥珀茶杯。

"应付眼前人要紧，不可失礼。"阿蛮沉稳，她扶着伽莲，走到门外接青夫人。

"且慢，阿蛮，你去，我还是进房内恭迎，不可厚此薄彼。"伽莲蓦然想起梅夫人，都是夫人，谁也不能怠慢。

"夫人考虑周全。"阿蛮拍下脑门，伽莲来不及跨步，就听见一串风吹铃铛的嗓音，顺风传来："哎呀，这畅音阁真是世外桃源一般，还是莲儿妹妹会享福，住这清幽的地方，人自然也养得水灵。"

人未到，音先到的青茑萝，一身桃红绣金线牡丹的凤袍，唇上的朱丹，烈火般灼热，左右两臂有穿橙黄衫裙的宫女扶着，张牙舞爪的华丽气势，唬得畅音阁上下人等大气不敢出。

"莲儿拜见青夫人，适才，莲儿身体不适，未曾远迎，望青夫人恕罪。"伽莲只得跪在庭院地上，照旧是头面伏地，鞠躬行大礼。

"免礼，免礼！莲妹好眼力，挑了这块风水宝地，啧啧啧，看这竹林小院，来年开春，再种上点瓜果蔬菜，可不就是小家小户的舒心日子？"

青茑萝口上说免礼，就是不肯扶伽莲起身，上来就将伽莲家底单薄的老底给揭穿了。

"青夫人好雅兴！伽莲父母双亡，无亲可靠，不敢有非分奢望，只求守着薄地，平安过日就好。"

伽莲听出她话里有九成试探，一成假意，她慌乱掩盖内心的欲望，故意淡泊风云。

"呵呵呵，好个只求守着薄地，平安过日就好的莲妹！何苦费心进宫？"青茑萝的冷笑，惊起院内觅食的几只野麻雀，它们叽喳着冲上云天。

伽莲被她直白的话，噎住喉咙，她只有装傻不语。

"青夫人，外面风大，请入内吃杯热茶。"阿蛮端来冒着香气的花茶，过来解围。

"不必了，莲妹，姐姐晓得你昨晚吃尽苦头，这匹莲枝纹蜀绣锦缎赏你，做件新衣裳。"

青茑萝挥手拒绝阿蛮，看穿伽莲极力要遮盖的丑，偏生还要当众说出来，分明不安好心。

伽莲真想扑上去，要她闭嘴。可她不能。"妹妹，不管受到天大的羞辱，都要承受住。"姐姐伽兰的嘱咐在耳边回响。

"多谢青夫人关怀，莲儿出身卑微，皮粗肉厚，算不得什么。"伽莲克制着内心的羞愤自嘲。

"你也不必担心，过不了多久，自然有新的美人替你分担，只怕，你想见陛下一面，都会比登天还难呢。"

青茑萝伸出保养得当的双手，伽莲以为她要扶起她，不，她只是关心自己手上涂抹的指甲油颜色。

"哎呀，这凤仙花的指甲油，就是不够明亮，青奴，咱们回去吧，重新捣玫瑰花汁！"

青茑萝说完，也不管还跪在地上的伽莲，一干人马簇拥着她气势汹汹远去。

"阿蛮，这锦缎花色不错，就赏你。这青夫人当真可恶，字字伤人，句句诛心。"伽莲伏在桌面，满腹怨气。

"唉，莲儿，我们先忍着吧。"阿蛮也无计可施。

夜晚，伽莲在梦中，自己孤身行走在两旁开满如血殷红的花的小路上，四周漆黑，阿娘，内心的恐惧，让她本能地呼喊疼爱她的阿娘。

"莲儿。"她见到阿娘了，一身白衣的阿娘飘忽在上空，一团巨球滚动的火浪挡住她的路，她惊吓得连连后退。

"莲儿，浴火重生。"阿娘的话，令她勇气顿生，她尝试着向火球靠近，再靠近，任凭火浪吞噬她的头发、衣衫，钻心的痛，从头到脚，她已经麻木了，臀部受伤最重的地方，渐有好转，她步步进入火球的中心，奇怪，火球中心是清凉地带，她完好无损，见到远方，殿宇重叠，她还得经过一层火烤，才能奋力钻出去。

伽莲从梦里醒来，臀部的疼痛消解了，她见到床头悬挂着梅雪衣送她的画，画中的红莲与梦境的花朵有着同样的殷红，火照之路，她自言自语，感知一股奇异的力量在体内苏醒。

第二十章
宇文开：比武招亲

都城初秋的长安大道，两旁遍植高大银杏，披挂金黄的战袍，与间或的枫树红叶飘零飞舞半空，萧瑟秋意，大有风萧萧兮易水寒，壮士一去兮不复还的悲怆。

一身精良铠甲装备的宇文开全副武装骑着战马，率领着千军万马，从长安大道向西挺进，他是奉旨讨伐西方边境的小国喇嘛陀，起因是这个小国将其他沿途国家的贡品掠走。

他们抵达喇嘛陀国已是隆冬，喇嘛陀国王见黑压压的大军袭来，连忙派出使者求饶投降，愿意拿出所有的珠宝贡品，换回他们臣民的性命，宇文开高傲地拒绝了，一箭射穿喇嘛陀国王的顶戴，手下将士大开杀戒，抢走珠宝，将残活的臣民押解回当奴隶。

行至冰雪覆盖的镜湖，狂风暴雪突然来临，所有的人与马即刻被冻成冰尸，宇文开转身望去，他的将士们、俘虏的百姓们，或站或跪或笑或哭，栩栩如生，全成冰尸，暴风雪停住，整个宇宙陷入死一般的寂静，宇文开惊恐地大叫。

他从噩梦中醒来，这样的梦，已经连续做过多少次了，宇文开头疼欲裂，如果梦境是他过往前世，轮回到此生，他再也不愿做身负血债的将军了。

噩梦惊醒后，宇文开掀开锦被，下榻沐浴更衣，站在府邸的高楼，双手合十，眺望着都城轴心环绕的重重殿宇。

东都城的红日，将整个城楼笼罩在金色薄雾中，犬牙交错的黄红殿宇在绿荫里交相辉映，辉煌壮美。只有抵达权力巅峰的人才有资格住在那般贵重奢华的殿

"且慢，兄台，胜负未分，何必着急？"宇文开扯住他衣袖，委婉暗示他得尊重规矩。

"也好。"少年甩甩衣袖，弹掉宇文开的手。

宇文开摘掉斗笠，露出面上白纱，双手系紧黑纱，眼前一片黑暗，他站稳马步，气运丹田，凝神射出！

"好高超的箭术！全中了！"他除下眼前黑纱，向掌声雷动的台下抱拳作揖，再回身，台上的啡衣少年早不知去向。

"恭贺公子，贺喜公子，不知公子府上是哪家呢？好派人上门商议娶亲吉日。"

考官一脸谄媚，双手举起大红绸花献给宇文开，不由分说挂在他脖间。

宇文开故作镇定，自己不过是图个争强好胜的兴起，可没想到要真娶台上的郑家小姐为妻，他前后张望，眼瞅着围观人群逐渐散去，便趁这混乱当头，一把扯断红绸绣球，拍马落荒而逃。

"哪里逃？"一声娇喝，台上的郑宓举起银色长鞭，拍马追来。

宇文开心里直呼苦也，这婚事是赖不掉了，如何是好？后面的追马即将赶超上来，宇文开急中生智，取下面纱，向后抛去，朗声作答："小姐别追，大丈夫行不更名，坐不改姓，本爷是东都城内宇文家大公子宇文雄是也！"

身后的马蹄声渐远，宇文开料是郑宓小姐捡到他的面纱，上面用金线绣着宇文两字，这是他家族的物品，想赖也赖不掉了。

"阿娘，开儿闯祸了！"宇文开满头汗湿直奔阿娘绣楼，每每逢上解决不了的棘手事，找阿娘总会万无一失。

阿娘李甄梅正向佛堂的观音菩萨像前供花，她此番往高脚细脖白瓷瓶内插的是紫红牡丹，宇文开恭敬地等她完毕，随阿娘指引坐在佛堂靠窗的胡床上，阿娘端起桌上的蜜水洗漱后，才轻声问道："开儿，发生何事，如此慌张？"

"阿娘先歇息，开儿再说不迟。"宇文开见到婢女碧云双手捧着一盘糕点走近，忙改变主意，俯身给阿娘捶打背部。

"夫人，膳房刚做好的枣花糕，趁热尝尝。"碧云将托盘放置桌面，识趣退下。

宇文开才将比武招亲的过程细细道来。

"混账东西！婚姻大事，容不得半点胡来！看你如何向你长兄交代？他在征战疆场，你却比武招亲替他做主找了嫂嫂？倘若传出去，岂不令宇文家族蒙羞？"李甄梅闻言，面带怒容训斥他。

"按家规也该是长兄先娶妻成家，开儿才临时抱佛脚冒名顶替。"宇文开并不以为这事不妥，他强词夺理。

"你还有理了？万一你长兄早就心有所属呢？以他逞强的霸王个性，他的女人，定是他来挑选，哪轮得到你替他做主？你又不是不了解他，闯祸而不自知，愚蠢！"李甄梅掩面悲叹，气得跺脚。

"那，那开儿该怎么办？"宇文开见阿娘动了怒气，也胆怯了。

"以不变应万变，那镇川节度使郑郤宗可不是好惹的主，能以卑贱之身夺得高位的人，大都不能轻视得罪！论起门第、封号，他巴不得攀上咱家呢，怎肯轻易放过？最下策，你就娶了他家小姐，反正，你也该娶妻生子了。自己闯下的祸，自己承担！"

宇文开最怕阿娘的疾言厉色。

"阿娘，开儿已是'风雨如晦，鸡鸣不已，既见君子，云胡不喜'。"

宇文开逼迫无奈，将埋在心底的秘密抖搂给最信任的阿娘。

"君子？噢，是哪家小姐入了我开儿的法眼？清河崔氏？渤海高氏？辽东卢氏？"李甄梅面带喜色，道出东都城内有名望的高门大族姓氏。

"不是，都不是，阿娘，你要替我保密，是，是慕容家二小姐。"

宇文开左右张望无人，方才附耳告知。

"大胆逆子！万不可造次，人家，人家是罗敷有夫，你这不是置我宇文一族于死地？"李甄梅勃然变色，略略停顿，"天涯何处无芳草？你是吃了豹子胆？偏生惦记着最不该被惦记的女人！"

话音刚落，李甄梅挥起衣袖，将桌上的糕点盘全掀翻在地！

宇文开吓得跪在她脚下，不敢出声辩护，他当然明白自己喜欢的女人是高门大户的贵夫人，于公于私、于情于理，他都是错的。

可他就对她一见钟情，世间其余的女子，在她面前，都是不值一提的庸脂俗粉。

"阿娘，开儿不过是喜欢她，并无非分之想。"宇文开泪流满面地辩解。

"喜欢？你有资格去喜欢吗？快绝了痴心妄想的念头，阿娘做主，等你阿爷、长兄归来，就替你娶郑家小姐进门！"李甄梅态度决绝，武断下令。

"我还没爱过，可我的心已经苍凉了。"

宇文开高一脚，低一脚，神情恍惚，失魂落魄，滚翻在地。

"公子？"碧云快步上前，扶起他。

"走开！"他粗暴地将好心扶他的婢女碧云撂倒在地，怅然若失大步离去。

他什么都可以听令阿娘，唯独他的婚事，他不会听命于谁，他只听从他内心的指引。

第二十一章

李甄梅：人面花

宇文府邸有座秘而不示的牡丹园，种有姚黄、魏紫、佛头青、魁墨、白檀等各色牡丹珍品。

穿了鹅黄洒金百褶裙的李甄梅，朱红的裹胸罗衫，手摇斑竹团扇，珠光宝气施施然走入牡丹园，她不只是吃斋念佛的贵妇人，还是深藏不露的园艺高手，牡丹春色，九色锦鲤，亭台飞花，都出自她的手。

在花园最阴暗的角落，她刻意培植一种东都城内无人知晓的罕见花种：人面花。此花青枝碧叶，香气馥郁，枝上花朵形如人面，它们寂静地生长在暗处，偶有人闯入，它们便会对人微微发笑，正当人感到惊讶迷惘时，这人面花在不停地微笑，微笑，然后，像人头一样纷纷落下，诡异而凄艳。

人面花的种植，遭到宇文泽的极力反对，他认为此花不祥，令李甄梅全部连根带花拔掉烧毁，李甄梅公然违抗，搞得宇文泽从此不踏足牡丹园一步。

她怎舍得烧毁？人面花是她从遥远神秘古国一位濒临死亡的老者处所获的花种。

那一夜，宇文泽的部队驻扎在安国寺，她躲在后院小房的柴垛中，趁了夜深人静，偷跑到释迦牟尼佛正殿的供案偷拿供品充饥。

黑暗中，她碰倒了装花的瓷瓶，滚落在地的响动惊醒了将士，以为来了行刺将领的刺客，集体出动，燃亮巨烛四处搜寻。在明晃晃的烛光里，肤白貌美的李甄梅，赤着白嫩的纤足，一头乌发及腰的动人风姿，毫无半点乞讨者的肮脏与慌乱，镇定自若地弯腰捡起地下的瓷器碎片。

她匍匐身躯，跪在地面，诱人曲线，如张开的弓弦，翘起的丰臀，饱满如蜜桃，她熟视无睹身旁围观士兵们要吞咽她的野心与喷火的眼神，她缓慢地捡起瓷片，暗中祈祷菩萨保佑，她要等待的救星赶快现身。

"何方来的小娘子，还不快给将军行礼！"她假装害怕，姿态曼妙地起身，侧身行礼，嫩生生的嗓音，似黄莺啾啾："启禀将军，妾身本是城外李家庄的农户家女子，奈何一场瘟疫，父母亲人皆亡，无处可去，只得暂时借居寺庙，望将军收留妾身。"

李甄梅徐徐转身，双眼含泪，娇躯盈动，她面前的将军是战神宇文泽，体胖身矮，面目丑陋，铁线似的胡须满脸，戴着金光单边耳环的粗犷勇猛之辈。

他伸出毛茸茸的手，捏住她的下巴，定定望着她，是市场上挑选骏马的买家，李甄梅本能地有呕吐之意，但她忍住了，他就是长得像夜叉魔王，她都要接受，别无选择。她掩面假作娇羞，任他搂抱亲热，兵荒马乱的年头，她要活下去，只能暂时依附有权势的男人。命运，对于她，只有生存。

在将士们的欢呼中，宇文泽拎着她，像拎小鸡一样，重重把她摔在菩萨后面用桌子临时拼凑起来的床板上，李甄梅像剥光鱼鳞的美人鱼，任宇文泽肆意屠宰，他是一头森林里饥渴的野兽，将她翻来覆去折腾了整夜。

李甄梅不肯发出半点求饶之声，她咬紧牙关承受着他凶狠的撞击，悄然念诵菩萨佛号，庇佑腹内的胎儿，就当自己历经地狱的浩劫。

"将军，请收下妾身，妾身愿为将军生儿育女。"次日天明，宇文泽率领部队，要丢下她，整装待发中，她跑到他的马下，抱住马腿，苦苦哀求。他不带她走，留在寺庙内的她，不是被乱兵强暴致死，就是被层出不穷的无赖羞辱。与其这样，她宁愿忍受这头丑陋野兽的蹂躏。

"将军，难道将军是薄情寡义之徒？那又怎能带兵打胜仗？谁愿意跟随薄情寡义的将军？"

李甄梅抹去泪水，勇敢地换了笑脸，软的不行，就来硬的。

此言一出，宇文泽裂开肥厚的唇笑了，他伸出肥短的手臂，李甄梅随他上马。

庙门倒卧一位深眼高鼻异域老者，李甄梅不忍丢弃，她讨要到一碗热汤给他喂下，骨瘦如柴的老者嘴里发出她听不懂的梵语，扯断脖上油污的香包，执意要送给她，她读懂他的唇语，微有体温的香包里，她看到几十粒江米大小的黑色籽粒，透出乌油油的奇香，合着尘埃的污垢气息。

她知道这是老者感激她的心意，她稳妥收下。宇文泽催促她出发，她无奈放下老者，苦于不能救他而悲伤，频频回首时，老者干核桃的面上，是释然的笑，她随着部队向前走，身后的老者，是死是活，她无法获知。

回到宇文府中，她尝试撒下种子，半年后，开花了，是令众人皆胆战心惊如人面的怪花！

人面花是蕴含着魔力的花，李甄梅固执地认为。在这浊世，每一朵花的存在，都有它不同凡响的魔力。

"你笑，我也笑。"她冲着人面花轻声细语，似与老友寒暄。但见这些盛开的人面花齐齐微笑，随后如同被斩首的人头纷纷跌落地面，侍女碧云在旁，眼瞅着前一秒还活生生的花儿，后一秒就成了光杆司令，唬得她花容惨白，连忙蹲在地上，捡起地上的花瓣，放入怀中的细密竹筛。

"夫人，这花瓣如何处理呢？"碧云将地上的花瓣拾捡干净，桃红的花瓣色泽不变，铺在筛子里，香气扑鼻，艳丽诱人。

"在正午的烈阳下晒干，连晒九天，再放入白酒浸泡九天，再过九天，就是一坛专给开儿饮用的'桃花醉'好酒了。"李甄梅仰望庭院蔚蓝无垠的天空，神情落寞，有说不出的孤单与哀愁。

"既是好酒，何不多泡点给柱国公与大少爷同享？"碧云天真烂漫，嘴边的酒窝笑起来已有几分青春女子的风情。

"碧云，这桃花醉，只能让二公子饮用，其他人等一概不行，记住了。"李甄梅怕碧云忘性大，手挥斑竹扇特意敲打她几下。

"夫人，奴婢遵命。只是，斗胆恳请夫人说说这酒到底有何奥妙，为何只能是二公子饮用，还是夫人偏袒二公子呢？"

碧云小心守护着怀中筛子的花瓣，细心盖上纱巾，生怕被风吹跑。

"我的儿子，我能不偏心？他大了，翅膀硬了，有些事，肯定不会听从我安排，为了维系宇文家族声誉，我这个当阿娘的，不得不使点手段了。"

李甄梅摇动着团扇，漫步在花丛中，自说自话。无数盛开的花朵冲她迎风招展，在向她行跪拜礼，她是花中皇帝，可以操纵它们的青春与衰老的皇帝。

浓郁的花香使她头昏目眩，她心疼她的开儿，和年轻的她，何其相似？就是犯的错也相同。她爱上不该爱的男人，遭到男人正室的妒忌，为家族带来灭族灾祸。她不愿当年惊悚的惨剧重演，不，不能让惨剧再发生，不能脚踏同一条河流两次。

碧云在她身后，一字不漏听得清晰，虽不知夫人将使什么手段，想来要用人面花酿造的桃花醉不会是什么好酒。

"碧云，切记，莫和这种花搞混了。"李甄梅从往事中回过神来，她走到一丛色泽与人面花无差别的花朵，指出来提醒碧云留意。

"夫人，这又是什么花？颜色这般夺目鲜美。"碧云未曾注意到，她站在花丛中，折下一朵，凑近鼻端深嗅，此花无香，唯花色娇媚多姿。

"是能与人面花以假乱真的西洛红，虽是无香，此花泡茶饮用，能使人颜面娇嫩，不如人面花，以其落花泡酒，人会酒醉健忘，甚至失忆。"李甄梅无意中泄露底细。

碧云忙放下筛子，踮起脚，伸手就要摘西洛红。

"你这小蹄子，年纪轻轻，不准胡乱糟蹋。"李甄梅抡起团扇，不客气地打掉她采花的纤手。

碧云痛得皱眉咧嘴缩手，老老实实抱起篾筛，不敢吭气。

也不晓得开儿还在闹情绪没？李甄梅想到宇文开的不痛快，碰上这等家丑的事，她这个当阿娘的，要怎么做才能两全其美？宇文泽的大娘子崔玉房独居一处，修仙炼丹自顾不暇。整个宇文府邸由她掌权维护家族日常生活，她的亲生儿子宇文开的非分念头，只能是她这个当阿娘的人来作了断。

"碧云，备信函，备礼，备马，明日，我们得去趟镇川到郑节度使府上做客了。"她望着府邸深远的小径，通向宇文开的楼阁，门窗紧缩，他已在无声抗拒了，心中默念：开儿，阿娘这么做，是有苦衷的。

宇文府邸离镇川距离三十公里，李甄梅先托人快马送上信函，大户人家，讲究规矩、礼数。

她得主动出击，常听宇文泽谈及，这位武艺高强的镇川节度使郑郜宗与陛下关系密切，不日大有可能会调入安乐殿任职，不可轻易得罪。

中午送出的信函，下午就收到郑郤宗的回复。李甄梅坐在香雾云绕的佛堂，扯开信封，取出墨汁浓厚的信纸，郑节度使刚接到皇上诏令，需进宫处理小迷楼的火灾突发事故。两家儿女婚姻是板上钉钉的事，待他归来，将亲自登门拜访，从长计议云云。

这样也好。李甄梅读完郑郤宗字迹潦草的书信，如释重负的同时，暗中嫌弃他这粗人笔墨，词不达意。时间延后，指不定宇文泽父子回来，双方家长见面，料定在双重阻力下，开儿也别无选择，就成好事，真正做到顾全大局。

"碧云，你去给二公子送点吃的，顺便告诉他，郑家女儿的阿爷进宫负责小迷楼起火事故调查。"李甄梅懂得儿子的心思，他不老想着小迷楼？

碧云退下，李甄梅走到观音菩萨像前，跪在莲花蒲团上，双手合掌，静心默诵《心经》。

待她默诵完毕，起身后，就见到耷拉着脑袋，神情沮丧坐在胡床上萎靡不振的宇文开。

"开儿，需要这般折磨自己吗？"李甄梅并不怜悯他。他是宇文家族的男儿，岂能为儿女私情放纵自己？

"阿娘，开儿不会娶郑家小姐的，开儿不是不娶她一位，普天下的其他女子，开儿也不会娶！"宇文开的双眼通红，神色坚毅。

"你是打算一辈子不娶妻生子？那你的人生，你来到这世间的意义是什么？"李甄梅的语调高起来，碍于有佛祖在前，她强忍住不动怒。可她的心被针刺着滴血，这还是不是她的亲生儿子？

"阿娘，开儿其他任何事，都会听命于你，唯独婚姻这件事，恳请阿娘体谅开儿。"

眼见宇文开的倔强同当年的自己一般执迷不悟，李甄梅既怜且恨又怒。"你自己轻浮惹的祸，阿娘就该给你擦屁股？"李甄梅顾不及佛祖颜面了，冷冰冰地直击他的利害。

"是，是开儿大意糊涂，开儿愿受阿娘处罚。"宇文开脸上显出做错事的愧色。

李甄梅凝神思索，目光落在佛像前的香炉上，这是宇文开亲手打造的三足铜炉，铜炉上篆刻有祥云与蝙蝠图案，精美庄重。她的开儿继承了她所深爱的男人的基因，历练锻造后，定是建造领域的英雄，这一点，她深信不疑。

"开儿，你不是想要进皇宫看看小迷楼？郑郊宗在负责小迷楼的事故处理。"李甄梅语气平缓，儿子的出色天赋，烫平她的怒火。

"阿娘的心思，还是要开儿娶了郑家小姐。"宇文开扑哧笑了，神色昂扬，昔日与阿娘较劲的调皮样浮现出来。

"选择权在你手里，儿子，终归是儿大不由娘呀。"李甄梅的话，掩藏着无尽的忧思与无奈。

"阿娘，开儿自有开儿的路要走，你就放手好了。"

母子连心，宇文开跪在她脚下，头埋在她双膝间仰头请求。

"那你答应阿娘，不要去犯傻，不要去伤害她。"眼看是阻挡不了儿子执意前行的脚步，李甄梅妥协了。生活处处需要妥协，她早已领教妥协的妙处。

"阿娘，爱，不是占有，也不是伤害。爱是旁观，爱是无言。"宇文开的这番话，加重李甄梅对他的忧虑："你又不是佛，这么无私？你是人，是宇文家族的男人！"她虽然天天拜佛，可不愿意真的佛是她的亲生儿子。

"我为什么不可以成为佛？阿娘不是常常告诫开儿，人人都自具佛性？"轮到他吃惊了。

"成佛需经历魔鬼的炼狱！"

"我不怕！"

"与恶龙凝视过久，自身亦成为恶龙；与深渊凝视过久，深渊将回以凝视。如果你不能征服魔鬼，你就会成为魔鬼！"李甄梅将压抑的悲愤全部吐出来。母子二人，是第一次，真正在交谈，以往的不过是母子之间的客套。

"你为何不肯相信你的儿子会成为佛呢？"宇文开从她怀里挣脱，独自走向窗边，背对着李甄梅。

儿子的背影，纤弱细长，远不如他的阿爷、他的长兄那么雄伟矫健。倒活生生出落得像那个男人！她看得好生心疼。

"阿娘，阿娘只是觉得，你成为一个人就好，佛也好，魔也罢，都不算什么。"李甄梅的眼里跃动着悔恨的火花与复仇的壮志。

她深情爱过的男人，是众人面前的佛，阴暗处的魔，唯独，不是活生生的人，有人的情感的人。因此，他才会默许他的妒妻对她的家族成员肆意残害而不闻不问，就为了维护他在世人面前的佛的美好、崇高的形象。

她死里逃生，忍辱负重，活下来，就是为了有一天，她要亲手杀死她深爱的男人，没有复仇的念头支撑，她早已成一堆白骨。

第二十二章

崔如索：万岁丹

英雄的伟业，必是逆势而行。

日落部族居住在闪电河下游的蛇岛。蛇岛是呈双臂张开的狭长孤岛，将汹涌澎湃的闪电河截流成两股涓涓细流汇入遥远的冰洋。

这座岛屿生长蛇类与毒草，五百年前，成为重刑犯自生自灭的流放荒地。天长地久，这些亡命之徒聚此定居繁衍后代，因岛屿的日落时间持久，而得名"日落部族"。

部落族群的人，生得黧黑彪悍，本性凶残好斗，他们养蛇，斗蛇，以蛇制毒，贩毒。他们制的蛇毒名为"万岁丹"，利用其毒性在黑市交易，谋财害命。

"万岁丹"选择在五月初五正午正阳时分出洞的毒蛇，杀掉它们后，埋在地下，用茅草盖在上面，用水浇灌，到了雨季，上面就会生长出伞状的菌类，再采集起来，经过太阳暴晒成干，用这种菌干，作为原料。这种伞状的菌类，第一次生长的毒性最重，人只要吃一点，就会立即死去；第二次毒性稍轻，人会癫狂而死；药性最轻的"万岁丹"使人神志不清，昏睡半月，若无及时医治，也会毙命。

崔如索率队的前锋抵达东土城时，城门大开，整座城内陷入死一般的寂静。只有风呼呼刮来，吹起尘土飞扬。

与闪电河上游守日大将军尉迟公的石头城相比，处于闪电河下游的东土城，破败荒凉。黄泥夯就的城墙，茅草扎成的房顶，被风吹日晒得歪斜变形，马蹄在死气沉沉的城内，踢踏出刺耳的响声，两旁的商铺，空荡杂乱，明显是突遭洗劫。

崔如素冷眼视察东土城的现况，了解到事实真相：一月前，新任的日落部族头领，带领他的敢死队族人们，潜入东土城，利用他们善于攀爬的功夫，向城墙内百姓居所喷下迷药，盗走钱财，掠走精壮的汉子与年轻的女人们。

"这日落部族的野人，果真凶悍无敌，守卫驻扎的官员多半也被吓跑了！贺擒虎，安排将士们入住城中空宅，筛选出生活设施相对完备的空房，给随后抵达的柱国公父子居住。"站在灰尘漫天的空荡官府，他对随从侍卫贺擒虎下令。

黄昏的落日久久悬挂在东土城河岸的边际，崔如素带着贺擒虎在城外纵马飞奔。

"擒虎，陛下这次下达的任务是将困在蛇岛的皇太后及皇姑恭迎回城，这日落部族的蛮人凶残至极，你可有破敌之策？"

贺擒虎是中原人，本是宇文泽的部下，因汉人身份，不受重用。崔如素赏识他的文武兼具，向陛下索要带他跟随。崔如素自有私心，陛下委派他与宇文泽同征蛇岛，用心叵测，他不得不提防，身边要有武艺超群的人守卫，贺擒虎有文韬武略的潜质，有他在侧，可保自己的安全。为此，才将大儿子崔文思中途打发归家。

"蛮人凶残，好对付，难对付的是陛下多疑的心思，时隔多年，倘若皇太后及皇姑不在人世，如何向陛下复命？"

"你有何良策？"一盏茶工夫，崔如素温和地探询他。

"以假乱真。"贺擒虎神色平静，口吻寻常，完全不似出生入死的将士。他有平易近人的秉性，平凡的五官，只是一双闪烁睿智光彩的双眼，令人过目不忘。

"倘若泄露，岂不罪上加罪？"

"事物变化无常，也许，陛下等不到那一天呢？陛下思母心切，又想以孝道得民心，只怕，陛下也不想揭穿。"

"擒虎，你小子，大有前途！就这么定了，走，骑马去！"

崔如素卸下重担，轻松地拍打他的肩，跨上马背奔跑，一圈下来，两人翻身下马，漫步在荒野的河边，望着余晖里的孤岛，迷离鬼魅的孤岛，皇太后是否就掩藏其间？

"攻打蛇岛，等宇文柱国公到东土城，再商定计策。除蛇岛贼易，破心中贼难。"崔如素喟然感叹。

"古往今来，人心最毒，就如日落部族的人善制蛇毒，毒性狠辣，害人不浅，我们要寻求到解药，不然，遭遇他们毒手，我们便有全军覆没的灾难。"

贺擒虎的话，再次引起崔如素的深思，他对眼前心思缜密的汉子，更为倚重。

"万岁丹的解药对我们十分关键。你可派人潜入蛇岛，窃取解药秘方？"崔如素与他商议。

"来不及，属下曾与蛇岛的人做过毒药交易，万岁丹的解药是名为'昆仑殇'的酒。不过，此酒量少难求。"贺擒虎自有主张。

"好！只要有这万岁丹的克星，我辈就不再惧怕这日落部族的蛮人了！你赶紧派可靠之人，快马将那昆仑殇悉数买来，即刻安排！"崔如素闻言大喜，急急打马返城部署。

在东土城的临时住地，崔如素草草用过膳，独自一人在室内来回行走，这是他惯有的方式，每逢遇上大事，他就会这般毫无章法地行走。

陛下将迎接皇太后、皇姑的诏令单独下达给他，那么，宇文泽呢，是否也收到同样的诏令？

他考虑的是这至关重要的一点。宇文虎是多疑反复之人，他不会相信任何人，哪怕宇文泽从辈分上，算是他沾亲带故的堂兄。伴君如伴虎，崔如素早将君臣关系看得透彻。

依照宇文虎的性格，临时换将让他与宇文泽父子出征，必然事出有因，宇文虎是要看他与宇文泽的内讧，宇文泽的功劳与脾气都太大了，功高震主，与刚处死的曹贵类似，陛下恐惧，恐惧他会和曹贵一样弑君。他自己就是弑君夺取的皇位，自然看身边的臣子个个都可能是会弑君的逆臣。

崔如素本想让大儿子随军磨炼，行至半日，头顶飞来黑色大鸟，不停聒噪，他有不好预感，急令大儿子崔文思返回。

他可以死，两个儿子不能。

奔波多日，崔如素还是毫无倦意，缠绕在内心的忧虑太重了，如何能安睡？他从怀里摸出碧绿的玉笛，想起送他玉笛的女子李甄梅，胸口有撕咬的疼痛。温柔多情的李甄梅，在他提出分离时，在两人缠绵温存后，她决然生生撕咬下他胸口一块肉，说是要他一辈子都记住她。

她哪知，这鲁莽的举动，为她的家族埋下灭门之灾的祸根。他的正室卢玉兰的娘家权势熏天，养成卢玉兰骄横妒忌的强势个性。她看出他伤口的异常，逼迫他说出缘由，他万般抵赖不成，只得如实告知，他以为妻子不过是一般的撒泼发脾气就罢了。

半月后，崔府上下议论城中一户人家误食掺和毒药的胡饼，满门十三人全部毙命的惨案，他并不在意，从此，失去李甄梅的行踪，他并未感到不安与不适。

他将胸口伤痕留下的疤痕去纹绣成一朵桃红的人面花的形状，他从未见过人面花，只是那晚以后，无数次在梦里见到形如人面的花，会像人一样微笑的花，那种似笑非笑，那种天真娇憨的微笑，和再也见不到人影的李甄梅的笑容，惊人地相似。

唇边玉笛冰冷，崔如素回过神来，竟有泪珠滴落笛孔。他轻轻抹去脸上泪痕，自认是最冷静的智者，不会动感情的人。可身处这孤魂野鬼游荡的东土城，他无端想念李甄梅，像清风一样自由的女子，像狂风一样刚烈的女人，像暖风一样婉约的女人。

窗前，似乎有李甄梅的俏丽身影，该不会是我死到临头了？古人说人之将死，其言也善，我这是人之将死，其想也真？他自嘲笑道，并不畏惧迟早要到来的死神。

在梦里，崔如素听见贺擒虎的呼声。昨晚三更才入睡，这一觉，安稳香甜，窗外，耀眼的强光直射，照得他难以睁眼。

"启禀尚书大人，柱国公半时辰内，便将抵达城外。"贺擒虎嗓音洪亮。崔如素被惊扰好梦，不怒反笑，下床急穿软皮高帮靴："好，召集将士们，随我出城迎接柱国公！"

东土城外，地面堆积累累黄沙，刚升起的橙红太阳，悄然跑远了，阴冷的风吹来，队列齐整的全体兵士，无言站立。

崔如素全身武装，骑马在列队阵前，头顶盔帽的红穗和崔氏家族的巨大锦旗在风中猎猎飞舞。他手搭凉棚瞭望前方，静听响动。苍穹天际，突发响雷滚动，从漫天飞扬的沙雾里愈逼愈近。最先映入崔如素眼帘的是宇文家族怒目而视、挺直站立的黑熊旗帜，金线绣在黑布上的熊头，熊眼怒瞪，张牙舞爪地气势嚣张。

崔如素沉着微笑，按兵不动。他与宇文泽权位相当，无须下马行礼，他抬起下巴，目光落在宇文泽的坐骑，那匹黑色的骏马，四蹄生风，如一道利剑，距他一步之遥，稳稳收足。

身材矮壮的宇文泽头大眼小，肤黑鼻塌，胡须浓密，一耳戴着金晃晃的耳环，眼露凶光，野蛮嗜血，武艺超强，是宇文家族拥戴的"战神"。

"柱国公一路辛劳！请入城内稍做休整。"崔如素拱手行礼，两人在朝中各司其职，平日交往不多，也相安无事。

"尚书辛劳！"宇文泽嗓音粗浑，随即向身后挥手，身后坐骑快步趋前。

"这是犬子宇文雄，"坐骑上的宇文雄，盔甲护胸，单耳同样佩戴金耳环，"还不快下马给崔尚书行礼？"

宇文雄飞速下马，单腿跪在地上向崔如素施礼。崔如素忙下马，扶起他。站在他面前的宇文雄身形挺拔，面相英武，除突出的琥珀色杏仁眼与他阿爷宇文泽相似之外，他整个人风姿伟岸，已经脱胎换骨。

崔如素不得不感叹，以宇文泽的丑怪相貌，若不是娶了东都城出美才女的崔氏家族之女崔玉房为妻，他的儿子宇文雄断不会出落得这般神勇威猛。

两队人马交会，首领们欣喜相见，简短寒暄后，进入城内，开始研究迫在眉睫的战事。

崔如素的意见是静等数日，将蛇岛毒药万岁丹的解药拿到手后，兵分水、陆两路，一并进攻，占领蛇岛。

宇文泽持相反意见，他认为区区岛国，宜速战速决。派三五支精干刀快之将士，偷入岛上，割下首领头颅，一把火烧光、屠杀省事。

崔如素一点也不意外宇文泽的作战方式，他了解敌人的特性。他们是马背上的民族，打仗不规范，极少排成整齐的队形，时而分散，时而聚集，来去如风，往往在对方没有防备的时候就已经冲到眼前，杀戮劫掠一番后又迅速离去。

"一把火烧光？皇太后、皇姑呢？这次出征，不是屠岛，是将皇太后、皇姑安全接到东都城的皇宫中。"崔如素当即强烈反对。

"本公接到的诏令可不是这个，莫非崔尚书假传诏令，另有他图？"宇文泽眼里凶光直冒，室内空气迅速僵住。

战神宇文泽，野蛮成性，残暴异人。他有猎头的嗜好。每每战胜对方，都将对方头领脑袋割下，从头骨沿眉弓切开，取头盖部分，裹上兽皮，并镶上金属边缘做成饮酒器具。

崔如素早有耳闻，他并不畏惧，暗地紧密盘算陛下心思，他此举真正用意是借刀杀人——借自己之手，还是宇文泽之手？

"岂敢，岂敢，那就依柱国公之意，如素配合就是了。"

僵持良久，崔如素才环顾左右大笑认输，宇文泽有勇猛的宇文雄，原部将贺擒虎在侧，他势单力薄，当下唯妥协求平安。

"宇文雄听令，由你带队，明日自选精兵两千人，从陆地趁黑先期进入蛇岛，隐蔽藏好，待猎头小队将首领猎头成功，就开始放火屠岛！"

崔如素静观宇文泽一家独大的派遣。

"贺擒虎听令，你带水性好的精兵一千人，从水下偷袭，掩护猎头小队！"宇文泽下令完毕，才转头得意发问："崔尚书，老夫这样安排，你有何意见？"

"那蛇岛不过弹丸之地，柱国公是万人敬仰的'战神'，又懂兵法，如此安排，胜算在握，老夫只有一句话，请柱国公三思。古语云：屠城不祥，杀降不吉，拒降不仁。那蛇岛还抢掠有我东土城内无辜百姓数百上千人，倘若一把火将我东土城民一并烧死，我是无颜见我东都城天子的。"崔如素起身下拜，出言劝阻。

他自知，直言冒犯，他这条性命，必是危在旦夕。他宁肯冒死申辩，是崔氏家族的使命与责任使然。

"崔尚书此言差矣，上阵打仗，生死相搏，谁还有时间去相互询问，你是东土人，我是蛇岛人？况且，那贪生怕死之辈也冒充东土人，岂不是得不偿失？"宇文泽面色阴沉，反唇相讥。

"柱国公，崔尚书言之有理，望柱国公慎重考虑。"贺擒虎也跪下请求。

"哼，喂不熟的白眼狼！"宇文泽怒目圆睁，蔑视旧日部属的建言。

宇文泽是杀人如麻的刽子手，道理说不通。回到房内，崔如素速召贺擒虎，方才的同仇敌忾，他要以示嘉奖。

崔如素解下腰间镶有蓝宝石的金腰带，这是陪同皇帝狩猎时获得的封赏，赠送贺擒虎，并着意交代："擒虎，柱国公的计策是好，只是老夫以为杀戮太重，易遭天谴。且不说误杀无辜东土百姓，说不定还有皇太后、皇姑呢，他这是置我于死地。"

"不，也是置他于死地。"贺擒虎的笑，充满欲说还休的深意。

崔如素豁然开朗，明白了陛下宇文虎的歹毒用意。

"尚书智而不暴，勇且多谋，体恤百姓，属下愿鞍前马后，追随尚书左右，听候派遣。"贺擒虎甘拜下风接过黄金腰带，表达忠心。

崔如素欣慰地展颜欢笑，宇文泽的残暴不仁，得不到真正的拥护与尊敬。同为汉人，贺擒虎此番是本心归顺，难能可贵。添有虎将在身，崔如素情绪高涨，暗中密谋他的计划。

夜深了，崔如素刚将烛火吹灭，躺在睡榻上，耳边传来女子的哭声，断断续续，高高低低，非常真切。他忙起身，燃起烛火，推开窗户，迎面的冷风吹来，烛火忽明忽暗，唰，一支利箭射入前胸，"擒虎，速来！"他惊慌大呼，知道中计，速退步到角落，原是有人暗算他。

他咬牙忍痛，用力扯下冷箭，胸口鲜血喷涌如泉，崔如素料定，贺擒虎再不出现，他必死无疑，眼前金星直冒，他瘫倒在地。

待他悠悠醒来时，触见贺擒虎满脸焦灼之色，正俯身查看伤口。"擒虎，老夫以为就死在这了呢。"他抓住贺擒虎的手，吃力地开玩笑。死里逃生，人生幸事。

"尚书，柱国公也到了。"贺擒虎低声提示。

崔如素闻言面色冷峻，抽出手来，挣扎着要起身行礼。

宇文泽阔步上前，撩开纱帐，大手按住他，眉眼间有挡不住的喜悦："崔尚书，不必多礼，准是蛇岛蛮人行刺！老夫有祖传良药，只需敷在伤口，不消十日，定能让箭伤复原。"

"老夫无能，令柱国公担忧，只要不是毒箭，静养数日，想来也无大碍。"

崔如素不愿接受宇文泽所谓的良药，是谁暗算谁？他怀疑就是宇文泽。

"擒虎，退下，老夫亲自为尚书敷药，以堵众将士散布我等不和谣言的悠悠之口。"

宇文泽挥手令贺擒虎退下，崔如素无奈，只得任他摆布。

宇文泽扯开纱布，露出人面花文身的箭伤，他蓦然停止了动作，凝视着创伤的人面花刺青，语气变调："崔尚书缘何也爱这人面花？"

"人面花？"崔如素糊涂了，他从不清楚他身上的文身是人面花，不过是常在梦中出现，他不能告知如此私密的心事。

"巧得很，贱内李甄梅种植许多，她也喜欢得很。"

宇文泽的笑，阴森瘆人。

崔如素听见李甄梅的名字，心跳加剧，神志混乱。太不可思议了，天底下真有这般巧合的事？此时，说什么也无益，他急速别过头，从被窝里掏出玉笛，紧紧抓在手心。

"擒虎何在？"

宇文泽眼里杀机渐起时，崔如素使出浑身力气呼救，手里紧握的玉笛出其不意用出全身力气直砸宇文泽面门！啊，宇文泽负痛惨叫，前后受敌，玉笛击中他单眼，贺擒虎的长剑从后背穿透前心，他还未回身便已扑倒在地！一代战神原是不堪一击的凡人。

"李甄梅。"崔如素冷汗湿透全身，他虚脱地瘫在床上，伤口溢出大朵如花的鲜血，又一次死里逃生，他累极了。

他勉强撑开眼皮，地面流淌着宇文泽与他的鲜血，两股血流交织，汩汩滴落，他浊泪长淌，不为自己，是为宇文泽，他可是一代战神哪！若不是他事先筹备，留下剑法极快的贺擒虎偷袭，丧命的就是自己。

第二十三章
宇文雄：昆仑殇

青鸾舞镜，悲鸣而死。

宇文雄隐身树丛，蛇岛的野人们环绕着波光粼粼的湖面在篝火前纵酒欢歌，湖中群魔乱舞的狂欢倒影，令他想起阿娘的话。

阿爷的部将从漠北敬献一只神鸟青鸾，阿爷甚喜，将神鸟关在修饰华丽的鸟笼，辅以精细鸟食，府邸上下，想尽办法，而神鸟青鸾始终不肯鸣叫。直到阿娘突发奇想：这种神鸟，天性孤傲，怕是要见到同类才会高鸣，不如放面铜镜在它面前。果然，青鸾见到镜中身影，展翅跳舞放声悲鸣，三日不绝而死。

阿娘懊恼不已，亲手将神鸟埋葬，一连几日均不发一言。自打二娘李甄梅入府后，天性温和的阿娘便以修炼长生之术为由，独居一室。

二娘李甄梅，一位工匠之家的卑贱女子，阿爷竟然贪图她年轻，宠爱她，他暗中替阿娘不值。

可阿娘与这爱伺候花花草草、念佛诵经的二娘相处融洽，并对二娘早产的宇文开也视同己出，宇文雄更是深感不平。

他耿耿于怀二弟宇文开是否是阿爷的亲生骨肉，二弟身上全无宇文家族的刚健勇猛，枉为战神之后，专好读书做工匠的勾当，偏生阿爷还溺爱他，任由他胡作非为。

此番出征，阿爷在途中就与他秘议，要索崔如素性命，向陛下交差。他与崔如素的公子崔文庭相熟，本不忍下手，但这是父辈们的殊死争斗，他不能违抗。

阿爷的计谋是先放冷箭暗算，再敷上浸毒的膏药，制造出崔如素遭蛇岛毒药暗算，毒性发作而亡的意外，神不知鬼不觉。

按照计划，他登陆蛇岛隐藏，静等阿爷事成赶来汇合，驱除野族，火烧蛇岛，返朝邀功领赏。

"再过半个时辰，阿爷就该出现在岛上。"宇文雄透过树叶缝隙，仰视天空，高悬半空的明月，皎洁无瑕，悲悯地俯瞰世间众生。

他挥动手势，指挥部下匍匐贴近，带头悄无声息爬上枝叶繁茂的古树，俯视湖边蛇岛族人们死亡前的集体狂欢。这些贱民们，不分男女老少，脸上涂满血红油彩，身上包裹兽皮，头上插戴彩色艳丽的羽毛，脖颈缠绕蟒蛇，不知忧愁地与蛇共舞。

篝火旁跪着许多年轻女子，看衣饰应是东土城的百姓，一位老态龙钟的巫婆，给年轻女子们的额头涂抹油彩，另一位壮妇则将脸上有涂饰的女子粗暴地剥掉衣衫，换上蛇岛的兽皮，推搡到坐在人群中间的首领脚下。

蛇岛首领，每三年会比武一场，连续三次的胜出者，金蛇才会盘踞在其手臂上。健硕黝黑的首领，目光如炬，黑唇肥厚，两手胳膊各有一条金蛇弯曲缠绕，他挑剔地打量地上女子们的胴体，目光落在谁的身上，手臂金蛇就刺溜滑下，冲着首领指定的女子，张嘴吐芯咬住她裸露的脖颈。

被咬中的年轻女子发出凄惨的叫声，当场昏厥，围观的蛇岛族人发出肆无忌惮的哄笑，老巫婆走过去，咧开干瘪的大嘴，喷出黄色肮脏唾液在女子伤口处，待女子睁眼醒来，金蛇乖乖退到首领胳膊休眠。

这般场景，任是宇文雄胆大，也看得魂飞魄散。他听不懂蛇岛族语，也能看出崔如素的判断没错，蛇岛的蛇毒不容小觑，他们已自带驱毒抗体，倘若这帮人指挥群蛇出洞，那后果真不堪设想，阿爷的计谋确是太过轻敌了。

眼前形势，宇文雄无胆轻举妄动，阿爷多久才到？他饥肠辘辘，心烦意乱。不只他不耐烦，军中其余士兵皆与他同感。

宇文雄不时殷切回望来时路，月隐云层，还不见阿爷踪影。风吹树叶沙沙响动，恰似某种鸟类的悲鸣，他愈发烦躁不安，与其静等，不如返回！他打定主意，用手势急令士兵们先返回东土城。

众将士均松口气，如蛇潜行到岸边，速速跳上来时用多条树根捆扎好的木排，划动船桨，逃离蛇岛。

快，快！风疾云涌，水浪滔滔中，宇文雄气急败坏催促着划桨的士兵，阿爷久未现身，必定凶多吉少，一旦阿爷出事，他该如何收拾残局？想想已肝胆俱裂。

近了，近了！已经见到东土城内跳动的火光，听得见城内人声的嘈杂，他惶恐不安又急切渴盼。

一阵激流翻滚而来，士兵们慌乱不已，木排剧烈晃荡，宇文雄顿时失去平衡，头朝水面摔倒在木排上。上半身被冰凉刺骨的河水浸透，脖间有滑溜溜的感觉，似被什么叮咬了一下，他费力地翻身躺入木排中央，脖子火辣辣肿痛。

"呀，宇文公子，你这是遭水蛇咬了呢。"

真是怕什么就来什么，宇文雄痛苦地闭上眼："快，速速送我入城见崔尚书。"这水蛇也不知有毒没？他不敢妄断，趁自己意识清醒，赶紧下令。

头面肿大的宇文雄被下属抬入崔如素的室内。他中了蛇毒！脖上的黑气还在扩散，已经抵达胸膛，黑色的毒素在他体内欢快地流动，他恐惧至极！

"阿爷？尚书？我是战神之后！"生死攸关，他意识混沌，语无伦次。他怕死，怕得要命，那是他不愿死，不甘心死！东都城内，美丽可人的慕容小姐还在等他归去迎娶她，他不要死，不要如此窝囊地死去！他是战神之后，该有战神的威严，要死该死在敌将之手！

"崔尚书，宇文雄醒来了。"撑开眼，宇文雄有不知身在何方的恍惚。

"阿爷呢？"宇文雄虚弱地询问贺擒虎。

"昨晚，宇文柱国公遭遇蛇岛族人的暗箭，毒发身亡。"贺擒虎沉痛悼念。

"我要为阿爷复仇！"宇文雄用力捶打铺面，张嘴干号。阿爷死得蹊跷，也死得明白。他知道杀死阿爷的人是谁！

"宇文公子，少安毋躁，崔尚书早有安排，蛇岛的解药昆仑殇到后，我们就派兵入驻蛇岛，为柱国公报仇！"

贺擒虎神色悲痛，语调平和，是令宇文雄不得不生疑的过分平静。

"我体内的蛇毒也需要昆仑殇？"

宇文雄极力掩饰着内心的恐慌与愤懑，他钦佩杀父仇人崔尚书的定力。

"是，宇文公子放心，崔尚书连下三道急令，解药到手，先给你服用，准保公子性命无忧。"

贺擒虎躬身抚慰他，转身退下。

宇文雄疲惫地闭上眼，窗外有快马疾跑的响动，人群发出的欢呼。

应是昆仑殇到了，他已经死过一回，此刻重生。

阿爷死后，他的使命是接过宇文家族的战神桂冠，延续战神荣耀，但他必须同时要失去最宝贵的东西。

欲夺战神之位，必承受其伤痛。宇文雄当下，已体会此中深意。

第二十四章

秦花：瑶华殿

秦花进宫，随行随止，宫路悠长，殿宇叠嶂，明黄与朱红交相辉映，一切都是那么庄严神秘的美好，那么令人叹为观止的新鲜。

转过一处树形高大、树叶森然的庭院，她问身旁宫女，是什么树种，绿得这般明快、浓密。

宫女躬身作答，是梧桐树，整个后宫，只有"长秋殿"才种植梧桐树。

"为什么呢？"秦花拖长异域口音，好奇追问，侍女墨语无声跟随她。

"栽种梧桐树，引得凤凰来。秦姑娘，这是中原风情习俗。"年长宫女对秦花的无知，报以体谅的宽容。

"嗯，晓得了，阿爷常说，凤凰是高贵的神鸟。那么，我可以入住长秋殿么？"秦花的天真烂漫，逗得年长的宫女忍俊不禁："姑娘，这个需要陛下做主，你若讨得他欢心，求他赏赐，才可以。这后宫所有花草树木，我等生死性命，都是陛下一个人说了算。"

"嗯，我晓得了。咦，好姐姐，你叫什么名字？脾气这么好？见识这么多？"

秦花款款向前，猛然想到什么似的，返身抓起宫女的手，晃动着撒娇。

"姑娘，折煞奴婢也，奴婢姓庄，名云端，专门伺候姑娘日常起居。"

名唤庄云端的宫女，年过二十，生就象牙肤色的团团脸，黑眉大眼，圆鼻丰唇，自带喜相。

"日后，我叫你端姐姐，可好？"

远道而来的秦花不谙世事，当进宫是出嫁般欢欣，毫无半点城府心机，庄云端不免替她发愁，这未来的路，可怎么走得好？

"使不得，万万使不得，姑娘。宫中等级森严，规矩繁复，奴婢身份卑微，姑娘是高贵之躯，万不能坏了尊卑规矩。"

庄云端忙跪在地上，俯首回话。

秦花扑哧笑了，露出好看的贝齿："好啦，端儿，你得给姑娘我提醒呀，在这宫内，我也没个相熟的人，唉，也就，也就你了。"

秦花的话，就此戛然而止。相熟的人，她想起芦苇荡里的男人，宇文周，她生命中的第一位男子，算不算一个？聪明的她，识趣地闭嘴。

她神色有些许落寞，她平生心愿，与英雄做伴，短暂欢愉也好，白头到老也可。偏生难遂心愿。

石头城的尉迟公，是石头城的一号大英雄，可是落花有意流水无情，他要的女人，不是她，她的美与好，不过是他送给陛下诚意的价值所在。

"端儿，你见过陛下没有？他真是天底下的大英雄？"秦花心有所念，第一次见到马背上的宇文周，就被他英武的风姿所征服，她情愿以身相许，与有情人做快乐事，莫管地久与天长。

"奴婢身份卑微，尚未有此殊荣瞻仰天子风采。陛下，自然是大英雄，他统管天下人的生死呢！"

庄云端神情虔诚，语气恭谨。

"是啰，石头城的大将军也是这么说。咦，对了，有位梅夫人，你可听说过？"秦花记起尉迟公大将军的嘱咐，她还有任务在身。

"梅夫人？居住霜云殿的梅夫人，是画画的高手，性子也清高，外号冰美人，她和谁也不亲近呢，古怪得很。"

庄云端记得甚为清晰。

"这宫内还有哪些夫人？说来听听。"秦花停下莲步，收回远眺的视线，急切发问。刚入后宫，她对宫内的周遭都感到新鲜有趣。

"秦姑娘，眼下，后宫也就朝霞殿青夫人，畅音阁慕容夫人，霜云殿梅夫人三位，青夫人最得陛下宠爱。不过呢，姑娘你来后，就得盖过这三位夫人的风头了。"

庄云端入宫时间久，最懂得讨取妇人心。这番滴水不漏的奉承话，引得秦花乐滋滋的自以为是。

"我还以为后宫佳丽三千呢，区区三人，这陛下果真是爱江山不爱美人的贤君了。"

秦花掩嘴轻笑，突见前方的朱红大门后，一行浩荡的人群骑着高头白马，撑着黄牌的队伍，鱼贯隐没在宫墙内。

"刚经过的莫非就是陛下么？"她指向朱红大门的方位，心儿无端跳动急促。

"是，秦姑娘，陛下去的是安乐殿方向，应该是处理政务。姑娘你不知晓，天底下的帝王，谁不是既爱江山又爱美人？宫内才修建好一座美轮美奂的小迷楼，原是要大选美人，充实后宫，不巧得很，小迷楼发生火灾，这事就耽搁了。"庄云端见秦花着实单纯，有责任指教她看清帝王本色。

"不管了，我这是要住哪里呢？这后宫大到让我迷路。"

秦花摆动着娇躯，有些不耐烦，墨语忙替她捶打肩颈。初看这皇宫，一花一草一木都是与众不同，可走这么远，相似的殿宇，重复的华丽，她很快便生厌了，哪里有石头城自在快活？

"快到了，姑娘，就是前面的瑶华殿。这是主管后宫的青夫人的安排。"庄云端指向前方一丛茂密的修竹后的一排房舍，顶上的琉璃瓦在阳光下焕发出色彩斑斓的炫目光芒。

管谁安排呢，有地方让我睡就好！秦花立即嫣然巧笑，墨语搀扶着她，加快脚步，入宫的新鲜劲被长久的步行碾压破碎，她只想躺下好好睡觉。

一夜无事，秦花在鸟儿欢叫中张开双眸，瑶华殿的落地梅花格窗户，透出碧绿的阴影，秦花伸长懒腰，打着呵欠，懒懒下床。梳洗后，就令庄云端摆上烈酒与几样下酒蔬果，在石头城，她们过的可都是从早饮酒到晚的酣畅岁月。

"秦姑娘，好生不爱惜身子，一大早就饮酒？"庄云端向怀抱酒坛的墨语吐舌惊呼。

"怕啥？我可是在酒坛泡大的人，你是没去过石头城，我的家乡石头城，没到城门，就闻酒香，不信，你打开一坛试试？"

秦花用玉梳梳顺长及垂腰的黑发，在右侧鬓角插上还没开败的曼陀罗花，眼波流淌，妩媚至极。

庄云端拗不过主子的吩咐，令人打开黄泥密封的酒坛，满地碎裂的泥块，扑腾着灰尘与烈酒的芳香，呛得倒酒的人站立不稳，脚步踉跄。

秦花看得咯咯欢笑，她穿着酒红丝绒敞胸长袍，露出曲线性感的锁骨，洁白圆满的美胸，挺拔地站立在瑶华殿的落地长窗前，像高贵的天神，从天而降。

墨语端着酒壶的托盘，秦花手执盛满烈酒的金栀杯，一干而尽，她脸色微红，赤脚潇洒自如行走在庭院，酒的香气随风飘送，她就这样一杯接一杯，像个没长大的孩子，俯身与庭院的竹子、花儿们碰杯，说话。

"这位秦姑娘疯疯癫癫的，怎么能讨得陛下喜欢？"秦花听见宫女们窃窃的闲言碎语，她置之不理，手持满杯珍贵无比的绿泉甘液，在一丛枯萎的花树前，蹲下身躯，墨语在身后，双手捉住她的裙边，以免沾到地面的尘埃。

"圣驾到！"

庄云端快步上前，将秦花扶住耳语："姑娘，陛下到了，快跪下行礼！"

"我在给花神供水，让陛下等我。"秦花头也不抬，认真地将酒液洒在花树的根部，裸露的胸，在白日下，美得惊心动魄。

穿着腾云驾雾飞龙黄袍的宇文虎面色发青，双手背在身后走近她，庄云端吓得面如土色，跪地磕头请罪。

宇文虎只是略微抬起下巴，身后的罗什力便驱赶苍蝇一般挥手："下去，都给我下去！"庄云端与众宫女们如蒙大赦，四散着躲到僻静处，大气不敢出。

"秦姑娘。"罗什力压低嗓音，堆起满面谄媚的笑，"嘘。"一手抓裙摆的墨语竖起食指在唇边示意他别出声。

这还了得？还有没有王法了？罗什力从未遭受如此冷落，他神色大变，正欲动怒，陛下宇文虎径直蹲下身，撩起龙袍，他的目光落在秦花情欲饱满的丰胸前，抽动鼻翼，贪婪吸气，酒香与体香杂糅着花香，层次丰富的香味，使他沉沦，出言温和："你这是给哪位花神供水呢？"

"曼陀罗花神，她是主管情欲的女神。"秦花毫无惧色，转过美艳动人的俏脸，与宇文虎鼻息相贴。

"唔，真香，是你的体香还是酒香？"宇文虎的兽性勃发，伸出手掌，按在她滚烫的胸前，秦花既不害臊，也不拒绝，她坦然承受，陶醉地媚笑着，伏在他

肩上，咬着他耳垂低语："你猜呢，尊贵的陛下，世间的大英雄。"

宇文虎从未见过这样有胆量又美丽妖娆的女子这么大胆与他对话，他被深深迷住了，霸道地将秦花娇躯扛在肩上，趋步踏入瑶华殿，兴趣高昂地边走边发令："摆酒，奏乐，孤要与美人通宵畅饮！"

黑发垂空的秦花对着暗处的庄云端吐出粉红舌头，得意地扮鬼脸，墨语领着一干宫女进进出出布置酒宴。

"料不到，这石头城还出了你这样的美女！尉迟大将军果然忠心事主，罗什力，速速派人出发，将孤的鸳鸯宝刀赏赐尉迟大将军！"

宇文虎怀里搂着娇柔无骨的秦花，一杯接一杯欢饮，龙颜大悦。

罗什力强压怒火，领命离去，他不满秦花的恣意妄为，可偏巧这妇人赢得圣心，他无法主宰帝王的喜好。

秦花饮酒，从未有过闪失，她太爱这样饮酒作乐的欢快氛围了，酒后的话，格外动听，酒后的人，格外有趣。

"陛下。"秦花嘴唇红嘟嘟，脸颊粉嫩嫩，嗓音娇滴滴。她脱下丝绒长袍，只穿了柔滑的啡色玉兰花丝绸长裙，露出滑溜溜的光洁后背，黑发随意束成发髻，白藕般的双臂缠绕着宇文虎，桃红丰唇含了半口酒对着宇文虎的嘴，混合着双方的唾液与体温在口腔里相爱厮杀。

这招欲擒故纵，挑逗得宇文虎欲火难耐，可她是风月调情高手，就是不肯让他顺心得逞。

"陛下，喝酒要热闹，何不邀请梅夫人过来一起玩耍呢？"

秦花有让宇文虎俯首听命的魔力，他醉醺醺地安排宫女去霜云殿请梅夫人过来。

"同是石头城的美人，怎的梅夫人冷若冰霜让人生畏，你又热情似火乖巧迷人？"宇文虎放肆地啃着秦花洁白的腮帮，嘴里含混不清哼叽道。

"这有什么奇怪呢，要是都一样了，那还有什么趣！"秦花用小手指头刮着宇文虎的鼻头，羞他不懂道理。

"是啰，龙生九子，九子不成龙。"宇文虎一点也不生气，相反，他仰头大笑，将秦花抱得更紧。

庄云端与宫女们都认定这外疆来的女子，定是施展了什么迷惑人的巫术，让平素喜怒无常的陛下一反常态地欢天喜地。

秦花轻松地逗弄着陛下，手法娴熟。初次见到被众人景仰的陛下宇文虎，她的内心极度失望，他并无想象中英雄孔武有力的干练、俊朗，皮肉松弛的肉身，满脸横肉的凶相，若不是一身黄袍，与石头城满身油腻的屠户何异？

她便在酒里偷偷滴入致幻药，让男人开心，是酿制佳酿祖传的秘方。

"罗什力！"宇文虎终于消停下来，唤来他的忠犬，附耳密语。

"美人，来，继续喝，今夜，孤定要你销魂好受。"宇文虎的笑，透出猛虎的狂野，龙族的淫性。

秦花冷冷地笑，听话地端起金栀酒杯，吞下去，俯身贴上他的嘴，身为帝王，他就该享受这样的伺候，连手也不动，只需张嘴就是了。

梅夫人到了。她像一道清冽的月色，将香艳的现场平地降温。

秦花正要脱身出怀，宇文虎不放过她，她执意挣扎出来，第一次面见石头城的同乡姐姐，她不愿太过无礼。

"石头城的秦花给梅夫人请安。"秦花来不及整理凌乱的黑发，只是将长裙抖落得体，向傲立面前的同乡姐姐梅雪衣庄重行礼。

"雪衣给陛下请安，望陛下龙体康泰！"梅雪衣先双膝跪下给宇文虎行君臣跪拜大礼，才转身扶起秦花，亲热地问："汝自故乡来，应知故乡事。来日绮窗前，曼陀花开未？"

"梅姐姐，临时召唤，多有唐突，请姐姐喝下这杯润心酒，叙叙乡情。"秦花见到姿容风貌、才情过人堪比凌波仙子的梅雪衣，自然心生敬重，措辞讲究。

"来人哪，给梅夫人赐座，赏酒！"宇文虎已喝得脸成猪肝色，他神志尚未糊涂，情绪高涨。

"谢陛下。"梅雪衣起身拜谢后，面罩冰霜坐在锦凳上。

秦花见到她冷傲的眼里，有暗中对自己佩服的好奇，不禁有几分飘飘然，双手斟满酒，递给她："梅姐姐，请饮下这杯尉迟大将军敬献给陛下的美酒。"

梅雪衣眼里有跳动的火花，瞬息黯淡，她克制地点点头，一口饮尽杯中酒。

"好酒！此酒可是绿泉甘液？"她擦拭着唇边酒滴，欣喜得很。

"姐姐厉害，正是石头城的绿泉甘液。"论及自家酒，秦花忍不住对梅雪衣卖弄。

"陛下，雪衣感谢陛下深夜召唤，得以慰藉思乡情意。"梅雪衣盈盈下拜，秦花见她泪光闪动，猜到她这位才思敏捷的女人是由此酒念及尉迟公大将军了。

"雪衣、秦花，你们，你们，都是，是尉迟公大将军献给孤的女人，好，好，个大将军，不愧，是，是孤的重臣。"

宇文虎的话，断断续续，石头城的烈酒，后劲十足。

"陛下。"罗什力的公鸭嗓打断了秦花与梅雪衣的叙旧，他的身后是走路刮旋风的伟岸男子宇文周。

秦花猛然见到宇文周矫健的身影，不禁心荡神摇。芦花荡激情狂野的夜晚，她念念不忘！她忙假装镇定，靠近宇文虎身旁，倚靠在他怀里，掩饰她内心的波涛汹涌。

"臣宇文周给陛下请安，愿陛下龙体康泰。"

宇文周跪在宇文虎脚下，双手奉上朱红油漆的匣子。

之后，宇文周单腿跪下给梅雪衣行礼，继而是秦花。刻意躲在宇文虎怀中的秦花伪装酒醉，近距离之下，她依然能感受得到宇文周眼里掩藏的怒火与妒火，她竟然有几分得意与欢愉："他还是喜欢我，也还是在乎我。"

"陛下，时辰不早了，敬请安息。雪衣告退。"

识趣的梅雪衣见到秦花与宇文虎醉意深浓的卿卿我我，趁机告退。

"皇兄，留步。"

高踞宝座的宇文虎挥手示意罗什力回避，他拍着身旁的空位，令正欲起身离去的宇文周坐上来。

"夜已深，臣就不耽误陛下良宵了。"

宇文周神色惶恐，后怕地退步摆手，那是什么位置？他不想活命了？

"那就陪孤饮杯酒，再走也不迟。秦美人，还不替皇兄斟满酒？皇兄接你入宫，也该谢谢他一路辛劳！"

宇文虎真喝醉了，显示出帝王难得的温情一面。

秦花不能再装了，她听话地起身，双手合抱金壶，将桌面的空金杯斟满，宇文周只是磕头称谢，她瞥见他头顶青铜帽盔的红穗子微微战栗，想起他盔甲之内的强悍蛮力，她不免分心。

"孤今儿开心，你道为何？"

宇文虎举起空杯，向宇文周示威，宇文周忙一口饮尽。

"莫非是新得心仪佳人？"

宇文周笑得好生牵强，连她都看得出，他不善猜谜。

"只此一事，算不得什么，天下女人，哪个不归孤所有？无趣。"

宇文虎神色冷漠地摇摇头，张开双臂，心怀天下的王者霸气，展露无遗。

秦花听他这话，方才的热情似火，逐渐冷却，陛下的冷漠与尉迟公的绝情如出一辙，难道这天底下的所谓大英雄们，都是无情无义的家伙？

"陛下最清楚，臣愚钝，一生所好不过是赌博二字。"宇文周垂首作答，看不清他内心的真实想法。

"告诉你也无妨，蛇岛崔如素传来书信，宇文泽遭蛇岛野人蛇毒陷害，中毒身亡。"宇文虎的脸色铁青，笑容得意。

"贺喜陛下轻松除去心头大患！"

宇文周恍然大悟，忙双手持酒敬贺，秦花注意到他的手在微微颤抖，想到酒坊内说书人的酒话是有道理的：富人怕贼，惧怕有人窃取他的钱财；帝王怕反，最怕有人谋夺他的天下。

"哼，内忧外患，皇弟我还任重道远哪！皇兄，少赌博，该成家立业了。"宇文虎扑打沉甸甸的龙袍，颇为费力地起身，左手拍着宇文周的臂膀，右手搓揉着秦花的肉胸，他从不避嫌，身为帝王，就该为所欲为。

"谢陛下关心，臣本赌徒，自在惯了，不愿受女子拘束，臣先行告退，不扰陛下雅兴。"

宇文周的目光急速滑过宇文虎揉捏秦花胸上的大手，行礼告退。

秦花偷眼瞅着他的背影，渐行渐远的背影，沉重哀伤。她一厢情愿地理解为，他的话是说给她听，可她也知道，他的话，是言不由衷的推辞。

春宵一刻值千金，可惜，不是她的春宵。秦花怀里多了了漆红匣，上面还残留着宇文周的体温。

"皇兄！"宇文虎揉捏着秦花的手在猛然使劲，秦花吃不住痛，忍不住张嘴呻吟，他毫不在意，突然想起什么，转身站定，高声呼喊着宇文周。

"陛下，有何指令？"宇文周迅速调转身躯，快步上前，俯首跪下。

"仙丹吃几粒？混酒还是白水？"宇文虎居高临下审视着他，漫无边际地问道。

秦花明白了，陛下宇文虎深夜急召宇文周，就为这所谓的壮阳仙丹。她无法崇拜欲望泛滥的男人，可他是君王，天下人膜拜的英雄，就该如此无法无天吧。她只能装作俯首甘愿的膜拜。

"回陛下，两粒，白酒与水均可。"宇文周低声作答，大约自己也觉尴尬。

"罗什力，孤今夜、明日就在瑶华殿就寝，无特别军情，别来打搅孤的好梦！"

宇文虎的纵欲酒话，听得秦花直打哆嗦，宇文周大踏步返身离去，咚咚咚的脚步声响，似捶打秦花的心，秦花的身。

第二十五章

郑郄宗：御风术

哪里可以富贵长存，用何以富贵长存。

已贵为镇川节度使的郑郄宗，不时会冒出此种焦虑。他大腹便便，个头中等，额间的川字纹路，刀雕般深刻，在他平庸无奇的五官上，显出不为外人所知的剽悍。

他出身于东都郊外名为郑家庄的一处破落农户人家，年轻时就好偷鸡摸狗行径，十五岁那年，他赌钱输掉后，将赢钱的人杀死，夺走全部银两，逃到山中躲避，以身上银两入赘山中猎户家，娶了他家女儿，生了郑宓。

郑宓阿娘被入室强盗强暴，郑郄宗盛怒之下，砍死自己的女人与暴徒，火烧房屋，带着郑宓来到镇川镇，屠狗为业，再迎娶打铁匠的寡妇一起生活。

若不是逢上兵荒马乱的年头，他也就身负血债，潜隐到老。是战乱改变他的命运，一场战火蔓延到镇川镇，郑郄宗砍死上门的士兵，反身投诚，加入上阵驱敌的队伍，由于臂力过人，头脑灵活，在由难民、流犯组成的乌合之众中脱颖而出，先是被推荐到崔如素的部下，再被引荐入宇文虎帐中，随后被安排独立管辖镇川，任命节度使。

陛下宇文虎重用他，郑郄宗的内心并不在意，他深知大家都是心狠手辣，翻脸无情的主，稍有不慎，就得丢掉身家性命。

作为一位早就该长眠于地的杀人犯，他对当前的生活状态异常知足：身为一方诸侯，要风得风要雨得雨，掌上明珠的独女郑宓，才比武招亲，就选得宇文家的公子，将女儿风光出嫁，他与娇妻相伴，就此衣食无忧平稳过完这下半生。

在这看似风光无限的知足中，他时不时会焦虑重重，怕这到手的一切从头推翻，他的惶恐不安，只是在深夜无人处，才会真实显露，所以，他并不情愿被陛下重用。

可惜，生而为动荡年代的凡人，谁的命运也无法掌控。

陛下的一道诏令，他就得快马加鞭入宫负责审查小迷楼的事故处理，定是棘手的案情，才要他这局外人去担当重任。

空气里荡漾着沉香木焚烧的浓烈香味，郑郐宗在烧成焦炭的废墟前，出神感叹，这整栋用沉香木制作的绮丽楼阁，修建的意义就是等到与这场大火相遇，留下几天几夜挥之不去的香味与地上万物和光同尘么？

火势从小迷楼的内部引发蔓延到外部的全木结构，占地近百亩的小迷楼因制作材料珍奇，一律禁止点蜡烛，这火烧得太不正常了，必定是有人故意引火，不然，火势不可能如此熊熊——连烧三天三夜，都无法扑灭。

他俯身蹲下，查看地面有无遗漏的蛛丝马迹，陛下建造的这座小迷楼是他寻欢作乐的行宫，谁会胆大包天到要纵火烧毁？背后的目的是什么？

小迷楼的这场诡异火灾，烧死宫女十人，最惨的是一位新入选的少女，她被安置在手脚捆绑的机关椅中，原本是便于陛下耍乐的一种法子，活活化为一堆灰烬，陛下宇文虎，当夜醉卧青茑萝寝宫，得以幸免。

小迷楼的总负责人是天竺国的建造师卧佛子，这种来历不明的异邦外人，哪能安好心？郑郐宗手里抓起一把烧成粉末的碎屑，暗地猜想。

"郑节度使，别来无恙？"郑郐宗听见有人招呼他，抬头见到身着黑白相间道袍的监天师段纯阳，手执拂尘，仙气飘飘站在眼前，他一扬手，碎屑在空中烟消云散。

"段天师好，许久未曾会面，难得在宫内相遇，定要讨教一二。"

郑郐宗张开双手互拍手掌，确保手掌的洁净后，才亲热地扯着段纯阳的衣袖，走出废墟阴影，要与他坐下详谈。

段纯阳上知天文下知地理，精通奇门遁甲天相星宿，这火烧一事，须得请教他这高人。

"呵呵呵，老朽正有此意，走，我们出宫寻一僻静之地，吃酒再叙。"

段纯阳挥洒着拂尘，笑声清越。

"段天师请！"郑郐宗心头大喜，看来，段纯阳也是有内幕消息通报。火烧小迷楼一案有高手相助，很快就会水落石出了！

两人飞身跃上马背，直奔宫门外的永乐坊，那是东都城内的不夜城。

"段天师，你说这小迷楼的火烧得也蹊跷吧？"

在永乐醉酒楼靠窗位上刚坐下，郑郐宗就迫不及待开门见山。

"也不怪，世间万物，各有其命数。小迷楼是成也青夫人，毁也青夫人。"段纯阳扣下桌上空碗，用手指沾口水，在桌面写上青夫人三字，面带玄而又玄的古怪笑意。

"店家，上等好酒一坛，清炖黄牛肉两斤，香煎鲈鱼整条，各色佐酒蔬果一盒！"郑郐宗听出门道，忙击掌下单。

"节度使破费了，贫道久不沾荤，还是来一锅豆腐清炖白萝卜好，大补元气。"段纯阳摆手谦让。

"天师错也，不吃这牛羊肉，哪有精气神修仙？自古喝酒吃肉不分家。"郑郐宗才不管他的什么臭规矩呢，固执坚持他的好客之道。

"凡练武功时，须饱食而足睡。修道功时，须减食而省眠，功成之后，尤需压抑，是以武功之道，非有坚忍不拔之志者，难得有大成功，非忠义纯笃者，难得有大造就；非谦和恭敬者，难得有好善终。"

段纯阳不为所动，滔滔不绝说完这段话后，端起面前的陶碗，大口吞咽白水。

"天师，我不过一介粗人，大道理不懂几句，你也无须打哑语，陛下令我查这事故，我是摸不出半点头绪，还望天师赐教一二。"

郑郐宗饮下满碗浊酒，以手指拣起盘中杂食，直奔主题。

"贫道正为此而来，劝慰郑节度使，千万不要伤及无辜人员，此案定是有人背后操控，若你认真追究，吉凶难料，你必得巧妙结案，方可保人头平安。"

段纯阳的笑容，飘然轻松，看来他确是有备而来。

咯嘣咯嘣嚼着干果的郑郐宗停止口腔运动，他端起酒碗，望向窗外茂密的柳荫，这段纯阳早不来，晚不来，到底有何居心？他的背后又是谁在操控？难道是青夫人？一连串的疑团在郑郐宗脑海里盘踞不下。

"依天师之见，该如何巧妙结案呢？"

郑郤宗放下酒碗，直勾勾盯着段纯阳的灰白眼珠，看他能出什么幺蛾子。

"不了了之。"段纯阳也端起酒碗，不过不是喝酒，他倒掉碗中酒水，呵呵呵笑着说道。

"不懂！"郑郤宗难以会意，硬邦邦地顶回去。

"你懂。你若不懂，也不会将脏、乱、差的镇川治理得井然有序了。"

段纯阳唇上的白胡须得意地抖动着，面对酒香扑鼻的美酒，酥脆可口的吃食，他均视而不见。

镇川治理，能有什么秘诀？不过是遵循游戏法则，用黄金换取短暂的和平，用利益赢得利害相连的皆大欢喜。郑郤宗从不当回事，他不过就是个歪打正着的地痞流氓，一个运气比较好的无赖。

"不了了之，对你这等高人是一句话，可我如何向陛下交差？"他权衡着，怎样两头要讨好，要讨巧。

陛下猜忌心重，不查个水落石出，他就是失职。小迷楼火烧事故，绝非简单的意外失火，陛下的担忧也正如此，他深深的惧怕有人要暗中夺取皇位，陛下的江山是弑君而得，他自然将所有有能力、勇猛的部属视为假想天敌。如果纵火者的目的是要暗杀陛下，那这个问题的性质就严重了。

郑郤宗跟随手握权力的人久了，洞悉他们隐藏深厚的忧患，不外乎如是。

"总得拉个替死鬼，让这不了了之才接近合理，嗯，谁呢？找谁也不合适，只能是天竺国负责建造的人，段天师以为如何？"

郑郤宗拍打着凸出的肚皮，转动着不起眼的黄眼珠，探寻的语气是要弄清段纯阳的底细。

"上天诸神的看法比我们更准确。"

段纯阳笑得白胡须簌簌颤抖，颇有高深莫测的惺惺作态。

店家将咕嘟咕嘟冒着热香的炖牛肉上桌，郑郤宗搓着手，垂涎三尺状，举起筷子就插入一块牛肉，送入口中，立马被烫到张嘴吐在地上，他怒气冲冲大呼小叫："店家，回来！你这拿的什么破牛肉，筋多肉少，咬得老子的牙疼！"冲着一脸惊慌失措的店家厉声呵斥，郑郤宗的流氓本性显露无遗。

"郑节度使，恕老道多嘴，这小迷楼的来历，你可曾知晓呢？"

段纯阳对他的指桑骂槐无动于衷，保持着一团和气，眯眯眼眨巴着问。

“能有什么来历？不就那么回事？噢，说来听听，你是宫中的自由人，总是比我这粗莽之人知道得多些。”

郑郐宗努嘴吹气，心思都在眼前炖得熟软的牛肉上。

“外界都以为是陛下的销魂窟，实则呀，小迷楼藏有取之不尽的黄金、珍宝哪。”

段纯阳神秘地东张西望，随后压低嗓门，说起黄金、珍宝时，本来人淡如菊的悠然神色，也情不自禁暴露出贪财本色。

“你是说陛下放着国库不用？将珍宝藏在小迷楼？没有必要呀！不信，不信！”郑郐宗听得暗地狂喜，可他老谋深算，面上不露声色。

“老道也是这么以为，可是，哪会有平白无故的空穴来风。我不说你也明白，这小迷楼建造的奢侈无度，不用蜡烛照明，全是挑鸡蛋大小的夜明珠；这也不算稀罕，里面有座黄金殿，从地面到顶上，皆为金砖镶嵌，大到床、桌、椅，小到日常所用小玩意，酒杯、洗脸盆、夜壶等皆是采用黄金锻造，这也还不算什么；碧玉斋，全部选用昆仑山上采来的青玉装饰而成；珍珠阁，用大量南海深处的黑、白珍珠打造……”

段纯阳说得口吐白沫，形容得天花乱坠，好明显的羡慕嫉妒恨。郑郐宗低头嚼着牛肉，冷眼旁观笑话他：“修道之人，不是要清心寡欲，视财物如粪土吗？”

“清心寡欲？清心寡欲也得要有相当的道行支撑呀！血气方刚的白丁，能清心寡欲？”段纯阳没好气地回应他。

“最可气的是，这天竺国的家伙在底下挖了暗道，贪污了好些财宝，白天上面盖建房子，晚上私自偷运财宝出宫。”段纯阳边说边气得摔打着拂尘解气。

郑郐宗密谋着他的算盘，嘴上反其道而行之：“哪儿能呢，谁有这胆量，在天子眼皮下公然偷盗？”

“是，谁也不会相信，可我们身处的世界是充满奇妙不可思议的魔幻之城，有什么不可能？”

段纯阳满面悲愤，好一位慈悲为怀的道家高人。

郑郐宗彻底不言语了，他最为清楚，是啊，有什么不可能？连他这个杀人犯都能摇身一变成为掌控权势的一方诸侯，陛下的红人，还有什么不可能？这江山频频易主，争来夺去，一会儿姓这个，一会儿姓那个，乱世出枭雄，一切都有可能！

"那我即刻下令，把那祸国殃民的贪财之辈卧佛子抓起来！"

郑郜宗思索片刻，啪地扔下筷子，怒目起身，大有与邪恶的卧佛子势不两立的节操。

"少安毋躁，郑节度使。你可曾听闻这天竺卧佛子不是普通人？他会御风术，还能炼丹药使人达到永生？还有，又是谁将卧佛子举荐到陛下面前？不弄清这环环相扣的细节，贸然下令抓捕，只怕到时候不好收场噢。"

段纯阳终于肯说点真金白银的话了。

"恳请段天师明示，永生术？御风术？老夫实在闻所未闻。"

郑郜宗厚黑的面上浮现一抹愧色，他不仅是不学无术，孤陋寡闻，而且容易头脑发热，冲动急躁。

"简而言之，这所谓的永生术，也是贫道正在苦练的长生不老术，需寻找各色珍稀材料，经过九九八十一道工序烧制形成丹药，给人定期服食，贫道还未正式练成；御风术呢，不过是道家的一种法术，行走如风，快似闪电。"

段纯阳不厌其烦地为他普及修道常识。

"这？世上的人当真能长生不老？行路还能像大风吹过？"

郑郜宗听得目瞪口呆，活到这把岁数，以为能活下来吃饱穿暖，生儿育女就是天大的幸事，还能长生不老？还能健步如飞？他听得都心动了。

"看来，郑节度使消息不灵通，既然一脚踏在官场，另外一脚可不能落后，长生不老、御风术也是陛下最为关心的事。"

段纯阳看他的眼里不再有钦慕的神色了。

"是，段天师指点得好，不过，以老夫之见，会不会这永生术不过是个幌子？无非是接近陛下的借口，骗取钱财的勾当？"

郑郜宗以他的立场，发表看法，忽略了段纯阳的感受——他也是口口声声说是有长生不老丹药才得以亲近陛下。

"贫道已将要害指出，总不能什么都帮你做了，又不是送佛上西天，告辞了。"段纯阳果然动怒了，他恢复起练功时不食人间烟火的高洁状态，飘然起身，挥洒着拂尘，轻快离去，他的背影，恰是一位不食人间烟火的高士。

"狡猾的牛鼻子老道，还不知道谁是真正的骗子呢。"郑郄宗冲他消失的背影冷笑撇嘴。细细琢磨着段纯阳那句"成也青夫人，败也青夫人"的话。陛下的青夫人，他早有耳闻，原是娼妓出身，与没发迹前的陛下身份相当，一个是拿出不要脸的身段来生存，一个是使出不要命的狠劲来博彩。两人臭味相投，这陛下倒也算是长情之人，就算当了皇帝，也还对这年轻时的恋人保有名分，只是这青夫人未曾生下一儿半女，随着后宫新进佳丽愈来愈多，她在宫内的日子，想来也不会过得太顺心如意。

吃饱肚皮再说，郑郄宗是信奉今朝有酒今朝醉的人，他左右开弓，一手抓酒碗，一手夹牛肉，风残云卷将桌上美食一扫而光，才结账出门。

带有六分醉意，剔着牙倒骑马懒洋洋返回宫内，途经茂盛的竹海，行至浓荫深处，头顶突感凉飕飕一片，他抬头张望，一只大鸟扑棱着翅膀腾飞而过，口吐人语："小心青夫人！"

他以为是幻觉，"小心青夫人？"郑郄宗抚摸着头，重复说道，狐疑不定，莫非是自个酒喝多了的幻觉？他还没弄明白呢，迎面跑来一匹黑骏马，马上一位头缠白巾，长着挺直修长鹰钩鼻，下巴留有一圈胡须的黑脸壮汉拍马而过，嘴上大呼："闪开，天竺卧佛子来也！"

天竺卧佛子？郑郄宗一时半会没反应过来，不是他正要抓捕的人？数十秒的停顿后，郑郄宗扬鞭快马追上，前方哪见人影？他似一阵风吹过，空余下一股清雅的檀香与一地飞扬的尘埃，不是撞鬼，就是那怪人真会御风术？郑郄宗吃惊得差点从马背摔下。

第二十六章

青莺萝：朝霞殿

菊花开，菊花残，塞雁高飞人未还，一帘风月闲。

朝霞殿的菊种以绿为主：绿牡丹、绿朝云、绿莺歌、春水绿波、碧海翠龙，当真是满殿尽数绿仙娥，不见君王改颜色。点缀其间为数不多的名贵白菊玉翎管，便有了芳华独盛的孤傲伶仃感。

皇帝爱绿，满宫皆绿。青莺萝不甘绿色当大，白色是她的最爱，总得龙凤颠倒，夫唱妇随才显吉祥持久。这是她内心深处痴想妄想的隐秘——从来帝王，有几人是重情重义之辈？

晨起后，她按常口服一粒驻颜的紫雪丹，坐在落地铜镜前，最重要的功课，就是察看自个的面容有无变化。

已连服数月了，脸上的肤色白皙依然，尽管早已失去少女的紧致弹性，她还是满意的，额头皱纹，嘴角法令纹是浅了些，这紫雪丹还是见效，那卧佛子倒也不是胡乱吹嘘。

世间女子谁不希望自己的容颜青春常驻？青莺萝满足地抬高下巴，三百六十度审视着这张属于贵夫人的脸。

“哎哟，怎么，我的眼里有道红血丝？”她终于发现了眼白中生生一道显眼的红血丝，惊恐万状地呼喊。

“青夫人，恐是昨夜饮酒过多，这点血丝，瑕不掩瑜。”

青奴端来软糯绵甜的菊花糕，入秋后，隔三岔五的赏菊欢宴，她须得早早备好精巧甜食——夫人与陛下口味都偏好糖分重的甜糕。

"怕是丹药引发的后果，快派人速唤卧佛子来。"

青茑萝皱眉下令，不肯轻易被青奴的话左右，这几日，被小迷楼火烧一案搅得夜不成寐，便假以借口，呼卧佛子前来面议对策。

她接过菊花糕，小心放入刚涂了桃红口脂的樱桃小嘴，甜食使人心情舒畅，气色生动，这也是卧佛子的口头禅，他的关于养颜美色的话，青茑萝都照听不误。

卧佛子是她在酒楼卖笑生涯中的老相识。这家伙本名赫赫博尔，精通各地方言，原是巧舌如簧的马贩子，在乱世生存的淬炼下，他改了秉性，成为不仅懂得建造宫殿房宇的工匠，还能堪舆风水，修炼仙丹的高人，名字也改成禅意十足的"卧佛子"。

青茑萝将吃剩一半的菊花糕赏给青奴，移步出殿，沿着幽幽清香的菊花道散步消食，青奴端了泡好的菊花蜜水，跟随在后。

"卧佛子那边派去的人回话没？"

青茑萝将脖上白狐狸毛的围脖竖立，遮住风中的阵阵寒意发问。

她内心的彷徨苦闷，谁人能解？世人都道富贵好，不晓富贵烦忧多。花开花落，色衰爱弛，一个道理，青茑萝无人诉说。

"夫人也忒急了点，这会子，派出去的也不是飞毛腿，估计才到卧佛子天师的住所，喝完这盏蜜水，应当就到了。"

青奴咧嘴笑着，她的身材丰满厚实，小脸却特别娇俏白净，尤其是一对扑闪的大眼，招人疼爱。

"哼，你比夫人我还心急吧？你不是说那卧佛子对你怀有好感？你们是不是早已暗度陈仓了？"

青茑萝虽贵为夫人，但年华无情逝去，她的妒忌心愈发加重，何况，这男人可是她曾经的枕边人，她对下人的耻笑，自带趾高气扬的不屑。

"夫人宰相肚里能撑船，不知是哪个娼妇使坏，乱嚼舌头的一番胡言乱语，卧佛子是神机妙算的天师，奴婢是伺候夫人的下人，哪敢妄想攀附，还望夫人明察！"青奴吓得小脸惨白，双手高举托盘，扑通跪在地上着急申辩。

"娼妇使坏？"

青茑萝面色愈发难看，她就是娼妇出身，宫内也只有陛下、卧佛子、青奴才了解她的底细。这不知好歹的小骚货！

她扬起手，本想扇她一巴掌，惩罚这自不量力的小蹄子，眼角瞥见殿外匆忙而近的卧佛子身影，她改变主意，扬起的手放下，温和地扶她起来，将托盘上的茶盏放在手心握住，一副慈主模样："念你跟随多年，尽心伺候的分上，就不追究了。"

"奴婢谢过夫人！"青奴急切地磕头跪谢。

"青夫人好本领，又在调教下人？"

卧佛子趋步向前，在她面前收住脚步，拱手行礼，眼尾余光掠过她身旁的青奴，他这伎俩瞒不过风月场中高手青茑萝。

女人，以色事人的女子，姿容青春才是王道，她压抑内心的妒火沸腾，风流成性的卧佛子，他真动心思要对青奴下手，她也无法掌控，管得住青奴的人，管不了卧佛子的身。

"看天师满面春风，莫不是有喜事降临？"青茑萝劈头就是酸意的热嘲冷讽。

"青夫人果然是贵人多忘事，十几条人命丧小迷楼火灾，我是华发早生，寝食难安哪！喜从何来？"卧佛子摇首叹息，面色凝重。

青茑萝听得心房紧缩，她怎能忘记处理这头等祸事？脸色化为悲戚状："我就为这事唤你来，进去商议吧。"

进入朝霞殿的内室，青茑萝朝腰眼塞了软垫，懒散歪躺在胡床上，斜视她的情郎，她曾爱过他，同时又藐视他。

卧佛子端坐于她对面的锦凳上，青奴悄无声息端上茶水，退到殿门等候。

"陛下是什么心思？"卧佛子见四下无人，神色不安询问，他是建造者，火灾的肇事者，脱不了干系。

"派了镇川节度使郑郊宗来负责查案，总得有个过得去的说法不是？"

青茑萝眉头紧皱，醋海风波与生死相比，不过是放一个屁。

"要怪，也怪你太不小心了。我只是要小贱人的性命，怎么？唉，酿成大祸了！"青茑萝怨恨地指责他，用力绞扯手中的锦帕，她一旦紧张，就要这样缓解情绪。

"天意如此，老道一时糊涂，端了烛台上去，失手跌落在地，你最清楚，小迷楼的丝绸一旦沾点火星，都会成为火灾，还不用说是燃烧的蜡烛……"卧佛子神情懊恼，连连自责。

"你的鬼主意最多，赶紧想想法子，逃过这场劫难。"青莴萝心急如焚地坐直身子，凑拢他，恳请道。

"此事关系你我两人，你是夫人，又是女人，别无选择，只有我来承担一切后果。"卧佛子的鹰钩鼻单薄得像刀片，深陷的碧眼透出森森寒意。

"你来承担？说得轻巧，你是没进入大牢，一旦大刑伺候，你熬得过？只怕到时候将白的说成黑，黑的说成白，我的命，也断送在你手上！"青莴萝鼻孔冷哼着，白了他一眼，不肯信任他的表忠心。

"我有仙丹，练就金刚不坏身，不惧刀山火海！"卧佛子挺起胸膛，自信满怀，他是骨骼奇大的异族人，不知从哪里遇上术士高人，变成永生术、御风术的忠实追随者。

"得了，就你那些唬人敛财的把戏，在我面前耍弄还成，我就不信，大刀架你脖子，就砍不下去，你又不是钢铁人？"青莴萝不耐烦了，养颜丹药虽有效，并不代表他的永生术也有效，眼下推卸责任才是大事。她向门口的青奴挥手，心情烦躁，还得来点甜品压压。

"你还不信我？紫雪丹再吃半年，不敢说返老还童，至少让你年轻十岁！"轮到卧佛子不耐烦了，他是坚守一根筋的顽固派，丹药疗效，是他平生的得意之事，容不得人半分怀疑。

青奴端来炖好的雪梨蜜汁，入秋后，青莴萝就爱咳嗽，雪梨蜜汁清火养肺，这还是卧佛子提供的方子。

"这润肺汤喝了，可有好转？"卧佛子闻着气味，透出医生对病人的殷勤关切。

"不是我不信你，不信你，也不会吃紫雪丹，你要真不怕死，又这么自信你的功力，明儿，我陪你去陛下面前一同认罪！"

青莴萝明白事态严重，卧佛子是她力荐的人选，小迷楼失火，她同样罪责难逃，先示弱主动承认罪责，或许还能博得陛下饶恕，她抱着侥幸的心理。

"我若怕死，就无须来见你！红葫芦装的是延年益寿的永生丹、黄葫芦是威力凶猛的神龙丹，今晚，你可伺机送给陛下试用，希望陛下能看在我道行高深的用处上，从轻发落我的罪行。”

卧佛子从怀里取出两只不同颜色木塞子的葫芦，慎重交给青茑萝。

"壮阳神龙丹？陛下是用惯了宇文周的天师段纯阳的丹药，只怕，你这个，他不会采用。"青茑萝将葫芦放在桌面查看着，面色苍白，毫无把握。

"段纯阳的道法太低，他的丹药，若陛下服食过多，对龙体有碍，我的神龙丹采用纯植物提炼，经过多次试验，确保夜御五位女子，不在话下，且精力保持充沛！"说起研制的神龙丹，卧佛子眉飞色舞，这是他自信的源泉。

"你就是和青奴那下贱的浪蹄子试用过？"青茑萝听得又羞又恼又嫉妒。

"她们，不过是我的药引子，夫人何须介怀？言归正题，我们一起向陛下请罪？"卧佛子的笑容仅停留数秒，换上沉重的阴霾，想到明日的性命未卜，两人都沉默不语。

"不过，你要答应我，不管如何逼迫你，你都要一个人来承担这后果，保护我，不然，我，我怕我的小命堪忧！"青茑萝突然从胡床上跳下来，冷不丁扑入他怀，怕死的恐惧令她举止失控。

"青夫人，夫人自重，小人发誓，绝不苟且偷生。"卧佛子始料未及，原本正襟危坐的他，手忙脚乱起身，把锦凳掀翻，将青夫人推开，保持男女尊卑的适当距离。

"怎么？当年那个色胆包天的赫赫博尔，什么时候也成正经古板的胆小鬼了？"青茑萝皮笑肉不笑地嘲讽他，不惜以旧情来要挟他，让他死心塌地忠诚她，别出卖她。

"青夫人，这是在宫中，过去的事，还提它作甚？今时今日，您是尊贵的千金之体的青夫人，老夫是不为红尘所累的修道之人，此番急着赶回来认责，就是老夫对你赏识之心的回报。夫人聪慧，还看不出来老夫对你的情意深重？"

卧佛子扶正锦凳，神情是拒人千里之外的冷静。

青茑萝见他心意坚定，收回故弄玄虚的惺惺作态，事已至此，还不是怪自己弄巧成拙？为讨陛下欢心，修建的行乐宫，选了纯洁的处女，临到头，还是按捺不住嫉妒，使出阴招，要卧佛子烧死处女，谁料风大火势迅猛，酿成滔天大祸。

"你就当真做得到不为红尘所累？"青茑萝突被一种深深的疲惫所驱使，她垂下双臂，阔大的薄纱袖袍无力地拖在地面，如失去翅膀的绿鸟。殿外的绿影婆娑，迷幻不清，她知道，终有一天，她不是死在这殿内就是死在殿外——朝霞殿是她的宫殿，也是她的坟墓。

"如果真有那么一天，我不是成为死人，就是废人。"

卧佛子抬起椭圆的头颅，转向宫外远方迢迢山影。青茑萝听出他心底的悲恸与无奈，他的长袍沾染碎屑，她走上前，细心为他掸掉。

两人本是同林鸟，大火来临各自飞，她知道他存有私心，以炼丹药为名，偷运珍宝出宫，以备老有所养，修建他的道场。她都睁只眼闭只眼，小迷楼事发，她以为他带着珍宝逃之夭夭，留下烂摊子让她一个人承受。料不到，他真敢回来，与她并肩作战，还要主动承受罪责，危难之中见真情，也不枉与他相好一场的情意了。

"青夫人，明日早朝安乐殿见。"

卧佛子鞠躬退下，望着他匆匆而去的高大背影，青茑萝扶着殿门，两行清泪滴答掉下来。

第二十七章
宇文虎：丹药

沉寂黑暗许久的瑶华殿因秦花的入住，银烛高烧，光明重放。

宇文虎与秦花良宵切切，郎情妾意行鱼水之欢，直至晨曦微露，烛台上的烛泪融结厚厚灯花，秦花才倦极昏睡，宇文虎在药效之下，毫无倦意地靠在羽毛枕上发呆。庄云端递过冒着热气的鹿茸汤，饮得腹内温暖妥帖，晨风吹动锦幔，卷起殿外树叶飞黄的银杏叶片，那是琴瑟和鸣的秋之语。

他感叹着宇文周送来的丹药威力霸道，使他享受到从未有过的欢愉满足，又记起崔如素的密信，他将蛇岛捣毁占领，查探到皇姑病故，接到皇太后，已启程返回在都城的途中。

终于要见到失散多年的阿娘了，终于实现当年弑君造反的初衷了！宇文虎的情绪不可能不高昂，肚脐眼散发出的热度，促使他无法自控，遂伸手摩挲着秦花滑溜溜的裸背，兴奋地趴上去，嘴里发出嗷嗷快活的低吼。

他气喘吁吁地问秦花："孤的女人，说，你想要什么恩赏？"

"我，我只要陛下宠爱我，不要因为对我的宠爱，赏赐大将军与我的家人。"

"噢，看来，我是得到一位贤德的美人了。"宇文虎略微意外。

秦花被他折磨到娇喘吁吁，虎狼药力发作，宇文虎停不下来，陡然眼前发黑，栽倒在秦花背上不省人事。

等他睁眼醒来，罗什力与尚药局的御医们围跪一圈，乌泱泱的官帽，惹他厌烦，他对罗什力附耳下令，让尚药局与尚食局的御医们相继验证服食的丹药有无毒性，再把宇文周召来，这药性太过猛烈，方才惊险得很，须得问个明白。

他平躺许久，体力才逐渐恢复，见到身旁扶着自己的秦花，脸色惨白，穿着湖蓝锦缎小袄，白底洒金长裙，乌发斜插金簪，这般素雅妆束，也难掩国色天香的美艳。

秦花将自己金钏玉佩的貂鼠披风盖在宇文虎腹部，宇文虎捏着她的手不放，头靠在秦花青春火热的胸前，像回到阿娘的怀抱，疲惫地闭目养神。

宇文周连滚带爬进殿，神色踟蹰不安，只一味惊惶磕头，哭喊认罪："臣罪该万死。"

宇文虎估量着宇文周磕了不下一百个头，他的额头在坚硬的石地板上磕破皮，渗出一股血流，将额头染红。秦花的娇躯直哆嗦，他才慢条斯理地撑开眼皮，君临天下的权力带来的乐趣就在于此，语气严苛："皇兄，最近在赌场的手气还顺？"

"谢陛下关心，还顺，不，不太顺。"见到一贯性子刁钻油滑的宇文周也这般恐惧难堪，宇文虎脸色依然阴沉，保持他身为帝王的威严。罗什力悄然走近，在他耳边私语，丹药并无致命的毒性成分，只是令人亢奋的药量超多。他点点头，谅他这位不学无术的皇兄，是没造反的胆，这次先放过他。

"皇兄还是少与江湖游医走动，谨防被歹人利用，丹药，孤就暂停服食了。不过，这制造丹药的方士，不得轻饶！抓起来投入死牢！"

宇文虎强打精神处理完事，已觉体力不支，可体内欲望澎湃，他将头靠在秦花饱满的丰胸上来回磨蹭，这远方来的女子，带给他温暖与安全，激情与酣畅。

宇文周诚惶诚恐地抬头跪谢辞别，他眉下的血迹凝结在眼睫毛上，神色失落且怪异，宇文虎要的就是这个效果，登上权力巅峰的趣味不就是能够舒舒服服地随心所欲？

"陛下，尚书令高成道拜见！"罗什力手持拂尘跪下尖声禀报。

宇文虎放下秦花的纤手，慢腾腾地从床上下来，在椅子上坐直身躯，凝神深思后，才下令请进来。尚书令高成道学识渊博，秉性刚正，当初他能名正言顺登上皇位，全赖了他的奏章。他与丞相崔如素官职权位相当，满朝文官，他就对这老头子，既怕又爱。

"下臣听闻陛下龙体欠安，特来参见陛下，恳请陛下自律，多以朝堂事务为要，天下苍生为主。"

高成道胡须皆白，满面威严，双膝跪地，声如洪钟正色劝慰。

宇文虎听得面皮发烫，这老头好不识趣，不过才多喝了三两杯浊酒，多睡了三两宿美人，就被他一顿教训，可他不敢反驳，思量起来，是有好一阵子没上安乐殿议政了。

"高卿言之有理，孤近来是荒于政务了，不过，孤在后宫，一样处理妥当，崔尚书传来捷报，已占据蛇岛。"

宇文虎对这自负且多管闲事的老头，渐有嫌弃之意，疏远之心，他记起，这老头以前和慕容信走得很近，若不是高成道与曹贵素来不和，他也会对他严加防范。

"陛下，平头百姓，没有远忧，就有近患，何况陛下掌管泱泱大国？臣以为，为天下百姓着想，为陛下名扬千秋着想，请烧毁小迷楼，奢侈无度的大工程，引得民怨沸腾，不毁不能堵天下人之口。"高成道说得几乎哽咽。

高成道提到小迷楼，正触到宇文虎的痛处，小迷楼起火一案还没了结呢，烧死的十几条人命，他不可惜，他可惜的是还没尝试卧佛子设置的逍遥椅，就要毁掉？他的本意是查出个究竟，还得继续恢复原貌。

"孤已将此案着镇川节度使郑郊宗去处理了，不能还没弄个明白，又来一把大火烧掉吧？"宇文虎对他的愤怒升级了——权威往往是自负的开始，就像得意使人忘形一样。

"臣以为，就算查出个子曰，又能说明什么？小迷楼劳民伤财，不烧毁不足以平民愤。"高成道目光坚定，神色凛然，大有不达目的不罢休之意。

宇文虎最烦被人胁迫，尤其是被位高权重的老臣胁迫。当皇帝真不自由，才刚体会了皇帝的随心所欲，又被禁锢起来。

"不要啰唆了，小迷楼起火案不结，就别再谈什么烧毁了！退下吧，孤自有安排。"

宇文虎带有愤意，手拍椅背，语气严厉。帝王的威严，不容侵犯。

"陛下若不肯下令烧毁小迷楼，臣将与朝中众位大臣联名上书请陛下自行决断！"高成道毫不给他半分颜面，不管他的想法，自顾说完，就起身拂袖扬长而去！

"可恶的老头，终有一天，我要让你跪在我脚下求饶，看你还傲什么！"

宇文虎气得咬牙切齿，胸间被异物堵塞，一阵剧烈咳嗽，呛得脸红脖粗。

"陛下息怒，不过是冥顽不中用的老臣，不值得大动肝火，龙体要紧。"罗什力急忙上前，轻轻捶背安抚他。

"陛下龙体要紧。"秦花与庄云端率众宫女齐刷刷跪在地面磕头哀呼。宇文虎气急攻心，不发一言，阴沉着脸，抓住椅背，将套入椅背上花纹秀丽的缎面用力扯断，撕扯成布条，向半空抛洒泄愤。

"陛下，尚衣局送来给秦姑娘新做好的秋服，要不要先送进来？"

有宫人进来禀报。

"拿进来，让秦姑娘试穿，看美人穿新衣，总比与心机深重的老头争辩烧楼有趣得多。"

宇文虎怒气渐消，让罗什力扶他靠在胡床上，庄云端引领秦花在前，捧新衣的宫女亦步亦趋进入内室。

"陛下，尚食局的人来问，午膳安置何处？"

"就在瑶华殿，孤膳后休息，召郑郐宗午后入宫。"

正午暖光投射在殿前玉阶，时光流水而过，宇文虎看也不看地下跪拜的宫女，扭头对罗什力做安排。

罗什力领命退后，宇文虎屏退左右，他想要观赏一场秦花的新装秀，瓦解糟老头子带来的郁闷。

秦花的倩影在绘着百鸟朝凤的绢布屏风后若隐若现，她人未出，香风先袭来，宇文虎陶醉地深呼吸，这是一股道不清的奇香，只属于秦花的体香，他深深地呼吸着，好像嗅到一万朵栀子花在嘴里开放的馥郁。

秦花的新服底色是天下万物都收于囊中的月白色，腹部中央、后背用金线刺绣着云纹图案的欧家碧绿牡丹，腰部用同色绶带包裹出细如蜂腰的诱惑，丰满酥胸白嫩诱人，在地面拖出莲花裙摆的月白长裙，每一道褶皱随着步行，闪现出绿牡丹的半边花图案，轻纱里，隐约见得到她笔直修长的美腿，宇文虎吞咽着口水，野兽本能的欲望在体内翻滚，他拍掌夸赞，冲动封赏："秦姑娘真乃天上仙女下凡，来人，晋封秦花姑娘为夫人，明日移居长秋殿。"

"多谢陛下。"秦花盈盈下拜，如美丽的花蝴蝶扑在地面，她仰起脸，妩媚的笑，融化了宇文虎坚如寒冰的心，他俯身将她搂抱在怀，这种疼爱与宠爱还是第一次给了宫里的夫人——秦夫人。

草草用过午膳，宇文虎就迫不及待拉着秦花，并排躺在贵妃榻上，定要伏在她胸前酣然沉睡，他笨重的身躯压得她全身发麻，他顾忌不了那么多，他是皇帝，天下人都该围绕他来转。

宇文虎直睡到月上树梢，才挣扎起身，身下的秦花不见踪影，殿内烛火摇曳，和煦温暖，偶有寒鸦惊飞，殿外台阶下，跪了一排人，正在小声嘀咕着什么，他忙大喝："罗什力何在。"

"陛下。"罗什力肥壮的身影从殿外快步奔来。

"陛下，这一觉睡得可实沉了，郑节度使在外面恭候圣驾几个时辰，不敢惊扰。"罗什力神情放松。

"好，让他进来罢。有秦夫人在侧，孤睡得也安稳！"宇文虎伸展懒腰，下地穿靴，秦花闻讯，从庄云端的托盘拿来茶水给他漱口，香湿白巾替他擦拭面容，宇文虎顿觉焕然一新，神清气爽，坐在椅上，准备好好听听郑郊宗的汇报。

"陛下，小迷楼火案，错综复杂，下臣还在搜查中，只怕难以一时结案哪。"

郑郊宗行过大礼，如实禀报。

他的话正合宇文虎心意，看他神色自如，定是罗什力给他透了话端，宇文虎要的就是缓慢进展，免得给高成道留下话柄，拖一日是一日，等到阿娘回来，借此给阿娘安顿，顺势留下小迷楼，耗费如此大的物力、财力，还没使用就销毁，这本身就是浪费！

"查出什么头绪没有？"宇文虎紧皱黑眉，询问案情。

"有……"郑郊宗还没说完，就见浑身素白的青莺萝匆匆迈入殿内，他赶忙收声。

"青夫人留步，青夫人留步。"罗什力赶忙上前去阻拦，哪料青莺萝站定，用凶狠的眼神狠狠瞪视他，罗什力不敢与她对抗，宇文虎见状，也不言语，这青夫人硬闯瑶华殿定是有什么大事。

"陛下，妾身给陛下请安，恭祝陛下龙体安好。"青莺萝跪下行礼后，目光冷冽审视着瑶华殿布局安置，宇文虎料到她是想起曾经的女主人，死去多年的慕容伽昙。从来只听新人笑，何人会听旧人哭？

"夫人匆匆赶来，定是有要事禀报？"宇文虎不紧不慢地发问，青莴萝小性子多，他念旧情，她是他最落魄时扶持他的女子。

"请陛下恕罪，小迷楼火灾，身为建工建造的总负责人卧佛子，职责难逃，卧佛子由妾身引荐，用人不淑，妾身甘愿服罪。"

宇文虎见她满头乌发只别一根四蝶银步摇，那是他与她初识时相赠的物品，她来主动认罪，反倒复杂了，他沉吟不语，暗想对策。

郑郐宗与罗什力都感吃惊，整个瑶华殿，一时安静下来。

青莴萝不明就里，她高举装有丹药的葫芦："陛下，丹药是卧佛子苦心研制多年而成，药效奇佳，专程敬献陛下享用。"

"郑节度使，你说，怎么办？"宇文虎扫视着红绿两色的葫芦穗，心中了然，这丹药无非就两种功能，一是长生不老，一是壮阳不倒。看这两色葫芦，必然是两者都有，当着众人，青莴萝不好明说，他懂。

早有传闻，这卧佛子遇高人指点，也在炼丹，不过，他只肯信任宇文周推荐的道长，从未尝试过别的仙家。昨夜惊险，理应暂停服食丹药，想起秦花勾人的姿容，他的欲念蠢蠢欲动，权且今晚再试试卧佛子的丹药，只要丹药见效，免去他的罪责，这有何难？

"愿听陛下高见。"郑郐宗迟疑着不肯定罪，宇文虎清楚，他是投鼠忌器，顾及自己与青夫人的关系。

"卧佛子待孤一片忠心，先关押，再审查。青夫人主动承担责任，就免了罪责，回朝霞殿歇息去。"

宇文虎疲惫地揉着眉头，断然下论。

"谢陛下。"

青莴萝欢天喜地跪别，罗什力收下葫芦，恭送其离去。

"好啦，孤乏了，你也退下。"宇文虎闭上双眼，打起呵欠，郑郐宗磕头辞别。

"秦夫人在哪里？还不过来陪孤饮酒？"宇文虎的目光搜寻着秦花的情影，他也迷惑不解，缘何这女人对他有致命的吸引魔力？

"陛下，臣妾在这儿呢，过来找我呀。"秦花躲在幕帘后，露出惊为天人的

半张俏脸，赤着白嫩的小脚丫引诱他。

"哈，孤来也！"宇文虎脱下宽大龙袍，裸露的臂膀，各纹绣着一条张牙舞爪的青龙，在鼓起的肌肉上怒目相视。秦花灵巧地东躲西藏，最后被他饿虎扑羊逮住按在地上，他冲动地说着死生相约的情话："孤万岁后，你要陪葬，与孤永生，做今生来世的夫妻，可好？"

秦花闻言，玉体恐惧地颤抖，他不在乎，他是她的爱人，也可以是要她命的仇人，爱恨本是孪生姐妹。

"回答孤！可好？"他使出蛮力掐住她柔嫩的脖颈，恶狠地逼问，他要结果。

秦花面色涨得紫红，嘴角是无畏的轻笑，不肯满足他，吐露半句……

第二十八章

宇文周：老君台

东都城北郊外的长安道上，尘土飞扬，宇文周与血慈悲骑着骏马，前后疾驰，奔向段纯阳炼丹的道观。他要抢在前头，主动交出段纯阳，不然被郑郐宗抓走，于他千般不利。

愈至郊外，人迹稀疏，阔路渐为狭窄山径，上到半山腰郁郁苍苍的松树林前，数百步石阶，横挡在前。

宇文周从马上跳下，缰绳甩给血慈悲，撩起袍襟，咚咚咚爬完石梯，在匾书"白云观"的道观前停下，道观的朱红大门紧闭，门前各有一株峥嵘枯枝如盖的槐树，宇文周喘息着，额头上缠着的锦带，在激烈的奔跑下，渗出一团惨然红云。

"妈的，没料到瑶华殿地板也忒硬实了，害得老子都出血见红了，呸，不吉利！"

他张嘴喷出唾沫，单手叉腰踢向槐树，秋日里的槐树纹丝不动。

"柱国公，需不需要容在下先行通报？"血慈悲将马系在树下请示。

"不用，一道进入罢了，段天师指不定还忙活着炼丹呢。"

宇文周想到此行任务，段纯阳这条命是要断送在他手上了，放慢脚步。

血慈悲上前紧叩门环，吱呀，厚重的木门打开，露出一张年轻道童的青白脸，他张开掉光牙齿的空洞嘴，叩拜行礼："天师吩咐，请柱国公稍坐片刻，天师在丹房，即刻就出来。"

宇文周点头，随道童进入后院，空旷的天井，搭了一处石块堆砌的露天茶台，中间有两株树叶稀疏，结满红枸杞果的枸杞树，树下四个蒲团凌乱安放。

不时有道童忙前忙后抱罐出入，他们手指青黑，眼睛散光，头发稀疏，牙齿脱落。宇文周听段纯阳提及，道童们容易受到炼丹时所产生的黄色气体——水银蒸气的伤害，这些是水银中毒现象。

这丹药害人不浅哪，想起陛下几乎丧命，害得自己性命不保，天井上空碧云连天的悠然，也无法使宇文周静心。

道童端来两盏飘浮着数十粒枸杞子的黄色汤水，放在蒲团中间的空地上，轻飘退下。

宇文周小口嗫着枸杞水，暗自寻思说辞如何令段纯阳甘心伏罪，他可不愿受段纯阳连累，自身难保。

天井的后院连通炼丹房，八卦炉照《周易》八卦卦爻样式，开洞制成八卦，合计则有三十六个孔眼，在炼丹时，就可以加强通风力量，且保持温度平衡。宇文周耳旁响起段纯阳给弟子们说教的内容：玄黄是炼丹家用来涂护丹釜的一种东西。《黄帝九鼎神丹经诀》中的做法是："取水银十斤，铅二十斤，猛火其下，铅与水银吐其精华，华紫色，以铁匙接取，名曰玄黄。"

宇文周闭目聆听，品哑着无滋无味的枸杞水，意志消沉地等候段纯阳，这只怕是段纯阳人生中的最后一堂课了。

"让柱国公久等，老道赔罪了。"

段纯阳身穿交领斜襟青色道袍，头上用块大方巾将绾好的头发包扎起来，留有两角虚于后背，走路时随风飘动，显示出道士的逍遥自在，脚蹬圆头阔底道靴，手执铁柄白拂尘，好一派清静无为的仙风道骨风姿。

"天师躲在这与世无争的偏远地，可知本公几乎丧命？"宇文周不满地回应，指着额头缠好的浸血布带诉苦。

"老道昨晚夜观天象，掐指一算，就知在劫难逃，天命难违，炼丹更是时不我待啰，恭候柱国公大驾光临一道进宫面见陛下。"

段纯阳神色淡定，挥洒着手臂上的拂尘。

"你可知，陛下是要索你性命？这会子，那郑郜宗也在抓捕你的路上了。我是不忍，不忍你被那屠户样的人折磨。唉，还是怪你丹药不灵！"

宇文周痛心疾首地将责任推卸。

"丹药太灵验了，也是罪过，老道死不足惜，耗费多年功力、心血的长生不死仙丹可就功亏一篑啰。"

段纯阳摇晃着脑袋上的逍遥巾，比宇文周还深恶痛绝。

"此言当真？不死仙丹炼到哪一步了？"宇文周性急地跳起来追问，甩开的袖袍将枸杞水的茶碗掀翻在地。

"唉，老道是人之将死，其言也善。不死仙丹哪有那么容易炼成？你没见到这些牙齿脱光的道童们，他们的寿命都活不长，我一死，丹房的炉火也就熄灭了，仙丹半途而废，柱国公定要向陛下告知，老道是为陛下而死，仙丹未成，天上诸神怪罪下来，降祸民间，那时天下大乱，陛下要收拾也不容易啰。"

段纯阳的话里透出令宇文周深恐不安的潜台词。

"段天师道法高妙，定有应对之策，本公愿全力配合天师。"

宇文周细细思忖段纯阳的话里深意，他直截了当剖明他的心思。

"柱国公果然非常人所比，老道却有一条妙计，不过，全要仰仗柱国公的安排，君无戏言，老道苟全性命，自然得另有他人替老道去死。"

"谁？谁会甘愿代人受过？"

宇文周抬高音量，血慈悲走到后院，关好门户，谨慎地观望山下道路有无人烟前来。

"血慈悲，把马牵进来，喂足粮草。"宇文周深思着，这老道肚里有料，杀掉委实可惜了，必得多耗时间要他吐出真货。

"事关重大，酉时再议。"段纯阳瞅着天上暖阳，对照时辰，伸长枯瘦手掌，展颜露出神秘莫测的诡笑。

"柱国公，道曰大，大曰逝，逝曰远，远曰返。一念万年，一意万千，一瞬万界。朝闻道，夕死可矣。老道得失陪去守着丹炉，酉时见。"

段纯阳捻须吟诵出这段玄而又玄的话后，返身钻入后院一处黑洞的窄门，不见人影。

"什么？朝闻道，夕死可矣？听不懂。"宇文周只记得后面这句话，不肯去浪费脑筋多思，他双手抱在胸前，靠在枸杞树下打盹。

鼻端嗅有酒香，勾得他腹中馋虫咕咕直叫，睁眼见到手指青黑的道童端着簸箕，一壶山上道观自酿的枸杞酒、一碟白花花蘸着红辣椒的煎豆腐、一盘白水煮青菜、两碗糙米饭、一筐干饼，摆在地上，这就是道观待客的午膳了。

"有酒怎能无肉？看这清汤寡水淡而无味的饭菜，咽不下嘴，血慈悲，下山去买些羊牛肉来，犒劳这些成日天劳作的道童们，最紧要的醉蟹买多些，好下酒。"

宇文周从腰间取下钱袋，冲着才忙活完的血慈悲，高声下令。

"干着重活，吃这些粗鄙的饭菜，能不脱发落牙吗？抠门的老道，给他白花花的银两不少，就舍不得给孩儿们吃好些？"他冷笑着埋怨，手握酒壶，将余下的清汤寡水推至一旁，在蒲团上闷头喝酒。

"柱国公有体恤他人的慈悲心肠，必有福报。"

有奶便是娘，开门的道童赶紧献媚称谢。按说，修道之人是不沾油荤的，可炼丹这差事苦不堪言，况须抵抗金石毒性之烈，能多吃荤菜，补充体能，是最好不过的事。

"小事一桩，不值一提，本公好酒好肉吃喝惯了，要吃你们这顿饭，非拉肚子不可！"

宇文周大大咧咧地挥手吐真言，不是他高尚伟大，是他想吃肉，你们这帮道童跟着沾点口福而已。

"沾了柱国公的光，还是要谢过。"道童厚颜无耻地笑着走远。宇文周并不以为然，他不需要这些小人对他毫无意义的谄媚。

血慈悲从山下带了熏鸭、野猪鲊、蒸羊肉、炖牛肉和量少价贵的醉蟹。满满当当摆了一地，宇文周独留下最爱的醉蟹，剩余的全赏给道童们，一口蟹肉一嘴枸杞酒，吃喝欢快。

酉时将至，夜幕的薄雾升腾，宇文周喝得脸颊红通，倚靠在枸杞树下散酒气，道观的自酿酒，后劲惊人。

段纯阳推门现身，见到他这吃醉酒的轻浮浪子模样，朗声笑着数落他："柱国公，小瞧了本道观的自酿酒了不是？都城的琼楼玉液不少，能超过白云观枸杞酒的可没有！"

"当然有！那守日大将军尉迟公统领的石头城酿制的高粱酒绿泉甘液，你是没喝过，本公喝得难以自控，酩酊大醉，关键是，那酒有催人喜乐的功效，那一夜，是本公有生之年最欢愉的夜晚了。"

宇文周身陷道观鲜美肥沃的迷雾，秦花的玉体在月色下也是这般丰饶诱人，酒意上涌，芦花荡里本真与肆意的放纵，他无法自制地回味。

"柱国公动情了。还是不要动情的好，每一段男女之情都是来世间经历的一道劫难。"段纯阳以局外人的理智点醒他。

"本公可是孟浪的轻浮子弟，哪有真情可动，纵使有，也不过是游戏人生，逢场作戏。走，谈大事要紧。"

宇文周摇晃着虎躯，血慈悲上前扶住他，道童掌灯，段纯阳领路，一行人入到隐蔽的地下室。

黄泥土夯实的地下室，只一桌、一榻、两凳，别无长物。"这么生冷，如何坐得住？"宇文周一屁股坐在冰冷的石凳上，受不了，唬得起身抱怨。

"柱国公，修道不是享受。徒儿，上去拿床毛毯，柱国公娇贵身躯，受不得冷。"

段纯阳接过烛台，搁置在油漆斑驳的桌面，双腿轻而易举盘在石凳上，烛光如豆，映射在墙上的段纯阳身影，鬼魅憧憧。

宇文周的酒劲被吓醒一半，连连摆手不要："好啦，不烦道童，本公站着就行。"

"你们都出去，徒儿，带他到送君亭等候。"

段纯阳说完，脸色忽而沉重，血慈悲与道童躬身退出去，将石门锁死。

"柱国公，此事涉及人员皆是非富则贵之人，须万般小心谨慎，虽然人人都将死去，老道的性命并不可贵，但老道心愿未了，怎可脱身而死？

"不死仙丹，不出三月，便将大功告成。献给陛下的滋补龙丹，不过是因陛下自己贪图享乐，无法自制，闹出昏死丑闻，要找个替死鬼虚掩过去遮丑而已，此事缘由，你知，我知，天知，地知。老道可以去死，但不是现在，也不是为丹药而死。"

宇文周屏息静听，今夜的段纯阳与往常所见的段纯阳判若两人。他感知到在白云观内的他才是真实的段纯阳，是因为人在濒临死亡的边缘都要做出抗争？

"老道计策无非是李代桃僵。代替老道去死的同样还得是道士。"

"是卧佛子么？"宇文周瞬间神思清明，急呼出口。

"他是最佳人选。"

"他背后有青夫人，青夫人是陛下的夫人。"

"他的背后是哪位夫人，不能说明什么，关键这卧佛子，必须除掉，永绝后患！他一介天竺人，在炼丹这一道上，天赋很高，平心而论，他的驻颜紫雪丹、壮阳神龙丹、益寿永生丹均已远超老道。不过，在法术上，老道略胜他一筹。"

段纯阳的神色是大义灭亲的凛然。

"是嘞，听说他会御风术，本领那么高，岂不更得陛下重用？"

宇文周咧嘴思索，点头认同。

"未必，天下事物，成也萧何败也萧何，定数无常。你只需回去向陛下复命，老道要在白云观做法事祈福，拖延进死牢的时间，就会有转机。"

段纯阳说完下地，活动双腿。

"陛下会信？"

"不会信。"

"你胆敢糊弄本公？"宇文周恼羞成怒。

"不敢，陛下信新的夫人。"

"新晋封的秦夫人？"宇文周此番脑筋转动得飞快。

"凡人臣之所道成奸者有八术：一曰同床，二曰在旁，三曰父兄，四曰养殃，五曰民萌，六曰流行，七曰威强，八曰四方。何谓同床？曰：贵夫人，爱孺子，便僻好色，此人主之所惑也。托于燕处之虞，乘醉饱之时，而求其所欲，此必听之术也。为人臣者内事之以金玉，使惑其主，此之谓'同床'"。

"天师突然说这段话，有何要意或指示？"宇文周被段纯阳贸然来这一段文绉绉的话，彻底整糊涂了。

"韩非子以法之无情而观天下，可谓帝王心术大成者，放在当下也很实用。他还有惊世骇俗的观点呢，倘若运用好法家的法与术，普通人皆可为王！老道有感而发，无用，无用。"

段纯阳点头，复又摆手否定，自相矛盾。

"普通人皆可为王？帝王不是须天下九五至尊方能成就？"宇文周伸长脖颈，半信半疑，闻所未闻的悖论。

"不过是蒙混天下人的托词。如果柱国公有兴趣，坐上帝位，也能治理好天下。"

在这幽深的密室，段纯阳完全不理会这番大逆不道的谋反话，会对宇文周带来潮涌的冲击。

"天师莫非吃醉酒了，胆敢口出狂言，说这些掉脑袋的浑话？"宇文周听得内心早已揎拳撸袖，不过，面上冷峻，肃然纠正。

"就当是老道说的混账话，反正，就你听见，没旁人。"

段纯阳从容不迫，从袖袍摸出三个精巧小葫芦，哂笑着递给他："美人赠我蒙汗药，英雄赠美人迷魂丹，古今同理。"

"你要我送给秦夫人？她来自边疆，哪会识中原方术丹药的妙处？"

宇文周话虽如此，还是快手拿过葫芦瓶，放入胸前的襟袍内藏好。

"女人爱美，不分国界、地域。你告诉她，服食老道丹药，定能养颜美肤，青春常驻，她必定乐于接受。你以为石头城的绿泉甘液是酒好？也有丹药的功效！"

"哎呀，怪不得，吃了酒后，人就欲火焚身呢，还是丹药在作怪！听君一席话，胜读一年书。"宇文周茅塞顿开，那夜的激情，原来是酒为媒，丹药为核。

"是十年，不是一年！"段纯阳严肃地替他纠错。

"差不多嘛。何必较真？"

"差之毫厘谬以千里。"

宇文周不吭声了，他对赌馆伎俩有深入研究，这口舌功夫嘛，不是他强项。

段纯阳执起烛台，在石门的对面，扭动墙壁上不起眼的机关，门无声推开，一道强光混着风直射进入，将烛火吹灭。

"从这扇门出去，趁天色未晚，下山回府还来得及。"

段纯阳将宇文周推出门外，石门合拢，成为一堵巨大无比的石墙，生生将两人隔在两个世界。

"天师，天师，我的骏马呢？"宇文周急促地喊叫。

"柱国公，在这儿呢。"他循声而望，血慈悲牵着两匹马在平坦之地上的一座亭台前等候，赶紧跑上前去，瞧见亭匾上书"老君台"。

传说老君台乃老子得道成仙飞升之处，古时名升仙台，又称拜仙台，台高三丈余，全台以青砖堆砌，由二十四个平面围成一柱形高台。台上沿边有半人高围墙，形如城垣。台中正殿三间，为古硬山式出厦建筑，上覆黄色琉璃瓦，五脊六兽，格子门窗，窗下各嵌一石方，分别刻着"道德真源""犹龙遗迹"。噢，他恍然有悟，段天师早安排好他的退路。

"快，速速回府！"宇文周飞身上马，回首眺望白云观，但见段纯阳站在虚无缥缈的云雾深处，道袍衣袂飘飘，如天界凝视凡间的神仙。

"柱国公，这段天师该不会是天上的哪路神仙吧？"

血慈悲的揣测，也是他的困惑："可能，他真的是神仙下凡。"

第二十九章

宇文雄：祭战神

"雄儿，赶紧起身，你阿爷的亲友同僚都要来吊唁，身为长子，你得出面主持应对。"

宇文雄才合上眼，就被阿娘崔玉房苦口婆心的聒噪吵醒。他好不焦躁，才扶持阿爷的灵柩归来，累得身心俱疲，只望栽倒床上修养半日，方好应对一摊子事。

"阿娘，别催，你可知道阿爷是被人陷害而亡！"

宇文雄忍住火气，翻身下床，按住阿娘干瘦见骨的肩胛，向信任的至亲道出实情。

"这有什么好奇怪！当英雄的男人，活着不平凡，死也不会平凡，不是血染沙场，就被仇人陷害，这是他身为战神的宿命。"

崔玉房神情淡然，对夫君的死，似乎早已料到。

"阿娘，你不想知道谁是害死阿爷的仇人吗？你不希望孩儿为阿爷复仇吗？"宇文雄猛力推开阿娘，他要确认阿娘是不是修长生不老术，修糊涂了，变得这般冷寂无情？

"为阿爷复仇？你了解阿爷真正的仇人是谁？"

崔玉房皱起柔顺的淡眉，带着蔑视的眼神反问他。

"除了崔如素，这只道貌岸然一肚子坏水的老狐狸，还会有谁！"宇文雄很不服气阿娘看轻他的神情，他抬高音量非常肯定地说。

"哼，崔如素？他是老狐狸不错，但杀你阿爷的仇人不是他，他与你阿爷都是棋子，是要争出你死我活的棋子，是那躲在幕后的真凶，借刀杀人罢了。"

崔玉房投向堂外的目光阴沉，瘦弱的背影，有大势将去的失落。

"真凶？阿娘好生糊涂！明明就是崔如素，哪还有什么真凶？我看阿爷十有八九是中了蛇岛的毒，下毒的人就是崔如素，他装得挺镇定，可孩儿看得出来，他就是在装，装无辜！"宇文雄攥紧拳头，对阿娘的判断，充满疑问。

"好啦，雄儿，贵客上门了，快，换上孝服接客，第一位上门吊唁的就是崔尚书。"

崔玉房转过身，语气不耐烦了，身后的婢女早捧着一套素麻孝服在旁等候。

"这老狐狸，他还敢来？"宇文雄怒喝道，正要冲出门去，被阿娘伸出的手臂挡住，望着比自己矮大半个头的阿娘，他停住了脚步。

"雄儿，阿娘再次申明，杀你阿爷的仇人不是他，收起你不知所谓的胡思乱想，还不快出去拜见客人！"

崔玉房勃然动怒，脖间青筋直跳。

"雄儿遵命就是了。"

宇文雄拗不过他的阿娘，阿娘独居修道开始，脾气渐变古怪，他也无奈。阿爷没了，他只剩下日益苍老消瘦的阿娘，母命难违。他缓慢走到婢女身旁，直挺身躯，任凭婢女伺候，取下帽盔，脱下铠甲、高靴，戴上孝帽，穿上麻服，绑好麻鞋。

灵堂搭建在阔大的中庭，黑幕肃穆，白花素净，流窜人群角落的猫猫狗狗也捆绑白带白花，整座宇文府邸成了声势浩大的灵场。

双目通红，两鬓染霜的崔如素带着贺擒虎跨步入府，径直向阿娘迎去。哼，他也老了！宇文雄冷眼观望，错身而去。

崔如素身后的贺擒虎，神情严肃，但他的眼底，却有轻快的笑意在不经意流淌。

他们应是从安乐殿过来，领了陛下的封赏——崔如素一行圆满完成陛下交代的任务，将皇太后安全接回宫——皇太后就是蛇岛的女巫婆。宇文雄打死也不肯相信的真相，一定是崔如素为了完成圣命的狸猫换太子的阴谋，但他没法去验明真相，谁也无法证明真正的皇太后是谁，除了陛下，也许，连陛下也不清楚。

宇文雄暗中揣测，愈发愤恨不平，凭什么？陛下不封赏丧失生命的战神阿爷？

他朝贺擒虎怒目圆瞪，仿佛他才是让阿爷致死的罪魁祸首，让自己失去陛下封赏的对手。

贺擒虎连忙向他躬身施礼，宇文雄扭头冷哼，早知今日自取其辱，当初何必变节投诚？贺擒虎受此冷落，讪笑着后退数步。

宇文雄正得意呢，见到二弟宇文开与二娘李甄梅向崔如素这老狐狸行礼致谢。他疾步上前，拉开宇文开，挡在他面前，出言不善："崔尚书何必猫哭耗子假慈悲呢！"

"雄儿。"阿娘拉起他的手，他毫不领情，用力挣脱，就是要出这口恶气！从东土城憋到东都城，千山万水的憋闷，他受够了！

"长兄，阿爷尸骨未寒，崔尚书登门是客……"

"宇文开，你别不识好歹，这里没你的事！"

宇文开的话被宇文雄中途打断，堂上吹奏哀乐的艺人们，闻言也纷纷停住演奏，要看这出热闹。

"宇文公子，这么快就忘记在东土城崔尚书对你中蛇毒的救命之情了？"贺擒虎不阴不阳的帮腔，惹得宇文雄暴跳如雷："还好说什么蛇毒？哼，别当本公子是傻子，阿爷的死，你们谁敢说和你们没关系？你，你，你们谁敢证明自己的清白？"

宇文雄冲动地抽出腰间的金刚宝剑，剑尖指向崔如素、贺擒虎的额头逼迫他们。

灵场上的艺人们顿时慌作一团，四面散走。

通身素白的李甄梅从人群中分花拂柳走出来，她伸出手掌，掌心抵住剑尖，渗出殷红的鲜血，滴落在地面，宇文雄愣住了，不明了二娘此举深意。

"雄儿，来者是客，天大的仇恨，也不是在今日来报！君子报仇，十年不晚！对不对？"

宇文雄只得放下宝剑，崔如素走向李甄梅拱手施礼："多谢夫人，宇文公子丧父悲痛，报仇心切，言行出格，也属正常。"

二娘李甄梅垂下受伤的手掌，眼神凄楚："是啊，家仇国恨，哪一样不让人心智发狂？"

崔如素脸颊上的肌肉急促地跳动，他猛然转身，不发一言，大步出门离去！

还以为这老狐狸能沉得住气呢，不一样会失态？宇文雄冷哼着，转头关心李甄梅。

"二娘，伤口不碍事吧？"

"无碍，皮肉伤罢了。开儿，召集艺人们奏哀乐，待客。"

李甄梅说完，向后院走去。

宇文雄望着空荡无人的灵堂，跪在阿爷的灵柩前，将金刚宝剑双手高举，暗暗发誓，他要成为阿爷的战神接班人！

处理完阿爷的丧事，宇文雄开始着手盘算自己的大事，日后，这宇文府的当家人就是他了。

"阿娘，府中杂事还是二娘做主管理吗？"夜色深沉，他来到阿娘的内室。

"既然是你二娘做顺手的事，她也有此能力治理，那就萧规曹随，维持原样。"

崔玉房室内的地面铺着刺绣阴阳八卦图形的毡毯，她赤脚沿着八卦图行走，这是她每日的功课。室内四壁全是佛像、神仙图像，桌案上的清供是养在四足瓦鼎内，肥壮发亮的一株灵芝与各色材质的葫芦瓶，装满干果的陶盘，溢出果实的芳香。

"阿娘就从未替雄儿考虑过人生大事？"宇文雄带着怨气一屁股坐在地毯上，他要向阿娘提出娶亲的事，尽管阿爷刚过世，按照汉人习俗，居丧三年后，才能议婚嫁喜事，他们宇文一族不是汉人，无须遵守。

"你是想要娶亲？"崔玉房骤然停下脚，从桌上的葫芦瓶倒出一粒红色药丸，仰头咽下，返身问他。

"阿娘聪慧。"宇文雄连日来的第一次笑容，终于展露。

"你不说，阿娘还忘记了，你二娘给阿娘提过，有一门亲事，是镇川节度使家的女儿，生得花容月貌，武艺超强……"

"不是，不是这家，阿娘！"不等崔玉房的话说完，宇文雄就心急火燎地粗暴打断。

"你有心上人？你这小子，成天舞枪弄棒不学好，是在外面风月场所的什么头牌红姑娘吧？"

崔玉房被他无礼打断，免不了一通数落。

"阿娘也忒看不起儿子了，好赖儿子现在是战神，怎可娶水性杨花的轻浮女子进门？她，说来也是名门之女，容貌出色不说，还善弹一手好琵琶，孩儿听过，怪动听呢。"

想起慕容伽莲的风华绝代，宇文雄的神色开始腼腆怯弱。

"你和你阿爷一样，长得狗模狗样，桃花运还挺好，我估摸这女子被你哄骗得手了？"

崔玉房也难得展颜逗笑，幸好在两人独处的室内，无旁人干扰，母子俩能率性交谈。

"这样好的姑娘，你可曾打探有无婆家？别撞一鼻子灰，空欢喜一场！"

崔玉房随手将装满干核桃的陶盆放在两人中间，宇文雄忙抓起两颗核桃，用力碰击，剥开后取出桃仁给阿娘，阿娘的手使不上劲，偏生好吃这些干果儿。

"我，我们都约定了，不过她也挺可怜，阿爷与阿娘都过世了，现在跟着她姐姐生活。"宇文雄动作奇快，咔嚓咔嚓，拳头握紧，响声连片，面前很快堆满核桃空壳。

"雄儿还是这么孝顺阿娘，听你说来，这姑娘是蛮可怜呢，不过，这事还得缓一缓，至少三月后再议，我们宇文家族虽然不是汉人，无须遵守居丧三年的习俗，可也算东都城内的名门望族，不可任性胡来，留人话柄。当务之急，先上朝接受陛下御赐的军功与战神的勋章。"

崔玉房细细咀嚼着核桃仁，替儿子打算。

"我是阿爷的儿子，自然是继承阿爷的战神！还有什么好废话？"宇文雄不理解阿娘谨慎做派的安排。

"雄儿呀，你太天真了，你以为荣耀富贵，都是理所当然得来？"崔玉房摇晃着别一朵白绒花的满头银丝，她有看透世间万事万物运行法则的通透。

"孩儿知道阿爷的战神就是拼死奋斗而来！"宇文雄狠声怒吼。

"是啊，你阿爷的战神称谓，不是平白无故交好运得来！他得到战神的荣誉，是由多少万人的血来染红的，你以为你就能顺理成章继承？你想过贺擒虎没有？他的武功兵法，哪一样输你？"

崔玉房是足不出户的修道人，却能指点江山，宇文雄惊得瞠目结舌，他甘愿跪拜在阿娘脚下："孩子愚钝，还请阿娘提携点拨。"

"能主宰你继承战神位置的人，唯有崔如素一人！你还认为他只是满口仁义道德，一肚子男盗女娼的老狐狸？你太小瞧他了！他是汉人官员中学富五车、博览群书的高人，他是异邦族人里，以弓弩骑射高超武艺获得民心的英雄，你不见，那贺擒虎，本来是你阿爷的部下，崔如素没有点过人本事，他怎么转向成为崔如素的门下走狗？"

阿娘的一席话，惊醒了宇文雄。

"阿娘高见！不知这崔老狗可否愿助孩儿一臂之力？"

"这，恐怕你得求助你的二娘二弟了。"崔玉房收捡起地上散落的空核桃壳，微弱的烛火下，常年食素的手臂青筋毕露，老态毕现。宇文雄想起二娘李甄梅白皙柔嫩的肌肤，不免替阿娘的衰老惋惜。

"他们，不是八竿子打不到一处的关系？"

"有些关系，不是从表面现象就得知，阿娘警告你，对这个二娘、二弟好点，指不定，你的前程，你的富贵，你的性命还得靠他们成全呢。"

崔玉房的语气严厉起来。

"阿娘总说长他人威风，灭自家信心的泄气话，孩儿总是不服，好似孩儿不是你与阿爷亲生一样！"宇文雄听得颇为气恼。

"混账，这样大逆不道的话，你也有胆说得出口？这不是在诬蔑阿娘的名声？怎地生下你这赖皮儿，令阿娘平白操心受罪？"

崔玉房顿时声色俱厉，头上的白绒花也抖掉在地，宇文雄赶紧小心捡起来，扑打着白花上的尘垢，递给阿娘请罪："阿娘恕罪，孩儿气晕了头，才这样瞎说。"他肚里墨水有限，本就说不出太多花样的废话。

"好了，阿娘也懒得管你了，你现在可知阿娘要修道的缘由了？你阿爷性子暴烈，动不动就发火砍人，阿娘这么多年是受够了。以后，你的事，不到万不得已，也别来烦恼阿娘，记住阿娘的嘱咐，善待你二娘、二弟，别去异想天开和崔如素较劲！"

崔玉房言辞凌厉，她将宇文雄手剥的核桃仁推到一边。

"阿娘狠心，休怪孩儿无情，不管就不管，孩儿命硬，是死是活，听天由命！"宇文雄爬起身，也生气了，他原本最亲近的阿娘，不过一句不合时宜的气话，也当真，难道在她心里，狗屁名声当真比母子情还重要？

宇文雄刚拉开阿娘房门，劈头就撞见一身孝服的宇文开："长兄，阿娘刚做了素菜，要我来邀请长兄和大娘用晚膳。你最辛苦，阿娘要你保重身体。"

宇文雄见他面色蜡黄，眼皮泡肿，也是多日没休息好，宇文雄心内一暖，猛然抱住二弟号啕大哭，这位他最瞧不上眼的二弟，怎么还比阿娘通情达理？他最为鄙夷的二娘，也比阿娘懂得抚慰人心，怨不得阿爷要宠爱她了。

阿娘说得对，日后还是善待这母子，偌大的宇文府就剩下他们两对孤儿寡母，他们理应和和美美。

宇文雄扶着阿娘崔玉房与二弟宇文开，围坐在李甄梅房内的云母圆桌上，四人垂泪相向。

房屋正中间挂着阿爷英姿飒爽的开弓猎鹰图像，花瓶内插着形单影只的白花、闪烁着悲光的白烛，供着阿爷生前爱吃的酥饼、枣泥云糕、蒸羊头、熏鹿肉等佳肴。

李甄梅手掌伤口包扎完好，她先举杯向地上洒酒三杯，为阿爷祭奠。

"玉房姐，老爷走了，宇文府就我们几人啦。"李甄梅双目红肿，起身伏在桌面哀哀恸哭。

回想从前种种，宇文雄听得好生内疚，他曾对李甄梅胡乱猜疑，他从未正眼待过她，总以为她是耍心机手腕的狐媚女人。

阿爷身亡，庭前院后，鞍前马后，始终是她娇弱的身躯在支撑，阿爷的死，相比起来，二娘与二弟更为悲痛，阿爷生前，最宠爱她与二弟，他是习惯当长子，凡事自个做主，也不那么依赖阿爷与阿娘，现在看来，也非坏事。

"甄梅，别犯傻了，生生死死，时时刻刻都在发生，谁家摊上这事，就不过活了？活着的继续活着，夫君虽死，他的战神精神、信念永存。你怕什么？阿雄身为长子，理应肩负起长子职责，继承战神荣耀，捍卫宇文家族声威！"

崔玉房在关键时刻的沉着冷静，果真有名门风范。

"大娘深明大义，阿娘莫哭，还有大哥和我呐，开儿虽不成才，可也不是废物，日后，开儿誓与大哥同进退，将宇文家族的族风发扬光大，让宇文家族老幼尊卑都有活路，不辜负阿爷的期待。"

宇文开举杯的一通慷慨陈词，让宇文雄眼前刹那光明，这乳臭未干的文弱书生，自己还小看了他隐藏的豪情壮志。有弟如此，有娘如此，有家如此，有期盼的心爱女人如此，还有，他的战神桂冠如此，他，宇文雄的人生，夫复何求？

"阿娘、二娘、二弟，我宇文雄在此发誓，我宇文雄的今生使命，一则为家族延续荣耀，二则为国家守卫疆土，三则让我们宇文家族的旗帜代代相传！"宇文雄也不甘示弱，发表慷慨言辞，牛饮碗中浊酒。

"大哥，威武！"宇文开也学他，饮尽满碗酒。

"玉房姐、雄儿，我李甄梅，不过是都城小户人家的女儿，老天垂怜，落户宇文家族，今生是一家人，来生，我李甄梅还愿成为一家人，相亲相爱的一家人！"

李甄梅眼含热泪，举起碗中酒，爽快地仰头干掉。

"好，好，来生还做一家人！宇文泽，你就放心去了吧。"

崔玉房眼含热泪，一手牵过李甄梅，一手拉住宇文雄，跪在画像下，仰头哭喊。

阿娘的嗓音尖厉凄惨，听得宇文雄不时揾把英雄泪，四人放声痛哭，他们憋屈在心的痛苦与猜忌在哭泣中化解。

"阿爷，你一定要在天上庇佑儿子明日的战神之争。"宇文雄对着阿爷遗像发出坚定的请求，诚如向天地发出他的愿望。

明日早朝，他到安乐殿觐见陛下。安乐殿历经几朝换代杀戮，早已成为权力角斗的斗兽场。

"那可不是个吉祥的地方。"阿娘崔玉房若有所思。

"他人的不祥之地，为何不能是孩儿的风水宝地？"宇文雄自负地驳斥。

晨曦的天际，浸染着一抹橙黄的朝霞，华光照耀整个门庭，宇文雄穿戴浓黑如墨汁的铠甲，手执战神的金刚宝剑，金耳环晃动着他满腹豪情壮志，深褐色的双眼翻动着睥睨天下的不可一世。

怀着必胜的信念，他气势昂扬地飞奔出门。

第三十章

青鸢萝：安乐殿

青鸢萝梦到她受了伤，骑着衰弱的老马向青山深处奔逃，背上箭伤流出的鲜血沿路滴洒在翠绿的草被中，后面的追兵呐喊着逼近包抄她，老马扬起四蹄悲鸣后退，她绝望地见到眼前一道深不测底的幽涧……

生无可恋，退无可退，她怀着必死的无惧从马上蹒跚跳下地，抽出血迹凝固的宝剑，使出全身力气向半空划出一道弧形，步步逼拢的追兵，像一团漆黑的乌云，无情地淹没她。

她唯有以死相搏，咬紧银牙，飞舞出团团剑花，不让他们靠拢。

杀！追兵中的头领一声嘶喊，青铜刀尖刺向她的前胸，她闻到刀刃上死亡的气息，急忙扑倒向后侥幸躲避，背上箭伤剧烈震痛，她张开双眸仰视天空，自知必死无疑，危急关头，参天古树上，飞下一道黑影，替她挡住夺命的刀光剑影。

她欣喜回望，是身着与古树同色苍翠衣衫的阿娘。"阿娘？"她狂喜大叫，求生的信念使她充满力量。

阿娘笑而不答，飞速扬起羽翼般的袖袍，数百条小青蛇像利箭从她体内射出，密密麻麻的蛇群扑向追兵，咬他们的脚，他们的脖，他们裸露的肌肤，乌黑衣衫的追兵们被吓得丢盔弃甲，乱了阵脚，顿作鸟兽散，乌云散去，清明重归。

"阿娘，他们为什么追杀孩儿？"青鸢萝仓皇追问，她与阿娘住在这半山腰，依靠打猎为生，与世无争多年了，平地一场大火，来了这帮诡异的黑衣人，万箭齐发，要将母女置于死地，亏得阿娘早出打猎，她从后院带伤骑上马，才捡回性命。

"有时候，对某些人来说，杀人是不需要理由的。"阿娘扶她躺下，拔出深陷背部的箭，抖出止血的粉末在伤口上为她包扎好，俯身到受伤的马旁，治理马腿上的箭伤。

"阿娘，我们没有家了，怎么办？"青茑萝发愁地瞅着深涧，白练似的水浪蒸腾着缥缈的团团雾气翻滚，涧上盛开着一丛丛兰花，瑰丽的紫兰，夺目绽放，这是天宫才能养出的仙葩。

"有人的地方，就有家。"阿娘舒展面容，指向深涧对面的坡地，那荒无人烟的坡地上，长满苍翠的油松。

"这，要怎么过得去？"青茑萝望向暗黑无底的幽绿深渊，后怕地缩头。

"不要忘记，阿娘会幻化法术。"阿娘骄傲地向半空抖动袖袍，无数条青蛇回归原位，不过是古树上的片片绿叶。

"阿娘，帮我！"青茑萝扯着她衣袖，欢喜请求。

"不，阿娘只能救你性命，有些事，是命运为你做出的选择，并不意味着它就一定比你自己做出的更糟糕，就算那是你很肯定自己有生之年都不会做出的选择。"

阿娘不肯再施以援手，牵着伤马，意图独自下山。

"阿娘，你怎么能丢下孩儿一人不顾？你怎么不顾母女情分？"青茑萝呼天抢地悲号。

"人生而孤独，你该独自面对你的人生。一个人只有退到一无所有，什么都不是的局势，才能重新出发，无所畏惧向前。"

阿娘不为所动，她的话音与身影倏忽消失。

"阿娘！"青茑萝充满怨气地捶胸顿足，从梦中醒来时，也是日影照射在地的时辰。床边矮凳上，搁置着一个冒着热蒸汽的水壶，用以减缓室内入秋的干燥，床头案几上的白菊，细长的花瓣纷纷扰扰如垂下的珠帘，透出清雅的芬芳。

"青夫人，卧佛子仙师在外恭候多时了。"

青奴端来净手的铜盆、白湿巾、躬身禀报。

"呀，糟糕，要面见陛下，这段时间，老做这个梦，也不知有什么预兆！"青茑萝拿起湿巾擦拭着脸和手，面色病恹恹的，梦里的情境，总使她心惊肉跳。

"问问仙师，或许有答案呢。"青奴扶着她穿上新制的秋服，是妃色锦缎上手工刺绣的橙黄凌霄花，取人约黄昏后的佳期良宵之意。

"尚衣局的宫女，手艺愈发好了，青夫人的这套新服，可真有人比黄花瘦的美态呢。"青奴在旁奉承着，搀扶她到镜前坐下，打开妆奁，取出碧玉梳、步摇、珠宝颈饰，开始理妆。

"那还不快些给我梳妆？把陛下赠我的四蝶银步摇簪，赏我的镂空穿枝菊花纹金簪，犀牛梳篦都给我妆扮上。"青茑萝督促青奴动作加快，将陛下所赠之物全身披挂，望能引得他牵动旧情，宽恕她无罪。

"青夫人，难道忘记今日之约了？到安乐殿负荆请罪，求陛下宽恕无罪，老道好生解脱完事，返回故地。"卧佛子挥洒着宽大的道服，顾不上尊卑有别，大步流星闯进来。

"你又何必心慌慌去请罪？虽说是负荆请罪，也不能真的苦着张脸面见圣颜，岂不又犯了大不敬之罪？"青茑萝面不改色，对着镜中的卧佛子疾言厉色。

"夫人还有闲心梳妆，老道可没这耐心等候，容老道先行一步，安乐殿前再见。"卧佛子摇头欲转身离去，全然不理会镜中的青茑萝，她娇容惨淡，确实需要脂粉来添补颜色。

"没见过去送死还这样心急火燎的蠢人！"青茑萝狠毒地诅咒着。

"且慢，青夫人，此话怎说？不是说好去坐几天牢房，吃几天牢饭了事？"卧佛子瞪大碧蓝深邃的双眼，困惑且认真地返身过来。

"我只是随口说说，就把你唬住了，陛下用了你的灵丹妙药，自然念着你的好，不可能折磨你，就是遮人耳目的过场。"

青茑萝眉上涂了青黛，脸上搽了铅粉，颊间抹了胭脂，整个人就显出活色生香的生动灵巧，她微微叹息着，只记得从前那个刁钻精明的马贩子，幽默逗趣，眼前的他，成了个修道修成走火入魔的呆子，这修行之路，还是不要轻易进入的好，不然，真就改了本性，也不一定是什么好事。

"卧佛子，卧佛子，这名字听着就让人生疑，谁给你取这破号？"青茑萝恨恨不平低语。

"啊哟，我的姑奶奶呢，快些吧。"卧佛子很不耐烦地贴近她，比灵猫还小心谨慎。都什么时候了，还挑这刺！

他数着手上的佛珠心急如焚，佛珠的加持也定不了他的八万四千心。

"你猴急甚？我又做相同的梦境，你来解解梦，是什么意思？"青茑萝扯着他衣袖，绘声绘色地描述着梦境，眼含期待。

"青夫人，这梦难解，可能吉凶参半，也或许与今日上朝有关。"卧佛子来回走着，手指叩响着佛珠，发出浮躁不安的响动。

"好啦，走呗。"青茑萝意识到他的焦虑不安，无法静心为她解梦，索性起身，作势要走。

"夫人，您还未用早膳呢。这可是你最爱的玫瑰五仁汤团。天大的事，还得吃点东西垫肚要紧。"

膳房的厨娘端了热腾腾的汤团高举跪迎，托盘内镶金边云纹的青花瓷碗内漂浮着粉嘟嘟、圆滚滚的汤团，惹人垂涎欲滴。

"我，还是吃了再走。"青茑萝止住莲步，想到进入安乐殿就得下跪，腹内无物，自己遭罪，还是不要亏待了自己吧。

"好，也给老道来碗热汤团，早就耳闻朝霞殿的厨娘有绝活，进了牢房是吃不到像样的饭菜，临走前尝尝，也不枉遭罪受。"卧佛子也被馋虫勾住了，佛珠也不数了，探头挂在脖上，这才安稳坐下来。

"看来，这天大地大都不如吃饭的事大。青奴，给仙师来个大海碗的芝麻五仁混合的汤团，管他吃个够。"

青茑萝捂嘴轻笑着，坐在桌面下绷了缎面的圆凳上，吹着热气，小口吞食。入秋的安乐殿，素净的汉白玉台阶上，摆满紧密挨拢的盆盆绿菊，远远望去，犹如一道翠色的屏障，给广袤的北方大殿添染了春的暖意。

青茑萝与卧佛子迟到了。

她并不畏惧，用锦帕掩着嘴，生怕半途而至的饱嗝冲口而出，保持端庄步态，跪在陛下面前。偷眼见到坐在龙椅上的陛下，面带喜色，想来心情大好，围绕陛下左边是娇艳的秦花夫人、青春的慕容伽莲夫人、高冷的梅夫人，右边坐着满头珠翠面色枯黄的皇太后，纵然是浑身的珠光宝气，也掩盖不了老妇人身上自带的诡异与乡野粗鄙的气息。

"妾身给皇太后行礼，恭祝太后凤体安康。"青茑萝依序礼行过后，猜不透陛下将后宫夫人都带出来的用意，可能他愉悦的状态与身旁这位毫不起眼的老妇人有密切的关联，能与失散多年的阿娘重逢，不要说是帝王，就是寻常百姓，谁不欢喜？

"大胆卧佛子，你可知罪？"宇文虎和颜悦色对她点头后，收敛笑容，言辞转而犀利。

"下臣知罪，恳请陛下治罪，下臣愿受处罚。"卧佛子的头抵在地上，与地面无缝对接，音量微弱地告饶。

"来人，将罪臣卧佛子剥去道袍，关入死牢，秋后问斩！"

宇文虎的面色突显杀机，青茑萝如遭晴天霹雳，不敢相信自己的耳朵，昨夜的约定，不是说好就做个样子，送去牢房，可不是这般生猛地要问斩！

她定睛见到如狼似虎的御前卫士将卧佛子按在地上，凶神恶煞地套上枷锁，卧佛子也被吓蒙了，四肢瘫软在地任人摆布。

青茑萝以跪代步爬近龙椅下的黄金栏前，含泪哀求："陛下，卧佛子纵是罪孽深重，看在他忠心事君的情分上，免去他死罪吧？"

"贱妇！孤还没治你的罪呢！还敢自作主张替奸人求饶？"

青茑萝见到陛下方才的柔情不再，嘴角划过令她陌生的狞笑，她不由自主打了个冷战。

"妾身，妾身能有什么罪？"她感到事态严重，风向怎么就转了呢？一口冷风吹入口，她胃里翻江倒海要打饱嗝，泛出玫瑰五仁汤团气味的饱嗝，危急关头，她紧紧抿住嘴。

"皇兄，你来宣读，孤怕脏了嘴！"

青茑萝浑身战栗，她惊惶地埋首，机械地磕头，整个人陷入恐惧的旋涡，发不出声来。

耳边是宇文周高声宣读罪状："青茑萝贵为夫人，勾结异邦，蛊惑仁君，修建小迷楼，妄图弑君，居心叵测，打入死牢，秋后同赴刑场问斩！"

青茑萝听明白了，她果真是天底下最傻的笨女人，轻信陛下的恩情，一心一意为他服务，伺候得他舒舒服服，到头来，却成了蛊惑仁君的死罪？不，不可能！陛下定是受了宫内哪个贱人唆使，是冷冰冰的梅雪衣？是娇滴滴的慕容伽莲？还是妖媚媚的秦花？她被这晴空霹雳刺激到神志不清，不，不能这样进入死牢，陛下要置她与卧佛子于死地，都是莫须有的罪名，不能束手就擒！

青茑萝强迫自己镇定，壮胆抬头，头上步摇沉重异常，心中情分已断，她硬生生收回眼泪，只能自救，豁出脸皮不要颜面的自救。

"陛下，可曾记得，我既媚君姿，君亦悦我颜，何以致拳拳，绾臂双金环，何以致殷勤，约指一双银。"

青茑萝举起双手，手臂上的九圈金臂钏，手指上如银光泽的蓝玻璃指环，都出自当年情郎，而今翻脸无情的帝王信物。

青茑萝情深似海凝视宇文虎，宇文虎似有心软，在听到她诵出情诗的那一瞬间，可短暂如朝露，短暂如燃起的火苗，随即熄灭。

"陛下，都是老道一人的罪过，老道愿以死服罪，望陛下宽恕青夫人，此事与她无关。"

卧佛子醒悟后，恢复西域男儿的担当本色。

青茑萝转向戴着枷锁镣铐的马贩子，爱恨交织，早知今日下场，还不如当年和这马贩子一起远走边疆，过平凡百姓夫妻生活呢。

可这卧佛子也真是愚蠢透顶，当着陛下，这样维护她，更加闯大祸，他从前的灵慧机灵跑去哪儿了？

"哼哼，青夫人，一介弱女子？"宇文虎的腔调阴阳怪气，青茑萝明白大限已至：卧佛子必死无疑了，陛下多疑嫉妒，睚眦必报，本就猜忌两人关系异常，他这是自寻死路。

是谁这么用心思，把她与卧佛子的老底挖出来，泄露给陛下？青茑萝悔恨自己轻敌、轻信。

"大胆妖道，你滥用妖术蛊惑明君，是何用意？可是异邦派来的细作专程陷害陛下？还不快从实招来！"

宇文周站出来，高高在上发出质问，他的身后是一身白袍，永远与世无争淡泊名利的段纯阳。

青茑萝怨恨地瞪着宇文周，卧佛子和他有什么过节？这细作叛国之罪，可真是要将两人置于万劫不复的死地了。

"陛下，青姐姐与陛下患难与共，旧情难舍，陛下既是重情重义的贤君，就请宽恕青姐姐吧。"

白衣绿衫的秦花，鬓角的双蝶花钿簪，是用金丝盘成两只相向飞舞的蝴蝶，两翅镶满黄色琥珀，华贵刺眼，她离座起身，如一只开屏的孔雀，吸引所有人的目光。

"什么患难与共？与孤患难与共的只有皇太后，她算什么东西，也配跟孤患难与共？尔等不要求情了，孤心意已决，她胆敢做出这等毫无王法、尊卑、情义的蠢事，本该打入十八层地狱！"

宇文虎挥舞着衣袖，袍身上金线编织的金龙，咆哮着龙腾云雾得天下，虎归山林称霸王的王者兼霸主的狞恶气象。

青莴萝耳听陛下残忍的绝情话，心似被冬日大雪封藏的尖刀切割，她费尽心思索与他的爱，千方百计谋与他的情，却直落个打入十八层地狱的下场！她跪在大理石上，浑身如同泡在冰海中哆嗦。她勇敢地正视着发怒的他，这还是当年那个落魄的无赖少年？还是那个囊中羞涩在酒楼被她的豪客欺负的小男人？

"陛下。"梅雪衣也耐不住寂寞，她像一片洁白的天鹅羽毛轻盈地鞠躬，蜻蜓点水般的得体优雅，"青姐姐到底是对陛下痴心一片，且无真凭实据，就唐突定下死罪，难以服众，还望陛下三思，从轻发落青姐姐为好。"

青莴萝听出门道了，左一个秦夫人，右一位梅夫人，都没安好心，明着是替她求情，实则句句是让自己死得难堪！

"凭据？难道孤还需要下什么指令来证实吗？"宇文虎怔了片刻，收拢袍袖，双眼翻动，梅雪衣的话，引起他另一种深度的思索，他是需要拿出场面上对他有利的借口或行动来维系他君王的尊严及君主的超人智慧。

"哈哈哈！"青莴萝突然爆发出瘆人的狂笑，她太熟悉陛下的心思了，一旦他双眼翻动，必有诡计。她豁出去了，索性将头上的步摇、犀牛梳篦全都拔下来，发狠地扔在地上，陛下践踏她的真情，她为何就不以牙还牙迎战？

披散着及地长发，面容惨淡如中空半月的她，骨髓里残存有家族遗传的刚烈风骨，就是死，她也要死得清白，青氏家族尽管是籍籍无名的平民家族，但也有卑贱者的尊严，她要尽己所能维护家族尊严。

她咚咚磕头，剖明心扉："陛下，妾身愿以西天极乐世界的诸佛名义发誓，妾身忠心伺君数年，从无二心，若有半句谎言，愿遭天谴，望陛下明察，休中他人诡计，断了夫妻缘分。"

"不必劳烦天上诸佛，孤赐宝刀一把，你要证实你的清白，只需将卧佛子一刀刺死！"

宇文虎冷漠地下令。

罗什力挥手，御前卫士双手捧着一把寒光逼人的宝刀在青茑萝面前停下，青茑萝料到陛下会有阴招，但没料到是这样诛心的阴招，耳畔是卧佛子软弱疲沓的悲鸣。

"青姐姐是心疼了还是舍不得了？千万不要徇私丢了性命哦。"梅雪衣的讥讽，字字敲打着青茑萝敏感的神经。

一直沉默不语的慕容伽莲终于肯说句话了："陛下，以妾身浅见，皇太后方回宫中，且年事已高，不宜直面血腥，还望陛下网开一面，为妾身腹中龙种积存福报。"

青茑萝饱含复杂情绪地望向她，既感激也酸楚，这么多张美艳的面孔之下，多的是蛇蝎心肠，慕容伽莲肯站出来为她说句公道话，实属不易，上苍眷顾她，入宫不久便怀有龙种，若是自己膝下有皇子皇女，哪能遭此屈辱？

"好，那就送皇太后、慕容夫人回宫！"宇文虎换上龙颜大悦的笑脸，并不理会慕容伽莲的求情。

青茑萝眼睁睁见到一干宫女，花团锦簇护送着皇太后与慕容夫人隐入明黄珠帘，宫门徐徐关紧，生死存亡的时刻到了——玩笑看似是玩笑，但是屠杀从来都是真正的屠杀。

"怎么样，青夫人，该动手了。"

宇文周要置她与卧佛子于死地之心昭然若揭，他失去耐心了。

当你失去耐心时，正是魔王微笑时。

青茑萝深谙权力斗争的规则就是如此：你永远无法确定，这一刻，与下一刻，谁为刀俎，谁为鱼肉。她别无选择，擦干眼泪，握紧刀柄，向卧佛子步步逼近。

卧佛子艰难地起身站直身躯，眼底是悲怆的深情无畏："我想过无数种死法，就是没想到会死在你刀下。"

青茑萝噭地尖叫着："不是我要杀你！"闭上双眼，热泪滚滚流下！猛力刺入他胸膛，刀插心脏的扑哧巨响，吓得她回拔刀身，手下力气已用尽，她死命将刀拔出来，扔在地上，惊恐地看着满手热血，害怕地在新做的妃色锦服上来回擦拭！

卧佛子倒在地面，冲天而出的热血溅射她满头满脸，又热又腥的血味令她恶心，她不得不蹲下身来，哇哇呕吐着腹中的汤团，经过胃酸腐蚀的汤团，腥臭黏糊，她想起和卧佛子最后的早膳，悔恨与痛苦交加，她发狂尖叫着，沿着安乐殿的空堂来回奔跑，她疯癫了。

"将罪臣拖到郊外喂野狗！青莒萝失心疯，念在服侍孤多年的情分上，夺去夫人封号，打入冷宫！"

宇文虎冷眼巡视着朝堂下满地狼藉的血流成河，他已司空见惯，安乐殿本身就是一座装饰金碧辉煌的屠场。

青莒萝被卫士架起两臂，像死狗般拖走，经过宇文周身边，她看到段纯阳尾随拖着卧佛子尸体的士兵匆匆远去，宇文周如释重负向陛下告退，秦花牵着陛下的手，得意地媚笑，梅雪衣扯着锦帕，蒙住面容，露出冰冷的双眸。喔，差点忘记了，梅雪衣是后宫最怕见血的夫人，没有一个人怜悯青莒萝的生死，关心她的存亡。

她费力搜寻着落在血泊中陛下赏赐她的金、银步摇、犀牛梳篦，没了，什么也没了。

她呐呐自语，脑海陷入混沌的空白。

第三十一章

慕容伽莲：德寿宫

　　回到畅音阁的慕容伽莲伏在床上难受地干呕，阿蛮揉背，丰仪双腿跪在地上高托铜盆，雅霜在庭院前洗手、择菜做汤羹。

　　"阿蛮，青夫人会被赐死么？"腹中胎儿来得迅猛，刚怀孕一月，就开始折腾慕容伽莲，吃什么吐什么，最后只剩下干呕了。她抬起蜡黄的小脸，眼见着安乐殿上青茑萝着锦衣华服求情的残酷场面，不寒而栗，兔死狐悲之感油然而生。

　　她挥手让丰仪下去，靠在阿蛮的怀中，一滴清泪挂在眼角。

　　"不死就打入冷宫，生不如死了，都是命，阎王爷要你三更死，可不就得三更死！"阿蛮贴心为她揉着肩，谁都清楚，她说的阎王爷就是陛下。

　　"我，我们是不是太过了？与她无冤无仇，就……"慕容伽莲羞愧地低头说不下去。

　　"夫人，如果我们不顺从她们先下手为强，今日朝堂上被围攻的兴许就是夫人你了。"阿蛮老练而无情地打断她，"皇权之下，岂有人伦？她又非你的亲姐妹，你看，这泱泱后宫，谁肯替她出头说句话？再说了，我们也没做什么。"阿蛮振振有词的一通辩护，将慕容伽莲驳斥得无话可说："是，我们什么也没做。"

　　慕容伽莲抚摸着还见不到长势的腹部，初为人母的喜悦冲淡了方才的胆战心惊，慕容家接踵有喜事临门，姐姐刚产下一个大胖小子，她又怀上龙种，姐姐慕容伽兰要她努力向皇后的宝座靠拢，可皇后只有一位，才除去与陛下感情最深的青茑萝，比她资历稍长的梅夫人、比她还得宠爱的秦花夫人，正在风头上的这对同盟姐妹，她惹不起，眼下做好安胎生子的本分，保存自身实力才是活下去的王道。

雅霜端来酸气熏天的热汤，她太喜欢这味道了，腹内空空如也，吃下去，照样还会原封不动吐出来，可又饿得慌，还得如此一番折腾，方才罢休。

果不其然，才落肚，又吐得灰头土脸。"这样下去，怎么得了？我去尚药局请御医来把脉开方？"阿蛮忧心忡忡，搓手干着急。

"不如请示皇太后？"雅霜一贯在宫内耳目灵通。

"皇太后懂医术？"慕容伽莲疑惑得很。

"不，比医术还高明，她懂巫术。"雅霜压低嗓音，细长的狐狸眼闪动着神秘。

"阿蛮，你帮我拿主意。"慕容伽莲求助地望向阿蛮，这个雅霜，鬼精灵得很，她得提防她，再者她吐得晕头转向，浑身绵力，意识混沌。

"夫人，等你好受些，阿蛮陪同你去德寿宫拜见皇太后，陛下是大孝子，你怀有宇文家的龙种，理应皇太后照看。"

阿蛮沉吟良久，她的话正中慕容伽莲下怀，现下是正值秦花春风得意的时候，梅雪衣与她皆为石头城尉迟公大将军的人，自己无依无靠，借着身孕，傍着皇太后，不失为万全之策。

"夫人，请稍微修饰仪容，不可太艳丽，亦不可太寡淡，端庄秀丽方受老人家喜爱。换上这套青绿衫裙吧，清新自然。"

阿蛮手臂上搭着一套青绿绣白花的缎面衣衫走到慕容伽莲身旁，亲自伺候她换装，化妆，替慕容伽莲淡扫娥眉，唇点朱砂，鬓角斜插一把碧玉梳篦，经过阿蛮巧手整治后的慕容伽莲，自有一段清水出芙蓉，天然去雕饰的风流气韵。

慕容伽莲对着铜镜里的美人儿，左右顾盼，甚为满意。"秋风起，夫人还是披上这菊黄的狐狸斗篷挡挡风？"雅霜出现在镜内，为她披上披风，菊黄的披风映衬着慕容伽莲消瘦的瓜子脸，显出她旖旎的风姿。

"阿蛮，将阿姐前日送来的百年老参包好，作为皇太后的见面礼。"慕容伽莲不能空手拜见长辈。

"遵命！夫人。"阿蛮双手叉着万福，疾步向后室橱柜准备礼品，收拾妥当后，阿蛮与雅霜搀扶着慕容伽莲向德寿宫缓步而行。

德寿宫是后宫中气势最恢宏的三层楼高的建筑，明黄色的、一丈高的数十根实木圆柱，将德寿宫支撑成雄伟堂皇的殿宇。

宫门前空无一物，只一对绣球铜狮子，威风凛凛镇守大门，正红的大灯笼垂挂在朱红大门两侧，鎏金的"德寿宫"三字是典雅的楷书书体，在漆黑的楠木匾额上，沉稳庄重，不似后宫住宅，倒像是民间大户人家的一所宅院。

"烦请公公通报下，畅音阁的慕容夫人拜见皇太后。"雅霜快步向门口一位年长无须的太监公公手里塞块东西，恭敬请示。

太监公公喜笑颜开，小跑进去禀报了。

"你这小蹄子，果真懂得规矩，只可惜生得黑了点，不然，也是盏不省油的灯！"阿蛮掐着她脸腮上的肉，嘴上不饶人，实则赞赏雅霜办事机灵。

"哎哟喂，阿蛮姐姐下手忒重了，慕容夫人也不管管？"雅霜是给点阳光就灿烂的德行，她露出洁白如雪的贝齿，趁机撒娇。

慕容伽莲笑而不语，哪有闲工夫搭理两人的打闹？她脑中盘算的是面见皇太后的事。

"慕容夫人，皇太后有请。"黄面无须的老公公笑容可掬半跪在慕容伽莲面前。"劳烦公公了。"雅霜与阿蛮赶紧闭嘴，扶着慕容伽莲进入德寿宫。

宫内鸦雀无声，庭院空荡无花草树木，平坦的大理石板，滑溜得能照出人影来，慕容伽莲不敢大意，也不敢随处张望，她低头迈着碎步，小心谨慎地挪步。

眼前一道高高的门槛，她才抬起头，中堂的雕花乌紫檀木椅上，枯瘦的皇太后蜷缩在内，她皱巴巴的脸，形如干核桃，唯独一双琥珀色的猫眼，晶莹闪亮，她脸上厚重的脂粉，涂抹不均，露出枯藤般的脉络，若不是白日光线明朗照耀，定会骇人。

"妾身给皇太后行礼……"慕容伽莲嘴上宣诵，正欲下跪，"且慢，"皇太后挥手，转向身旁年迈的宫女姑姑，嗓音却如小姑娘的娇气，"兰彩，地冷，给铺上锦垫儿。"慕容伽莲见皇太后如此体贴，内心滚过一道暖流，她双手趴在地面，跪在柔软的锦垫蒲团上，结结实实，心甘情愿行了大礼："恭祝太后凤体安康。"

"听你身边的婢女禀报，自你怀上龙种，就呕吐吃不下饭？"皇太后从椅上下来，叫兰彩的姑姑扶着她，像位真正的御医，要求慕容伽莲张嘴伸出舌苔、把脉，定定地查看她的胎象。

慕容伽莲嗅到她身上散发出一股奇妙的香气，她蓦然想到了师父，辨不清雌雄，或者是雌雄同体的师父，师父的迷迭香，她最为熟悉，皇太后的香，也有几分相似的气息，她暗笑自己多虑了，师父在遥远的昆仑山，这里是深宫后院。

"无大碍，不过是有小鬼作怪。你戴上辟邪的香囊就好。"皇太后回到紫檀木椅上，从腰间取下白玉镂空石榴造型的玉香囊，双手捏在掌中，闭目念念有词，随后才让兰彩给系在慕容伽莲的腰上。

"多谢皇太后厚爱！这是媳妇孝顺老人家的百年人参，给皇太后滋补凤体。"慕容伽莲闻出香囊内有白兰花、茉莉花、玳玳花与其他不知名的香气，顿觉心旷神怡，神清气爽。她将包裹精美的百年人参双手高举，恭谨地献给皇太后。

"好，老身收下媳妇的孝心。"皇太后扯动着干瘪的嘴角笑了，面色祥和与她絮叨家常，"你要多劝慰陛下，做一个明君，少些杀戮。"

"是，只是妾身人微言轻，陛下不一定肯听。"慕容伽莲想到与陛下的几夜欢爱，都在惊恐中度过，哪敢说这等惹他耻笑的话？

"别学那个青莺萝，自轻自贱，落得个凄惨下场。"皇太后的面容严肃起来，身为婆婆，她自然站在儿子身后，既为皇太后，她更应站在陛下的立场。

"请皇太后放一万个心，妾身以天上诸神名义起誓，将谨遵妇德，安守本分，为宇文皇族延绵子嗣。"慕容伽莲听出皇太后的含沙射影之词，赶紧下跪发誓。

"天上有神灵俯视，地下有鬼怪窥探，做人哪，万万不可太自以为是，太任性所为了。"皇太后的话，听上去是小孩的腔调，仔细品味，分量很重。

回到畅音阁，慕容伽莲有了吃肉食欲，阿蛮忙安排雅霜、丰仪下厨整治一桌牛羊肉食。

"阿蛮，给我打盆净水，把卧佛取下来，用红绸包好，锁进箱笼，以后不要再让人见到了。"

皇太后的话，她那双野猫样的眼珠，好似能看穿她的心思。令慕容伽莲猛然清醒，她已怀有龙种，不可再有非分之想了。

宇文雄的聘礼玉卧佛，她一直供养在内室高处，平时供花、点香，为至亲的亲人、挚爱的爱人祈福。现在，她取出锦帕，蘸湿后缓慢擦拭光洁发亮的佛身，眷恋不舍，可又得必然决绝。

撤走供桌上的玉佛，慕容伽莲怎么看也不习惯，空荡荡地忒难受，不行，还是请一尊佛像摆上，不然，每天早起的仪式取消了，她的心，更是无处安放。

"夫人，请用午膳。"阿蛮走来，慕容伽莲鼻腔传入白萝卜炖牛肉、大葱爆炒羊肉、野菜煎饼的肉香、麦香，扑腾得她食欲大振，也是怪了，这香囊挂在身上后，胃口平和，一个劲想吃肉。

慕容伽莲饱饱吃完一顿美味肉食后，困倦着睡了，这一觉，睡得可真够长，待她张开眼，已是暮色降临。

窗外秋意渐浓，几只灰肚麻雀在院内觅食，她萌生抚琴冲动，"阿蛮……"她呼唤着。"夫人，睡醒了？"阿蛮疾步入室，扶她起身下地。

"我想弹琵琶了。"阿蛮如同她的阿娘，当她是初生婴儿，把她包裹严实，坐在弹奏琵琶的高背椅上，慕容伽莲怀抱琵琶半遮面，"为爱琵琶调有情，月高未放酒杯停；新腔翻得凉州曲，弹出天鹅避海青。"吟唱完毕，她弹奏起《海清拿天鹅》。这是师父教会她的第一首曲子，此曲描绘勇猛的海青在天空与天鹅交锋，经过激烈的搏斗，将天鹅击落的情景，展示了北方民族的狩猎生活。

慕容伽莲闭上眼，琴弦与手指融为一体，她想到阿爷寿诞的夜晚，初次登台，一干鲜衣怒马的贵公子中，宇文雄闪耀着深情的眼眸，明晃晃的金耳环，来回撞击她的心房。

曲终人散，宇文雄在黑山密林深处的河岸边，月色下，为她舞剑的英姿飒爽，守护她到天亮，终究成为她难以磨灭的美好画面，慕容伽莲下颚抵在琵琶上，陷入往事遐想。

"夫人，雅霜从前殿打听到宇文雄阿爷去世后，他成为新的战神，陛下刚封的荣耀称号，眼下好不威风！"

阿蛮眉宇间跳动着喜色，匆匆凑拢她身旁，附耳嘀咕。

"他是战神了？！"慕容伽莲的心咚咚跳得好不欢快，是心心相印么？她真愿为他高歌一曲，可她眼下的身份，不能显露半分异常，唯有面色淡然："噢，挺好。"

"呀，我看这人真是势利得很！听朝堂的公公们说，镇川节度使郑郏宗，一见宇文雄封为战神，立即跪地哀求陛下，要将自己的独生女儿嫁给战神为妻！"

雅霜穿着将她黑肤映衬更黑的白衣，裹着粉蓝的罗裙，跌跌撞撞跑路，嚷叫着散布喜闻乐见的大众流言。

慕容伽莲听得这话，来回抚着腹部，酸涩难当：他也快成为使君有妇的战神了。

"陛下应承了？"阿蛮也止不住追问下落。"这个嘛，就不晓得啰。"雅霜摇头摆手，嬉笑着。

"明明是陛下答应了，雅霜姐就是装怪，不说。"丰仪拖着臃肿的水桶身在庭院内浇水多嘴。

"雅霜，你这浪蹄子，皮痒找打呀！"阿蛮抽出手来，重重拍打雅霜的大腿，被她扭身躲掉，边躲边狡辩："我是真不知道，兴许那战神不同意呢，他有自己喜爱的女人呢。"

慕容伽莲听得心惊肉跳，这小妮子怎知道那么多？她厉声呵斥："雅霜，别胡说八道这些玩话，把清白的女子也害了！"

"是，夫人，奴婢以后再也不敢说浑话了。"雅霜见平素温和的慕容伽莲发怒了，慌忙跪下认错。

"阿蛮，过几日，到霜云殿恭请梅夫人，用朱红颜料勾勒一幅作明佛母像，安放这里祈求加持。"

她的记忆深处，在火焰中凤凰涅槃的女子，面目美丽慈悲，是阿娘讲述的儿时佛典故事主人公，掌管着世间财富、美貌、智慧、姻缘的作明佛母，她要敬奉佛母。

慕容伽莲收回眷恋的心思，明亮的烛火下，四壁蔚然可观的清白，需要佛母画像庇佑、加持。

"夫人，你不怕？"阿蛮欲言又止。

"怕什么？"慕容伽莲甚为诧异，她有什么好怕？

"那梅夫人，并非善类，貌似她会用毒，也许，昙儿的死，她也脱不了干系呢。"阿蛮的密语，惊得慕容伽莲失色，姐姐慕容伽昙的死因，无人知晓，或许真与梅夫人有关？在这后宫，谁都可能是凶手，谁也不值得信任。

　　"不怕，管他前方的道路有多艰险，我们还得继续向前，若故步自封，就是束手待毙。"慕容伽莲昂起头，进入戒备状态。阿爷、阿娘、大姐的死，二姐的话，她岂能忘怀？

大梵宫

第三十二章
崔如素：黑山寺

其始至微，其终至巨。

崔如素挺直脊背坐在书房，俯首运腕挥毫抄写《孙子兵法》：将者，智、信、仁、勇、严也。

安乐殿发生的惨案，使他不得不更为谨言慎行。小迷楼火烧牵扯出与陛下最长情的青夫人，都以为不过做做戏，象征性惩罚下青夫人与当事人卧佛子结案。事实是卧佛子毙命安乐殿，青夫人打入冷宫，如此惨烈的结局，恐怕连主管本案的郑都宗也没料到。

战神的荣耀封号，陛下轻易指派给宇文雄，连按剑盟誓的习俗也免去，置战神的神圣意义何在？宇文虎的独裁霸道风格，惹得众多空有神功的将士愤愤不平又无可奈何。

按惯例，一代战神宇文泽去世，就得重来组织场战神之争的竞赛，这须得是用鲜血与勇气、耐性与智慧综合较量的殊死格斗，最终胜出者不死也会落得重伤，方才有资格赢得"战神"封号，获赠象征战神权威的那把沉甸甸的金刚宝剑，举行神圣庄严的宣誓仪式，才算是被普天之下的勇士所承认的战神。

想起宇文雄挎着宝剑耀武扬威的骄横气势，崔如素便觉怒气填胸，倘若不是，不是在宇文府见到李甄梅，他定不会轻易将"战神"拱手相让。

平心而论，他的部下中，就有好几位将士有资格参与争夺战神的格斗，文韬武略都具相当水准的贺擒虎，最有望夺得战神桂冠。

失踪了的情人李甄梅嫁给宇文泽，使他猝不及防，那宇文开究竟是他的血肉还是宇文泽的儿子？崔如素难免不私自猜测，内心涌起对李甄梅无尽的愧疚。

夫将者，国之辅也，辅周则国必强，辅隙则国必弱。稍一分神，手下用笔就抖动，字体走样，他沮丧地放下狼毫笔，仰靠在椅背上沉思。

时隔多年，李甄梅还是那般明艳动人，他以为在生活的磨难下，她不是死无葬身之处，就是被生活折磨得面目全非。可她，嫁给最勇猛的斗士，生下儿子，红颜不老，过着富足的名门生活。念及过往与她私会的种种温馨甜蜜，他的伤口隐隐作痛，是心里的内伤，也是肉体的外伤——箭伤并没彻底痊愈。

"夫君，喝点热茶，舒缓疲劳。"

他的正室卢玉兰，穿金戴银的富贵气象，裹挟着油腻的甜香，扰乱他念旧的思绪。

"好，谢夫人关爱。"崔如素来回甩动头颅，驱散脖颈的酸痛。卢玉兰的婢女沐清，一身粗衣素服，面容清爽无半分脂粉气，黑发只插一根银簪，洗尽铅华状，她将熬好的黑枣茶汤放在书案上，低首后退。

崔如素并不急于转身与分别数月的爱妻对视，对这位名门望族出身的爱妻，他更多是惧怕，对，他惧内，妻子卢玉兰脾气乖张，善妒强势，心狠手辣，他最为忌惮。

尚书府中的年轻婢女，一律不准浓妆艳抹，就连日常护肤都不许，新来一位婢女，不知轻重，偷偷在脸上抹了点胭脂，被卢玉兰发现，直接将婢女的脸放在火炉上炙烤，扬言要烤出胭脂的嫣红色才罢手，不是崔文庭愤然拦下，婢女的小命早就断送了。

崔如素自身是文武双全的尚书之才，拥有清河崔氏望族高贵姓氏，但他是见不得人的私生子，阿娘是崔氏小姐，与崔府下等侍卫的阿爷私通，产下他后，阿爷被处死，阿娘在族人的逼迫下，投井自尽——他在受尽白眼与嘲讽中长大，才会在身世显赫的悍妇面前服软。

"夫君自从宇文府邸吊唁后，就关在书房足不出户，是何缘由呢？"卢玉兰生得浓眉大眼，高鼻薄唇，黄肤方脸，严格来看，她不是传统意义上的美人，她是女生男相，面带男子的英气逼人，尤其是挺直的高鼻与薄如刀片的双唇搭配，给人刚毅无情之感。她缺乏母性的柔和，崔如素才会与偶然邂逅的李甄梅陷入疯狂的爱恋中，沉沦在她柔情的怀抱中。

"夫人心细如发，老夫不过伤势还未痊愈，在外行军数月，就没睡晚安稳觉，疲惫得很。"崔如素闭目回答，是倦了，也是心乱了。

"只是身体疲倦？不是别的什么女人让夫君累坏了？"卢玉兰做手势要沐清闪开，她走到椅子后，伸出涂满蔻丹的纤纤十指，双手按摩着崔如素的肩臂，崔如素知道她的心思，随时随地在男女关系上揪他的小辫子——他错了一次，便成为永久的污点。

"夫人严厉管教，老夫有前车之鉴，望夫人放心。近来，老夫甚觉身体状况大不如前，真有色心，也无色力。"

崔如素摊开双手，做出委顿的体衰状，向妻子变相告饶。

卢玉兰的手用力揉捏，崔如素肩膀肌肉如犀牛皮粗糙厚实，他有冥冥中的直觉，他的大限就要到了，无心在妻子的醋海风云里纠缠，儿子崔文思、崔文庭的前程还没做好妥善安排。

崔如素感受到卢玉兰变换了方式，她握紧拳头，收敛起在下人面前的嚣张跋扈，雨点般地捶打后背，全心全力伺候夫君。

崔如素默然享用着她难得表露的温柔："你我年岁渐老，文思、文庭都未成家立业，这才是你我真正面临的大事。"

"是啊，光阴如水，你的头上，已是白发丛生了，文思已满十七，文庭年后是十六，兄弟两人都到该娶媳妇的年龄了。"

卢玉兰说话有些气喘，体力劳作不是那么轻松。

"对，你这当阿娘的人，该花心思在孩子们的婚事上了，饶了我这接近暮年的老者罢。"崔如素握住妻子滑嫩的手，拉她坐在椅上，与其推心置腹探讨家事。

"文思个性老成持重，我不担心他，反而是文庭，个性太过自由，喜好呼朋唤友，心地太过善良，怕易上当受骗。"

崔如素分析自己的两位儿子时，思绪有些许走神，他想起李甄梅的儿子宇文开，外界传闻他是宇文家族的异数，不使枪舞棒，博学多闻，极具工匠天赋，这多像他蕴含潜藏的特质。

"文思得娶门当户对的女子为妻，郑郜宗家有位独生女儿，倒算得上才貌双全，不如我们找人提亲？"说起儿子，卢玉兰原本不友善的眼里，泛滥着母爱的柔情。

"郑郃宗的女儿？别想了，那郑郃宗也不过是位鲁莽的势利之徒，在朝堂上，见宇文雄赐封为战神，当场就向陛下恳求赐婚，要将女儿嫁给宇文雄。"崔如素鄙夷着冷哼道。

"嫁入崔氏门庭的女子，不一定非得是豪门望族，书香世家还更好，文思本性敦厚，不善言辞，倘若寻得那知书达理的女子与他举案齐眉，夫唱妇随便是万幸了。"崔如素对儿媳的憧憬充满着书生意气的理想色彩。

"夫君错也！不论是文思，还是文庭择婚的对象，必得是豪门或贵族！我娘家有渤海高氏的两位侄女，大家闺秀，样貌才情不俗，缓几日，我派个媒婆回娘家打探打探。"

卢玉兰双眼放光，是猎人见到猎物的光芒，崔如素不动声色，端起茶汤一饮而尽，冷冰的汤汁滑入喉间，带来不适，刺激他剧烈咳嗽，卢玉兰慌忙帮他拍打后背。不料适得其反，他摆手让卢玉兰停止无谓的帮忙，折腾良久，崔如素才痛苦停顿，伤口撕裂般胀痛，他有不祥预兆，怕是这伤会有严重的后遗症。

"沐清。"卢玉兰冲着幕帘外的身影呼唤，早有安排的沐清端着一碗温热水，快速来到崔如素面前："尚书大人，怕是这黑枣茶汤糖分高，凉了凝固易呛人，喝下温热水，清清喉咙。"沐清低眉顺眼地解答，举手投足间落落大方。

"就你这贱人聪明？"卢玉兰挥舞着巴掌扇到沐清脸上，沐清劈头挨了这一巴掌，头偏了下，娇躯纹丝不动，抿抿嘴角，镇定自若下跪认错："夫人打得好，是奴婢考虑不周。"

崔如素冷眼旁观，沐清虽粗服乱发，但难掩其端庄、美丽本性。是什么样的心胸与慧根，让她如此大度机敏应对连崔尚书都束手无策的卢玉兰？

他冷眼瞟向卢玉兰，不满她对下人的骄蛮无理，语带不快指责她："都当阿娘的人了，日后也有新妇进门，还这般任性妄为，哪家的女子敢嫁入崔府？"

卢玉兰双眼上翻，露出白多黑少的眼眶，鼻孔喷出傲人冷气："媳妇是媳妇，下人是下人，妾身自有分寸。"

崔如素见她并无羞惭之意，便不再言语，夫妻矛盾的纠结点，对与错，付出多与少的口舌之争，他厌倦了。为了息事宁人，他选择避重就轻。

"好，我要出门去，你先歇息。"崔如素站起身，沐清撩开门帘，大儿子文思走来，他的大眼、高鼻继承了阿娘卢玉兰的基因，着了锈红云纹衣袍，成熟稳重，不像十七岁的少年。

崔文思行完跪拜礼后，双唇翕动，似有话要说。

"文思，有什么事么？"卢玉兰语调轻柔，在儿子面前，她是宠溺他的慈母。

"回阿娘，阿爷与孩儿、二弟约好去大黑山狩猎，孩儿久等不至，特来催促。"

崔如素闻言，估计是聪慧的沐清担忧他与卢玉兰闹得不欢而散，才出此良策让他托词圆场。

"噢，阿爷糊涂，几乎爽约。玉兰，此去大黑山路途遥远，须得在外留宿几夜，勿念！"

崔如素以掌拍额，披上虎皮披风，戴上风帽，携儿牵马，走出崔府。

崔文庭与崔散金装备齐全，已在府前青石街恭候多时。

"走！邀上贺擒虎，他有兄弟在大黑山有庙，一道散心住几宿！"

崔如素想到贺擒虎必定为战神一事介怀，不如带上他一道消遣，父子三人，带着随从，浩荡着奔向贺擒虎寓所。

贺擒虎兄弟所建名为"黑山寺"的寺庙，距大黑山十里路路程，与崔氏家族的墓园相距不远。

寺庙戒荤，且不能饮酒，一行人在离寺庙不远的镇上，酒足饭饱后，方才入庙休憩。

黑山寺的住持方丈，是贺擒虎的江湖兄弟，俗名段成四，瘦高个子，面色祥和，他穿了灰色僧服，头戴毛线绒帽，遮住光头，脚上白袜，一尘不染。在寺庙的后殿空禅房摆下茶席，招待都城来的贵客们。

后殿禅房，布局精巧，白纸糊就的落地长窗，地上铺就竹席，四角点燃的碗中烛火，如夜幕星空，繁星点点。

段成四掩好木门，门外世界的虫鸣鸟叫，刹那间，归拢在外。他在主宾位落座，崔如素、贺擒虎、崔文思、崔文庭四人围坐。

宾客开场的寒暄客套后，段成四微笑合掌："老衲法号印海，各位可知，这大黑山，是座充满魔性的宝山？"

暗淡的夜色中，此言一出，顿有惊悚效应，众人面面相觑，摇首不语，崔如素正欲请教，小儿子文庭抢先开口发问："恭请印海禅师说来听听？"

崔如素不满地瞪视爱出风头的崔文庭，印海禅师端起波纹图案的斗笠海碗饮茶，不疾不徐地望向纸糊的透明门，面色诡异，声音缓慢："大黑山野林生长一种毒菌，夜色中发亮，雨后腐蚀幻化为巨型毒蜂，齿长三分，一如小锯，专钻入人耳或鼻，吞噬心脏，使人发狂而死。"

"荒郊野外，印海禅师莫非讲奇幻故事吓唬小孩？"

贺擒虎不屑地奚落旧日兄弟，崔如素也有同感。

"不是，贺大叔，我也听闻过，这大黑山神秘可怖，前些时日，不也传闻有白色的闪电在大黑山飘来飘去？"

崔文庭却听得入迷，他认真地辩解。

"文庭，少插嘴，休得胡言乱语蛊惑人心！"崔如素呵斥着儿子，他对此半信半疑，想起蛇岛的巫术，蛇岛的蛇毒，世间万物，千变万化，不可不信，也不可全信。

"子不语怪力乱神。大黑山有鬼怪横行，敢问印海禅师为何还选在此建庙？"

崔文思的质疑直入核心。崔如素点头称赞，他持有类似的疑问，碍于自身年岁最大，不能如无赖无知小孩发问。

"鬼怪可怕，不比人心可怕，只要不生蓄意伤害心，两下相安无事。老衲前半生在江湖打打杀杀，累了，只想与佛为伴。大黑山人烟稀少，是最佳的修行之地。"

印海禅师说辞高洁，崔如素不以为然，他认定印海禅师背后定有不为外人所道的叵测居心。

"阿爷，孩儿没胡言乱语，这大黑山，有一种名十二时虫的怪物，会随着十二时辰变色，又名篱头虫，在暗处蜇人后，人会立刻死去，它就爬上篱笆，窥视死者亲属痛哭。"

崔文庭兴致勃勃描述着大黑山的奇异怪虫。

"二公子，你是从哪听到大黑山的这些传言？"

印海禅师饶有兴致追问，崔如素端起海碗茶水，唇感冰冷，不敢入口，生怕又来一顿不知好歹的咳嗽，当众扫兴。

"东都城内的妓馆，天南海北胡乱吹嘘者多的是。"崔文庭嘴快，说完后，惴惴不安地掩嘴住声。

崔如素明白，这小子，还不是他与谦明和尚胡闹喝酒的道听途说。

"老衲不是吓唬众位，只是望你们明白，在大黑山打猎，一定要在天黑前返回，不然，天降暴雨，突发闪电，蟒蛇出没，神秘诡异之事发生，谁也难保性命。"印海禅师言辞恳切，不像开玩笑。

"多谢禅师提醒，在下有要事请教，不知禅师对东疆蛇岛的蛇毒有无了解？"崔如素终开金口，自身伤口难以痊愈，怕与这蛇毒有关？

"蛇岛的蛇毒？不是有昆仑殇解药？"心机深沉的贺擒虎抓起海碗，说完后，默然吃茶。

"蛇岛毒性重，昆仑殇极有效，反而是润物细无声的慢性蛇毒，昆仑殇便无用了。"印海禅师的话，听得崔如素心惊肉跳，这是他最为隐秘的忧虑。

"倘若中了慢性毒药，中毒者的性命期限呢？"崔文庭接嘴快问。

"不超过三十日。"印海禅师经验老到。

"中了蛇毒的人，死状肯定很惨？"崔文庭的剑眉上挑，充满无尽好奇。

"文庭，你就不能消停下？非要打破砂锅问到底？"

崔如素武断拦截儿子的问话，胸前的伤口炸裂般疼痛。他吞咽着口水，自己中了宇文泽的暗算，那箭必定涂有慢性毒药，神不知鬼不觉地要他老命。

他的满腹颓丧，不能暴露。他该做的是死前的准备。

门外有野猫凄厉的尖叫，崔如素神经紧张，本能地弓腰躲闪，怀里的玉笛翻滚出来，他忙攥紧，塞入衣袖。

"尚书有疾，何必讳医？"印海禅师笑吟吟发问。

此语一出，惊动在座。

"命数既定，何劳费心？"

崔如素徐徐起身，扇动袖袍，炽热目光所及之处，是表情错愕的文庭、文思兄弟，处变不惊的贺擒虎。

他双手交错在背，离席推门出去，身陷伸手不见五指的漆黑世界，一股强烈的愿望升腾，排除万难，他要与李甄梅见面，宇文开是他的骨肉否？

第三十三章

梅雪衣：又是不归来　满殿花自开

暮冬的霜云殿，灰蒙蒙的天，日光和煦的日子少了，寒气袭人的时辰多了，殿前殿后无奇花异草点缀，无苍松翠柏栽种，不过有几株枝丫光秃的枫树映红，几口夏日养荷现下结满霜花，浮游水草的方水缸。

入夜后，半弯冷月高悬在枯枝败叶间，营造出鸟朦胧月朦胧的迷离幻境。北风刮来，抽打在墙上，掀起鬼哭狼嚎的怪叫，愈发显出霜云殿内冷冷清清凄凄惨惨的衰败气象。

厚厚挡风帘后，水晶缸内的冰乌龟覆盖着厚厚白毛，冬眠未醒，墙角茁壮成长的蜡梅倚墙含苞待放，总算给殿内添加数朵生机。

身披狐皮袍的梅雪衣坐在火炉旁摊展纤纤玉手烤火，神色间有锦瑟华年空耗殿堂的缠绵悱恻。

自幼生长在天寒地冻的冰岛，梅雪衣对此天气安之如素，从南国热岛而来的环佩则难以忍受，她搓手哈气，跺脚驱赶寒意。

"梅夫人，明天，奴婢定去尚食局要点催人发热的吃食来，不然，奴婢都快冻僵了，怎么伺候夫人呢？"

气候导致环佩意志消沉，她不禁出言抱屈。

"明儿就炖羊肉佐以胡椒吧？"

梅雪衣淡淡轻笑，陛下已有三月不登霜云殿的门了，全部心思花在她石头城的妹妹身上，多少人都在看她遭受冷落的笑话，她偏生不得人所愿，本来就是一桩替义父履行的交易，她可以不在乎，只是难为跟了她的奴婢，也受人冷落，她才会对环佩尽量地有求必应。

"梅夫人，还要写字么？这样刺骨冷的天，还不如躲进被窝里，我给夫人讲点玄幻故事，打发这漫漫长夜。"环佩提议道。

"不，还是得写，不然生疏了，日后见到义父，他会责怪我不用功。"梅雪衣缓缓起身，这世上，也仅有义父是她最牵挂的人了。

"要见到大将军，还不等到猴年马月？"环佩嘟哝着铺好笔墨纸砚。

"就是猴年马月也要见，青鸟也不送信了，不知义父在石头城怎样了？"

石头城的冬天最难熬，漫漫长空，成日白雪飞舞，天地万物都被白雪覆盖成一座雪的王国。

"是咧，什么鸟也怕冷咧。"环佩扑哧笑了，拿锦帕托起砚台，焐在手里。

窗外有灯影晃动，有人的脚步声，这么大冷的天，还会有谁来呢？环佩忙放下砚台，出门迎接。

"梅夫人，是畅音阁的慕容夫人过来，送了炖好的羊肉呢。"

环佩眉开眼笑地小跑进来，梅雪衣也受了感染，走到门前，只见身裹杏红锦绣披风的慕容伽莲挺着隆起的腹部，在侍女阿蛮的搀扶下，颤悠悠地跨进门来，胖乎乎的侍女丰仪，端着香气扑鼻的陶罐砂锅，随后跟上。

"哎呀，慕容妹妹，你可是身有龙种的贵夫人了，万万不能这般大意。"

梅雪衣亲热地挽起慕容伽莲的胳膊，将她小心扶到火炉旁，环佩早搬来铺了豹皮的高背椅，主仆两人配合着将慕容伽莲安顿好。

"妹妹早该来看望梅姐姐，知道梅姐姐最爱吃羊肉，天气转冷，就让人炖好端来给姐姐尝尝鲜。"

慕容伽莲慢悠悠说道，娇喘微微，气息不匀。在炉火照耀下，她幼滑的肌肤蒙上一层透明的娇红，稚气未脱的脸庞，一点也看不出是怀有身孕的女子。

"难为妹妹想得周到，本来该姐姐过去照看你呢，只是姐姐这身体到了冬日，就有手脚冰冷、虚弱无力的毛病。妹妹小小年纪，细心体贴，令姐姐大为感动。"

对照下，本该惦记她的是长秋殿的秦花，好赖她才算得上是她的姐姐，反而是对手抢先上门卖乖，梅雪衣深感慕容伽莲懂得讨人欢心，超乎她的年龄所为，背后定有高人指点，她嘴上感激，内心提防。

"姐姐见外了。大姐慕容伽昙应该也受到梅姐姐关怀，真不知我们慕容家族的女子是怎么了，偏生要和这皇宫有牵扯不断的缘分。"

慕容伽莲的话，有赌气的酸楚与无奈。梅雪衣听得分明，这与她有多么相似的心境？如果有更好的出路，谁愿意来这幽井样的深宫，虚度韶华？她轻微咳嗽，不让自己跌入伤感的旋涡。

"环佩，用去年存下的雪水煮冰岛带来的黑糖，给慕容夫人暖和暖和身子。"

梅雪衣着意安排，支走环佩与丰仪两人去膳食间忙碌。

"姐姐，冰岛在哪儿？冰岛上可全是冰雪么？上面有什么好吃好玩的有趣玩意？"慕容伽莲睁大着黑葡萄似的双眸，好奇地连串发问。

"冰岛在偏远的荒漠极地，雪山巍峨，冰山羊壮、黑糖酥蜜，到了冬季，阿娘就会用雪水熬黑糖茶、胡椒炖冰山羊。冰山羊肉色洁白如雪，肉质鲜嫩，味道好吃极了。只是，阿娘、阿爷，他们都死了。"

慕容伽莲的一番问话，勾起了梅雪衣的乡愁，她还从未与人不设防地提及过冰岛往事，想起死去的双亲，想起相依为命，抚养她长大成人的义父尉迟公，她难过地落泪不止。

"原来，姐姐与妹妹一样命苦，都没了阿爷、阿娘。"

慕容伽莲听得感同身受，脸上泪珠滚落，滴入火炉，清散无迹。梅雪衣冷冷看着她伤心流泪，不肯出言安抚。大家同为女子，同为无亲无故的女子，同为要在这后宫厮杀争夺的女子，彼此的存在已是相互间的威胁。

"好啦，慕容妹妹，风大夜深来霜云殿，是需要姐姐做点什么吗？"

梅雪衣理理云鬓，话中绵里藏针，做出姐姐姿态来。

"姐姐聪慧，妹妹挺着大肚，无所事事，就想着诵经念咒为陛下祈福，恳请姐姐丹青妙笔描张作明佛母画像，不知姐姐可愿屈尊落笔呢？"

慕容伽莲爽朗利落道明原委。

"承蒙妹妹瞧得起，不嫌弃姐姐笔法笨拙，妹妹在色彩上有什么特别要求？"梅雪衣甚是开怀，有人赏识她的画作，她乐意之至。

"嗯，红色就好。"慕容伽莲偏头凝神思索片刻作答。

"红？大红、朱红、嫣红、深红、水红、橘红、杏红？妹妹喜欢什么样的红？"

梅雪衣随口道出无数种红，心尖战栗，她最惧怕的也是红，尤其是血红。

"妹妹爱刚烈、决绝的红，以姐姐来看，应该算是哪种红？"

慕容伽莲的眼神清明，神色坚毅。

梅雪衣心中咯噔一下，这个小妮子的内在力量，坚韧隐忍，自己恐怕不是她的对手。

"那就用朱砂红的绢版，妹妹几时要？"她装作兴致颇高地若无其事，如果可以选择，她真愿就在石头城，守候在义父身旁，做一名安静画画的女子，与相爱的义父相伴终老。

"这个？妹妹不敢强求姐姐，等梅姐姐方便，几时画好，妹妹派宫女过来取画就是了，劳烦姐姐辛苦。"

慕容伽莲说着话，面上展露出与不谙世事相违的甜笑，从袖中摸出紫红缎面的首饰盒，递到她手。

"干吗还如此生分？"梅雪衣推脱着不肯受，哪里拗得过慕容伽莲的坚决。她不甘不愿地收下，打开盒内，真丝缎面上，放着一对长长金线穿起的碧玉耳坠，纤巧玲珑，她对这小物件一见钟情，暗中赞叹，这慕容家的小女子，真真不敢小瞧了。

环佩和丰仪端来冒着热气与花香的雪水黑糖上来，梅雪衣伸手将碗端过来，递给慕容伽莲，她接过碗，只小口浅尝辄止，顺手拿给阿蛮，就起身拜别："梅姐姐，我们先告辞了，请姐姐费心了。"

"也好，妹妹路上小心，雪衣完工后，派人前来知会。"

夜色深重，梅雪衣不多挽留，环佩开门，一股大风吹进来，掀起众人的衣衫裙裾窸窣作响。

"本是风大留客夜呢。"梅雪衣娇笑解围众人尴尬。

"奈何夜深客疲乏。"慕容伽莲的侍女阿蛮反应快捷。梅雪衣点头赞许，果然是不同凡响之人的侍女都不一样。

大家齐齐嬉笑道别。

待慕容主仆三人远去，梅雪衣重新落座，在炉旁烤火，说话太多，兴奋得了无睡意，陡然有饮酒作诗的冲动："环佩，烫熟一壶绿泉甘液，温热好羊肉，借了这月黑风高，借了别人家的羊肉，用义父相送的醇酒，我们主仆吃喝一场！"

"好咧！咱们家梅夫人难得有雅兴畅饮，环佩自然舍命相陪！"环佩也乐得搭梯搬酒坛，烧火煮水，霜云殿冷清得太久了，需要一场有温度的酒宴唤醒尚残的春梦。

剪掉灯花，烛光明亮，主仆两人相对而坐，酒过三巡，梅雪衣酒意上涌，面若桃花，热气在体内蒸腾，她干脆脱掉绣花鞋，赤着罗袜，捡起桌面玉石扇柄的折扇，旋转出席，跳起扇舞。

环佩用筷击打瓷碗为夫人助兴，"高人斗酒诗百篇，我是三盏下去有灵感！"梅雪衣踉跄着脚步，在平滑的地面手舞足蹈，嘴里念诵醉后之作："切切良宵好事近，暖风吹过苍山影。鸦色珠帘轻，月残梦不成。耳边清音在，笑指花梢待。又是不归来，满殿花自开。"

一曲终，她直接在桌案上铺展一张豆沙绿的绢，快笔挥舞，一气呵成，扔掉狼毫，洗手高问："环佩，夫人的《菩萨蛮》立意如何？"

"自然是高，夫人，什么，什么好事近了？"环佩也喝得脸蛋粉红，嘴角流出一丝亮晶涎水，稀里糊涂地问道。

"傻丫头，哪里会有什么好事近？"

梅雪衣蓦然停住脚步，扬起一张泪光盈动的粉脸，痴呆许久，才伏在桌面，悲切啼哭。她是从不在环佩面前失态，空腹酒后的浓浓醉意，让她意识迷糊。酒意下，她嗔怪义父的安排不妥，为何要送她入宫？明明知道她个性清高孤傲，不会谄媚迎合陛下心思，自己的夫人之位形同虚设，醒悟后，又来个亡羊补牢，送来位秦花，说是等到秦花当上皇后，他就会向陛下求情，放她出宫回石头城养老，从此后，两人就相伴生活。

义父，你让雪衣等得好苦！她在心底哀鸣，保持着最后的清醒，她与义父的私情，只能揉碎了和着泪水吞在肚内，永远不能泄露的秘密。

人生苦且长，有什么盼头？在这坟墓一样清冷、寂静的霜云殿，不是有义父的真情，不是憧憬要与他在一起的希望，她真真觉得自己快熬不下去了！

梅雪衣想到头痛欲裂，想到肝肠寸断，想到昏昏欲睡，真想大醉一场后，让时光重新回流，永不长大与义父同守石头城。

她见到义父了，满面风霜的义父尉迟公，雄伟健壮，向她张开双臂走来：

"雪衣，让你久等了，是义父不好。"

她扑入他怀中，紧紧抱住他，不肯放手："答应我，不要再分开了。"

"我答应雪衣，不要分开了。"尉迟公的热吻，雨点般洒落在她的眼、她的唇、她的额上，她欢喜地回应着。

"答应我，义父，不要离开我，永远都不要离开我。"雪衣一遍又一遍地哀求着。

"梅夫人，醒醒！秦夫人来看望你了。"

梅雪衣被环佩摇醒了，她睁眼见到自己怀里紧紧抱着刺绣方枕，赶忙松手，秦花坐在她眼前，神色古怪，想必是听见她的梦呓，梅雪衣顿时臊得面皮发烫，连忙起身掩饰："妹妹几时过来？也不早先通知下？见姐姐吃醉酒出丑了。"

"尉迟公大将军派人送了冰山羊进宫，本想昨夜过来陪姐姐喝酒吃肉叙乡情，陛下软硬要妹妹作陪到天明，这才将他送走，妹妹就带了羊肉，忙忙赶过来陪姐姐。"

秦花委屈地诉苦，梅雪衣听得内心酸涩，她这是在向她炫耀她的欢宠么？

"谢谢妹妹挂念，义父有捎来什么口信吗？"

梅雪衣起身后，裹上黑亮的狐狸披风，环佩端来铜盆热水，她用青盐漱口，热帕擦拭面容，坐定后问她。

"你都清楚，还不是要我赶快……"秦花左右观照，挥手让她的婢女墨语走远，她方才凑近梅雪衣的耳朵嘀咕，"当上皇后。"

梅雪衣鼻端嗅到秦花身上的体味，是一股奇香与男人欢愉后的体味，她忍不住想象着她与陛下颠倒龙凤的男欢女爱画面，内心涌起一阵强烈的反感，是对她嫉妒的厌恶。

"义父真是心急到异想天开，哪有那么容易？你才入宫，根基未牢，身孕也无，如何当皇后？"

梅雪衣打开妆奁，取出豆子大小的胭脂，在手心揉匀，恨声出气。

"姐姐，你这是怎么啦？义父还说，我当上皇后，就向陛下请旨，要姐姐回石头城呢。"

秦花脸上皮肤白得透明，她的狐狸眼同样透出嫉妒之痕，秦花是意识到义父与自己的私情了？梅雪衣不敢深想，她别过头去，心虚着狡辩："畅音阁那位怀孕，生下龙子，那才是理所当然的皇后，你什么都没有，单凭一时的宠爱，扳不过别人。"

"姐姐何苦长他人威风，灭自己士气？龙种也不是谁说有就有，还得半年工夫才见分晓，我就不信，以姐姐的才智加上秦花的聪明，就赢不了她？"

秦花的眼底泛射出逼人的灼灼野心，果真是无知无畏，初生牛犊不怕虎。

"姐姐难道忘记青莴萝了？"秦花生怕梅雪衣临阵脱逃，不忘给她提醒。梅雪衣怎能忘记青莴萝的下场？还不是她们联手合唱的一出戏？

"她打入冷宫了，这下子，该永世难翻身了吧。"秦花幸灾乐祸地捂嘴偷笑。梅雪衣见不惯她的轻浮下作，她低哑着嗓门警示她："青莴萝毁就毁在太相信陛下对自己的真情，轻敌了，胆子也大，敢把当年的情人拉出来合谋做事，公然挑战圣颜，这两条，犯了哪一条，都得是死罪！"

"是，陛下的情爱变化反复，陛下的圣颜不可侵犯。"秦花领悟到了，她收敛起笑容，不敢造次。

"姐姐，你得助我一臂之力，我当上皇后，也不会亏你。"

秦花施展着同性的手段，抓起梅雪衣的胳膊，摇晃着恳求。

"你如何做才不亏我？"梅雪衣逗她，横竖先要说笑一番，放松下情绪，转移注意力。

"放你回石头城，赏赐隆重厚礼风风光光嫁给大将军！"秦花得意忘形下，口无遮拦。

"放肆！"梅雪衣脸上的笑容凝固了，盛怒之下，她目光高冷，抢起巴掌，用力扇在秦花脸颊，切齿嘶吼，"你真是愚蠢到不可救药！这里是皇宫，我还是陛下的夫人，他的女人，大将军是陛下的大将军，你这样胡言乱语，不是要把我与大将军置于死地？"

"姐姐息怒，妹妹绝不是这个意思，妹妹知错了，以后再也不敢了。"

秦花张皇失措捂着半张红肿的脸，哆哆嗦嗦跪下求情。

梅雪衣看着可怜巴巴的秦花，智商等于零的美貌年轻女子，不得不承认，义父将她送入宫给自己当帮手的如意算盘再次落空，就如他希望自己成为皇后一样的美梦，最终都会破灭。

就这仅有美貌，略有勾引男人的雕虫小技，还妄想当皇后？没有过人的智谋、过硬的手段、勇敢的心，她以为皇后是那么好当？皇后是手握皇后玉玺的权力之后，不仅仅是陛下的妻子。

梅雪衣忍了又忍，她真有当场掐死秦花的欲望！但不能，她拉起秦花，换上和颜悦色的祥和面孔，给她吃定心糖丸："好妹妹，姐姐盛怒之下，冲动失手，你别放在心上，姐姐当你是自家妹妹，我不帮你帮谁？"

"谢谢姐姐，妹妹再也不会乱说了。姐姐要说话算数，帮妹妹才好。"秦花擦拭着脸上痛处，服服帖帖地听命。

"那是姐姐的使命，责无旁贷！只是你要有耐心，给姐姐点时间谋划。"梅雪衣信誓旦旦地承诺。

"这才是好姐姐！"秦花破涕为笑。

"好妹妹。"梅雪衣附和着她，换上不可捉摸的冷傲神色。

第三十四章

宇文雄：战神之战

荣耀在胜利中产生。

凌晨的黑山道上，冬日的朔风，像刀割般刮得人刺骨生疼，蒙着面纱的宇文雄，单身策马奔向大黑山，身后一丈之遥，掀起尘土飞扬，是追随他的弟弟宇文开及一帮随从们，他们落后，是因为谁的马也跟不上他的黄龙马的脚力。

北风大且急，奔跑了半个时辰，前方无大路，仅剩直通大黑山的碎石小道，能瞥见山上的油松林泛起一层不同于夏日苍翠油绿的灰绿色，寓意着酷寒的冬日降临。

宇文雄的马在原地转圈，犹豫着是否要踏步上山入林。他勒住缰绳，从马背上跳下来，扯掉面纱，露出刚毅面容上因通宵而未眠的双眼，他身手敏捷地爬上路边矗立的乌青大石块，站在风口，眺望遥远的山峦，耳旁的风呼呼刮来，吹得他的战袍嘶嘶作响，面上肌肉被风割得麻木无知觉，他展开双臂，紧闭双眼，似要与大风较劲，喉间憋出猛兽受伤的嘶吼："啊——啊——"

一夜之间，他得到了天下将士虎视眈眈的战神荣耀，值得大肆庆贺炫耀的极乐巅峰；一夜之间，他失去心爱的女人慕容伽莲，值得借酒消愁悲痛万分的极哀低谷。

如果她不是入宫，成为陛下的夫人，他必誓死要将她夺回来，成为他的新妇！

他顺利获得"战神"桂冠，意外获得新娘。郑郜宗跪下求陛下赐婚，他无法抗拒，失去的已然失去，得到的终将得到——虽并非他所愿。

宇文府邸张灯结彩，要为他筹办盛大的婚宴，在鼓乐齐鸣的热闹中醒来，他沮丧而狂躁，别无出路，便骑马出城，尾随而至的宇文开定是奉他阿娘的指令跟着他，还担心他赖婚不成？

宇文雄挺立在风中的身躯，僵硬如远古的雕塑，宇文开的呼喊将他拉回现实："长兄，下来回家，风大，别冻坏身子。"

"就是，战神要当新郎啰。"随从们排山倒海的呼声，夹杂有善意的戏谑。

宇文雄懒散回首，触到宇文开眉宇间忧虑堆积的褶子，他自认好笑："开弟，你发什么愁？又不是你大婚？"

"还不是阿娘担心你，怕你想不开，自寻短见！"宇文开咧嘴大笑，拖住他一条胳臂拉下地，不等他站稳，就朝他胸膛捶了一拳。

"你大哥现在可是战神，哪会有什么想不开？不过是大喜日前夜的烦躁不安，男人在结束快乐自由的单身日子前，都会这样。走，邀上谦明，唤上崔文庭饮酒大醉！"

宇文雄按着剑柄，肚里的酒虫在挠痒痒了，他豪情顿生。

一声令下，手下随从全都听候他调遣，集体调转马头，整齐排列的队伍，有沙场点兵的威武气势，正要起步出发，就见一队人马从大黑山的碎石山道呐喊着冲杀下来！

"二弟，什么情况？去看看！"宇文雄颔首示意二弟上前探查军情，宇文开虽非上阵杀敌的将士，但胆气并不小，他拍马向前，一盏茶工夫，跑到跟前禀报："大哥，是崔尚书一行人刚打猎下山。"

"哼，这大黑山，真成了什么人都来的地盘了？冤家路窄！"宇文雄想起崔尚书和他勇猛的部下贺擒虎，他们是心底最不服气他获得战神荣耀的那撮人，他对他们也是敬而远之。

没等他做出反应，贺擒虎一马当先，在距他不远处停下，抱拳行礼，两人目光对视片刻，即各自回避，崔文庭兄弟簇拥着他阿爷崔如素冲上前。

"开弟，看来今儿这酒喝不成了。"宇文雄扭头冲着宇文开故作轻松调笑道，他大剌剌走到崔如素面前行礼，崔如素是他的杀父仇人，也是他的救命恩人，还是尚书，这个仇，早晚得报，现在，他必须在表面上对他尊重有加。

"崔尚书，这大风吹得天上如镜般干净，大黑山的野物们都躲在洞穴里，还能捕获得到猎物么？"

宇文雄张嘴就来的下马威，无视崔如素垮下来的老脸。

"宇文公子此言差矣，我们贺大人捕获了一头野狼，准备带回军中驯养，名都取好了，叫'战神'！"

贺擒虎身旁的彪形大汉高声回应，神色与言辞间充满着赤裸裸的羞辱。说罢移开身躯，果然，数十名战士抬着一头被绳索缚住如粽的巨型野狼，双眼发出骇人寒光，白森森的狼牙低嚎着撕咬绳索，犹作困兽之斗。

"给一头野外畜生取名战神！不是玷污我们宇文公子的战神称号？"

宇文雄的部下小将上官啸抢先护主，随从们齐刷刷立定宇文雄身后，两军对峙，双方旗帜在风中哗啦翻腾，席卷起一触即发的腾腾杀气。

"我等就是不服，战神是要同天地间勇士格斗后的胜出者，不是赏赐的封号！"

宇文雄听到这嗤之以鼻的挑衅语调，肺都快气炸了，他举起战神的宝剑，刺向天空，厉声大喊："尔等胆大，陛下的诏令也敢违抗？"

"宇文公子，这与抗令不相干，你不如下马决战一场，不然，这战神的宝剑佩在腰间，也恐难以安稳入眠哪。"崔如素面色阴沉提议。

"决战就决战，本公子就给尔等鼠辈点厉害见识见识，战神不是浪得虚名！"

宇文雄被激起斗志，怪不得一直郁结在胸，原是这帮小鬼捣蛋。

他唰地抽出宝剑，战神的金刚宝剑在冷风中发出龙吟剑啸，他将剑鞘扔给宇文开，高昂头颅，力举宝剑步步逼近贺擒虎，他要先挑战这位桀骜的勇士，拿下众人公认的首领，谁还有话可说？

贺擒虎后退着刻意避开他，转而向崔如素请示："宇文公子请止步，下臣斗胆恳请崔尚书，请我的十位勇士与宇文公子格斗，下臣曾为旧主部属，不愿与旧主后人争夺引发仇恨。"

宇文雄听贺擒虎的言论，倒也还恋几分往日情谊，他的十位部下？他根本没放在眼里，这样也好，彼此免除尴尬。

"宇文公子意下如何？"崔如素侧身欲获他的首肯。

"以一敌十？大哥，不如先让上官啸选五位勇士打前站？"

宇文雄明白开弟的苦心，是为保存他的实力与精力，他可是两日通宵未眠连日空腹上阵。

"宇文二公子有所不知，战神的金刚宝剑，本就需要勇士的鲜血滋养，方能凝聚灵气，耀显战神无敌的威力！"贺擒虎在马上，气度威严阻拦宇文开的好心。

"开弟，休得废话！大哥有阿爷在上苍护佑，战神之位，必属宇文家族！"宇文雄悲愤地仰天长啸，这一战，为战神荣耀而战，必战不可，必胜不可！荣耀只属于胜利者！

"那就恳请崔尚书立下誓约，诸位将士见证战神的诞生！"宇文开单腿下跪在崔如素马下，关乎宇文家族名声、荣誉的格斗，非得谨慎。

宇文雄对他的二弟投以感激之情，崔如素的装腔作势，在宇文开面前瓦解，他换以慈爱微笑，冲宇文开点头同意。

"请阿爷公平做证！"

崔文庭也下马与宇文开并排跪在崔如素马下。宇文雄与崔文庭四目相对，他率先笑着冰释前嫌。

"好，诸位将士听令，宇文雄与十勇士格斗，生死在天，死而无憾，以最后胜出者为战神！"

崔如素抬起头，威严地巡视两方数百人的将士宣告。

两方将士齐步退后，腾出空地，宇文雄站在中心，被贺擒虎手下的十勇士包围，这十勇士是贺擒虎着意训练的精锐将士，他们本是十位孤儿，被他收养，先练十八般武艺，矛锤弓弩铳，鞭铜剑链挝，斧钺并戈戟，牌棒与枪权，再统一训练长刀，形成独到刀法。

宇文雄见到四面八方的刀光剑影，暗自冷笑，就是来个百八十人，不过充当喂食金刚宝剑的血肉大餐。

他运气发力，凝神发功，定要剑无虚发，一剑刺出，左侧倒下一个身影，首战告捷！喝彩声声入耳，他得意地再次出力，耳边有刀锋穿肉而来之势，他偏头躲避，刀锋砍在金耳环上，火光迸溅，发出金戈铁鸣的锯声。

好险！宇文雄暗呼，打起十二分精神穿梭在人肉刀影中，咬紧牙关，将憋屈的怒气、怨气发泄在剑端，杀、杀、杀！我杀无赦！

接连倒下六位，他的代价也不小，后背、腹部、肩膀均受重创，染红衣袍，宇文雄感受到右臂酸痛，他迅速换到左手，想要尽快结束，忙中出乱，左腿被刺中，呀，他痛苦地大叫："开弟！"宇文开看得分明，忙将剑鞘高空抛来，他稳稳接住，以剑鞘当拐杖顶住左腿。

他无法腾挪虎躯，唯有稳守原地，挥舞剑花，耳旁听见两声惨叫，好，还剩下两个！宇文雄默然运气，腿伤到筋骨了，鲜血在滴答滴答下流，好在有剑鞘支撑，他听见两人痛苦的怒吼，剩下的两位勇士叠成罗汉，雪亮的大刀向他脖颈砍下！他缩头避让，避过了，这刀却砍断了他的右手臂！

"长兄小心！"是宇文开撕心裂肺的哭声。

宇文雄惨叫着跳开，鲜血冲天而喷！宇文开的尖叫带出哭声，他飞身跃起要将断臂抓取，不料，断臂随风掉入野狼嘴旁，饥饿的野狼伸出利爪死命抓住啃噬！

众人均发出恐怖惊呼，宇文雄忍痛作战，他不能倒下！拼出最后的力气，趁乱连刺两剑，两位勇者的心口，鲜血飞溅如一道红练，宇文雄也随之倒下。

"长兄。""宇文兄！"宇文开与崔文庭同时抢扑上前，一个将他搂抱在怀，一个在他断臂处倒上止血金创药。

"战神威武！"四面响起山崩地裂的呼喊，众将士在贺擒虎的率领下，集体跪在地面。

"我终于成为战神了。"宇文雄虚弱地对自己笑着说，英雄的眼泪滑下来，这可是用自己的一条手臂换回的"战神"！

崔文庭用厚厚的棉布将伤口包扎好，半跪在地，语调沉痛："宇文兄，日后你可是独臂战神。"

"长兄！你，这代价也太惨重了。"宇文开抱住他，热泪滚滚而淌！他本是喜怒不形于色的人。

"开弟，莫哭，该大笑才是！"宇文雄咬牙安慰兄弟。

"尔等既为战争之神，理应是独手，意即只能袒助一方。"

崔如素走上前，捡起地上的金刚宝剑，持在手掌仔细凝视镌刻龙行虎纹的剑身，未卜先知道出此话。

"阿爷怎么不是？"宇文开悲痛地反问。

"每一代战神，各有其使命与宿命，你长兄，是天生的独臂战神，放心，天生战神，断臂与否，都不影响他的战斗力！"

崔如素拍打着宇文开的肩，耐心为他道明。

"宇文雄，起来宣誓，从此刻开始，你就是当之无愧、战无不胜的战神！"崔如素俯身对躺在宇文开怀中的宇文雄命令。

"好，开弟，扶我起身！"宇文雄倔强地以独掌支撑，用力翻身，站在比他矮半个头的崔如素眼前，尽管面色惨白，但经过殊死搏斗，经过鲜血洗礼后的他，已被铸造成真正的战神！

"崔尚书，容我处理小事后，再来宣誓。"宇文雄想起什么，一拐一拐来到野狼前，地面血迹斑斑，他的一只手臂被这畜生吞吃得只剩下几个断手指，零散在地。

"敢吃掉我的手，我就剥你的皮、喝你的血、吃你的肉下酒！"

宇文雄怒目切齿咆哮完毕，发疯地向野狼胡乱砍去，野狼开始还嚎叫反抗，渐至无声挣扎，狼血流淌，浸入黄沙。

宇文雄这才罢手，喘息着起身，见到贺擒虎和一帮将士正以剑掘土，他知道，他们是要埋葬死去的十勇士，他也上前，独臂挥舞，与他们一起挖坑。

宇文雄跪在掩埋十勇士的黄土堆前，独手高举宝剑，向上天庄严发出战神誓约："荣耀将至，宇文雄从今守护，至死方休；我愿奉献忠诚，守卫荣耀，生死于斯；我愿奉献生命，守护国土，生死于斯；剑在人在，人剑合一，战神无敌！"

"人剑合一，战神无敌！"现场所有将士齐声高呼，发出地动山摇的呐喊。在众人的欢呼中，宇文雄感受到手上金刚宝剑的沉重与高贵，体会到战神荣誉加身的权威，他有些飘飘然，如在云端，啊，这才是真正的英雄所匹配的场景。

他向身旁满含悲戚的贺擒虎投去惺惺相惜的一瞥，若不是他的不服气，他也不会对"战神"产生刻骨铭心的体会，他成全他成为实至名归的战神，攻无不克的战神。

"宇文雄、贺擒虎、崔文庭、宇文开，尔等听命！"

不等宇文雄过足战神威风的瘾，崔如素跨上马背，高声叫出四人名字，四人列队出来一字排开跪下，恭敬听候指令。

"在这苍穹之下，什么东西最辽阔？"崔如素气势森严地扬鞭发问，寒风拍打他衰老的容颜，他无惧风霜的傲立风姿，使人望而生畏。

"高山。"宇文雄抢先回答，不明他突然提问有何用意。

"天空。"崔文庭略加思索。

"林海雪原。"贺擒虎眯缝小眼，牛头不对马嘴，他说的是他的故乡呢，宇文雄暗中发笑。

"你呢？"崔如素面无表情追问沉默不语的宇文开。

"回尚书，人心。"宇文开沉吟良久。

哈哈哈，崔如素向天空发出一串开怀大笑，宇文雄困惑不解，他这是要唱哪一出戏？

"高山、天空、雪原、人心，雄心抱负都属于你们年轻人！国家有望！你们四人定能成为国家的栋梁之材，望你们团结一致，齐心护主，维系国家百姓安危。擒虎，你以后就跟随崔文庭！宇文雄，你这弟弟，有出息！"

崔如素的感叹，宇文雄听得心头发紧，明显是交代后事，他难道要主动让贤给儿子？

"擒虎遵命！"贺擒虎拱手接受指令。

"尚书正当年富力强，何出此退隐之言？"

这开弟也真糊涂，关自家啥事？宇文雄暗中责备弟弟多管闲事。

"人生之事，见好就收，方得善始善终。"崔如素略微俯身，对宇文开的问话，充满长辈对晚辈的耐心与慈爱，这令旁观的宇文雄很不是滋味，想不通，他为何对开弟格外的好。

天边一团滚滚乌云飘来，宇文雄以为是要降雨，不料，原是一支队伍奔跑而来。

"准是大娘她们来接长兄回去完婚！"

宇文开展露笑容，靠近宇文雄身旁，指着渐行渐近的队伍。

"是你阿娘？"崔如素嗓音颤抖地问他。

"不，是大娘和郑节度使，来接大哥回去。"宇文开返身解释。

宇文雄见到崔如素的脸又垮下来，他顾不上他，忙和开弟翻身上马，与阿娘的人马会合。

崔如素率领着他的队伍从另一个方向出发回城，郑郤宗见到失去臂膀的宇文雄，面色不变，保持着男人冷静的本色，阿娘崔玉房当场痛苦怒喝，让宇文雄很是难堪，他都是战神了，失去一条手臂又怎么样？

"我会安排能工巧匠为你装上一条金手臂，里面设置暗器机关，增强你的战斗力！"郑郤宗双臂搂抱宇文雄，附耳安慰他。

"有劳岳父大人了！"宇文雄感激地称谢。郑郤宗表面看来是一介粗鲁的武将，可粗中有细，而不是外人所说的愚笨。上苍待他不薄：阿爷死了，又来一位颇有城府的岳父，心爱的女人失去了，又娶得一位美丽的佳人。

夜晚，宇文雄进入梦乡，他见到自己身披华美战袍，在隆重地宣誓，誓约以"剑尖"为名，所有勇士们向天举起手中的宝剑，成为剑尖之山，随后密集成车轮形，他飞身站立于上，供勇士们抬起游行，来到阿爷的宝座前。

"雄儿，战神之剑虽强大，但其剑鞘却较其剑更为贵重。佩戴战神之剑的剑鞘者将永不流血，你决不可遗失了它。"阿爷坐在黄金铸就的背椅上，神色庄严嘱咐他。

"阿爷，孩儿以天上诸佛的名义发誓，永不与剑鞘分离！"他向阿爷跪下发誓。

"只有死亡才能让你们分离！"阿爷宇文泽皮笑肉不笑地强调。

"对，只有死亡才能让我们分离。"他重复阿爷的话。

第三十五章

宇文周：玄圃狩猎

宇文周是东都城内金钩赌坊的常客。

金钩赌坊内，不分白昼，紫红灯笼高挂，"斗鸡走狗，六博蹴鞠"，人声鼎沸，烟雾弥漫，处处充斥着纸醉金迷的奢靡浮夸，令人沉湎其中，不知时日。

宇文周陷在这里近十天了，他专玩赌注极大的六博戏，即两人相博，每人六枚棋子，故称六博。其胜负的关键在于掷彩，偶然性很强，双方按照各自掷出的齿彩走棋。

赢了输，输了再翻身，他在输赢中沉沦，迟迟不甘心走下赌桌——若不是陛下的密令到，恐怕他要输掉全部家当才被人赶下桌。

血慈悲陪同他没日没夜地熬通宵，整个人快坍塌了，纵是年轻精力旺盛，也已是双眼充血，面呈菜色，走路近乎飘忽状。

"你这小子，怎么可能比我还不如？"宇文周见到血慈悲的尿样，出言讥讽，话音未落，他才要起身，便觉天旋地转，眼前人影重重叠叠，逼得他晕头转向，仆倒在椅。

血慈悲忙扶住他，赌坊赢家，同样是虚胖肥肿的大胖子，爆满血丝的双眼充满欢愉，他从装金豆的袋中扒拉出几片金叶取笑他："宇文公，你这是阴阳失调了，赶紧到隔壁醉云归去采阴补阳，本公子乐得成人之美，这点金叶，拿去享用吧！"

"切，算你走狗屎运，赢了本公白花花的银两，就该多拿点金叶出来犒劳醉云归的娘们，就这几片？吝啬小气，不怕遭人耻笑！"

宇文周与他们说笑惯了，嘴上嫌弃，手下可不嫌弃，一股脑揎起桌上的金叶，放入怀中，搭着血慈悲的肩，扬长出门。

陛下要他陪同出宫打猎几天，宇文周得赶紧养精蓄锐，不然，怎有精力与陛下在猎场狂奔赛跑？

回到府上，宇文周匍匐在床，成了蜕皮的蛇，瘫软不动。

这大冬天，哪有什么野物出没？纯粹找罪受！他捶打着床榻呼喊："血慈悲，野到哪去了，给本公来碗酒，漱漱口！醒醒脑！"

"哎哟，柱国公，这酒，怕是喝不成了，缓缓神，吃点填饱肚皮的饭菜，整装入宫护驾打猎去。"

血慈悲听见动静，一溜小跑到他身边，伺候他穿衣戴帽，宇文周懒洋洋地坐在床沿，翕动鼻翼，嗅出一股羊肉的香味："去哪里买的羊肉？味儿这般鲜美？"

"是石头城的尉迟公大将军敬献的冰山羊，陛下赏赐了半只。听闻这冰山羊是秦夫人、梅夫人吃惯的美食，尉迟公大将军每年都会敬献一批。"

血慈悲趴在地上，替他套好高筒鹿皮靴。

"你说陛下会不会带上秦夫人同去？"宇文周心思活泛，搓手揉腮。

"不可能嘛，这可是男人们的游戏！"血慈悲指挥着侍女端来食盒，将爆炒羊肉、香煎鲜鱼，一盆出炉的热胡饼摆上桌，不容置疑地肯定。

"我们打赌？我赌他会带上她！"

宇文周直觉判断，宇文虎定不会扔下秦花一人在宫，换作是他，也不愿让这样妖娆的女子离开他视线半步。他跷起二郎腿，手中筷子夹住羊肉，细细品咂，果然好味道。

"尊贵的柱国公，小的可没什么本钱和你打赌，赶紧吃饭啰，无须打赌瞎猜，不过几个时辰，就能见结果。"

血慈悲不客气地抓起胡饼撕扯咀嚼，他眼里只有吃饱肚皮才是大事，什么美女娇娃，都不值一提，宇文周最见不惯他这不懂享受人间风月的脾性。

临入宫前，宇文周换上打猎穿的裹身战袍，披上缝制一半虎皮一半锦缎的亮丽风衣，戴上镶玉短帽，带上佩刀、弓箭，经过一夜的休整，他重新恢复英姿勃发的风采，意气风发跨马进宫。

在宫门前，宇文周与血慈悲下马，他一人进入侍卫森严的皇宫，两旁林立威严的侍卫，手执兵器，笔挺站立，面部毫无表情，气氛是如临大敌的凝重。宇文周第一次意识到皇宫的权力威慑，他脑海里闪现段纯阳的话："任何人都有机会成为皇帝！"一闪而过的念头被罗什力派来的公公掐断，随他的引领，宇文周径直到长秋殿恭候圣驾。

隆冬时分，长秋殿的梧桐叶已落尽，宇文周跪在阴冷的殿阶，风灌入露出的脖颈，冷得他打寒战，宫女们扫地的刷刷声包围逼近，他想挪动身躯换位，又担心随意移动对陛下不敬，如何躲避这该死的灰尘？正犹豫不决时，秦花的侍女墨语疾步过来行礼，要他入殿内等候。

宇文周松了口气，猜想定是秦花娘娘的主意，果不出所料，他才进入暖香奢华的长秋殿内，陛下宇文虎的鹰隼笑声传入耳中："皇兄呀，我这秦夫人对你可是上心，见你跪在殿外，担心你被冻坏，叫孤下令，宣你进殿哪。"

陛下与秦夫人相对而坐，享用早膳。

"臣何德何能让陛下、娘娘关爱？臣定感念皇恩，忠心事君。"

宇文周跪在温暖如春的地上行大礼，刻意表现出惶恐不安的受宠若惊。

长秋殿用了贵重的昆仑白玉做地板，冬季，白玉地板下有一层滚烫的热水冲刷，制造出地面温暖的效果，无须燃烧炭火取暖，殿内壁灯都以黄金制作，香兽氤氲，罕见的欧家碧牡丹也在室内冬日吐蕊。

"别老跪着了，坐下吧，今儿是兄弟。"陛下恩赐他起身，免去久跪在地的膝盖酸麻受罪，宇文周坐在云纹紫锦凳上，听着皇帝与他诉说亲情，他不得不感叹女人力量奇大，她能影响左右枕边男人的行为。

"陛下政务繁忙，还能惦记兄弟情义，臣深感荣幸。"宇文周诚恳致谢，不敢正视眼前的陛下与秦夫人。

"陛下，尚书令高成道求见。"罗什力甩动着手臂拂尘，跪下禀报。

"这死老头，定是阻拦我出宫打猎，不见！"宇文虎面呈不耐烦的神色，极为抗拒。

"他已跪在长秋殿外了，念在他一片忠诚的分上，陛下，见见无妨。"罗什力极力主张陛下见他。

"也好，倒要听听这老鬼嘀咕些什么？让他进来吧。"宇文虎气咻咻地下地离席，坐在胡床正中，正襟危坐。

"陛下，臣高成道跪请陛下，爱惜龙体，少做玩物丧志之事。"老态龙钟的高成道跪在地上，苍白的胡须下垂到地，宇文周见他这般不识人情世故的执拗，暗中替他捏把冷汗。

"孤不就是出宫打场猎，怎么就成玩物丧志了？高卿的话，言过其实了吧？"宇文虎用银针剔牙，翻着白眼珠，冷冷责问。

"陛下，昔日谋士范增曾感叹汉高祖刘邦，占据关中远离美酒妇人，乃志不在小，望陛下三思。饮酒打猎不过街头混混所为，再者，陛下乃千金贵重之躯，出门打猎也有伤害龙体之……"

高成道话音未落，就被秦花颐指气使的一顿抢白扰乱："以高大人之言，陛下就该不吃不喝不延绵子嗣啰？"

宇文周冷眼旁观，识趣地不作声。

"秦夫人言重了，陛下明察，老臣并非此意。"高成道一脸正气出言反驳，宇文周了解这个高成道，他秉性正直，今日之争，有秦花加入，必定他是输家，一输到底的输家。

"陛下，"秦花俯身在宇文虎肩上，宇文周趁机偷窥，见到当众施展狐狸媚术的秦花，身着紧身衣装的她，素面朝天，白肌迷人，黑发绾成发髻，俨然是英气逼人的女侠，她贴着陛下的耳垂戏笑狎昵，诱惑得连宇文周都方寸大乱。

"高卿且退下，孤自有分寸。"

陛下面带不悦，被老臣数落为昏君，失去九五之尊的尊严，换作是他人，早下斩首令了。

"这高成道，枉费一肚子的学识，只留下一肚皮的不合时宜。"宇文周在旁，独自嘀咕。

"陛下，老臣责任在身，倘若陛下一意孤行，老臣就长跪长秋殿不走！"高成道的话掷地有声，说完就开始磕头，咚咚咚，坚定的磕头声，每一下，每一声，敲击着在场的每个人心脏。

"高大人，请起来说话，君贤臣忠，才是天下百姓有幸。"

宇文周强制将高成道扶起来，他再不现身说句话，局面僵持，谁也脱不开身。

罗什力见机行事，伙同庄云端搬来锦凳，高成道抗拒着不坐，逼得陛下发话打发他走："孤念高卿年迈，忠心可鉴，特赐碧玉带一条。罗什力，还不快带他退下！"

高成道老泪纵横地跪下谢恩，宇文虎携手秦花跨过他身旁，亲密如连体婴走出长秋殿朱门，宇文周忙跟上去——还是皇帝厉害，一个赏赐就打发了这顽固要命的缠人老臣。

"陛下，随行护卫都安排妥当，护卫首领宇文云飞，在宫门外等候，望陛下早去早回。"罗什力匆匆跑来，跪辞别去。

"柱国公，陛下安危，还望你多加护卫。"罗什力临走前回首，对宇文周重重嘱咐。

宇文周点头应许，对这位忠心耿耿的贴身太监首领，他满怀尊重，身边的血慈悲，要有这般伶俐忠诚就好了。

"陛下，我们是到大黑山狩猎么？"宇文周走近请示，血慈悲牵马过来，默默跟随。

"不去大黑山，到昆仑山上的玄圃。"陛下兴高采烈跺脚，逃出古板老臣的视野，处于完全自由的他，神情像冲出樊笼的猛兽。

"去到如此遥远？"于文周深感意外，昆仑山离此地快马加鞭至少也得三天三夜路程，这一来一回不得十天左右？这究竟是谁出的馊主意？他有些后悔没听从高成道的劝阻了。

"怎么？皇兄不愿陪同？"陛下听出他话中的游移，厉声质问，面色阴冷。

"岂敢？只是担忧臣的马，脚力跟不上陛下的赤炭火龙驹。"

宇文周支吾着以借口搪塞。

"你好赖也是千里追风驹，不碍事，抄近道，三天足矣，有秦夫人作伴，皇兄一道，若不是皇太后凤体孱弱，也一并去了！难得暂时甩开冗杂事务出宫，这次就要玩得尽兴！"

宇文虎飞身跃马，秦花与墨语戴上面纱，拖长飘带的阔帽，分别上马，香风吹得人迷醉，宇文周见到这一幕，有些恍惚，想到他迎接秦花入宫那时的场景。

"陛下，怎会突发奇想到昆仑山的玄圃？是有何事？"宇文周在陛下马屁股后，鼓起勇气追问。他实在捉摸不透陛下的举止。

"皇兄，不是自诩走南闯北见多识广？怎么连昆仑山的玄圃也不知晓？"陛下嗤笑着，面有得色。

宇文周当然清楚玄圃的妙处，四季如春，万物生长的自然天堂，尚未听过有猎物可捕获，这才是他甚觉怪哉的地方。

"孤找个由头出宫，哪里就定要射杀野兽？再说了，猎物，不一定只是苍鹰、野鸟、野兽，人，也可以是猎物！多刺激！"

在野外的奔驰中，宇文虎推心置腹的大实话，听得宇文周胆寒发竖。人，是猎物？这个人，会是谁？陛下真是疯了？

两旁呼呼而过的崇山峻岭，早失去碧绿的颜色，换上土黄的冬衣，宇文周强作镇定，不就是陪同他一起疯玩么？

"陛下，赌一局，赛马？"他的赌瘾上来，双手抓紧缰绳，要与陛下比个高低，这是他们年轻时常玩的游戏。

"好，许久未赌了，看谁的马跑得快！宇文云飞，你的三百精骑兵分三路，我们以三百里的目标来定，你要派一队人马先在前面三百里处找到客栈护驾，一队人马保护秦夫人，一队人马押后。"

宇文周听陛下调兵遣将，这是他服气宇文虎的地方，他懂战术，他只懂赌术，一字之差，失之千里。

年轻精瘦的宇文云飞接到命令，迅速分派好人马，各就各位。

"出发！"宇文虎冲宇文周坏笑，两人原本并肩而行的马，同时扬起四蹄，向荒无人烟的山地前冲。

宇文周听到秦花兴奋而压抑的尖叫，他想，这一定是冲他而来的欢呼，整个心房再次为她炸裂。

第一回合，陛下胜。陛下个性争强好胜，宇文周故意输掉，一行人将清风徐来客栈全包下，大家都疲乏了，吃饱喝足后，闭房而眠。

赌局继续，第二天，照常是陛下赢，宇文周仍不在意，连续奔波，累得人仰马翻，次日出发前，陛下问他："周大头，还赌吗？"宇文周脑袋稍大，诨名周大头，出门在外，两人以儿时诨名为号。

"愿赌服输，黄庄家可愿再战到底？"

宇文周坐在马上，嬉笑着问陛下，两日的亲密接触，他以为回到从前，言谈间不免随意些。

傍晚时分便能抵达昆仑山腰的玄圃，山路崎岖，他的坐骑常跑小道，他能赢得最后一天的比赛，令陛下看不出破绽。

"哈，周大头，那就一赌到底！"宇文虎端正狐皮宽帽，抬头望天，晴空万里，偶有飞鸟掠过，又是一个晴朗的好天！他与着翠绿裘皮披风的秦花吻别："孤最爱看你穿这绿色，鲜嫩如小葱，孤又好吃葱！"

"陛下真坏，人家又不是下饭的佐料。"

秦花羞红了脸，热辣含情的双眸偷偷瞟向宇文周，宇文周假作不见，躬身让出道来，秦花与侍女墨语先行一步，他和陛下才齐头并进。

刚入昆仑山地界，天空飞起鹅毛厚雪，不多时已是白雪漫山，天冷路滑，宇文周遥遥领先，迟迟不见陛下身影，忙拍马回去，触目所见护驾在旁的宇文云飞正拉住陛下坐骑缰绳，跪在雪地恳请他中止赌马游戏。

糟了。宇文周忙跳下马来，跪在湿漉漉的雪地表示为陛下安危着想，愿意主动放弃比赛。

"周大头，那你自己认输了，罚你给孤牵马！"

陛下冷傲的眼神，横扫宇文周，发出被宠惯了的大孩子般的任性嬉笑。雪花撒落在身，瞬间变成冰水，顺着衣袍滴答，宇文周顿感寒冷刺骨，他忙不迭点头称是，宇文云飞这才起身，撑起青绸油伞，替陛下挡住风雪，宇文周将自己坐骑交到血慈悲手上，他牵过陛下的马，君臣一行，在雪中跌撞缓行。

"秦夫人呢？"陛下侧脸欣赏路旁雪景，突发声询问。

"请陛下放心，秦夫人由打前阵的卫士护送，应该在昆仑山下客栈等候。"宇文云飞躬身禀报。

宇文周迎雪逆行，雪花飞舞，扑满他身，深一脚矮一脚，鞋底渐湿透，冻得他瑟瑟发抖，手已僵硬无觉。何曾吃过这等苦头？他暗中对陛下的任性所罚心怀不满，不经意回首，见陛下浑身无一片雪花沾染，华贵的锦服簇新，头上狐皮帽中央嵌着一枚剔透晶莹的乌黑玉石，充斥着富贵逼人的气势，下巴高抬，满是不可一世的倨傲。

宇文周内心愤愤不平，又不敢流露丝毫，艰难地前行，只盼早日到达昆仑山下客栈，洗去一身污垢尘土，喝上热酒，伸展四肢，酣睡一场。

奈何上天偏不遂他心愿。磕磕绊绊走到午后，终于与秦花夫人的人马会合，白茫茫一片大地真干净，哪有什么客栈？就连只鸟影也不见。

雪地里，传来秦花与墨语的嬉笑打闹声，秦花着长至脚面的翠绿裘皮斗篷，头罩雪帽，墨语是猩猩毡斗篷，在白雪里，秦花如一条妖媚的灵蛇游动，一红一绿的脂粉香娃在洁白的世界，夺目耀眼。

"哎呀，你成了雪人啦。"秦花面色绯红，嘴里哈着一团白雾，长长的眼睫毛沾满雪花，扑闪着黑宝石般的眼珠，惹人疼惜，蹦跳着走过来。

宇文周看得傻眼，四肢僵硬，动也无法动，话也不敢回。

"你说谁成雪人了？"陛下宇文虎发出尖厉的鹰隼声，居高临下冰冷相向。

"启禀陛下，妾身指的是柱国公。陛下不是最重手足情深？"秦花走到陛下马前，扬起俏脸，她以为无知无畏，就能所向披靡？

"夫人是想当贤明的嫂嫂？好，皇兄，孤要下马，还不给孤跪下？"宇文虎的笑饱含醋意，他转向马前的宇文周发号施令。

宇文周还没来得及反应，血慈悲先跑过去，扑通趴在雪地上，叩头请罪："陛下，柱国公身体羸弱，微臣甘愿代劳。"

"你算什么东西？卑贱的下人也来邀宠？"宇文云飞走将过来，伸腿踢开血慈悲，血慈悲闷哼一声，如一片雪花，悄无声息飞滚到路边，秦花的惊呼，使得宇文周立刻憬悟，他努力甩动停滞的腿，迈到陛下马前，双脚不听使唤打滑，一屁股翻滚在地。

宇文虎笑得前俯后仰，他并不在乎。秦花以手掩嘴，却使他羞愧恼怒，让他在心爱的女人面前丢脸！他努力支撑麻木的身躯，手脚并用爬过去，忍受奇辱，趴在地上，恳请陛下："陛下，请下马赏雪。"

前方，忠诚的奴仆血慈悲龇牙咧嘴强撑着要站起身来，几番努力，都是徒劳。宇文云飞的一帮卫士，在旁冷眼看热闹，谁也不上前搭手扶他，墨语跑过去，她勇敢地将血慈悲扶起来，替他拍打着红袍上的雪屑。

宇文周头伏雪地，既喜亦忧，陛下突然发难，都是天真的秦花惹的祸，伪装不了自己情感的女人，如何在豺狼本性的帝王身旁继续存活？

陛下迟迟不下马，似在踌躇什么。

"陛下，赶路要紧，这前不着村，后不着店的荒野，到了夜晚，将有吃人的荒原狼出没。"宇文云飞跪在马前请求。

"陛下，我怕荒原狼，快走嘛。"秦花听得花容失色，吓得忙登鞍上马。坐在马背上纹丝不动的陛下发话了："那就各自上马赶路！"

宇文周舒缓筋骨，运气起身，血慈悲扶他上马。一路上，他对宇文云飞产生浓厚兴趣，他是郑郊宗举荐的人，竟会对昆仑山地形熟悉？没立汗马功劳，就成陛下的近卫士首领，方才对血慈悲痛下毒手，完全没把他这位皇兄，堂堂柱国公放在眼里，他凭什么，这么嚣张？

队伍向昆仑山的山腰挺近，雪渐小，路边绿意葱茏，快到玄圃了。隐约有花香吹来，宇文周莫名兴奋，玄圃风光，世人皆知。不过大都是叶公好龙，一则嫌上昆仑山太远，二则怕遇上荒野狼，真正到过玄圃的人，多半会留下长居，中了玄圃的毒，舍不得离去。

山下本是暮色降临的冰天雪地，半山腰的玄圃花草葳蕤，一地绯红的花海，吹动着香气缥缈，一轮圆月高悬，照射出清凉时空白昼如明。

好美呀！秦花兴奋地扯下披风，露出包裹紧致的窈窕娇躯，她拉住陛下的手，拍马闯入花海中，宇文云飞、墨语紧随身后。

玄圃是神奇玄妙之地，所有见到花海的人，都会生起莫名高亢的情绪。

宇文周翻身下马，脚踩软绵花丛，欲望升腾，他穿梭在柔软的花丛中，正要加快脚步追赶陛下，血慈悲凑上来提示他："柱国公，稍慢前行。"

他瞄见前方，宇文云飞与手下卫士围成一道人肉屏障，陛下定是一时兴起，与秦花在花海里行云雨巫山乐事。

果然是当皇帝才能任性所为。他痛苦地扭头，跪在花海里，仰望深邃星空，玄圃寂静，秦花痛楚且快乐的呻吟，搅碎他心，他攥紧拳头，咬住牙关，死死将体内的欲望按捺下去。

"宇文周！"耳旁是陛下宣泄欲望满足后的下令。

"臣在！陛下。"他转身低头下跪，花的枝条瘙痒着他。

"孤派你、宇文云飞同上玄圃的楼房搜罗妙龄女子。"

"遵命！"

这里怎么会有妙龄女子？你不才从佳人身上起来？宇文周嫉妒陛下贪得无厌

的嗜好。

　　他不能抗令，怨气冲天绕过枝叶繁密的花海，上到玄圃空地，矗立眼前的七座花岗石外墙的巨塔高楼，在月色下，折射出深不可测的冷光。

　　"柱国公，这两座塔楼给你，见到女人，统统先抓起来。"宇文云飞的笑意阴险。

　　"宇文统领，可否明示？猎物是指这些女人？"宇文周觍着脸，低声下气求教他。

　　"真相，很快为你揭晓，柱国公。"宇文云飞神秘地笑道，返身向巨塔中的最高楼急速跑去。

　　宇文周见问不出所以然，带着血慈悲撞开毫无声息的楼房木门，手执灯笼，室内哪有什么美人？装满各种颜色药粉的盆盆罐罐堆积满地，空气里充斥着硫黄的粉末和硝烟味，这间房应是炼丹的丹房。

　　再撞开第二座楼房的门，照旧如是，他愈发惊惶不安，陛下以打猎之名，骗他到这玄圃来的用意是什么？玄圃为何有这些奇怪的楼房？

　　一无所获后的宇文周，沮丧地伫立在狂风怒吼的空地上，风声送来女人们的哭喊杂以士兵们的淫笑，他快步冲入装饰典雅的房内，被眼前一幕惊吓住：赤身裸体的男子身首异处，断头处冒出汩汩鲜血，床上两位衣不遮体的年轻女子被捆绑得严实，嘴里塞着布条，一位披着豆沙绿的薄衫，绳索扎出丰满的胸与浑圆的臀部轮廓；另一位肩上随意搭着黑纱，露出裸露的坚挺饱满的麦色乳房，宇文周看得血脉偾张，宇文云飞正在肆意地轻薄她们，哪来的这些人间尤物，在这玄圃做什么勾当？

　　墙角暗处，士兵们按住两位年轻女子的手趴在桌面，粗暴地剥光她们的衣衫。女人们的啼哭与呻吟，哀怨而悲伤，此起彼伏，人间惨剧在宇文周眼前出演，他想起陛下所言，人，也可以是猎物，说的就是这些可怜的女人吗？

　　"宇文统领，这也太无法无天了，怎能强暴民女？"

　　宇文周拔出长刀，要阻止士兵们的暴行，被宇文云飞伸手挡住，他轻飘飘地坏笑道："她们哪是什么民女，不过都是供人玩弄的娼妓，这是我对士兵的奖赏，柱国公，你也可以上！"

　　"你们究竟有什么事隐瞒本公？"宇文周气急败坏地追问。

"玄圃有邪恶妖人俘获年轻美艳女子炼长生不老丹药，本统领奉命追查，妖人是遇男则女，遇女则男的阴阳人，披黑纱者是天下尤物凌波香，着绿纱者是'纤足舞'绝妙的绿云小姐，都是让天下男人趋之若鹜的大美人。"

　　宇文云飞说着话，手中的虬龙金棍滑过两位美人抽搐颤抖的娇嫩肉体，骄狂地坏笑。

　　"什么样的大美女，能比得过孤的秦夫人？"

　　陛下宇文虎发出刺耳笑声，龙行虎步，闯入室内。宇文云飞、宇文周、士兵们慌忙跪在地上，俯首称臣。

　　"呵呵呵，大千世界，无奇不有，孤听说这世上还有阴阳人，不远千里来看看究竟。"

　　宇文虎拖着秦花的手，像下山的猛虎盘踞在室内腾空的高背椅上，色眼骨碌转动贪婪地透视着床上的一对瑟瑟发抖的佳人。

　　"陛下，臣已命人安排得当，凌波香的问欢楼布置极为奢靡，两位花国领袖悉数在场，全凭陛下挑选、差遣。"

　　宇文云飞跪下请示，极尽谄媚之功。

　　"着黑纱者？着绿纱者？"宇文虎伸出手指戳点，左支右绌。

　　"陛下，那妾身呢？"秦花在旁撒娇使性。

　　"你？你不是处心积虑想着皇兄？皇兄，今夜，就让孤的女人秦夫人陪伴你，如何？"

　　宇文虎笑得阴森恐怖，宇文周吓得魂飞魄散，连连磕头求饶："陛下，给臣借一万个胆也不敢，陛下的女人，永远是陛下的女人！"

　　"陛下，有了新美人，就要抛弃妾身了么？妾身回石头城去！"秦花翘起红唇赌气，眼眶发红，是真心吃醋的姿态。

　　"宇文云飞，是这穿绿纱的美人善纤足舞？带她到问花楼。秦夫人，在旁观舞如何？"宇文虎拉着秦花的手，色眼痴痴盯着绿纱佳人的三寸莲足不放。

　　"陛下，这玄圃主人凌波香如何处置？"宇文云飞指着地上躺着的另一位佳人请示。

　　"赏给你的部下们享用，皇兄，你也不要客气！去试试阴阳人的滋味，难得嘛！"宇文虎笑得恣肆。

宇文云飞的部下们嗷地欢叫着一拥而上，七手八脚把个凌波香褪成赤条条的裸人，凌波香用力挣脱，一跃而起，抱住陛下的腿，摇尾乞怜："陛下，看在凌波香曾是慕容夫人的师父分上，饶了奴家吧！"

"什么？你还当过莲儿的师父？"宇文虎笑着自语，手抚下巴，宇文周熟悉他动作后的意图，凌波香必惨死无疑。

"是，莲儿十岁就随奴家学弹琵琶。"凌波香以为抓到一线生机，高声作答，丰乳抖动，语速又急又快，生怕旁人听不见。

"好，好个师父，宇文云飞，孤将凌波香赐给你手下三百精兵轮番享用，再喂荒原狼！"

宇文虎的笑意阴晦，神气鄙薄，迈向灯火通明的问欢楼。

"宇文虎，你这个暴君，将不得好死！"凌波香凄厉的诅咒，响彻整个玄圃。

宇文周攥紧刀柄的手急速颤抖，刀哐当掉在地上，陛下，他的皇弟，何时残暴到令人发指，令他恐惧的地步？

权力，是权力。

月光射在刀上，眼前豁亮，他幡然醒悟。

第三十六章

李甄梅：月灯阁

东都城的元宵灯会，人潮最盛。

大街小巷燃灯数万盏，将整座城照耀如白昼。城中少女、美妇与宫内的宫女们倾巢而动，上街看灯、踏歌、赛马球。

十六岁的李甄梅勾眼线，敷面涂粉，换上水红新衫，鬓角别了粉蓝绒花，发髻插了青玉梳篦，故意学那成熟美妇人装扮，婀娜多姿骑马出门。

她不去那人多繁杂、莺声燕语的灯会，她要去的是各地进京应考的进士们聚集在西城比赛马球的月灯阁。

昨晚梦中有位身穿白袍、骑着白马、手执马球的俊朗男子向她跑来，拥她入怀，梦中醒来，她有强烈的直觉，要去看马球会情郎，这才精心梳洗出门。

未来的夫君将是什么样的人物？春心萌动的她，常独自幻想，他一定得是能文能武的翩翩公子，他还得是助人为乐的侠义壮士，嗯，天底下有这样的男人么？就是有，肯与平头小户人家的她结为夫妇么？

一路的痴想妄想，一路的春心荡漾，胯下小马驹载着青春动人的她，悠悠向月灯阁信步慢行。

月灯阁前，人山人海。李甄梅将小马驹在树桩拴好，跻身入场，场中看马球的多为各色青、壮年男子，娇艳的李甄梅就显得突兀醒目。

在如雷震动的喝彩声中，她探头观看，但见场中早有一干人马，正进行精彩激烈的比赛。

场中那位身着白袍，骑着白马，面如冠玉的年轻男子引起她的注目，他一手执缰，一手握偃月形球杖，骑在马背上，神速灵活地用球杖击球，那击鞠所用的球有拳头大小，球的外面雕有精致花纹，而球杖的顶端如偃月一般弯曲回来，将急速滚动的马球稳稳挡住。

"哇，梦里的白马英雄，就是他！"李甄梅灵光闪现，欣喜若狂地捂嘴低呼，情难自控地拍掌欢呼，无视旁人眼光，只为她心中的英雄，认定的未来夫婿！

白袍男子不负她望，奋力战败所有勇士，成为马球赛的英雄，李甄梅随着人潮要向她的英雄靠拢，奈何人流如墙，她眼睁睁见到他被一帮人马众星捧月般迎出场外，李甄梅拼命冲出人群，向她的小马驹跑去，她要追上他！

可她的小马驹追不上白袍英雄的快马，李甄梅被远远甩在后面，她急得快哭了，陷入进退两难之境，被一帮轻浮油滑的孟浪男子团团围住："哟，这谁家小娘子，生得如斯讨人喜爱？"

惊得座下小马驹前蹄高扬，唬得李甄梅连连尖叫，猝然摔在地上。

头上花落梳篦掉，没等李甄梅从地上爬起，小马驹冲出人群，逃得无影无踪，一位油头粉面的年轻男子下马，将她抢抱在怀，意欲轻薄她。

"滚开，拿走你的脏手！"李甄梅又羞又恼又急，百般推搡无用，情急之下张嘴咬住那男子腮上肉，呀，男子防不胜防，猛然松手，李甄梅衣衫凌乱，披头散发逃出他怀抱，但，她无路可逃，这帮男子手拉手围成人肉盾，嘻嘻哈哈撞她，她如被囚在牢笼的小野兽，供人凌辱。

"把这野性难驯的小娘子捆绑带走！"被李甄梅咬脸的男子，捂腮指挥手下恶徒们。

"你们这帮混蛋，眼里还有没有王法？"李甄梅凄厉地尖叫，无望地扑倒在地上悲哭，懊悔自己大意，单身出门遭遇此劫。

"王法？老子就是王法？能被本公子看中，是你小娘子……啊！"那无赖青年话未说完，浪笑变惨叫。

"清平世界，哪里的泼皮敢在东都城里撒野！"朗朗呼号，如平地惊雷，白袍好汉从天而落，挥舞着一杆马球杖拍打得众恶徒屁滚尿流四散逃窜。

"姑娘，上马，快离开这是非之地！"

她的英雄向她伸出手来，她毫不犹豫紧紧抓住，是溺水者抓住救命稻草。

"送姑娘回府？"

"不，我这样会令阿爷阿娘担忧。"

李甄梅坐在马上，羞怯地搂住他后腰，一路狂奔，竟然到了郊外一座寺庙后门。

"此处是安国寺，想来那伙恶徒也找不到这里，委屈姑娘先在此处歇息，我去置办套衣衫给姑娘换上。"

白袍英雄下马，推开虚掩的后门，李甄梅入内，室内一床一桌一椅，虽是简陋，倒也齐整干净。

"多谢英雄出手相救，敢问英雄姓名？容甄梅铭记，日后报答。"李甄梅羞赧地下跪施礼。

"在下姓崔，如素是也！举手之劳，何须挂齿？"

名为崔如素的公子慌忙扶起她，李甄梅的衣衫凌乱，露出酥胸，令崔如素大窘，他噔噔退后，意欲拱手辞别。

"崔公子，"李甄梅忘情呼唤，是对心上人的柔情蜜意，勇敢地扑倒在他怀里，大胆请求："请不要走，我的恩公。"

她对他一见倾心，甘愿以身相许，不惧这场惊天动地的孽缘。

喜炮的炸裂声，将李甄梅从往事的回忆中惊醒，吉时良辰，是郑郜宗的女儿郑宓与宇文雄完婚的良宵。

这一变故，遂了开儿心愿，她也无须给开儿饮用有健忘功效的人面花酒。李甄梅呆立梅花图案的窗前发愣，崔如素派人送来丰厚贺礼，专程给宇文开赐了从蛇岛缴获的一张弓弩，李甄梅心知肚明他的用意。

他是她的救命恩人，也是她的宿命浩劫。

此日，是她的家族殉难日，她孤身上马到郊外的安国寺为家人诵经祈福。

安国寺的门前，是一排卖香火蜡烛、寿衣棺材等祭祀物的店铺，白日里，人来人往，悬挂店铺门前的灯笼随风晃动，风铃店内垂挂的风铃发出叮叮当当的清脆悦耳声，引人驻足停留，李甄梅最喜听风铃的响声，敲击着她柔弱的心脏，激起她对往事的眷恋。

她备办了香烛、金钱冥纸、三牲祭物，令人抬了两大食盒，进入偏殿客舍，熟悉得如回家。她的家被大火烧毁后，她无路可去，曾潜在安国寺后院的小房蛰居，她在这里与崔如素珠胎暗结，又在安国寺遭遇宇文泽部队入驻，被他当晚收用，才入了宇文府邸。

安国寺对她的人生境遇，意义非凡。

住持方丈出来迎接，合掌问询，叫小僧看茶备素斋，李甄梅摆手不必，方丈与僧侣们便自散去。李甄梅进到观音菩萨殿内，清冷旷幽的殿内，供案上的供品、糕点堆得小山高，塔香高燃，青烟袅绕，她在莲花蒲团上闭目静坐诵持《地藏经》，为暴亡的魂灵回向。

殿堂的钟声响起，《地藏经》诵读完毕，她才起身，走出门外，牵马绕道到寺庙僻静的后院。

人间四季，无过春天，最好景致，风谓之和风，日谓之丽日。春日里，安国寺后院的牡丹最盛，冰寒时节，后院树木光秃焦黄的颓败凄凉景象，使她百感交集，耳边传来叮当叮当的悦耳铃声，李甄梅听得心头一震，鬼使神差般，颤抖着双手推开后门，来到多年前的那间小房，她的心开始剧烈跳动，近了，更近了，她清晰地见到挂在门廊上的那串风铃，风雨不变，在风中晃动，召唤故人归来。她止不住泪流满面，推开木门，室内一切如旧，一床一桌一椅。

床沿上坐着身披灰白袍、面容消瘦的男人。

"我终于等到你了。"崔如素的神情，透出病入膏肓的软弱。

"你怎么变成这样了？"她深深呼吸，克制汹涌澎湃的激情。

"我中了慢性万岁丹蛇毒，来日不多了，放心不下你，总算等到了你。"

崔如素眼角眉梢的傲气，凌厉的神情被尘世之手抚平了，他掏出碧玉笛，在掌心把玩，面色发白，气息虚弱。

当年的俊朗公子，竟成颓废老者。李甄梅疾步上前，伏在他胸前，解开他衣袍，查看溃烂的伤口，用锦帕覆盖，悲切地啼哭。

年年月月日日在佛菩萨面前诅咒他，佛菩萨终于实现她的愿望，可为什么，她并无愿实现的喜悦，反而是无尽伤悲？他是她唯一深爱的男子，为他受尽折磨而怨恨他，真见到他，恨意的柔情变为爱意的深情，他真是她宿命中的魔王，让她爱恨不能自拔。

"宇文开是我的骨肉？这么多年，难为你了，想我崔如素一生为人，坦荡

磊落，上对得起君王，中对得起家中父老妻子、将士，下对得起孩子，唯独，此生，辜负了你，对不起你。"

崔如素爱怜地擦拭她面上泪珠，凄惨苦笑。

李甄梅撩起他衣袖，抓住他手臂，一口咬定他臂上的松弛皮肉，嘤嘤哭泣，他还是她最爱的崔公子！她念念难忘的英雄！多年憋屈的爱恨情仇，幻化成开闸的洪水，她死死咬住不放，就如那年分别后的啮胸盟。

崔如素强硬地阻止她："当年，你任性，她才发现我胸口上的啮胸盟，才……我会把蛇毒传染给你。"

"我不怕，要死，就死在一起！"李甄梅丧失理智，悲切狂呼。

"我们的开儿呢？"崔如素还是那么理智，一言击中李甄梅要害，她即刻动弹不得，当年因怀有身孕，无家可归，才设计与到寺庙驻军过夜的宇文泽相逢、相好，多年来的守口如瓶，多年来在宇文府的隐忍不发，不都是为了宇文开？哦，不，应该是崔开。

李甄梅抽泣着，断断续续地哀鸣："你也离开我，我只有开儿了，可他是儿大不由娘了。我一个人，活着毫无意义。"

"开儿勇谋过人，你不用操心他，我担心你，宇文府的崔玉房，不是简单的女人，你要提防她。"

崔如素抚摸着她的黑发，加重语气。

"玉房姐？她，她热衷修习长生不老术，我将宇文府邸治理得井然有序，她应当感激我还来不及呢？"

李甄梅不敢苟同地轻哼。

"梅儿，你不了解，她这种名门望族出身的小姐，见惯了杀人不见血的伎俩，使惯了伪装乔饰的手段，你猜不透她的心，往往被她利用而不知。"

崔如素目光渐有亮色，智慧的才情上身。

"那，那我该怎么办？"李甄梅胆怯了，她是小户人家的女子，天生不会耍弄手腕。

"假借宇文雄成婚之由，搬出宇文府，与开儿另立门户，让开儿做一名普通的工匠，与你平安生活就好，切莫沾染朝堂政事。"

崔如素喟然叹息，从身后掏出黑漆嵌螺钿牡丹的华贵长方盒："这盒内的珠宝足够你们衣食无忧一辈子。"

"玉房姐不同意呢？再者，引外人耻笑宇文泽妻妾不合？"

李甄梅接过沉甸甸的长盒，踌躇不定。

"与你和开儿日后的人身安全来论，庸众的闲言碎语，不值一听。"

崔如素爱抚地理顺她脸颊的一缕黑发，她与他深情对视，他也曾是陷入情网不回头的热血青年，时光啊，时光，为何斑驳了他的黑发？

"这三个儿子中，反而是开儿最像我，我这个阿爷无用，什么也没法留给他，你且告知他，世间最大的财富，隐藏在汗牛充栋、无所不有的书海中，觉悟在红尘世俗中，不是权力傍身，也不是万贯家产，而是空无一物的智慧，缥缈无度的知识。我这个不合格的阿爷，能留给他的，只能是用来安身立命的《道德经》《黄帝阴符经》。"

李甄梅像听话的小猫温顺地蜷伏在他怀中，嗅着他身上醉心的雄性荷尔蒙气息，仰头见他喉结上下滚动，又成了当年痴迷他的迷途羔羊小娘子。她不懂这些高深莫测的道理，也不愿意去懂，有他懂就好了，这也是她深深折服于他的地方，他能征服她的心。

门廊的风铃急促地响动，窗外天色已晚，李甄梅拽着崔如素的手，含泪做最后的道别。

两人各自上马，李甄梅固执地等着崔如素远去，直到他的身影在暮色沉沉里缩小成一粒黑豆，她才怏然归来。

回到府邸，李甄梅整日足不出户，崔如素给宇文开的两本书，被她放在黑绸绣菊双蝶图的锦袋里。她爱黑，崔如素说过，黑色属水，利北方，她的五行本命就属水。

搬还是不搬，她难以抉择，她舍不得宇文府邸的华美大厦，舍不得宇文府邸的荣耀光芒，舍不得被府中奴婢尊称的夫人称号，舍不得一大家子人和和美美欢宴的日子。

"夫人，大娘吩咐，元旦快到了，麻烦夫人备下屠苏酒与相应食材了，到时候，宇文府邸要举办盛大的宴会。"

崔玉房的奴婢玉奴儿入室垂首禀报。

打发走玉奴儿，李甄梅走到后窗，撩起帘布，后院连排三间房舍均为大娘崔玉房炼丹的丹房，透过种植的苍松缝隙，窥探大娘动静。若不是崔如素提醒，她从未想过大娘会有何异常。

玉奴儿敲门，崔玉房探出半个脑袋，久不见阳光的菜黄面颊，肌肉松弛下垮，好一个老气横秋的娘们！平素里人淡如菊的那点仙风道骨全无，李甄梅收回视线，雾里看花，看不出她哪有掩藏的叵测居心。

"阿娘。"

门板有啄木鸟啄食响动，是宇文开慌乱的声音。

她拉开门："开儿，何事？"

"阿娘，碧云说你整天水米未进，开儿吩咐厨房熬制米粥，给阿娘暖暖胃。"

宇文开穿得厚实，面上笑容，依稀有崔如素的神韵，托盘上的粥发散出热香。她记起崔如素的交代，让他进来后，将书塞给他："看看，喜欢读么？"

"《道德经》？《黄帝阴符经》？阿娘，你什么时候转性学会看这些书了？"宇文开讶异地问她。

"阿娘愚钝，是一位高人传授，他说这书可以用来安身立命，阿娘就不懂了，这书里还能长出黄金来？说什么安身立命，还不是有银子才能安身立命，买房置田？"

李甄梅端起碗，小口吃着滚烫的稀粥。

"阿娘，书中自有黄金屋，书中自有颜如玉。高人所言的安身立命，不只是买房置田，他是谁，可否为孩儿引荐？"

宇文开手不释卷，比得了弓弩还欣喜。

"他，他呀，隐居在终南山，不肯出来尘世。你又不用依草附木，自己感悟呗。"李甄梅说着碎心的谎言。

"《黄帝阴符经》三百言，百言演道，百言演法，百言演术。参演其三，混而为一。圣贤智愚，各量其分，得而学之矣……

"上有神仙抱一之道，中有富国安人之法，下有强兵战胜之术。圣人学之得其道，贤人学之得其法，智人学之得其术，小人学之受其殃，识分不同也。"

宇文开手捧《黄帝阴符经》摇头晃脑吟诵着。

李甄梅快慰地望着他，在桌前认真读书的做派，活脱脱是年轻的崔如素，耳畔传来宇文雄与新妇的欢笑声。

她渴盼她的开儿也有这样的新婚岁月，她这个当阿娘的人，便死而无憾了，为人母亲，最重要的责任不就是抚养后代成人成才？

"开儿，阿娘做屠苏酒，你可喜欢？"她喜滋滋地问她的心肝宝贝儿子。

"阿娘，你不是专门为开儿炮制有人面花酒？"宇文开头也不抬。

"不能喝！"

"为何？"

"那是使人失掉记忆的酒。"她无限哀伤地回答儿子。

"能让人忘掉痛苦与烦恼吗？只留下美好与纯真？"宇文开来了兴致。

"不，它让人将痛苦与美好统统忘记，最后成为白痴。"

第三十七章

那庆召：踏雪寻梅

与其他大将军气派的府邸相比，那庆召的那府就朴实得多。两层青瓦土砖、两进两出的庭院，并无雕龙画凤的点翠装饰，黑漆门柱，缠绕着枯萎的藤蔓植物，将萧瑟的秋色强行残留，殊不知外面已是大雪翻飞的隆冬季节。

夜深人静，整座那府，只有那庆召卧室的门廊上，挂着一盏在风雪中飘摇的红灯笼。世界黑沉，所幸有灯。

那庆召睁大双眼，呼吸困难，半躺在病榻上。连日来无休止的咳嗽，折磨得这位勇猛的英雄风采走样，面部肌肉垮塌，只有高挺的鹰钩鼻与黑漆的双眼，保持着大将军的威严，往日令人称道的漆黑美胡须，已是斑驳杂乱，如一丛荒野的枯草，透出行将没落的濒死气息。

"阿爷，这是托了宫里段天师的药方，强身壮体的益神草，趁热喝了吧。"儿子那罗延头戴雪帽，身着圆滚的藏青缎面皮袄，端着腾腾热气的药盏掀开挡风雪的厚门帘，坐在病榻上，给他喂食伺候。

都说久病床前无孝子，这小子可是不折不扣的大孝子，他躺了大半年，妻子嫌他夜半咳嗽，另居一室，早已躺下。这寒冷的冬夜，能按时起身伺候他，还是儿子那罗延。

"兰儿，何日生产？"他勉强吞咽这呛人的墨炭液体，整个口腔有灼痛的苦艾味，他索性拿过药盏，仰头咕咚饮得干净，不愿这么快去见阎王爷，他还要等着第二个孙子出生。

"快了，接生婆说再有半月。阿爷，你就少操心，保重身体要紧，听慕容夫人夸赞，这段天师医术高明，等这雪放晴了，咳嗽症状就会减缓。"

那罗延细心为他擦拭唇边的药渣，冷面上有遮盖不了的忧伤，出言抚慰他。

"段天师？他不是宇文周的门下？何时与慕容夫人走近了？"那庆召头靠在高枕上，皱眉思索，右手从桌前拿出梳篦，懒散地梳理着打结的胡须。

"听慕容夫人的口气，这段天师一味用驻颜丹药讨好她，估计是见到慕容夫人怀有龙种，提前邀宠？"那罗延沉吟着推断。

"他打着炼丹修道的幌子，无事献殷勤，非奸即盗。你速发密函给慕容夫人，切不可与这段天师交往频繁，想想那青夫人的下场，不就是与卧佛子走得太近，被人抓了把柄投入冷宫？"

那庆召眼内射出盛气凌人的精光。

"阿爷分析有理，慕容夫人年纪尚幼，宫内无亲无靠，最易被居心不良的歹人利用。"那罗延频频点头。

"被人利用也无妨，关键是得有价值，延儿，听闻崔尚书身体也欠佳？莫非是柱国公死了，就轮到我这大将军的死期？人生遗憾，莫过于壮志未酬身先死。"

那庆召放下梳篦，余下一半打结的胡须，眼中泛红，神色颓废。

那罗延捡起梳篦，替他重新梳理，不知作何宽解，许久才低哑着嗓音："崔尚书中了万岁丹蛇毒，怕是撑不过这个冬天了。"

啊？寒风呼啸，掀翻厚重的门帘，发出噗噗的怪响，惊动了那庆召，来势汹汹的咳嗽又来袭击他。

那庆召一手捂胸，一手在空中挥舞，碰翻桌上的药盏，瓷器药盏滚动在地，哐啷裂成碎片，大限逼近的恐惧令他死命拽住锦被压住前胸。

"阿爷？"那罗延慌忙起身，俯身捶打他背，才下肚的药汁，即刻吐在地面，很快凝固成黏附着血块的墨水，那庆召忍不住打了寒战，一阵要命的折腾，咳嗽终于止住了。

他大口喘息着，气若游丝："蛇岛的万岁丹药性阴毒，可怜谋略过人的崔尚书竟落得这个下场！"

"阿爷，操心崔尚书干啥？孩儿再去请神医为阿爷重新诊断开药？"那罗延跪在地上，忍痛含悲请求。

"且慢，延儿，阿爷这病，怕是回天乏术了。阿爷悲痛，当朝柱国公，个个都是大英雄：天水曹贵，智勇双全，老成持重，屡立战功，以军功做到了柱国公；辽东宇文泽，有大志，善于射箭，轻财重义；陇西慕容信，为人沉稳，有豪侠之气，以德行深得军心；中原崔如素，学识渊博，智谋超群，可他们最后，难得善终！你不知，那万岁丹的毒性发作，让人神志不清，癫狂而死，极为可怕！"

那庆召干瘦的面上掠过惊惶神色，人，最终都有一死，可就看怎样的死法了。

"阿爷的意思是让孩儿给文庭报个信？要他做好应对准备？"

那罗延听得面色发白，癫狂的人，专做疯狂发指的行径，谁不避而远之？

"不，各有其命，阿爷病死，也只算是他们中死得相对有尊严罢了，阿爷定要全身而退，由你继承阿爷的封号爵位。"

那庆召语气冰冷，面颊由于咳嗽，显出一团不正常的红晕。

"阿爷，何必出此悲音？延儿已请求智仙师父在般若寺诵读《金刚经》为阿爷祈福，延儿与兰儿已商议好，等兰儿产下胎儿，一起陪同阿爷再到大黑山的寺庙做法事祈福。"

那罗延与慕容伽兰以佛法庇佑，孝心可嘉，他领了他们的心意。

"陛下最近新提拔什么人没有？"他突然想到迫在眉睫的心事。

"只听说一位叫宇文云飞的无名小辈，成了陛下贴身侍卫首领，很受陛下重用，这还是慕容夫人传出的消息。"

那罗延摸不清阿爷用意，照实说来。

"宇文云飞？连我也没听闻，这人什么来头？哼，陛下疑心最重，能放手给他这个职务，定是立下什么奇功。"

那庆召鼻孔里哼出冷气，脑海里思索着此人背后隐藏的阴谋。

"噢，此人是镇川节度使郑郤宗的部下，他曾在兰儿家中担任过守卫职务，因兰儿阿娘曾怒叱过他，他不辞而别，失去音信，不想原是投奔到郑郤宗门下，竟成陛下侍卫首领。"

那罗延觉察阿爷另有深意，老成谨慎的他，没有追问到底。

"要宫内的慕容夫人小心此人！"那庆召深吸口气，肺部的负荷加重，他有了基本判断，这个泄露曹贵、慕容信反叛的内鬼，八九不离十与这宇文云飞有关，奈何他无力追查搜罗证据，不能妄断此人有罪。

"他很关照慕容夫人，暗中替慕容夫人不声不响报了仇。阿爷，是否多虑了？"那罗延跪在地上，神色恭敬解释。

儿子是大孝子，既沉得住气，还有耐心，会是青出于蓝而胜于蓝的那氏后代。那庆召盯着儿子看不出丝毫端倪的镇定面容，内心充满欣慰，他换了个舒适的躺姿，侧身反问："报仇？报什么仇？"

"哄骗陛下到了昆仑山上的玄圃，将那不男不女的凌波香先奸后喂野狼，占了她苦心建设的几栋大楼房，作为陛下消暑的行宫。"

说到不男不女时，那罗延面上才显现出一丝若隐若现的笑容。

"报什么仇？还不是为自家谋利的虚伪说辞，此人心机不可小觑。"

那庆召艰难地摇头，顿感目力衰退，疲乏像一座大山向他扑压过来："延儿，你照料阿爷这段时间，受苦了，回房歇息，阿爷要睡会。"

那罗延走前，替他盖好床被，吹灭蜡烛，紧闭房门，在伸手不见五指的黑色深渊里，寒风从窗台、门下的缝隙钻入，室内冷如冰窖。由于担心炭火的烟气，导致他咳嗽加剧，才没生火取暖，那庆召转辗难眠，自知时日不多，怎一个悲苦了得？

睡了个囫囵觉，次日醒来，窗上透出白晃晃的强光，应是雪住放晴了。昨夜没咳嗽，那庆召抡起拳头，伸展上肢，只觉神气清爽，便有赏雪围炉饮酒的兴致。

他穿戴起身，那罗延推门进来，手中捧了一樽白如凝脂、素犹积雪的甜白玉壶春瓶，上面插了数枝欢喜绽放的罕见绿萼梅花。

"阿爷，今儿好气色，这是兰儿唤人凌晨从老君山的梅园采摘的豆绿梅花，拢共只得三瓶，陛下爱这绿，两瓶送入宫给慕容夫人，一瓶孝敬阿爷，放在床边桌上，给你透气润肺。"

"万花敢向雪中出，一树独先天下春！好，兰儿有孝心，老夫有福，走，扶阿爷出门，阿爷想请几位老朋友凑个赏雪宴，畅饮一回。"

那庆召牵着儿子的手，掀开布帘，庭院内堆积数寸白雪，门廊上攀爬的藤蔓也被浓雪素裹，天空放晴，一泻千里的碧蓝天穹，他已是许久未见，心情愈发大好。

"阿公，且别急出门，吃了这碗助脾养胃的梅花粥再走不迟。"媳妇慕容伽兰身披领带帽兜的红披风，挺着大肚，面颊冻得绯红，缓慢挪步前来。

"哎哟，我的小娘子，你出来凑什么热闹？小心这阴气逼人的冷风冻坏了你。还不快回房歇着！"那罗延从妻子手上接过粥碗。

"兰儿，难为你费心了。"那庆召见儿媳懂事孝顺，心情更如畅饮烈酒般快意。

"是，兰儿听从夫君、阿爷的话。"慕容伽兰温顺行礼，返回后院。

"阿爷，还有一事，尚未向阿爷禀报，崔尚书今早托人来信，邀请你去老君后山的湖心亭赏雪，孩儿想到阿爷身体不适，擅自婉拒了。"

那罗延扶着他入室，拿出大红洒金的请帖，递给他。

"不妨事。"

那庆召吃了梅花粥，才展开请帖。崔如素的狂草诗映入眼帘："梅花欢喜漫天雪，西真仙子宴瑶池。人生得意定谈夸，有酒同在湖心醉。"

"去，延儿，给阿爷备马，带上两坛千日醉，赏雪会友去！"

那庆召被他的逸情勾起壮志雄心，放眼望去，这朝堂上下，也就剩他与崔如素、高成道三位才学、功夫俱佳是白发老臣了。

一路慢行，众人到了老君后山，后山湖面已结冰，形同镜面光滑，在暖阳里折射出柔和的余晖。湖心亭在蜿蜒的桥头，远远就有袅袅轻烟飘荡，肉香焦脆。

"看来，这崔老头约了不少人哪，惹得老夫也兴致勃勃！驾！"

那庆召挥起马鞭，猛力抽打马背，胯下战马高声嘶鸣，重振旧日雄风，一阵风似的跑到湖心亭。

他刚下马，便被亭外一丛开得正盛的殷红梅花驻足吸引，白雪红梅，悲壮惨烈，想起曾在雪地大战，流淌的也是这般血腥的红，忍不住打了个冷战，赶紧收神，阔步迈入温暖的亭内。

"那大将军驾到，难得，难得！"面色发黑的崔如素与头发花白的高成道同坐毡席上方。

两个黄毛小童跪地烧火烫酒，随从士兵架炉烤肉，宴席上，酒樽、酒注，荤素兼备、咸甜并存的十几道菜品以及糕点福字饼、如意饼也陈设得当。

"老夫久病在身，大病初愈，腹内酒肉馋虫早咕咕作怪，适逢雪景，岂可

237.

辜负？"

那庆召深明崔如素、高成道都是学识丰富的人物，言语上不得不讲究些。

"那大将军心境，老夫与你同感，人命大不过天，趁还能跑得动的身子骨，与老友故交欢饮一场。"

崔如素的话外之音，那庆召听得懂，是啊，见一次就少一次了。

高成道起身，抖动着稀疏的山羊白胡须，面色在热酒熏烤下，泛出喜气红光，他精神矍铄："人生九雅，品茗、焚香、听雨、赏雪、候月、酌酒、莳花、寻幽、抚琴。今日我辈占有赏雪、莳花两雅，岂不妙哉？"

那庆召戎马半生，不是在战场，就是在朝堂，哪有空闲做这九雅之举？他无法接话，弯腰坐下，抓住面前发烫的酒樽仰头就倒，滚热的酒下肚，呛得他又一阵剧烈咳嗽。

"赶快给那大将军割块肉，压压酒气。"崔如素贴心吩咐下人，他面上黑气加剧，与往日的斯文气色相差甚远，那庆召的咳嗽止住了，拿起匕首，切割熟肉。

亭外马蹄阵阵，翻身下马的那罗延、宇文雄、崔文庭、宇文开四人热烈交谈，时不时听见他们青春爽朗的笑声。

"崔尚书，怎生把小辈也叫来了？"高成道膝下无子，仅有养在深闺人未识的独女，他看不惯年轻小辈的嬉笑随性做派，含着怒气，颇为不满。

"谁人不曾年轻过？喊他们过来助助兴，不然，就我等三位老朽，酒，喝不完，剑，舞不动，赏雪的风雅，少去一半，高大人，独乐乐不如众乐乐嘛。"崔如素笑得力不从心，喘息着说道。

"文庭拜见阿爷、高大人、那大将军。"

崔文庭趋步走近，跪拜施礼。但见他玉面朱唇，一身深蓝锦袍，腰佩宝剑，英姿勃发，举止得当，崔家果然教子有方，那庆召暗中佩服。

"那罗延拜见阿爷、崔大人、高大人。"

他的儿子冷面金刚那罗延也屈膝跪拜行礼。在四人中，儿子略显老成，与他将成为父亲有关，宇文雄刚成婚，崔文庭、宇文开尚未婚配，自然稚嫩得多。

雄壮魁梧的宇文雄与彬彬有礼的宇文开一起下跪，朗声齐呼："宇文雄、宇文开兄弟给高大人、那大将军、崔大人行礼。"

崔如素见这两兄弟行礼，吃力地起身离席，将他们扶起身。

那庆召甚感疑惑，他对这两兄弟倒格外开恩，怪哉！

"踏雪寻梅，怎能少了宴会主角呢，请列位入席，赏雪宴开始。"崔如素拍额笑称。

众人鱼贯坐在席位上，金手臂的宇文雄返身走出去，抽刀行至亭外的梅花老树下，仰头审视良久，单手砍下那株花苞繁多、盛开最旺的红梅枝丫，扛在肩上，倒插在烤肉旁的雪地上，树上花瓣撒落，有些飘入炉火中，烧成黑碎片，有些跌落白雪上，恍如斑斑鲜血。

"宇文公子此举，实在是暴殄天物呀。"胡须、眉毛皆白的高成道痛心疾首捶胸呼号。

"崔大人不是要踏雪赏梅？梅花离得那么远，怎么赏？现在不仅能看，还能摸，岂不省事？"

宇文雄甩动着单边金耳环，兀自有理地辩解。

那庆召暗笑，这宇文雄天不怕地不怕，比起宇文泽还是稍微逊色，倘若是宇文泽，必然是掀翻了酒席，扬长而去！

"高大人，家兄也是好意，望学士海涵。"

宇文开向高成道行礼替兄长开脱。

"哼，崔大人、那大将军，老夫不愿与不懂风月的粗人同席，亵渎了白雪红梅的雅趣，恕老夫不奉陪了！"

高成道是倔强的老人，就连对陛下，他都公然对抗，何况是小字辈的宇文雄？他甩动袖袍，离席牵马，众人愣住了，呆呆看他上马离去。

崔如素的马突然挣脱缰绳，仰天哀鸣，追着高成道一溜烟跑远。

"阿爷，你的乌骓怎么跑了？孩儿去追回来！"

崔文庭冲到亭外，就要急急上马追赶。

"文庭，回来，跑了就跑了呗。"

那庆召见崔如素动作突然变得迟缓笨拙，眼神飘忽空洞，他心中一惊，莫不是他的毒性要发了？

"是，阿爷。"崔文庭听话地返回宴席坐下，崔如素身躯瑟瑟发抖，举杯的手也抖动厉害："来，诸位，饮下这杯美酒。宇文雄，你来舞剑助兴，文庭，你吟诗作对。哎呀，我的头很重。"

他强撑着吞下杯中酒后，突地跌坐席位，全身可怕地抽搐。

"阿爷，你怎么了？"

崔文庭高声呼叫着，扯起崔如素的衣袖，试图救他。

"不要碰他，他的毒性发作，丧失神志变得癫狂，大家赶快远离！"那庆召起身，厉声高呼。

"不，那大将军，快救救我阿爷！"崔文庭连滚带爬哭喊着跪在他面前求他，那庆召生硬地将他拖向亭外："华佗再世，也救不了你阿爷！"

酒席上的崔如素，眼珠成了碧绿的蛇眼，像一条受到攻击的毒蛇，疯狂地撕扯自身衣袍，露出乌黑溃烂的肉身，散发出诡异的香味。

他伸出血红的长舌，抓住一个还没来得及逃脱的小童，张嘴咬住他露出的脖颈！啊，小童魂飞魄散地惨叫着，翻滚在地，伤口流出紫红的血，崔如素神色亢奋，发疯似的扑上去舔着人血。

"不好，大家快上马逃跑，崔尚书疯了，要喝人血！"

那庆召拔出佩刀护身，他也没料到这蛇毒如此阴毒，让人成为吃人的蛇！

"我不怕！"宇文雄以金刚剑横挡在众人面前。

崔文庭吓蒙了，他也不走，那罗延、宇文开都不肯挪动脚步，不是不怕死，扔下崔如素这样癫狂，后果不堪设想。

"求那大将军救救阿爷！"崔文庭绝望地再次扑通跪在那庆召眼前哀求他。

"孩子，不是老夫不救，真要救他，就给他个痛快……还是快走吧。"那庆召沉重地将后面的话打住。"还是快走吧！"

"不，我不走！我要救出阿爷！"崔文庭无望地低吼，痛苦摇头拒绝。

"我去！"又是宇文雄，他唰地将金刚宝剑指向崔如素后背！

"长兄不可！"宇文开失声劝阻。

"宇文雄，你胆敢伤害我阿爷，我跟你拼命！"崔文庭也抽出宝剑，架在宇文雄肩上。

"崔文庭，他已经不是你阿爷了，他是一个吃人的疯子！你没见到他正在做什么吗？他在吸人血，我这是为民除害！"

宇文雄丝毫不理会崔文庭的威胁，单手用力，宝剑穿透崔如素的背，直抵要命处！

崔如素错愕地回首，张大沾满血迹的嘴，眼珠颜色转为无惧的清明，他似乎清醒了，冲这个世界留下最后一抹古怪的笑容，颓然倒在地上，身下是一摊乌黑的浓血，浸染在雪中。

崔文庭冲上前扑在崔如素身上号啕大哭，宇文开在旁陪着落泪。

"宇文雄，拿命来！"

崔文庭举剑冲向宇文雄。

那庆召叹着气，双腿发软，跌坐在雪地上，庆幸是宇文雄出手制止混乱的场面，可这宇文家与崔家，怕是结下家仇了。

"阿爷，府里来人报，兰儿提前生产了，我们速速赶回去，还是处理好这里再走？"那罗延神色沉稳，向他禀报。

"你意下如何？"那庆召询问儿子。

"这里事关重大，兰儿在家，有阿娘、产婆照顾，即使赶回去，怕也帮不上什么忙。"那罗延条理清晰。

"阿爷放心了，延儿。"

那庆召头重脚轻，一头栽倒在雪地上，冰冷的积雪浸透全身，他打了个快意的寒噤，头顶上空如一块蓝绸布，美得无瑕。

吐出最后一口鲜血，白雪红梅，他安心地闭上双眼，卷入黑暗旋涡，堕入轮回，与逝去的老友们相逢。

第三十八章

郑宓：幻术心咒

晨光熹微，越过亭台楼榭，洒入宇文雄夫妇寝居室外的碧纱窗，在推开的户隙汇成条金线直射罗帐，风吹帐动，金线停留在熟睡的郑宓面上不动，似痴情的人在等待她的回心转意。

春梦乍醒，已误了向阿娘崔玉房请安的时辰。她原想起身，撩开芙蓉帐，外面凛冽清冷，逼得她缩身躺在温柔帐内不肯动，百无聊赖，从枕下抽出碧茵茵的龙形玉佩把玩，这是她的情郎所赠的定情物。

郑宓的情郎是她继母的儿子，名义上的兄长郑英年，也就是那个短命的打铁匠的儿子。在她十四岁时，两人在郊野偷尝禁果，兄长送了这块玉佩作为定情物，她用彩色丝带编织挂在胸间。

情窦初开的两人不时在野外幽会，被外出打猎的阿爷撞见，暴跳如雷的阿爷用马鞭狠抽郑英年，她在旁拉住阿爷哀求，郑英年趁机踉跄出逃，失足掉入泥潭。

污泥中下沉的兄长，伸出双臂，绝望地向她求救，她跑上前去，被阿爷抓住头发拖到岸边，眼睁睁见到兄长沉入淤泥，只翻出混浊的泡沫。

阿爷威胁她不准外传兄长的死，为她举办比武招亲，原以为是嫁给宇文家斯文俊秀的二公子宇文开，到了新房，见到新郎庐山真面目，才知晓，爱攀附权贵势力的阿爷早自作主张，将她嫁给独臂的宇文雄，粗莽的勇夫战神。

新婚初夜，宇文雄见到浓妆艳抹的她，整个人喝醉了般浑浑噩噩地亢奋不已，她自负地轻笑，男人都是贪图新鲜的动物，他们所要不是一成不变的贤妇，他要她是荡妇，是贵妇、是巧妇，是满足他不同心情需求的风情美妇。

宇文雄爱她的肌肤胜雪、云鬟雾鬓、剪水秋眸，离不开她的闺房之乐，成亲以来的短暂光阴，他已被迷得神魂颠倒了。

宇文雄随陛下到昆仑山狩猎，去了好几日，也不见归来，她独守空房，夜夜只得以酒浇愁，好生不惯这新婚蜜月的冷清日子！她撂下玉佩，掏出用金线绣了宇文两字的罗帕，盖在面上，呼吸着丝质的柔滑气息。宇文开，这位骑射功夫了得的俊俏男子，他是她的夫君多好，要怨就怨凡事遵循利益最大化原则的阿爷，他使她成为战神的女人。

她才不关心什么战神不战神呢，她就想要享受风流快活与刺激优渥的生活。

"金婵。"她翻身坐在床沿唤着她的婢女，还是要在府内走动走动，或许能碰上宇文开呢，不然，闷在这里发霉成渣？

"夫人，是要洗漱梳妆了？"小巧机灵的金婵，跑上前，给她套好鞋。

"嗯，崔大娘那，有什么动静没？"她坐在雕花繁复的铜镜妆台前，端起装盐水的银盏漱口，在铜盆净手，无所用心发问。

"咦，没动静，倒是李二娘那，人来人往，忙活得很，还要我去帮手呢，说是筹备元旦宴席，人手不够，奴婢想着要伺候夫人，就编了个借口推脱了。"金婵偏头想了下，眨巴着漆黑的鸽眼，清脆作答。

"那，迟会，我与你同去帮手。"郑宓另有打算，她要伪装成大家闺秀端庄文雅、进退有礼的姿态。

"是，夫人。"金婵清空桌面器物，开始为她梳头，郑宓有一头泛红的棕发，这也是她的美貌不同寻常之处，白肤、棕发，丰胸、柳腰、肥臀。当她牙牙学语时，一位路过的云游道长上门讨水喝，道长逐一为家人相面，独独对她笑而不语，临走前，才叹息数声："骨相奇特，美至妖媚，人近多灾。"

从那以后，她的童年，就失去了所有的玩伴，他们对她避之不及，都视她为不祥之物，谁沾染谁倒霉，她只有与兄长为伴，兄长处处关心、爱护她，她才愿意以身相许，哪知，兄长真如预言般死了。

阿爷本对道长的判词半信半疑，兄长死后，他彻底迷信了，才想出比武招亲的下策：终究是要武艺高强、八字硬的男人才能克住她。

寂寞空庭春欲晚，她的愁思，谁人知？

"夫人，今儿穿什么色的衣衫？"金婵替她别上白玉梳篦，插戴通透的白玉花，她的棕发最宜纯白的装饰，她迟疑不决："珊瑚色，哦，不，胭脂色。"

她是有心要与宇文家的二公子宇文开偶遇，珊瑚色太招摇，胭脂色内敛，拜见长辈，不能出格，惹人非议。

"那宇文二公子，平日里，都爱做些什么？也是与他兄长一样，习武弄枪？饮酒打猎？"她假作不经意提及。

"夫人，错也，这二公子，府中上下，都说他是最不像宇文家的人，爱读书倒也罢了，偏爱做下人才动手的，修建庭院的笨重粗活。"

金婵不明就里，绘声绘色夸张地描述一番。

"是真真奇特的男人。"郑宓扑哧媚笑道。在铜镜前，左右顾盼，穿上胭脂色的衣衫，她就是一株怒放的桃花，魅惑示人，外罩用鹔鹴鸟的羽毛做成的鹔鹴裘，好一位柔媚华贵的夫人。

"夫人，这鹔鹴裘可是少见，怕得耗多少银子呢。"

金婵眼馋她这件稀罕的华服，这也难怪，整个东都城，也只得区区十件，她这一件，还是宇文雄花重金买下讨她欢喜的定情物呢。

"春酿正风流，梨花莫问愁。文卿思一醉，不惜鹔鹴裘。"背诵着阿娘教她的情诗，她怅然若失。

三岁时，阿爷出门打猎，阿娘与她遭遇入室抢劫的盗贼，强盗要杀年幼的她，阿娘抱住强盗，情愿以身受辱换回她的活命，适逢被阿爷发现，他抽刀砍死强盗，又要杀死阿娘，阿娘仓皇躲避，阿爷怒骂阿娘是不守妇德的有罪淫妇！

阿娘哭喊着控诉："你说我有罪，我是有罪，我的罪过不就是生得太美了么？我的罪过不就是因为我被人玷污了，坏了你的名声，所以就得去死么！"

阿娘的抢白，令双手沾满血迹的阿爷气急败坏，痛下杀手……这些滴血过往，阿爷以为她年幼无知，哪知，她记得一清二楚。

郑宓假装不知，却早已看透人生长短，才会想着及时行乐，横竖，人都要死去，还不如痛快享受当下。

她自然不会与金婵透露羞于启齿的往事，时光荏苒，她长大了，出落得比阿娘还美丽，还妖娆。

"走吧。"郑宓手执团扇，扑打着金婵的肩，嫣然微笑。先去崔大娘的后院磕头请安，主仆二人来到崔玉房的门前，就见玉奴儿焦虑地唉声叹气。

"怎么啦？玉儿姐姐？"金婵走上前，好奇发问。

"崔老夫人无缘无故大发雷霆，在里面乱扔器物呢。大公子又不在，这可如何是好嘛？"

玉奴儿见到金婵，忙抓住她手，如见救星。

"是因何事引发老夫人动怒呢？"郑宓轻声细语问她。

"老夫人，老夫人好像是因为丹药不成气候，白白耗费时间恼怒。"

玉奴儿神色畏惧，轻声说出她猜测的原委。

怎么这世上，人人都想长生不老？郑宓暗自冷笑，炼丹的方士，家里走马灯似的换了一拨又一拨，阿爷说得对，都是打着幌子闯江湖卖艺的骗子，哄骗些银两养家糊口。

"那，我们还是去请二娘过来劝慰老夫人。"

郑宓改变主意返身离去，快步走向二公子宇文开的住所。

"夫人，错了，二娘住在这边。"金婵快人快语急忙制止，郑宓面色潮红，她也当作是走错路了，掩面解嘲："呀，真是糊涂，昨夜酒醉还未醒呢。"

迎面撞来披着玉灰色锦袍的宇文开，他挎着工匠的器械，不期然瞥见郑宓身影，遂停下脚步，向她行礼，神态恭敬，口呼："嫂嫂好。"

"二弟又跑出去厮混了，怎不帮你阿娘打打下手？"郑宓微微颔首，将泼辣的性子收住，遵守着嫂嫂笑不露齿的安分守己。

"嫂嫂所言极是。"宇文开保持着叔嫂间的安全距离，并不正视她。

这般美艳的女人，与他本有结为夫妻的缘分，是他的一番作弄，才成全了兄长，成为他的嫂嫂。他低头拱手作揖，神态有掩饰不住的尴尬。

郑宓看他这张俊秀羞涩的面孔，既得意又怜爱，她决意要撩拨他一下，试探他心性如何。

"二弟，这寒冬腊月，怎不去花街酒巷吃酒暖身？"郑宓莲步轻移，向他靠拢，腰肢摆动，棕色的秀发也随之晃动。

"谢谢嫂嫂关心，二弟现忙活寺庙建造，工期吃紧，难以脱身，更不得闲饮酒作乐。"宇文开后怕地退缩。

郑宓见他正人君子嘴脸，义正词严状，陡然生厌，有些无趣，更有些失落，是个不开窍的榆木疙瘩，暂且放过他！她展颜欢笑，言不由衷夸赞："二弟真真厉害，小小年纪便能建造工程了！"

言罢，扭摆水蛇腰，留下一地香味走向李甄梅的楼上。

"二娘好。"郑宓向坐在桌上专心核对账目的李甄梅施礼，眼角瞟向桌上，堆满零碎纸张、线头小玩意的桌面杂乱无章。

李甄梅对她的招呼，置若罔闻，郑宓不得已以咳嗽声提醒她，她才抬起头，露出清丽的脸庞，半启樱桃小嘴，语气冷淡："哦，是你？"

"二娘，大娘出事了，赶紧去看看吧。"郑宓不介意她的冷漠，语气急切。

"出事？她能出什么事？不是成天关在丹房炼丹么？"李甄梅紧锁柳眉，不为所动，双眼紧盯着手中的账册不放，神色倨傲，终于媳妇熬成婆了。

"这次不知为何，大娘在室内又砸又骂，很不寻常。"郑宓欲说还休。

"噢。"李甄梅拖长腔调，眼神透出洞若观火的精明，郑宓沉住气，等待她的回应。

"那就一起瞧个究竟。"李甄梅寻思老半天，才扔下这么句话，郑宓与金婵，李甄梅与碧云，四人鱼贯而行，到了大娘崔玉房的门前，玉奴儿早不知所踪，只有大娘骂骂咧咧的嘶吼，伴随着她拉风箱的哮喘。

"玉房姐姐。"李甄梅轻柔地呼唤着，前头带队，碧云替她推门，还没踏脚入内呢，崔玉房的怒喝当头迎来，将她刚抬起的脚步生生放下："滚出去，你们这些假惺惺的婊子，又要来害我吗？"

说完，又是摔杯砸物的疯狂举动。

郑宓瞅见李甄梅面色时红时白，有几个女人受得了平白无故遭人唤作婊子？她听这大娘崔玉房的嗓音粗哑走调，应是服食丹药过多所致，造成神经错乱，幻觉产生，辨不清来者。

"二娘，大娘可能是服食的丹药过量影响，才这般狂躁不安，不如，喂她催眠的汤药，安静下来？"郑宓向李甄梅建议。

"催眠的汤药？你懂药方？"李甄梅狐疑地盯着郑宓，似要摸清她的底细。

"知道些皮毛罢了，在家时，宓儿时常寝食难安，阿爷向道长们讨了个药方子，就得几味药，服食后，即刻有睡意。"

郑宓乖巧作答。

两人正说着话儿呢，头顶一张黑物抛出门外，扑哧掉在地上，溅起一层灰，惊得四人跳脚避开。

郑宓细看却是一张狐皮锦褥，随后，崔玉房披散着一头花白乱发，手握镇邪的桃木剑对着她们胡乱挥舞，吓得金婵、碧云惊惶逃窜，郑宓自小随阿爷学了点三脚猫功夫，她挡在李甄梅面前护着她，单手擒住崔玉房的手腕，咔嚓，崔玉房手中木剑掉在地上，口里不干不净瞎嚷嚷："你们都是些千人骑、万人上的下贱坏子，别以为我不知道你们干的那些说不出嘴的好事，把野杂种生在我们家了，辱没宇文祖先颜面！"

郑宓听得面皮臊得通红，下人们也围将上前看热闹，二娘神色更不自在，勃然发火挥退他们，低声令碧云，要她找一团乱毛巾塞住大娘的嘴。

"金婵……"郑宓心有所动，她也唤来侍女，叫她赶紧熬制平素催眠功效的汤药端来，当务之急，是要大娘神志清醒，别失了分寸，乱喊乱叫，惹人耻笑。

郑宓与二娘相顾对视，彼此也知晓心意，两人伙同碧云将大娘崔玉房强行推入满地杯盘狼藉的内室卧榻上，撕扯了衣衫成布条将她手脚捆绑，三人这才喘息着松口气。

"二娘，大娘看来病得不浅，是待夫君归来请神医诊治？还是……"她故意打住话头，听二娘如何拿主意，新妇进门，不敢事事逞强。

"你不是有安神汤药么？可不能任由她乱嚷嚷，扰了府中清静！"二娘神色不宁，心慌慌地追问。

"二娘稍安，儿媳已着人熬制，需等一会儿。"郑宓垂首行礼，明显感觉到二娘掩藏着慌乱。

"夫人。"金婵慌不择路赶来，头顶高举捂得严实的汤药土陶碗，这种草药只能用土陶药罐熬制方能显出药效威力。

"药来了，二娘，你事多先忙去，大娘这边就交给儿媳吧。"郑宓躬身行礼，二娘有心事，留在这里也是忐忑不安。

"也好，咦，那玉奴儿呢？死妮子，跑哪里去了？也不伺候大娘？这月扣她的月银！"二娘李甄梅点头应许，左右见不到大娘的房中女婢，气呼呼地发话。

"二夫人恕罪，奴婢刚被崔夫人抓得满面血印，才逃出去拿药敷面伤，望夫人明察！"玉奴儿不知从哪里冒出来，跑到她脚前跪下辩解，扬起脸，面上紫一块，瘀一坨，像是被猛兽的利爪抓过，目不忍睹。

"大娘怎么成这样了？"二娘李甄梅蹙眉发问，像是问自己又像是问玉奴儿。郑宓在旁，眼观六路耳听八方，碧云与金婵联手撬开崔玉房的嘴，将汤药灌下去，郑宓按住崔玉房挣扎的手臂，涌出一丝酸楚，想不到再怎么聪明伶俐的人，都会为丹药迷失心性，变得痴狂。

"二夫人，崔夫人昨夜像是受到什么惊吓，奴婢睡在外间，夜半小解，恍惚见有人与崔夫人说话，还以为是奴婢眼花，早起梳洗时，便觉崔夫人面色不佳，脾气暴躁，奴婢正给她梳头，她突然起身，将室内一应物品乱砸乱甩，奴婢也吓坏了，赶紧躲到门外，后来，崔夫人硬将奴婢抓起来……"

玉奴儿伤心地抽噎着，说不下去。

郑宓纳闷了，这玉奴儿的话，前后不一致呢，方才还说是炼丹药未成导致的过激行为，这会子，又成这说法？她望着玉奴儿，这小婢女，心里头装了什么药？

"宓儿。"郑宓耳畔传来二娘温柔的呼声，她抬头呼应："二娘，有何吩咐？"卧榻上的崔玉房，情绪渐至平复，鼻端发出均匀的呼吸，看来，这药效挺管用，郑宓替她解开捆绑的布条，盖上锦被。

"碧云、玉奴儿，你们拾掇干净大娘的房间，破损的器皿都去换了新品，元旦快到，年底大家留点心，讨个吉利，保佑宇文府邸来年顺顺当当！"

二娘李甄梅保持一家主母的威严与冷静，继而，向郑宓亲昵伸手，郑宓忙将手递过去，任由她牵着。

"大娘这事，多亏了你，倘若你成了我家开儿的媳妇多好。"

郑宓听见二娘这番掏心窝子的话，低头害羞地娇笑，也有莫名心酸，她又何尝不愿成为宇文开的新妇？造化弄人，谁能抵抗得了造物主的安排？

"宓儿巧慧，又见多识广，你估摸大娘是丹药给弄成这样？还是别的什么人暗中下毒？"

李甄梅拉着她坐在胡床上，出言试探她。

"二娘高看儿媳了，看大娘神色，确实有丹药服食过多，使人神志不清，最终发狂的症状。以二娘所见呢？"

郑宓反问她。

"二娘哪懂？横竖不过是个只识得自个儿名字，常年足不出户，只懂得在府里伺候花花草草、吃吃喝喝的无用之人！"

李甄梅的话，明面上谦虚，实则有夸耀她实权在手之意，郑宓听来如是。

"二娘巧慧，府中上下，谁人不知？宇文二公子，调教如斯能干，也是二娘苦心所获。"

郑宓掩嘴轻笑，这二娘倒是比起大娘好相处得多。

"可你又不肯做开儿的新妇？这话，也就咱娘俩说点体己话，传言出去，可不得了。"

李甄梅笑意盈盈，话里话外，亦真亦假。

"看二娘气韵，年轻时也是方圆几十里的大美人吧？"郑宓直觉二娘是有风流韵史的女子。

"二娘哪能与你比？你生得这般千娇百媚，就是你要恪守妇道，别的男人，也要团团围你转，恐怕也只得战神宇文雄才能镇得住你，镇得住想入非非的男人们。"李甄梅的话声，愈来愈低，女人何苦为难女人？她吃透了郑宓的本性。

郑宓听得汗毛倒竖，这二娘道行不浅哪，她保持着端庄坐姿，温言软语剖明心迹："此心不动，如如不动。媳妇既入宇文家的门，生死也是宇文家的人。"

"嗯，大娘要是听到你这话，不知该多开心。"

李甄梅赞许地拍下她肩，起身入内，出来时，手中多了缎面的精细丝袋，她从丝袋里掏出一块黑得透亮的梳篦，俯身插在郑宓的发髻，郑宓听话地任由她摆布，这梳篦不是平白无故地赠予。

"谢谢二娘厚爱。"郑宓以手抚着梳篦，欢喜致谢。

"你这一头的秀发，佩这黑玉梳，文雅贵重。好鞍配良马，唉，好端端的大娘凤体堪忧，你说，这大娘长期饮用你的助眠汤药，不会有什么影响吧？果真有什么不好，我该如何向雄儿交代？"

二娘李甄梅扫去方才笑意，换上愁眉不展的样子，郑宓在旁也于心不忍，想着如何为她分忧才好。

"二娘，凡事过犹不及，汤药，吃它个三五月，无碍。一年半载，就不好说了，二娘尽管放宽心，媳妇定当尽力而为。"

郑宓道出实情，拿人手短呢。

"不敢有劳宓儿，倘若觉得在这宇文府里孤单了，想找人说说话儿了，来找二娘就好，别与二娘生分了。"李甄梅的笑，浅浅温和，如沐春风。

郑宓隐隐觉察二娘不是这般简单心思，也不急于眼下弄明白，路遥知马力。她笑着附和："那是必然，二娘，时辰不早了，宓儿就不叨扰二娘了。"

回到房内，金婵忙活着给她端来午膳吃食，郑宓也觉腹中空空，见桌上比往日多了盘红烧羊肉。咦，这是怎么回事？她指着咕咕冒香气的羊肉。

"是二娘差人送来，说后日是腊祭，先分发羊肉给众人尝鲜。我看哪，是个借口，就咱这才有羊肉，是二娘对咱们格外看重呢。"

金婵古灵精怪得很。

"是呢，这二娘就是比大娘人情味浓，大娘板着一成不变的面孔，要不就是生搬硬套的说教，烦人得很。"郑宓拣着炖得稀烂软绵的羊肉，乐得享用。

初次拜见大娘，她装扮得花枝招展，与宇文雄恭敬跪在地上行礼，想着首次见长辈，定会赢得些许小礼，哪知，被大娘好一通数落，要她好好做女人，安分守己云云，兀自喋喋不休。她窘迫地笑，强忍着膝盖的麻木与头昏脑涨。

亏得宇文雄拉起她，替她辩护保证，从那以后，她视每日早起请安聆听教诲为一种非人的折磨。

"夫人，总算解脱了。这几日，免去受罪了。"小鼻子眯眯眼的金婵讨好她。

"这就是天遂人愿呀。"郑宓心情大好，不敢多吃羊肉，放下筷，将满盆膻味的羊肉赏给金婵，她是陇西人，酷爱吃这膻味的肉食。

腊祭日快到了，夫君应当回来，率领全家老小祭祖，不然，这个节日，可没什么过头呢。郑宓抓起煎得酥脆的胡饼，吃得有滋没味，脑海里全是宇文雄的身影，他粗豪的举止，旷达的笑声，健硕的身躯，她体内的欲魔想念他。

"呀，我的战神夫君，也不知什么时候返来。"郑宓下意识地按住肚脐眼部位，温热的肚脐眼，涌动着欲壑难填。

"夫人，宇文公子怕也是眼巴巴盼着回来呢。"蹲在低矮桌前吃羊肉的金婵，抬起油乎乎的脸庞，眨巴着眯眯眼，安慰她。

　　"也不见有个信捎回来，大娘那里，记得再熬汤药过去，省得二娘费心。"
她取下玉石黑梳篦，搁在掌心，感触着玉梳篦冷飕飕的凉意，思谋着如何度过欲
魔的关卡。

第三十九章

宇文虎：杏花天影

晨曦中，方正的太仪殿门外，跪着黑压压的人形队伍，像一支瞄准目标的利箭射入殿内。

躺在龙床上的宇文虎悠悠醒来，吃力地撑开眼皮，柱梁顶上盘踞的金龙栩栩如生，碧绿的眼珠，定定望着他，噢，目不眩了。他抬手搭在滚烫的额上，扭过脸，金色纱帘外，依稀是罗什力在与人嘀嘀咕咕。

他努力回想，方才出了什么状况。不过是起身梳洗时，他对着铜镜感怀朱颜未改，华发早生，膝下尚无皇子的惋惜。替他梳头的罗什力提醒他，慕容夫人早有龙种，是年后开春的产期。

慕容夫人？他冷哼着，对那庆召送来的小美人不置可否，皇太后多次告诫他，不可宠爱慕容伽莲，此女面相柔美，内有克夫之气象。从她入宫开始，慕容伽莲当不了皇后的命运就注定了，她是叛臣之女，他时刻防范着慕容家族与那氏一族的联合谋反。

要长久保持主控地位，就必须保持自己的强盛。

尚书崔如素与大将军那庆召意外死去，上苍助他，无形中，又少了两名潜在的谋反劲敌，偶在长夜醒来，念及与他一起浴血奋战的兄弟们：宇文泽、崔如素、慕容信、曹贵、那庆召都做了孤魂野鬼，只有他，爬上了帝位。

他想起死去的大臣们，均留下或男或女子孙后代，延绵着他们的血脉基因。只有他，孤家寡人，贵为一国之君，尚无子嗣，不免内心惶然。纵观身边的夫人们，青莺萝，身处冷宫；梅雪衣，孤傲任性；秦花，夜夜承欢，不见动静；慕容伽莲，倒是争气，可他并不喜爱她，细细思量，竟还无一人诞下龙种！要她们有何用！

他忍不住气血涌头，眼前闪现梁上怒吼的金龙，幻化成无数条龙身向他扑来，又是这该死的目眩症，他大叫着倒在龙床，不省人事。

"陛下，醒了？谢天谢地！"罗什力听见他翻身的响动，匍匐走近，提心吊胆询问。

"噢，好多了。外边所跪何人？"他虽气息虚弱，然语气严厉，帝王气势不改。

"回陛下，是下臣见陛下猝然晕厥，忙将太医局的太医们悉数召来，诊断究竟。岂料人多嘴杂，堂堂太医局，百十号人才，无一人说个明白，多亏了大夫杨素和敬献的参汤，陛下才有所好转。"

"速召杨素和进来，孤有话要问。"

宇文虎心念一动，这杨素和医术高妙，早有耳闻，他擅治未病，又深谙长寿之道，近日目眩症频繁发作，且愈发加重，需得讨教缘由。

"臣杨素和参见陛下，愿陛下龙体安康万寿！"老成稳重的太医局首领杨素和，祖辈皆为医，他体形清瘦纤细，面如婴孩，双目清明，若不是下巴的一缕雪白胡须，看不出半分老态龙钟的暮气沉沉。

"杨素和，你来为孤把把脉，详细诊治，孤需要如何调养，方能保万岁？"

宇文虎仰靠在毛茸茸的虎皮褥上，打起精神。

"下臣遵令！"

杨素和跪行上前，取出诊脉药包，搁置在铺陈细密软绵绸巾的锦凳上，宇文虎伸出胳膊，摊开手掌，闭目养神。

半炷香工夫，杨素和收回把脉的手，语气平和："陛下乃天赐神勇，只需一味药方，即刻恢复精力。"

"什么样的药方？速速呈来。"宇文虎张开双眼，精神大振，急不可耐催促道。

"容下臣到外间写上药方，陛下稍等片刻。"杨素和行礼起身，疾步走出去。

不多时，罗什力将杨素和双手高举过头的药方接过来，展开给宇文虎审阅，日光明亮，白纸黑字显得浓笔重彩，"克制"两字分外清晰，宇文虎匆匆扫视，仰头狂笑，笑毕拉长脸，疑惑不解："就这么简单？"

"回陛下，养生要诀，不外乎'克制'。自古圣贤，修道者，莫不对此奉为圭臬。《道德经》有云：五色令人目盲，五音令人耳聋，五味令人口爽，驰骋畋猎令人心发狂，难得之货令人行妨。是以圣人为腹不为目，故去彼取此。倘若陛下谨遵医嘱，远离醇酒女色，静养一月，不仅百病痊愈，更能延年益寿。陛下万寿，百姓之福。"

杨素和轻捻白须，成竹在胸，侃侃而谈。

"好，孤就听从贤臣建议，罗什力，重赏杨素和，罚那帮事到临头，束手无策的庸医们跪在殿外，吹吹冷风，清醒清醒！"

宇文虎听得斗志昂扬，下发诏令转达给后宫夫人们，令她们各自安心，陛下将暂戒酒色，休管那玩乐曲水流觞游戏的流杯殿，赏花看雪的瑶光殿，统统置之不理了。

即刻起，这一月，只待在御书房的观文殿批改奏折，抄经打坐，清心寡欲，修身养性。

斋戒第一日，宇文虎吃青菜白粥，燃香静坐，甚为新奇。晚上，早早熄灯入眠，身边从未少过暖香软玉在怀的宇文虎孤身在床，寂寞难耐，好不容易挨到天色发明，他已觉口苦腹饥，四肢无力，昏睡半晌，终究煎熬不过，午后便唤来罗什力，要了满桌山珍海味，独自喝闷酒，寻思着好生无趣。

装扮成梅花仙子的秦花买通宫女，在他身后蒙住双眼，要他猜猜她是谁。

"哈哈哈，可人儿，孤正觉一人吃酒太寡淡，要宣美人来作伴呢，你就自投罗网了？"宇文虎返身抱起秦花放在大腿上，两人嬉笑如故，欢宴如常。

杨素和听闻陛下改变初衷，慌忙前来，跪在殿外的石阶上，高声苦苦劝导。

宇文虎喝到半醉，与秦花调笑正欢，对杨素和的劝慰充耳不闻，久而久之，还嫌聒噪呢。听得厌烦，他干脆手执酒樽，摇晃着醉步迈出殿外，冲跪在他脚下的杨素和大发感慨："孤知晓杨大夫对孤忠心可鉴，但孤以为，这世间快乐，若无醇酒美妇，丝竹享乐，便也活得了无意趣！孤要这权势有何用？孤要这天下又有何乐趣？孤要的是今朝有酒今朝醉的快活！"

宇文虎的醉话也是他心底的实话，当那苦哈哈的圣贤做啥？不吃不喝不干，克制色欲、贪欲，那做人有何意思？

"既然陛下心意已决，老臣不再多言，望陛下恩准老臣离宫出外修行，隐居深山老庙为陛下祈福。"

杨素和伏地大拜，哭音悲怆，去意已决。

宇文虎垂首俯视白发苍苍的老者，他明白他是好意，可这好意不对他胃口，这忠心也就毫无价值。挥挥衣袖默然准奏，想来，君臣一别，日后恐怕难以再见了。宇文虎独自干了金樽残酒，算是给他践行。

"陛下。"罗什力从偏殿小门进来，躬身趋步走近，自怀里掏出丝帕包裹的精巧物件，呈交到宇文虎虎掌中。

"哪里来的？"宇文虎掂量着丝帕包住的香囊轻重，审视绣着鸳鸯戏水的细密针脚，不用看，也知是女子送给情郎的信物。

"陛下，是昆仑山的玄圃，一位叫绿云的姑娘托人快马加鞭送来。"罗什力垂首恭敬作答。

"噢，绿云。"宇文虎记起来了，善跳纤足舞的女子，玄圃那夜，销魂至极，本欲将她带回宫中，被秦花百般阻挠，才悻悻作罢。他将手中金樽丢给罗什力，解开香囊，一缕乌黑发亮的青丝露出来，他咧嘴得意地笑了："倒也是个识情趣的美人儿。"

将香囊拢入袖中，坐下搂着秦花喝酒猜枚。

酩酊大醉时，宇文虎快意地抖动袖袍，香囊丢到地下，被眼尖的秦花捡起来，她翘起两根葱白样的玉指捏住香囊，语气尖酸刻薄："哟，陛下，这是哪来的荡妇，绣这俗气的脏东西来勾引陛下？"

宇文虎趁其不备，一把抢过来，拴在腰间，不无嘲弄："口口声声骂人家荡妇，你难道是贞烈圣女？"

"陛下，怎能这样待臣妾？枉费臣妾痴心爱你！"秦花嘟起樱唇，眼里燃烧着熊熊妒火，哀怨地盯着宇文虎。

"孤日日陪你，你还不知足？那莲儿，怀了孤的龙种，孤都没去探望过她，那梅雪衣，孤也几月不见她，玄圃的绿云，孤要带她入宫，你不肯，孤不也照你意思？你还不满足吗？"

宇文虎抬高音量，愈说愈不满。

"陛下生气了？臣妾不过是太爱陛下，舍不得与人分享这份爱，陛下难道看不出来臣妾对你的一片赤心？"

秦花吓得忙倚靠在他肩膀，柔声细语发嗲卖乖。

"孤年岁渐老，你赶紧给孤也怀个龙种，若是生下太子，孤就封你为皇后。"宇文虎心念所系，在帝位的继承人身上。

秦花闻言，眼中火花随之暗淡，她应该也感知龙种对她，对宇文虎的重要。宇文虎揽过她柔弱无骨的腰肢，想起皇阿娘嫌她太过妖媚柔弱，无母仪天下的贵气。

贵气？母仪天下的贵气，最早入宫的慕容伽昙，不是有相士预测她有贵不可言的皇后命数，封她当上皇后不足三月，就死于非命，算什么贵气？晦气还差不多！

"罗什力，传旨给宇文云飞，着他明日挑选精兵伴驾到昆仑山。"他驻足思索，选秀充实后宫，耗时费力，不如此番与绿云同回后宫，冬日大殿寒冷，在温暖的玄圃多住几日，说不定就将龙种播下呢。

"陛下，臣妾也要陪你去！"秦花抓着他的臂膀，恶作剧般扯下他腰间的香囊，跳跃着躲在屏风后面，露出半张俏脸，扬起手上香囊，与他逗趣："来呀，来抓我呀。"

"放肆！不懂尊卑礼数的女人！胆敢偷拿孤的东西？还不赶快给孤交上来！"宇文虎忽地腾起无名怒火！

"陛下，臣妾知罪了，臣妾再也不敢了。"秦花的小脸吓得惨白，扑通跪在地上，哆哆嗦嗦一路跪爬在他脚面，眼泪汪汪把香囊重新拴在他腰间，伏在地上向他磕头求饶。

宇文虎的铁石心肠不为所动，他欲抬腿离去，被秦花死死拖住，宇文虎脚上稍微用力，秦花被他像扔一卷破布扔到墙角。

"罗什力，陪孤到畅音阁去，好好的心情，被这不懂事的贱妇搅浑了！将她撵出长秋殿，搬回瑶华殿面壁思过，罚她抄写《金刚经》一百遍！"

宇文虎对着地上哆哆嗦嗦的秦花，勃然大怒。

秦花被羞辱得只知掩面呜呜哭泣，她的侍女墨语也在旁抹泪陪同，宇文虎厌恶地甩袖出门。

"陛下息怒，何苦为不足挂齿的小事消耗龙体能量？秦夫人来自荒蛮的边塞，缺乏学识礼数，非她之错，她性情活泼，酒量惊人，在这后宫，能与陛下痛饮三日不醉的夫人，也只有她了。陛下宽宽心，那畅音阁的慕容夫人，性情温顺，知书达理，又有龙种，不是值得陛下开怀？"

罗什力一路絮絮不休，为宇文虎解开心结，临到畅音阁，眼前气势开阔，但闻泉水叮咚，枯枝缠绕红花，孕相十足的慕容伽莲坐在树下的高背椅上，慢条斯理地穿针引线，脚下围绕着她的两位女婢，三人认真地做着针线活，有一搭没一搭说着闲话。

宇文虎摆手站定，见到这样安静、温馨的生活画面，他的心被针刺样痛得锥心，他转过身，挪步往回走，罗什力早已适应他喜怒无常的举动。

当年，他还是穷小子，勾搭上酒楼卖笑的青茑萝，她不嫌弃他无钱无势，挑灯为他缝制破烂的单衣，他感怀她的好，对她发誓："苟富贵，勿相忘。"青茑萝没听懂这文绉绉的戏词，笑着不当回事。

苟富贵，勿相忘。这是他与年少的慕容信、曹贵、那庆召一起歃血为盟的誓言。"茑萝，他日我若飞黄腾达，必定不会忘记你！许你荣华富贵一世无忧！"他拉起她的手，重重地承诺。

他亲手将她迎到皇宫，亲手将她打入冷宫。宇文虎突然变得像个怀旧的老人，他眼含清泪，向朝霞殿走去。

"陛下，青夫人早不住朝霞殿了。"罗什力黯然伤神地提醒他。

"孤新得一斛深海珍珠，你拿去送给她吧。"宇文虎站在原地不动。

"陛下，是要将青夫人放出冷宫么？"罗什力迟疑地问。

"不，放出来，又该醋海生波，惹是生非了，这后宫已经太喧哗了，孤想清静一段时日，要个龙子。"宇文虎心烦意乱，走向太仪殿。

"皇太后的凤体如何？"他想起皇阿娘，皇阿娘身上有股从前没有的阴冷气，早已不是年少时慈爱祥和的阿娘了，他惧怕见到她，听她阴阳怪气地说教，神秘兮兮地预测。

"有了段天师的养肺丹药，身体渐好，只是皇太后的饭量极少。"罗什力常以陛下之名给皇太后送礼物，他到皇太后的居所德寿宫去的次数比陛下还勤。

说着话，已经到了太仪殿大门，灯火通明的太仪殿是宇文虎的寝宫，看看时辰还早，宇文虎取出深海珍珠，再包上尚食局送来的梅花糕，一并叫罗什力拿给身处冷宫的青茑萝。

他从小就喜骑射功夫，不爱笔墨纸砚，罗什力走远，他取下挂在床头的屠龙宝剑，撩起衣袍，在弦月高挂的殿内空地上，点剑而起，上下腾飞，骤如闪电，银光飞舞，宛如游龙。

舞罢一圈下来，额头渗出热汗，听不到喝彩声，便觉意味阑珊，他是爱热闹惯了的君王，耐不住一个人的清冷，喝令值班守卫，将霜云殿的梅夫人接来侍寝。

刚将屠龙剑挂好，坐在胡床上喘气，身着黑色紧身衣的宇文云飞，如一片乌云跌落在他脚面。

"可有什么异常发现？"他睁开眼。

"陛下，一切照旧。"宇文云飞谨慎地压低嗓音。

"继续监视，孤明日到昆仑山的玄圃小住几日，过段时间，又是腊祭、元旦了，节日里，就怕军心涣散，你得保持警惕。"

宇文虎擦拭着额头汗珠，黑面罩寒气，示意宇文云飞退下，端起桌上备好的热茶，是有些疲乏了，只想搂着温暖的女人肉体酣睡。

"陛下。"宇文虎才斜靠在胡床靠垫上，闭上双眼，稍作休息，罗什力的公鸭嗓音赶跑了他的瞌睡虫。

"怎么了？珍珠送到没有？"他闭合双眼，懒散发问。

"送给青夫人了，她感激圣上顾念旧情，特以血书回赠陛下。"

罗什力嘴里喷出团团白雾热气，这冷宫的距离是不近呢，难为他大冬天的深夜一路奔跑了。

"念！"宇文虎不用看也知道，定是青茑萝咬破手指在锦帕上写的情诗。

　　　　远山如黛润柳眉，
　　　　残妆和泪湿红绡。
　　　　冷月自是无梳洗，
　　　　幸有珍珠慰寂寥！

宇文虎听完，慢慢睁开眼，右手支着下巴，左手伸出来，罗什力忙将散发血腥味的锦帕拿给他，他边看边读边擦拭眼窝，跪在脚下的罗什力也低头感伤，宇文虎猛然将锦帕扔到他面上，冷冷地发号施令："烧了它。"

　　"陛下？"罗什力愕然地张大双眼，麻木地抓着锦帕，不知所措。

　　"罗什力，怎么，你人老耳背了？听不清孤的话？要你烧掉这血书的锦帕。"宇文虎咧嘴笑道，眼里残留的泪珠，还晶莹发亮。

　　"是，陛下，臣遵命。"罗什力慌乱下跪接令。

　　皇权之下，哪有真情？一旦情动心软，他的权力宝座就将摇摇欲坠。只有手中的权力才能创造人生的奇迹。他坚信不疑的人生哲理，怎会掉以轻心，视为儿戏？

　　"臣妾叩见陛下。"梅雪衣清冷的嗓音如天宫嫦娥思凡，宇文虎点头，算是回应她，挑剔着跪在他脚下的冰美人梅雪衣，她终于肯淡扫蛾眉，点抹朱唇了？殷红的唇色与额头的梅花妆，相互辉映，在烛光里，显出她矜持背后的顺从，她是隆重妆扮后才姗姗来迟。

　　宇文虎有点兴奋，他要征服女人，不是用武力，是要女人自己心甘情愿来讨好他，向他屈服称臣。

　　"雪衣近来还习画？"宇文虎将她拉到胡床上，一手抓住她的纤纤玉手贴到他胸膛，一手托起她的下巴，贪婪地观赏她的绝世容颜。

　　"嗯，谢谢陛下惦念，臣妾品箫多些，若陛下不困，容臣妾为陛下品箫一曲可好？"

　　梅雪衣的神态、嗓音是从未有过的柔顺，她前趋着上半身，伸出粉嫩的舌头舔了下他鼻头，弄得他麻酥奇痒，冷傲的梅雪衣，也有这轻佻的挑逗，令宇文虎颇为惊讶。他暗中思忖，都说女人心海底针，她这前冷后热的变化，不过是要女人的小性子。

　　"雪衣，快给孤吹一曲箫听听。"宇文虎松开她手，惬意地翻身躺下，要静心好生品赏箫曲。

　　"洞箫清吹最关情。陛下，你就舒舒服服地躺下听就是了。"梅雪衣吃吃娇笑着，单手掩住宇文虎双眼，宇文虎听话地闭上眼，耳旁是她窸窸窣窣下地，坐在椅上的动静，他偷偷睁开双眼，见到梅雪衣双手合持乌亮的长箫，按动箫洞，在深邃旷远的箫声中，宇文虎进入幻境，在玄圃的夜晚，皓月当空，花香清淡，佳人翩然。

一曲终了，宇文虎还意犹未尽。

"你吹奏的是什么曲调？"他懒洋洋地发问，是酒醉后的神色恍惚。男女交欢，欲仙欲死，他感受过，这洞箫，也让他飘飘然如升天之妙，太不可思议了。

"是《杏花天影》。"梅雪衣傲然作答，神情是高不可攀的冷艳。

"怨不得，我竟闻到花香，见到花海，听见花落。雪衣，你是天上仙女下凡吧？"宇文虎动情地抓着她的手，她冰冷的手，如同雪国的冰块，冻得宇文虎赶忙放下，对冷冰冰的她，失去了原始的欲望。

他后悔要她来侍寝了，怀里搂着冰美人，只怕会冻僵他，这个冰美人呀，只宜远远放在一旁观赏，不可走近亵渎。

"陛下，这是臣妾的近身婢女环佩，她是纯洁的处子，臣妾专程献给陛下享用。"

梅雪衣似乎感知他所想，轻拍玉掌，身后走出一位娉婷的俏佳人，浅笑低吟着上前跪拜，若隐若无的奇香飘来，宇文虎陶醉地深吸口气，欣然笑纳。

"美人卷珠帘，快上前来，到孤的怀中。"

他高高在上地下令。

第四十章

崔文庭：听雪敲竹

醉花宜昼，醉雪宜晚。

扯絮般的大雪将整个天地浸染得分不出阴阳，辨不出黑白。

崔氏家族墓园的低矮房中，披麻戴孝的崔文庭手持阿爷留给他的玉笛，枯坐窗前，望着纷飞的落雪沉默不语，那日白雪与今时何其相似？而今，雪依旧，父子则生死两茫茫，不思量，自难忘！人伦之苦，莫过于儿子亲睹阿爷死在同窗宇文雄手上！

啊！崔文庭张嘴面朝雪地爆发出如狼的嚎叫，痛苦地抡起拳头捶打自己的额头，两行清泪滑在面上，瞬忽成冰。

"尚书，赶快喝杯热酒，暖和暖和身子要紧。"他把玉笛放入怀里，缓转身躯，见到蹲在墙角火盆旁拨弄炭火温酒的崔散金，被炭熏黑的双手端着烫着热香的酒壶，向他献酒。

"尚书？"他阴沉地苦笑，紧皱浓眉，陛下将阿爷的封号爵位全数由他承袭，没有阿爷的死，就无他的荣耀加身，他要这继承的虚名有何用？只是崔氏家族需要。

"二公子，不是散金多嘴，你，你也忒像个娘们，优柔寡断了点。"崔散金冻得皱起肩头，趔趄哆嗦。

"哈，你小子嘴里就没句好话？你说本公像娘们，是何道理？"崔文庭拉长脸训斥道。

"散金胸无点墨，那就放肆直言不讳了！"崔文庭喝下热酒，倒背双手，冷眼看他。

崔散金来了精神，清清喉咙，摇头晃脑地大发厥词："逝者如斯夫，嗯，大丈夫生死有命，富贵在天，嗯，哎哟，就是，你不该这样萎靡不振！"

崔散金先前头头是道，中途语不成句，最后撒泼完事。崔文庭体恤他的苦心，不就是要自己欢欢喜喜接受这一切吗？

"好了，别卖弄了，你肚里的墨水，我还不清楚有几斤几两？快出门瞧瞧去，谦明师父来了没？黑山寺的印海禅师也该到了。"

崔文庭不计较他的无礼冲撞，他搬来守孝数日，白日里也是读书写字闲度光阴，挂念城中圆通寺的谦明师父，恰好黑山寺距此也不远，才安排了三人的赏雪论道。

进到里屋，套上素白的厚实棉冬袄，往火盆里加了炭，三只酒壶筛满酒，崔文庭盘腿坐在啡色蒲团上，静待好友到访。

偶有雪花从庭前飘落，他扬起脸，摊开手，让掌心感受雪花落在上面融化之声。阿爷，终有一天，文庭为阿爷手刃仇人，血祭阿爷。他暗中发愿起誓，与宇文家族划清界限，自此仇我相对。

这般念头升起，脑海闪出宇文开的身影，他深为惋惜，为何文雅博识的宇文开与宇文雄为亲兄弟，分明就不是一路人。

"人生缘何悲欣交集？"他头抵冰冷墙面，喃喃自语。

"文庭兄，文庭兄何在？"谦明大呼小叫的闹腾传入房中，他整整衣衫，起身出门迎接。

白雪覆盖的庭院内，倒骑在通身漆黑毛驴背上的谦明，头戴铺满雪花的竹笠，身披积雪残存的蓑衣，手擒大葫芦，脸泛潮红，口吐白雾，嘴喷酒香，像函谷关出关的老子，晃悠悠来到他眼前。

"踏雪访友，岂能无雪！这可是圆通寺前那株老蜡梅花瓣上的雪，老僧扫了大半日得来，耐着性子存了三年，用它煮茶，妙不可言哉！"

谦明跳下驴背，举起大葫芦的雪水晃动着炫宝。

"雪水味清，然有土气，以洁瓮储之，经年始可饮，三年好水呀！"

崔文庭赞许认可，两人携手入内，崔文庭呼喊着崔散金，空屋无人应，才想起已派遣这厮出门，到大黑山接应印海禅师，暂且不理他。

"待我将毛驴拴在廊下避雪，不然，这黑驴发疯跑了，老僧可没脚力回寺。"谦明拍打着脑门絮叨着，返身出去拴驴。

崔文庭自顾将葫芦的雪水倒将在铜瓮内，这开口铜瓮挂在悬吊茶室中央架着的火炉上，他得候着柴火煮沸，再撒上紫云团茶，是谓煎茶。

雪水卷起汩汩雪白的漩涡，紫云团茶在沸水里扑腾出血红的茶汤，室内袅袅升起佛手柑的雅香。

谦明咚咚跑来，迫不及待坐在蒲团上，就地捡起陶碗作势舀茶，被崔文庭伸出长柄竹勺挡开，戏谑道："才说是闲适高士，哪有如此猴急？心慌可喝不了热茶！"

"真名士自风流。文庭兄，速速给我筹集一笔银两，我要把司空璞玉赎出来。"谦明以手指敲打伸出的空碗边，等崔文庭舀茶给他，神色自在笑道。要钱在他这里，就是吃茶一般的随性。

"好，多少？何时？"崔文庭也不含糊，专心舀茶，先给谦明注满，随后才给自己斟上。

"两千两，后日！"谦明也痛快利索。

"成，明日你同崔散金回崔府去取就是了。"崔文庭略略估量自身所存银两，稍缺小部分，找兄长挪借，也是无妨。他眉头也不皱，爽口答应。

谦明坦然受之，并不言谢，他将空陶碗放在鼻端长久闻嗅，认真探寻："南海山的紫云团怎么会有佛手柑的香气呢？定是拿东坞山的早茶以次充好，东坞山盛产佛手柑，茶农将茶树与佛手柑相间种植，所产茶便自带清香，哄骗不了内行人。"

"咦，还有这等出处？"崔文庭服气地认同，细细品咂，香气清雅，不似俗物，铜瓮内茶汤渐成猩红，日光下透出玛瑙色泽。崔文庭连喝三大碗，以手抹去唇边滴落的茶渍，郁结在内的愁苦被这雪水煮出的茶水洗涤而净！

"你是圆通寺的住持，一位出家人去赎一个妓馆的妓女，定会轰动整个东都城，不如换个人出面？"

崔文庭与谦明投缘，早已视为知音，处处替他考虑周全。

"你本心想要说的是，我是一个和尚，还是住持，怎么动了凡心，开了欲界？"谦明嘻嘻笑着，露出洁白齐整的牙、亮晶晶的眼神。怎么看，他也是见地不凡、深藏不露的高人，怎么英雄都难过美人关呢？崔文庭被猜中心思，难为情地笑而不语。

"文庭，你为情所动过吗？"谦明放下茶碗，注视着他，极为认真地问。

"为情所困？还是为情所动？"崔文庭停下舀茶的长柄竹勺，咬文嚼字地推敲着。

"一回事，既为所动，必为所困。"谦明取下脖颈间的串珠，两手盘数着。

崔文庭陷入冥思苦想中，彼时，雪花簌簌，茶汤滚滚，万籁并非俱寂。

"谦明，说实话，也许为兄愚钝，情爱一道，较为混沌，未曾开窍。"

崔文庭颇为惭愧，他虽已成家立业之年，但还不曾对谁动过心。哦，也不是完全没有过，他对入宫前的慕容伽莲动过心，窈窕淑女，君子好逑。月色下，弹奏琵琶的慕容伽莲，清雅如莲，激起他对她的钦慕之心，转念记起，宇文雄也对她垂涎三尺，崔文庭腾起的爱火，瞬间湮灭。

"你有，你压抑了。我动心了。最不该动心的出家人，圆通寺的住持，我，动心了。"谦明面无愧色，一字一顿在强调，在宣召。

"你当然不该动心！你是六根清净的修行人，你动心了，世俗大众，谁还会信佛法？你不成了佛门中的叛徒？"

崔文庭被他的话点燃了怒火，他谴责谦明，身为好友，他有义务不让谦明堕落爱欲的深渊，毁了他一世高僧的清誉。

"文庭，我知道你会这样看我。吃茶，消气，灭火！"受到崔文庭的一通责备，谦明神色镇定，用火棍拨动炉火，把火势烧得更旺，他俯身为他舀茶，服务他人的动作轻快熟练。

门吱呀轻唤着敞开了，印海禅师抖动着沾满雪花的披风，裹挟着一股寒气走来，他嘴上逗趣道："两位高士是在煮雪烹茶么？怨不得这茶香奇特，引得老衲快步下山，栽了跟头，摔了跤，连累这小师父，可真成了为茶而'跤'！"

尾随他身后的是鼻青脸肿的崔散金，龇牙咧嘴哭丧着脸，垂手而立。

"笨拙的奴才，还不去洗脸净手，整治些下酒饭菜来，伺候爷们吃酒赏雪。"崔文庭摆手喝令崔散金忙活，省得他叫苦多嘴在旁扰事。

"唉，印海禅师见笑了，阿爷撒手就走，小弟无法遣散内心伤悲，也觉人生意义全无，才想与两位高僧讨教讨教，今儿总算佛祖开恩，成全我们三人赏雪论道因缘。”

崔文庭向印海禅师拱手行礼，恭请他入座，递上斟满茶的陶碗。

“禅师久违。”

“法师久仰。”

印海与谦明双手合十作揖。

三人围着烧得通红的火炉，就着滚烫的茶香，凭栏眺望外面银装素裹的无垠天地。

“老衲明白尚书所为，特意孤身前来会晤。他日若得闲，也可上黑山寺听雪敲竹，老衲在寺庙后院的翠竹林中，辟了块空地，以竹建成陋室一间，称为‘尘庐’。”

“尘庐？”谦明饶有兴致。

“芸芸众生，不过粒粒尘埃，来来往往，聚散匆匆，是为尘庐。”印海禅师意味深长地解答。

“听雪敲竹，有怎样的妙趣横生呢，望印海禅师明示乐趣所在。”崔文庭如同喝酒后的兴趣盎然。

“昨夜我在尘庐的窗下入眠，听到雪声洒在竹林里，其声渐渐沥沥，连绵不断，音韵悠然，顿感逸然清雅。一股旋转的寒风骤然压来，只听得竹子被大雪压断的响声，盖着寒毡的我仍觉冷气突增。我想，在豪门大宅里的人们，欢声笑语，纸醉金迷，如果突然听到这种声音，未必能欢喜得起来。

“听雪敲竹的妙处，只能在黑山寺的尘庐。”

印海禅师的娓娓道来，崔文庭以为身临其境了，他竖起拇指赞赏：“飞雪有声，唯在竹间最雅。禅师情趣高妙，不失为一代宗师风范。”

“尚书谬赞！一代宗师，不敢当，不敢当！”印海禅师端起茶碗，品咂茶味，摆手自谦。

“放眼天下，禅师以为，几人能当得了这一代宗师的荣耀？”崔文庭故意拿话激他，摆明了要给好友谦明上堂课。

“佛法八万四千法门，幻相数以万计，名山古刹，多如牛毛，一代宗师，需要大浪淘沙，流光飞舞后的实证，方能显现本相。恕老衲见识浅薄，不敢妄断。”

哪知，这印海禅师也是个八面玲珑的圆滑人物，说了堂而皇之一大堆废话，便安静饮茶不语。

冻云四合野漫漫，谁解当机作水看。
只为皮中花未瞥，启窗犹看玉琅玕。

谦明正欲开口，印海禅师突然而至吟诵的禅诗截住了他的话头。崔文庭听出些门道，这印海禅师真不是糊弄就成，此禅诗的意境高远，禅机机警。

他听得云里雾里，半是糊涂，半是清醒，忙向谦明使眼色，要他也露一手，见两位自诩为高僧的人斗法，不亦乐乎？

"道在一切处，道亦不在一切处，但是吾为生事大事不退，城市山林独居聚众皆是进退之时，吾一个为生死大事之心不谛当，不坚密，城市则被闹众，山林则被静障，独居则口食相煎，众聚则是非境缘。"

谦明不假思索，流利地诵出佛法教义。

崔文庭见到印海禅师双目发亮，他双手合掌，神色谦逊："谦明法师真乃大隐隐于市的高人。"

"岂敢，岂敢！禅师胸怀学识过人，谦明正受俗世情爱围困，还请禅师指点迷津。"谦明法师话音刚落，就离席伏地下拜。

"法师容貌英俊，精通佛理教义，又具古道侠义心肠，莫要说红尘女子了，就是老衲，说句不要颜面、有辱斯文的话，也是欢喜得很哪。"印海禅师慌忙将他扶起。

"禅师此言差矣。按照常理，作为圆通寺住持，还身陷情欲轮回，传出去，岂非败坏寺庙清誉。就在方才，文庭兄也苦心劝慰在下，佛海无涯，回头是岸呢。"

谦明露出狡黠的笑，崔文庭在旁，暗笑这家伙就会装怪。

"读圣贤书的先生教我们要视金钱如粪土，视女人为白骨，对名利要淡泊。我持相反观点，倘若没拥有过荣华富贵，哪能视富贵如浮云？没在欲海沉沦过，怎知女人皮相包裹的森森白骨？"印海禅师语出惊人。

崔文庭初听刺耳，细想也不无道理，谦明自小长在寺庙，不食人间烟火，一且踏入红尘，为女色引诱动心，人之常情在所难免。

"修行可在荒郊野外的寺庙，修行也可在红尘道场。"谦明合掌道出平日的戏语，崔文庭听来，别有一番滋味在心头。

"你是知道你得经历这一场业障，才能解脱开悟？"印海禅师读懂他背后的深意，崔文庭在旁看傻眼了，原以为不过是要见两人斗法，不想，两人竟然是英雄所见略同了。

"禅师高见！我与此女前世轮回中，结下现世情缘，我在前一世中，负了她的痴心，这一世要还她的情债，忍辱负重是我的修行之道。"

谦明神色凝重，与他平素里嬉笑怒骂的做派判若两人。

"是，既然必须穿过情欲的地狱，那就走下去。"印海禅师点头默许。

"那，我与你前世又是什么关系？这一世，如此投缘？"崔文庭听得津津有味，他拉住谦明的衣袖，这小子，从不告知他有这神通的能量。

"天机不可泄露，总之，你、我、司空璞玉，我们三人在前世是情感错综复杂的有缘人，要你拿钱赎身，才会这么义不容辞地爽快！"

谦明对他又恢复嘻嘻哈哈的轻浮嘴脸。

"印海禅师，你缘何遁入空门？"崔文庭将憋在心底的问题，趁机提出来，阿爷从前最反感他饶舌问题多，现在阿爷去了，他可以随心所欲想问什么就问什么了。

"一生为人，半世飘零，我是孤星入命的孤独人，不遁入空门，恐怕性命难保，也是上辈子犯下许多业力罪，今生修佛传道利他。"印海禅师面色庄重，声调悲痛。

崔文庭痛恨自己打破砂锅问到底的臭毛病，阿爷果然是有先见之明，以后还是少打探他人隐私，触碰他人伤痛，不然，也是罪大恶极。

雪渐小，炉火渐弱，茶汤将冷时，崔文庭起身把早先温热的酒壶端来，分发到每人手上，有酒无菜，也是扫兴。

正好，崔散金举起摆满菜品的圆桌上前，崔文庭取下煮茶的铜瓮，崔散金将圆桌放置炉火上，三人脚抵火盆，烤到脚心发热，尽兴喝酒吃菜，十分快意！

"尚书有心事，提防日后有心病，致命。"酒至半巡，印海禅师没由来地蹦出这么一句没头没脑的话。崔文庭正吃着一块油焖豆腐，这话戳中他心事，他将筷子放下，准备好好请教一番。

"禅师火眼金睛，文庭近来甚为烦忧，一则阿爷身亡悲痛；二则思量生命意义，到底何在？想破了脑袋也无果。"

崔文庭双手托住下巴，无望地凝视窗外白雪天地。

"不能因为你要早起，黎明就得为你提前。这是你人生的必经征程。"印海禅师的话，看似毫无答案。

"人这一生，赤条条来，都要经历爱恨情仇、是非恩怨，大多数人带着遗恨终老，多数人带着满足而死，少数人带着喜乐而去。

"你此刻心怀复仇的怨气，谁也无法劝阻，这是你要经历的仇恨关，就如谦明法师的情爱关。这世间，是非恩怨都成空，爱恨情仇一阵风。只有开悟的人才会带着喜乐往生。"

印海禅师的话，崔文庭听得费力，对面的谦明却一派心旷神怡的悠然样，这小子，他看得恼怒，为自己的修为不高而恼怒。

"你的烦恼，是你内心还未树立道义的根，你若树立这个根，在你的心里播种、发芽、生根，你将完全改变对这生命与世界的理解。那时，你会达到你的喜乐。"

"道义的根？那会是什么时候？"崔文庭开始有憧憬的向往了。

"该到来的时候。"印海禅师隐秘地笑道。

"到来的时候有什么征兆？"崔文庭忍不住追问下去。

"它将为你创造生命的奇迹。"印海禅师与谦明法师异口同声说道。

"我不信！"崔文庭在内心坚定地反驳，想到宇文雄的恶行，去他的道义！

第四十一章

梅雪衣：寒冰魄

隆冬将逝，初春即来。

霜云殿的青石台阶，薄雪消融，冒出参差不齐的青绿浅草，昭示着春的步履，蹁跹前来。

梅雪衣坐在绿琉璃镶嵌的月牙窗前珠帘下，怀抱砖红色绸布包裹的冰龟，失神地望着殿外的残雪暮景，泪水扑簌簌地流下来。

昨夜，她亲手将环佩送给陛下，是她思谋已久的应对之策。秦花的浅薄无知，令她清醒，要长久平安地活下去，唯有自救，别无他法。她再也不肯以身侍君了，为此，她屈尊秘拜宫内专管香料的西域制香师学习调制香料，调配服用以几味大寒药材制成的"寒冰魄"，此药食用后，令人容颜青春，但让人变成冰寒体质，不仅丧失生育能力，而且令其他男性不愿近身。

玉可碎不可损其白，竹可焚不能毁其节。她要保存洁净之身面见她的义父，她坚信，终有一日，她将出得宫去，与她的义父在一起。

她刻意调教环佩，以环佩平庸的资质，难以获得陛下恩宠，只能以奇制胜，动用能催情的珍贵香料麝香，缝制在她的裙襟内，就让环佩代她以青春火热的肉体取悦陛下吧。

可她为何还是落泪不休？梅雪衣怨恨自己没出息。殿外日暮碧云合，佳人殊途意未来。这麝香的威力太大，陛下怕是从此君王不上朝了。

梅雪衣决计不等环佩了，没有她在身旁进进出出忙活的身影，微感不适。放下毫无知觉的冰乌龟，她进入内室，倚靠在床栏，取下挂在寝帐上的香囊，放在鼻端闭目深嗅。香囊内的香料是产自极热地带的南洋依兰香，她需要用依兰的阳刚抵御她躯体的阴冷，中和她体内的药性，保存她的美丽容颜与寒冰娇躯。

她想象着与义父相逢，应当是在阔别多年的石头城，他身穿将军的威武铠甲，骑着良驹，将她拥在怀，两人同骑骏马，在石头城外的闪电河边，信马由缰诉说别后衷情。

月光抖落一地清辉，洒出水银光芒，将梅雪衣从太虚幻境中惊醒，她把香囊挂回原处，下地出庭，抬头仰望，一轮皓月当空，数粒寒星闪烁，她顿生欢欣，月色美好，岂能辜负？遂萌生焚香拜月的念头。

奈何她体弱力小，搬不动香案，便一切从简，双手捧出青烟袅袅的香炉，俯首在庭中月下，跪拜再三，暗中祈祷："唯愿义父身体安康，早日与他相见。"

"姐姐，是祈求月神赐姐姐貌若嫦娥，面如皓月么？"身后冷不丁传来哀怨的哭腔，吓得梅雪衣几乎失手将香炉摔落在地。

清冷的月色，秦花哭丧着脸，面色惨淡，披散黑发，着素黑衣衫，幽灵般飘荡在前。

"妹妹真莽撞，也不叫宫女禀报，这般孟浪的呼喊，吓坏姐姐我了！"梅雪衣将香炉捧在怀里，捂住前胸，魂飞魄散嗔怪道。

"姐姐胆量何时这么小了？墨语随后就到，妹妹心烦意乱，在这后宫，能喝家乡酒说家乡话的只有姐姐了，怕是叨扰姐姐拜月雅兴？"

秦花一副魂不守舍的苦相，梅雪衣不用问，她定是失宠了。

得宠女人的幸福是相似的，失宠的女人各有各的不幸。

"外面冷，到殿内坐，我们姐妹也许久不曾一起吃酒了。"梅雪衣拉起她的衣袖。秦花失落的心境，她深有体会，同是宫内失宠人，相逢何必曾相识？

"姐姐，完了，妹妹我完了。"秦花坐在殿内供案旁，面色蜡黄，双目无神，双手托腮，神经质地摇摆着头，整个人憔悴得不成人样。情急之下，她竟然说着石头城的乡音。

梅雪衣又怜又恨，真是没经历过事的女人，意志脆弱，一点点打击就成这样？日后，还怎么在这险恶的战场似的后宫生存下去？殿外有响动，原是一手提酒一手拎食盒的墨语，气喘如牛地吃力走来。

"食盒搁桌上，这坛酒，你到后厨去烫熟了，再端上来，天冷，宜吃热酒。"梅雪衣用石头城的乡音吩咐墨语，都是从石头城一道同出来的故乡人，言语间就不客套了。

"是，梅夫人。"墨语听话地用乡音回应。

面对满桌佳肴，梅雪衣与秦花，俱是食欲全无，两人无声地喝着闷酒，墨语在旁周到地斟酒布菜。

"姐姐，陛下怎么说翻脸就翻脸呀？一点情义也没有？"秦花的思绪钻入死胡同，来来回回的车轱辘话。

"帝王本是无情家，喜新厌旧最正常不过了，你就长点记性。"梅雪衣以手中银筷反戳她光洁的脑门，秦花醉眼惺忪，脸色泛起桃红，嘻嘻笑着不信："喜新厌旧最正常？"

"秦夫人不会神志不清了吧？梅夫人，这宫中，也只得你与她要好，你得想想法子，安抚安抚她，求求你了。"墨语可怜兮兮地扑通跪在梅雪衣脚下，磕头乞求她。

想到这头脑简单的秦花，还有位忠诚的笨婢，梅雪衣不便明示：秦花的智商问题，岂是人力所能解决？

"好啦，起身吧，你家夫人冰雪聪明，哪有你说的那般严重？回去倒头睡一觉，天亮就没事了。"梅雪衣喝掉杯中酒，假作轻松地劝慰她。

"真的？"墨语轻信了，神色欢愉，忙忙起身给她倒酒，态度恭谨："那就多谢梅夫人了，秦夫人一向对梅夫人都是推崇有加，说梅夫人是石头城内最聪慧的女子，连守日大将军也钦慕夫人呢。"

墨语用了乡音来套近乎，梅雪衣听了如遭雷轰顶，这秦花口风不紧，连婢女墨语都知晓她与义父的暧昧，哪一天在陛下面前走漏风声，那还了得？大家都得完蛋！

梅雪衣佯装醉酒，心里紧锣密鼓在筹划。这秦花倒好，趴在桌沿上，呼呼睡着了！

"秦夫人，秦夫人醒醒，我们回瑶华殿歇息去。"

墨语见秦花失礼，焦灼地晃动着秦花的臂膀，要将她扶走，奈何秦花睡得昏沉，墨语动弹不得，光是心急火燎，干发愁。

"无妨，无妨。都是石头城的姐妹，不分彼此，墨语，你扶秦夫人到我的床上歇息，委屈你，打地铺将就一宿。"

梅雪衣起身，做好安排。

环佩的胡床空荡，她不能随意动，好歹，她现是陛下的女人，身份、地位自然大不同了。梅雪衣抬起醉眼，望向庭院外的小道，空无一人，今夜，环佩怕是不会回来了。明日，环佩是返回霜云殿，还是陛下为她另辟居地，她不敢妄断，也不愿去猜测，总之，往日的主仆，以后便是同等身份相处了。

内心泛起一股酸溜溜的滋味，时至今日，她也不敢确定自己所部署的计划是否就是行之有效的计划。

"谢谢梅夫人大发慈心留下酒醉的秦夫人。"墨语向她行跪拜大礼，以示谢意，梅雪衣轻描淡写地挥挥衣袖，她哪里会在意一位身份卑微的奴婢的行礼呢，她心里琢磨的是生死攸关的事。

墨语服侍着秦花，梅雪衣借了体内有热酒翻腾，缓缓来到庭院散步驱走酒意。月色西沉，天际银黑，她想起早逝的慕容伽昙，嘴角一对米粒小酒窝的娴静女子，这宫内来来去去的夫人中，她视慕容伽昙最为纯洁高贵，真真是棋逢对手，段位相当的人交锋才有意思，看看现在身边的夫人们，轻浮放浪的秦花、自作聪明的青莴萝、稚嫩娇憨的慕容伽莲，都比不上慕容伽昙的高洁，她都不屑与她们动心眼搞争斗。

昙花一现，惊为天人。

"伽昙姐姐，你可知，雪衣妹妹好孤独……"她双手合十，冲着尚未褪去面纱的月亮默然忏悔。

在后宫内，两人容貌、才情不相伯仲，常常一起吟诗作画，唱酬应答，若不是义父的一纸密令，若不是慕容伽昙深得陛下宠爱，封为皇后……唉，为何人世间的遗憾，都是失去后才懂得珍惜？

她幽幽叹气，百无聊赖闲步庭院。

"梅夫人，奴婢来伺候夫人了。"环佩到底回到霜云殿了，她披了华贵的银貂裘，泪光盈盈向她深深下拜。梅雪衣激动地握紧她的手，看她的身后，竟无一宫女随后作陪，不由得心疼她："怎么？这个时辰还回来，夜深天冷，陛下也不安排宫人陪同？"

"梅夫人，奴婢谨遵夫人教诲，谢绝陛下赏赐，陛下天亮启程前往昆仑山的玄圃，奴婢不放心夫人孤身在殿，才恳请陛下让奴婢先行一步陪夫人。"

环佩的话，分寸得当，贴心在怀，一夜间，她就有了知书达理的夫人气度。梅雪衣不由得对她刮目相看，同时充满疑惑：陛下呀，陛下，你究竟施展了什么样的魔力，把这位小女子，调教得这般变化？

"陛下，待你，可，还好？"梅雪衣闪烁其词打探细节，好像环佩是她出嫁的女儿，生怕遭到夫家欺负。

"梅夫人，甭提好不好？羞死人哪！陛下就赏了奴婢这银貂裘披风，奴婢想着，这么华美的披风，还是梅夫人你披着才得体。"

进到殿内，环佩拉着梅雪衣的手，将她安坐自己的胡床上，解开披风绑带，折叠齐整，双手高举，要敬献给她。

梅雪衣见到眼前眉眼弥漫着春色无边的环佩，心中有酸涩的冷笑，她自然明白环佩是一番好意，可她怎么会愚蠢到去接受陛下亲赏给环佩的衣物呢？环佩呀，环佩，才夸了你懂事，这会子，是忘乎所以了？

"环佩妹妹，从今往后，不要叫我夫人了，你我就以姐妹相称，你是陛下的女人，姐姐色衰爱远，还指望着妹妹关照姐姐，陛下能对妹妹宠爱，姐姐替妹妹高兴，姐姐该先给妹妹送礼贺喜。"

梅雪衣为堵她嘴，一口气说完，自知这话真假难辨，已是力不从心，只想沉沉入睡，该死的秦花不知好歹霸占她的床位，她又不好发作深夜赶走她。

"梅夫人，奴婢送你回房歇息？"

终归是年轻，环佩润泽的脸庞上，毫无倦意。

"回不去了，好妹妹，姐姐今晚就赖在你床上了。"梅雪衣拍打着罗裙，靠在环佩的胡床上，合拢双眼，还是将自己当成是她的夫人，就要看她如何应对。

环佩挽起衣袖，到外间打来半盆热水，半跪在床沿，用热毛巾细心为她擦拭手臂，与平日一般无二地照顾她，梅雪衣面上假寐，内心翻滚着狐疑的暖流，这个环佩呀，是真心待她好还是只做足这几日的表面功夫？

"环佩，陛下有说给你另外安排居所没有？"梅雪衣辗转侧身，张开美目，凑近她的脸，定定望着她，眼神尖锐，令环佩无处逃遁。

"噢，梅夫人，陛下从没提及过呢。"环佩垂首作答，面颊上红晕闪现。

梅雪衣暗地松口气，她抽回手臂，钻进被窝，扭头对环佩温柔地说："好妹妹，你也累了，今夜，我们姐妹同榻共眠就是了。"

"梅夫人，奴婢，奴婢还是在地上打个地铺就是了。"环佩有些畏缩，维持着奴婢的本分，没有恃宠而骄。

"别啰唆了，伺候陛下是体力活，赶紧睡吧。"梅雪衣困倦得很，她不愿再花力气劝她了。

环佩磨蹭了好半天，才小心上床，刚挨近梅雪衣，环佩就呀地发出痛楚的低呼。梅雪衣的睡眠一向不好，她意识到是自己冰寒体质，影响到身旁的环佩了，好心弄成糗事了。

"你还是裹上厚毯子好些。"她带有歉意建议，迷迷糊糊见到身穿单薄内衣的环佩掀开锦被，她的背部有清晰可见的红印，梅雪衣心中疑惑，趁她不备，撩起她的内衣，环佩背上的鞭伤触目惊心，她呼吸急促，直觉自己被陛下打了一记闷拳。

"陛下根本就没碰你？！对吗？"梅雪衣将哆嗦着娇躯的环佩搂在怀中，悔恨交加，羞愤交集。难为自己的一番苦心，陛下根本不领情！

"梅夫人，"环佩冻得上下牙打架，语不成句，哇的哭出声来，吞吞吐吐，"陛下，陛下不喜欢奴婢，嫌弃奴婢笨手笨脚，说是夜里有飞蚊，让奴婢脱光，站在蚊帐外，替他当人肉屏风喂蚊子。"梅雪衣听得面色大变，气得暗骂陛下变态。

"那，你背上的伤是怎么回事？"梅雪衣给她披上锦被，急切地追问。

"陛下，陛下，醉醒后，见到奴婢身上，没有蚊子叮咬，大为生气，指责奴婢没把蚊子喂饱，蚊子叮咬上他了。就让奴婢趴在床上……"环佩说不下去了，只顾嘤嘤哭泣。

梅雪衣暗中庆幸自己毅然斩断对陛下抱有任何恩宠的妄念，才没有自取其辱。同时，她对陛下残暴的恶行更为胆寒，环佩替她受了苦头，她要好好待她，如真正的亲姐妹！

"环佩妹妹，姐姐对不起你！"梅雪衣困意全消，她一骨碌从胡床上赤脚下地，从手腕上费力褪下陛下赏给她的九环金镯，塞在环佩手中，抱紧她。

"梅夫人，言重了，这么贵重的手镯奴婢不能要！"环佩也跳下床，赤脚跪在她面前，感动地泣不成声，她清楚九环金镯子的意义，这是陛下赏给梅夫人最贵重的定情信物。

"陛下食痂的癖好，姐姐有所耳闻，慕容夫人也同你一样，不过，他对秦夫人，却无这般行径，你也不必难过，在这皇宫内，我们谁不是他脚下的一只蚂蚁？想踩死谁就是谁，谁也无法做主，谁也无法自保，只能诚惶诚恐过着一天又一天。"

梅雪衣替环佩披上银貂裘，给她系上飘带，庄重地说："环佩妹妹，这银貂裘非你莫属！别那么爱惜，穿上它，爱干吗干吗，随你高兴！"

"谢谢梅夫人，环佩想将这银貂裘拿去典当换点金子，托人捎给阿娘，阿娘病重，环佩无法侍奉阿娘左右……"

梅雪衣听得惨然，勉强挤出一丝笑容："当然可以，这是你的，随你怎么处置，连着九环金镯一并拿去典当了！"

"梅夫人对奴婢的恩德，奴婢没齿难忘，唯有来世做牛做马报答了。"环佩用手背反复抹着哭红的双眼，下跪磕头。

"还提什么来世？我们姐妹二人，能将今生平安度过，就念阿弥陀佛了。"梅雪衣将她扶起来，陛下这般糟蹋环佩，对她打击不小，祸兮福兮，她会更清楚谁才是她真正值得依靠的主人。

环佩吹灭蜡烛，黑夜里，两人背靠背同眠。梅雪衣闭上眼，环佩背上的伤痕，挥之不去，她睁大双眸，向天上诸佛追问，究竟是什么样的罪过，要让这么好的女人们承受这个禽兽不如的人的毒手？

"义父，快来接雪衣出宫，离开这座枯寂的坟场。"

梅雪衣在梦里恐惧地呼喊着，醒来已是泪湿春衫袖，身边空无一人，透过晨光薄雾，朦胧见到秦花躲在幕帘后偷窥她，梅雪衣的心蓦地下沉，这朵情欲之花，如何让它迅速衰败呢。

"秦花，好妹妹，过来，陪姐姐。"她朝她挥挥手。

第四十二章

宇文周：血月

要想占有看上去难以得到的东西，首要就是征服。

自昆仑山的玄圃归来后，宇文周不再踏足赌馆，改为到段纯阳的白云观常住，这是另一种意义上的赌瘾。

残冬的夜，木叶满山，在黄泥筑就的老君台上，宇文周与段纯阳不惧严寒，翘首仰望星空，他们在等待天象中的奇迹"血月"的出现。

"血月见，妖孽现。"红色血月为至阴至寒之相，兆示人间正气弱，邪气旺，怨气盛，戾气强，风云剧变，山河悲鸣，天下动荡，火光四起，故称血月。

段纯阳预测"血月"就在这几日出现，不久后，天下将有兵乱、暴动。宇文周将信将疑，他从未见过赤色的月亮，早早来到白云观守住，就为亲睹百年难遇的奇观。

"段天师，你预测这天下当真会乱？"宇文周摆动着酸疼麻木的脖颈，来了七天，貌似痕迹全无，他开始失去信心了。

"柱国公，预测这事，信则有，不信则无。再者，乱，是迟早的事。"段纯阳凝神静坐半日，也不见他有烦躁不安的迹象，果真修炼到静如处子的境界。

"老君台的地势不够险峻，要论这观赏血月的最佳地方，唯独昆仑山的玄圃。"段纯阳将拂尘左右游动，似在吹拂面前的飞虫，眺望着西北方位的群山之巅，迟缓吐声。

"陛下刚去玄圃，倘若他见到血月一定会很惊恐，匆匆赶回宫，祭祀天地神明，以保他的帝位牢固。"

宇文周心念转动，上午入宫，就见陛下带了宇文云飞的一队精兵启程。

"天下帝王，明君为苍生祈福，昏君为自己的权势自求多福。宫内的天监师应该向陛下禀报天象，陛下选择此时上玄圃，暗藏玄机。"

段纯阳闭目冥想，掐指盘算。

"天师以为陛下所欲何为？"宇文周听出话外之音，凑近段纯阳，夜空浩瀚，圆月被一团乌云挡住，老君台陷入阴沉境地。

"柱国公以为陛下会有何打算？"段纯阳抿嘴轻笑，反问他。

"在下愚钝，在请教天师呢。"宇文周如泄气的气球撇嘴。

"天下之势，合久必分，分久必合，运转规律，即使今夜见不到血月也不代表天下安宁，不过是推迟兵乱，总会有人要揭竿而起。"

段纯阳话音刚落，圆月淡出阴影，普照大地，正是光明透彻，映照他的话。宇文周听来，这番话传递的是另一层深意，天下帝位，可以轮流做，他不乱，自有他人乱，何必错失良机，拱手相让他人呢？

"天师屡屡言及只要具有中人之资，就能治理国家，望天师开示，成为帝王的前提需要具备哪些条件？"

宇文周自恃"老君台"夜深无人，毫不避讳他的谋反野心。

"他得有杀手的无情、大量的金钱、智谋超群的人才辅佐、英勇善战的军队、利益相交的同盟。"段纯阳直言相告。

"天师以为在下如何？"宇文周大言不惭，露骨表达。

"有勇无谋，贪财好色的中人之资！"段纯阳对他也不客气。

"哪个男人不贪财好色？我至少还有勇，当今那位不见得就比我好到哪里去！"宇文周遭此奚落，毫发无损，厚颜无耻狡辩。成大事者，哪能要脸呢？

"柱国公的话，有道理。这乱世之中，帝王这门高风险、高回报的投资，就得具备盗贼流氓特性的人才干得了！"

段纯阳呵呵大笑着，宇文周见到与他心意相通的笑容，释然得很，这老道也是不要什么面子只要里子的实干家。

"天师此言差矣！怎可将九五之尊的帝王与盗贼相提并论呢？"

宇文周依然认为，自己要高人一等。

"柱国公觉得老道的话不中听？窃钩者诛，窃国者侯。古往今来，谋反篡位成功者，哪个不算是偷窃别人的王位？强盗所为又如何？历史是胜利者编写的。"

段纯阳的眼里是直抵万水千山的阅历。

"国君无道，臣子也可易位，男儿都有帝王梦，这无可厚非，关键是你要当这个帝王的缘由，为了什么？"

段纯阳话锋一转，与他促膝相谈。

为什么想当帝王？宇文周回避他审视的目光，投向夜色里云谲波诡的老君台。

玄圃那晚，陛下阴阳怪气的神情，凶残暴戾的手段，他要是抓到自己与秦花苟合的蛛丝马迹，后果……他恐惧地全身颤抖，早晚，不是他被陛下杀，就是他杀陛下！

全因了秦花这个女人！忆及芦花荡深处与她的醉后情事，他的身体不可名状地战栗，不可遏制地兴奋。

是，他就是为了她，皇弟的众多女人中的她，要想霸占她，与她长相厮守，宇文周别无选择，只有征服，让陛下消失，他才能名正言顺占有秦花，喔，那朵情欲之花。嘴里轻声呼唤她，心尖尖都在颤抖。

"我能说是为了一个女人吗？哦，为了情爱！"

宇文周目光游离，拳头紧握，偏头吐出一口浓痰，吊儿郎当的轻浮习性不改。他的话，向来不用深思熟虑，他自负地认为，从前以为的遥不可及，很快就将触手可及。

"权力游戏的名号是世上最高明的一种骗术，登上帝位的胜利者都会宣扬一套道貌岸然的口号来掩盖来路不正的皇位，已成惯例。造反的理由千千万，高尚的唬人口号，低俗的实用理念，各有各隐秘的动机，随你怎么编造。"

段纯阳保持高人一等的风姿，从容不迫道出权力游戏的本质。

"天师，你常说具有中人之资，就可治国。我有勇，资质肯定是中人之上，天师你有谋，就缺这钱、兵了！嗯，得好好谋划谋划。"

宇文周眼下无法理会段纯阳的话，他换上肃然的表情，关注当前困境。

"民可使由之，不可使知之。柱国公无须烦忧，上天自有安排。朝中就有一人，既有钱又有兵，还不择手段。"

段纯阳索性给他指点迷津。

"是谁？"宇文周来了精神，亮开嗓门。

"镇川节度使郑郜宗。"段纯阳加重语气，一字一顿。

"他？不行，战神宇文雄是他的女婿，他的部下宇文云飞是陛下的侍卫首领，他不是最佳人选，况且，他忠诚于陛下，这是不争的事实。"

宇文周好歹也是参与谋反的实操者。

"他的时机的确欠佳。"段纯阳思索片刻，同意他的分析。

"那，还有一位，去试试拉拢他。"段纯阳深思良久，附耳对他提出一个人。

"慕容信的女婿冷面金刚那罗延？"宇文周脱口惊呼，深究起来，他尚无把握。

"那庆召刚死，他的儿子那罗延继承了他的爵位封号，与崔如素的儿子崔文庭一般待遇，明着看，陛下对他已经不再有防备。据老道判断，陛下其实对那氏一门相当忌惮。"段纯阳看出宇文周的疑虑，他逐一替他消除。

"此话怎讲？"宇文周警惕地问。

"实不相瞒，老道私下反复观摩那罗延此人，面相奇特，脑后生有反骨，这样的人才，天生就是造反篡位的狠角色。"段纯阳的神情，高深莫测得很。

"倘若他不接受呢？"宇文周摸着下巴，这是皇兄要杀人前的习惯动作，他不自觉地模仿他。

"那只能杀人灭口了。柱国公，切记，不到万不得已，不要轻举妄动，你掂量掂量你的武功，与冷面金刚比画，谁输谁赢？你要开出什么样的筹码，冷面金刚才愿意接受？"

段纯阳说完后，起身望天，天空的圆月洁白无瑕，毫无血月迹象。

"看来，是误判了，见不到血月，也好，还天下百姓暂时安生。"

段纯阳以手背抵额庆，丝毫不在意误判影响他的声誉，抬腿欲返身离去。

"天师莫走，在下还有事要请教。"宇文周扯着段纯阳的袖袍，生怕他一飞冲天，腾云驾雾离他而去。

"柱国公，成大事者，要有出其不意的手腕！找到冷面金刚出手，柱国公便可用短、平、快的计谋制胜，省去耗费大量钱财、兵力、时间成本。"

段纯阳甩甩袖袍，弯腰褪下道鞋，赤脚踏入老君台上的太极阴阳图上疾走，月色缥缈，白袍舞动，真如在云端仙境。

宇文周傻傻站立在太极阴阳鱼的外围发愣，摸不清段纯阳真实的意图，起兵造反，成功还好，失败，株连九族的灾祸，他肯愿意冒如此大风险，所图为何？

"柱国公，老道乃是一个炼丹的修道者，视人间的荣华富贵皆为浮云，长寿永生，才是老道的追求。"

段纯阳走了九九八十一步后，神色平和地停在宇文周面前，主动昭示他的企图。

"这般无私无欲？"宇文周似信非信。

"燕雀安知鸿鹄之志？老道修炼需要得到柱国公的全力扶持，没有雄厚的资粮，修道成仙也只是妄念哪。"

段纯阳扬起拂尘，屏息运气，突地引颈长啸，啸声雄浑悠远，山谷回响，野鸟惊飞。宇文周听见他的啸声，当即被震撼了，这是一种雄鹰展翅高飞的啸声，充满着凌云壮志的豪迈，他听得心潮澎湃，斗志满怀。

"鹰有时候比鸡飞得低，但鸡永远飞不到鹰那么高。"

段纯阳收回锋芒毕露的啸声，徐徐回望，宇文周被他保持泰然自若的神态所震慑，暗自揣摩，他这样的修炼者，用什么可以收买他？也许只能是死亡。

"天师所指的鹰与鸡，分别是谁？"宇文周眼角斜飞，稳住心神，他希冀段纯阳这位有神通的修炼之人是因为他是雄鹰，他具备帝王的天赋，才与他结为同盟。

"柱国公，你就是鹰，老道才是鸡。"段纯阳的话，引得宇文周开怀爆笑，他真是自己肚里的蛔虫。宇文周攀附着段纯阳的肩，天下将是他的了，他真想放纵地大笑。

"柱国公，切莫放出话去，天下还在昆仑山玄圃那位的手上。"段纯阳慎重提醒。

"那又怎么样？迟早他都快成死人了，天下就是宇文氏一家独大！"宇文周志得意满。

"他的屠龙剑可是屠杀过好几条真龙，万万不可小觑！"段纯阳的话音，隐含着恐惧与不安的腔调，太出乎宇文周的意料了，他可是从未因身外之物而变颜色的人。原来，他还真怕死。

"是，他有屠龙剑，屠杀了真龙的刽子手，上苍怎会坐视不理？理应由我出面处置凶手。"宇文周双手展开，划出霹雳催花的掌势，面上是替天行道的凛然正气。

"真龙会死，屠龙者也会死。"段纯阳冷然说道。

宇文周听得寒气直冒，他听懂他的话里深意，就算他杀掉宇文虎，他也会死。转念一想，当初他与宇文虎歃血结盟扯旗造反，不也是抱定死无葬身之地的绝念，才让宇文虎赢得了天下么？他不也安然无恙？只是，宇文虎什么都拥有，他却不是，隐蔽心底的不满，已如冰雪融化后的花蕾逐一舒展释放。

"你段天师也许会永生，死不死在天意，我呢，早死过一回了，大丈夫视死如归，既然决定的事，只能毫无退路，一干到底！"宇文周用豪情强压畏死之心。

"柱国公，能有此胆识与勇猛，此事胜算已有五成！"段纯阳张开五指，面含复杂笑意。

五成胜算，已是好的开头。宇文周急不可耐下山，回到府邸，趴在胡床上思谋着，如何与冷面金刚启齿同盟逆天而行的壮举？

血慈悲跪在胡床边，为他按摩肩颈的同时，嘴里不厌其烦地背诵着经文。

"你整天喋喋不休向佛祖说些什么？"宇文周听得耳朵起茧，不耐烦地打断他，喝问道。

"奴婢见柱国公面有愁容，便以经文为柱国公加持能量，望上天佛菩萨能庇佑柱国公尽早化解苦闷。"血慈悲不为他的喝问动容，不卑不亢地回禀。

"算你有点孝心，你这几日可到那府上走动，打探他近日有何动向，本公有要事与他商议。"宇文周享受血慈悲轻重恰到好处的揉捏，语气缓和下令。

"真是佛菩萨保佑，奴婢才从般若寺回来，从寺庙的汤头师父得知，那庆召大将军离世同一日，那罗延大将军的新妇也产下儿子，那大将军极为孝顺，新娶的夫人又是虔诚的佛家弟子，他们谢绝外出，常到般若寺礼佛。"

血慈悲的话，令宇文周眼前一亮，他翻身起来，轻拍血慈悲的头："真是天助我也！"

"我们距般若寺有多远？"他急吼吼地穿衣下地，恨不得插翅就飞。

"不远，柱国公，你不先确定那大将军在不在寺庙，要不然空跑一趟呢。"血慈悲的定力比他稳。

"跟随本公久了，你小子也有长进，先去备份厚礼，以本公名义送上那府。厚礼得别出心裁，他们可以不记得我，想忘记我也难。"

宇文周停住脚步，调整策略。

"那得是多厚重的礼？"血慈悲眨巴着浓密长睫毛的眼帘，不能确定宇文周的真实心思。

"对于恪守节俭品德的我来说，厚礼的意义，不应该单纯指金钱上的价值，还得有寓意丰富的内涵。"宇文周定定望着血慈悲，自认为说得很透彻了。

"噢，遵命。"血慈悲不敢再多问，退下备礼。

宇文周复又躺回睡榻上，他心里有事，就用睡觉来解决，在梦里打腹稿，睡醒后，自会有好主意上头。

冷面金刚那罗延、慕容信。宇文周竭力搜索着那罗延留给他的印记，提到那罗延，绕不过慕容信，提到慕容信绕不过他的三位貌美的女儿，两位入宫，大小姐早亡，留下这位三小姐成为宇文虎的贵夫人，二小姐是那家媳妇，那罗延宠爱这位小妇人，事事听命于她。那罗延、宇文虎，算近亲关系，剪不断理还乱的错综复杂，棘手的问题来了，攻破那罗延的软肋在何处？

只能从慕容氏家两位小姐的杀父仇恨下手。宇文虎是慕容氏族的大仇人，慕容信被鸩酒赐死，他的夫人自焚，整座华丽丽的慕容府烧成灰烬，杀至亲的仇恨，想必，慕容家的两位小姐，应该不会这么快就遗忘。宇文周抽丝剥茧，理出些头绪了。

"柱国公，那大将军与那夫人刚好有两位公子，从你收藏的一批骏马里挑选一公一母两匹良驹，送给他们，柱国公意下如何？"

血慈悲俯身，用婆婆妈妈的碎语奏请，他这人就是啰唆。宇文周并未入眠，暗笑这小子也学到他的六分精明了。自己在囊中金子富足时，从一位西域的马贩手中低价买下这批小马驹，三五年了，养马千日，用马一时。

"好主意，现在就送过去！一刻不要耽误！"宇文周首肯后，想要翻身入睡。

"柱国公，需要带什么口信？"血慈悲迟疑着问道。

"不用，马厩总共多少匹马？"宇文周意识到，仅送两匹马也不足以证明他的厚礼意义。

"一百匹，品相上等的马匹，仅有四十匹。"

"那就送上等马，分成四日送，每日十四。让那夫人收取。"

宇文周清楚女人枕边风的功力，有时比男人在战场上的厮杀还灵。事不宜迟，该出手就得出手，四十四上等马，在这即将开战的时刻，勉强算得上是一份厚礼了。

冷面金刚，本公静候佳音了。宇文周心满意足地将头靠在高枕上，这下，可以高枕无忧了。

第四十三章

那罗延：猎手

般若寺内的古松，都有五百年树龄，岁月磨砺出千奇百态的虬枝，未融化的积雪点缀其间，便成为献给饱经沧桑的老者的荣耀之花。

那罗延坐在禅房"桃夭"的室内窗下，望着院内挺立古松展现的铮铮傲骨默然不语，他在等待他的师父智仙的传唤。那府连发两起大事，一喜一丧，喜得儿子，阿爷病逝，他处在悲喜交集的混沌里，无处安放随时爆发似哭似笑的对立情绪，只在聆听般若寺的智仙师父讲经时才能平复心情。

人生最难，莫过于是亲情与道义的两难抉择，他正陷入这样的境地。柱国公宇文周平白无故送上四十匹骏马，慕容伽兰对他哭诉父仇未报的遗憾，此中真意不言而喻。与此同时，陛下的侍卫首领宇文云飞也递交贵重的珠宝首饰，这两股宇文氏族的势力用意很明显，都要拉拢他。

双方都不能得罪，加入哪一边？这是事关生死的问题。倘若足智多谋的阿爷健在，这都不是问题，如果他是阿爷，他会怎样抉择？那罗延挺直伟岸的脊背，想起阿爷的音容笑貌、阿爷的决伐果断，不由得眼眶发红。

木门被推开，头上戴着灰白僧帽，身披海青厚袍的智仙踏足进来，失神落魄的他也未能觉察。

"那罗延，我的孩子，是什么事让你这般愁眉不展？"

智仙的嗓音不高，浑厚嘶哑的低沉，令他浑身触电般警醒："师父。"他急促地转身，屈膝低头行礼，恭敬尊称。

智仙长了张极其普通的面容，扁平的身躯，辨不出雌雄，低哑的嗓音，不细听以为是男人的腔调。

"宇文家族的两个男人，都要收买你的人心，这天象变化的征兆不久就会应验了。"

听完那罗延的通报，智仙脱去僧帽，露出光溜溜的椭圆头颅，淡眉紧皱。

"师父，两方来者均不善，眼下局势不明朗，依徒弟愚见，选择哪一方都不甚妥当。"那罗延面色沉稳，喜怒不形于色，这是他的一贯风格。

"如果都不选，保持旁观的中立姿态，恐怕难以交代。"

智仙面色蜡黄，眉宇间那道深刻的纹路，佐证她老气横秋与才识过人的印记，除了一对寒光四射的明亮眼神，她身上完全不具备那些舌灿莲花的智者、高僧的超凡脱俗，她委实太平庸了，平庸到扔进人堆里就消失了。

"徒儿正为此而来。"那罗延激动地抓住智仙青筋暴露的枯藤老手，上下晃动，求助她。

"很明显，柱国公宇文周与你示好，定是有所图谋，最大的可能是结为造反的同盟？"智仙抽出手掌，缓慢推测。

"他还是陛下的兄长！"那罗延保持理性。

"人，总是无法抵制权力的诱惑。只能是这一个理由，不然，以他的赌棍天性，没有高额回报的赌注，他怎么舍得下血本？"

那罗延信服地望着亦师亦母的师父智仙，她只是在寺庙吃斋念佛的佛徒，仍然保持对外界的敏锐判断，远超流荡在世面的那些装腔作势，华而不实的所谓得道高人们。

"那，陛下的用意？"那罗延心里早有答案，还是向师父求证。

"无非借刀杀人。"智仙扁扁青紫的嘴，她的心脏在与高手对决中受到严重刺伤，至今未能痊愈。

那罗延最担心她这点，不到万难处境，不轻易找她指教，他深知，保持平和舒缓的安静，才是保护她脆弱心脏的灵丹妙药。

师父与他的猜想一致，他是陛下的一把刀，用来杀掉宇文周；跟随宇文周谋反，失败，他获罪满门抄斩，他的妻子、他的孩子们，他的阿娘，他继承阿爷的那家兵团，统统格杀勿论！不，他大口喘息，不敢想象尸体堆积如山，血流成河的惨状。

"效忠陛下？"

那罗延艰难地向师父求解。他的妻子慕容伽兰，又如何面对？她早恨透了宇文虎，不止一次煽动他起兵造反，他爱她如命，之前，碍于阿爷、阿娘尚在的现实，屡屡禁止她这疯狂的念头，阿爷去世，逢上宇文周的拉拢，慕容伽兰认为时机到了，再次重提旧话，他能用什么样的理由来说服她？

"目前的局势，只能效忠陛下，你是担忧兰儿？兰儿要报父仇？"智仙蹙眉，苦涩发问。

"她，她也是可怜，嫁给我时遭遇横祸，父母双亡，我是疼惜她，爱她，胜过一切。"

那罗延青黑的面皮泛出一丝红印，他的满腔柔情都倾注在他的小妻子身上了。

"凡事过犹不及，情爱一道尤甚，那罗延。"

智仙神色冷淡，神情是看破红尘情爱的修道者的洁净与清冷。

师父到底没成家生子，感受不到家庭的温馨与亲情的温暖，她是不能理解我对家，对妻子、孩子们的爱与担忧。

那罗延表面恭顺，内心持反对师父的意见。

"那，权衡之计，只能是两头都不表态。既躲避了叛乱的风险，也尊重兰儿的意见，不就万事大吉了？"智仙戴上僧帽，望向窗外的古松，语气悠然。

"多谢师父明示，可，兰儿的固执与倔强，徒儿真拿她没法。"

那罗延徒然叹息，如果要说这世上人人都有克星的话，那么，慕容伽兰就是他的克星，他爱她，她也爱他，可她的刚烈，她的固执，就算他这位"冷面金刚"也驯服不了这头身上流淌着慕容家族血液的小母豹。

"这个，为师就爱莫能助了。"智仙嘴角勉力挤出点笑容，她是不擅长家长里短的调停。

"那罗延，你得做好准备，倘若天下大乱，你、你的那家兵团又该何去何从？"智仙扯着僧袍的衣襟，她关注的是家国天下的大事。

"何去何从？我只愿守护我的妻儿老小，过着富足的安静生活。"

那罗延从地上起身，坐在师父斜对面的矮凳上，他现在最知足，晨起睁开眼，有妻儿在身边，闲暇与那家兵团出外打猎，他奢望这样的生活能持久延续，可他比谁都清醒，一旦兵乱，谁也休想过上安静的生活，谁也不是孤岛。

"这不是你的归宿，你的归宿应当在帝王的龙椅上！"智仙语气高亢。

那罗延闻言，内心掀起海浪汹涌。师父的毕生夙愿就是要扶持他坐上皇位。可他不敢有此胆量。

"平头百姓，没有谁想要兵乱，当权者发动暴乱，自有他们的利益出发点。你手上有兵团，反倒可趁机干一番大事业！"智仙的双眸，在白日里，像黑夜里的明珠，熠熠生辉。

"兰儿也有此意，她鼓动我先参与宇文周势力，最后，可取而代之。但徒儿还是惧怕，风险太大，只怕，先成为弑君篡位的替死鬼！"那罗延压低音量，道出他忧虑的隐患。

"再坚固的堡垒，也抵不过从内部的攻击。宇文周、宇文虎兄弟间的内讧，已形成螳螂捕蝉黄雀在后，黄雀后还有猎人的局势。"智仙收回凝视的眼光，定定望着那罗延。

在师父明目张胆的暗示下，那罗延稍显慌乱。"猎人？谁会是猎人？"他明知故问。

"那罗延，不要回避，这个猎人只能是你！"智仙情绪由于悲愤而显激动，她的面色由青转白，呼吸逐渐不顺畅。

"师父谅解，如此重任，徒儿资历尚浅，怕是要辜负师父重托了。"

那罗延急急起身下跪，内心蠢蠢欲动又惶恐不安，本是求助师父平息纷争，哪料到，师父与兰儿一般心意，强烈要他出头叛乱，师父来得更为凶猛，听她口吻，是要静等宇文家族的兄弟厮杀后，他来坐收渔利，另起炉灶。这，太不可思议了！

"那罗延，为师不会平白无故收你为徒。教你熟读兵书，传授你武艺，是因为你来到这世间，你有你的使命，你不是一个人想怎么过就怎么过，你有家族的荣耀要延续，你有国家的安危要拯救，你怎能如一位失去姿色的老女人一样，只顾着恋家庭生活？"

智仙的话，刻薄而尖酸，那罗延羞愧地真想夺门而逃，可他不能，他如钉子钉在地面上，纹丝不动，聆听师父的耳提面命。

从般若寺回到那府，已是掌灯时分，那罗延先到妻子慕容伽兰的卧室，还没靠近大门，就被里面剧烈的摔打、婴儿啼哭的响动惊住，他急忙推开房门，地面杯盘的碎片，汤汁的残羹，一地狼藉，侍女朝云怀抱哭声不止的婴孩，身形臃肿的慕容伽兰，扑倒在床面放声大哭。

见此情形，那罗延心头发紧，他挥手示意朝云退下，走到门口，让新提拔的侍卫首领杨照安排人员清扫现场。

到里面，放下缎面的罗帐，与外面的世界隔离，将妻子搂在怀里，亲吻她面颊上的泪滴，满口的苦涩与盐水的咸，他必须吞咽。他的宝贝儿子尚在吃奶，哺乳期的兰儿情绪不稳，无缘无故，不是大发脾气，就是一个人哭泣，他明白她内心的难受，就如她失去父母那晚，她在他怀里哭了整整三天，他从那时候起，就对自己发誓，要保护这个女人，不能让他受到伤害，他是言而有信的大丈夫，可复仇这事，事关重大，他不能全听信她。

她这是在用女性的方式胁迫他就范？那罗延亲吻着她，心里蹚过千百回躁动的溪流。

"夫君，你这又是从哪里回来？"

慕容伽兰浓密的眼睫毛挂满泪珠，面上的浅浅绒毛如成熟的水蜜桃，那罗延就爱她这张饱满多汁、百看不厌的面孔。

"兰儿，我去了般若寺见到智仙师父，她劝阻我们不可轻举妄动，静观其变，并特别嘱咐这是非常时期的非常作为。"

那罗延咬住她的耳垂，来回在鼻尖上磨蹭，希望以此平复她内心的焦躁不安。

"又是去找那老巫婆？你心里只有她，我们母子呢，你那么爱去找她，你干脆就住寺庙好了！"

慕容伽兰一把推开他，嘴上爆发出一串连珠炮的哭骂，扬手就打了他一巴掌，那罗延捂住火辣辣的半边脸，本能地回了她一巴掌！慕容伽兰当场蒙了，她反应过来，伸出留着尖利指甲的双手对他又撕又咬，那罗延清醒过来，不敢回击，默然承受。

等她发泄完毕，那罗延才感到裸露在外的脖颈、手臂、面颊的疼痛，他顾不上这点皮外伤，腾出手，细心为她整理凌乱的黑发。产下第二个儿子后，兰儿的脾性变得暴躁狂怒，常会发无名之火，刚刚对师父大不敬的荒唐话，纯属丧失理智的狂人呓语。

"马厩的四十匹骏马,你去骑过它们吗?什么时候去挑两匹给我们的孩子们。"

慕容伽兰哭累了,恢复起小女孩的娇憨,躺在他宽厚的怀里,凝视他下巴上冒出的浅浅胡须,以手抚摸着戏耍。

还是躲避不过。那罗延心头苦笑着,挖空心思也要应付过去。

"兰儿眼光好,就交给兰儿去挑选。"他点点头,翻身趴在她身上,他俯身欣赏,他的兰儿果真是佛祖赏赐给他的一匹骏马,美丽聪慧,烈性有情。

"夫君为何不考虑与宇文周结盟,替兰儿复仇?"慕容伽兰双手吊着他脖颈,凤目圆瞪,以柔情包裹他。

"夫君定会为你复仇,但不是现在,也不需要与宇文周联手,如果你相信夫君的诺言,就不必再继续追问下去!"那罗延认真地对他的妻子表白。

"兰儿自然信任夫君,可复仇也需要时机,现在正是好时机,夫君为何白白错过?"慕容伽兰亲吻着他,话音是驯服后的温顺。

"你考虑过这件事的成败得失没有?宫中还有你的妹妹,她现在是怀有陛下龙种的夫人,如果我们有耐心等候,那么,我们离皇权的距离并不遥远。"

那罗延回应着她的热吻,腾起万丈豪情,总会有那么一日,四海之内,是他这个坐收渔利的猎人的天下。

"我也清楚,一旦行动,不是两败俱伤,就是输赢难定。夫君,也许你说得对,我们的最佳时间还未来到。"情绪平和的慕容伽兰,聪慧占了上峰,她的思路出奇理性。

"莲妹的产期是几时?"那罗延密切关注着宫内动向,他不加入宇文周,不代表宇文周不会行动,他得提前筹备周全,不可祸及鱼池。

"下个月,春天的第一朵花开放的时候。"慕容伽兰不假思索,她们姐妹信件往来频繁。

"如果我们先动手,你妹妹性命必定堪忧,陛下定会赐死她,她不可能逃出宫外,只有束手就擒。而宇文周叛乱成功,也不会放过她,她怀有陛下的龙种,斩草除根,你不是不清楚他们的手段。"那罗延面色严峻,肃然为她解答不参与的理由。

"你就那么心疼我妹妹？"慕容伽兰用锥子般的眼神狠狠盯了他一下，她吃醋了。那罗延了解她，她可以是胸怀宽广如大海的女人，同时，她更是心眼比针尖还小的善妒小妇人。

"兰儿，她可是你亲妹妹，在东都，你可不就剩下她这一个亲人了？"那罗延得意地笑了，她这般在乎他，他很是受用。

"亲妹妹也不许你关心，她是陛下的女人，陛下自会关怀她，用得着你这个姐夫居心不良献殷勤？"慕容伽莲说这番话，神情严肃，她是很认真地提醒他。

"遵命，夫人。"那罗延回敬她同样严肃的神情与口吻。慕容伽兰被他的模样逗笑了，两人滚在床上，终于以夫妇最亲密的方式和解。

正在兴头上，婴儿的啼哭声闯入罗帐外，朝云的声音传来："那夫人，三个时辰过去了，该喂二公子奶了。"

那罗延悻悻然让位，儿子比天大，他用毛毯裹好身躯，撩开罗帐，接过儿子，放在慕容伽兰的胸前，任由小家伙贪婪地吸着奶汁。

"过几日，我们得到乡下那氏祠堂避避风头。"激情消退后，那罗延开始做好应变之策。

"近千人的那家兵团呢？"慕容伽兰猜到他是为了息事宁人，双方都不表态，免去无谓的耗费。

"是啊，这是重中之重，他们原地留守驻扎。如果将兵团带走，自然会引起他们的胡乱猜想，只带二十名精兵强将，随同我们的家人与奴婢们，腊祭到了，祭祀祖先。"那罗延细细思索，这理由最好。

"先拖着他们。"那罗延解决这桩心事，俯首逗弄婴孩。

"他们的礼呢？送还回去？"慕容伽兰抬头，流露出流连不舍的情意。

那罗延摩挲着她娇嫩的脸蛋，高声呼喊："朝云，唤端木无极到书房等候！"

"可惜了，上等的良马呢。"慕容伽兰露出惋惜的神色。

"你不可惜那些珠宝？"那罗延轻笑道。

"那些珠宝算什么，你不见我阿爷、阿娘给我的嫁妆里，其中就有百宝箱的妆奁？可不比皇宫里的宝贝差。"慕容伽兰对女人都热爱的珠宝，视如草芥。

"为夫向上天的诸佛宣誓：有朝一日，定要搜罗天下骏马，任凭你挑选。"

那罗延跪在怀里喂着奶的妻子面前，郑重其事承诺。

"夫君从来就是言出必行的坦荡君子，兰儿爱的就是夫君的德行。孩儿呀，你快快长大，像你阿爷一样，成为一位顶天立地的大丈夫，为那氏家族光宗耀祖！"

那罗延听见小妻子的话，深明大义且情意绵长，他愿意，为了他们母子去奋斗，哪怕苦难重重，也是值得！

与他年岁相仿的端木无极是他的那家兵团首领，他下达命令，他们出发到乡下祠堂，端木无极将四十匹骏马送回宇文周府邸，珠宝也一并送还宇文云飞手上，并额外赠送腊日祭拜的牲口给双方，以示贺节。

"那大将军，主意确实已定？不后悔？"端木无极领命后，再次与他确认。

"是，主意已定，不后悔。"

那罗延斩钉截铁点头，不后悔是他的人生主张，有天上诸佛在看着呢，他不后悔当下所做的一切。

第四十四章

秦花：瑶华殿春色

瑶华殿的春色蔚然。

殿前浅草中央，一丛怒放的迎春花，黄绿相间如琉璃，在春日里，娇媚地探出春的笑脸。花丛下，墨语怀抱青白瓷梅瓶，腰间的彩带在春风里摇摆，如彩旗飘飘，庄云端手握剪刀，在花树下寻找能下手的花枝挑剪。

秦花斜躺在草地上的贵妃榻上，只别了金簪的乌发垂地，面腮桃红，醉眼迷离，她已经持续这样醉酒数日了。编织精美的艳丽毛毯包裹着她曲线玲珑的娇躯，如一条被海潮冲上岸的美人鱼，困在沙滩上无望地等待渔夫救助。

春天到了，却是别人的春天。畅音阁的慕容夫人顺利产下龙子，后宫内，但凡沾点交情的人争先恐后送礼巴结，她偏偏装作醉酒不知情，不肯去。

想象着畅音阁的热闹，秦花就觉胸闷气赌，小娼妇的春天，我的冬天。她撩起发丝，闭眼吞下整只金樽内的醇酒，郁闷烦躁，纵是故乡的烈酒也解不了她的满腹愁闷。

更可恼的是，陛下从昆仑山的玄圃将一夜之欢的绿云带入宫内，看他宠爱她的热乎劲，大有要安置在奢华的"长秋殿"的苗头。气杀人也！后宫有慕容伽莲的烦恼，又来一位不知来路的小荡妇，陛下的恩宠有限，还能有她的份？怨不得秦花变得肝火旺，脾气暴。

"墨语，酒没了，再来一壶！"秦花摇晃着空空的金樽，背对身后的墨语醉醺醺地嘟嚷着。

"夫人，你已醉了好几日，快到午膳时辰了，别再喝了。"庄云端抱着一束刚剪下的花枝，走到她身旁请求。

"锦瑟年华谁与度？我不喝酒，还能干什么，这样的大好光阴如何打发？不如，你来告诉我？"秦花纵然心如死灰地哀怨，语气可还得保持对下人装腔作势的蛮横。

"夫人，陛下许久不来了，夫人还是得先打起精神，为自己做些谋划要紧。"庄云端并未被她的气势凌人所吓倒，坚持她的建议。

"你有什么好法子，说来听听？"秦花对这位老宫女庄云端，素来忌惮一两分，她不抱期望地问她。

"奴婢已备好送给慕容夫人的贺礼，这是人情世故的礼节，望夫人以大局为重。"

庄云端的好心安排，听得秦花火冒三丈，她最烦她自作聪明的张狂样，不就是仰仗着她在宫内时间久些，服侍过几位贵夫人嘛，就处处好为人师？

秦花不耐烦一口拒绝："大局为重？什么是大局？你搞清楚点，大局就是我，你不以我为重，还跟我说什么大局？我就不送贺礼，那又怎样？我就摆明了不与她好！"

庄云端被她一顿抢白唬得不再发声，憋着气起身走入殿内，墨语见势不妙，将花瓶塞给她，端来满壶酒，将空樽斟满，秦花亲昵地抓着她的手，还是跟随自己一起的人暖心。

"夫人。"墨语瞅着庄云端的身影消失，从袖笼抽出折叠严密的纸条给她，悄声细语，"夫人看了就交给奴婢烧掉，以防留下把柄被人抓住。"

秦花酒意醒了大半，她伏在床上，忙忙展开纸条，字迹端庄秀雅，根本不像是出自他那样花花公子的手，看完纸条后，她撕成碎片，墨语用锦帕把碎片归拢，包起来，塞入贴身的香囊。

"明日出宫为祖先祈福祭祀，不让庄云端跟着，就你我两人，乔装出宫骑马出城。"

秦花对墨语窃窃私语，挪开装满甘冽美酒的金樽，起身下地，伸展双臂吩咐："墨语，采摘些迎春花瓣，我要好好洗浴一番，去寺庙祭拜，总得要沐浴更衣，才显庄重。"

次日清晨，东方刚露出鱼肚白，身披鸦黑连帽披风的两人，装扮成翩翩公子，骑着快马直奔城郊白云观的大道。

秦花受到陛下的冷落，早生异心，宇文周，那位夺走她初夜的男子，在她孤寂难熬的夜晚被她无端揪出来。

早春的长安大道两旁，高大挺拔的银杏树，吐出新绿的嫩叶，树下的地面生长着繁密的杂草与不知名的野花，草绿花红，好一派欣欣向荣的生机。

春风拂面的酥麻快感，撩拨得秦花春心萌动，她大口呼吸着清冷的空气，春的美好与春的活力，唯有策马在宫外阡陌纵横的田野上，亲睹村庄上空飘扬的炊烟和树林中奔跑的野物，才能体验其美妙。

旭日在流动的云层东升，秦花不敢多作停留，扬鞭拍打马背，跑过银杏树，来到长安大道的丁字岔口上，转入去向白云观的山道，这是崎岖的石块山路，两旁生长着密密麻麻的白桦树，风吹叶动，奏响春的乐曲。

山路尽头，两位蒙着面纱的男子骑在马上静静等候，凭借直觉，秦花盯住披着棕色披风的蒙面男子，他定是宇文周无疑。

两人目光对视，她涌起无穷的忧伤，此景此情，距离他接她入宫，已近三年！时光流年，红了桃花，绿了柳芽，催老了她的芳心。

"秦夫人好。"宇文周身旁的血慈悲先下马行礼，挽住马的缰绳，她扯下风帽，冲着深情凝望她的宇文周甜美地微笑，他不是最爱她的笑么？

宇文周打马上前靠近，伸手重新替她戴上风帽："走吧，入道观再说。"

墨语也翻身下马，与血慈悲一道，跟随在主人后面，四人身影隐没在茫茫的白桦林中。

抵达道观后山，秦花取下斗笠，好奇地张望着这人迹罕至的幽谷，宇文周伸出双手，抱她下马，秦花娇羞地搂住他脖颈。

"我们先到老君台上去。"

宇文周的语气稍显正式，褪下面纱的他，面容憔悴，眼里布满血丝，往日轻佻公子的举止荡然无存，而今，他具有肩负大山的沉重。

秦花估摸他是有要事商议，不然不会要她出宫，眼下不是谈儿女私情的时候，她眷恋不舍离开他滚烫的胸膛，牵住他的手，一起走向镌刻着黑白阴阳鱼图形的老君台。

山风吹来，秦花忍不住浑身哆嗦，宇文周体贴地脱下他的披风，为她披上，与她并肩坐在地上铺好的棕垫上，因分别产生的疏离感，在此时消失殆尽。

秦花偎依着他，男人的身躯包裹着戾气的僵硬，秦花莫名心疼他，是什么样的风霜，让一位放荡不羁的浪子转性成饱经忧患的男人？

善解人意的她倚靠着他，默默陪伴，是男女相知相守的心意相通。

深渊蒸腾起团团白雾，氤氲氲氲，或聚或分，其散也气，其兴也云。天地万物，寂静如斯，秦花在嘈杂喧嚣中长大，遭遇此安静，这是极少有的新鲜与奇妙，她仰靠在宇文周坚硬如铁的肩上，从未有过的踏实与安全感，令她萌生痴心妄想：宁愿就这样天长地久吧？

老君台下的血慈悲与墨语忙碌着整治酒菜，他们端来四方桌，桌上摆满酒菜佳肴，酥鱼的脆香与烈酒的清洌，将宇文周催醒，他爱怜地侧身亲吻秦花的脸，像是下了很大的决心："走，吃好喝好再谈正事。"

"对呀，天大的事，也得要吃饱喝足才有力气应付嘛。"秦花灿然娇笑，随着他的转变，她也放松下来。

血慈悲与墨语早躲在老君台的树下，不碍主人们的好事。

两人相对而坐，吃菜喝酒，山谷的清风沾染了人间的烟火气息，天上的云朵，地下的树木都有酒味，暖风熏得佳人醉，一壶酒见底后，秦花体内发热，脱下披风，她的情欲之门要开闸了，露出诱人犯罪的玉体。

她靠拢他，以温热的胸抚摸着宇文周的脸，直到他呼吸急促，她才松开胸前的武器，一手执酒壶，红唇含了酒将他按倒在席上，俯身喂他，要用她的柔媚手段与有情人做快乐事。

一张一合，一来一往，秦花已成一团烈火，在春风的煽动下，把宇文周燃烧成噼里啪啦的火人，他双手钳着她的柳腰，抵达快感巅峰时呼喊着秦花的名字："花儿，你的美丽让我痛苦。"

他不喊她是尊贵无比的秦夫人，唤她是花儿，花儿，这个称呼，就像她是大地母亲上随风而长的蒲公英，生命力旺盛的狗尾巴草，听得秦花泪珠迸裂，她死命搂住他，多想变成他体内的一根肋骨，血肉相融，与他的生命同生同灭。

宇文周喷涌出的炽热，烤化了秦花，她趴在他身上，一动不动感受他剧烈的心跳。不知过了多久，宇文周缓慢起身，把她抱在怀里，秦花浑身颤抖，回到芦花荡的夜晚，激情缠绵，冷血无情的夜晚。

"狂暴的快乐都有狂暴的结局。"宇文周骤然发出幽幽感怀。

"我不管，我只要现在，哪怕去死，也值了。"秦花进入魔幻的癫狂，她只是一朵情欲之花，不是吗？

"花儿，你要不要我们长相厮守？"宇文周将头抵住她光洁的背，闷声发问。

"要，我要一生一世，我还要来世与你相守。"秦花进入极乐的幻觉，她发出心底癫狂的呼唤。

"那你要帮我。"宇文周火辣的手掌捧住她的脸，秦花的激情冷却，预感他要她做的不会是什么好事。

"我，一个弱女子，怎么帮你？"

"只能是你来做，很简单，在床上把他弄死！"

宇文周的冷笑透出邪恶，秦花听得毛骨悚然，连他亲吻她的唇，也毫无知觉。

她自然清楚他所指的他是谁，这可是天下最大的死罪。

"你，你不怕？"秦花紧张到口吃。

"为了你，我不怕，你害怕了？那就不用麻烦你，我自己干！"

宇文周恢复起放荡不羁的神情，他贴近她的脸，秦花听得心生愧疚，为了她，他宁愿冒去死的风险，她又怎能临阵逃脱？

"有没有别的法子？他有了新欢，已很久不召见我了。"

秦花面红耳赤地低下头，一缕黑发挡住她的难堪，她为不能持久获得陛下的宠爱感到羞愧。

"暂时还没有，我也很犹豫，这并不是最佳的办法，也不能由你一人冒风险。"

宇文周颓然放下她，转身扎紧衣袍，秦花也捡起地上的衣衫，穿戴齐整，生死大事面前，情欲的火焰随风而逝。

"一定要这么做吗？"

秦花起身斟酒，要用酒压惊，握住酒樽的手微微发抖，她甚为忧心，谋杀可不是吃饭喝酒。

"一定要，天下即将发生兵乱，不是他动手杀我，就是我先下手为强杀他！"宇文周接过酒樽，抬起下巴，洒脱地咧嘴吞酒。酒樽洒出些许酒珠，沾在

衫，满足她的意愿。

　　"我就要死在你怀里！"秦花任由他摆布，装有万岁丹的鸡血石贴着胸前肌肤，冷飕飕地刺骨，她惶悚地想，这才是要人命的珍宝。

大梵宫

第四十五章

宇文虎：与众神交易

二月春深杏花乱。

瑶光殿内的仙人杏林，一天风露，杏花如雪，花事甚浓。每株杏树下，都站着短衣装束的年轻公公，他们卖力摇动满枝繁密的杏树，营造出花雨降落的自然风光，浅红的花瓣卷起漫天飞雪，煞是好看。

宇文虎的新夫人诸葛绿云如猫般蜷缩在龙榻上，她高举白嫩的玉臂，随意抓取半空飘落的杏花，扯出花蕊，扔进宫女手上的银盘内，剥着花瓣，小口生嚼，殷红的汁水，点染她的朱唇，花瓣飘落在她的额面，跌落在她湖绿新纱袍上，浅红与湖绿辉映出落英缤纷的喧哗，描绘出岁月娴静的画景。

穿上华服的绿云，举手投足间颇有高贵气度，宇文虎无视她娇揉造作的夫人派头，富贵不奢华，而奢华自至；贫穷不下贱，而下贱自生，天下事使然。

他摊掌接住零落的花瓣，才不会学绿云那小娘们爱俏吃这玩意，他爱蹂躏娇弱的事物，包括娇柔的女人，骨节粗短的五指揉捏掌中花瓣，类似野蛮与柔嫩的交欢，带来践踏的快感，指缝间流淌着汁液，他两手对搓，无情地将零碎的花瓣扔落尘土。

"陛下，你太不解风情了，女人如花，你怎能不爱护呢？"

绿云左手托腮，右手举金樽，嫩生生的双脚交叉地调皮晃荡，湖绿的纱袍在和煦阳光下，倒映着斑驳光影，空灵娇艳的她就是丛林中专食鲜花的女妖。

"风情？何谓风情？夫人爱生吃花，不也是在摧残它们？"宇文虎面无表情，冷哼着回敬。

昨夜，宇文云飞将那罗延退回的珠宝如数交还，宇文虎就窝了满肚皮的火，竟敢驳回他的圣颜，胆大包天的狗东西！若不是看在他夫人胞妹慕容伽莲诞下龙种的分上，依照他的霸道本性，早就兴师问罪了。

他为此故意冷落慕容伽莲，不召见她，只是派人赏赐些钱财用品，安排皇太后去探望他们母子。慕容伽莲，他本身就不宠爱她，现在，她的姐夫还这么自负执拗，是想造反不成？

他握紧腰间的屠龙剑，剑啸隐隐，这把剑，许久未曾开杀戒了，罗织个借口，除掉一个大将军，又算得了什么呢，天下人的生死不都在自己的手中掌控？

宇文虎杀机渐起时，罗什力疾步前趋躬身禀报："陛下，宫内的天监官上阳真人有紧急要事求见。"

宇文虎点点头，他就在等着他，努嘴示意罗什力带上阳真人到瑶光殿的内室去候着。

"陛下，不陪妾身看杏花雨吗？"绿云嘟着红艳艳的嘴。

他此时无心管她，女人，带给他至极享受的感官之快，也带给他无上徒增的烦恼。

"孤有重要公务。"

"宇文云飞。"他敷衍完她，雷厉风行调转方向叫来杏林外的侍卫首领，"随孤伴驾。"天象奇迹"血月"的兵乱传言困扰他多时，他长期处于高度警戒中，已快崩溃。该死的"血月"爱来不来！

宇文虎走路如风，来到套间的胡床上，他抽出宝剑，用锦帕小心擦拭着寒光四射的剑身，眼皮也不动，等着跪在脚下的上阳真人开口。

"陛下，臣数度细观天象，确认这三日之内'血月'必将出现！"

上阳真人是位矮壮肥胖的半老头，他俯拜在地，声若洪钟。

"上阳真人，此话当真？你曾失信于孤，孤如何再信你？"

宇文虎怒气盈面，眼角瞥视地下的老怪物，很是不屑。上阳真人本是混迹江湖的术士，在他去昆仑山的半道上，这老怪物跪拜拦驾，说出"血月"的秘密与征兆，事关天下动乱，他不能不信，才封了他监天的官职，专门负责天象变动。

"陛下，上次是臣失策，估算有误，这次，臣以项上人头担保，三日内，'血月'不现，臣甘愿请死服罪！"

他们在昆仑山的玄圃，上阳真人就信誓旦旦对他说，观赏"血月"，昆仑山是最佳地势，身为九五之尊的天子，当以斋戒九日，方有诚意感天动地，他为此还破例不与绿云同房，然而，上阳真人失算了，他气愤地当场就要杀掉他，上阳真人也不求饶。

宇文云飞看出端倪，他跪下建议，宫内尚缺一位能观天象的道长，不如将其留用。宇文虎看他不怕死，算条好汉，也就采纳了宇文云飞的提议。

"那，你有没有测算到兵乱的草蛇灰线？"

宇文虎不在乎多死一个人，"血月"他也不怕，他只惧怕兵乱，自己的江山不稳。

"十五日内，必发兵乱，只是，臣还没测算出兵乱的方位，这个需要'血月'出现后，才能预测精准。"

上阳真人语气确凿，宇文虎愿意再给他一次机会，兵乱，不是内乱，就是外患。外患不足惧，唯内乱，防不胜防，是那罗延？还是宇文周？宇文虎的头又开始隐隐作痛，他不能过多思考，过多的思考对他就是致命的折磨。

"陛下，'血月'来临，望陛下斋戒九日祈福。"上阳真人态度极为认真。

"又来了，斋戒九日？孤可是不可一日无肉的人，不如，找个人代替孤祈福？"

宇文虎将宝剑哐啷插入剑鞘，霍然起身。剑气森然，震得罗什力身躯微抖，宇文云飞与上阳真人定力好，不为所动。宇文虎想起太医局年迈的杨素和的劝阻，也是要他禁欲，他怎么受得了？如果要清心寡欲，当这劳心费力的皇帝，有何用？

"事关陛下帝位江山，此乃上天旨意，望陛下三思！"上阳真人惶恐磕头请求。

"孤懂得分寸，你退下，速速替孤预测兵乱方位，这同样是事关江山社稷的头等大事！一旦有任何信号，即刻来见孤，不得有误！"

宇文虎是作战的老手，知己知彼方能百战不殆。

"陛下，以老奴之意，不如还是到昆仑山去避避风头？"罗什力见上阳真人走远，跪地建议。

"路途太远，且有兵乱隐患，暂时不宜出走。你是担忧孤在宫内，无法自控？"

宇文虎端起桌上热茶，吹着漂浮的茶叶末，罗什力跟他最久，他明白他的忠诚。

"是，陛下智慧过人。既为上苍授意，陛下还是得慎重，不如就在太仪殿内静养九日，夫人们一律回避。"

"不关她们的事，关键在孤，熬不过去呀，一日无肉尚可，三日无肉，勉强能过，九日无肉？岂非要孤命？"

宇文虎清楚自身毛病，他就是难以自控，情绪、脾气、欲望都不能控制，他追求的是随心所欲，任意妄为。不是克制，不是减少，是占有，不停地占有，无限制地占有！

"陛下。"宇文云飞走上前跪下献计，"臣以为，斋戒一日，也可行，心诚就好，何须定要遵循繁缛之仪节？"

"还是你小子灵活，懂得随机应变，好，就这么定了，明日起，斋戒一日，罗什力，将孤锁在太仪殿内，除了服侍的宫女外，任何人不准进入！"

宇文虎郁闷的心结，被宇文云飞轻易扫除，他不禁对年轻的宇文云飞刮目相看。

毫无资历的宇文云飞为何破格受到他的重用，连忠诚的近臣罗什力也满怀愤懑，身为他们的主人，他有保持缄默的权利。

云飞，年轻的云飞，与当年的他雷同，同样充满勃勃野心，不过，他是没机会像自己登上帝位。时代纷纭变幻，留给云飞的机遇就是成为守卫皇权的将士罢了。

"来，云飞，坐过来。"宇文虎冲刚从地上起身的宇文云飞招呼，宇文云飞面上露出宠幸的诌媚，屁颠颠弯腰走近，迟迟不敢落座。宇文虎见他畏手畏脚的样子，内心得到极大的满足，权力，真是个好东西，它会让人自发敬畏。

身旁的罗什力无声下拜离去，宇文虎目送他蹒跚远去的背影，感受到他内心失落的滋味，他熟视无睹，皇权解决问题的方法，一面须通过无数的矛盾与暧昧，一面又要有威权和气魄。不然他的大权在握，有什么意义？

"你不坐，那就跪在地上好了。"他粗暴地指令他，宇文云飞听话地坐在他指定的位置上，低垂头颅，显出比他低一等的姿态。

"冷面金刚，你认为他到底怎么想？"宇文虎屈着手指有节拍地叩打桌面，他摸不透这位承继了大将军封号的男人，葫芦里装了什么药。

"陛下，臣以为那大将军暂时不足为虑，慕容夫人有了龙子，他已成为名副其实的皇亲国戚，实在是没有乱的必要，他不敢收礼品，更说明他的忠心可鉴——他是你的臣子，忠诚你是道义。"

宇文云飞的推断，句句在理，他天生就是擅长争斗的阴谋家。

"柱国公宇文周呢，这小子，与我始终有隔阂，最近，他都忙些什么？"

宇文虎略略停顿，手抵额头。这位皇兄，他不敢掉以轻心，随同他一起谋反的那伙人，只余下他了，他也是深谙谋反法则的勇士。

"他不去赌场了，改为常住道观，臣斗胆猜测，柱国公是不是也想修炼成长生不老的肉身？"

宇文云飞的话，给宇文虎吃了定心丸，宇文周的德行，哪有那么高深的觉悟，长生不老？哼，他准是找道士要春药，用来讨好孤。

"孤一想到这两人，就有种不好的直觉，这两人，你也要随时防备。"

冷面金刚的慎言持稳，透着股他吃不透的谲诈，宇文周的张狂轻浮，暗含着邪恶的阴险，这是令他坐卧不安的根源。

"陛下，少安毋躁。听上阳真人说，'血月'的前后数日，将给大地万物产生诸多强烈的能量。"

宇文云飞真是擅解心结的高手。宇文虎听后默不作声，他最隐秘的心事，是皇太后时常告诫他，她近来梦见一群羊吃掉一头死老虎的骇人噩梦，他表面镇定安慰阿娘，私下密切监视，对那罗延的试探，对宇文周的猜忌，无论是谁，都不能全盘信任，信任会招来杀身之祸，这是他生死实践中得来的生存真理。

"孤乏了，你也退下。"宇文虎揉揉剧烈跳动的太阳穴，身心俱疲，他靠着椅背闭目假寐。

"陛下，瑶华殿的秦夫人在外等候召见。"

罗什力的公鸭嗓在耳旁响起，他无精打采地问："秦夫人？孤没召见她，她来做什么？"自惩罚她抄经后，是有些时日没召见她了。

"她说炖了滋补的甲鱼汤，要敬献给陛下。"

"难为她想得周到，让她进来吧。"

这几位夫人中，宇文虎对秦花最是宠爱，如果诸葛绿云不在宫内的话。他伸展胳膊，踢踢腿，腹内刚巧有饿感，乖巧的女人，来得正是时候。

"陛下安好。"宇文虎坐直身躯，秦花裹了通身的豆沙绿衣裙，娉婷地站立在他眼前，看得他心猿意马，正待发话，绿云如旋风闯入，她以迅雷不及掩耳之势，夺过立在秦花背后的侍女墨语手上的玉碗，气焰嚣张将碗里的甲鱼肉块与汤汁倾倒在地！

"你，你是谁？这么大胆？"

秦花愤然掌掴她，绿云扔掉玉碗，捂住脸颊，跪在宇文虎脚下哭诉："陛下，臣妾一片好心，遭其屈辱，你可得为臣妾做主。"

宇文虎见女人为他而战的争风吃醋，直觉有趣，他故作威严发怒："绿云，你太不懂事了，秦夫人才是一片好心，你却为何不问青红皂白糟蹋了呢？"

"陛下有所不知，这甲鱼汤有毒！"

"你，你信口雌黄，血口喷人！"秦花闻言，吓得面色惨白，跌坐在地。

"你怎么知道有毒呢？"宇文虎哪肯轻信她的话，这小娘们，才入宫不久，不懂宫里规矩，随口的话，就是要人性命。

"陛下，可曾记得昨晚与臣妾吃了什么菜品？"绿云步步追问。

"不记得了，喝那么多酒，哪里记得？"宇文虎认为绿云在故弄玄虚，他的耐心有限。

"陛下，我们吃了苋菜，这道菜与甲鱼相克，会中毒死人！"绿云自认聪明地解释。

宇文虎明知她这般大张旗鼓，不过是别有用心，他憎恨她的自以为是的聪明手段，他要的女人，头脑简单，讨他欢心就好，他不愿后宫无事生非，前朝的较量已经让他心力交瘁了。

"绿云，你对孤确实上心，赏你一匹锦官城的蜀葵缎蜀锦。"宇文虎念她初犯，不与她计较，先以恩宠笼络她。

秦花怯生生爬到他面前，眼波流转，哽咽着向他辩解："陛下，臣妾不敢有半分害你之心，望陛下体察。"

宇文虎睥睨着秦花的失态，他不会相信任何人，解释也是多余，他也不言语，让她自个醒悟去。他还迷恋她，迷恋她肉欲膨胀的玉体，迷恋她温柔顺从的爱抚；后宫的其他夫人，谁有秦花的这般好：丰腴的雪肤，豪饮的酒量，勾魂摄魄眼，媚色入骨的天性。

"罗什力。"他转身对他使眼色，安抚好绿云，他再来慰藉秦花。

"秦夫人，请起身先回瑶华殿做准备，陛下与你同进晚膳。"罗什力声若蚊音。

"陛下！"秦花原本气若游丝的虚弱，转为喜极而泣的雀跃。宇文虎硬起心肠，背对她，刻意不去靠拢她，他怕自己一旦触碰到她的肌肤，就像火遇上冰融化掉。

处理完奏章，已是夜色笼罩，他才慢悠悠骑马到瑶华殿。

宫娥们提着灯笼，照耀出秦花倚门眺望的悲伤身影，宇文虎见状，心有所动，他下马，接过宫娥手中的灯笼，令她们离去，蹑手蹑脚到她的身后，将灯笼放在地上，伸手蒙住她的双眼。

"陛下？"秦花又惊又喜。

"不好玩，一下就猜到。"宇文虎兴致索然松手，甩袖向殿内的庭院走去。

"陛下，饿了吧？先去吃点热食，再出来散步消食不好吗？"秦花在他耳边呵气如兰，扯着他的衣袖，强行拉他入殿。

宇文虎坐在满桌精美的佳肴前，饿感消散，胃口全无，只是随意捡起几口吃了，就要秦花坐到他怀里，与他嘴对嘴喝酒逗趣。

酒至微醺，宇文虎见到秦花眼里流露出渴求的神色，她愈是急不可耐，宇文虎愈是戏耍她，这是前奏的好戏，两人最终纠缠一处。好事刚完，殿外就有三五人影纷至沓来，宇文虎喘息着推开秦花，他预知大事发生，肯定是"血月"出现！

"陛下，'血月'出现了！"最先滚到他脚下的是上阳真人圆胖的身躯，他似受到惊吓，嗓音颤抖，手指哆嗦着指向天，顺着他手指方向，宇文虎倒吸一口冷气，半空悬挂着的殷红圆球，像是神人的恶作剧，给月亮涂满鲜血，他直觉全身的汗毛倒立，语不成句："这，这就是'血月'？"

"走，回太仪殿！"宇文虎半是惊恐半是亢奋，披上龙袍率先向太仪殿冲去！

"上阳真人，这下，你能预测兵乱的准确方位了吧？"宇文虎命人将太仪殿大门关紧，只留下上阳真人与他，谁将发动兵乱，至关重要。

"陛下，倘若你依照臣建议斋戒九日，臣力保预测会更精准。"上阳真人面有得色，要与他博弈。

宇文虎心中冷笑，不知好歹的老道，他装出虔诚的模样："君无戏言，明日开始斋戒，你先预测兵乱！"

"请陛下先沐浴更衣焚香，臣再预测。"上阳真人行至殿内中央，坐在地上，盘腿闭目。

他这话臊得宇文虎面颊发烫，这个牛鼻子老道，难不成还嗅出他与秦花云雨后的味道？

为了精准的军事情报，宇文虎听话地洗浴更衣出来，室内沉香萦绕，上阳真人正挥剑念咒做法术，空中飘来一股奇香，洒出片片紫色花朵，宇文虎暗赞，这老道果然有真本事，心中凛然，本欲下地跪拜，耳听上阳真人大吼一声，他被惊醒，再看地上空中，哪来什么花朵、香气，不过是幻觉！

"天下大若星盘，人人皆若棋子，谁都想摆脱宿命，去做那执棋的人。陛下，据臣测算，兵乱约在西北方位，且厮杀惨烈，将会血流成河，死伤无数。"上阳真人望着空空如也的房顶。

"西北方位？距离远还是近？"宇文虎逼问核心。

"远，距离此地约莫一千公里。"

宇文虎摸着下巴，他对上阳真人的预测，深信不疑，不是内乱就好，心中的石块落下地了。兵乱哪有不见血？想象得出，西北方位的异族？非彪悍野蛮的狼族进犯无疑。

"陛下，臣有不情之请，奏请陛下大赦天下，释放死囚，感化上苍，庇佑天下太平。"

大赦天下？释放死囚？宇文虎灵光乍现，一箭双雕的妙计渐成雏形，他兴高采烈地拍打上阳真人的肩膀："上阳真人果然神机妙算，孤赏赐你黄金百两。"

"多谢陛下！"上阳真人喜笑颜开，倒地就拜。

"不过，孤给你这黄金可不是由你一人独霸，你得允许孤只斋戒一日。"宇文虎促狭地笑道。

"这，陛下，与众神做交易，这是对神仙们的亵渎，太为难臣了。"上阳真人的圆胖脸皱成坑洼不平的阴沟，神情沮丧。

"神仙也有人性，你可以贿赂天上众神！"宇文虎自负地狂笑。

第四十六章
慕容伽莲：贺礼

畅音阁人来人往庆贺的喧闹持续数日，自陛下宇文虎从未踏足后，渐至门庭冷落鞍马稀。

慕容伽莲头缠锦缎，躺在床榻上，手臂环绕足月的儿子，垂泪伤悲。

儿子的阿爷，宇文虎至今都没来畅音阁尽一位父亲、夫君的义务。后宫谣言四起，多是看她笑话的嘲讽，慕容伽莲怎会不知？陛下早将她抛诸脑后，成日与其他夫人寻欢作乐，她大约是天底下最命苦的夫人了。

阿蛮托着装饰绮丽的沉香木匣走来，她放下婴孩，抹去面上泪痕，撩开罗帐。

"夫人，战神宇文公子的贺礼。"

宇文雄？慕容伽莲抬起泪眼，打开沉甸甸的木匣，审视着繁丽花纹的锦缎上放着的一把锋利的短剑、单只金圆耳环。慕容伽莲触景生情，她捡起金耳环，贴在唇上，眼泪如断线的珠子纷纷下落，他还在眷恋大黑山之夜的相伴吗？他为她在月光下舞剑，她对他说过喜欢他的金耳环，她哄骗他，等他归来迎娶她的谎言！

是她负了他，为了攀附陛下，保家族安危，可谁来搭理她受到的伤害？她根本不爱残暴无情的宇文虎，她爱的是英勇多情的宇文雄，他成为战神，迎娶了郑节度使的女儿，他还惦念她，怎不令处于绝望低谷的她痛不欲生？

阿蛮拿出锦帕递给她，雅霜心急火燎入室，叩拜禀报："慕容夫人，陛下在来畅音阁的途中，请夫人速速下床装扮迎接。"

"来就来呗，慌什么慌？他这个当阿爷的人难道不该来见孩儿？"

慕容伽莲扬起满面泪痕，赌气不肯就范。

"夫人，可不敢任性，来，奴婢扶夫人下地。雅霜、丰仪，还不快去给夫人端水洗面？"

阿蛮利落地将沉香木盒盖好，慕容伽莲趁机将金耳环塞入枕下，下地穿鞋。

一通洗面敷粉、描眉涂唇，梳头别花，繁复的工序下来，慕容伽莲见到铜镜里的佳人，面若银盘，唇如樱桃，哺乳使得她上围丰满，焕发出蜜桃成熟的贵妇风范。

她自信起身，伸展双臂，套上桃红描金的锦袍，坐在高背椅上，眼神孤傲，神色矜持。

身披龙袍的宇文虎大步走来，掀起一股脂粉香风，慕容伽莲泛起难言的酸涩，偷窥他面皮松垮，眼圈乌青，是花天酒地、纵欲过度的皮相。她对他的怨与怒，全堆积在心，不敢发作。

她跪下行礼，期盼他的关怀，哪怕就一句话呢，可他张嘴就问："皇子在哪？"将跪在他脚下的她，为他精心梳洗的她视为透明。

慕容伽莲绝望无边，她听见自己麻木的声音："回陛下，皇子刚吃饱奶，正睡着呢。"

"噢，抱来孤瞧瞧。"不等慕容伽莲起身，雅霜小跑着走近床前，抱着龙子半跪在陛下身旁。宇文虎的眼，像叮鸡蛋缝的苍蝇，落在雅霜的胸前。

慕容伽莲愤恨不已，冷眼盯着奴婢雅霜，这才注意到雅霜的装扮与往日竟大不同，白衫绿裙，洁白的酥胸挤出深深的乳沟，哪个男人见了也会兽性大发。哼，这小妮子翅膀硬了，也想邀宠？她可不是梅雪衣那么好性子，调教身边人伺候陛下。她做不到，也不会这么做，她要在一堆兴风作浪的美色里以退为进，俘获人心。

"陛下。"宇文云飞在旁提醒。"哦。"宇文虎才恍然大悟，伸手接住皇子，趁机抚摸雅霜的胸，慕容伽莲看得如吞下一只苍蝇，恶心得要呕吐。

"好小子，这眉眼，还真像我。"宇文虎以咳嗽掩饰失态，他转移注意力，低头对着襁褓内的小人儿调笑，回头对身后的罗什力、宇文云飞说笑，正眼也不瞧她这位怀胎十月，千辛万苦生下皇子的阿娘。

慕容伽莲强忍着恨意，笑不露齿，保持慕容家族女子的大度、矜持。

她巴不得他赶紧看完皇子就离去，他在畅音阁的每分钟，她都备受煎熬，她与他，真是一对冤孽！

"你姐夫一家送了什么贺礼呢？"冷不丁，宇文虎冒出这话来，像是闲话家常，她听得好生没头脑，只得恭敬作答："有，不过是些日常用物。"

姐姐也产下二公子，送来的都是实用的婴孩物品。

"你替孤生了皇儿，孤要重用你姐夫，派他到西北出兵，立下军功后，封为柱国公，如何？"

宇文虎笑吟吟望着她，目光凌厉跋扈，看得慕容伽莲心里发毛，前朝军事，后宫女人不宜参与，姐姐入宫前，再三嘱咐过。

"陛下英明！"慕容伽莲徐徐下拜，她只能装傻不懂。

"好好抚育皇子，皇后的位置还空着呢。"

宇文虎这句让人浮想联翩的话，场中所有人都听见了，众人皆作凝重状，慕容伽莲不觉心荡神移，宇文虎走到她身边，在她饱满的丰胸上，坦荡地揉捏着，众目睽睽下的轻薄，换作从前，她会羞得恨不得有个地缝钻进去，生过孩子后，她的心态有了微妙变化，姐姐说得对：在世人中间不愿意渴死的人，必须学会从一切杯子里痛饮；在世人中间要保持清洁的人，必须懂得用脏水也可以洗身。现在，她安然享受。

"咦，这是谁送来的贺礼？"慕容伽莲正待松口气，宇文虎眼尖，他指着宇文雄送的沉香木盒，宇文云飞眼疾手快，弯腰打开，一把锋利的宝剑出鞘！

"回陛下，是姐夫那罗延相赠。"慕容伽莲屏住呼吸，强作镇定，庆幸将金耳环收好，不然，浑身是嘴，也说不清。

"哼，这把宝剑倒不是俗物，不过，配不上我的皇儿。宇文云飞，赏给你！"

慕容伽莲瞅着宇文雄赠送的宝剑，转而被他随意赐给旁人，她还得赔着笑脸、昧着良心附和宇文虎的决策正确。

送走宇文虎，慕容伽莲叫来阿蛮，她摊开笔墨，要给姐姐送信，宇文虎要派姐夫到西北一事，吉凶难料。

"夫人，雅霜那浪货不懂检点，上蹿下跳出风头，你得给她点苦头尝尝，不然，日后难以管教。"阿蛮气急败坏地责备雅霜。

"阿蛮，你怎么了？"慕容伽莲觉察到阿蛮大动干戈的背后，另有隐情，她是在嫉妒雅霜？停下手中的笔，慕容伽莲关切地握住阿蛮的手。

"夫人，你没见到雅霜那浪货已在你眼皮下赤裸裸地引诱陛下么？"阿蛮替她打抱不平。

"我见到了。"慕容伽莲平静地点头。

"那你还不收拾下她，以示惩戒？"

"人生之戏必须演得好，可是这就需要好的戏子。雅霜是很不错的戏子，你不觉得吗？阿蛮，你不该失去你的冷静。"

慕容伽莲提起笔，她自信有能力掌控宫女雅霜。阿蛮比她年长，姐姐是让阿蛮成为她的好帮手，照此下去，阿蛮定会让姐姐失望。

"夫人，你的性情怎么突变，是吃了什么灵丹妙药？"阿蛮神色惊诧。

"这世上哪有什么灵丹妙药让人变聪慧？不过是女本柔弱，为母则刚罢了。"慕容伽莲说到这里，顿了顿，凝神思索，下笔游走。

"阿蛮，你得跑一趟，将信送出宫外给二姐。"

慕容伽莲吹着纸张墨迹未干处，将纸条小心叠好，塞入信封，递给倚立身旁的阿蛮。

"夫人，现在就要送出去？"

"对，事不宜迟，宝剑的事，也转达姐夫，就说陛下已赠宇文云飞御首领了。"慕容伽莲深思片刻，生怕遗漏什么重要信息。

"夫人，奴婢去后，你可拆封那些礼物，奴婢已造册登记，为日后还礼做好安顿。"阿蛮出发前，不忘叮嘱。

"好啦，阿蛮。"慕容伽莲不喜她未老先衰的婆婆嘴，她推搡着阿蛮出门，"雅霜怎么不见人影？"慕容伽莲腾出空，要处置雅霜。

"夫人，她应该在忙着准备晚膳。"

丰仪如肥胖的呆鹅，睁着永远睡不醒的猪泡眼，憨头憨脑回话。倘若这后宫的宫女，都长成黑胖的丰仪模样，可就风平浪静了。慕容伽莲每每见到她的憨傻样，就忍俊不禁。

她俯身查看众多色彩绮丽的贺礼，楷书字体的梅雪衣芳名，在洒金的粉色信封上，显出高雅的情趣，人如其名。

慕容伽莲脑海中浮现出她顾影自怜的倩影。梅雪衣送的是一对拨浪鼓的金铃铛，乍看平常，细看别有寓意，铃铛上缠绕着五色丝线编织的老虎头，憨头憨脑，煞是可爱。慕容伽莲轻轻摇动着拨浪鼓，哐当哐当的声响，勾起她的童年回忆，她想起她小时候骑在阿爷肩上，阿爷就给她买了这样的拨浪鼓，那是阿爷给她买过的唯一礼物，以后，阿爷就忙着东征西战，忙着争夺他的军功，忙着培养她成为陛下的皇后，最后，连自己的性命也忙没了。

她的双眼湿润了，泪光里，见到霜云殿的梅雪衣，无儿无女的梅雪衣，埋头编织五色老虎头的画面，同是后宫苦命人呀。

慕容伽莲对梅雪衣天然怀有同是天涯沦落人的恻隐之情，就因为她与姐姐伽昙有过交集？也不全是，梅雪衣身上有高不可攀的仙气，她的美，只有三分在皮相，七分都在风华。风华太盛，早已盖过了容貌。她是真正的大美人，吸引男性，也吸引女性。

"夫人，晚膳备好，请夫人上座享用。"雅霜勤快地端来方桌，如同什么事也没发生过，安置好酒菜，躬身禀报。

"雅霜，赏你只矮凳，坐着吃呗。"慕容伽莲不是藏不住事的小姑娘了，她决定试探下，雅霜究竟是何居心，要对陛下献殷勤。

"谢谢夫人！"雅霜也不推辞，拖着锦凳坐在她的下首位上，慕容伽莲不动声色，等候雅霜给她舀了催奶的鱼汤，她闷头喝完，才漫不经心地问她："雅霜，你这身衣衫是谁的裁剪？陛下可最爱白衫绿裙的配色了。"

"夫人好眼力！这是环佩姐姐教奴婢裁制，她说春天到了，白衫绿裙，清新明快，带给人好心情呢。"雅霜毫无戒备，眉宇间充斥着了无心机的单纯。

"环佩？霜云殿的环佩？她几时懂得裁剪衣物了？"

慕容伽莲神经绷紧，牵涉到梅雪衣。她强压怒火，直勾勾盯着雅霜心形大敞领的衣衫款式，白花花的酥胸尽收眼底，如此大胆露骨的裁剪风格，不是诱惑陛下，难道是自我欣赏？

"环佩姐姐是不是还告诉你，陛下就喜欢宫内的女子穿白衫绿裙呢？"

慕容伽莲夹起块羊肉，味同嚼蜡，对梅雪衣充满无尽的恨意与不解：梅姐姐呀，梅姐姐，何苦要用这些下人来挑起我们姐妹间的是非？

"夫人聪慧！环佩姐姐就是这么告诉我，她还说我要是能引起陛下的注意，获得陛下欢心，就是在帮夫人你呢。"

雅霜眨巴着无邪的美目，双手托住胸，她那炫目的丰胸，明目张胆刺激着慕容伽莲，她不由得生出无名愤怒，险些使她窒息。

"你衣不遮体，挑逗陛下，就是想帮我？"慕容伽莲克制着愤怒与嫉妒。

"难道夫人以为奴婢是无用之才？"雅霜挺起胸，这是她安身立命的武器。眼里流露出与她身份不相符的骄傲。

"当然不是，众生皆有用。"怨不得阿蛮对她生出诸多愤怒，想来，平日里，她仗着青春美色，欺负姿色平庸的阿蛮也成常态？

"夫人，奴婢是心比天高，命比纸薄的女人，上天给了奴婢一张好容颜，有什么用？白白耗费在洗菜煮饭的琐碎事上，奴婢不甘心，愿意代夫人去伺候陛下，获得陛下……"

瞅着雅霜自命不凡的嘴脸，慕容伽莲听不下去，她一把掀翻桌上饭菜，指着她的鼻头怒叱："放肆！不知轻重，不懂规矩的狗奴才，癞蛤蟆想吃天鹅肉，你以为凭你一身白花花的肥肉，就能获得陛下欢心？你也不张开你的狗眼看看，这宫内的女人，哪个没有白生生的肉躯，个个都学你，岂不乱套了？"

丰仪见闹出大动静，怀抱吃奶的皇子跑来，战战兢兢询问："夫人，发生什么事了？"

"丰仪，带小皇子离开，这种伤风败俗的事，不要污了他的眼！"慕容伽莲变脸成声色俱厉的夫人，阿蛮的话有道理，下贱之人就该还以下贱之道治之。

"夫人，夫人息怒，是奴婢错了。"雅霜真是欺软怕硬的货色。她扑通下跪，丰满的胸抵在地面，狼狈地磕头求饶，方才自以为是的盛气凌人早已跑到九霄云外去了。

"起来，滚到庭院罚跪去！没我的命令，休得离开！"

慕容伽莲俯视着跑起来比兔子还快的她，压根就不想饶恕她。她走到窗前，心头泛起说不清的悲凉，她知道自己是过分了，若不是雅霜目中无人，她也不至于恼羞成怒，真正激起她愤怒的是梅雪衣，她欣赏敬重的梅姐姐，为什么，也要掺和捉弄她？

"慕容妹妹。"她正自哀怨，说曹操曹操到，手持画卷的梅雪衣俏生生飘忽在她面前，身后是她的奴婢环佩，同样穿了心形大敞领的环佩，慕容伽莲顿觉见到眼中钉。

她转向梅雪衣，她清丽脱俗到不属于红尘，在缥缈雾气中潋滟生辉，万般缱绻悱恻，只在眉眼间游离。

"梅姐姐？怎么得空来畅音阁？"慕容伽莲原本心里还恼怒她，当真梅雪衣在她面前仙气飘飘立定，几分恼怒早就飞到九霄云外了。

"梅夫人，救救奴婢呀！"雅霜呼喊着梅雪衣，嗓音尖厉，慕容伽莲听得面色一沉，这贱婢何时与梅雪衣勾搭在一起？

"慕容妹妹，怎么回事？"梅雪衣见到跪在庭院的雅霜。

"好姐姐，我们许久不见，进去坐下再谈吧。"慕容伽莲认为教训奴婢是家丑，牵连到梅雪衣，不如回避。

"也好，环佩，你就在外边候着。"梅雪衣点点头，两人前后脚进入室内。

"妹妹，姐姐送画来了，时间仓促，画得不好，还请妹妹海涵。"梅雪衣的语气轻轻的，像雪花飘落。

"姐姐客气了，妹妹迫不及待要赏画呢。"慕容伽莲牵住她的手，进入书房，梅雪衣将画卷在桌案上展开，原是有两张。

"这张《红衣拈花作明佛母像》是遵照妹妹需求而作，妹妹看看，可满意？"画面中的佛母身着勾了金线的朱砂色衣，表情慈祥，手持五彩莲花，透出喜庆祥和之气，慕容伽莲见而生起欢喜心。

"这张《红荷鸳鸯图》是姐姐赠给妹妹，祝愿妹妹与陛下的情爱如图上鸳鸯戏水，琴瑟和谐。"

梅雪衣纤指指点着画作。

"多谢姐姐美意！"慕容伽莲嘴上称赞，心底却是不信，她能有这么好心？

画面上，荷塘角落，芦苇丛生，一对鸳鸯交颈戏水，荷叶碧绿似伞，两朵红荷绽吐芳华，画法工整细致，笔法虚实结合，整个画面呈现空灵润泽的美感。

"论姐姐的容貌、才情，均属凤毛麟角，妹妹对姐姐，钦慕已久。"慕容伽莲对梅雪衣素来恭敬。

"莲妹妹，却是福气好，姐姐福薄，比不得你。你有皇子，皇后之位，非妹妹莫属！"梅雪衣笑容凄美，目光迷离，搜寻皇子踪影。

"姐姐高看了，妹妹愚钝，皇后尊位，不敢妄想，眼下皇子刚睡，妹妹择时再来拜见姐姐，可好？"慕容伽莲不肯轻易满足她意愿。表象的倾慕是一回事，真正的交锋又是一回事。

"莲妹妹，你是金枝玉叶的高贵之躯，何苦与奴婢们一般见识，得饶人时且饶人吧。"梅雪衣话锋转向罚跪的雅霜，满嘴宽容的仁慈。

"难不成我的价值就是跪拜惩罚？"慕容伽莲听到雅霜还在不认输地抗争，她的无名怒火又被激发："她要是懂尊卑轻重，哪会如此无法无天？"

"妹妹若不嫌弃，不如将那奴婢交给姐姐调教？"梅雪衣似笑非笑，似真似假。

"姐姐喜欢，带走就是了。"慕容伽莲愣了，雅霜的不安分定是受了梅雪衣的煽动。

"姐姐说笑而已，奴婢也有她的价值，妹妹可不要浪费了。"

梅雪衣走出庭外，光影下的回眸一笑，令他人顿失颜色。

同为女子，慕容伽莲也被她冷傲的美所征服，她不甘示弱地反击她："奴婢的价值，永远只是奴婢的价值！"

第四十七章
宇文开：妓馆环采阁

东都城内最高档的妓馆环采阁，以长驻风情美貌的西域姑娘而艳名远播，像司空璞玉这样卖唱弹琵琶的中原女子，身份地位极为卑微。好在，被人轻看的野百合也迎来了春天。

崔文庭在豪华的环采阁大设宴席，私下邀约宇文开到场庆贺司空璞玉成为自由身——他代谦明替司空璞玉赎了身。

宇文开忙从泥浆满地、灰尘漫天的寺庙工地，急急赶来这花团锦簇、富丽堂皇的温柔乡。长兄杀掉癫狂中的崔如素，与崔文庭结下不共戴天的仇恨，他不愿失去崔文庭这位亦师亦友的好友，常借着谦明努力与他修好。

宇文开自认为有一双洞悉世事的慧眼，圆通寺方丈谦明匪夷所思的出格行径，他却看不透。缘何他不怕遭受世人唾弃？不怕坏了千年古刹圆通寺的清誉，毁了他的修为？

崔文庭喝得双颊酡红，举着酒樽来到他身旁，取笑道："开弟，怎么郁郁寡欢，是否春思萌动了？"

"文庭兄。"宇文开忙起身上前扶住他，长兄警告他少与崔文庭来往。

"是不是想不通？"崔文庭眼角蔓延着笑意。

"嗯，是，开弟愚钝。"宇文开腼腆地搔头，他的聪明才学在这两人面前还是稚嫩了。

"不受魔不成佛，许多事，不能光看表象。"崔文庭如他的严师，话藏玄机，纵是博览群书的宇文开也懂不了。

他正欲与崔文庭辩解，话未出口，耳旁的莺声燕语戛然静止，场中所有人的目光追随着一位袅袅娜娜走来的蒙面女子，她一头棕色长发，尤为惊艳夺目。

宇文开听见司空璞玉低声对谦明解答，是新来的西域美女，神秘妖娆，每月就出场三日，出价最高，眼下是环采阁的头牌，想要一亲芳泽的人都排队到猴年马月去了。

"噢？这么奇特的女子，敢问她的芳名？"宇文开按捺不住好奇，这名女子激发他的好奇心：能成为头牌花魁的西域女子，到底有何过人之处？

"姐姐们都称她为'嫦娥'。"司空璞玉的粉脸在酒精挥发下变得羞红。

"嫦娥？"宇文开与崔文庭同时冲口而出。

"这月宫里的嫦娥下凡来东都了？还是个棕色长发的西域嫦娥呢，有意思！"

崔文庭的调笑带调侃之意，宇文开理解他的感受，冰清玉洁的嫦娥姐姐，怎能与妓馆头牌搅混？这个西域女子敢取此名，也是深谙男人的阴暗心理。

他定定望着"嫦娥"，棕色长发，棕色如琉璃的眼珠，眼尾的小黑痣，这"嫦娥"怎么与嫂子郑宓如斯相像？

"嫦娥"经过他身旁时，回眸一笑，宇文开与她对视，嫦娥的美目闪现一道惊惶的流光，翩若惊鸿。他揉揉眼，"嫦娥"已飘然而去。

"文庭兄，这天底下真有长得一模一样的两片叶子？"宇文开疑云顿生，"嫦娥"与嫂子郑宓会不会是同一人？

"罢了，罢了，宇文公子，今儿可别扫兴，此地不宜高谈阔论。环采阁是醉生梦死的销魂窟，红尘极乐地！"

谦明听他所言，连连摆手，红涨着脸，高声嚷嚷不许崔文庭回应。他这张嘴脸，哪有半分出家人万事皆空的清静无为，明显就是一位喜好淫乐的庸俗世家子弟。

宇文开略略细想，便觉释然，环采阁的司空璞玉，从未风光过，今儿是她的大喜日，自己过分关注"嫦娥"，一不小心成了不懂风月的无趣之人。

"好，谦明师父的话最在理，喝酒，人生不就是吃喝玩乐吗？"宇文开堆起满面笑容，左右开弓，双手起酒樽，左敬崔文庭，右敬谦明，谁人不会醉生梦死？

"错也，还得有个字。"谦明没有他期望中的认同，板起面孔，眼神清明，转换成深山古刹苦修的得道高僧。

"得有个'隐'字，人生是吃、喝、玩、乐、隐！"崔文庭凑过来，他与谦明是彼此对方肚里的蛔虫，知根、知底、知心。宇文开看得好生艳羡。

"隐？"宇文开一时不能解出其中真味。

"隐者，小隐隐于野，中隐隐于市，大隐隐于朝。"谦明吞下酒，眼里闪烁着寒星的慧光。

"陆沉于俗，避世金马门。宫殿之中可以避世全身，何必深山之中，草庐之下？"崔文庭接上谦明的话头补充。

宇文开蓦然开窍，他们是要成为隐者，他们追求成为真正的隐士，不被人打扰的自由生活，隐只是他们追求政治理想、人生抱负的方式，只有隐才能更好地实现内心的宁静，才能不被世俗所打扰。

"但令尺寸无诸恶，虎狼丛中可立身。开弟，这趟你可没白来，这酒，你可没白喝！"崔文庭面上是怡然自得的愉悦，他用手指弹拨宇文开的酒樽，青铜酒樽发出沉闷悠远的响声，三人间的清谈，如同远古的高士玄谈。

"小隐避的是世，中隐避的是人，大隐避的是心。佛家的空性，此心不动，八风吹不动。"谦明自顾用手指叩响酒樽，眼中视无一物。

他是皈依佛还是遵循道？宇文开猜不透谦明变化莫测的言行。

"不拘泥于形，儒、释、道，三者合一。开弟，莫要做那贵心伤身的人，圣人之道，一龙一蛇；形现神藏，与物变化。"

崔文庭的言辞，如闪电，照亮宇文开混沌的意识，他方才明白谦明为何要给司空璞玉赎身了，如果他愿意，他给环采阁的妓女们全赎身，他每日换一位新妇，也不足为奇。

"你悟到了？"崔文庭挑起眉头，笑得爽朗。宇文开笑着点头举杯，三只酒樽碰撞，擦出意义深远的火花。

酩酊大醉的宇文开被崔散金搀扶着回到府邸，已是更阑人静，经过长兄宇文雄的房间，他停下脚步，低问崔散金："长嫂与长兄早早歇息了？"

"宇文夫人回镇川娘家了，她每月要返回娘家住上三日才归来，明日她就该到府了。"

"三日？"宇文开疑云满腹，这环采阁的"嫦娥"每月有三日登台，如果是巧合，那也太不可思议了。

躺在黑暗中，宇文开被酒意催眠，环采阁的美酒，掺有使人兴奋的药物，饮时快活，醉后灼人心肺，宇文开算是尝到厉害了。

他直睡到日上三竿，睁眼醒来时，头痛欲炸，口干舌苦。

"二公子，主母熬的清热解毒的绿豆粥，下人给你端来了，趁热喝了解酒。"崔散金头顶门帘，掀开一股橙光入室，他一手端粥，一手拎了装满滚热水的木桶。

"还是阿娘知儿子心，酒醒喝粥暖胃。长兄呢？"他用毛巾揩脸，漱口，昨夜的疑云徘徊在心，挥之不去。

"出门打猎去了。"崔散金趴在地上，手脚并用擦地。

"他不迎接嫂子归来？"宇文开觉察事有蹊跷，长兄与嫂子一向恩爱得紧。

"二公子，你近来不在府，不明就里，下人们都在传闻，大公子与夫人闹别扭了，就为每月回娘家的事，大公子坚决不许，可夫人执意要去。"

"嫂子是要晚上才回府？"宇文开认为他有义务和必要与嫂子面谈。

"大公子才出门，夫人就回府了，他们谁也没搭理对方，估计夫人这会正在房中以泪洗面呢。呀，这能算什么事嘛。"

"你别忙活了，去给夫人禀报，我将去拜会她。"

宇文开拿起毛巾认真洗去面上的尘埃与醉意，换上洁净的衣袍，宇文开向长兄的房中走去，他心怀坦荡，并不认为单身到嫂子的房内不合礼仪。

"嫂嫂好。"宇文开在踏入门槛前，先清清喉咙，拱手施礼，高声呼喊，意在提醒。

"开弟来了，你长兄出门去了。若要寻他，只得是傍晚了。"郑宓端坐铜镜前，神采飞扬，顾盼有神，哪里有半点失去夫君宠爱的怨妇样。

"嫂子误会，开弟有事不明，意欲与嫂子单独详谈，不知嫂嫂方便否？"宇文开见她似在躲避，更加认定她内心有鬼，不等她招呼，径直踏入室内，坐在她身旁的高背椅上。

“自然方便。”郑宓侧身，换上巧笑嫣然的美颜，挥手遣散伺候的奴婢，与他面对面端坐。他看清了，她的琥珀色双眸，水汪汪晶莹如宝石，眼尾的小黑痣，棕色长发，与环采阁的“嫦娥”，简直就是一个模子雕出来！

“嫂嫂，就算开弟多管闲事，本来不该开弟插手，不过，嫂子是宇文家族的媳妇，就是宇文家族的人，开弟我管的就是家事，不是闲事了。”宇文开先说一通深明大义的废话，阐明他主持公道的道义。

“开弟，可是为了你长兄与宓儿不和之事？”郑宓抬起三寸金莲，双手抚弄着发梢，眼底春意盎然。

宇文开垂下眼帘，将目光转向别处：“嫂子，开弟在环采阁，唔，嫂子，可能没听闻过环采阁，就是东都城内最豪华气派的妓馆，遇上她们的头牌，名为‘嫦娥’的西域女子，与嫂子生得一模一样。你说怪也不怪？”宇文开窥探着她的神色变化。

“原来，宇文家的开弟也是寻花问柳之辈，天底下，长得相像的人多了去了，开弟，莫非是醉酒的酒话？这样的醉话，还是少说为妙，不然，影响宇文家族的声誉，你我可担当不起。你长兄，三言两语不合，就是白刀子进红刀子出的狠角色！你应该很清楚。”郑宓的神态处变不惊，话中有推诿，有威胁，也有心虚的破绽百出。

宇文开从她的话语中，得出答案，“嫦娥”就是郑宓！郑宓就是“嫦娥”！苦于找不到嫂子要冒充一名妓女的动机？为钱？不可能，宇文府邸不缺钱，她的阿爷郑郤宗，更不会缺银子。为刺激？也不对，胆敢背着长兄去厮混，她不要命了？最有可能是被人胁迫，对，只能是这个理由，不然，都太牵强。

“嫂嫂说得对，长得像的人很多，可那位‘嫦娥’姑娘每月只有三天在环采阁，嫂嫂也是每月有三天回娘家，这都算巧合，不合常理吧？”宇文开不与她正面辩解，冷静地揭开她的伪饰。

“开弟，你何必为难嫂子，是想要宇文家族鸡犬不宁吗？”郑宓面色换上认输的败相，压低嗓音。

“嫂子，误会，开弟深爱长兄，深爱宇文家族荣誉，开弟私下找嫂子也是这般考虑，莫非嫂子遭遇歹人挟持？开弟愿为嫂子解难！”宇文开见郑宓语气松动，他也诚恳相对。

"开弟，此言当真？"郑宓面上飞来团团红晕，语带欣喜，神色变为轻佻。

"是，开弟义不容辞，嫂子，需要开弟如何做？"宇文开以为胜利在望，一时冲昏了头而不自知。

"开弟，稍后。"

郑宓诡秘地笑着扭摆身躯，将大门关紧，宇文开还以为她要与他道出不能让外人知晓的秘密。

哪知，郑宓转身扑入他怀，双手如蛇紧紧吊住他脖颈，骇得宇文开使劲挣脱，低声求饶："嫂子不可，嫂子不可！"

"你不是要帮嫂子吗？嫂嫂得了绝症，需要男人才能解救。"郑宓哪肯放下他，箍得他透不过气，言辞愈发放肆。

宇文开悔恨不已，倘若被长兄撞见，他就得搭上小命了。

他奋力挣脱郑宓的纠缠，翻滚在地，门被撞开，一道黑暗的光影覆盖着地上的两人，宇文开抬头见到长兄宇文雄如天神降落在眼前！

"长，长兄。"宇文开衣袍凌乱，结结巴巴呼喊着他的长兄，欲哭无泪，这下，他是跳进黄河也说不清了。

"夫君，你总算回来了，不然，贱妾就被他，被这个正人君子的虚伪小人玷污了清白！"郑宓这个贱人，扑倒在宇文雄腿上，哽咽地哭个不停，真如受到他百般凌辱的委屈。

"宇文开，你与二娘搬出去住，宇文家族的府邸容不下奸淫嫂子的不义之人！"宇文雄呆立如石像，拔出他的金刚剑，继而推回去，神色颓败，是被最信任的亲人伤害的绝望。

宇文开跪在地上，双手抱头，痛哭流涕，他可以不为自己申辩，可他不愿失去长兄，他的亲人！

"长兄！"宇文开哭得哀哀欲绝，怎么会变成这样的局势，他不是一番好心吗？

"开儿，开儿，你，你这是吃错药了，被人下蛊了？做出这等下三滥的丑事？"阿娘李甄梅呼天抢地跑来，宇文开羞得无地自容。阿娘，他多想当众揭穿郑宓的真实面目，泪眼中，他看到围观的府中下人们幸灾乐祸的嘴脸，他不能，不能让长兄失去尊严，宇文雄是战神，是宇文家族的骄傲与显赫的象征！还是自己承受，自己本来就是不起眼的小人物。

"阿娘，开儿糊涂！"宇文开跪爬到李甄梅脚下。

"开儿不怕，阿娘与你一起！"李甄梅搂着宇文开，泣不成声地安抚他。

顶着灰白头发，身穿深灰道袍的崔玉房走进来，高声呼退看热闹的闲杂人群，居高临下俯视地上搂抱一团的宇文开母子，眼里喷出燃烧的怒火："有其母必有其子！你们即刻搬出宇文府邸，李甄梅，休怪我无情，你的儿子不配拥有宇文的姓氏，另外改姓，随你姓什么，只要不是宇文就好！"

宇文开猛力捶打自己的头，这是他的好奇心引发的悲剧，竟然连累阿娘了！他暗中发誓，定要还自己清白！还阿娘尊严！

"阿娘，对不起。"宇文开内疚地自责。

"开儿，眼下，不是说对不起的时候，收拾行李，我们走，宇文家容不下我们娘儿俩了。"

阿娘李甄梅面上是历经世事动乱的淡然，宇文开看得心如刀割，从来没有想到，会是自己的好奇心造成母子俩身败名裂，被逼离开宇文家族。

日落西沉，万物各归其巢。

宇文开带着随从崔散金，与阿娘离开高门大户的宇文府邸，向东都城外走去，宇文开频频回首，他多希望见到长兄宇文雄的身影，没有，他的背后是一片无人的空寂。

"是阿娘没做好，没听人劝。早点离开宇文府邸，你也许就不会遭受欺辱了。"李甄梅反过来劝慰他。

"阿娘，别说了，都是开儿的错，你要相信儿子，开儿绝不会做出猪狗不如的事来！"

宇文开赌咒发誓，向阿娘道明。

"开儿，阿娘相信你，也许我们都不属于宇文家族，不如，你去跟随崔氏家族，阿娘见你与崔家兄弟交好，与他们结拜为兄弟，改为崔姓？"阿娘到底是过来人，首要考虑他的姓氏大事，这是他立足于世的根本。

"开儿听阿娘安排。"

遥视城郊山峦重叠的暮影，宇文开平生终有深入骨髓的孤独，卸下宇文家族的盛名负重，也非坏事，谦明师父常说祸福相依，实乃人生常态。

"阿娘，我们到圆通寺借居！"

在人生最窘迫的低谷，他想起了谦明，佛祖定能庇佑他母子。

第四十八章

宇文周：养寇自重

西北兰山的天地广袤，气候酷热，土地贫瘠，赤色的河流旁，世代生存下来的狼族人凶残野蛮，他们精于马术与鸣镝，隔三岔五骚扰边境，抢夺杀戮。

天上诸神，也生性调皮。狠狠地把宇文周调戏一番，要疏于战事的他与最为彪悍残暴的狼族人决战！

三年前，陛下要他与那罗延各自率领因"血月"而大赦出狱的死囚三千人出发抵御狼族。

接到诏令，宇文周如临大敌，跺脚干号："要本公率领作奸犯科的死囚？看来，本公不是成为他们的刀下鬼，就是成为狼族人的鸣镝鬼！"

"柱国公，你没听过哀兵必胜？你又不是一个人在战斗，别忘了，有勇猛善战的冷面金刚那大将军随同。"血慈悲比他乐观。

"那罗延？他拒绝本公的良马，本公与他势不两立！"宇文周想起退回的四十匹上等骏马，气不打一处来。

"柱国公，将军额上能跑马，你与那将军现是休戚与共，怎能势不两立呢？只能团结一致，共同抗敌。"血慈悲为他释怀。

"那罗延此人，能文能武，城府极深，陛下对他，也暗藏戒心，我与他更要相安无事。"宇文周也觉血慈悲的话在理，大敌在前，个人恩怨暂且不计。

满面胡腮的宇文周躺在山洞冰冷坚硬的石块上，无比怀念英勇善战的那罗延。有他在，他哪会就被狼族人的鸣镝刺中小腿，负伤躲在这冰窟窿的山洞逃命？

三年来的并肩作战，他对那罗延，极度依赖。

那罗延不会矫情吟唱：风萧萧兮，易水寒，壮士一去兮，不复还！他是遇强则强的狠角色。

行军的队伍在半道上与狼族人交会，那罗延当机立断，一马当先带着他的那家军直接开打，杀了个天昏地暗，最终伤亡惨重：他斩杀狼族人首领，自己胸部受伤，两方退兵。

宇文周躲避着血雨腥风的人肉厮杀，扶着受伤的那罗延到山洞，直呼好险，那罗延不以为然笑道："好运气。"

"这还叫好运气？"宇文周睥睨着冷面金刚，鲜血染红了铠甲，他仍波澜不惊，替他包裹伤口的军医在旁敷药止血。

"柱国公，西北兰山地势陡峭，他们主动送来，不然，还得花费我方人力搜寻，这一战，给我方留下时间，借机熟悉地形。"那罗延扬起手，令他的副将端木无极，把绘制图形的羊皮卷钉在山洞墙上，他查看着地图，陷入沉思。

"那大将军，依你分析，我方与狼族人决战，赢的可能性有多大？"宇文周沿途听闻诸多狼族人的暴行，先自胆怯一半。

"柱国公，他们是披着狼皮的人，不过习惯虚张声势，没什么好怕！"那罗延的视线不曾离开地形图，从背后望去，他峥嵘的头角，显出异于常人的骁勇，好像在他的字典里，就没有"害怕"两字。

宇文周想起段纯阳对那罗延的评价甚高，首战告捷，那罗延就如蛟龙出海，他自叹不如，手下那帮荷尔蒙发达的亡命之徒，还得好生调教，他才能坐稳他的指挥位置。

"柱国公，狼族人受此重挫，短时间不会再来侵犯，我们要有长期作战的准备。"

"怎可能是长期作战呢？不是打跑了狼族人，就可班师回朝？"轮到他费解。

"柱国公，出兵征战，并非儿戏，哪会如此神速？"那罗延板起黧黑的面孔，令洞内众人退下，倚靠在嶙峋的巨石上，与宇文周正视。

洞内篝火熊熊，洞外安营驻扎忙碌的将士，来回巡逻的兵丁，井然有序，防守严密。

"柱国公，陛下只下令你我两人出征，是否另有深意？"火光下，那罗延高挺的鹰钩鼻，透出意志坚定的侧影。

"朝廷内，你是善战的勇士。呃，本公，也是呗。"宇文周躲闪着他审视的目光，他的真实想法，不能公之于众。

"比起战神宇文雄、侍卫首领宇文云飞、镇川节度使郑郄宗、守日大将军尉迟公，你我军事才能、作战经验都在这四人之下，陛下怎不派他们？"那罗延的笑声怪异。

"将军思虑深远，本公愿闻其详。"宇文周不禁自惭形秽，在他的深刻的思考面前，自己只是位肤浅的莽汉。

"柱国公，战神宇文泽与崔如素尚书同去蛇岛征战，你可有印象？"那罗延的眼神，如鹰隼锐利，宇文周竟有不寒而栗的恐惧，"宇文泽中了蛇岛的万岁丹毒，死在前线，崔如素回朝不久，也死于蛇毒。你不认为有疑？"

西北兰山的狂风，掀起飞沙走石的鬼哭狼嚎，宇文周凝视着火光中两人变形拉长的倒影，似乎听见死去的宇文泽与崔如素复活的惨叫。

那罗延捂住胸膛，隐隐有渗出的血痕。

"他们饱经战乱，还是难逃一死。"宇文周想起宇文虎得知宇文泽死讯的狂喜神色，在陛下的眼里，所有的臣子，都为他所用，所杀。

"陛下并不希望我们打胜仗回朝领赏。"

那罗延的冷笑，听得宇文周起鸡皮疙瘩："难道他不想打胜仗？"

"柱国公，敌国破，谋臣亡，这是为人帝王的手段！"那罗延细长深邃的双眼，闪现着沉思的慧光。

天下已定，我固当烹！宇文周心脏紧缩，阿爷的戏言。宇文虎坐上天子之位，大肆铲除功臣，曹贵、慕容信、宇文泽、崔如素，该他了。

征战狼族是宇文虎的故技重施？宇文周惊出浑身冷汗，他扯住那罗延衣袖，强惊慌失措："该如何应对？"

"将计就计，以不变应万变！"那罗延的面色，暗含杀气。

宇文周强作镇定："我们可不能自身反水！"

"当然！狼族肯定还会再来，酷寒冬日，他们不抢掠，也活不下去。当务之急，操练，迎敌！再养寇自重！"那罗延已然胸有成竹。

"那大将军，打仗如何打，你说了算！本公是酒场上的英雄，沙场上嘛，在你这位实战猛将面前，本公愿听命于你！只求一条，保证本公性命安全！"

宇文周恬不知耻向那罗延纳头跪拜，男子汉大丈夫，能屈能伸，先认怂，保存实力。

宇文周料不到那罗延所说长期作战的长期，竟然长达三年！

三年内，战乱，仅两次，那罗延的养寇自重，收到奇效。

第四年的深秋，南飞的大雁排成之字群舞。那罗延阿娘病危，陛下恩准他带上那家军返回东都城。

他与那罗延骑肥马着轻裘，头戴毡帽，在与狼族人隔离的警戒分界线上挥泪道别，此处是西北兰山口，沟内平卧着像人脚的巨石，石头上磨刻着两个大脚印，一前一后，是远古巨人跨步时留下的印痕。

"送君千里，终有一别。望那大将军在陛下面前多多美言，让本公早日返回东都。"宇文周手握以人头盖骨制成酒杯的浊酒，忍不住哽咽掉泪，他的归期在何时？

"柱国公放心，本将军提出养寇自重的策略，也是为给柱国公留下与陛下谈判的筹码。"

"狼族人愈强大，柱国公与陛下谈判胜算愈大，放眼朝廷，只有柱国公与本将军了解狼族人作战习性，本将军借机不出兵，就是给柱国公机会与陛下谈条件。记住，不要主动出兵。"

"好，本公遵照将军嘱咐。"

秋风起，黄沙飞，目送那罗延率领的轻骑绝尘而去，宇文周清楚大势已逝，那罗延带走精兵，他只身领导余下的残兵老将，如何应对骁勇善战的狼族人？

那罗延走前句句为他打算的话，宇文周细细思索，总感不妥，他这养寇自重的策略，分明是置他于死地的阴招。

那罗延走后的夜晚，他在梦里拖着断腿被狼族人追逃到西北兰山大脚印的山坳，退无可退，进无可进，为首的狼族人眼中透出绿莹莹的骇人寒光，挥舞着雪亮的砍刀照着他的脖颈砍来，他的头颅滚在地上，鲜血冲天而洒！他惊恐万状地惨叫着醒来。

"死守严防。"他抹去满头冷汗——他才被一队狼人偷袭受伤，必须得死守严防。腿上的伤口如万蚁钻心，麻木到无法动弹。

"血慈悲，秦夫人那边，有信来没有？"他惊魂未定喘息追问。明知无望，仍抱侥幸，期待奇迹出现。他以为秦花必会听从他指令，给陛下服食蛇毒，他只需等待陛下一命呜呼的消息传来，就率兵冲入皇宫篡位。

三年了，他等到的却是秦夫人诞下龙子，陛下新宠诸葛绿云产下公主的家长里短！

"柱国公，秦夫人已经三年没回信了。"血慈悲跪在山洞接洞顶流下的滴答赤水，放在盆里过滤，一碗水，半碗是沙。

"按这日期推断，秦夫人的龙子，该是我的种，有子孙延绵，死而无憾。"宇文周挠着腿上伤口，神情呆滞妄想着。

"柱国公，如何抵御狼族人至关重要，不然，我们命丧西北兰山，连故土都回不去，那才悲惨呢。"血慈悲扬起手上水滴，洒落在他面上，要他清醒，活命要紧。

"你以为本公不清楚自己手下残余部队的斤两？这些亡命之徒，死的死，跑的跑，留下的将士伤残居多，说心里话，我要能逃，也逃了，谁爱待在这破地方，吃沙吹风？"随着那罗延的离去，他的防线彻底失守。

"跑？我们是东都城派出的军队，我们怎能跑呢？"血慈悲用悲愤的眼神，望着他。

宇文周见到他的神色，也扪心自问：自己是不是真的太无能了？他是真怕死，真怕落在狼族人手里，他们可是要挖心肝，吃人肉，将人头骨做成酒器的野蛮人！

"与其诅咒黑暗，不如点燃光明。柱国公，你下令操练，我愿成为领兵的将领！"原本只是顺从伺候他的美少男血慈悲，在风暴与战场的洗礼下，脱胎换骨成勇敢的军人，他眼神坚定，态度坚决，笔直挺立在他眼前。

"好，你去训练！血慈悲，本公要造反，你是跟本公还是与本公对着干？"宇文周叫住他，替他掸掉军袍上的沙粒，与他的眼神对视，他要听到他的真话，验证他的忠诚。

"柱国公，我是你的奴婢，也是一位军人，军人的天职是服从命令，奴婢的使命是听从主人的话。不管你的抉择如何，誓死追随！"

血慈悲的保证，铿锵有力，宇文周听得百感交集，他紧紧握住他的手，郑重其事对他交代后事："陛下要我死，那罗延也要我死，横竖，我们回不去，你抓紧训练，在狼族人发起进攻前撤退！对众人谎称得到诏令，带部队返回攻城，本公宁愿造反死在东都城，也不愿客死异乡，埋葬在赤河边的无尽荒野上。"

"遵命！我们的将士，他们的故土都在东都城，谁也不愿落得尸骨无人收的下场！"血慈悲眼含热泪，凝重点头。

"我是必死之人，我也是以必死的信念来造反，我死不足惜，可是，血慈悲，你不能死，你要想方设法与秦夫人联系上，向她道明我谋反的事，我死了，她也活不成，你把我们的儿子救出来，送到白云观段天师处。"宇文周是交代后事的沉重，这是他思谋许久的结局。

"柱国公，你就这么肯定皇子和你有关？难道没别的法子，只能造反？大家送死？"血慈悲捂面悲怆，蹲在地上。

"她生的一定是本公的骨肉！你还看不出来，是陛下逼迫本公！他不让本公回去，要本公死在这里，别无他路，只能造反！"宇文周咬牙切齿地低吼。

"可为何不选择打败狼族，再回朝邀功领赏？"血慈悲不明就里。

"血慈悲，打仗杀敌和政治是两回事，胜战有时更是罪大恶极，本公不如冷面金刚，他能带兵打仗，还懂政治人心。本公必死的下场，从出发就注定了。胜也好，败也罢，结果都是死！"宇文周看清陛下，看清自己的局势，预知大限来临，反倒视死如归。

"天下非一人之天下也，乃天下之天下也。段天师不是常用这句话来鼓动柱国公？"血慈悲用手背揩干眼泪，安抚他。

"哪个男人不想成为天子？我也想，但是想拥有天下，就得以命相搏！人生不就是一场赌博吗？血慈悲，你了解本公，好赌、好酒、好女人，好世间的酒色财气！我们来场豪赌，赌注是我们几千人的性命！"宇文周大手一挥，拿出赌场赢家的自信与自负，他要背水一战。

部队撤退离开西北兰山前，宇文周让血慈悲伺候他梳头，西北兰山缺水，他这是四年来第一次洗头，用了赤河过滤后的水，梳好头后，他怔怔望着镜中的头颅，不禁以手抚头惨笑悲叹："我这颗好头颅，最终会落在谁手上？"

血慈悲勉强笑着安慰他："柱国公别说笑了，兴许苍天开眼，佛祖庇佑，你会大事既成。"

"说得在理，那我们也按照狼族人的习俗，向东方祈祷。"宇文周旋即下令。

狼族人以狼为图腾，营帐外高悬狼旗，他们崇拜天神，认为天神腾格里是主宰一切的神，他们拥有的一切，土地、食物、牲畜、权力、寿命、战争、胜败，甚至妻子儿女等都是上天腾格里所赐。每逢出征前，都会祭拜上苍，宇文周获悉他们的习俗，他已将自己当成了叛乱的狼族人。朝拜前，宇文周杀掉一匹马，朝着东方血祭，马血染红了他的双手，触目惊心的隆重，宇文周将血手分摊，头伏在地，虔诚膜拜："苍天腾格里，我以整匹马的马肉、马血毫无保留奉献给你，请赐我神勇与力量，赢得战争。"

天穹苍茫，刮来阵阵鬼哭狼嚎的阴风，血慈悲失手将酒樽掉在地上打碎，宇文周心里掠过不祥征兆，此番必败！他哆嗦着继续跪拜，别无选择，开始即是结束！

日夜兼程，宇文周率领的大部队终于在能遥望到东都城的重重青山处，安营驻扎，他要等候血慈悲快马先行带回宫内的消息。

军中粮草尚能撑得住半月，宇文周才不慌乱，他定下的造反计划是宜快不宜慢，宜智取，不宜肆意杀戮。

血慈悲带回的消息十分坏，陛下获知他擅自逃离西北兰山边疆，龙颜大怒，本要派那罗延征伐，他以阿娘病重为由推辞不领命，战神宇文雄主动请缨，现在已率领大部队出发了，估计三日内抵达此地。

"两军对峙，我方士兵明白自己被骗，势必引发轰乱，到时候，我们就没兵力对抗了？怎么办，柱国公？"血慈悲急得撩起衣袖擦汗。

"能怎么办？你选出五十名死囚犯的头领，以本公全部的黄金、白银贿赂他们，稳住他们的军心，阵脚就不会乱！"宇文周从那罗延处习得收买军心最快速的手段。

"还是要打？"血慈悲不确定他的意图。

"我们打不过战神，不能因为打不过，就当逃兵！军人的荣誉，明知上前是死，也要去面对死。"

宇文周挥舞着手中宝剑，人生的意义与价值，在他生命的最后岁月才领悟到，是他的悲剧，也是他的喜剧。

"柱国公，既然明知去送死，何必白白牺牲那些士兵们的性命，不如，发放金银给他们，各自逃命去？"血慈悲低声建议。

"你还是心太软，世间的金银财宝、富贵名利，不是白白得来的。想要？可以，你得出卖你的武力、尊严甚至灵魂来交易。唉，也罢，遣送伤残的将士，留下的全部委以重金，要他们殊死搏斗！"宇文周稍作思索，下了结论。

"血慈悲，你也带上金子离开，记住我的重托，你务必逃出去，带走我的骨肉，找白云观的段纯阳。"

宇文周双手背在身后，对这尘世，已做好最后的安排，他还没到生无所恋的境地，他是眷恋多过怨恨。

该来的到底来了，出征前，宇文周叫来血慈悲，他从腰间解下玉佩，递给他，压低嗓门："把这交给我的儿子，你若命大，代我抚育他，不要像我，吃喝嫖赌，一事无成，毁了宇文家族的声誉。我生得不伟大，死，应该可以轰轰烈烈！"

"还有什么要交代吗？柱国公？"血慈悲双眼通红，生离死别的悲痛使得他身躯摇摇欲坠。

"你，你陪本公一会，我们主仆还没这样清静地待在一起过呢。"宇文周示意血慈悲坐在他对面的毡毯上，两人怅然若失，相对无言。

"柱国公，血慈悲吹奏一段曲子为你送行，也算是了尽主仆情分一场。"血慈悲从腰间取下箫，闭目流泪横吹之，箫声音色浑厚、悲苦，听得宇文周的内心支离破碎，几欲落泪！

在悲凉的箫声中，他摇摇摆摆起身，肃然穿上全副盔甲，跨上战马，率领他的仅剩五百人组成的敢死队，从容上阵。

战神宇文雄的旗帜飘飘，他的身后是气势凌人的千军万马，宇文周冷笑着回望身后五百人的士兵们，他知道自己是以卵击石，这是他应得的结果，他高声呐喊："大家怕死吗？"

"不怕！"五百号人都已领到以身与命换来的金子，他们才会有不避斧钺的决然，才会有拔地摇山的呼应："生死追随柱国公！"

"好，枭雄们！二十年后，又是条好汉！"

宇文周明白他们的所谓忠诚，不过是看在金子的面上，他的感动也如鲠在喉，他高举手掌，像一位真正的大将军检阅他乌合之众的部属们，他们或苍老、或稚嫩、或猥琐、或健勇的面孔，贪生怕死之辈居多。

他神色壮烈："出发！后退者格杀勿论！"

宇文周在距宇文雄百米处勒住缰绳，战神金甲上的光芒，灼痛他的双眼。

不等他的宝剑出鞘，宇文雄的金刚剑破空袭来，裹挟着风吹鸣镝的呜呜悲泣，稳稳刺入他的颈间，血流爆开，喷向苍穹，绽放成转瞬即逝的烟花。

天神腾格里并未庇佑他。

第四十九章

宇文虎：长秋殿的血色

谁想登上权力的巅峰，谁就必须对道德上的荒谬之处心知肚明，坦然接受权力对自己的改变。宇文虎深谙此道。

黑漆托盘上宇文周的头颅，双目圆睁，宇文虎且悲且怒。看看吧，就连不学无术的赌徒也敢起兵造反，他不是说过只爱赌钱、美女吗？什么歃血为盟，苟富贵，勿相忘的兄弟情？全是狗屁！他闭上双目，下令挂到城墙以示震慑。

觊觎皇权的潜在威胁之徒们，人头逐渐浮出水面，他最终得以侥幸铲除，卧榻之侧，还有谁？还剩谁？

宇文虎俯视着朝堂群臣畏惧他的百官面孔，他深信不疑，别看这文武百官，明面上对他毕恭毕敬，转过身去，谁都有可能成为叛变的乱臣，杀了那么多人，从不信任身边的人，他不觉疲惫，愈觉亢奋，是对自己能力非凡证明的亢奋。

除掉宇文周，他紧绷的神经暂时得以松弛，该去庆贺一番。退朝后，他径直到长秋殿，饮酒作乐还是豪饮的秦花识趣儿。

秦花产下皇子，搬回长秋殿，诸葛绿云生了位公主，入住瑶华殿。

他有两位皇子，一位公主，江山后继有人，他始终难以满足，内心的恐惧永远褪不去，失去帝位的恐慌，失去他拥有的一切的恐慌。

长秋殿的梧桐树舒卷着绿意，他则踏入殿内，便觉气氛异常，往常的长秋殿充斥着活色生香的人间欲望，当下却白练飘飘，昏暗幽冥，是在祭奠谁的灵堂？

"秦夫人？"罗什力急速向前，像猎狗般警觉地探寻猎物，宇文虎摆摆手，他倒背双手，蹑手蹑脚绕到殿后，秦花与侍女墨语正蹲在墙角的阴暗处，不知嘀咕些什么。

"你们鬼鬼祟祟，在干什么坏事不成？"他故意拿腔拿调恐吓她们。

"陛下，恕臣妾仓促，有失远迎。"秦花低垂着粉面，双眼红肿，忙忙跪拜。

"你这是怎么了？发生什么事？"宇文虎鲜见她会悲伤难过，忙擒住她的手追问。

"不是，陛下，臣妾担忧金儿的病……"秦花面色惊惶，话音未落，又开始掩面悲啼。

"金儿怎么了？"他是觉得不对劲，没见到皇儿宇文锐金的身影。

"金儿早起就发烧说胡话，臣妾让云端抱他到皇太后处看看。"

秦花眉宇间锁着愁云惨淡，宇文虎觉察到不寻常："你怎么不同去？"

"臣妾寻思着先祭拜土地爷爷，再去不迟。"秦花指向地面一堆烧成灰烬的纸钱。

宇文虎释然了，搂着她的肩安抚她："金儿在皇太后那就平安了，皇太后定能保证金儿无事。走，陪孤饮酒！"

秦花这才破涕而笑："烦请陛下稍等，容许臣妾换身新装。"

"这才是孤的好夫人！"宇文虎在她脸颊上重重亲吻着，坚不可摧的盔甲在她面前轻松卸下。

遥望她摇曳多姿的身影隐入幕后，他侧躺在胡床上假寐。后宫夫人中，就这秦花才有令他欢颜的本事。与秦花相比，瑶华殿的诸葛绿云过分矫情；畅音阁的慕容伽莲过于顺从无主见；霜云殿的梅雪衣过分高傲清冷；就连朝霞殿的青茑萝，他曾经宠爱过的夫人，也还是太过柔媚。秦花，增之一分则多，减之一分则少，她懂得讨他的欢心，懂得在恰当的时间做恰当的事。

"陛下，是有什么大喜事吗？兴致这般好？"

换上豆绿衣衫的秦花，脖上戴着一串耀眼的金项链，与额上落梅妆的金粉，高举齐额的金樽，交相辉映，典雅华贵。

她斟满酒，跪拜在地向他喂酒。

"也算喜事，孤，又除掉一个威胁皇位的乱臣贼子。"宇文虎吞下酒后，闭目仰头，随着墨语在他酸麻的肩颈轻柔地抓捏摇晃。

"怎么，你不用你的樱桃小嘴为孤喂饮了？"宇文虎张开眼，调笑道。他怀念激情疯狂的秦花，今儿，她太过谨慎了些。

"臣妾近日肝火旺，怕有毒，传染给陛下，误伤龙体，罪过就大了。"秦花吐出粉红舌头淘气逗趣。

宇文虎念及自身最大毛病就是火气重，是不能再火上加油了。静心品咂着酒味，与往常大不同："咦，这酒里掺水了？寡淡无味得很！"他责问着秦花。

"陛下，臣妾换了新酒，兴许是这酒口味不合陛下，容臣妾换过。"秦花鬓角的黑发凌乱垂下来，起身时，金项链垂在她胸前荡来荡去，煞是抢眼。

"这项链，瞅着眼生呢。"他从没送过这风格粗犷的首饰给她，谁会送给她？

秦花停住莲步，回眸娇笑："陛下，听大师说，臣妾五行缺金，才专门去另行打制。"

"原来是这样，孤赏条金镶玉给你。"

"谢陛下。"秦花将手中的金樽递给墨语，要她搬来绿泉甘液。

"衣不如新，人不如故，酒也是，还是你家乡酒对孤胃口。"

宇文虎招手要秦花坐在身旁，罗什力神色不安走近，附耳低语："挂在城墙的宇文周头颅，被人偷走了！"

"被人偷走了？宇文雄呢？找他去缉拿，定是宇文周的余党捣乱，让孤扫兴，都没心情喝酒吃肉了！"

宇文虎气得暴跳如雷，亮开嗓门大吼，一个赌棍宇文周还能有余党？他率领的不是一些死囚吗？他们有什么道义可讲？不，他背后定是有其他人！宇文周的叛乱是有其他人主使的！宇文虎忽地被自己冒出的念头惊得愣住了，他的脊背涌出股股寒气，决不能善罢甘休！

"走，罗什力，回太仪殿！"宇文虎唰地甩开袖袍，呼哧呼哧喘息着走向殿外，秦花迈着小碎步出殿恭送。

这个秦花，往日的精灵活泼劲到哪里去了？他被宇文周头颅被盗走搅得心烦意乱，对秦花不同寻常的表现，心怀不满，带着怒气匆匆离去。

"陛下，叛臣宇文周的头颅，是被他的下人用重金贿赂守城官兵偷走的，说是为主人收个全尸埋葬，官兵们感念他一腔赤诚。"

三日后，在太仪殿内，宇文雄向他禀报事情的来龙去脉。

宇文虎稍感安心的是宇文周背后无余党主使，但，杀鸡儆猴，诛心为先，事要做绝！

"你去追回宇文周的头颅，自不量力的乱臣，哪配埋葬！孤算是网开一面，不然，就开棺鞭尸！"

刚说完，宇文虎就觉心慌气短，他颓然跌坐在龙椅，揉着太阳穴，耳旁是嗡嗡乱叫的老臣高成道的呼声，似海水涨潮，一浪高过一浪。

顽固的高成道，颤巍巍的腔调，他最恨的就是高成道自以为一副忠臣嘴脸，总要他以黎民苍生为重。

温良恭俭让的说教，他听得太多了，他比高成道更清楚水能载舟亦能覆舟的道理，他比高成道还更知道，权力的斗争从来都是千年不变的你死我活的尔虞我诈，如何保障他的皇权与皇位的稳固，这才是他最为忧心，也是臣子最应该所为的事。

"陛下，民为贵，社稷次之，君之为轻。陛下残杀手足，不避讳，反之大肆宣扬，难道就不怕千秋之后，史家以暴君来定陛下功德？"

高成道跪爬在他脚下，句句属实，逼得宇文虎脸色发烫，他真想将这老头子推出斩首，落个耳根清净。可他不能，以忠诚自居的高成道不怕死，倘若他这样做，会失去朝廷百官的拥戴之心，宇文虎强摁住冲动的言行，示意宇文云飞派人将高成道拖下去。

"陛下，皇太后请陛下用午膳的时辰到了。"罗什力在旁提示，宇文虎以手撑额，细细思忖，宇文周的事了后，这天下看似太平了？不，不，还有频频违抗诏令的"冷面金刚"那罗延，派他擒拿叛变的宇文周，他拒绝，派他再去抵御狼族人进犯，他又以阿娘病重为由抗令，他频频违抗诏令的背后，不就是想与他谈判？他不上当，委派崔文庭率领贺擒虎的部队替自己解围。哼，总有一天，他会打压那罗延嚣张的气焰。

还未走近皇太后的德寿宫，老远就闻到有药草的清香味飘来，宇文虎精神为之大振，阿娘自小就略懂医术，被掠夺到蛇岛后，也懂得运用巫术，常在宫内捣药自制药丸。

"虎儿。"宇文虎还没走近皇太后的居所，便听见阿娘的呼唤，她以手挡光倚门等候，侍女兰彩双手捧着陶碗站在她身后。

真如回到儿时，宇文虎心头一热，疾步上前："皇阿娘，又熬制什么神草药，味儿这般清香？"

"虎儿，且慢，转身，将面迎着光，待阿娘好生瞧瞧，我儿的面色发乌，瞳孔泛紫，难不成你也中了万岁丹的毒？"

宇文虎听皇阿娘的嗓音有惊恐之声，他忙伸手拍打阿娘的手背，要她放宽心："皇阿娘，你多虑了，儿子在皇宫内，谁敢下药？"

"虎儿，你以为没人想要你性命？我的虎儿，不要被表面的繁花似锦蒙蔽明智的心，你的皇位，本身就是杀机的存在。"

皇阿娘的一席话，令宇文虎不得不谨慎对待，进入德寿宫内室，他遣散侍从们，要与阿娘密谈。

"阿娘，你真认定虎儿有中万岁丹的迹象？"

宇文虎眉头紧锁，他身处后宫，还被人下毒，谁这般无法无天，简直可怕至极！

"虎儿，近来有吃到什么异常的食物？或是喝到与平日感觉有差异的酒？"皇阿娘的话提醒了宇文虎，他蓦然想起在长秋殿秦花躲闪的眼神，那天的酒味，他不再犹豫，宁可信其有，不可信其无。

"阿娘，这几日见过金儿吗？"

"没有。金儿怎么了？身体不舒适？"宇文虎从皇阿娘处得到秦花撒谎的证实，毋庸置疑，给他下蛇毒的人也就是她了。

"孤也是许久没有见他了。"宇文虎憋住一念升起的杀机，先治病，再拿贱人问罪！"阿娘，你可有治疗蛇毒的药方？"

"不是有什么药方子就管用，喝下这碗药汤，阿娘再用针灸，将药性逼出体内，好在，发现及时，十天就能药到毒除。"

皇太后递给他手上的陶碗，宇文虎一饮而尽，满嘴酸涩，腹内清凉畅快。

针灸后，宇文虎疾步走出德寿宫外，跨上马，直奔长秋殿。

他要独自去兴师问罪，这个贱人，为何要背叛他？谋害他？她不知道他多宠爱她？他还动过将他们的皇子立为太子的念头，长保她的富贵生涯，她这个不识好歹的蛮族女人！

长秋殿前，空无一人，宇文虎手提屠龙剑，厉声呵斥："秦花，贱婢子！给孤出来！"

他的王者呼声惊扰了梧桐树上休憩的群鸟，它们呱呱鸣叫冲入云霄。

"陛下，臣妾等候多时了。"

秦花浑身缟素，乌发顶上别了一串白色茉莉的花冠，从暗黑的室内，像一片秋叶飘落在他面前，宇文虎环顾仅余他与她的室内，一切器物井然有序，无论发生什么样的变动，都难以撼动长秋殿富丽堂皇的气质。

秦花姿容依然曼妙，宇文虎伸出宝剑架在她洁白的脖颈上，语气缓和："你为什么要下毒谋害孤？"

他要听到她甘愿服罪的乞求。

"陛下，不是什么事都需要理由，大爱即大恨，臣妾服罪，任凭陛下处置。"秦花洗尽铅华的素颜，吹弹即破的细腻肌肤，毫无血色的双唇，宇文虎看着她浓妆淡抹总相宜的娇俏皮囊，爱恨交加，万般不舍。

"你总得给我下手杀你的理由吧？"宇文虎强迫自己果断，他所爱的女人，对他的一番用心居然无所谓，他即刻转为心如死灰的无情。他当然要杀她，他要她的动机，他要合理的名目，使自己安心。

"陛下，秦花自知必死无疑，但求陛下轻饶金儿，他，他还小……"本是无动于衷的秦花提及皇子，伏在地上，伤心欲绝，泪如断线珍珠。

"你这个惺惺作态的贱人，但凡你心里真爱金儿，你会干这丧尽天良的事？换作在民间，你也是谋害亲夫，同样是不可饶恕的死罪！"

宇文虎听见皇子的名字，怒不可遏，上前一把扯掉她头戴的花冠，撕扯她的衣衫，他要她受尽百般凌辱，他要折磨她生不如死，他才能一泄心头之恨！为什么，为什么他深爱的女人反而背叛他，要置他于死地？！

"金儿在哪里？你把他藏到哪里去了？"

宇文虎冲她狂风暴雨般一顿殴打后才记起皇儿来，他把宝剑直抵浑身血污的秦花胸间，咬牙切齿逼问她。

宝剑的剑锋深深刺入她娇嫩的皮肤，殷红的血点点渗出来，在她素白的衣衫上，开出艳丽的血花，他要亲手处决她，痛苦！痛快！

"陛下，你放过金儿，不要让他在皇宫长大，皇宫，不就是一座金子打造的樊笼？樊笼外的人，飞蛾扑火，谁都想进来；樊笼内的人，生不如死，谁都想出去！"秦花惨笑着，不肯说出皇儿下落。

"我不要听废话，你告诉我，你把金儿藏匿何处？你不说，我会杀掉与你有关的所有人！你的阿爷、阿娘，你知道我说到做到！"

宇文虎的剑深入她的骨肉，秦花强忍痛楚，眼神哀怨，就是不肯吐露风声。

"陛下，放过金儿！"宇文虎手中的屠龙剑发出吞噬鲜血的兴奋剑吟，秦花猛然扑入他怀抱，头伏在他肩膀，宇文虎的肋间，剑柄抵得他生疼。

宇文虎搂抱着胸前鲜血如泉涌的秦花，白衫染成出嫁新娘的红衣，泪眼模糊了他的双眼，他将她放在地上，不解气地挥起屠龙剑在她不断抽搐的娇躯上乱砍一通，他杀红了眼："你这个贱人，你怎么能这样不负责任地死去！？丢下我们的皇子不管？"

身后，是闻讯赶来的侍卫们，惨然围观。

第五十章

宇文雄：真假皇子

宇文雄在谵妄中挣扎。

在追杀血慈悲的途中，遭遇家奴宇文圭快马拦截，报主母病情垂危，他只得恨恨返府。

"夫人呢？"宇文雄大步流星踏入府邸，四下张望，见不到郑宓人影。

"回公子，夫人去了镇川。"圆滚如冬瓜的家奴宇文圭低声回话。

"哼，她可真会挑口子，偏偏选在最需要她这位媳妇尽孝道的时候。"宇文雄发出冷哼，对郑宓愈发不满。

自从将宇文开母子赶出府邸后，他对郑宓的情感，摇摆不定。既不愿相信宇文开对郑宓有无礼行为，更不愿相信是妻子对宇文开的主动勾搭，纠结在亲情与爱情的困惑中，使他常在谵妄中挣扎。

"阿娘，阿娘，你怎么了？"他跪在病榻前，阿娘崔玉房紧闭双目，脸色苍白，人事不省。

"究竟发生什么事了？"宇文雄心急如焚，厉声喝问缩在角落抖抖索索的侍女玉奴儿。

玉奴儿吓得小脸发黄："公子，主母乃丹药服食过量所致，她已发作过一次了。"

"无用蠢材，那还不按照上次方法，将阿娘救醒？"宇文雄瞅着玉奴儿嘴脸，抬腿就将她踢翻在地。

"公子，奴婢早试过，此番不比上次，只怕更为严重，只能请道长来瞧瞧。"玉奴儿龇牙咧嘴揉着腿。

"公子，镇川节度使郑郐宗将军来访。"宇文圭擦拭着额上汗滴，小跑着近身禀报。

他来做甚？该来的不来，不该来的却来了。宇文雄暗中抱怨，对郑宓的不满推到丈人郑郐宗的头上，看看他都教出什么样的女儿来？

"宇文雄拜见丈人，丈人突然造访寒舍，有何要事？"宇文雄态度冷漠冲着郑郐宗象征性拱拱手。

"贤婿别来无恙？陛下有紧急任务，要你我联手完成。"郑郐宗的一双鼠眼，察言观色功夫了得，开门见山表明来意。

"是捉拿盗走宇文周头颅的随从？"宇文雄见到他，想起任性所为的郑宓，不禁怨气冲天。

"正是这事，陛下令我等急速缉拿此人归案，我已查明那小子下落，他隐匿郊外的白云观。我们得即刻出发捉拿，不能让那小子溜走。"郑郐宗语气急促。

"白云观？"

宇文雄抬起镶着金铠甲的手臂放置桌面，兀自思忖，陛下令老丈人加入，是不信任自己呢。管他呢，念及阿娘病情，需要请道长诊治，正好一举两得！

"好，那就动身出发到白云观！"

被官兵团团围住的白云观后山的老君台上，浑身血迹斑斑的小伙子蜷缩着身躯痛苦地抽搐着。

宇文雄用金刚剑尖挑起他的面庞，年轻男子生得面容俊秀，他厉声逼问："把叛臣宇文周的头颅交出来！饶你不死！"

"他是我的主人，我血慈悲身为柱国公奴婢，将主人收个全尸，埋葬在大黑山，略尽一份主仆情分，你们又何必赶尽杀绝？"

血慈悲咧嘴惨笑，白牙沾染着血渍，双眼透着纯澈晶莹的无惧。

大黑山数以万计的树林，要挨个挖坑找人头，无疑是大海捞针。宇文雄明白，这是徒劳。

"那我只能杀了你去交差。"他踏步上前，抬脚蹭着他的面颊，恫吓他。

"那最好不过！将军尽管将在下人头拿去交差！"血慈悲面颊肌肉拥挤成堆。

宇文雄不再践踏他，宇文周这位誓死护主的贱奴才，算得上合格的奴才。

"皇子呢？"郑郐宗冷不丁走近质问，他铁塔般的身躯如一道黑影挡住宇文雄眼前的阳光。

"什么皇子？"血慈悲清澈的双眼，瞬间失色。

宇文雄满怀戒心地瞅着郑郐宗，他这位老丈人，原来对他有所隐瞒呢，陛下要老丈人找回皇子，对他却蒙在鼓里。

"少给老子装蒜！你偷走叛臣的头颅，还用计盗走陛下的皇子，不就是想要发笔横财？"郑郐宗面上现出阴鸷的坏笑。

"发横财？哈哈哈，你见过要挟陛下而发横财的人吗？"

血慈悲发出凄厉的仰天长笑，笑声在山谷回响，惊起群鸦乱飞，宇文雄踌躇着难以抉择，是取他的人头交差，还是等候观望？

"本将军自有妙计，让你乖乖开口。来人，将道观内所有的道童带上来！"郑郐宗咧嘴，露出锈迹斑斑的龅牙。一声令下，这里便成了由他主导的战场。

宇文雄强忍住冲上喉间的咆哮，他倒要瞧瞧，他这位精打细算的老丈人会用什么高招，令这忠诚、俊秀的血性汉子开口！

宇文雄将金刚宝剑持在怀中，靠在老树桩上，静观其变。

一排衣衫褴褛、面呈菜色的道童们，跌跌撞撞走上台，他们围着地上的血慈悲，神色麻木，无言围观。

"不说出皇子的下落，你的脑袋，毫无价值。"郑郐宗的语气，满含讥讽。

"我不知道有什么皇子。"血慈悲目光慌乱，然语气坚决。

"哎呀，你不说也可以，就是可怜这些个道童们，他们都得没命啰！"郑郐宗伸出他的宝剑，蜻蜓点水，划过道童们的脑袋。

"郑大将军，他们只是毫无干系的孩子。"宇文雄跳出来，要阻拦这场无谓的屠杀。阿娘修道，常念叨他要积善修德，滥杀无辜，可是修道大忌。

"他们是孩子，我知道，他们是没有干系，我也知道，那，请你告诉我，如何完成陛下的任务？"

郑郐宗扬起手中森然寒气的剑锋，睁大的鼠目中，闪烁着私欲旺盛的贪婪。

"你就是杀死他们，也未必就能完成陛下的任务。"

宇文雄冷冷反击，男人间的较量，愈是亲密关系间的较量，愈是无情直接。

"你走开，我自有主张，人，我来杀，功，我来领！"郑郯宗面上的每道皱纹都跳动着凶恶的怒意，他扬起兵器横亘在宇文雄胸前，逼迫宇文雄后退！

"两位大人，清净圣地，请稍安勿躁！"

正当两人僵持不下时，一道白色的身影从古松上飘落下来。

"段道长，三无量。"道童们齐齐抱拳行礼，稚声清越。

"段天师，果然是不见棺材不掉泪，终于肯现身了？你教教本将军，该怎么做？"郑郯宗走到段纯阳面前，自视甚高地骄横发问。

"道人以道为事，故道不言寿。同理，也不言政事。"段纯阳清冷的嗓音，虽不气势压人，自有一股令人不敢轻视的气场。

"段天师，那就多有得罪了，本将军是粗人，不懂什么礼仪规矩，一心只是报效国家，效忠朝廷与陛下，这小子将小皇子偷走，罪大恶极，不用非常手段，套不出实话！"郑郯宗指着躺在血泊中垂死挣扎的血慈悲。

"郑大将军，徇人者贱，而人所彻者贵，自古及今，未有不然者也。为主人献身的人卑贱，像此等下贱的奴婢，何须劳烦大将军处置呢？老道方才在炼丹房的丹炉下，发现一位面生的小哥儿，应当就是大将军正要搜寻的小皇子，老道恳请大将军先放了道童们，老道带你们去接皇子，可好？"

血慈悲绝望地以头捶地哀号。

宇文雄想着要请段天师给阿娘做法事治病，巴不得早日了结，他忙不迭点头附和："段天师言之有理！"

"且慢，段天师，就凭你这张三寸不烂之舌，本将军如何信你？"郑郯宗眯缝着双眼，狡猾地笑道。

"郑大将军意欲如何？"宇文雄见段纯阳扬起手臂上的拂尘，面有愠色。

"那就多有得罪了，段天师，须得将你捆绑起来，带着皇子一道面见陛下。"

宇文雄见到郑郯宗老奸巨猾的神情，想起他跪在陛下面前阿谀奉承的嘴脸，他这老丈人啊，必须时刻提防戒备。

"老道谨遵郑大将军指令，来吧。"

段天师并不意外，也不慌乱，他镇定自若地将拂尘扔给一位道童，伸出双臂，甘愿被绑。

344.

浑身锦绣衣袍的小皇子被士兵抱到老君台，郑郄宗欣喜若狂地接到手上，高高举起沉睡中的皇子，得意地给宇文雄炫耀示威："怎么样？我的好女婿，顺利完成陛下重任了！等着进宫领赏！"

宇文雄正欲出言回应，一道黑影如风飘来，以迅雷不及掩耳之势夺走郑郄宗手里的皇子！

宇文雄忙伸出双手去抢夺，却扑了个空！黑影怀抱皇子发出凄厉惨叫，纵身跳入老君台下的深渊，惨叫声在山谷回响，众人傻眼了！宇文雄回望地上只余一摊血迹，顿觉天旋地转，这下，他是彻底交不了差！

"天哪！"郑郄宗也发出如狼似虎的号叫，俯身趴在老君台上，伸出脖颈向深不可测的深渊望去。

宇文雄踉踉跄跄着走到段天师面前，手忙脚乱给他松绑，语无伦次哀求他："这可怎么办？"

段纯阳活动着胳膊，向他的道童们使眼色，他们顿作鸟兽散冲下老君台。

"郑大将军，这个残局该如何收拾呢？"段纯阳神秘地冲着宇文雄眨眼，拉起伏在老君台边缘哀号的郑郄宗。

"望段天师明示！"郑郄宗是条久经变故的变色龙，前一刻是得意的趾气高扬；这一刻，是认栽的垂头丧气。

"郑大将军，这奴婢与皇子堕入老君台的深渊，必定粉身碎骨，绝无生还机会。眼下最为重要的就是你们两位大将军如何向陛下交差。"

是啊。如何交代呢？三人陷入苦苦思索。

"负荆请罪！"段天师沉吟良久。

"谁？负荆请罪？"郑郄宗抬起脸，狐疑不定。

"你、宇文将军，你们一起！"段天师的语气不容置疑。

宇文雄暗中称奇，确实算是一条好计，以退为进，但还不是妙计。皇子失去性命，这条可是能株连九族的大罪，如何避得开？

"皇子丧命，这才是关键，如何能让陛下轻饶，使我等苟活幸存？"郑郄宗道出宇文雄的隐忧。

"只能找人戴罪，将责任全推到死去的人身上，再碰运气，看能否大事化小，小事化了。"

宇文雄料到段纯阳也不是万能的高人，他转向郑郗宗，看看这条久经战乱仍然活得很好的老狐狸会有什么样的高招？

"贤婿，就依照段天师的办法，明日早朝，你我背负荆条，去向陛下请罪。"

郑郗宗眼神游离不定，是在下一步很重要的棋。迟疑半晌，他舔着干裂的唇，期期艾艾向宇文雄低声请求："贤婿，能否让宓儿回娘家长住，她阿娘病重，身边无贴心人照顾，怕是来日不多，丈人我，总得做最坏打算。"

"宓儿，她不是回娘家了？每月，她铁定要到娘家住三日，我这个夫君形同摆设，她哪肯听我的话？"宇文雄终于找到机会，将满腹牢骚吐给丈人。

"贤婿，请多担待，宓儿自小被我宠溺，这次，怕得是要住上个把月了。"郑郗宗低声下气恳请他，宇文雄不禁冷笑，就你有老人要照顾，我这头的阿娘呢？他没说出口，说也无用，嫁出去的女儿泼出去的水，他的夫人郑宓，成了嫁出去的女儿，泼回去的水，他已失去耐心了。

"那我就先行一步收兵。贤婿，早朝见！"郑郗宗向段天师行礼拜别，带领他的队伍赶紧下山。

"段天师，在下有个不情之请。"宇文雄转身向段纯阳抱拳，道明阿娘病情，邀请他回府治病。

"宇文将军有善心，有孝心，必有后福。老道从命，容老道简单收拾，请宇文将军在道观门前稍等片刻。"段纯阳爽快答应。

宇文雄喏喏而退，牵马行至道观门前，门前两侧的古槐，槐荫如华盖，他想起段天师的神秘笑容，疑团重重，宇文周的奴婢血慈悲悲怀抱的是真皇子？若不是，那真皇子又去哪里了？宇文周的奴婢死命护佑皇子干什么？他直觉这其中定藏有什么不可告人的惊天秘密。

"宇文将军，有心事？"段天师斜背包袱，牵着青马，与宇文雄并肩下山。

"家事、国事一团糟。"宇文雄低声叹息，对段天师敞开心扉感怀，撵走宇文开，与崔文庭成仇家，他身旁，无人能倾诉。

"宇文将军，仅有善心、孝心还不足以傲视群雄，还得有颗七窍玲珑的慧心哪。"段天师挥洒拂尘，替他解忧。

"慧心？何谓慧心？"宇文雄急迫追问。

"慧心，只可意会不可言传。"段天师踌躇半晌。

"都说女儿是嫁出去的女儿，泼出去的水，我娶的妻子，正相反，成日往娘家跑，我这个夫君，空有'战神'称号，面对妻子、丈人，战不起来，也神不起来。"

宇文雄不怕在段天师眼前丢脸，他是修道的人，不比世俗的人会乱嚼舌根惹是生非。

"权斗即命运。宇文将军，尘世间最深刻的烦恼，莫过于是最亲近的人，往往是最伤你心的人，你要有心理准备。"段天师拍着他的肩，语重心长地道出这番意味深长的话。

"我已经被伤得遍体鳞伤了。"宇文雄想起无限信任却失信于他的慕容伽莲，亲兄弟宇文开与深爱的妻子郑宓的不清不楚，这关系还不够亲近，这伤害还不够伤心？

阿娘在段天师的符咒作用下，终于苏醒。此时，已到半夜寅时，段天师连夜赶回白云观。

宇文雄吃点胡饼填饱肚皮，想到次日的负荆请罪，不敢怠慢，躺在宽大的床上左思右想明日见陛下的说辞，随后才昏昏入睡。

他又梦见浑身血污的阿爷，手执嗞嗞吐芯的大蟒蛇，向他走来。"阿爷，放下蛇，会咬到你！"他慌乱地冲阿爷指手画脚，阿爷置若罔闻，面色呈现失血过多的浅金色，行动呆滞笨拙，好似被人牵线摆布的木偶。

"雄儿，接住！"阿爷宇文泽突然向他抛来手中蟒蛇，恶作剧般狂笑。

"阿爷，我不要！"宇文雄吓得魂飞魄散，大蟒蛇灵巧地爬在他身上，像藤蔓缠绕住他，他被捆绑得无法动弹，黏糊糊的蛇芯在他面上吞吐，蛇身的腥臭味熏得他干呕。

"阿爷，我是宇文雄，你怎么能害死你的亲生儿子？"宇文雄哽咽着哭喊，这回，他是难逃蟒蛇之口了。

"阿爷就是要你死，你不死，阿爷活不了，我们父子间，总得有人要牺牲，好儿子，你孝心重，你就成全阿爷！"宇文泽发出金属般尖锐刺耳的笑声。

"难道儿子的孝心就是替阿爷去死吗？"宇文雄眼泪鼻涕横流，他不甘心，这是什么道理？蟒蛇在用力缠紧他，他呼吸困难，眼前发黑，那就这样去死了？

他无望地等待死神将他带走。

耳闻大鸟悲鸣，将宇文雄惊醒。原是面上覆盖着花色绮丽的毛毯，怪不得做噩梦。糟了，他一把掀开毛毯，下地穿鞋，高声叫嚷下人："宇文圭，宇文圭！"

整个宇文府邸静得叫人揪心，宇文雄独自穿戴好衣服，手提金刚剑，大步跨出府门，顿时愣住：门前站立着武装齐备的官兵们，他们呈扇形围住他的家，他的家奴们则嘴里统统被塞了毛巾，发不出声。

"岂有其理！你们眼里还有没有王法？这里是宇文家族的府邸，怎么随便闯入？"宇文雄怒不可遏，血气上涌，他抽出战神的金刚宝剑，指向前排的士兵喝问。

"宇文大将军，息怒，看清楚了，我们可没进入，我们是在门外恭候你，等你送上门外。"宇文云飞从士兵阵列里走出来，皮笑肉不笑。

"你怎么来了？我没工夫与你磨牙，我还得上早朝面见陛下。"宇文雄情知不妙，陛下的侍卫首领宇文云飞亲自带兵上门，不会有好事。他快步返身，要关上大门，一队士兵上前，数把宝剑指向他的喉咙，他进退不得。

"宇文雄听令！"宇文云飞果真是有备而来，"应天顺时，受兹明命，大将军宇文雄，胆大妄为，残杀皇子，包庇叛臣，罪不可恕，剥夺封号，满门抄斩。"

宇文云飞逐字逐句，念得清楚。在宇文雄听来，字字如刀，刀刀封喉，他心里的火顺着血流遍全身，太阳穴上，面条粗细的青筋，根根鼓胀。他从地上爬起身，抢过宇文云飞手上的诏令，摔在地上，挥舞着金刚剑乱砍！满腹憋屈的愤懑："我无罪，我要面见陛下，怎么能血口喷人？"

"大将军，你还说你无罪，胆敢将陛下的皇令都撕碎，这，又怎么解释呢？"宇文云飞俯身捡起已成碎片的诏令，出言呛他。

他与蜂拥而上的士兵们格斗，直至血肉模糊，被捆绑成肉粽。

"啊！"他绝望地朝天干号，他是最威武不屈的战神，却从没遇上与他棋逢对手的敌人，他最值得骄傲的归宿是在沙场，而非刑场。

这似乎是天上众神向他发出停止前进的命令。

第五十一章

慕容伽莲：玉牌

谁不曾泪水相伴吞咽过美食？

群山下的湖泊，水波潋潋，如一潭宁静深渊。慕容伽莲站在湖边，愁容满面，她需要穿越湖泊，抵达对岸。

对岸是宇文虎，她的君王，他手牵皇子，一脸严肃与傲慢，俨然自己是皇权与神佛的化身。既不施以援手，也不殷切盼望，他就那么冷漠地旁观，好似慕容伽莲是路人，而非他的夫人。

她的皇子在急切地摇手呼唤她："阿娘，阿娘快过来。"

皇子稚嫩的呼喊，牵扯着她的心，为了和皇子一起，慕容伽莲咬咬牙，逼自己一步一步踏入未知深浅的湖水。

湖水瞬息淹没她的下半身，湿漉漉的百褶裙像水藻箍住她，如披挂沉重的盔甲。慕容伽莲张大嘴，吸口气，浪潮冲撞她的身体，她伸展双手，吃力地向湖中心划去，近了，近了，湖水没及腰身，慕容伽莲浑然不觉，正待前行，脚被什么异物咬住，她迈不开腿。

时间静止，湖面结冰，她陷在冰雪中央四肢无法动弹。皇子无声的嘶喊，她焦灼地低头，眼睛被一道耀眼的金光迷惑，一只金耳环套住她脚趾，与葳蕤生长的水草纠葛着。她笑了，这不是宇文雄送给她的金耳环？怎么掉在这里捣蛋了？

她伸腿甩动脚趾，动不了，金耳环长了牙齿，咬住她不放。慕容伽莲急得张嘴向宇文虎呼救，发不出声音，她要弯腰，躯体被围困在冰窖中，哪里动得了？慕容伽莲绝望地敲打冰面，双手被硬邦邦的冰块撞击得疼痛难忍，耳畔传来求救的喊叫："莲儿，救我！"

谁？她惊恐地四下张望，湖面的镜中露出衣衫破烂，面目血污的宇文雄，向她号叫着求救！

"宇文公子？"慕容伽莲急切地悲呼。

"阿娘，阿娘！"

对岸的皇子被宇文虎强行拖走，他可以不救她，竟然也不等她！慕容伽莲怒火中烧，她拼尽全力摆脱身上的冰雪枷锁，奈何，徒劳挣扎！

"莲儿，救我。"

一边是皇子的呼喊；一边是宇文雄的呼救，来回交错，而她自己，是泥菩萨过河呀！慕容伽莲绝望地挥舞双手，疯狂大叫着。

哐当，花瓶打碎在地的破裂声响，使她惊醒，原来是一场诡异的梦！

"夫人。"雅霜忙忙跑来，俯身收拾地面碎片，音量大得出奇，"哎呀，这皇宫的夫人们像流水哗哗流过，这不，长秋殿又住进一位新夫人啦。"

"你说什么？又来一位新夫人？"慕容伽莲抓住雅霜的胳膊，惊魂未定。秦夫人在长秋殿被陛下活活打死，后宫夫人们谁人不知？之后，整个后宫弥漫在人人自危中。

"慕容夫人，那新夫人貌美得很，陛下昨夜与她双宿双飞在长秋殿，呀，那夫人胆量真大，也不怕秦夫人的阴魂不散。"雅霜撇撇嘴，语气是掩藏不住的嫉妒与幸灾乐祸。

"从来都是听见新人笑，哪闻旧人哭呢。是哪家的女儿，即刻成了长秋殿的新夫人，谁知是福是祸？"慕容伽莲蜷在被褥里，五味杂陈。

"能获陛下宠爱，自然是她家祖坟冒青烟了呗，听说这新夫人姓郑，见过她的宫女们都夸赞她的美貌惊为天人，整个后宫，无人能及呢。"

雅霜的话，直来直去，慕容伽莲听惯了，就爱她的实在，话虽难听，可是真话，在后宫，能说真话的宫女，不是有勇气，只是脑袋少根筋。

"皇子呢？"慕容伽莲不愿一大早的心情就被新夫人获宠的消息烦扰，陛下爱宠爱谁就宠爱去，她懒得参与争风吃醋的自相残杀中，耗费精神。

"宇文守卫带去习武了。"

"我得去瞧瞧。三岁孩子，懂个啥，真是狠心的阿爷。"慕容伽莲爬起身，陛下重武轻文，安排宇文云飞教皇子习武，他信奉江山靠赤手空拳打下来的道理，与慕容伽莲坚持男子要文武双全的理念相悖。

"夫人，用过早膳再去不迟。"阿蛮指挥丰仪端来铜盆，伺候她梳洗。

慕容伽莲想想也是，坐在铜镜前，见自己消瘦的容颜，灰暗的面色，像一朵还没盛开就被风雨践踏的残花。她可不愿这样黯然无光地活在金碧辉煌的后宫，她要光彩照人，过好每一天，哪怕没有陛下的宠爱。为什么一定要他的宠爱，她才能活得光彩照人呢？不，想起梦境里他的绝情无义，顿然醒悟，她存活于世，应该是活出自己的美丽，而不是供他人观赏，她才美丽绽放。

"阿蛮，给我梳桃花妆。"她高扬起脸，上天赋予她精致的五官，自己为何不能爱自己？自己为何不能取悦自己？

"夫人，莫非有什么喜事？"阿蛮端来百宝箱的梳妆匣。

"我去见皇子，这就是我最重要的喜事了！以后，你得天天给我梳时兴的妆容。"慕容伽莲飞扬的眼角，多了几许成熟女子的韵味。

"我的佛菩萨，怎么今儿转性了？是吃错药？还是狐妖附体？"阿蛮叠声念着阿弥陀佛。

"阿蛮，女子一定要为悦己者容吗？"慕容伽莲偏着头问她，这位三十岁的老姑娘。

"书上是这么说来着，老祖宗传下来的话，一定是有它的道理呗。"阿蛮慈爱地将她的黑发向脑后梳笼，露出光洁的额面。

"女为悦己者容，没错，我只不过贪心点，还要为自己！取悦自己！"慕容伽莲得意地说道，笑靥如花。

窗前的玉白色纱帘，宇文云飞牵着小皇子渐渐走近，慕容伽莲看得真切，想起宇文云飞曾在她家府邸当过下人，山水总相逢啊，他现在虽为皇子的师父，不过，还是受她使唤。

宇文云飞在她裙边跪拜行礼，他鼓起勇气注视她的眼中，有星火点燃，熠熠生辉，照耀着她，她明心见性，是她精心修饰的美貌引发的效果。

"小皇子没淘气惹宇文师父生气吧？"慕容伽莲缓步起身，走出畅音阁外，有意要与宇文云飞单独聊聊。

"慕容夫人教得好，小皇子懂事聪慧。"宇文云飞心领神会，毕恭毕敬默然跟在她身后。她故意放慢脚步，感受这位守卫头领对她的爱慕深情，至于他是爱慕还是贪图她的青春与美貌？她置之不理，女人的青春、美貌、肉体是生存乱世的法宝。

"听说，陛下的新夫人，貌若天仙？"她优雅地转身，与他近距离对视，她的红唇饱满欲滴，充满着秘密的引诱，她嗅到他身上散发的男性荷尔蒙味道，他微微躬身，是对她美貌的臣服，是在紧张地权衡，说还是不说。

"其实也没什么关系，身为陛下的夫人，哪能是斤斤计较的女子，说说又何妨？"她来到畅音阁的湘妃竹林后，眼底溢满柔媚的风情，鼓励他。谁说女人一定只能端庄贤淑才是高贵大方？她是珍珠，也是宝石，还是猫眼。她在挑战他的克制力，也在试探自己的魅力。

"是镇川节度使郑郜宗大人的千金。"宇文云飞终于放下防线，如实相告。

"莫非郑大人有两位千金？"慕容伽莲记得宇文雄娶了他的女儿，她站在翠竹下，手摸着斑斑泪痕的黑点，宇文雄，她在心里默念着这个名字，万般愁绪涌上来。

"不，郑郜宗就一个女儿，她也是战神宇文雄的妻子。不过，她现在是陛下的夫人。"

宇文云飞的话如晴天霹雳，任是慕容伽莲想破头，也没料到宇文虎会做出这种出格的行径！

"郑大人，当真是一位好阿爷。"慕容伽莲死死撑住嫩竹，呆立半晌，她才幽幽吐出这句话。

"他，他也难，为了活命嘛，只有出卖亲人成本最低。"宇文云飞垂下头，语气平静，他是看穿人生真相丑陋而保持的平静，还是他生性就残酷无情？

慕容伽莲悲哀地发现，自己很无能，就连眼前的侍卫头领，她都看不透，她都不如他的见识深远。

"那么，宇文雄只能死？"她抬头向天，朝霞漫天的天空，景象绚丽，多像这流于表象的繁荣盛世。

"对，满门抄斩！一月后行刑！"

"需要这样斩草除根吗？"慕容伽莲闭上双目，泪水长流，与她的家族，她的阿娘与阿爷，下场雷同！

"夫人，权力争斗，不是你死就是我活，赶尽杀绝，以绝后患，自古使然。妇人之仁，干不成大事，坐不了江山。"宇文云飞的铁石心肠，果真是陛下调教出的好部属。

"你去抓捕，你来监刑，对吗？"多说无益，权力的争斗，不相信眼泪。她摇晃着湘妃竹，宇文雄在梦里向她求救的哭喊在耳旁响起。

"是，夫人。"宇文云飞的语调，隐隐有不安的喘气。

慕容伽莲向竹林深处走去，这里更隐蔽，她常与皇子在这玩躲猫猫的游戏。

宇文云飞犹豫着，不知该跟上来，还是原地不动。

"哎哟……"慕容伽莲选中密不透风的竹林处，脚底打滑，跌落在地，发出娇呼。宇文云飞出于护卫的本能，疾步纵身上前，将她扶起。

慕容伽莲趁机抱住他腰，摸索到他腰间的玉牌，用力扯下，攥在手掌，站起身来，贴着他面庞耳语："你帮我救出宇文雄，若不然，我就向陛下告你调戏我！"

"慕容夫人是不想要命了？胆敢威胁在下？"宇文云飞不是孬种，他面红耳赤，放低音量，亮起拳头，横眉冷对。

"是你教会我，不是你死就是我活。"慕容伽莲挺起丰胸，逼近他，既然摊牌了，只可进不许退，"你的玉牌在我手里，我的嘴，怎么说，你可管不了，再者，你以为多疑善妒的陛下，是相信你还是信任给他生了皇子的夫人我呢？"

慕容伽莲向他扬起玉牌，娇媚而得意。

"还给我玉牌。"宇文云飞作势要抢。

"你来抢呀。"慕容伽莲灵机一动，将玉牌塞入胸前，带着戏谑的语调。

"你不是习武的人，不懂江湖规矩。"宇文云飞急得在原地跺脚搔头，对她的无赖，无计可施。

"你若帮我救下他，我自会回报你，无论你要什么。"慕容伽莲收敛笑意，走到他面前，事关大家生死，她向他抛出诱惑的橄榄枝。

"无论什么？"宇文云飞加重语气，面露惊诧，确认她的真假。

"对，无论什么，包括我，你也可以享用。"慕容伽莲说这话，一点也不觉得羞耻，她是为所爱的男人献身，她只认为这是至高的圣洁。

"值得吗？"宇文云飞目光清凉，直视她。

"他曾救过我的命，你说值不值得？"慕容伽莲抬高下巴，她是陛下的夫人，她要他服从。

"可你现在身份不同，完全可以不用去报恩，如果陛下知道夫人与他的过去，更要将他置于死地。"宇文云飞眼里闪烁着奇特的亮光，男人爱慕一个女人的青春貌美，也可以折服这位女人的高尚品行。

"所以，我不求助他，我找你，此事，只你知，我知，天知，地知。"慕容伽莲展颜欢笑，离他更近，她要给他去救人的动力与筹码，保障她的计划，不至中途夭折。

宇文云飞这次没有退缩，他也向前走一步，两具青春的肉体紧挨一起。他比她高一头，慕容伽莲温顺地靠在他胸前，他托住她的下巴，慕容伽莲扭过脸，又羞又怕，除了陛下，还没有哪个男人敢这样对她，战神宇文雄都没有过！

"你是我心中的女菩萨，月宫的嫦娥姐姐。"慕容伽莲听见他粗重的呼吸声，她紧张到全身发抖，以为他要对她强行非礼。

"我答应你，我去试试。"宇文云飞的手指只是轻轻滑过她的红唇，并未过多举止，他后退一步，慕容伽莲暗中舒口气，她也后退一步，两人保持合适的距离。

"慕容夫人，在下有个请求。"宇文云飞站定后，一丝轻佻的笑容浮现嘴角。

"什么请求？"她冷冷发问，预感不是什么好事，可恶的家伙！

"你得亲吻在下，在下要见到尊贵的慕容夫人的诚意。"

"随我来。"慕容伽莲不假思索，毅然转身，站在茂盛的竹林深处等候他，清风吹来，她的黑发飘然，她的裙裾飞舞。

宇文云飞捧起她的脸，咬住她的红唇，慕容伽莲挣扎不过，他滚烫的舌头硬塞入她的口腔胡乱搅动，久久不肯退出。

"够了，别得寸进尺！"慕容伽莲强行将他推开，娇喘连连，整理着妆容，可不能让人看出点什么不妥。

"慕容夫人，等我好消息。"宇文云飞带着满足的坏笑，疾步离去。

慕容伽莲背转身，朝地下连连吐出唾沫，把胸内的玉佩取出来，一把摔在地上，想想不妥，捡起来，握在手心，漫步进入畅音阁的内室。

"雅霜呢？"她问倚靠在胡床上，正哄皇子入睡的阿蛮。

"来了，慕容夫人。"雅霜穿着绯红的罗裙，眉梢处的红晕，挡不住的春心萌动。

"赏给你，这玉佩能招桃花。"

慕容伽莲把宇文云飞的玉佩送给雅霜，算是了却一桩心事，她坐在镜前，重新勾柳眉，涂丹唇。

第五十二章

宇文开：大祸临头

自来淑女，无不知书。

宇文开偕阿娘搬入距圆通寺不远的花街，他购置了这座八成新的上下两层楼的庭院。

阿娘与奴婢碧云洗洗刷刷好几日，安摆家什用具，又到花市采买花卉盆栽置放在窗前楼下，娘儿俩总算是有了像样点的栖身之处。

"阿娘，明日开儿出去干活，赚钱养家。"

宇文开与阿娘李甄梅坐在二楼靠窗的案桌上享用一荤一素一汤的晚膳，自家购置的小院落，不能与高门大院的宇文府邸相比，这里是用膳的区域，也是阿娘念经的佛堂，用了多层纱帘将一尊德化瓷拜观音像遮住——佛菩萨们可不能沾荤。

宇文开刨着陶碗里的粟米饭，吃了几口炸鱼，味如嚼蜡，碧云的手艺哪能与宇文府家高薪的厨娘相比？他放下碗筷，安抚阿娘，也是安慰自己。

"开儿，你打算去做点什么活儿？"阿娘李甄梅贵妇人的高雅仪态，在生活的奔波折腾下，失去风采。好在，她对粗糙饭菜也甘之如饴，保持着车到山前必有路的平静祥和，这反倒令宇文开更为痛心。

"别担忧，阿娘，圆通寺要扩建，谦明法师请我去整体监造。明天到寺庙，开儿先支取部分银两，交给阿娘支应日常开销。"

宇文开推开眼前的碗筷，碧云端来油乎乎的热汤上桌，他完全没了胃口，想早点拜别阿娘上楼休息。

"开儿，别太累，阿娘也能赚钱。"李甄梅抿嘴轻笑，眼角浮现浅浅的鱼尾纹，但挡不住她昔日的光采动人。

"阿娘，开儿能养活你。"宇文开不信，阿娘，只识几个大字的一介女流，养尊处优多年，她能干啥赚钱？

"阿娘合计着把楼下腾出空间来，开门招收女弟子，赚点学费如何？"李甄梅兴致盎然地憧憬着，宇文开见她认真的表情不像是在说笑，纳闷追问："阿娘，你会什么呀？女红？"

"阿娘要当闺塾师！"李甄梅表情庄严，拖长腔调，生怕宇文开听不懂。

"可阿娘，你并没读过书呀。"宇文开自然清楚闺塾师，那是对饱读诗书的才女的别称。

"三人行必有我师焉，阿娘明日就采买书册、乐器、织布、裁剪、栽花种草的器具，望佛菩萨保佑，我家开儿能娶到'十三能织素，十四学裁衣，十五弹箜篌，十六诵诗书'的好儿媳。"

"阿娘，别再种人面花了，好么？"宇文开对宇文府邸后院，阿娘栽种的人面花心有余悸，他直觉这诡异的人面花是不祥之花。

"阿娘不种了，噢，忘记叫人把府邸的人面花连根拔掉，没人照顾，它们也会自生自灭。不管了，到哪一座山，就唱什么歌，现在，我们要唱的是过山歌啰。"李甄梅的天性豁达乐观。

"阿娘，你喜欢就去做。"宇文开拿这位纵然生活不如意，依旧保持乐观、自信的阿娘无计可施。

"使吾得一意读书，即不能补班《十志》，或可咏雪谢庭。"李甄梅手拿木筷，摇头晃脑吟诵着不知出处的话，乐不可支的老少女范，逗得宇文开忍俊不禁。

"开儿，阿娘没什么心愿，就想我们娘儿俩生活在喧嚣的闹市，你娶妻生子，本本分分安稳地过完这辈子，阿娘便知足了。"远处的高台，传来呜呜悲鸣的洞箫声，似乎勾起阿娘的心事，她止住了说笑，面色突变。

"阿娘，等崔文庭得胜回朝，开儿就与他结拜为兄弟，将宇文的姓氏改为崔姓，日后，我就是崔文开，一位名不见经传的匠人，听阿娘的话，娶妻生子，湮灭在红尘闹市。"

宇文开咬住唇，发出不甘之言。曾经固执的坚守，已然分崩离析，当真要和宇文家族剥离关系？他难以割舍阿爷宇文泽对他的宠溺，长兄宇文雄对他的关爱，他眼下只有阿娘一位至亲的亲人，他更不能割舍。

"能重享温暖是不幸中的大幸，哪怕这时间并不持久。身逢乱世，我们做好平头百姓的本分就好，开儿。莫管闲事，方保平安。"李甄梅看他的眼神带有一抹凄苦的怜伤，也许，她就是历经大难不死的幸存者。

"是，阿娘，苦难都已过去了，现在是好生活的开端呢。"宇文开上前抱住阿娘的肩，他能体会她的切肤之痛。

次日上午，宇文开坐在圆通寺的供案前，俯首画图纸。寺庙扩建部分的修建，对他只是一个小工程，他真正想要修建的是小迷楼那样的浩大工程，成为矗立在东都城内的壮美风景。

"开弟，速速到方丈室来！"谦明法师突然闯进来，火烧眉毛般急躁，拉起他的手，向寺庙的后院跑去。

"发生什么事了？连你这方丈都没了定力？"宇文开跟着他大步前行，不忘逗趣。

"闭嘴！进到内室再说。"谦明用从来没有的严厉口吻呵斥他，唬得宇文开噤声不语。必是出大事了，不然，一贯沉稳的谦明不至于慌张失态。

"听我说，你赶紧带上你的阿娘，离开东都城，愈远愈好！"谦明将他推进方丈室，关上门，压低音量。

"究竟发生什么事了？你不告诉我，我就不走！"宇文开听得稀里糊涂，态度坚决。

"实话对你说，宇文雄犯了谋杀皇子的死罪，陛下已下令满门抄斩，一月后行刑，满城的官兵正在搜寻你们母子呢。"谦明双手合十，道出原委。

"满门抄斩？"宇文开站立不稳，瘫坐在椅上，哪里来的横祸？

"这是人的命数，今日座上客，明日阶下囚，多的是。要紧的是，想好法子，你与你阿娘如何逃命去。"

"不行，我不能逃，既是一家人，要死也死一块！"他思绪混沌，难以自控地掩面抽泣，一时半会儿，能想出什么招？

"这宇文雄摆明被人设计陷害，你还白白带着你阿娘去送死？你这大傻瓜。

还不赶紧提起正念，照顾所缘？"谦明气得击掌提醒。

"阿娘？对，阿娘呢？我要带阿娘逃离。可是，天下之大，我们能逃到哪里去呢？"宇文开目光呆滞，嘴里喃喃自语，此时此刻，多希望有神仙显灵指引。

"你别念叨了，先穿上僧服，戴上僧帽，回去见你阿娘商议，再做打算。"谦明拿出一身行头让他换上，出门前，左看右看还不放心，在他手中塞入一本经书，要他从后门骑马回去。

宇文开骑在马上，半张脸被僧帽遮挡，穿过熙熙攘攘的闹市，见到有官兵模样的人，拉住行人追问，他急速调转方向，专门朝小巷深处的狭窄脏路行走，躲避追兵。

"阿娘，阿娘。"宇文开好不容易回到住所，锁上大门，四处低呼，莫说阿娘了，连碧云的身影也不见，两人可能还在外采购物品。宇文开强迫自己冷静，阿爷死了，长兄宇文雄被抓，只余下他一个男丁，一个主心骨，他必须要沉住气。

"开儿，怎么回来这么早？"

宇文开揉揉眼，不知过了多时，窗外的暮色渐浓，他竟在二楼的椅上睡着了。

"阿娘。"宇文开连忙向阿娘附耳说出家中的突发横祸。

天哪！李甄梅也吓蒙了，她低下头，对宇文开命令："开儿，你一个人逃走，别管了！"

"阿娘，说什么话呢？怎能不管？我要去救长兄，我们是亲兄弟，不能眼看他受死！"宇文开义愤填膺。

"别犯傻了，开儿，你根本就不是宇文泽的骨肉，宇文雄也不是你长兄。"李甄梅欲言又止地说出实情。

"阿娘，别开玩笑了，你是想要开儿不去救长兄，故意说的谎话，开儿知道。"宇文开苦笑道，阿娘真是用心良苦，连这样大逆不道的谎言也敢撒。

"阿娘也不隐瞒你了，开儿，你是崔如素的儿子，阿娘当年怀着你嫁给宇文泽，他并不知情，视你为己出，阿娘瞒了这么多年，就是怕你的身份被揭穿，现在好了，宇文雄全家被杀，你可以正大光明去认祖归宗了。"李甄梅眼角有泪光闪现。

宇文开如遭雷击，半晌回不过神来："阿娘，你确定你说的是真话？你愿以天上诸佛发誓？你刚才的话不是谎言？"

"阿娘愿以天上诸神发誓，绝无半句虚言，不然，愿遭天谴！"李甄梅气势凛然，不像是故意隐瞒。

"不，阿娘，正因为不是亲生兄弟，开儿才更要去救他！你不是常教儿子要成为一位有担当、有责任的男子汉吗？事关生死，你要开儿撇下长兄、大娘，一人逃命，恕开儿做不到！"

自己真是崔文庭的兄弟？怪不得与他天生亲近。可长兄宇文雄，命在旦夕，他绝不能袖手旁观！他泪流满面，双手扶着阿娘请求。

"开儿，生命只是妥协，敷衍，和理想完全相反的鬼混！只有这样，才能苟活于世！"李甄梅急红了眼，愤然摆脱他的手。

"苟活？那，阿娘，你和碧云逃命去，就当阿娘没有开儿这个儿子。"宇文开凄凉地笑着，固守自己的选择。他期望的人生是不堕入沉湎的享乐，不被挫折吓怕的消极。

"混账东西！你以为你的生命是你一个人能主控？你亲生阿爷崔如素、养育你的阿爷宇文泽均死，阿娘若不是见你还未娶妻生子，阿娘也早随他们去了。"李甄梅无望地捶打胸膛，失声痛骂。

宇文开扑通跪在她面前，无言伏在阿娘的怀里，他决不能就这样看长兄送死，决不能！

"阿娘，莫伤心了，你和碧云明早离开东都城，逃向西蜀，听人说那边物产丰饶，生活富足，等开儿救出长兄，我们再一家人团圆。好不好？"

宇文开要先安顿好阿娘，才能后顾无忧去救人。

"我的开儿，你去救长兄，若遭遇不测，阿娘一人能独活？傻孩子，阿娘生是宇文家的人，死也还是宇文家的鬼！阿娘哪里也不会去，明天就回宇文府邸，束手就擒，大娘的脾气不好，在牢里要吃苦头，阿娘去陪她！"

"阿娘！"宇文开与李甄梅抱头痛哭，母子同心，都想到一块去了。

阿娘看似无情，她是希望儿子好，她同样深切关心宇文雄母子。只可惜，天下之大，就没有容他们母子的咫尺天地？不，是他们不愿苟活。

"碧云，去烫热酒，买上等的下酒菜，甭管天塌，也得要好好吃喝一顿。"

李甄梅将宇文开扶起来，恢复昔日管理宇文府邸的主母威严。

窗外的风吹来，掀起丝丝凉意。

"阿娘，你不后悔？"宇文开起身取出衣袍，为阿娘披上。主意已定，决心已下，他的内心没了慌乱，只有向前抗争的坚定。

"有什么好后悔？当年阿娘腹中有你，幸得你阿爷宇文泽收留，产下你后，多少人在你阿爷面前搬弄是非，说你长得不像他，可你阿爷，也不知是真糊涂，还是假糊涂，他什么委屈也没给阿娘和你受，开儿，就凭了这一点，阿娘就认定了他。世态纵然炎凉，真情依然犹在。"

阿娘李甄梅的面容浮现浅浅的甜蜜。

宇文开想起阿爷宇文泽，对他的关爱，有养父如斯，他不后悔！

"开儿，阿娘是舍不得你，你还小，尘世间的滋味都没尝遍，可不能就这么死去，阿娘不许，佛祖菩萨也不许！"

"阿娘，开儿不会蛮干，开儿会智取。"

宇文开决计再去圆通寺向谦明讨教，两个人的交流好过一个人的苦思。

天刚发亮，宇文开与阿娘、碧云三人就背负行囊，骑着马，专挑无人的小巷，偷偷溜进圆通寺，敲开方丈谦明的房门。

窄小的方丈室，一下拥来三人，顿显逼仄。宇文开说明来意，谦明也不再苦劝，只是合掌低语："你们的选择，你们承担各自的因果、业力吧。"

"那，谦明法师，是对还是不对呢？"李甄梅也合掌相询。

"李施主，世上之事无对与错，每个人的业力所为。不过，世道无常，轮回有道。你们选择逃亡，也没错，求生是人之本能；你们选择留下救人，也对，这是你们与宇文家的累世因缘际会，关键在于你们的初心，按照你们本心的意愿出发，做到心安就是了。"

"我死不足惜，我不想我的开儿、宇文雄死去，毕竟，他们还年轻，他们有希望，国家才有希望。"李甄梅的声调悲切，可怜天下慈母心！

"李施主，你有心怀家国兴亡的大丈夫志向，难得，堪为巾帼英雄。谦明祈望你们都平安无事。现实是，这不可能，有人要生，就得有人去死，世上的事，就这样阴阳相交。"

谦明法师的话，敲击着宇文开的心。

"碧云，你陪阿娘换上僧服，去吃点斋饭。"

他匆匆拿起两套海青，支走阿娘与碧云到客房换衣，趁机与谦明请教救人的法子。

"开弟，你阿娘面色晦暗，她是过不了这道鬼门关了。"谦明合拢房门，对他毫不隐瞒。

"是，昨晚，我们母子商议好了，阿娘抱着必死的信念，我也是，我也过不了这关！"宇文开的内心掀起惊涛阵阵，阿娘，苦命的阿娘，他救得了长兄，却救不了阿娘！

"你阿娘是自己甘愿赴死，谁也救不了一个意志坚定要去赴死的人。你则不然，你有你的使命，佛祖不会让你去死。"谦明摆摆手，生与死在佛家看，也是寻常事。

"那我宁愿阿娘活下来，我愿代她死。"宇文开痛苦地掩面长叹。

"你阿娘的生与死，由不得你。你救你长兄，是明知山有虎，偏向虎山行的大丈夫所为，勇气可嘉！谦明佩服。"

"怎样救人呢？"

"不入虎穴，焉得虎子？你们乔装打扮混入死牢去。"

谦明光溜溜的圆脑门发亮，生就聪明绝顶的脑瓜子，他说得兴起，铺陈宣纸，点墨动笔，将施救图纸画出来。

"如果被戳穿，怎么办？是拼命还是继续逃？"宇文开浓眉紧皱，考虑到最坏的处境。

"不，乖乖就擒。不要拼命，也不要逃亡。"

"这算什么英雄好汉所为？"宇文开很是不屑。

"所谓英雄，不一定都得是硬碰硬死磕，有时候，不过是比谁的命长，运气好罢了。没那么玄乎，也没那么多传奇，时势造就英雄，也有命数造就英雄。"谦明的笑，高深莫测。

"你给测测，胜算几成？"宇文开始终不踏实，这是他首次单独冒险行动，以前都习惯身后有阿爷的鼓励，长兄的陪伴。

"不用测算，就你这脆弱的心理，一成胜算都没有。"

"废话，如果事关你自家生死，你去试试？"宇文开很不服气，面临险境，自己却胆怯退缩，宇文家族男儿的荣誉，不能被他糟蹋！

"说心里话，我真不想死，也不想阿娘死，长兄死，大娘死……"他在谦明面前才敢吐露心扉，原本，他就是个胆小鬼。

"得了，开弟，你不是小孩子，你是成人，成人就得自己承受，不是背后有人为你喝彩，为你鼓掌，你才去承受，才去行动！不是。成人，就是，没有喝彩，没有鼓掌，什么也没有，孤身也要上路！"谦明可没那么多耐性。

"我是第一次，你就不能体谅下我坚强背后的软弱？"宇文开面上肌肉抽搐着，他没好气地分辩。

"你闯过这个第一次，你才能成为真正的男子汉，鱼跃龙门！今非昔比！"谦明的话，在他耳边像荡秋千一样来回晃荡，给他脆弱的心注入神秘的力量。

入夜，乔装成死刑犯的宇文开随着买通的牢卒，战战兢兢，如履薄冰，经过十八层地狱般的死牢，来到他的长兄宇文雄被关押的地牢。

昏暗无光的地牢，顶上仅有巴掌大的开口，在暗淡的光照下，他见到他的长兄，不可一世的骄傲的战神，此刻，他像一只任人宰割、屠杀的死物，瘫软在满地屎尿，臭气熏天的肮脏墙角。

宇文开如万蚁噬心，他匍匐着爬上前去，捶打着长兄的肩，低声呼喊："长兄，是我。"

满面污垢的宇文雄翻身而起，怒喝道："走开，我要我的金刚宝剑，我是战神，我的金刚宝剑呢？"

他不会是突遭打击，神经错乱？宇文开收住眼泪，揉揉眼睛，长兄可是经历过殊死搏斗的战神，怎能连这点挫折都熬不过去呢？

"什么狗屁战神，再过几十天，你就是一头死猪，这金刚宝剑归俺了，看这材质，能值几十两银子？"牢房门外的粗莽守卫，手指敲打着金刚宝剑的剑鞘，骄横野蛮。

"还我！我呸，你这猪狗不如的人，也配拿战神的宝剑？"宇文雄蓦然从地上翻爬起身，脚链手铐钳制着他，他扑在牢房栅栏前，破口大骂。

牢卒紧盯着宇文雄，那眼神，就像看笼子里边的恶虎，样子虽然可怕，却又没什么可怕的了。

"有种，你来夺呀，你不是天下无敌的战神吗？嘻嘻嘻，你看你这样，落汤的死狗还差不多，你才不配当战神！"牢卒的羞辱，宇文雄气得嗷嗷直叫，宇文开心生一计，他也扑在牢房栅栏前，向牢卒挑战："看你是位爷们，你有种，敢不敢打开牢门，让他与你决斗？"

"决斗？怎么决斗？"牢卒面有难色，连连后退，宇文开看出他外强中干："哼，这可是地牢，我们也无法插翅飞走，你认怂了？认怂就还宝剑给人家！"

"好，比画就比画，不过，他不能解除枷锁，他要戴着枷锁决斗！"牢卒壮起胆，在身后一批看热闹的犯人齐声吆喝助阵下，仓促应答。

"混账！就你也敢和战神决斗？我都不是他的对手，你有几颗脑袋？"铁塔样的巨人突然而至，矗立面前，举起手中熊熊燃烧的火把。这家伙是牢头，诨号"大象"，武艺高强，但因出身卑微，只谋了个牢头的差事，宇文雄初入牢中之时，大象曾主动要求与他这个"战神"决战。"大象"本想打败战神而借此扬名，没想到却遇上了块硬骨头。两人大战一夜，最终还是败在手执金刚宝剑的宇文雄手下。自此，他对宇文雄也就客气许多。

"战神兄弟，这金刚宝剑还你。但是想逃出这地牢，我劝你就别费心思了！"

"大象"露出尖利如狼牙的白齿，魔鬼般的狂笑，整个地牢再次陷入死一般的寂静。

第五十三章

郑宓：夏至荷宴

四月四日长秋殿，梧桐双影上朱轩。

年长的宫女们对郑宓说，这是后宫最奢华的殿宇，只有陛下最宠爱的夫人才有资格享用长秋殿。

仓促间成为长秋殿的夫人，并非她本意，还不是阿爷的胁迫！她身上的光环对她而言，毫无意义，真正能祝福她的是极少数人，只有鄙视永远存在。

宫女们鄙夷她的潜台词，她听得懂，无非是像你这有夫之妇的女人，能入住这里，应该感到万分荣幸才对。

可她真想逃离这被众人称颂羡慕的长秋殿，她怎能向她们告知逃离的根源是因为老做相同的噩梦？她不能。

梦境里的她正在长秋殿的梧桐树下与金婵说着话儿，一位面目绮丽，着红衣的美艳女子，飘然而至。郑宓见她极为面善，似曾相识，好奇地问她："夫人，你找谁？"

"我找你。"红衣美人笑着说。

"可我不认识你呢？"郑宓迷惑不解走近她，她身上有股奇特的味道，甜甜的，腥腥的，她说不上来是什么味道，诱惑她靠拢。

"你这娼妇，怎么敢霸占我的家！"红衣美人的嫣然笑脸勃然变成惊悚怒容，她伸出纤纤双手，掐住她的脖子，像阴曹地府含冤而死的厉鬼在复仇！

郑宓被这突发变故吓得胆战心惊，她慌乱地呼叫金婵的名字，鼻端嗅到浓烈的血腥味，她惊恐地睁大双眼，红衣美人的衣服竟然是被鲜血浸透的红！

"郑夫人！郑夫人，醒醒！"金婵的喊声，将她拉回现实，她捂住喘息不平的胸口，抚摸着脖颈，似乎还残留窒息的感觉，环顾四周，窗外的梧桐树，投射出浓厚的绿色阴影，像是藏有秘密的阴霾，这是她入宫半月后发生的梦境，太可怕了！

如果不是阿爷到了性命堪忧的地步，她才不愿踏足这隐藏着谎言、暴力、血腥、背叛的鬼地方呢。

那日傍晚，五大三粗的大老爷们，阿爷郑郐宗假扮成嫖客寻到环采阁，跪在她脚下，以死相逼要她背叛夫君宇文雄，投身陛下，挽救他的性命、前程。

她的阿爷，是能屈能伸的市侩小人，她打心眼里瞧不上这号男人，但，她别无选择，他是她的阿爷，她只有舍却夫君，去挽救阿爷，谁让她是阿爷的救命草、还魂丹呢。

着了新衣的她被秘密送至华美奢靡的长秋殿，胡床上，歪躺着掌控天下权势、气色萎靡不振的陛下，他的眼神掠向她，傲慢且冷酷。

城府深重的男人，必定钟情天真烂漫的女子。郑宓默念咒语，笑容纯真，心无挂碍向前行礼，他眼里瞬息崩裂出爱意火花，俄而抵掌扬眉，高视阔步。

任他地位如何，他的本质是男人，是男人，必定会拜倒在她的石榴裙下——她曾引以为傲的女性资本，在屡试不爽中，愈发自命不凡。

梦魇里，她翻看自己的双手，生怕她也沾满鲜血。"不行，这地方闹鬼，我不要住这里。"郑宓惊魂未定地捶打被面，阿爷的命暂时保住了，她可不能被红衣厉鬼吓死在后宫。

"郑夫人，青天白日哪里有鬼？"金婵以为她说胡话呢，跪在地上为她整理新衣。

"我在梦里见到一个女鬼，穿红衣服，噢，不，是血衣，穿着血衣的一个年轻女人，她要掐死我！"郑宓的话语含混不清。

"那，莫非这里死过人？"金婵也吓得脸色惨白，停住手上的活。

"去，找位年长的宫女打听打听，这长秋殿发生过什么诡异的事没？心肠歹毒的婊子们，故意害我住这儿？"

郑宓想起宫女们劝她安心住下，不怀好意的嘴脸，不由生出满肚怨气。她们以为她稀罕这个后宫夫人吗？狗屁！谁让她摊上这样的阿爷？她的命门掌控在阿爷手上，亲情至大，她无法摆脱。

殿内一应用具，都是稀奇珍贵的玩意，她无心赏玩，始料不及的是连累夫君宇文雄，他也要丢掉性命，她有愧于他。可她一个弱女子，又能怎么样？不顺从阿爷，跟了夫君？她做不到。不能抛掷血浓于水的亲情，总要负一头，那只能负夫君了。

她懒散地倚靠在贵妃榻上，胡思乱想着来日的生活，思考如何在这阴云密布的后宫，厮杀出一条属于她的血路，她的生机。

影壁后，金婵带着位身着残旧式样衣衫，胖墩墩的半老宫女，来到她面前，她抬眼打量着胖宫女，看她举止大方，只是神态落魄，想来是跟随哪位贵妇人身边的人。

"郑夫人，奴婢带来从前在朝霞殿干活的青奴儿姐姐，她是宫中的老人了，夫人可亲自问个明白。"

郑宓见她眼神清澈，不似那帮衣衫华美，内心恶毒的宫女，她放下心来，吩咐金婵挑选几套崭新的衣裙，赏赐她。

青奴儿跪谢后，坐在郑宓脚下的矮几上，有问必答。

"郑夫人好福气，新入宫就住长秋殿，四月四日长秋殿，梧桐双影上朱轩。"青奴儿上下左右打量着殿内摆设，不时发出艳羡的惊叹。

郑宓听她流利吟诵的诗句，想必在宫内流传已久，是男欢女爱的你侬我侬情诗，她心念一动："这长秋殿以前住的夫人，很得陛下宠爱吗？"

"是，陛下最宠爱的夫人，才能住长秋殿。不过，前不久，她被陛下生生打死在这。"青奴儿伸出手，指向殿外的梧桐树下，那片阴影最浓厚的地界。

"啊？！"郑宓与金婵不约而同发出惊呼。

"怨不得，怨不得。"郑宓心中的谜底揭穿了。她失魂落魄地呆坐着，下一个会不会是她？大爱必大恨，男女情爱，就是这般变化无常，大起大落。

"听我家夫人说，以前的陛下是重情重义的大英雄，只是，坐上皇位后，才变得无情无义，也是他身不由己吧。"

青奴儿摩挲着怀里的崭新衣衫，无限神往地怀念过去。

"你家夫人？"郑宓回过神来，对这生死未测的后宫生涯，胆战心惊，她改变留在宫内的打算，要想方设法早日逃离这金碧辉煌的樊笼。

"我家夫人，就是朝霞殿的女主人，青茑萝夫人，能歌善舞，才色双绝的青夫人。"青奴儿的笑容，带着吊诡的神情，看得郑宓头皮发麻。

"改日，我们再去拜见你家青夫人。"青奴儿临行前，郑宓客套地应酬道。

"多谢郑夫人好心，我家青夫人已被陛下打入冷宫，看也无用。"青奴儿大有隐情地婉言谢绝，更坚定了郑宓离宫的决心。

她得想个法子，让陛下逐渐疏远她，不宠爱她，讨厌她，赶她出宫。

"陛下，臣妾住不惯长秋殿，望陛下恩准，替臣妾另选他居。"郑宓与陛下一番温存后，在枕边请求。

"这可是后宫最荣耀的殿宇，你还不满足？"宇文虎刮着她的鼻头，揉着她的棕发假意责备。

"不如搬到朝霞殿？"郑宓不愿对他说长秋殿有女鬼出现在她梦境的实话。

"朝霞殿？不好，那个地方，许久无人住，阴气太重。"宇文虎的面色变得难看，奔拉着眼皮，用玉簪搔着头。

"偌大的后宫，难道就安排不下一位小女子吗？陛下，还说什么宠爱臣妾嘛？"郑宓转过身，将嫩白的后背留给他。

"你个小妇人，性子还挺倔强，先睡，孤明日早朝正经事还多呢。"宇文虎扳过她的脸，小鸡啄米般亲吻着她，打着呵欠，疲惫不堪。

床前烛火，微弱摇曳，郑宓也乏了，宇文虎双手搂住她的蜂腰，使得她难以脱身，正要入睡时，罗什力的公鸭嗓在殿外门槛高低起伏地呼喊：

"陛下，不好了，青夫人的冷宫突遭大火，救火太迟，已被烧成废墟，只怕青夫人……"

"只怕她也烧成灰了？有什么大惊小怪？她迟早都得死，孤手上尚有头疼伤脑的国家大事要处理。"

郑宓睡在罗帐，枕边人宇文虎听闻青夫人死讯，面无半分悲色，一通训斥后，复将她搂抱在怀，继续酣睡。

宇文虎的鼾声，响亮刺耳，震得郑宓全无睡意。她厌恶地挪动娇躯，绝情寡义的陛下，孤家寡人的帝王，他这具苟延残喘、赘肉松弛的躯壳，不值得留念，不行，还得折腾他，就要他烦恼！她不住长秋殿，也不住朝霞殿，那就重新给她修盖一座行宫，他不是说最宠爱她吗？男人的宠爱都是有期限的，她要赶在到期之前，尽情地折腾他！

"陛下是天下人的君王，是臣妾最崇拜的帝王，不如，给臣妾另外修建一座冠压群芳的行宫？方能显出陛下对臣妾一片真心，可好？"

晨起早膳，郑宓就动用起她的柔媚武器，三分之一的撒娇，三分之一的要挟，三分之一的激将。

"修建奢华的宫殿，需要耗费大量人力、物力、财力，孤怕会遭到一些守旧老臣的反对，指责孤奢侈放纵。"宇文虎犹豫着婉拒她。

"哟，原来这天下还不是陛下能做主的天下？不过是修建一座行宫，陛下都推三阻四，那么，依臣妾看来，陛下对臣妾的情意连老臣们的口水也抵不上。"

郑宓尖酸刻薄地讽刺他，她才不会体谅他的难处呢，他不是吹嘘他宠爱她吗，她要的宠爱是实实在在看得到、摸得着的宠爱，可不是虚头巴脑的甜言蜜语。

"哎哟，我的夫人呢，你这小嘴，就是把软刀子，刺得孤心口痛。一座行宫而已，孤且去试试，这后宫呢，倘若小迷楼没被烧毁，还用得着你个小狐狸奚落孤无能？"宇文虎对郑宓的态度，是格外开恩了。

她看穿他贪恋她无拘无束的脾性，贪恋她真实存在表现的欲望，活泼生机，有情、有趣、有调。

"旧的不去新的不来，陛下，不如，就在小迷楼的原地，重新修建，不能再叫小迷楼了，得改为大，取个大什么宫，才衬得起陛下天下至尊的君王身份？"

郑宓用调羹舀了野生蜂蜜泡的甜羹，伺候他饮用，她的糖衣炮弹，男人谁愿抗拒呢？她是定要将不能实现的事，实现！

"夫人，言之有理，言之有物！好，罗什力，安排郑节度使，马上张榜悬赏天下的能工巧匠，孤要盖一座天下无双的行宫，就叫，嗯，叫'大梵宫'！"

"陛下，这才是英明的帝王所为！"郑宓达到了目的，欢天喜地恭送他上朝。

只是，她的欢呼过于早了。

午膳后，郑宓在殿内的庭院漫步，她嫌绿茵茵的梧桐树太茂密了，在夜色里，有着鬼魅般阴森的气息，便让金婵在树上挂满小灯笼，入夜就能见到一片火树银花的盛景。

"郑夫人，瑶华殿诸葛夫人的侍女悠草姑娘带来口信，邀请夫人晚上到瑶华殿参加诸葛夫人的夏至荷宴。"

"夏至荷宴，真真新鲜，看来，这后宫藏龙卧虎，高手如云，我也趁机会会后宫的贵夫人们，看看与环采阁的姑娘们，有什么差别！"郑宓接到金婵的禀报，跃跃欲试。

整个下午，她都用来妆扮自己，料定别的夫人们必会如孔雀开屏，华贵艳丽，她反其道而行之。上身是黑薄纱的衣衫，肩上是青黑的披帛，配了艳红拖地的百褶裙，与艳红的唇色遥相呼应，柔媚婉约。

瑶华殿的诸葛绿云，穿了禾绿的薄衫衣裙，手臂搭了白色的披帛，疾步在殿外玉阶上迎接客人。

郑宓见她虽是纤弱柔娜，但面容气度自有一番浸在骨髓的傲气，宫内的夫人，风采大不同。她暗自赞叹，走近向她跪拜行礼。

"好个美丽妖娆的郑夫人，宫内人都传疯了，夸郑夫人的美貌，仅有天宫神仙可以相媲美，百闻不如一见，姐姐天生丽质，妹妹折服。"诸葛绿云的话，听得郑宓通体清爽。

她随诸葛绿云进到瑶华殿，但见她的居所典雅风韵，绿纱窗，幕帘重，墙角青白瓷缸，种植的白荷亭亭玉立，发出清雅淡香，使人心旷神怡，果然好一处清凉地！

"梅夫人到。"殿外宫女高呼，郑宓定睛向外望去，这后宫的夫人们，她还没机会亲近呢。

"绿云妹妹不愧是懂养生的高人，夏至荷宴，姐姐期待得紧呢，又有什么好吃好喝让姐姐占便宜呢。"

郑宓耳边传来如夜莺婉转的歌喉，一股冷香的凉意飘来，抬头便与刚入内的梅夫人四目对视，郑宓当场震住了！她也是见识过大美女的人，还是被全身素白的梅夫人惊艳了，她像一朵北国之春的雪花降落，带着边疆的纯洁与孤冷，真是一位少有的冰美人。什么样的男人才能融化她的冰心？郑宓暗自揣摩，那样的男人，绝非陛下。

"郑宓拜见梅夫人。"她向北国的梅雪衣盈盈下拜。

"陛下，真好福气，新得郑夫人这样绝世容颜的佳人。"郑宓听见梅雪衣的语气，有深深的惋惜，她体会到身为同类的怜惜，她是为自己不值，她果然看不上陛下。

"慕容夫人到。"诸葛绿云将梅雪衣引在左边的席位上，还未落座，就听宫女的通报，郑宓忙走出席位，慕容夫人的芳名，她早有耳闻，东都城的慕容家族，真正具有贵族血统的名门望族，最重要的是，她还是最有胜算成为皇后的夫人。

"伽莲见过诸葛夫人、梅夫人、郑夫人。"慕容伽莲身着藕荷素色的衣衫百褶裙，红红的披帛，如烟波浩渺的泛舟玲珑玉人，举止端庄。

郑宓望而敬重，众位夫人中，她的年纪最幼，但她举手投足间，呈现的大气、庄重，是属于名门闺秀教养得当的风度。

郑宓与梅雪衣同坐左边，诸葛绿云与慕容伽莲并列右首，上席的空位留给陛下，他稍晚驾到。

"日北至，日长之至，日影短至，故曰夏至，至者极也。夫人们，恭请举杯邀夏风，品鉴绿云精心制作的荷宴珍品。"女主人诸葛绿云举杯相邀。

郑宓见到案桌上有滋补玉体的荷叶蒸鸡、养颜的荷叶粳米粥、消暑的荷叶酒、清凉的荷花糕，色香味俱全。内心十分艳羡，这诸葛绿云才情了得，擅烹美食，吃出风雅，是了不得的本事。

"慕容妹妹是兰心蕙质，那么绿云妹妹就是巧手慧心了，姐姐敬你一壶酒。"梅雪衣手执酒壶，壶嘴对着樱桃小嘴，豪饮起来。郑宓也算酒场上的女中豪杰，见她如此爽利，也仍甘拜下风。

"姐姐好酒量，妹妹先敬新人，郑夫人，你我各饮一壶，如何？"郑宓预感这诸葛绿云对她别有居心，她不能输在她手上，左右手各执一壶酒，嫣然笑道："妹妹一壶，姐姐两壶，可好？"

诸葛绿云蹙眉娇笑："看不出郑夫人的美貌非同凡响，酒量也万里挑一。"郑宓笑而不语，咕咚咕咚喝光两壶酒，慕容夫人与梅雪衣击掌喝彩，她正想得意谦虚几句，显出自己初来乍到的礼数。

诸葛绿云趁着酒意取笑她："郑夫人，问你一句女人间的私房话，你说，到底是战神英勇，还是陛下英勇？"

她促狭的笑，带着明显挑事的狡诈，郑宓的笑容僵住了，她尴尬地舔着嘴唇，这个歹毒的女人，分明是羞辱她一女事两夫的处境。

"诸葛夫人，郑夫人也是身不由己，大家姐妹，难得欢聚，何须扯难为情的闺房话题呢，妹妹要罚你酒，你这个女主人当得可不合格。"

慕容伽莲端着酒壶，过来解围，郑宓冲她感激地点点头，退回到席位上，不敢逞强了。

"慕容妹妹，你就会和稀泥，各人有各命，姐妹缘分，也是有深有浅，看在你这位未来的皇后面上，绿云就认罚了。"

诸葛绿云冷哼着，翻起白眼瞟向郑宓。郑宓扭过脸，与梅雪衣互举酒壶，她颇不服气，慕容夫人就是未来的皇后？

"呵，众位夫人们，好雅兴。孤来瞧瞧绿云这娘们弄出个什么荷宴，把你们都馋来了？"

宇文虎头戴通天冠，身披纱袍，从殿外快步踏入他的席位，笑声朗朗。

诸葛绿云扭摆着杨柳腰肢，满面堆欢，走到宇文虎跟前，双手捧着荷叶酒壶，娇滴滴地献媚："陛下姗姗来迟，罚酒一壶喔。"

"好，夫人们，谁愿替孤喝下这壶罚酒？"宇文虎拉着绿云坐在身旁，举起手中酒壶，向余下的三位夫人晃荡。

郑宓不知道他葫芦里卖什么药，一壶酒对她是小儿科，忌惮这是诸葛绿云的地盘，犹豫瞬间，梅雪衣主动请缨："陛下，臣妾愿意。"

"臣妾也愿意。"慕容夫人起身，百灵鸟的嗓音，清脆悦耳。郑宓见此情形，忙也匆匆附和："陛下，臣妾也愿意。"

"哈哈哈，好，都是孤的好夫人们，孤要新建一座大梵宫，夫人们，意下如何？"宇文虎见状，得意地大笑，自个喝了个底朝天，放下空酒壶，扫视着她们。

郑宓对他善变的脾性捉摸不透，他公开在夫人们面前提及，是何道理？有何用意？

"陛下，大梵宫是修建给新来的郑夫人居住吗？"诸葛绿云冷冷发问，充满着无垠的妒意。

郑宓脊背冒起森森寒意，陛下告知她了？

"是，郑夫人住不惯长秋殿，孤想朝霞殿空置太久，也不适合人住，不如在原来小迷楼旧址上重新修建一座。"

聆听宇文虎与诸葛绿云问答之间的话语，郑宓直觉置身在刀光剑影中，他们是串通好，要以这样的方式击垮她？

"慕容夫人，你以为如何？"宇文虎转向静默不语的慕容伽莲。

"陛下，臣妾愚笨。陛下自有远见，如何决议，但凭陛下做主。"慕容伽莲的脸，处变不惊，她的话滴水不漏。

郑宓听不顺耳，做陛下的夫人，就要一味顺从自保吗？慕容夫人毫无魄力、手腕，还妄想当皇后？

"梅夫人，你呢？"宇文虎并不满意慕容伽莲的废话，他似乎在求证，郑宓敏感意识到他的用意，修建大梵宫，陛下一人怕是做不了主。

"陛下，臣妾斗胆猜想，这长秋殿怕是有鬼魅出现，会不会是以前哪位夫人的阴魂不散，请和尚师父们做场法会，或许，郑夫人就能住惯了。"

郑宓听这梅雪衣的话，是不赞同修建大梵宫？她总算看明白了，狗屁夏至荷宴，存心戏耍她的鸿门宴。她可不想当什么乖乖听话的夫人。

"陛下，喝酒呗。"郑宓起身，举起酒壶，三壶酒的后劲在腹内沸腾，她望着陛下那张老谋深算的胖脸，玩弄权利的男人。

"宓儿，大梵宫要修建，不是现在。梅夫人的提议有理，孤召上阳真人在殿内做场法事，有孤在，不用怕。"

陛下在撒谎。

满腹酒水的郑宓饥肠辘辘瞅着他的脸：她能识破他的这个骗局，她不揭穿它，也不附和它，只是漠视它。

如果处处是骗局呢？在这后宫，还有真情与信任吗？还是只有黑暗与邪恶？她无法得知。

第五十四章

宇文虎：大梵宫

昼长夜短的盛夏，正午的太仪殿，闷热无风。

身着明黄单衣的宇文虎神色不耐地擦拭额上的汗珠，手中锦帕湿漉漉得快捏出汗珠来，他摔掉锦帕，抬腿把跪着打扇的宫女踹在地，转身坐在龙椅上，面目威严，嘶吼着："罗什力，速召郑郯宗进宫。"

崔文庭发来朝廷派兵支援的急报，横在他面前的难题，还能派谁去？那罗延？连着抗令两次的那罗延，他绝不会再给他第三次机会，战神宇文雄三日后满门斩首，只有国丈郑郯宗能派上用场。

这些蛮荒的狼族人，像草原上的野草，春风吹又生，怎么也斩杀不尽，难不成，世代都要与狼族人殊死抗争？不，这一次要给他们来场狠打，派郑郯宗一路，再令驻扎石头城的尉迟公追加一路兵力，三员大将，誓要把这狼族人驱赶到天涯海角去！

罗什力端来托盘，一盏银碗是冒着嘶嘶白气的冰茶，碗旁一块折叠四方的豆绿簇新丝帕。宇文虎冷眼傲视，定是来自瑶华殿诸葛绿云之手，他抖开丝帕，丝帕四角，绣着绿云的芳名。哼，这娘们，频频见缝插针献殷勤，是有什么非分之想？

他不会信任身边人，尤其是后宫的夫人们。将装满冰茶的银碗放置掌中，清凉透骨的触感，正好解暑，他一仰脖子喝掉薄荷味的冰茶，用丝帕揩着嘴唇，心满意足夸奖："诸葛夫人的厨艺，愈发精湛了，冰茶解渴好！"

"陛下，这冰茶是霜云殿的梅夫人烹制，才送来敬献给陛下。"罗什力接过银碗，低声解答。

"咦，雪衣？"宇文虎嘴角浮现暧昧笑意，他的这位孤傲的冰美人，也学会贪缘他了？不由得捧腹大笑，方才的焦躁随着冰茶落肚，烟消云散："去，罗什力，通知梅夫人，孤晚膳到霜云殿。"

"陛下，长秋殿的郑夫人派人带话，要陛下晚膳记得去长秋殿享用。"罗什力站立不动，提示他。

郑夫人，郑郊宗；梅夫人，尉迟公，两头都需要。他稍加思索，做好两全其美的决定："晚膳去霜云殿，就寝到长秋殿，再备龙涎香、龙脑给梅夫人、郑夫人各一份。"

罗什力领命退下后，午后的光影倾斜入门窗，刺得宇文虎眼花，他揉着太阳穴，一阵倦意涌来，他示意宫女们扶他到罗汉榻上，眯眼打会盹。

蝉鸣高低起伏，他率领着千军万马，冲向茫茫大草原中挂有绣着金色狼头黑旌旗的营地，数百头野狼，狂叫着奔向他的队伍。他挥动屠龙宝剑砍杀狼群，剑身溅射着汩汩狼血，正砍杀得欢呢，突然卷来一场漫天飞舞的蒲公英花雨，模糊了他的视线，白毛的头狼张着血盆大口，号叫着扑向他，他飞身跳下马，双手持剑与身躯庞大的头狼对峙！头狼的面孔瞬息幻化成那罗延的脸，他稳住魂飞魄散的心神，大吼着向头狼砍去，从梦里醒来。

梦境凶险，他思忖着野狼与那罗延的脸重叠交换的梦境寓意，是天上诸神在警示他：加快步伐，收拾那罗延？

"陛下，郑节度使求见，他带回了皇子。"罗什力扶他起身，为他抹去脸庞上的汗珠。

"皇子？金儿？"宇文虎第一反应是他与秦花的皇子宇文锐金，不是跌落深渊，尸骨无存了？

他忙忙从罗汉榻上下来，快步走到殿外迎接，他见到了，他那失踪多时的三岁的小皇子，宇文锐金！他俯下身，伸出双臂，狂喜地大呼："金儿，快来，到阿爷身边来。"

小皇子没有他预料中的热烈回应，宇文虎见他害怕地缩在郑郊宗的身后"怎么回事？"他缓慢起身，厉声逼问郑郊宗。

"臣参见陛下，陛下洪福齐天，皇子可能受到太多惊吓，皇子他，他丧失了记忆。"郑郄宗拉着小皇子的手，跪在地上，镇定地禀报。

"金儿，过来。"小皇子的五官、身形就是活生生的宇文锐金，他睁大乌溜溜的双眼，无辜地望着他，是看陌生人的惧怕眼神。

宇文虎悲叹着，可怜的三岁小皇子，东躲西藏，碰见什么恐怖的事，被吓坏脑子，也属正常。

"在哪里找到小皇子？"峰回路转的变局，宇文虎为难了，罪犯宇文雄因为皇子获罪，现在，找到的失忆皇子形同废物，那宇文雄的罪，又该怎么定？

"陛下，臣在人贩子手中找到小皇子。人贩子手拿小皇子身上的长命玉牌叫卖，下臣见此物精巧华贵，不同寻常，仔细盘问，人贩子是从白云观后山的松树上找到小皇子。下臣虽不认识皇子，想着事发的时间、地点和这长命玉牌极度吻合，就带小皇子入宫，待陛下亲自相认。"

郑郄宗将玉牌呈给宇文虎，宇文虎接过雕刻着长命百岁的玉牌，激动地流出眼泪，慌不迭地称是："这是我赐给金儿满月的长命玉牌，但愿金儿不要变傻了。"

"陛下，下臣有个不情之请？"郑郄宗抬起汗水湿透的方脸，舔着干裂破皮的嘴唇。

"但说无妨。"宇文虎抱起小皇子，天气太热，肉贴肉怀抱小火球一般，极不舒适，他放下小皇子，要罗什力带着先去玩耍。

"陛下，不如将小皇子交给郑夫人抚育，郑夫人心慈良善，必将小皇子视为己出。"

"郑夫人？她尚年轻，她与孤未来会产下我们的皇子。"皇子接回后宫，谁来抚育，还真是个问题，他首先想到的是梅雪衣，她年长无子，沉稳持重，应该能是慈母的典范。

"陛下，郑夫人纵是年幼，但本性善良纯真，小皇子给她抚育，下臣保证，对小皇子是最好的归宿。"郑郄宗跪伏在地，竭力恳求，大有不达目的不罢休的决绝。

"孤再议！罗什力，将小皇子带到德寿宫由皇太后照顾几日。郑节度使，眼下，孤有两件事棘手：其一，崔文庭需要派兵支援攻打狼族人；其二，小皇子回宫，那么，宇文雄满门抄斩的罪行，是否该调整，以免天下人耻笑？"

"若是饶恕宇文雄无罪，岂不是放虎归山？小女如何有颜面做人？陛下，不

可不三思而后行呀。"郑都宗的鼠眼闪烁着畏惧的寒光。

"依你之意？"宇文虎手指摩挲着下巴。

"下臣以为，将小皇子的身世隐藏，以郑夫人收养义子的身份，这样，堵不

住众人之口，也是颜颜。

边？继续岂能放他的颜色。

如果放了宇文雄，他心怀怨恨，与那罗延联手，这帝国的江山，可不就摇摇

可保万无一失，宇文雄必须死，对不起了，你的老夫人通你死，陛下，是否想

过，只能按照郑都宗的主意操作。

欲坠了？"

点点头，只能按照郑都宗的忠心不二。

"有什么办法？"养兵千日用兵一时，那罗延，可恶的大将军那罗延已抗令两

"西北兰山飞云飞守卫的军队，兵力会不会太单薄？"郑都宗持动着眼珠，句句是

野蛮人驱除出去！"

"是，下臣领命！不过，狼族人的西北河，距离遥远，下臣走后，宫内能用

的仅有宇文云飞守卫的军队，兵力会不会太单薄？"郑都宗睁着那罗延抗令的两

为他考虑的忠心不二。

"陛下，那罗延延生有反骨，迟早他要坏陛下的大事，不如，陛下下及早布

着，对那罗延延的恨意。

"此时，恐怕还不是最佳时机。"宇文虎紧皱浓黑眉，可在细细思量。

阴险密谋。

"陛下，要抢占先机，筹划得当，塞满胸膛，无处发泄。

"你不用出征，留守部分精兵原地驻扎，西北兰山边防，派你的余部，带上

置，去掉陛下的心中隐患？"郑都宗眼已看着淬光闪闪的双眼，走近他，

焦虑不安道理。

"好主意，陛下。不过，还得下诏令那罗延出征，他抗令必死，不抗令也必

粮草去支援崔文庭。主要进攻力量。"宇文虎调整战略。

死，不是死在狼族人兵刀下，就是死在我派出的杀手刀下，陛下，以为下臣的计策如何？"郑都宗露出谄媚的笑脸，等着他的首肯。

"国丈妙计！孤同意。还不速速去办！"宇文虎拊掌大笑，近日天象不错嘛，忽而想起一事，还得要上阴真人出面求证。

"来人，备好笔墨纸砚，孤要诏令那罗延大将军，石头城的尉迟公大将军出征。"

宇文虎提起笔，黄豆大的汗珠滴落在纸上，融化了墨，弄污了字迹，他忙停住手，去住后室，准备沐浴更衣后再写。

"陛下，陛下。"他换好衣衫，正伏案忙着措辞下令，诸葛绿云的怀呼直达殿内，他甚为疑惑，这个时候，她来大仪殿做甚？

"陛下，臣妾做了辟邪除湿的艾草窝窝，不趁热尝尝吗？"诸葛绿云妆扮得花枝招展，一路浓香扑在他面前。

他头也不抬向诸葛绿云挥手，要她留下吃食，赶快离去。照顾不到她。

"陛下？臣妾在旁候着你，不成吗？"诸葛绿云哪肯就此离去，她大摇大摆侧身坐在罗汉榻上。

美人在旁，香云缭绕在侧，搅得宇文虎无心下笔，他享受被众位夫人簇拥的王者霸气，忙罗什力找高成道未拟定诏书，再唤上阴真人前来。

"天这么热，难为你亲自下厨做这艾草窝窝。"宇文虎陪着诸葛云，盘中一对晶莹剔透的艾草窝窝，摆盘成双宿双飞的形态，生动有趣。而诸葛绿云的体香，初闻浓烈，渐至柔和舒畅，挑逗得他鼻翼翕动："你用了什么香？这般浓烈好闻。"

"双燕双飞绕画梁，罗帷翠被郁金香。这是臣妾秘不告人的秘方，专为伺候陛下而研制的'销魂郁金香'。"诸葛绿云深情款款地微启樱唇，眼里流淌着扑朔迷离的柔情，宇文虎禁不住她的温柔相衬，不顾天象，搂住她，两人彼此喂食对方，艾草窝窝味道滑腻糯绵长，恰似这诸葛绿云的情意，宇文虎沉沦其中不能自拔。

撅着屁股跪的上阴真人跪在日光里多时，宇文虎与诸葛绿云分食完艾草窝窝，才抬头瞧见。

这懂事的罗什力，宁可要牛鼻子老道受罪，也不扫宇文虎的兴致，不愧是宇文虎身边的老人。宇文虎恋恋不舍亲吻诸葛绿云的红嘴，口里残留着艾草的清香，捏了她的小脸蛋，要她先离去，他和上阳真人商议女人不能插手的秘密大事。

"陛下，真要修建大梵宫吗？"诸葛绿云读懂他的心思，怯生生地攥紧他的手不放，宇文虎生硬地抽出他的手，对她的恐慌，了如指掌，她恐慌他不再那么宠爱她。他并不为所动，正如他自己，只恐慌他的江山、他的帝位，不然，飞扬跋扈为谁雄？

"天子的事，夫人少管。"情爱的热火消退，他的语气疏远而冷淡。

"传上阳真人！"宇文虎手扶通天冠，拍打略显凌乱的衣袍，端坐龙椅，君王的神圣不可侵犯。

"上阳真人，近来天象如何？"

"未有异常出现。"上阳真人的脸被午阳晒出焦糖色，他额头汗珠摔落在地，宇文虎让他起身，随手扔把鹅毛宫扇赏给他。

"孤想重建一座行宫，你以为在哪个方位最利于稳固江山。"宇文虎不动声色，他决议先不说出真实的意图。

"老道早先研究过宫内地图，稳固帝位，就得在中轴线有所建设，发生火灾的小迷楼方位正处于中轴线的中心，陛下，不妨考虑在原地修盖。"

上阳真人的话，听得宇文虎是醍醐灌顶，他压抑住欣喜若狂的兴奋，继续追问："那么，这座行宫的功能，给后宫的夫人住还是作为孤的新寝宫？"

"陛下，后宫夫人众多，给谁住，都会掀起女人间的醋海风云。"

"这情爱的水碗，哪个男人端得平？"宇文虎笑着认同。

"陛下能做到！"上阳真人的话，倒不是在阿谀奉承。他是天子，后宫夫人，自然听命于他。

"陛下，此处作为寝宫，也并不妥。陛下难道不需要一座象征陛下光辉显赫的行宫吗？能替换安乐殿议政功能的行宫。"上阳真人悠然打扇建议。

宇文虎听得雄心勃发的舒坦，重新修盖一座属于他，代表他权力巅峰的行宫？以前，怎么就没想到呢？人，谁不喜欢回到他得意过的地方？安乐殿是一团黑黢黢的阴影，死在里面的人太多了，他早该放弃了。

"只是修盖这行宫，说起易，做起难哪。"宇文虎念及狼族人侵犯的困境未完，潜伏在暗的那罗延，这根毒刺还未拔除，尽管是在谋划中，还没彻底定胜负。

"陛下，建这座行宫，愈快愈好，一旦行宫建成，陛下的江山基业，就可牢固万年！"上阳真人面露诡异笑意，以扇拍打胸脯信誓旦旦。

宇文虎熟悉他的这类笑意，他预测"血月"凶相也是这样的笑意。他信服上阳真人的预测，他说行宫宜早不宜迟，自有天上神仙所知的道理。

排除万难，修盖行宫！

"行宫取什么名呢？上阳真人，给琢磨琢磨？"

"陛下可有想到的名字？"

"以前的小迷楼太小家子气，孤，孤要一个气势磅礴的名号，嗯，'大梵宫'如何？"宇文虎阔步走下龙椅，挥舞双臂，满面狂傲。对"大梵宫"，只属于他的行宫，寓意权力宝座的名称，极为满意。

"大梵宫？陛下取得好！梵宫，与神同住的隐意，大，天下之大，莫非帝王。陛下，好名天成！天遂人愿！"上阳真人掐指默算良久，爆发认同的惊叹。

"与神同住？上阳真人，孤，还想长生不老，真能如天上神仙，才算是真的天遂人愿。"宇文虎惆怅地叹息着，瞥见一丝白发垂在肩上，他取下通天冠，黯然伤神。

权势、富贵、美女、疆土，他都能掠夺，霸占，就是这长生不老，他还无力汲取。

"陛下，凡人要想长生不老，那是人心不足蛇吞象。陛下不是凡人，长生不老，不是难事。"上阳真人的脸色，处变不惊。

"你有仙丹令孤长生不老？"宇文虎充满冀望走近他，上阳真人身上有股香气，是与诸葛绿云完全不同的香气。

"陛下，大梵宫修建好，老道自会敬献不老丹药给陛下。"上阳真人摇动宫扇，自信满怀。

"大梵宫，与神仙同住的大梵宫！"宇文虎高举双臂，向苍穹发出狂妄的呐喊。

第五十五章
宇文雄：死地逃生

　　地牢幽暗，恶臭肮脏，飞虫在杂草间蠕动，肥硕的老鼠在眼皮底下大摇大摆散步，哀号、怒骂不绝于耳，这是地狱的声音，地狱的日常。

　　诨号"大象"的巨人牢头，铁塔般的身躯如一堵黑暗高墙，将犯人们与外面阳光明媚的世界阻隔。

　　他肩扛一杆三百斤重的大铁枪，大剌剌低头迈入宇文雄的牢房，裸露的前胸后背，纹了一头四足欢跳的大象，生怕人不清楚他的威名。

　　呲，他把大铁枪戳在地上，身后的狱卒低头哈腰，端上热腾腾的一桌酒菜，放置在狭窄牢房中的空隙处。

　　宇文雄躺在墙角，跷起二郎腿，纹丝不动，明日上刑场，这是牢头大象来给他饯行的上路饭。两人决战，宇文雄胜出，自此，这牢头对他也就客气许多。

　　"战神兄弟，快快起身，哥哥陪你好吃好喝呀。"大象中气十足的嗓门，像从闷缸中发出来，瓮声瓮气，震得牢顶的泥灰簌簌下掉。

　　宇文雄恹恹起来，坐在铺陈的草垫上，满桌酒菜香气扑鼻，他视而不见，眼泪无声流出，他正当盛年，连累阿娘、兄弟，明日全家斩首！如何甘心？

　　"哭吧，谁遇上这事不哭？"大象看着凶巴巴，谁承想，他还陪他也挤出几滴泪水来？

　　"我死不要紧，拖累了阿娘、二娘与开弟……到了阴曹地府，如何向阿爷交代？"

宇文雄顾不得什么男儿有泪不轻弹的话，死到临头了，自家的泪水又淹死不了谁。

"哎呀，战神兄弟，哥哥在这死牢送走多少英雄好汉，你这一家老小上路的犯人，还就头次碰上，得嘞，哥哥嘴臭，喝酒，吃菜！"

大象举起豁边大陶碗，自得其乐。

"大象兄，能否帮宇文雄通融下，我要见阿娘、开弟，让我们一家人死前团聚，否则，我死不瞑目呀！"宇文雄心塞的是愧对亲人，从不跪拜求人的汉子，扑通跪在大象脚下。

"哎哟哟，起来，战神兄弟，快起来说话。"大象慌了神，忙忙放下酒碗，将宇文雄扶起来。

"我宇文雄，此生行事光明磊落，尚未建功立业，竟惨遭上苍捉弄，英年早逝，实乃人生之大不幸！"宇文雄跪在地上，仰头望着上方咫尺空间的亮光，那里是通向光明的唯一狭隘的通道，月光如银，慷慨地倾洒在他脸上。

"好兄弟，哥哥敬你是位英雄，就冒险把你阿娘、兄弟宇文开及他阿娘一并聚在这，让你们一家团个聚，就算我大象积点福德。"

大象向牢外的狱卒招手，嘀嘀咕咕耳语一番，走到宇文雄身旁，随同他扬起脸，自言自语感叹："王侯将相宁有种乎？世道不公，古今使然，你以为坐在高头大马上的就一定是好人，躺在死牢受苦的囚犯就一定是坏蛋？黑白颠倒，乾坤颠倒。"

"大象兄，大恩不言谢，现在小弟也没什么报答你的贵重物品，就剩下这把战神的金刚宝剑，赠予大象兄，你是懂得战神意义的人，你帮忙保存，小弟放心。"宇文雄取出贴身的金刚宝剑，抽出剑来，放在脸庞上爱抚地摩挲着，似在与爱人告别。

"战神兄弟，你小瞧哥哥了，以为哥哥贪图你的金刚宝剑？万万不可，万万不可！"大象态度坚定，推辞着不肯接受。

宇文雄一心要报恩，两人推让再三，不得其果。

"战神兄弟，哥哥想出个主意，不如以金刚宝剑祭奠月神，说不准月神会帮兄弟转运呢？哥哥听人说，月神可是女人，可爱你这英俊的大英雄呢。"

大象咧开火盆方嘴，露出满口黄牙，这个时候，他还有心情调戏宇文雄。

"我命不在我，我是该抗争下！"宇文雄若有所思，剑身折射出的银辉，开启他的灵性，灵光乍现，他为何不试？

"哥哥遇到过怪事，当年送别一位大英雄，那夜的月色就如今晚这般好，此人跪拜在月色下，叽里咕噜不知说了些什么，酒也不喝，菜也不吃一口，全洒在地面上，说是祭拜给月神。你猜，后来怎么着？"

大象给他腾出空位，将酒桌挪到墙角去。

"他被人救走了？"宇文雄听得入迷，人在绝望困境中，都希望突然蹦出位神仙显灵，奇迹发生。

"也算是，下半夜，他的牢房起火，人也不见了。都说是月神被他的诚心感动，故意引发火灾放走他，上头也无法追究，这人就消失了。"

听完大象的话，宇文雄激发出更为强烈的求生欲望，他深深呼气，屏息杂念，双手高举金刚宝剑，跪在月亮下，月光与剑气重叠交融，汇成一团奇妙的光影，映照他全身，他忘我地默默祈祷：月神庇佑，宇文雄愿以金刚宝剑所有的血色精华敬献给你，祈愿明日发生奇迹！！！

祈祷完毕，他听见牢房外响起脚步拖动铁链的响声，他的亲人们到了，他起身迎向他们，大象识趣地隐身在牢门外放风。

"阿娘，孩儿对不住你。"宇文雄见到满头银发的阿娘，面上伤痕累累，衣衫破旧脏乱，哪里还有半点大家族的夫人贵态？

"长兄。"戴着枷锁的宇文开，眼神明亮，精神抖擞，虽身着囚服，也不失气象。宇文雄对他的这位弟弟，同样愧疚，他偏袒妻子，诬陷他，断绝兄弟情分，人家不计前嫌，念着兄弟情义还来救他，陪同他一起上刑场，真正的兄弟如手足！

"二娘，对不住。"宇文雄羞愧地低下头，不敢与二娘李甄梅直视，她也憔悴多了，衣衫残旧，面色却保持着洁净。

"大家都入座，想不到我们一家人会在这里团聚。"宇文雄哽咽着，勉强挤出一丝苦笑，将海碗的酒让给宇文开。

"雄儿，大娘神色不对，该不会是身体出什么状况了？"二娘的话提醒了他，阿娘见到他，眼神木呆呆地不言不语，她是发病了？

"唉，算了，明天就结束了，宇文家的一家人，怎么落得这样凄惨的下场？"二娘李甄梅的气色灰败，她靠近大娘崔玉房，替她整理着白发，神态哀伤。

"长兄。"宇文开端起酒碗，双手战栗，眼里涌出泪花，抽噎着泣不成声，"开弟，多谢长兄的关爱，愿来世还当兄弟！"

"开弟，我的好兄弟，长兄对不住你，你还这么年轻……"宇文雄上前抱住他青春柔弱的身躯，两兄弟号啕大哭，想想明日将血溅刑场，二娘也搂住大娘哀哀啼哭。

"唉。"大象在暗黑中吐出沉重的叹息，生而为人，最难就是至亲间的生离死别。宇文雄伤心欲绝之余也在思考，是谁？到底是谁造成我们家族如此凄惨下场？

"开弟，是谁在陷害我们？你告诉我？"宇文雄不愿死得不明不白，他摇晃着宇文开，连连追问。

"长兄，别问了，明天就是我们的死期，问了又怎样，还不是徒增伤悲。"宇文开躲闪着不肯告知，宇文雄见他吞吞吐吐的样子，必定是清楚幕后主使之人，他愈发要弄明白，厉声呼号："就是因为要死去，我才要搞清楚！"

"战神兄弟，别为难了你自家亲弟弟，他不忍心告诉你，整个东都城的人都知道你为何判死罪，可能就你一个人被蒙在鼓里。"

大象从黑暗中站出来，他带着深切的同情，同情他这个被人蒙蔽的蠢蛋。

"我都是将死之人，还有什么可畏惧的呢？"宇文雄绝望地冲大象咆哮，他希望大象给他一个答案。

"是你的老丈人郑郐宗，他把你的妻子送给陛下当夫人，就这么简单。"大象神色自然，全盘托出。

宇文雄以为自己听错了，郑郐宗，他的老丈人，置他于死地的人是他信任的身边人！那么，郑宓，他的妻子，与她的阿爷，原来是一丘之貉！屈辱！这是对他最大的讽刺与最深的屈辱！

"长兄，我们认命。"宇文开拥抱他，给予他亲情的关爱。

"为一个女人，我宇文雄身败名裂，为一个女人，我宇文雄连累亲人们，我不是人，不配当你们的亲人！"

宇文雄心灰意冷，绝望透顶，最根本的失望，是对陛下——他贵为天子，什么样的女人没有，怎么做得出这种禽兽不如的事？这不是强抢民女的流氓地痞才做得出的事吗？

"长兄，别这样，这不是你的错。"宇文开虚弱地开导，是谁的错？是上天糊涂安排的错？

"你们，回去罢。"宇文雄不想这样度过人生的最后一个夜晚，他狠狠拥抱着宇文开，给阿娘、二娘分别重重磕头，随后，独自跪在即将暗淡的月光下，默然无语。

"战神兄弟，睡了呗，明天……我先睡了。"

大象努努嘴，要人将残汤剩饭收拾走，他的瞌睡虫来找他了，他摇摆着铁塔身躯，怀抱大铁枪倒在自己的床上，酣睡不醒。

宇文雄跪到毫无知觉，跪到昏天黑地，他迷迷糊糊睡着了，走出牢门，追随天上的月色，他跑啊跑啊，直到筋疲力尽，来到一座怪石嶙峋的山头上，他见到一道虚掩的红门，梵钟声声，青烟袅袅，我怎么跑这儿了？他正感纳闷，一位年轻的美貌女子，身着粉嫩衣衫，肩披粉红披帛，怀抱琵琶从红门出来，向他下拜问候："宇文公子，别来无恙？"

"莲儿！"他一下认出她来，他最心仪的女人，最信任的女人，却背负他诺言的女人。他不知该恨她还是爱她，一时踌躇，风吹来她的披帛，蒙住他口鼻，淡淡的清香，他握住披帛，想要还给她，她对他动情地娇笑，向山崖走去，他急了，慌张呼喊她："危险，莲儿，快回来！"

"回到哪里去？"慕容伽莲闻言转身，笑靥如花。

"回到我的身边来。"他张开双臂，迎接他的初心所爱。

"宇文公子，我们，我们回不去了。"慕容伽莲面目凄婉，纵身跳下悬崖。

"不，莲儿！"他揉揉眼，头顶穴口，一抹亮色直抵黑暗的牢狱，他见到黎明的曙光，这世界的美好一面。

大象如雷鸣的鼾声依旧。他怔怔出神，这个梦，甜蜜中掺杂苦涩，冲淡了他昨夜的伤痛。

"宇文雄！起身，送你上路！"他极不情愿地听见死神的召唤，神情麻木起身，走出牢门，转身回望，大象还在沉睡，他苦笑着，就不与他道别了。

目光落在带他走向刑场的官兵身上，华丽刺眼的装束，他们是宫中的人，是陛下派来砍他脑袋的人，宇文雄悲哀地想，识破真相的绝望，掺杂有动手杀人的疯狂念想，只是念想罢了。

前面的官兵突然转身，停下脚步，从手上抖开麻布口袋，宇文雄措手不及，整个人被套入麻布口袋，他奋力挣扎不能冤死，头上中了一棒闷棍，眼前发黑，昏死过去。

他被架到刑场，围观着人山人海的呐喊、诅咒、叫骂，民众的疯狂，使他不寒而栗，他的阿娘、二娘、开弟、他们的奴婢都在刑场，手握鬼头大刀的胖屠夫，冰冷的刀架在他脖颈上，三声炮响，阿娘的头颅滚在地上，阿娘！

他撕心裂肺地哭喊着，悠悠醒来，醒来也是另一片天地，翠绿的树木，欢快绽放的野花，他四仰八叉躺在茂密的树林中，摸着挨打的脑后勺，生疼得厉害。勉强支撑坐起来，他含泪大笑，是侥幸活命后的大喜过望，月神显灵了？将他带到这片水草丰饶的地方，可是阿娘、二娘、开弟他们呢？

远处有马在呶呶地叫，一匹枣红色的马，撒着马蹄，冲他疾步跑来，他站起身，马背上驼着水囊、包袱，还有他的金刚宝剑！

"天哪，月神显灵了！"宇文雄蹲下身抱着马腿，号啕大哭，有劫后余生的喜悦，有痛失亲人的悲苦。

逃亡到哪里？他喝了半肚水，嚼了块发硬的胡饼，靠在树背上，茫然无措。莫愁前路无知己，天下谁人不识君？似乎有歌声从空中飘入他耳，他左右仰望，是幻觉，仔细辨别身在何处，原来他是在大黑山的山脚下，他隐约见到常与开弟打猎烤肉的那株大槐树，记起大黑山有座黑山寺，不如先去安顿几日，打听阿娘、开弟们的生死再逃不迟。

跨上小红马的马背，向半山腰的黑山寺跑去，宇文雄思忖着如何撒谎，不能让寺庙的人看出他是逃亡的死刑犯人。

黑山寺的朱红大门掩映在墨绿的油松树中，日影在红门上洒下厚实的光影，显得庄重肃穆，宇文雄见到这扇红门，虽是比起自家的朱红高门寒酸得多，仍大感亲切，也不知哪一世结下的缘分。

收回天马行空的散漫思绪，逃命要紧，宇文雄正欲举手叩动门环，红门从里面被拉开，他忙闪过身躯，一位肩扛扫帚的年轻僧人走出来。

"师父好。"宇文雄双手合十。

"阿弥陀佛，施主好。"年轻的扫地僧回答他后，开始无言打扫门前落叶。

"请问小师父，寺庙能否收留在下住几日？"宇文雄从未落魄潦倒求人过，他面色发烫，鼓起莫大的勇气。

"我只管扫地，你得进去问问住持师父，呶，找印海禅师。"扫地僧头也不抬，专注扫地。

"谢谢小师父，这匹红马，劳驾小师父给看管下？"宇文雄将小红马的缰绳不由分说塞入扫地僧手中，背负包裹大步流星踏入寺内。

寺庙内，青烟萦绕，钟鼓齐鸣，和尚们唱梵呗的妙音，使他放慢脚步，穿过偏殿。

"阿弥陀佛，施主，打哪里来，到哪里去？"宇文雄后退数步，扭头望去，声音从偏殿内的一扇窗户传出，他确信四下无人，是对他说。

他走到窗前，红木格的窗户内，一位面目不善的僧人，笑容古怪凝视着他。

"师父，我找印海禅师。"宇文雄大胆迎上去，寺庙内的清静景象，与红尘的滚滚欲流，天上地下之分，他在死牢里被幽暗的力量腐蚀的精气神在这里得到洗涤，逐渐感到身体在重新焕发勃勃生机。

"施主，在下就是印海。观施主行色匆匆，疲惫倦态，想必是长途跋涉而来，请入内安坐。"印海合掌推开房门，接宇文雄入内。

"多谢师父菩萨心肠。"宇文雄没料到这印海禅师，面目凶悍，性子却随和宽容，他放松戒备，把包袱、宝剑搁置在脚下，不客气地端起桌上一碗热汤，一饮而尽！

"施主，打哪里来，到哪里去？"印海禅师等他片刻，再次旧话重提。

"嗯，实不相瞒，在下刚从死牢逃出生天，无地可去，无处安身，恳请禅师指点一二。"宇文雄抛去腹中谎话，直言直语，佛门之地，谅这印海禅师也不是贪财好利之辈。

"施主原是这般来历，不是在下不肯成全，小庙离都城不远，施主住上三五日便罢，时日太长，恐对施主不利。"印海禅师也不多问。

"三五日？也是好，在下多谢禅师救急，在这东都城，在下已成惊弓之鸟，万万住不下去了，长远点，也不知路在何方？"宇文雄目光游离，搓手顿足，无计可施。

"施主，有想过剃度出家吗？"印海禅师突然冒出这句话，令宇文雄困惑不解，他干脆回绝："出家？没想过！"他是战神，自有战神的使命，一心只想报效国家的战神使命，可不是成日天念经磕头的闲散和尚。

"施主误会，在下的意思是，你要暂时脱离险境，保存性命，在下有条计策，不知施主可愿意？"印海禅师的神情悠然自得。

"什么计策？"

"出家当和尚修行！"

"不，我怎么能出家？我还没有看破红尘！"宇文雄急了，面红耳赤地辩解。

"施主，出家，并不一定就是看破红尘，生而无望，每个人出家的意义各自不同，对于你，出家修行，只是暂时保命的形式。"印海禅师保持着耐性，为他解答。

"只有这种窝囊的选择？我能不能去攻打狼族人的进攻？"宇文雄好生无奈，他要建功立业，要醉卧沙场！可他也明白，崔文庭率领贺擒虎的队伍驱赶狼族人，是名正言顺的朝廷派出的军队，他，什么也不是，阿爷留下的队伍，被收编了，而今眼下，他赤手空拳穿梭于世，只剩下"战神"的空号，有什么用？

"禅师通达，活命要紧，在下听从禅师安排。"宇文雄强迫自己接受当下逃亡的现状，解决问题，先接受问题。

"此去终南山，有重阳宫道观一所，在下与道长交好，你去投奔他那，他自会安排，至此，你远离东都城，担保你性命无忧。蛟龙终非池中物，施主，保重。"

"禅师为何对在下这般好？"

"出家人与人方便就是与己方便，并无分别心。"

印海禅师的话，宇文雄听得不甚明了。

第五十六章

慕容伽莲：畅音阁的秘密

一切悉得之日，正是退让之时。

慕容伽莲跪在作明佛母的画像前心神不宁地燃香、供花，她要为宇文雄祈祷。距宇文雄上刑场的时间已经过去三天了，该死的宇文云飞还没半点消息，她不能确定宇文雄是死是活，唯有求助神灵。

她手持《心经》默然诵读，耳朵密切聆听四周动静。

"夫人，宇文侍卫求见。"丰仪的粗莽嗓音，慕容伽莲此时听来，比鸟鸣还清脆。她激动不安地徐徐回望，宇文云飞的身影，落在畅音阁的院内，投下一道长长的阴影，她估摸他大半是得手归来，不然，以他军人的尊严，不会一无所获地厚脸见她。

"丰仪，雅霜呢？"如果他实现他的承诺，她也要兑现给他的回报，哪怕受尽煎熬。

"夫人，需要找她？"

"不，现在不，今晚她陪我，你不用守在床下了，去陪阿蛮、皇子。"

慕容伽莲合上经书，将它端正搁置在供案上，摇着红莲花图案的竹柄绢扇，迈着轻盈的步态来到院内。

"慕容夫人好。"宇文云飞的脸上挂着恭敬且渴望的笑容，她视而不见，绕到他前面，朝茂密的竹林走去，他如忠诚的狼犬灵巧地跟上来。

"说吧，英勇的将军，人呢？"慕容伽莲站在亭亭修竹下，绢扇挡住半边脸，只露出一双美目，冷傲地盯住他不放，她要证实他是否撒谎，男人的眼睛会出卖他。

"装入麻袋，扔在大黑山脚下，给他一匹马，半天的水、干粮。三天了，他大概已经逃到很远很远的地方了，远到无人能找到他。"

宇文云飞的眼中闪耀着自豪与骄傲的光芒，是猎人得手猎物的满足神色。

"身手不错！难怪陛下重用你！"慕容伽莲言不由衷地夸赞他，宇文云飞得到鼓励，他肆无忌惮地靠近她，慕容伽莲用扇子遮挡着，吹气如兰暗示他："今晚，兑现我的承诺。"

"言而有信的慕容夫人，彻底征服了我这个莽夫的心。"宇文云飞伸出手，捏住她的手腕，在她手背上亲吻着。慕容伽莲强忍住不适，挥起绢扇亲昵地拍着他的脸颊："心急什么呀？"

"夫人，若你愿意赏云飞香吻，云飞甘愿为夫人赴汤蹈火。"宇文云飞沉迷地深深呼吸，慕容伽莲在绢扇上洒了"安息香"，这是令男人欲罢不能的异域香料，宇文云飞被迷得神魂颠倒，什么话也敢说出口。

"先说来听听，你要怎么鞍前马后报答夫人我呢？"慕容伽莲向他摇着绢扇，走向无人能见的竹林隐蔽处，她预感他还有什么秘密的话给她吐露。

"宇文开被陛下赦免死罪！"宇文云飞踩着节奏，走近她，抖出加料的信息。

"噢，却是为何？"

慕容伽莲惊诧之际，决定给他尝点甜头，姐姐慕容伽兰再三叮嘱她要密切关注陛下对姐夫那罗延的动向。

"陛下要修盖大梵宫，无人能在短时间承接这项庞大工程，郑郜宗节度使极力举荐，整个东都城，只有宇文开能完成这项浩大的工程。是我从刑场将宇文开带入宫内，夫人，记得在他兄长面前，提到云飞的功劳。"

宇文云飞急速地说完，趁她不注意，双臂搂过慕容伽莲，他的脸贴着她的脸，她几乎被他的雄性力量所俘虏，她禁不住娇喘嘘嘘，在他的眼睛、鼻尖上轻吻着敷衍，便极力挣脱他的怀抱，笑吟吟地朝返回的小路走去。

"夫人？"宇文云飞心愿未得逞，甚为不满。

"嘘，"她举起葱白修长的玉指，放在唇边，对他调皮地抛着媚眼，用嘴型发出信号，"晚上，辰时。"她还未听到她最关心的情报。

慕容伽莲躲在室内，直到宇文云飞的身影消失在畅音阁，她唤来雅霜，装作不经意与她闲聊。

"夫人，是怕做噩梦，晚上才要奴婢伺寝的吗？"雅霜睁大一双充满幻想与憧憬的大眼，单纯地问她。

"你个小浪蹄子，老爱自作聪明，戴上我送你的玉牌没有？念你辛苦伺候的分上，送你新的衣裳穿上。"

慕容伽莲要掌控今晚的局势，只能是她一个人来完成。她要雅霜扮成她与宇文云飞行云雨之欢，算是兑现对他的承诺。她是陛下的夫人，怎肯屈尊给一位侍卫首领亲热？

"夫人，你待奴婢真好！"雅霜毫不知情地欢天喜地向她致谢。

"好啦，赶紧去好好洗漱一番，玉牌戴在脖上，穿上这套新衣裳，咦，洒点'安息香'在衣裳上，今晚，夫人我格外开恩，让你成为一位香喷喷、水灵灵的美娇娘！"

慕容伽莲哄骗走雅霜，下令丰仪重新把胡床布置得花团锦簇，在床脚留下一盏弱光的灯笼，她要制造出昏暗不明的场景，才能以假乱真。

夜色逼近，慕容伽莲给雅霜喝下迷魂汤，她便人事不知，穿着粉红刺绣衣裳，黑发披散，浑身上下发出诱惑香气的雅霜，在昏暗的弱光下，恍如慕容伽莲醉卧在床。

慕容伽莲伪装成雅霜的装束，躲在后窗下，紧张地抱住双腿，这是她第一次干这种事，心儿扑通扑通跳得厉害。

夜色深沉，四周静谧，她听到窗外有猫的轻叫，迅速起身，趴在窗台上偷看，是宇文云飞的身影，她推开后门，也学声猫叫。

宇文云飞跳跃着到窗下，蹑手蹑脚进到里面，慕容伽莲关好房门，无声地指向床上佳人横卧的玉体，宇文云飞急不可耐地扑上去，慕容伽莲忙吹灭蜡烛，室内漆黑一团，慕容伽莲倚靠在门后，清晰地听见两人肉体纠缠的呻吟，她死死咬住嘴唇，不让自己笑出声来。

一炷香的工夫，宇文云飞不小心从床上滚到地下，响声惊动了睡在外间的阿蛮，她警惕地问："慕容夫人，怎么了？"

慕容伽莲假装睡意蒙眬地咕哝着："是野猫吧，睡呗。"随后，打开房门，一丝亮光照着衣衫不整的宇文云飞，他匆忙走到门口，慕容伽莲拉住他衣领，装成奴婢的腔调："夫人问你，陛下对那罗延大将军有什么念头没有？"

"告诉你家夫人，陛下要杀他。"宇文云飞贴着她脸，趁机亲着她的耳垂，说完后，野猫般溜得不见人影。

"哼，好一只爱偷腥的馋猫！"慕容伽莲难为情地怒骂着，点亮蜡烛，宇文云飞的话，使她闻风丧胆，不枉苦心折腾一番套到这话，虽不知真假，还是先给姐姐报信，提前做好准备，总不是坏事。

不行，我要出宫与姐姐见面！慕容伽莲将写好的信纸，放在蜡烛上点燃烧毁，今晚冒险顺利，增长她继续冒险的乐趣与动力，她自信她能将"调包计"运用娴熟，她要与姐姐见面。事情紧迫，她相信姐姐会支持她的冒险，她叫醒阿蛮，要她带口信到那府。

傍晚时分，慕容伽莲坐在环采阁的上等客房内，她是以一名年轻俊秀的豪客身份出现，她趴在窗前，俯视车水马龙的繁华市井生活，如逃脱樊笼的鸟儿雀跃兴奋，相比这尘世，宫内的岁月太寂寞了。

她见到姐姐骑着白日平庸的夜白从妓馆的楼下缓慢而至，川流不息的人群中，怀抱琵琶的年轻女子与僧人同坐马背，旁若无人穿城远去，她想起自己弹奏琵琶的短暂生涯，引动愁思，唤来一壶最好的烈酒与一盘烤熟的羊肉，自得其乐地享用着。

"你可真会选，到这种龙蛇混杂的下流地方！"姐姐慕容伽兰推开门，气哼哼地坐在她对面，毫不客气指责她。

"藏污纳垢的地方，才能听得见真实的传言。这是距宫内直线距离最近的场所。"慕容伽莲带着醉意，不再是庄重矜持的贵妇人，取而代之是任性妄为的淘气小妹。

环采阁的世界，充斥着乌烟瘴气的交易与赤裸裸的原始欲望，男人们的高潮，妓女们的调笑，岂能是宫内正襟危坐的无趣岁月可比？慕容伽莲对这迷幻的污浊天地，倍觉新鲜。

"莲妹，清醒点，你姐夫收到陛下要他出征的死令，正焦头烂额呢，我又收到你的口信，心急如焚赶过来，快告诉姐姐，陛下是不是要动手杀你姐夫？"

慕容伽兰失去了作为姐姐应有的冷静方寸，她惊惶地摇晃慕容伽莲的肩膀，传递出大难临头的恐慌气息。

"是，姐姐。千真万确的消息，陛下要杀掉姐夫。"慕容伽莲摇动着酒壶，无比确定。

"时间、地点、手段？"慕容伽兰抓过酒壶，仰头就灌，为了平息恐惧或者愤怒。

"这个就无可奉告了，姐姐。你最清楚，陛下不过将妹妹我当成后宫一个摆设，你苦命的妹妹实则在守活寡。"慕容伽莲的笑容绮丽而悲凉。对自己的命运，逆来顺受，只因她无法选择。

"莲妹，一旦涉及生死，情爱便不值一提。不是你的夫君死就是姐姐我的夫君死，你想过没有？"慕容伽兰的眼神透出冰冷寒意，姐妹似乎不再是姐妹，是仇敌。

慕容伽莲无言以对，她拿起酒壶，漠视严峻的现实，她要怎么选？杀死自己的夫君，成全姐姐？皇子怎么办？杀死姐姐的夫君，那姐姐、姐姐的孩子们怎么办？

"反正，那人对你也不好，也没尽到夫君的责任，莲妹，有没有想过，离开他？重新开始你的新生活？"慕容伽兰突然握住她的手，变得温情脉脉。

"姐姐，有什么好主意，不妨说来听听？"慕容伽莲心思活络，抽出手，抓起羊肉，撕扯着，姐姐有备而来，该死，她成了请君入瓮的主谋者。

"莲妹，现在的局势很明朗，他要杀死你姐夫，他要杀的可不是你姐夫一个人，自然包括姐姐、你的外甥们。姐姐想，与其这样，不如莲妹与姐姐联手，杀死他，我们一家人还是一家人，姐姐重新给你找一门婚事，找一位彼此情投意合的夫君？"

"我不要，我不要再受你的摆布了！你说得轻巧，情投意合的夫君，就那么好找？"慕容伽莲听得浑身战栗，她瞪视着姐姐那张甜美的俏脸，说起杀人的话，她一点也不带情感，那么轻描淡写，那么信手拈来。

"你还惦记战神宇文雄？哼，他们全家都死绝了，你应该感谢姐姐的高明安排，不然，上刑场的可是你。"慕容伽兰粉面含霜，神情得意而自命不凡。

"不要提他！我的皇子呢，你想过没有，他失去阿爷，他怎么办？"慕容伽莲见不惯姐姐自以为是，她狠狠灌下整壶酒后，眼含热泪，壮胆反问。

"莲妹，你只有一个皇子，姐姐我，有三个，你是愿意失去姐姐、三个外甥？"慕容伽莲见到姐姐手抚鼓起的腹部，她又怀孕了！

"可我生的是皇子，他是可以继承皇位的皇子！不是平头百姓！"慕容伽莲终于忍不住，将憋在心底的真实意图吼出来，怒视她的姐姐，她的血亲。

"我懂了，莲妹，你是想要你的皇子取代那人的位置！看不出来呀，莲妹，你在宫中的日子，啧啧啧，没白过！买卖成交！"慕容伽兰不怒反喜，手执酒壶拉着她的手，勾起她的手指头，喜滋滋地抿嘴徐徐欢饮。

"什么买卖成交？"慕容伽莲听得似懂非懂，如果是买卖，就得有人要成为输家，谁会是输家？她后怕地追问。

"我的莲妹妹，别再彷徨犹豫，你不爱他，他也不宠你，往深处说，他还是我们家的杀父仇人呢，难道你不想为阿爷报仇？"慕容伽兰的语气，渐至怨毒。

"我，阿爷，可他终究是皇子的阿爷，我以后怎么向皇子交代？"慕容伽莲痛心疾首捂住脸，这是她的心病，普天下身为阿娘对孩子的通病。

"那又怎么样？历朝历代的权力争斗，父子相残，手足相害，君臣博弈，乃是常事，他生在皇家，承受皇家的荣耀，也得承受皇家的冷血。"慕容伽兰是天生的政治家：冷静无情、洞察本质。

慕容伽莲对姐姐的聪慧无情又爱又恨，她被说动了，破解困境的唯一方法，只能是鱼死网破的殊死斗争。

"若没有输家，胜利索然无味！姐姐与姐夫琴瑟相和，这笔大买卖，只能是我们赢！记住，姐姐所指的我们，有你与你的孩子。"慕容伽兰加重语气，重点强调慕容伽莲关注的利益。

"姐姐，你真有本事，说服人的有效途径，是诉诸利益而非说道理。我们姐妹谈好这笔买卖的条件，事成后，我的儿子取代阿爷的位置，我在幕后听政，姐夫出面统领，如何？"慕容伽莲抹去悲伤，拥抱现实，做买卖，就得精打细算，亲兄弟明算账。

"成交！横竖，我们一家人才是赢家。不过，你得做点手脚，当好内应。"慕容伽兰笑得合不拢嘴，继而收敛笑意，一本正经。

"义不容辞！姐姐，妹妹给你一个意料之外的惊喜，战神宇文雄没死，我找

394.

人将他救出来了。妹妹这招还行吧？"慕容伽莲小有嘚瑟。

"好呀，莲妹妹，士别三日当刮目相待呀，他被你藏到哪里去了？"慕容伽兰的笑意暧昧，向她竖起佩服的拇指。

"什么话？妹妹又非养面首，不过是报答当年他对我的救命之恩罢了。"慕容伽莲面色微微发烫，提及他，还是心儿荡漾，初恋的情人，哪有那么容易忘怀？

"他人在哪？如果我们的队伍加上他，你姐夫可就是如虎添翼，胜算在握。"慕容伽兰永远关注最核心的本质。

"在大黑山脚下，你让姐夫派人去找找？帮我的人说他应该离开东都城了。"

"莲妹妹，这事，你干得漂亮！神不知觉不觉，将大英雄救下来，难道，我们慕容家族的女性，天生就有权斗的天赋？"慕容伽兰举起手中酒壶与她干杯，为自己家族女性的傲人潜质喝彩。

"姐姐，宫内的上阳真人，不可小觑，陛下事事都听他主意，还有，郑郤宗，他恐怕是姐夫最头疼的头号对手！"慕容伽莲凑近姐姐耳语。

天杀的郑郤宗，没有廉耻的郑郤宗，把已出嫁的女儿送给陛下，还设计谋害宇文雄，慕容伽莲一想起来，就气得恨不得亲手斩了他！

"妹妹，切不可冲动，尤其因泄私愤而冲动。多一个朋友比多一个敌人好。"慕容伽兰莞尔笑着提醒她。

"姐姐聪明，能区别什么人是朋友，什么人是敌人，那郑郤宗，不是什么好东西，你一见便知。"慕容伽莲用匕首切割羊肉，头也不抬。

"亦敌亦友，都能转变。妹妹，不可太固执。"

"夫人，快！速速回宫，陛下晚上要到畅音阁。"慕容伽莲还未回应，守在门口的阿蛮推门进来，急着禀报。

"在这个时候，他跑来畅音阁，姐姐，你推测下是有什么预兆吗？"慕容伽莲站起身，扔过钱袋，让阿蛮结账牵马。

"定然不会是什么好事，莲妹，记得沉住气，必要时刻，使出必要手腕，给自己争取有利机会。"慕容伽兰也起身，她的婢女朝云走进来，小心搀扶着她。

"难不成还要我'色诱'？"美容伽莲开着玩笑。

"必要时，有何不可？这是上苍赐予女人的武器，再者，慕容家族的女人，就没有平庸之辈！"慕容伽兰也笑着逗趣。

　　慕容伽莲戴上有面纱的宽帽，下楼推门时，迎面撞着怀抱琵琶的年轻女子手挽面目清秀的僧人胳膊，招摇而过。

　　三人目光相对，慕容伽莲疾步下楼，忍不住愕然回首，那僧人似乎觉察她的内心所惑，冲她念诵："行亦禅，坐亦禅，语默动静体安然。"

　　"夫人，怀抱琵琶的女子与你有几分相像呢？"阿蛮牵着马扶她上去，对楼上那对举止怪诞的男女也多看几眼。

　　"是吗？我也觉得那女子颇为面熟，哼，这大千世界，无奇不有，出家修行的僧人公然与妓女搂搂抱抱，怪哉。"慕容伽莲摇摇头，纵马穿梭，想起陛下与宇文雄的妻子郑夫人的丑闻，宫中的怪事，才是层出不穷。

　　前方的路被蜂拥的人潮所挡，慕容伽莲急得原地团团打转："阿蛮，还有没有小道入宫？"

　　"夫人，只有这条最近！好像是有兵乱，夫人，当心！"阿蛮勇往直前，慕容伽莲别无选择，随着人潮，卷入其中，寸步难行。

　　她苦不堪言地向上仰望，宫外的天际，燃烧着火焰般的晚霞，像即将消散的烟火，绚丽而悲壮。

　　她黯然神伤：天下真要乱了。

第五十七章

那罗延：安乐殿的结盟

即使身陷绝境，也要高歌猛进。

那府的灯火，极少通宵达旦地通明，唯独，今夜例外。

捏着单薄黄麻纸片的御笔诏书，那罗延跪在挂着白描释迦牟尼佛祖画像前，陷入对死亡的沉思：他不怕死？不，他比任何人都怕死，他的生命才破茧成蛹，还未化成雄鹰展翅高飞，岂能就此戛然而止？

中堂的陈设极为简洁，长条杉木供案上，一对蜡烛与长明灯，胡饼、甜糕的供品，无插花与燃香，符合他身为军人，不为绮丽的物质所惑，只愿服从军人荣耀的本意，也贴合他曾在寺庙长期过着清苦生活的习惯所为。

作为权力斗争的高手，陛下的用意，昭然若揭。去，是死；不去，也是死，死相难看与不难看的区别，有什么意义？

他要做出选择，是死还是生？只有自己选择，才能成为掌控命运的主人，他站起身，左厢房传来孩子们的嬉戏声，右厢房是阿娘训斥奴婢的吵闹，再远一点的操练场是忠心追随他的那家军，他无言地扯动嘴角笑了，腰间的佩剑时刻提醒他，他是战胜狼族人的英雄，这是他赖以活下去的基石，他要成为英雄，不仅是妻子慕容伽兰的英雄，还是率领他的军队的英雄。

他必须要活下去，不能死！做事老练果断的他，思谋既定，便决议先等候妻子归来，期望他一贯有主见的聪慧妻子能够带来起死回生的佳讯。

室内的烛火忽明忽暗，他的贴身侍卫端木无极进来，换上喜庆的红蜡烛，照耀得室内如白昼亮堂，那罗延坐在高椅上，闭目冥想，不为所扰。

慕容伽兰进来刹那的细微声响，惊醒了他，他惊喜得从椅上一跃而起，脚被椅子踏板绊住，他摔了一跤，顾不上膝盖疼，笨拙地揪住她的披帛，连连追问："如何？"

"我的冷面金刚，你可是坚如磐石的英雄，怎么？也百爪挠心了？"慕容伽兰的调侃，令他放松。

他殷勤地替她拿住换下来的披风，都不要妻子的奴婢朝云插手，锁住房门，将妻子让在胡床上坐下，兴奋地盯住她，他要听到她亲自说出来，就如耐心地等待一位美妙的佳人出场。

"夫君，我们要先下手为强！莲妹答应做内应。"慕容伽兰的表情凝重，她心疼地抚摸他嘴边深刻的法令纹，他是能将所有痛苦掩藏在心的男人。

"我在深思，如何才能不兵败。前车之鉴，曹贵、你阿爷、宇文雄他们的下场，我死不足惜，你和孩子们，是我的挚爱，我不能让你们冒险。"那罗延坦陈他的心语，表情痛苦，握住慕容伽兰的手。

"所以，你只能胜，我们只能成为赢家！我的英雄！"慕容伽兰热烈地亲吻着他的脸，语气坚决。

"对，只能赢！兰儿，再多想想，如何做到万无一失？"那罗延肯定地点头，面对这位足智多谋的美丽小妻子，他才如冰山融化，成为温柔多情的男人。

"夫妻同心，其利断金。兰儿的冷面金刚，是不是有可能成为盖世君王呢？"慕容伽兰的双眼含情，话中隐含的真实意图，那罗延太明白不过了，她真是开启他灵感的钥匙，开发他潜能的师父。

他欣喜地捧住她的脸蛋，亲吻她的唇："兰儿，你要夫君不仅成为英雄，还要夫君超越英雄，创造一片天地，对吗？"

"夫君，你不认为，天上诸佛将我安排到你的身边，成为你的妻子，不是另有所谋？你们那氏家族世代与我们慕容家族为友，作战配合天衣无缝的搭档，我们是天造地设的夫妻一对，也许，我们的使命与责任就是……"

那罗延用嘴堵住她未出口的话，危急关头，言多必失。

"兰儿，我，还是等到明天，拜见智仙师父商议后定夺行动。"那罗延的优柔寡断不是没有道理，这是发动叛乱，是株连九族的死罪，一旦失败的话后果不堪设想。他不能不谨慎。冒险，不是鲁莽，应当是谨慎谋划有胜算的突袭。

"你还是要听老尼姑的话，我真想不明白，她常年在寺庙，哪里懂得朝廷的事？"慕容伽兰猛然推开他，面色涨得通红，她的醋意发作了。

"兰儿，你别动怒，你是有身孕的阿娘呢。"他宠爱地呵护她，轻轻拍打她的背，柔声抚慰他的小妻子，琢磨着说些令她安心的话，她什么都好，就是醋意太重。

"那大将军，陛下传来口谕，要你速速入宫。"端木无极在门口的高声禀报混淆了他的思路。

"怎么回事？"那罗延惊惶地赤脚下地，双手拉开房门，庭院内，陛下的贴身侍卫宇文云飞，盔甲齐崭，站在原地，是一尊请来容易送走难的神。

"那大将军，陛下口谕，要你即刻随我入宫，有要事商议。"宇文云飞的语气，不容置疑，冷冰冰地毫无情感。

"宇文统领，夜色深沉，什么十万火急的大事？明日早朝不行吗？"那罗延搪塞着要推脱，自知此行吉凶难料。

"对，就是十万火急的军情，陛下要在下带你一同入宫，请上马吧，那大将军。"宇文云飞伸出手，彬彬有礼做出请的派头，那罗延见此情形，他是躲不过这场蓄意谋杀，强作镇定，指着自己的光脚板，同样气度威严："容我套上靴。"

也不等宇文云飞同意与否，他冲入室内，神色悲壮，坐在地上，边套靴边对慕容伽兰下指令："兰儿，我去见陛下了，宫内的内应，你得赶紧安排，只怕，此行生死难料，你也多加小心。"

"夫君，无论如何，谨记坚持表白你对陛下的忠诚，其余什么也别做，也别说。"慕容伽兰眼里涌出热泪，她攥紧他的手，舍不得放。

"那大将军，别磨蹭了，陛下在安乐殿候着呢。"宇文云飞不耐烦地催促他。

"安乐殿？"那罗延的心情跌落到谷底，那可是充满杀戮与诅咒的屠场。

"夫君，别忙。朝云，备茶。"慕容伽兰想起什么似的，翻身下地，从妆奁中取出装有镶嵌红宝石的金手链匣子，风情万种走下石梯，到宇文云飞面前，从朝云手中拿过首饰匣与茶碗，亲手递给他："辛苦宇文统领了，请饮杯热茶。"

"谢谢那夫人。"宇文云飞顺手将首饰匣塞入衣襟内，端起茶碗象征性抿了抿嘴。

"我的妹妹，慕容伽莲夫人，相信宇文统领见得到她，烦请宇文统领帮忙捎个口信，要她去安乐殿陪同陛下，可好？"

那罗延在旁，眼见妻子慕容伽兰对宇文云飞的这番悉心安排，太及时了！只要有陛下的夫人，她的妹妹在场，他这条性命就能保住。

"那夫人，在下试试，那就恭请那大将军上马。"宇文云飞别过脸，郑重其事面向那罗延。

"夫君，兰儿等你归来。朝云，吩咐下去，今夜全府不许熄灯，等候那大将军平安归来。"慕容伽兰踮起脚，扬起脸与他道别，夜色中，她娇俏的脸蛋，分外苍白，那罗延看得心头发紧，他伸出手掌，无声地抚过她的肩，掠过她的唇，然后无所畏惧拍马前行。

"宇文统领，陛下因何事，如此仓促召集在下？"宇文云飞的马风驰电掣般，那罗延明知无望，也要追上去问个明白，不放弃任何一个机会，希望能打探出点蛛丝马迹。

"那大将军，在下只是个统领，并不管军务大事，在下能将那夫人的口信捎给慕容夫人，其余则一概不知，望那大将军包涵。"宇文云飞语意含混，迅速消失在飞扬的尘土中，绝尘而去。

那罗延也不在意，他向上天诸佛合掌祈祷后，才快马加鞭赶到安乐殿。

安乐殿的大门上，沿着门柱悬挂一排牡丹花图案的大灯笼，将整个殿宇映照得富贵华美。

那罗延被守在门前的侍卫拦住搜身，宝剑、弓箭全留下，他赤手空拳走进大殿，大殿地板是云纹图案的大理石，灯火照耀下，浮动的线条倏忽成狰狞的厉鬼面孔，那罗延单手捂住腹部，腹部是所有动物最脆弱的部位。

那罗延谨慎地迈出步伐，一步一步向前，离凶险更近，离真相更远。他暗中四下张望，安乐殿的摆设与往日并无不同。可他就是直觉背后有无数双眼睛在偷窥他，他壮起胆，金銮殿上横挡着一扇纱屏风，他无法确认龙椅上坐的就是陛下。

"大胆那罗延，你可知罪？"陛下宇文虎的粗哑嗓门响彻殿内，空荡荡的殿堂上，他那熟悉又陌生的嗓音，唯我独尊的气势不改，他像高高在上的玉皇大帝，威严地审问犯错的小仙。

"陛下，下臣惶恐，不知何罪之有？"那罗延急促地扑倒在地，向陛下行磕头大礼。脸颊上的肉触摸着大理石的冰冷地板，额头渗出热汗，滴落地面，心中有声音在回响：每临大事必静气。这是智仙师父的话，师父的声音。

他要用他的欲望战胜他的恐惧，诚如面对狼族人的队伍——他连擅斗的西北狼都不惧怕，这只养尊处优的老虎，又有什么好害怕？

"你两次违抗圣令，还不知罪？"陛下的追问冷酷。

"陛下明察秋毫，下臣是因为阿娘病重，需要服侍，并非存心违抗圣令。"那罗延强迫自己镇定，做到不出差错的镇定自若，先从气势上与陛下平分秋色。

"能说会道的善辨者！孤且问你，是你阿娘的身体要紧，还是保家卫国的责任要紧？"

"陛下，都要紧。家，乃一国之本；国，乃一家之主。无家不成国，无国不成家，两者唇齿相依。"那罗延不卑不亢地回应。

"那么，西北兰山的边疆遭遇狼族人侵犯，你为何违抗两次诏令？是不是想要造反？"陛下宇文虎的愤怒冲昏了他的头脑，他都气得变调了，他也有他的恐惧，恐惧他的宝座与江山丢失。

"陛下，下臣若要造反，总得有造反的动机，现在下臣的妹妹是给陛下生了皇子的夫人，下臣的妻子产下两位儿子，又将迎来新生命的降临，下臣拥有陛下恩赏的大将军封号、府邸、财富与荣耀，家庭和美，下臣很满足当下的状态，为何要去造反？"

那罗延用力磕头，以示忠心，他说话语速本来就慢，现在更是一字一顿，迟缓而庄严，他要拖延时间，核算着宇文云飞去见慕容伽莲的时间，慕容伽莲来安乐殿的时间。

"哼，你以为造反一定需要理由？"

"那就恳请陛下给下臣一个造反的理由。"陛下终于肯亮出底牌了，那罗延心头暗喜，他若无其事将这烫手的山芋踢回去。

"冷面金刚，你知道多少人在孤耳边嘀咕你的坏话？说你天生脑后有反骨，说那氏一族，本性狡诈，不值为朝中重臣，宜尽快斩除！孤为你承担多少骂名，你呢，又是如何待孤？"宇文虎控制不住情绪，说到激动处，他走下龙椅，在屏风后来回走动。

"下臣能得陛下庇护，是那氏一族的荣幸，下臣只有忠君报国，来报答陛下的知遇之恩。"那罗延也动情了，他止不住涕泪交加，他知道，他的命保住了，此时的感动与泪水，全是劫后余生的真情流露。

"陛下，那大将军连连抗令，明摆着不受制于陛下，陛下怎可有妇人之仁？"郑郅宗不知从何地冒出来，他跪在那罗延身旁，语气苛刻地驳斥他。

那罗延扭过头，纳闷了，他与他，何冤何仇？他要落井下石？

郑郅宗的话，使本想轻饶那罗延的陛下，犹豫不决："依郑节度使以为，那罗延抗令该当何罪？"那罗延气得浑身颤抖。

"陛下圣明，下臣以为，该判欺君之罪、腹议之罪、有意谋反之罪，三罪并为死罪！"

郑郅宗理直气壮禀报完毕，得意的眼神瞟向那罗延，他以为那罗延必定会气得暴跳如雷，那罗延也以为自己会当场发作，与他搏斗。但是，他没有，他控制住自己即将爆发的火山，漠视郑郅宗对他的诬陷与诽谤。

"陛下，下臣甘愿服罪。"那罗延做了一个胆大妄为的冒险，出乎所有人的意料。他在祈求佛祖显灵，祈求慕容伽莲的出现，她应该快到了，如果她拥有与她姐姐同等智力，她不能是一个人来，她应当将她的筹码一同带来。

"怎么，你都不为自己辩解一下？"

"不用辩解，陛下，下臣所指的忠君是，君要臣死臣不得不死。"那罗延相信，以他的沉默与笃定，足以应付得了这个场面。

"好，好个忠君的忠臣，孤成全你的名节，你对孤有情，孤对你有义。"陛下宇文虎嗓音沉痛，他释放出他真实的性情。

那罗延以为陛下会因为感动自己的一片忠心而解除他身上莫须有的罪名。他听见了殿外的脚步匆匆，来了，是该来了。他偷偷回头，眼角瞥见一抹青黑的裙裾，他悬吊的心，渐次安放。

"罪臣那罗延听令，夺取封号，家人流放西蜀，赐自裁……"陛下未说完的话，被突如其来的慕容伽莲抢断了。

"陛下！臣妾愿以性命担保，那大将军无罪。"身着云英仙裙的慕容伽莲怀抱皇子，跪地求饶。那罗延见到他的妹妹，果真不负他所望，与她的同胞姐姐，具有相当聪慧，他有把握，这一战，他会赢。

"莲儿，你怎么跑这里来了？快回去，后宫夫人不要干涉朝政。"宇文虎令宫人搬走屏风，他走到栏杆前，脸色阴沉，方寸大乱，怒斥慕容伽莲。

"陛下，这是家事，那大将军是莲儿的亲姐夫，你是莲儿的夫君，我们本该是亲人，莲儿这样理解，有错吗？"慕容伽莲放下皇子，攥紧他的手，声音哀婉，声泪俱下。

"宇文云飞，把皇子带上来，罗什力，派人把慕容夫人带走！"那罗延见到陛下为难的神色。家事、国事不能混为一谈，正如私人情感与国家利益的抉择，换在谁头上，都是两难的事。

"陛下，若你还要加罪那大将军，臣妾就不走！这天下，还有没有道理可讲了？"慕容伽莲使劲磕头，咚咚的磕头声，是娇嫩的皮肤冲撞坚硬的地板的呼号，声声刺痛那罗延的心，他目不忍视。

慕容伽莲的额头磕破皮，涌出汩汩鲜血，皇子吓得号啕大哭，抱住她的腰身，不停哭喊着："阿娘，阿娘。"宇文云飞与罗什力走到她面前，颇难下手。

"皇阿爷，阿娘流血了，你不来看看阿娘吗？"五岁的小皇子孝心可嘉，他向陛下磕头哭喊着请求。那罗延听得揪心，为何帝王的权力斗争要与世间的人伦亲情纠缠不清？

朝廷众人都望向台上的陛下，他要怎么做？他该怎么做？

"陛下，臣妾绿云参见陛下。"诸葛绿云如一股香风刮进来，场中众人措手不及，那罗延最为困惑，这位夫人不请自来，使得局势更为复杂了，暂且听听她的来意。

"你又来做甚？"宇文虎皱眉低吼，那罗延看得出他的恼怒，这是他议政国家大事的庄严殿宇，不是后宫婆婆妈妈的娘们乱嚼舌根的闺帷。

"怎么？只许州官放火，不许百姓点灯？慕容夫人来得，臣妾就来不得？臣妾也替陛下叫来郑夫人、梅夫人，后宫的夫人们，你不该一视同仁吗？陛下？"诸葛绿云牙尖嘴利，她像发情的母猫，向陛下张牙舞爪亮出她愤怒的根由。

"胡闹！一派胡言！孤在处理国家安危的大事。你跑来瞎闹什么，还不滚回去熬你的粥，做你的饭！"宇文虎发威了。那罗延紧张思索，接下来陛下的动作，是维持之前的宣判还是改变？

"陛下，臣妾不走。"诸葛绿云娇憨地发嗲，扭动着娇躯不肯离去。

"臣妾参见陛下。"那罗延被身后的天籁之音所吸引，他情不自禁回首，见到了传言中令人心驰神往的郑夫人。那是一张无法用言语描绘的美好面孔，是凡间女子望而兴叹的面孔，她冲他莞尔一笑，他屏住呼吸，郑夫人是冲陛下在笑，可他分明感受到她的笑意与友好，是对他而笑。

"宓儿。"陛下宇文虎对郑夫人和颜悦色打招呼，那罗延深刻体会到真有这样的女子，能令其他女子黯然失色，能令男人马首是瞻。

"臣妾听闻陛下与阿爷在安乐殿，便来请安问候。诸葛妹妹，梅姐姐说，她身子不舒服，不来了。"

与郑宓的温婉柔美相比，决绝相逼的慕容伽莲，撒泼胡闹的诸葛绿云，顿时相形见绌。

安乐殿，何时安乐过？那罗延别过脸，见到额头血流如注的慕容伽莲，她向他投以诡异的笑，他点点头，对她的全情付出表达他的感激之情。

"陛下，臣妾想与陛下单独聊聊？可否？"郑宓一笑倾城，莞尔转向那罗延，两人目光对视，那罗延从她一闪而现的眼里，读出一丝怜悯与愧疚，他百思不得其解，赶紧低垂头颅，他还是等待宣判的罪臣呢。

郑宓走上台前，与宇文虎附耳嘀咕，那罗延密切关注着陛下宇文虎的神色变化，他见到宇文虎面上掠过不易觉察的惶恐，他向郑郅宗招手，两人俯首密谋。

心怀鬼胎的结盟，注定是脆弱的。那罗延面无表情候着他们对他的宣判。

第五十八章

宇文虎：屠龙者

鬼神面具燃烧的浓烟，将德寿宫上空渲染得天昏地暗。

狰狞狂傲的傩公，妍丽慈祥的傩母，滑稽忠诚的童子，英气飘逸的神仙，剽悍凶猛的厉鬼全都葬身火海，数百张整脸、半脸的面具，是用樟木、丁香木、白杨木等不易开裂的木头雕刻、层层涂刷彩绘而成。它们在滚滚浓烟的深海里，幻化成幽灵，刺鼻的油彩味，飘荡在闷热的空中，是神鬼们灵魂出窍的狼奔豕突。

闻讯赶来的宇文虎在马背上注视着这人为突发的火势，令人屏息的壮观，同时也是满目疮痍。

火堆旁，顶着蓬松白发，着全身素黑布衣衫的皇太后，干瘪羸弱，她颤巍巍地命令宫女们抬出一口彩描大木箱，合力投入烈火中焚烧。

"皇阿娘，你这是要做什么？"宇文虎从马背滚下来，掏出汗巾捂住口鼻，强捺住愤怒，尽可能显得心平气和，宫里的烦忧事不少，他的耐心快被磨完了。

"虎儿，阿娘做了个可怕的梦，梦见我的虎儿被另一头老虎叼走了，阿娘去找你，这些面具幻化成厉鬼拖住阿娘不放，可恶的神鬼，胆敢恐吓我？"皇太后的面色被大火烤得发红，双眼精光暴突，语气怨毒。

宇文虎有些害怕地倒退几步，小时候，阿娘为他驱除病魔时就会戴上这些神鬼的面具扮演不同的角色向天起舞祭祀，他的病就会神奇地痊愈。此时，他的屠龙剑微微战栗，他攥紧它，不要它发作。这屠龙剑有灵性，它也于心不忍吗？这些年，没有信仰，就是他的信仰。可他对这些面具背后的鬼神怀有敬畏，皇阿娘就因一个梦境，便将它们毁于一旦，是否预兆着什么？他有种不祥的感觉。

千错万错，她始终是自己的阿娘，出于孝道，他不愿滥用君王的淫威使得皇阿娘屈从，他双手按住她的肩，语气故作轻松宽解她："阿娘，孤就是一头下山的猛虎，怕甚？"

"只怕是一山难容二虎，虎儿，阿娘要离开德寿宫了。"皇太后的面上浮现一抹解脱的笑意。

"离开？去哪里？阿娘？"宇文虎对阿娘出格的言行，颇为费解，他千辛万苦寻回她，母子相认团聚，怎么又要分别？

"虎儿，阿娘老了，得去一个无人的地方终老。"皇太后的笑变得苦涩，她有气无力地拍打宇文虎的手背，虽是虚弱，可去意已定。

"阿娘，为何丢下虎儿不管？"宇文虎带着怨恨的哭腔，扯住皇太后的手，她的手冰冷潮湿，像是猫科动物的爪子，令他无端胆寒。

皇太后费力地扭动饱经风霜的头，面向烧成烟尘的一撮废墟叹息："傻孩子，生而为人，注定孤苦伶仃，谁也管不了谁，谁也会离开这个世界，和烧成焦炭的鬼神一个样。"

"不，不一样！孤是君王，孤有后宫夫人们，孤有皇子们，孤有大臣们，还有军队、百姓、土地、珍宝，孤拥有整个天下，四海之内的天下！"

宇文虎张开袖袍，声色俱厉向阿娘傲然展示，他不是普通人，他是人中龙凤！他是真龙天子！

他的声音震慑到宫女们，她们灰头土脸地傻傻站立，宇文虎挥挥手，她们如被绳索牵扯的木偶，忙用火棍拨弄未燃尽的残骸，一束火光冲上天，升至半空，一忽就没了，只余下呛人的气味，撩拨着宇文虎敏感的神经。

"虎儿，所有的荣耀都如烟火。"皇阿娘不为所动。

"阿娘，我们进宫里，说说话儿。"他预感将与皇阿娘有一场深入的交谈，他亲热地搀扶着皇太后轻飘如纸片的身躯，跨过门槛，越过大堂，到转角的暗黑小房，这里刚搬走装鬼神面具的大木箱，地上残留有来不及清扫的灰尘，他毫不在意，他又不是没经历过身陷尘埃泥浆的生活？拉过两把香樟木的高背阔椅，母子两人相对而坐。

"虎儿，你见过阿娘驱龙没有？"皇太后眯缝双眼，仰视幽暗的房顶，她的

406.

话，如同来自遥远的地狱。

"驱龙？"宇文虎讶然瞪着皇太后，借着窗外一抹亮光，她真是自己的亲娘吗？

"对！阿娘在乱世的生存法宝，一个年轻的女人，不甘出卖肉体，何以为生？阿娘学会装神弄鬼。不管是帝王将相，还是贩夫走卒，是人，就有人的弱点，阿娘替他们驱赶心魔，聊以糊口、活命。"

宇文虎听皇太后讲诉离开他后颠沛流离的生活，没料到阿娘还有这本事。

"阿娘！你真有本事驱龙？"他惊喜地抓住阿娘阴冷的手。

"你真以为龙是什么了不起的神物？阿娘当年驱赶一条十丈长的黑龙，烟火熏烤三日，黑龙就成死蛇。"皇太后不以为然地说。

"不，阿娘说笑，你是凡人，怎能驱龙？"宇文虎收敛笑意，清清喉咙，板起面孔质问。

"虎儿，你不是有屠龙剑？你屠杀过多少真龙天子？"阿娘的笑声，是翱翔苍穹的老鸦捕食，古怪瘆人，她仅存的母性、慈祥和仁爱，早已消失殆尽。

宇文虎竭力维持着高贵的坐姿。那是他的黑暗罪恶，只宜冰封冷藏。

"为人王者，不为刀俎便为鱼肉。阿娘。"半晌，他才迟疑作答。

"虎儿，屠龙者，终将被人所屠杀，爱人者必被所爱而伤。"

"阿娘是在暗示虎儿的大限临近？"宇文虎冷笑着嘲讽她。他有能征善战的军队，有尉迟公大将军、崔文庭、郑郇宗、宇文云飞等猛将，他怕什么？权力的争斗，不外乎是武力的较量，他有兵权，制胜的武器。

"不，不是暗示，是明示。你以为阿娘怕死？阿娘死过无数次了，你不同，你是阿娘的孩子，走，随同阿娘出宫，我们母子择一处风水宝地过世外逍遥的生活吧。"皇太后的话，宇文虎愈听愈觉得她的陌生与可怕，她的体内是住了另外一个灵魂？还是她被鬼魂附体？

"皇阿娘，休得胡言乱语！孤岂可随你出宫？这可是孤搏命夺来的皇位！就是死，孤也应该被锦绣华服的美人簇拥着死去，正是因为生得悲惨，所以死必得要荣光！"想起自身在刀尖上舔食，不堪入目的艰苦生涯，宇文虎哪里舍得挪开屁股下柔软的锦垫铺就的宝座。

"虎儿，让阿娘仔细瞧瞧。"皇太后睁着浑浊的眼球，自言自语，"你也中毒了，病入膏肓，华佗在世也治不了。"

真是疯婆子，她不是我的皇太后，走了也好！宇文虎的耐心有限，他冷笑着，要早点结束浪费时间的荒诞对话。

"阿娘，孤中什么毒？"

"你的毒在这里，"她指着他的后脑勺，"还有这里，"她指着他的心脏，"你身体内住了一个魔鬼，中的是鬼迷心窍的心毒。"

他不置可否，随她去吧，她老糊涂了。反正，他的阿娘在暴雨中的那场战乱冲散后，就死了。她来得蹊跷，走得古怪，符合聚散无常的定理。

这座宫殿是属于他的，对了，宇文开还在修建的大梵宫，属于他的权力宝座的宫殿也是他的。皇权之下，本无人伦？他宁可不要阿娘，不要夫人、孩子，他是皇帝，孤家寡人的皇帝，众人之上的君王。

他走出暗黑窒息的德寿宫，宫门外的烟火废墟，已被人清理得如同从未发生过焚烧一般，洁净如常。

天空照常蓝得像一张浆洗过的靛蓝绸布，逗引得他心情明朗，他喜欢向往美好，郑宓就是他最新收罗的美好，代价贵重的美好。

"罗什力，去长秋殿！"

昨晚本已下了杀机处死那罗延，被郑宓一通软话，改了主意，郑郊宗万般阻挠不得，他暂且放走冷面金刚一条性命，甘愿向郑宓缴械投降。

长秋殿的梧桐叶阔树高，若是夜晚，便有寂寞梧桐深院锁清秋的韵致。宇文虎远远踏鞍下马，他不想惊动美人，他想偷窥美人。

绿意深重的梧桐树下，郑宓斜躺在贵妃藤榻上，团扇遮盖半张脸，与太仪殿内挂的海棠春睡图一般无二。

"你眼中的笑与泪，胜过孤见过爱过的一切烈酒与骏马。"宇文虎双手背在后，悄然走近她，福至心灵，吟诵起这句话，自己都诧异，原本不通文墨，被美人激发灵感，还有诗意在身。

"愿陛下圣寿无疆。"郑宓慌乱起身行礼，她穿着淡青色蝉翼纱衫，内围绯红绣花抹胸，映着纱衫的嫩肤，冰肌玉骨，他情不自禁把夫人揽在身旁，郑宓低着云鬟，含笑轻语："如此良辰，臣妾正思念陛下，是与陛下心心相印了。"

"孤也想念你。"宇文虎搂着她一并坐在贵妃榻上，绿意清凉的方寸间，不想喧哗，恐惊天人。

两人一道沉默不语。郑宓身上有让他沉静的力量，他就想与她这样，从容地拥抱，寂静地欢喜。远离风云突变的杀戮，钩心斗角的阴谋，他需要远离片刻。

风吹叶动，他心方动："皇子呢？"

"婢女抱去玩了。"

"宓儿，孤要封你为皇后。"他捧起她纯洁无瑕的俏脸，要将最好，他理解的最好给予她，至高的地位，后宫夫人们垂涎欲滴的封号。

"宓儿不要。"郑宓直接拒绝，没有他想象中的惊喜若狂，他深感失落。

"那你要什么？"

"有陛下足矣。"郑宓的一颦一笑惹人怜爱，眼角眉梢皆是风情，令宇文虎如此痴恋。

两人正笑作一团，罗什力走到眼前，禀报郑郅宗有急事参见他。

宇文虎明白，他还有悬而未决的大事要处理，沉吟良久，给罗什力下令要郑郅宗、上阳真人、宇文云飞三人先到太仪殿候着，他速速就回。

"陛下公务繁忙，宓儿就不挽留了。"郑宓强行推开他，也要学那贤淑的夫人德性。

"宓儿，如果孤某天被人砍死，一定是为了你。"临行前，他抓起郑宓的小手，说不上来的一种离别的惆怅萦绕着他，像是与她诀别。

"那么，陛下反悔了？"郑宓笑吟吟地反问他。

"每个人都要为自己做出的选择负责，被砍头与生老病死都是一样的死，都是一个死，没什么好后悔。"他摇摇头，自己这是怎么啦？多愁善感得像个不中用的书生。

他跨上骏马，不舍扬鞭就走，突然而至的眷恋之情涌上来，对阿娘没有过、对皇子没有过，只是对马下的郑宓产生的这样奇特的眷恋之情，他俯身抚摸着郑宓的棕发："宓儿，我走了。"

话一出口，他惊觉自己说错话了，不再是孤，孤家寡人的孤，而是我，芸芸众生的我。

"嗯，陛下，臣妾调好青梅酒，等着与陛下青梅煮酒论英雄。"好在，郑宓毫无意识，她冲他柔媚地笑，向他依依惜别地挥手。

他狠心扬鞭，太仪殿的三位，怕是等不及了。

"陛下，放虎归山，必定坏大事。"郑郊宗见到他的身影，就跪拜在地，挡住他去路，惊惶地痛哭流涕。

宇文虎冷酷地从他身上踏过，郑郊宗，从某种意义上来说，是他的同类，都是为达到目的，实施任何一种手段都可以的人，手段不重要，目的才是一切。

他知道事情无法回头，放虎归山已成定局，他不会浪费时间落泪，那是娘们的专利。

宇文虎坐在太仪殿的龙椅上，罗什力端来备好的香茗，他咕咚咕咚一口气喝完，抹去嘴边水滴，喘息着问室内站立的上阳真人与宇文云飞："你们说说，放走冷面金刚，真的就将造成无法挽回的败局？"

"陛下，微臣昨夜细细查看那冷面金刚面相，不过是官至尚书的命格，是贵重的命数，但，绝非帝王之相，陛下大可放心。"上阳真人拱手相告。

宇文虎听了他的话，微微颔首，略略放心，不涉及他的利益，一切好商议，顺便使眼色要罗什力把郑郊宗扶进来。

"郑节度使，方才上阳真人已说了，冷面金刚并无帝王之相，你就别操心了。西北兰山那边的战况如何？"宇文虎将重心转移到边疆来，内忧外患的帝国，谁掌舵都不省心。

"陛下，尉迟公传来捷报，他已将狼族人驱除出境，现在等待陛下命令，是回朝还是返回石头城驻守？"宇文云飞垂首躬身回应。

"哎哟，苍龙、白虎、朱雀、玄武，天之四灵，以正四方。孤外有尉迟公大将军，内有郑郊宗节度使，旁有宇文统领，天象预测有上阳真人，礼仪典制有高成道。孤无碍也！"外患处理妥当，宇文虎激动得手舞足蹈。

"下令，要尉迟公班师回朝，重重嘉赏。"

他见郑郊宗在旁欲言又止的为难表情，想来是有什么不可告人的话与他密报，便挥手让上阳真人、宇文云飞退下，之后才走到跪在地上抹眼泪的郑郊宗面前双手扶起他："是不是还想不通？"

"陛下，你真以为冷面金刚会就此善罢甘休？这个人，不善言辞，城府极深，昨夜险象环生，他却纹丝不动，将生命置之度外的勇气，太可怕了。"

郑郊宗的话，勾起宇文虎的隐忧，他也清楚，那罗延的冷静沉着，绝非常人。

"他现在贬为庶人，手无军权，不过带领区区几千人的那家兵，郑节度使，何时变得杯弓蛇影了？"宇文虎自我安慰地说。

"是，陛下分析正确，他是最不能叛变的人，对吗？陛下，想想当初陛下实施屠龙大计时，不也是令君王意想不到？"郑郅宗的话句句揭穿他的老底。

"大胆郑郅宗，别忘记你的身份！"宇文虎用习惯于发号施令的口气威胁他，可恶，好好地提到那罗延叛乱，怎么扯上他阴暗不可告人的发家史。

"陛下，不要忘记了，当一切可能被证明都不可能时，最后的不可能就是可能。"郑郅宗坚持他的推测不松嘴。

"你，你是在逼迫孤治你死罪？"宇文虎怒不可遏，像发怒的猛虎咆哮。

"陛下，恕臣无礼，臣这几日，连连与噩梦相伴，臣在梦中，见到陛下身首异处。"郑郅宗的话句句凶险。

"你，你是在诅咒孤？"宇文虎气得站立不稳，他抖索着手掌，扇向郑郅宗，强忍着冲口而出的下令，他是为了郑宓，再一次为了郑宓，他饶恕她的阿爷的冲撞罪过。

"陛下，良药苦口利于行，下臣与陛下是一荣皆荣，拴在同一条船上的命运，望陛下明察。"

郑郅宗眼袋浮肿，印堂发黑，宇文虎见他这忧思过多的操劳相，于心不忍，他长叹一口气，放缓语调："那你又想出什么法子来挽回没有？"

"有，陛下，下臣准备亲自动手，带兵夜袭那府，放火烧毁！斩尽杀绝！永绝后患！"郑郅宗跪爬到他脚下，目光凶狠道出他的阴谋。

宇文虎闭上眼，双手交叉于胸，算是默许他的行动，他必须要杀正确的人来掩盖自己的错误。

"把宇文云飞带上，冷面金刚可是高明的猎人，有猎杀狼族人的作战经验，你不一定是他的对手。"他提醒郑郅宗，这也是他对那罗延施以杀手犹豫的根由，那罗延如虎，善用就如虎添翼，不善用，则为放虎归山。

"陛下，让宇文统领守护你，如果说这世上还有什么比狩猎更能吸引下臣，莫过于率军讨伐违抗命令的重臣了。"郑郅宗得意地狞笑。

宇文虎想起，郑郅宗也是猎人，好的猎人需要好的猎物来激发杀机："那么，孤，就静候佳音。"

郑郊宗领命而去，宇文虎凝视着他远去的背影，身陷空寂无人的太仪殿，无端升起一种茫然的虚脱感，这也是从来未有过的感觉，太过奇妙了，这一日之内竟有两次平生未有过的缥缈与恍惚。

"罗什力，皇太后怎么样了？"

"陛下，德寿宫那边刚来人禀报，不见皇太后的踪影，要不要派人去找找？"

"不用找了，孤累了，备轿去长秋殿，喔，还是霜云殿，算了，还是到畅音阁。"他彷徨再三，最终选择去见慕容伽莲。

"慕容夫人的伤势如何了？"他撩起轿窗珠帘问紧随的罗什力，他是他的分身。

"尚医局来人做了处理，皮肉伤，无大碍，陛下请放心。"罗什力扬起拂尘，像是有千里眼，顺风耳，后宫的大小琐事都逃不过他的法眼。

他还没踏足到畅音阁，已经听见有欢声笑语，闻到酒菜饭香，咦，有什么喜事？还瞒了他在庆贺？宇文虎困惑地快步上前，罗什力在前面推开房门，高声宣召："陛下到。"

宇文虎见到宇文云飞背着小皇子宇文锐及，在地上学马跪爬，旁边坐着额头包裹彩带的慕容伽莲，手里飞针走线刺绣团扇，婢女们忙活着摆酒端菜，没人听见罗什力的宣告。

"好热闹！"宇文虎以为自己走错地方，不是他的后宫，而是寻常女子的闺房。他愤然说道，是嫉妒的讥讽，也是不满的抱怨。

"陛下。"宇文云飞最先醒悟，他抱下小皇子，伏在地上颤声高呼。慕容伽莲也放下针线活，拉起小皇子跪在地上行礼。

"孤顺路过来瞧瞧，莲儿的伤势有无大碍？"宇文虎也不扶她起身，无声地站立着，环顾四周，他倒成了这室内多余的人。

"宇文锐及，过来，让阿爷抱抱？"他见到近五岁的小皇子眼里露出胆怯的神色，他是多久未与小皇子一起了？太久，也记不得了。怪不得他不肯和他亲昵呢。

"锐及，去阿爷那。"慕容伽莲拉着他的小手，怂恿他来到他的身边。这小子挣脱他阿娘的手，跑到宇文云飞背后躲起来。

众人尴尬地僵住，宇文虎无奈地笑了，挥手止住勉强不来的亲情，他是自作多情了，这里根本不需要他多余的关怀。

"罗什力，走，去瑶华殿。"他毅然转身，毫不留恋离去。

"陛下？"宇文云飞惧怕地跟上来，口将言而嗫嚅着，想要获得他的宽恕。

"哼，你不用守卫孤，陪小皇子要紧，你用不着那么着急讨好他，孤还没立他为继承人呢！"他看也不看他一眼，赌气地放下珠帘，揶揄他，真是自讨无趣，自寻满肚恶气！

这辈子，她休想当皇后！宇文虎打定主意，要立郑宓为皇后，她的小皇子宇文锐金为太子。一对狗男女，他在心里咒骂着慕蓉伽莲和宇文云飞，他已经嗅到两人之间有种不寻常的气味，是明修栈道暗度陈仓的男女暧昧的气息。

瑶华殿内，安静平和。诸葛绿云正在喂食小公主宇文如意，母女俩穿了色彩相似的衣衫罗裙，宇文虎进到里间，诸葛绿云欢喜地放下碗筷，抱紧他的虎躯，小公主也走过来，小手抱住他的衣袍，奶声奶气地说："皇阿爷，如意想你。"

"呀，阿爷的小宝贝，阿爷也想你。"宇文虎蹲下身，用胡须扎着公主的小脸，逗得公主咯咯欢笑，宇文虎堵在胸膛的闷气得到化解，他终于找回点男主人的感觉，诸葛绿云需要他，小公主宇文如意也需要他。

"陛下辛劳，臣妾熬了软糯的鸡油粳米粥，陛下尝尝？"当着女儿的面，诸葛绿云显得淡然素净，她倨傲地向婢女悠草扬手，她便端来托盘，上面有银碗粥、一双银筷、一盘酥脆面香的胡饼，馋得宇文虎腹内咕咕叫，他慌不迭坐下享用可口的晚膳。

"陛下，微臣召宇文统领守护在瑶华殿值勤？"罗什力看出他要在此安寝的苗头，上前提议。

"免啦，孤今夜欲与诸葛夫人通宵痛饮，非重要军情一律不得入内干扰！你也歇息去。"

宇文虎侧身躺在胡床上，抚摸着圆滚滚的肚皮，他要释放满腹怨气，腰间的屠龙剑发出如风呼啸的震动，他知道，许久没出鞘的屠龙剑是嗅到要舔食人血的兴奋。

"绿云，让婢女拿坛酒来，将孤的屠龙剑插入酒坛，让它喝点酒垫垫底！"

婢女悠草抱着圆肚酒坛，揭开盖后，绿云将屠龙剑插入酒坛，屠龙剑在酒中，自动旋转，发出宝剑与水波激荡的声响，愈来愈大，竟然震破酒坛，屠龙剑摔倒在地上，剑身的酒气在烛光下，反射出殷红人血的色泽，唬得诸葛绿云大惊失色："陛下，酒怎么成血红色了？"

"哪有？"宇文虎捡起屠龙剑，翻来覆去查看，泛银光泽，雪亮刺眼，哪有什么血红？"是你看花眼了。"宇文虎将屠龙剑插入剑鞘，挂在床头，置之不理。

"喝酒！可惜少了丝竹歌舞，这酒喝起来就少了诸多乐趣。"宇文虎手握金樽，没来由地感伤叹息，眼前似乎闪现出青苣萝的轻歌曼舞，耳畔传来秦花的动人歌声，他怎么想念起离世的她们了？他揉揉眼，哪有她们的倩影？却有凄厉的猫哭泣的哀鸣，时断时续，在这深夜里，听得人毛骨悚然。

"陛下，这只野猫哭好几夜了，也不知是什么缘故，好吓人。"诸葛绿云趴在他怀里，吓得瑟瑟发抖。宇文虎安抚她："没什么，野猫而已，你害怕，就多喝点酒，酒能壮胆！"

"好，喝酒。"诸葛绿云翻身起来，执起金樽，仰头痛饮，宇文虎索性抓起地上的酒坛，灌满肚皮后，瘫软在床上，他就想喝得酩酊大醉，什么痛苦，什么烦恼也忘却。

"陛下，你看，滚进来一个什么东西？是蹴鞠？"

诸葛绿云醉眼蒙眬，指着从地上骨碌碌滚来的圆球。宇文虎醉得更厉害，他睁大醉眼，地上的圆球，缠绕着黏糊糊的黑发与血渍，是人头？他的酒醒了一半，还没来得及下床，室内就拥入五名大汉，将他与诸葛绿云团团包围。

"大，大胆，何人敢闯入内宫？"他结巴着训斥，为首的大汉，面上蒙了黑布，露出细长有神的双眼，嗓音低沉凶狠："陛下，仔细看看地上的人头是谁？"

"天哪！是郑节度使！"诸葛绿云俯身探视，吓得缩回头，趴在他肩上，颤抖着嗓音呼号。

宇文虎的酒意彻底醒了，他酒醉心明，浑身无力。

诸葛绿云眼疾手快把屠龙剑取来，随后跳下地要出逃，才到门口，为首大汉将宝剑反手刺中她背心，她连呼喊都来不及，软软倒在地上，伤口的血如喷泉

414.

涌出来，当场毙命。

宇文虎见惯了杀戮，他眼都不眨，将锦被围住躯体，冷眼瞪视对面的众人。谁出卖了他？他看出躲在最后的两位身影，是上阳真人与宇文云飞。他笑了，果然有内应，自己还是失算了。

他抽出屠龙剑，沉重的剑身，他几乎握不住，强作镇定，冷冷质问："冷面金刚，你隐藏得够深，终于造反啦？"

"陛下，拜你所逼，无人想造反。"那罗延扯下面巾，露出沾满血迹的面庞，宇文虎从他的眼里见到自己当年篡位的神态，不过是历史重演。

"皇阿爷，阿娘怎么啦？"宇文虎转身，他的小公主宇文如意，怯生生走到她阿娘的尸体旁，哭喊着摇动阿娘血染的身躯，宇文虎忙招手要小公主来到他的身边，生在帝王家，留下也遭罪。

他抱起小公主，抽出屠龙剑，亲手刺死她，再用毛毯包裹着她的小身体，朝人群后的宇文云飞拱手拜托："宇文统领，麻烦给小公主与诸葛夫人收个尸，把她们埋在一起。"

蒙着黑布的宇文云飞无声点头，他转向那罗延，知道他有话要说。

"你德不配位，滥杀无辜，百姓遭罪！本将军为天下人除害！"那罗延举起宝刀，横在他脖颈怒叱他！

"哈哈哈，地狱空荡荡，恶魔在人间！那罗延，你、我都是一路货色的强盗！"

宇文虎扬起粗脖，留在人间最好的念想却是郑宓向他挥手的巧笑嫣然。

"宓儿！"他高声怒吼，引颈向刀，血色飞溅，一切都归于尘土。

第五十九章

郑宓：文通残锦

郑宓的梦里，出现了金甲神仙，这次，无仙乐飘荡，他像凡间的世俗男子，牵着她的手，她以为他要与她激情交欢，来到仙宫殿前，金甲神仙放下她，侧身笑问："郑姑娘，知晓'文通残锦'的故事吗？"

她困惑地摇头不语，深谙男人的欲望，又要耍什么花招，她好奇地期待。

金甲神仙俯视茫茫云雾下的人间，给她诠释"文通残锦"的传说："有位名叫江文通的大才子，年轻时就很有才华。他晚年梦见有神仙对他说，前以一匹锦相寄，今可见还。江文通把几尺残锦奉还，神仙大怒，要他割截都尽。此后，江文通的文才大不如前。"

郑宓听懂了，他是神仙，她是江文通。他要收回令她美貌无双的咒语，她双臂环抱于胸，惊恐地拒绝："不，我不还。"

"你的美，并未为你带来好运，你为何执迷不悟？"金甲神仙觉得她不可理喻。

"我从不寄望我的美，要为我带来好运，我只爱我自己美，不仅是取悦他人，更是取悦自己，有什么不妥吗？"郑宓哀怜地申辩。

"世无对错，无善恶，只有自我。自我的欲望，有些男人的欲望，是爱权力胜过爱女人，有些女人的欲望，是爱美胜过爱生命。"

金甲神仙的笑意，通达宽容。

"我要我的美与我的生命同在。"郑宓坚持她的生命意义。

"好，你的美必会与你的生命同存亡。"金甲神仙屈从于她的意志。

郑宓正要下拜致谢，被金婵的呼叫摇醒："夫人，夫人，不好啦，宫内有兵乱，到处都是奔跑的人马，我们快逃命吧！"

郑宓从玳瑁床上坐起身，事发太突然，她匆忙下地穿衣，最先想到阿爷、陛下，他们怎么样了？

"金婵，快去太仪殿看看陛下那边的状况。"

"夫人，我不敢，我怕死。"金婵双手乱摇，缩着身子，抗拒不去。

"胆小鬼，也罢，你自己逃命去！"郑宓不与她多言，大乱临头，不是相互扶持，就是各自逃命。

金婵连句话也不说，像老鼠一样从后门溜出去，郑宓暗自冷笑，能跑到哪里逃命？她决定留在原地，最危险的地方也是最安全的地方。

无人伺候她，她就自己动手，洗脸、净手、梳妆、更衣。殿外寂静，天刚微亮，哪有小蹄子所说的战乱？

她在衣橱里挑选着衣衫，红、蓝、绿、紫、白、黑的罗裙，她都爱不释手，想想还是内裹白抹胸，外套黑衣裙，不过分显眼的色彩，有助于她逃命。

在铜镜前，穿戴好衣衫，背后有不易觉察的推门响动，她转过身，一位蒙着黑布的彪形大汉，悄无声息来到她面前，她慌乱地起身，手上的披帛跌落在地。

黑衣男人弯腰捡起她的披帛，扯下面上黑布，她认出他来，是安乐殿上见过的那大将军，她为他求过情的那罗延。

"郑夫人。"那罗延的喉结上下滑动，他是紧张，还是想要将她的美貌吞咽？

他张开手臂，作势要搂抱她。

郑宓本能地躲避，那晚，她见他身上有与宇文雄相似的神情，出于对夫君宇文雄的内疚与补偿，才想救下他性命。

"不要怕，郑夫人，你救过我的命，在下初见夫人，就好生仰慕夫人的美貌，望夫人成全。"

那罗延直言告白，步步向前，她退无可退，再退就倒在玳瑁胡床上。

郑宓立在床沿，那罗延站在她面前，火辣的双眼紧盯着她，面色冷酷，有条不紊地脱掉他的铠甲，她嗅到他身上的血腥味，郑宓闭上眼，双手无望地扑打他，被他死死握住，按在他滚烫的胸前，她感受到他对她的激情似火，她被他这团熊熊烈火熔化了。

她承受着那罗延排山倒海的巨浪冲刷，达到极乐的巅峰，浑身湿透的她，无力地躺在床上。

那罗延站立在她面前，冷静地穿上盔甲，专注地扣上腰间玉带。这个男人很奇特，郑宓嘴角浮现一抹笑意。如果他要造反，阿爷、陛下都不是他的对手，她预感到阿爷与陛下已性命难保，这都因她而起，可她无悔，陛下临走时的话，无怨无悔的神情，他，终究是位愿赌服输的爷们。

"你留在这，哪里都别去，我会保护你。"那罗延俯身替她盖上锦被，与她不舍吻别，她抱紧他，热烈回应，她方才已经达到人生欢愉的极致，像烟花绚烂绽放，她有些许的恐惧，来得太快的极致欢愉，并非好事。

那罗延快步走出门，她听见殿外的马蹄声朝畅音阁远去，透过重重纱帘，朝阳升起，愈发明亮，不管前面的道路是生抑或死，她都要美丽面对，这是她一贯坚持的人生使命。

天，彻底放光了。

郑宓换上金丝如意云纹图的白纱华服，走出殿外，她见到统领宇文云飞押送着梅雪衣为首的一帮宫中奴婢，向太仪殿方向走去，她忙躲在梧桐树荫，该来抓她了吗？

纷至沓来的又一队人马脚步匆匆，她意外地见到骑在高头骏马上的宇文雄！他不是被斩首了？郑宓情不自禁跑出来，在他身后扬手高呼："宇文雄。"

宇文雄蓦然回首，两人四目相对，恍若隔世。他勒住缰绳，掉转马头，跑到她面前，他刚跳下马，她就迫不及待抱住他，只有他才是她名正言顺的夫君！才是有义务与责任保护她的男人呵！

"你们造反了？"她伏在他肩上轻声问，不敢问阿爷与陛下的情况，怕触动他的复仇之心。

"是，是和那大将军一起。"宇文雄松开她，闪烁其词。

郑宓听出他话中的矛盾与挣扎，她垂下手臂，俯首低头，对他，满怀羞愧与内疚，她的阿爷送他上刑场，陛下占有了她，他还能当她是他的妻子那样爱护？

"我会向那大将军求情，放你一条生路，也算尽，尽夫妻情分。"迟缓良久，宇文雄才挣扎着说出口，好像她在逼迫他就范。

他指的那大将军，也说过会保护她。郑宓不动声色，如何回应他，是受宠若惊还是感激涕零?

郑宓正踌躇着说辞，眼前一股清风袭来，抬头就见慕容伽莲身披天蓝纱袍，气势昂扬骑马过来急呼："宇文将军，速到太仪殿！"话音刚落，她便转身掉头，刻意躲避着她。

郑宓见她也有难堪之意，是啊，如果阿爷不那么贪心，不妄想成为操纵权力的人，那么，她还是陛下的夫人，她与慕容伽莲还能姐妹相称。一念心起，慕容伽莲的姐夫那罗延造反成功，荣耀属于胜利者，属于那氏家族与联姻的慕容家族。

昨日座上客，今日阶下囚，她的身份未明，日后，难不成还得学会服低做小？她不知道自己能否做得到，仰头望向慕容伽莲窈窕的背影，郑宓懊悔至极。

她将期盼的眼神转向宇文雄，渴望他与她说点什么话，哪怕是责骂，哪怕是怨恨，令她失望的是，上过刑场的宇文雄被吓破胆了，他换了一个样，变得躲躲闪闪，畏畏缩缩，哪还是她霸道成性的夫君?

所以她听见他对慕容伽莲响亮的肯定，也不觉为奇了。

目送她的夫君对另一位夫人马首是瞻，骑马绝情远去。郑宓呆立在原地，愣愣出神，她该去哪里?

狼狈不堪的金婵突然跑到她面前，神情古怪地盯住她："夫人，你怎么还打扮得这么惹人耳目?"

"咦，你不是逃走了? 还回来干吗?"郑宓没好气地数落她，气冲冲向殿内走去。

"夫人，你别生气，夫妻都是同林鸟，大难临头各自飞呢，奴婢跑不出宫门，全被士兵严守，想想不如退回来陪夫人。"金婵大言不惭为自己辩解，毫不觉得难为情。

郑宓狠狠地白了她一眼，加快脚步。

"夫人，陛下和郑节度使全都被咔嚓了，好惨喔。"金婵做了个手起刀落的切瓜手势。

郑宓硬生生收住脚，虽是预料中，还是头重脚轻，眼前发黑，她倚靠在门框上，向金婵呼救："金婵，快来扶我。"

金婵掸着衣衫上的尘土，手忙脚乱架起她，走向殿内的胡床，郑宓爬上胡床，背后塞了软垫，眼泪滑下面庞，这回，她是无依无靠的人了。

"夫人，殿外到处都是形迹可疑的人，我们还是锁住门，打包好金银细软，准备出逃吧？"金婵心神不宁地向外偷窥，神色张皇对她提议。

"逃到哪里去？"郑宓不抱希望，敷衍着问她。

"先逃出宫，再到环采阁谋生。"金婵的话，提醒了郑宓，她回来找她，就是打好如意算盘，要傍着她这棵摇钱树呢。

郑宓轻蔑地俯视她，这位身为奴婢、心当老鸨的女人，她愤恨地笑了，自己沦落成这样了？以前每月去环采阁三日的营生，是受了体内咒语的蛊惑所需，她不是娼妓！不是为了钱，为了生计，不是，从来都不是！

"你逃吧，我的金银珠宝，你都拿去，我哪里也不会去，就是死，我也要死在长秋殿！"郑宓从枕头下摸出一串钥匙丢到地下，要她断绝非分之想。

"夫人慷慨大方，老天爷会保佑你。"金婵抬起粉墨尘土涂抹的花脸，眉开眼笑，像讨好人的滑稽小丑，她捡起钥匙，欢天喜地钻入内室，开柜取财宝。郑宓不再搭理她，见钱眼开的势利小人，怀揣金银财宝，能逃多远？

金婵在里间翻箱倒柜，弄出很大的动响，她也懒得去训斥，腹内空空，想起梧桐树荫下，兴许还有未吃完的干果、冷茶？她爬起身，敞开大门，跑到树荫下，果然在隐藏的石桌上，见到摆放着来不及收走的一壶冷茶、半盘李子和核桃，她大喜过望，顾不得形象，拎起装茶的瓷壶，端着杂果，躲在能藏身的梧桐树叶下，尽情吃喝着。

长秋殿内传出撕心裂肺的惨叫，惊得郑宓扔下果盘，提起裙摆，疾步冲进去，她被眼前可怕的景象震惊住，站在门口，挪不动脚步。

殿堂内的地上已成为血流的小溪，金婵的一只手臂被齐齐砍断，她捂住流血的断臂，晕倒在地，身穿铠甲的两名士兵忙着从套满金镯的断臂上褪下金镯。

她的恐惧被愤怒所替代，使出浑身力气大喝道："你们这些强盗，在干什么？"

听见她的呼声，两位劫财的士兵抬起黧黑瘦弱的脸，说他们是士兵，是高看了，明显是死囚逃犯的滥竽充数。

两人下意识抽出腰间带血的大刀，眼冒贪财的凶光，紧盯她颈间的珍珠项链，郑宓反应极快，用力扯下，砸向他们的脸，数十粒珍珠绷断珠线滚入血的溪流中，郑宓趁士兵弯腰捡珍珠的当口，返身向殿外匆匆逃跑。

梧桐树下走来一队人马，将郑宓拦住，为首的年轻汉子下马向她拱手行礼："你是郑夫人？在下是那大将军的护卫首领端木无极，奉将军命令，接夫人到太仪殿。"

慌乱中，郑宓不知真假，更不敢贸然相信，她喘息着灵机一动，手指殿内："里面有强盗。"她得试探是不是一伙人。

"强盗？"端木无极高举宝剑，身后的士兵跟着他，里面的士兵怀揣鼓囊囊的包袱，见到真正的士兵，欲抱头鼠窜。

端木无极唰唰两剑，将他们拦腰砍断，郑宓痛苦地扭过脸，来到金婵身旁，拍打她失血过多苍白的脸，这要钱不要命的奴婢呀，怎么落到这个下场！

"夫人，那些金镯子，我只是想，带走那些金镯子。"金婵气息微弱，断断续续说完后，很不甘心地咽气。

郑宓掩面长叹，躲避着地上的血流，华美奢侈的长秋殿呀，已沦落为焚琴煮鹤的屠杀场，她再也不愿多看一眼。

"走吧，端木首领。"郑宓向端木无极说道。他恭敬地让出他的坐骑，要郑宓上马。

郑宓毫不客气，她的美貌就是她的能力，理应得到尊重。

路过空寂无人的霜云殿，偶有鸡鸣犬吠的畅音阁，绕到朱门紧锁的朝霞殿，穿入树影婆娑的瑶华殿，郑宓竟有白云苍狗的悲凉感，一张张鲜活艳丽的面孔，冰美人的梅雪衣、俏丽灵动的慕容伽莲、柔媚软糯的诸葛绿云、传闻中性感风情的秦花，不曾谋面能歌善舞的青莴萝，谁人能抵得过时光的流逝？抵得过情爱的幻灭？抵得过权力的更替？

她能抵得过吗？以她的美貌？

郑宓在太仪殿下马，端木无极伸出手，要扶她，她冲他莞尔一笑，抓着他的手，跳下马背。

宇文雄从角落的阴影，走到他们面前，郑宓正要张嘴与他招呼，他劈头盖脸冲着端木无极发火："怎么搞的？去那么久？那大将军恭候多时了。"

"是，宇文将军、郑夫人，请。"端木无极不明就里，他态度谦逊，躬身让出路，让郑宓前行。

郑宓见宇文雄举止异常，必是不愿人知晓两人曾经的夫妻关系，她保持着高傲的夫人步姿，踏入太仪殿空旷静寂的庭院。

宇文雄走在她的前面，端木无极尾随她身后，郑宓夹在其中，她慢腾腾地移步，殿前台阶，有株古老的松树，她停下来仰望，曾与陛下在树下扑打松果相互投掷过。

"还不快走！"宇文雄面色沉重催促她，郑宓见到他眼里有莫名其妙的伤悲，她听话地加快脚步，殿内萧瑟的煞气，从四面八方扑来，包裹着她。

"郑夫人，请落座。"发话的是慕容伽莲。

郑宓见到小皇子宇文锐及坐在龙椅上，身后是慕容伽莲，左首是手执拂尘的上阳真人，右边是不苟言笑的那罗延大将军，依序坐着容貌与慕容伽莲相似的陌生美人和面色惨淡的梅雪衣。

她深吸口气，天下易主了，她要重新称臣，忙跪下行礼致谢，紧挨着梅雪衣坐下，忐忑不安地等着接下来的事。

"陛下昨夜饮酒过量，暴薨，天下不可一日无君，陛下生前留下立皇子宇文锐及为太子的诏令……"

上阳真人展开皇令，宣读的神态与从前的罗什力接近，郑宓想到宇文锐金，他留在高成道处，能否逃过这场浩劫？

"待陛下安葬后，后宫夫人依照祖制，全部送到终南山万善寺颐养天年。梅姐姐仍住霜云殿，郑妹妹依旧住长秋殿。"慕容伽莲面色庄重补充。

"郑妹妹，皇子去哪了？"郑宓方欲跪下请求换地方居住，慕容伽莲主动关心起她代为抚育的皇子。

"他，他在高成道尚书处学习四书五经。"郑宓不敢隐瞒，如实禀报。

慕容伽莲与那罗延互换眼色，郑宓听见慕容伽莲下达指令："端木无极，速去将小皇子接来。"

郑宓开始心慌意乱，她双手扶住椅背，小皇子是福是祸？关联到她的生死。

"慕容夫人，前方来报，尉迟公大将军传来消息，他的大部队正在星夜兼程赶回东都城的路上，预计半月抵达。"

梅雪衣不禁发出"啊"的惊呼声，堂上所有人的目光聚焦到她身上。

"梅姐姐，妹妹听闻尉迟公大将军是梅姐姐的义父，你们父女情深，这次大将军返来，还得烦请梅姐姐迎接呢。"

慕容伽莲转向梅雪衣，眉眼带笑，郑宓见到梅雪衣娇躯轻抖，她们都是在案板上的鱼肉，任人宰割。

"梅姐姐面色不好，是不太舒服吗？宇文云飞统领，送梅姐姐回霜云殿歇息。"慕容伽莲目光锐利，捕捉到梅雪衣的惊悸，从容自若地安排妥当。

"上阳真人，给尉迟公大将军、崔文庭大将军写信，将朝廷发生的变故说明，带太子一同跟随学习。"沉默不语的那罗延，补充下令。

室内只剩下五人，郑宓追随着宇文雄，他则如石刻的雕像，保持着沉思的状态，郑宓焦灼不安，他们对她的处置，将何去何从？

慕容伽莲从座位上伸展腰肢，打了个呵欠，偏头向那罗延征询意见："姐夫、姐姐，就这样散了吧？"

"哪能呢？小妹，你这身子骨，日后怎么替太子掌控全局？姐姐可真替你担忧。"

那罗延身旁的美人，袅袅婷婷，语态中正平和，有着大雅的庄严，透着隐忍的狠劲。

"兰儿，你有什么未了之事？"那罗延的神情变得亲和，眼里溢满深沉的爱意。

郑宓幡然醒悟，这位美人原来是慕容伽莲的姐姐，那罗延的夫人慕容伽兰，这宫中成了她们一家子的天下，还能有她的位置？她莫名地神不守舍。

"当然有，夫君、妹妹，这郑夫人，也是送到万善寺吗？"身穿宝蓝七彩长裙的慕容伽兰来到郑宓的面前，孔雀开屏般华丽夺目，她高抬下巴，眼如秋水，定定地注视她，声音平和："这样好颜色的美人，你们都不担心会出什么祸乱？"

此言一出，众人愕然，郑宓已有躲不过她的预感。

"能有什么祸乱？兰儿，别多虑。寺庙会有士兵把守，她们不过是等死而已。"木讷的那罗延忙出言维护她。

"是吗？夫君，你能说你见到这样的美人，不会心动？"

慕容伽兰的语气转而尖刻，她睁大清亮的凤目，好像一切都瞒不过她。

"胡说什么呀？兰儿。那你说怎么处置？"那罗延被触到痛处，面有愠怒，没好气地甩着袖袍强词夺理。

郑宓凄惨地将求救的目光投向宇文雄，她明白，那罗延救不了她，只有宇文雄，如果他愿意，他能救出她。

"宇文大将军，你家的郑夫人，品性不忠，她明为你夫人，实为陛下的女人，众人皆知，她在妓馆环采阁的那些脏事，在这么华贵的地方，我就懒得提了，别污了大家的耳朵。你是她的夫君，你认为，该如何处置？"慕容伽兰像吟诵诗词的才情女子，姿态优美地娓娓道来，断绝郑宓最后的念想。

郑宓且愧且悔且怕，慕容伽兰这是在用软刀子杀她！没等她反驳，她的腰被人钳住，双腿离开地面，是宇文雄托着她，高举在半空，她碰上他怒火燃烧的虎目，惊恐万状，宇文雄痛苦万分地质问她："你，你为什么是这样的女人？"

郑宓后怕地捂住双眼，她能怎么回答他？天怒成灾，人怒成害。她恐惧的是他会将她摔死！不，她不要这样！

"宇文大将军，快把人放下来！"那罗延及时的怒喝，解救了郑宓。

宇文雄神色不甘，放下郑宓后，气哼哼地双手交叉抱在胸前。

郑宓惊魂未定，向慕容伽莲投以无望的哀求，慕容伽莲目光躲闪，语气期期艾艾："姐姐，郑夫人，也不是她的错，是她的阿爷郑郜宗在幕后操控。"

"对，兰儿，不能将罪名全推到一个女人身上。"那罗延连忙接话，郑宓叹息着在心底示谢。

"你们是要为一个生性淫荡的女人求情？你们眼里还有没有是非黑白？"慕容伽兰怒形于色，她抬高声音，杀气腾腾地责备着那罗延与慕容伽莲，两人随即心虚低头。

"慕容夫人，我承认，我不守妇道，一边是阿爷之令，一边是夫君之情，阿爷只有一位阿爷，夫君也只有一位夫君，郑宓选择了阿爷，也知今日报应，甘受惩罚。"郑宓挺身上前，无人能救她，她要自救，为自己争取。

"惩罚？你以为你只是惩罚？你罪当凌迟或车裂！"慕容伽兰的一双美目，凶相毕露。

"凌迟或车裂？我罪到如此大？"她凭什么来审判她的罪名？还不是出于女人的嫉妒？郑宓心知肚明，她徒劳地无谓反驳。

"红颜薄命，你想活命也不是不可以，失去颜色的红颜，就能活下来。"慕容伽兰忽而笑意盈盈。

郑宓知道慕容伽兰是在逼她选择，要么毁她绝世好容颜苟活，要么保存美貌去死。脑海电光石火，记起金甲神仙说过，她的生命与美丽同存亡。

她绝望地后退，爱美如命的她，怎能留下残容苟活？

"朝云，将我的斩狼刀拿来！"慕容伽兰杀机渐起，郑宓返身后退，逃命的大门，被宇文雄一个箭步跳过去挡住！

"宇文大将军，劳驾你动手，我的斩狼刀是阿爷慕容信所赐，专为斩杀不忠不义之人！"

宇文雄手执雪亮的斩狼刀捉住瑟瑟发抖的郑宓，刀尖划过她薄如蝉翼的华服，坦露出绣着牡丹的衣裳，郑宓转向那罗延，发出无望的乞求："那将军。"

那罗延无情地背向她，一言不发。

"我送你上路！"宇文雄滴着泪，抱紧她，斩狼刀精准刺中她心脏。

"陛下！"郑宓目不转睛地盯着宇文雄，嘴上深情地呼唤着另一个男人。

第六十章

那罗延：太仪殿

太仪殿的奢华，远超出那罗延的想象。

七种宝物装饰的胡床，玉石的案几，都是寻常，最为珍稀的是丈高的青玉五枝灯，灯座是盘曲的金龙，龙嘴衔着灯，燃灯后，龙身的鳞甲闪闪发亮地颤动，远远观望，犹如堆积的群星闪耀。

他就在这璀璨的灯下看完两封信，喜忧半参，崔文庭绝对拥护他，尉迟公坚决讨伐他。崔文庭会站在他这边，他早有把握，同窗情谊基础牢固。

"崔文庭立此大功，夫君应该嘉赏他，兰儿有个好主意，在宫内选貌美性柔的美人赐他。男人嘛，谁不爱美人？"

那罗延听着妻子的建议，也觉有理。反观尉迟公的檄文，写得洋洋洒洒，豪迈悲壮，慕容伽兰边看边惋惜叹息："可惜了，这样智勇双全的人才，偏要与夫君为敌，若是能被夫君所用，不战而屈人之兵，善之善者也。"

"兰儿，你别这般肆无忌惮，搞得夫君真是篡位的历史罪人一般。"那罗延禁不住出言相劝，他可不愿让人过早地看清他的真实意图，在所有谋划还未有定论前。

"难道不是吗？夫君？你已经成骑虎难下之势，此时不篡位，更等何时？这里只有你我两人，夫君有何畏惧？"

慕容伽兰拍打着以琥珀装饰的枕头，解除他的疑虑。

"但是，太子怎么办？他是莲妹的亲生骨肉。"

那罗延喜怒不形于色，篡位意味着流血，他最清楚不过，何况是慕容伽兰的亲妹妹。

"兰儿正欲与夫君商议呢,这尉迟公的部队,是通往皇权的最大威胁者,局势严峻,夫君想好派谁去对付?"慕容伽兰神色沉静,她的心思缜密,是他最得力的同谋者。

"战神宇文雄做前锋!"那罗延不假思索,"由崔文庭截住尉迟公的退路,前后夹攻下,尉迟公断绝粮草,自然兵败如山倒。"

"这还不是上上策,将宇文云飞统领派去,岂不更好?"慕容伽兰的笑意暧昧,充满诸多意味。

"他?他的武艺、军事才能远不及战神宇文雄,怎么想到派他去?"那罗延狐疑地嘀咕着,他这位小妻子常有惊人之举,令他既爱又怕。

"兵贵神速,梅夫人是尉迟公的义女,不知这对父女相称的男女有无私情?倘若陛下的统领宇文云飞霸占梅夫人,尉迟公大将军知晓后,说不定方寸大乱,丧失理智,那战事对我方可就有利得多。"

慕容伽兰姿态娴美地摇动着翠羽扇,顾盼生辉的美目充斥着恶毒的鄙夷。

"夫人的意思?梅夫人是牵制尉迟公的一颗棋子?"那罗延猛然警醒,他对妻子的过人谋略,深深折服。

那晚突遭郑郊宗的围袭,若不是她预先有所准备,安排人手将郑郊宗射死,人头落地的可就是他了。自己极少动起夺取皇位的念头,天意使然,事态变化朝着他走向篡位的方向,他杀掉郑郊宗后,就无退路可言了。是师父智仙与慕容伽兰亦公亦私的耐心劝说,让他箭在弦上,不得不发。

"那罗延,今天子愚弱,荒淫无度,迷信丹药以求长生,脾性暴躁,滥杀无辜,贪图享受,劳民伤财修建小迷楼,火灾后,复又重建大梵宫,以公雄武,乘机奋发,讨伐宇文虎,霸业可举鞭而成,那罗延,你还忌惮什么?"智仙师父言辞犀利,天下大势分析准确。

"夫君,你若还举棋不定,我们慕容与那氏两族,都将被你的犹豫连累,人已杀,死罪已定,是趁机顺势造反成功为王,还是成为被人唾骂的失败盗寇?全在你的一念间!"

慕容伽兰态度坚定,最后一根稻草压垮了他内心。

这两位素平互看不顺眼的人,在叛乱的大事上,达成一致,站在统一立场。

"宫中的内应，仅有莲妹吗？"那罗延横下心后，思路清晰，谋划入宫的步骤。

"不，怎能少了'观乎天文，以察时变'的天监官上阳真人，陛下统领宇文云飞呢。"慕容伽兰摊开宫中地图，胸有成竹。

那罗延闻言，明白他的妻子慕容伽兰的底气所在了，她暗中部署，筹备谋乱，看来已不是一日两日了。他有雄心壮志抱负的妻子，他这位夫君，怎可平庸？

那罗延遂果断决策，进宫！预备大开杀戒，没料到，入宫一路畅通无阻，陛下宇文虎的龙威不再，他的身躯软绵无力，他不费吹灰之力杀掉醉醺醺的宇文虎，当真是彼可取而代之！暂以小太子为筹码，明立宇文太子继承皇位，实则是他与慕容伽兰掌控宫内全局。

天下来得太顺利，他有不真实的错觉，玉几上的五层金博山香炉的沉香焚烧出奇甜的香味，刺激得他连连打喷嚏，他恼羞成怒："兰儿，让人把这劳什子香砸烂！荒淫无道、奢侈过度，怎不亡国？"

"对，夫君日后定要引以为戒！"慕容伽兰手捏五彩花纹的玉杯，毫不心疼地向涂满红漆缠绕彩带的门柱上砸去，玉杯在地上摔得稀烂，那罗延的笑心满意足，他的妻子永远与他保持一致的同心，这也是他深爱她的地方。

"兰儿，我的兰儿，就依你的计策，派出宇文云飞带上梅夫人前行。"他爽朗应承，作为对她爱意的表达。

"夫君，小皇子宇文锐金，也得有所安置。"慕容伽兰一手轻摇翠羽扇驱散沉香烟幕，一手托腮沉思。

"如何安置，是个问题，谁知道，日后长大了，是不是吃人的小老虎呢？是当下斩草除根还是留下？"

那罗延目视着香炉上镂刻的重叠山峰图纹，在烟气萦绕中，如海上仙山缥缈虚幻。

"夫君，太子与小皇子都得死，不然，夫君怎么坐上皇帝的宝座？"慕容伽兰再次与他不谋而合。

"莲妹，怎样安抚？"那罗延攥紧她的手，亲吻着她的手背，对她佩服得五体投地。

"夫君放心，容兰儿想想。"慕容伽兰张开双臂，倒在清凉宜人的玉床上，疲态尽显。

"辛苦我的兰儿了。"那罗延掀起眼眉，仰视着他，满怀敬意，俯身为她盖上蒲桃锦缎的薄被。

"夫君，你不会怪兰儿除掉郑宓那样的绝世美人吧？"慕容伽兰攀扯着他的手臂。

"怎么会呢？兰儿的决定都是为大局着想。"那罗延搂她入怀，掩饰内心轻微的愧疚，不可否认，郑宓是他爱慕不已的绝色女人，何况还有过鱼水之欢的情意，他为不能保她性命而愧疚，事后，也暗自庆幸，幸亏有慕容伽兰的果敢，不然，他真可能会堕入迷恋她的深渊无法自拔。

"她那样的女人，留下就是祸害，害人害己，兰儿是在做功德，要她往生轮回来世。"

那罗延体味到她坚强背后的心虚与脆弱，她要为自己找借口。他轻轻拍打她的背，他更爱她，他们才是真正的同类，同盟者。如果没有堂而皇之的借口壮胆，他也会心虚，明眼人都清楚的阴谋篡位。

晨起，那罗延吃着粟米粥的早膳，他生性简朴，不喜铺张浪费，即派端木无极召上阳真人前来商议太子与小皇子的事。

上阳真人进到殿内，他手执粥碗，吸溜得一粒粟米不剩，才屏退左右，请上阳真人坐在胡床一侧。

"太子资质如何，堪当君王否？"那罗延坐姿笔直，先出言试探真伪。

"太子聪颖，若好好调教，不失为一代贤君。"上阳真人神态谦和。

"那么，真人的意思，愿意辅佐太子统领天下？"那罗延皮笑肉不笑，暗道这牛鼻子老道意识混沌。

"不敢，不敢，那大将军武艺超群，智勇双全，才是一代明君的典范。太子毕竟年幼，五岁小娃岂胜重载？"

上阳真人双手乱摆，神色慌乱。

"五岁小娃岂胜重载？真人以为如何处置这五岁小娃为好呢？"那罗延意在要他主动献策。

"那大将军，皇家血脉，老道不敢妄言哪！"上阳真人面露惊恐，他总算清楚他的真实意图了。

那罗延不露声色，果敢冷静，嗓音低沉："做到神不知鬼不觉，不就得了？"

"那大将军，恕老道不能听命，老道终归与太子阿爷有交情，实在下不了手。"

上阳真人的拒绝，令那罗延很是恼怒，叛乱时，他可是力求主张自己杀死宇文虎，怎么，现在又倒戈一击？他控制自己情绪，皇位尚未坐上，他不愿落得个滥杀功臣的罪名，引起人心慌乱，无人追随。

"真人重情重义，实乃君子之风，本将军甚为钦佩，那，请真人推荐一两位人选，适合担当此任的人选？"那罗延最擅长掩饰自己。

"白云观的段纯阳道长，老道听闻，他从前与宇文周柱国公过从甚密，想必深谙宫内争斗手段。"上阳真人埋首思忖良久，迟疑不决吐出代他执行杀人者的段纯阳。

"段纯阳？他人在哪？你们的修道功力，孰高孰低？"那罗延听这人名字耳熟，来了兴致。

"他长居城外的白云观，术业有专攻，他以修仙丹药为主，老道以观天象，知吉凶为主，那大将军不妨到白云观走一遭，那里可是难得的风水宝地，能量强大。"

上阳真人挥洒拂尘，清瘦的面容浮现几许森然冷气。

那罗延点头不语，示意他退下。眼下只能在宫内按兵不动，他招手叫来端木无极，秘密派他将段纯阳带入宫内。

他转动酸麻的脖颈，从胡床上下来，走出殿外，跨上自己的坐骑，向宇文云飞守护的霜云殿打马前去。

他是不惯久坐的人，出去活动筋骨，顺道窥探宇文云飞的状态。上阳真人临到头的推脱，使他不能不对宇文云飞心怀提防。

还未到霜云殿，在朝霞殿前，与宇文云飞劈头相撞，他行色匆匆，与他擦肩而过。

"宇文云飞！"他勒住缰绳大吼。

"那大将军。"宇文云飞听到他的大嗓门，跑马近前抱拳行礼。

"发生何事如此匆忙？"他手执马鞭，皱眉发问。

"那大将军，梅夫人突然晕倒，在下去尚医局请女医前来诊断。"宇文云飞面色焦虑，那罗延冷笑道："你还真是忠心护主呀，她不过是我们囚禁的人犯，不必费心照料，走，随我回太仪殿，有要事商榷。"

"这样是否不妥？那大将军，不管她是人犯还是夫人，在下以为还是需要请女医诊治，方能显出将军宅心仁厚，人心归拢。"宇文云飞垂首作答，眉宇间隐含不满。

"本将军看，宇文统领就是仁心宅厚，去，请了女医，速速前来太仪殿！"那罗延挥动马鞭向马屁股狠狠抽打，借机发泄他的不爽，骏马高鸣扬起四蹄，奔跑的尘土掩盖了他内心的真相。

哼，宇文云飞与上阳真人，都不值得托付重任，刚立点小功，就开始居功自傲！目光短浅的小人！那罗延回到太仪殿愤恨不平，慕容伽兰去畅音阁还未归来，他坐在胡床上，决议将师父智仙请入宫内与妻子一起，成为他谋略上的左膀右臂。

"那大将军，有何吩咐？"殿门的珍珠编织珠帘，风吹环佩叮当的响声，宇文云飞气喘吁吁掀开珠帘，疾步跪在他脚下。

"梅夫人无大碍吧？"他得做出关心他人的仁厚的样子来。

"女医说伤心过度的身体虚弱，静养几日就可痊愈。"宇文云飞双眼发亮，毫不知情地袒露心扉。

那罗延眉毛上扬，随后一拳重重地打在另一只手上："静养几日？军情紧急，本将军要派你带上她前去讨伐尉迟公！"

"是因为梅夫人是尉迟公大将军的义女？将她作为双方交战的人质要挟？"宇文云飞面色涨得通红。

"对，你作为前锋带队，崔文庭大将军押后，首尾相攻，任是尉迟公如何厉害，也撑不住粮草断绝困境。"

"那大将军，在下不愿如此下作。"宇文云飞的直接拒绝，那罗延毫不意外，及早看清楚宇文云飞的本来面目，不堪重用也非坏事。

"下作？你认为是下作？"那罗延从坐榻上弹起身躯，冲他咆哮，"一起叛乱杀人的时候，怎不说下作，不计较是高尚还是卑贱？"

"那大将军，在下参与叛变，也属被逼无奈。内心一直惶恐不安，请那大将军饶了我，另择他人。"宇文云飞跪爬过来，抱住他的腿恳请道。

"起来，你还是不是男人？是不是军人？"那罗延挣脱他，在屋内来回走动，这个毫无胆识的懦夫！成事不足败事有余的统领！怨不得宇文虎亡国，身边这些都是什么货色？三心二意，两面三刀的摇头草！留下何用？

"宇文统领，你不怕死？这是军令，必须执行服从！"那罗延不会成为被愤怒操控的庸人，他放缓语气，诉诸利益。

"那大将军，在下答应跟随你造反，已经是将生死置之度外了。"宇文云飞站起身，不忘掸掉膝盖上沾染的羽毛碎屑。

不过是贪生怕死之辈，口头上的慷慨大义有什么用？那罗延捕捉到他将羽毛拍走的细微动作，倘若真是生死置之度外，还讲究什么。

"好，本将军令你，明日带上梅夫人与五千精军启程，迎战尉迟公！"

"在下不去，任大将军是杀是剐！"面对宇文云飞的急速变脸，那罗延决议暂缓一步，不操之过急，他不能学宇文虎的急躁冲动坏大事。

"好，你且退下，守卫你的梅夫人。"他站在珠帘内，望着宇文云飞跨马远去的背影，杀机渐起。

"夫君，发什么呆呢？"慕容伽兰的双手围抱着他，在他耳旁吹气如兰。

"上阳真人、宇文云飞都不听使唤，夫君苦恼呢。"他转身抱着她，她的腹部突起更为明显了，这是他的第三个孩子，他的手掌按住她的腹部，感受胎儿的欢喜。

"多小的事呀，夫君，还有更棘手的事，高成道那老头，固执不听话，不仅不肯交出皇子，还不肯承认太子继位呢。"慕容伽兰的一席话，那罗延听得苦恼不堪，这三人，还不能杀掉，他们是安定天下人心的一面旗帜，得插稳当。

"夫君，暂时不理他们，他们不听话，就找听话的人去执行！重赏之下必有勇夫，我们另外思谋对策。"慕容伽兰天性里有乐观清醒的认知，总能在他最沮丧时，给他点燃希望的火光。

"夫君不想兰儿太累，你还得为腹中的孩子休养身体，夫君决议将智仙师父请入宫内，我们三人共谋大业，如何？"那罗延扶着她坐在胡床上，给她腹部盖上蒲桃锦缎。

"兰儿听从夫君安排，兰儿身负阿爷的血海深仇未报，要查出泄密者，只有夫君坐上权力巅峰的宝座，才能彻底搜查真正的凶手！"

慕容伽兰抓住他腰间十三扣的玉带，仰起脸，双眼充满他登上权力宝座的渴望。

"兰儿，夫君答应你，为了你，一定要成为坐在安乐殿上的仁君。"他对她郑重承诺。

"不是安乐殿，夫君，不要忘记，宇文雄的亲兄弟宇文开正在监造富丽堂皇的大梵宫。传闻这大梵宫将会是美轮美奂的天上仙宫，其中的帝王宝座用纯黄金锻造，镶嵌数千颗红宝石制作而成的黄金龙椅，夫君应该坐上黄金宝座！"

慕容伽兰描述的大梵宫，令他无限神往，他搂紧她郑重点头。

第六十一章

梅雪衣：逃离霜云殿

"梅夫人这身装束，倒像是开在荒野里的鸢尾花。"宇文云飞注视着通身粉紫衣裙的梅雪衣恭维道。

霜云殿的厅堂，陈设简约，对同席用餐的这对男女而言，是空旷了些，婢女环佩抄手立在殿门悬挂的厚重凤纹竹帘后，将殿外守卫士兵们划拳、笑骂的乌烟瘴气摒绝遮挡。

梅雪衣正用匕首切割烤肉放入宇文云飞盆内，闻言侧颜轻笑："鸢尾花？"

五月的鸢尾花是冰岛荒野上的盛景，她自然记得，却不能分神。右手握住匕首刺中繁复花纹盆中的焦黄鹿肉送入嘴，轻嚼慢咽思索着，如何将眼前年轻的勇士收为己用。

"云飞阿娘曾在后院种植大片鸢尾花，梅夫人，拿去擦擦手指的油腻。"宇文云飞取下系在脖颈的领巾，俯身递给她。

他递来的绸领巾，绣着紫色的鸢尾花。看来，人人都有难言之隐。她收敛笑意，低头擦拭拇指上的油脂，并不肯轻易信任他。

这顿盛宴，是她向他设下的鸿门宴。

三日前晨起，她穿好贴身裹衣，猝然晕倒在床。自秦花死后，她常会出现秦花被陛下鞭打至血肉横飞的幻觉，引起她的血晕症复发。

宇文云飞速请女医为她诊治，她认为她的机会来了——逃出霜云殿的机会。以致谢的名义，单独邀请宇文云飞晚宴。把储藏的绿泉甘液慷慨赠予宇文云飞的部下痛饮，她清楚，这样痛饮狂欢的好时日，怕是不多了。

她自己呢？自己的好时日呢？陛下宇文虎被陷害，义父正在带兵前来讨伐的途中，又将发动一场没有任何意义、血流成河的战争？血、血光、血气，令她反胃呕吐，她恨死了战乱！可有深爱的义父领队的战乱呢？

满腹矛盾的梅雪衣将盛满绿泉甘液的玉杯双手举起，向宇文云飞敬酒。

"宇文统领，请饮下雪衣这杯酒，感谢危难中的援手相助。"说完，她先干为敬，落肚的酒味甘甜、酸楚，是人生的五味杂陈。

"不足挂齿，夫人客气了，末法乱世，理应相互扶持。"

这谈吐，倒不是位俗人。

她深深地看了他一眼，崭新的戎装，将他的麦色脸庞映衬得刚健帅气，可惜了，这位战场上的杀人犯！

桌上的蒸鱼、肉脯、烤肉，她亲手自制的水晶梅花糕，宇文云飞均纹丝未动。

收回纷乱的心念，梅雪衣伸出长筷，为他夹起一块鹿肉："宇文统领，多吃点，乱世之下，难得安享美食。"

他突然袭击夹住她伸出的长筷，动弹不得。

她退，他进，她进，他退，不松手。

"放肆！"她皱起远山黛眉，娇喝道。不知轻重的小子，以为她是随意轻薄的女人？

"梅夫人，逃命去！"他扔掉长筷，按住她手背，目光灼灼，闪烁着泄密者的狠光。

"逃命？在宫中吃好喝好，逃哪里去也没在宫中好。"她费力地甩掉他黝黑粗粝的手掌。

"他们，他们要拿你当人质，对付你的义父尉迟公！"宇文云飞压低嗓门，抓紧她的手不放。

"人质？"梅雪衣打着寒战，满腔悲愤，念在他泄密的分上，容忍自己洁净的双手被他百般抚摸。这么说来，她就要见到义父了？她不用去偏僻幽远的终南山，不用去活棺材般的万善寺等死？

"那么，当人质也不是件坏事，为我即将成为人质，倒酒！"她眼含热泪，冷哼着，腾出手来，抓起沾满油渍的鸢尾花领巾，朝他迎面扔过去。

"梅夫人，你气糊涂了？别人避之不及的坏事，你还视为值得庆贺的喜事。"宇文云飞抬手接过领巾，毫不嫌弃地放入怀里。

梅雪衣一言不发，拎起整壶醇酒，仰头就灌！常言道，不如意事常八九，可与言者无二三。

她三岁就被尉迟公带回身边，抚养成人。他是她的阿爷，是她的兄长，是她所爱恋的情人，她无比爱他，他也无比疼惜她，疼惜到从不触碰她。他教她在冰岛捕捉冰乌龟，在冰封的深河敲碎冰块抓鱼，他为她行及笄之礼，在她发髻插戴花环，为她挑选鲜丽的衣袍，将她妆扮成盛装出嫁的美人，送她入宫……他是她最爱的男人，也是她最恨的男人。

她抬起头，石头城的初夏最美，闪电河边开满大片苜蓿，暖风吹过，萧然摇曳，阳光照花，光彩如缎，义父常牵着她在旷远辽阔的花丛中穿行……

"梅夫人，你就没想过回石头城？"

"回……石头城？"梅雪衣骤然被他打断回忆，不禁有些恼怒，这小子，怎么了解她的身世？

"这酒是石头城的绿泉甘液，还是从前的滋味，让我想起故土往事。"宇文云飞抢过她手中还剩半壶的酒，大口品咂。

"石头城是自由贸易的城邦，我家阿爷本是富商，以售卖琉璃、团扇、丝绸、茶叶、马匹为生。"宇文云飞从腰间拔出一把精美的折扇，放置桌面。

"你原是商人的后代，怎么干上杀人这营生？"

"陶朱事业，端木生涯，经商不让陶朱富，贷殖当推子贡贤。是啊，阿爷要我继承他的产业，谁料，一场战乱，我们家族的财富被他们掠夺一空，一夜间，我从富贵公子，沦落成贫无立锥之地的孤儿。"宇文云飞醉意蒙眬。

战争下的众生相，谁都在劫难逃。梅雪衣亲历过，她也是冰岛岛主的女儿，娇贵的小公主，不也成为供人驱使的奴隶？

"你可知道你阿爷、阿娘如何死去？"

"那你说来听听？"

二十年了，太过久远的时间，太过血腥的印记，她不记得，也不想记得，不，她想要记得。

"我当时是躲在阿爷身后看热闹的无赖小子，你阿爷与阿娘被尉迟公大将

436.

军的手下吊在闪电河边空地上，脚下堆放着燃烧的烈火，他们被醉酒的士兵们羞辱、谩骂、毒打、扔进火堆，草木和皮肉烧焦的气味混在浓稠的黑烟……"

"你在撒谎，阿爷和义父是好朋友，他不会见死不救！"梅雪衣怒吼着制止他，她的心在滴血，不，是那堆烈火在炙烤着她。

"是吗？他当时确不在现场，等他来到时，你的阿娘、阿爷早烧成干柴棒，他冲进火堆，抱着他们的尸骨痛哭。"

"他已经尽力了。"

"你不认为是他在虚伪地掩饰真相？"

"什么真相？"

"他是杀死你阿爷、阿娘真凶的真相。"

"你是个疯言乱语的酒疯子！"梅雪衣不禁恶言相向，义父是她的恩人，怎会是杀父仇人？

她决定不搭理他，起身将他喝空的酒壶抢在手，呼唤婢女斟酒。

"环佩。"

正欲起身，裙摆被什么勾住不动，她低下头，是宇文云飞的高帮靴踏着她的裙摆！她恼羞成怒，抬头望向他，他的剑眉、细长玲珑的眼、高挺的鼻、棱角分明的唇，他原来是这般帅气、年轻！他觉察到她不可名状的窘迫，嘴角的笑暧昧不清，她不知为何，竟会心猿意马，是对义父才有的心猿意马，她暗中责骂自己，怎可这般没出息？

"夫人，朝云姑娘到了。"

环佩撩开竹帘，慕容伽兰的婢女朝云，手托精美的扁酒壶，迎风摆柳走到她面前，笑容可掬："梅夫人，才闻夫人身虚难眠，那夫人特意送来安神酒，望夫人凤体早日安康。"

梅雪衣起身接过酒壶，颔首致谢："多谢那夫人费心。"她的客套话说完，见朝云并无离去之意，冰雪聪慧的她清楚，她在等着她喝掉呢，会不会是鸩酒？她多了个心思，将酒壶的酒分别给自己与宇文云飞的酒杯倒满，如果是鸩酒，她也得拉上一个人垫背。

"宇文统领守护霜云殿甚为辛苦，他也需要喝杯安神酒。"

"梅夫人，那夫人说这酒要趁热喝，才有治愈疗效。"朝云的表情冷漠，不见她喝完就有不走之意。

"那么，宇文统领，干杯，祈愿大家都安神。"梅雪衣不能再拖延，是祸是福躲不过，她举起玉杯，喝干杯中酒，酸甜苦涩，好怪的酒味！她向朝云晃着空杯，宇文云飞也同样如此，朝云这才接过空酒壶，神色满意离去。

酒才下肚，须臾间，梅雪衣的脚底就传出一股热烘烘的暖流，流窜在她的大腿、腹部、胸膛。

对面的宇文云飞站立不稳，用手解开身上的铠甲，她也觉热汗上涌，不由自主褪下外衣，露出包裹紧实的裙衫。

宇文云飞的面孔变成尉迟公的面容，他朝她张开双臂，幻化成尉迟公低沉浑厚的呢喃，还有她的昵称："雪衣吾儿，快，来到我的怀抱。"

"义父，想煞雪衣了！"她快步跑过去，毫不害臊地娇哼着，飞蛾扑火地扑入他怀中，两人倒在绿熊席上，一阵冷风吹来，宫灯的蜡烛扑哧熄灭。在暗黑无边的夜色深渊中，梅雪衣陷入毛茸暖香的绿熊席，与"义父"相拥入眠，回到石头城。

在香风吹拂下，梅雪衣悠然醒来，惊觉自己与宇文云飞赤裸相拥，她臊得不敢声张，捡起散落在地的衫裙。

毛长过膝的绿熊席遮挡着宇文云飞的裸体，梅雪衣痛苦地思忖着，自己怎么与宇文云飞苟合起来了？

她想起来了，问题出在朝云送来的那壶安神酒内，定是被人陷害放了催情药物，才会与他发生乱性的荒唐行径。

如此歹毒的手段！目的是什么？宇文云飞昨晚提醒，要她去做人质，难道与义父有关？梅雪衣止不住浑身哆嗦。

眼光游离在宇文云飞半裸的身躯上，可真是充满力量与健美的男人身躯，古铜色的肌肤，发出诱惑的亮光，梅雪衣看得眼热心跳，原以为只有女人才能色诱男人，不想，这男性的身躯同样可以诱惑女人的欲望，她羞愧地将头深深埋入绿熊毛中。

这绿熊席内熏洒过无数种香料，麝香的味道最浓烈，引得她情欲勃动，这绿熊席是义父为了她能邀宠，特意花费重金制作，连同她送入宫内。

她在这张床上，与陛下度过刺激而充满痛苦的初夜，从此，她就收藏起来，想到有朝一日，她带回石头城，与义父一起共享鱼水之欢。她怎么对得起她的义父？

女医建议她多保暖，她才重新摆出来，哪想到呢，再一次成为她爱恨交加的欲海之舟。

不行，我不能被这卑贱的统领给玷污了。梅雪衣左思右想不得要领，羞愤地寻找匕首之类的杀人利器，她要杀了他！

她从席垫下摸到一把锋利匕首，长腿跨在他身上，刺瞎他的眼还是刺中他的心？犹豫间，宇文云飞似有感应睁开眼，他霍然翻身将她压在身下！两人挣扎着胡乱撕扯，宇文云飞压住她的双手，梅雪衣痛苦地惨叫，无法摆脱欲望的恣意勃起，手一松，匕首掉在地上。

"欲望不是我们的敌人，虚伪才是。"激情后，宇文云飞赤脚下地，穿上战袍，绑好盔甲，脸上挂满征服她的满足笑容。

梅雪衣欲哭无泪。

"佛陀告诉我们，生命就像电光石火般短暂。我的冰美人，别浪费时间在滚滚而去的泪流中了。"宇文云飞拴好箭袋，走近与她道别。

"你给我滚出去！你这头邪恶的野猪！"梅雪衣怒不可遏挥手扇他一记耳光，宇文云飞反手就回敬她一巴掌："不是念在你从石头城出来，不是看在你是艳名远扬的冰美人，我绝对宰了你！"说完，他头也不回气冲冲摔门而去。

"梅夫人。"

她抬起泪眼蒙眬的脸，环佩双手高举的托盘上摆放着绯红的嫁衣，梅雪衣高声大喝："滚出去！"

"梅夫人，那将军有令，要你穿上新衣随宇文统领启程。"

真是要我当诱义父的人质？梅雪衣从悲愤中跳下地，在环佩面前，赤裸着连同类都被吸引的玉体，她脸都不要了，还怕什么光身子？

她要把满腔悲愤化为力量，她甚至都不愿去将身体清洗洁净，已经肮脏了，那就肮脏下去！

在人世人间不愿意渴死的人，必须学会从一切杯子里痛饮，在人世间要保持清洁的人必须懂得用脏水也可以洗身。

"环佩，拿出存放的所有香料，熏新嫁衣！"她着手描眉、涂唇，用最为艳丽的颜色，她从前讨厌的颜色，此时热爱的颜色。炭黑的眉、朱红的唇、桃红的杏腮，艳丽，再艳丽，还要艳丽！

她摒弃雅人清致，与过去诀别，她要释放体内的恶魔出来，与恶魔同在，才能与黑暗与阴险较量。

盛装出门的梅雪衣，在众多士兵色眯眯的列目注视下，步履轻缓来到她的马前，宇文云飞手拿一顶薄纱面罩的黑帽，示意环佩给她戴上。

"路上风尘多，挡风遮阳。"宇文云飞被她惊世出尘的气质震慑，语气里满是曲意奉承的讨好。

她高傲地扭头抗拒，想象着自己庄严又高贵，一路俯视嫣然微笑，经过这批士气不振的士兵。宇文云飞又跑来破坏她的美梦，他阻挡她走在前面，强令她在队伍的中间，由他率领大部队打前阵。

到了朱红色扣满金色神兽门环的宫门前，他稍作停留，打马回到她身旁建议："与你居住的宫殿告别，以后怕是再也见不到了。"

"世间万物，终有一别，用不着道别！"梅雪衣不肯领他的好意，神色倨傲断然拒绝。

终能出宫的新奇与期待，使她忘记出宫的使命与危险。她扬起马鞭，马蹄嘚嘚越过他。

"等等我！"宇文云飞气急败坏从后面急追上来。

红嫁衣的香气馥郁，随风袭来，梅雪衣举目高望，宫外的天空辽阔，长安大道两旁的粗壮银杏树，披挂着嫩绿的勃勃生机，她想起了充满希望的苜蓿草地，眼含热泪，嗓音哽咽，她对自己发誓，哪怕是历尽千辛万苦，哪怕是半老徐娘，她都要回去，过上她梦想的生活！

"虚假的希望和虚假的恐惧都是我们的敌人。"宇文云飞冷冷地打碎她的好梦。

"你滚开！你是怎样做生意的？尽让客人扫兴！"梅雪衣没好气地怒斥，心底却承认他的话，不中听，可有几分道理。

"你以为最会做生意的商人就是以讨好客户为准则？"宇文云飞高高骑在马上，他面上的神情，不属于军人，是十足标准的获利商人。

"驻守石头城的官员，谁的心思不在贸易赚钱上？我们习惯交易，我敢打赌，你的义父尉迟公大将军，比我们更擅长交易。"

"什么交易？我也是交易的一部分？"宇文云飞的天性有自大狂妄的基因，梅雪衣发现这是他的弱点，她诱敌深入。

"一切都能物化，成为商品，女人、权力、官衔、快乐，等等，权利与金钱结合就能创造人生的奇迹。"

"所谓奇迹，都会被疯狂的女人毁灭！"梅雪衣道出更为隐秘的真理。自负的男人一个德行，刚毙命的宇文虎不老念叨这话当口头禅？

"未必，这个世界，由男人主宰统治。"宇文云飞笑得不怀好意。

"我也去过冰岛，真是一座远离俗世的桃源秘境。"宇文云飞又以怀旧来引诱她，不过，他恋旧的神情确实使梅雪衣感动。

"冰岛上有鸢尾花，在荒郊野外，恣意蔓延。"

提及故土，梅雪衣才会展颜欢笑，如果说世界的真相是黑暗与丑陋，那冰岛就是美好与纯洁的圣地，她曾坚守选择只见到世界的美好。现在，开始动摇了。

"也许我们也可以做场交易，并驾齐驱？"

"拿帽子来！"梅雪衣伸出手，字字铿锵，以动作暗示他，一切皆有可能。

第六十二章

尉迟公：白桦林深处

你不能把这个世界，让给你所鄙视的人。

生处乱世，要么同流而污，要么自甘堕落。

冒着瓢泼暴雨，尉迟公的队伍在泥泞路上艰难向前。

雨珠冲刷得人、马张不开眼，每一步都如临大敌，既得躲避深坑，还得绕过泥潭。

骑行队伍间的尉迟公猛地勒住缰绳停下，迎着磅礴大雨，充血的双眼仇视天色，厚重的云层漂浮不定，还见不到半分雨停迹象，他甩着湿漉漉紧贴头皮的黄发，跳下马背，整个人快炸裂了！

连续的暴雨，多日的奔劳，对地势的不熟，几次三番误入沼泽地的逃亡，他失去了敬畏与耐心，与上苍的情绪周旋！

"走，赶紧加速前进，到前方的白桦林深处，寻觅安营扎寨的地盘，好好休整！"

大将军的威严重回躯体，尉迟公策马奔跑。

高挺秀丽的白桦树林，裸露出盘枝错节的树根，像亭亭玉立的高脚仙鹤，枝干上的稀疏黑点，在夜色笼罩下，仿佛一双双看穿人秘密的树眼，诡异多情。

进入林中，尉迟公翻滚下马，他太疲惫了，双腿僵硬麻木，两腿间的皮肉早磨破结痂。

他拖着披挂笨重铠甲的躯壳，靠在潮湿的白桦树干上，抬头仰望直达云天的白桦树，疲乏地合拢双眼。

他多想能有一棵可以依靠的大树，之前的大树宇文虎倒下了，所幸倒下了。梅雪衣青鸟传信秦花在宫内被陛下打死，他就预感大祸临头，虽不是自己的女人，可也是自己选送的女人，秦花惨死，对他有致命打击，他那么卖力、那么奴颜媚骨地讨好、听命于他，正战战兢兢时，传来屠龙者宇文虎被那罗延这小子轻易做掉的消息。

原来，不可一世的屠龙者，是只纸老虎！他后悔自己下手太迟！

那罗延叛乱，宇文虎暴死，他动了篡位心思。

最终坚定叛乱行动，出自那罗延的信，五岁太子小皇帝，能懂什么？还向他俯首称臣？他怎么可能去听命一位五岁小儿的指令？昔日威武雄壮的老将死的死，病的病，那罗延那小子，不也虎视眈眈打着帝王宝座的主意？他为何不可？他不能把这个世界，拱手让给自己所鄙视的人。

生逢乱世，不同流而污，就得自甘堕落，要么依附大树，要么自己成长为被人依靠的大树。他厌倦了亦步亦趋地讨好与变化无常地依附，违背祖训，背水一战，他要成为参天大树！

"大将军，坡地地势平坦隐蔽，适宜安寨扎营。"步履疲沓的尉迟谋，走近禀报。

"好，通告全军，修整两日，养精蓄锐，再前进！"尉迟公张开嘴，连打喷嚏，开始鼻息不畅了，只愿躺在干草堆积暖和通风的地方昏昏大睡，充沛的精力才是打胜仗的关键。

将士们士气受到鼓舞，打桩扎篷完备后，将尉迟公迎到铺好虎皮毯的帐篷内坐下，他屁股刚沾到虎皮椅，就抬头命令："把旗帜扯起来！"

尉迟谋与手下面面相觑，尉迟公见状，抬高声量："怎么？没听见？在帐篷门口竖起我们尉家军的大旗！"

"是，遵命！"尉迟谋忙高声应答。

尉迟公心情烦忧，七天前派出去送信到宫内的青鸟，迟迟不见回音，想来是凶多吉少，梅雪衣怎么样了？被囚禁中还是已被杀掉？他只能祈求上苍保佑，宫中的屠夫们，不知晓两人的私情。

坐在被雨水浸泡的帐篷中，他浑身难受，急需燃烧的火盆、烫熟的烈酒来温暖他饥渴冰冷的胃，激活他失去战斗力的身躯；取下青铜虎头头盔，又开五指搔头，多日没好好洗澡、喝酒、吃肉了？胯下骏马也瘦得脱形，唉，这谋反成功与否，还得需要运气定夺，他希望他能拥有绝佳的好运气。

守卫们进进出出忙碌搬动一应家什，营帐门口传来惊呼，这些家伙，真不让人省心。他勉为其难爬起身，走出营帐，一杆光溜溜的旗杆横挡在他脚下，这本是悬挂尉迟家军旗帜的旗杆！

"军旗呢？"他大为光火，呼吸沉重，胸闷鼻塞，喷嚏连连。

"回大将军，刚才挂起，一阵怪风刮来吹落到山坡那边去了，正派人去找！"

"大将军，这可能是不妙的兆头，不如，我们退回石头城，别……"尉迟谋脸上忧戚深重，他吞吞吐吐地出言劝慰。

"这是战争，不是儿戏，怎可说不打就不打呢？"尉迟公粗暴打断他的话，态度强硬。话音未落，接二连三突然而至的咳嗽将他未说完的话，生生堵住，自他表明要造反自立，一路来，听到不少反对的声音，这些贪生怕死之徒们，只晓得搂抱娘们寻欢作乐，哪懂得手握权势的乐趣？

他正要板起惯常的面孔发号施令，爱马的悲鸣声声入耳，凄惨悲伤，他不由引颈眺望，原来是拴在帐篷前他的坐骑，也不安生，慌乱地四蹄刨地，嘴里发出不明所以的嘶鸣。

"混账畜生，又来添乱！"尉迟公疾步冲过去，扬起蒲扇大的巴掌拍打骏马精瘦坚实的屁股，他的马儿依然不服气地朝他哀鸣，鼻孔喷出白气，莹亮的马眼滚下泪珠，像是要告诉他什么不幸的消息，可惜，他不懂马语。

尉迟公惋惜地摇头，这畜生跟随他多年，已通人性，它这是累坏了的抗议吧？他抚摸着它温热的额头，头重脚轻走入帐篷。

"尉迟谋。"他大呼他的这位勇谋与名字不匹配的心腹战将，他有的是忠诚，绝对服从他的忠诚，哪怕这次的叛变，他从开始就持反对意见，还是会乖乖服从。

"大将军，喝羊奶，这是仅存不多的羊奶了。"尉迟谋捧着装羊奶的牛角皮囊，大步踏来，尊敬地奉献给他。

"仅存不多？什么意思？"尉迟公听他语气不妙，狐疑地质问。他接过牛角皮囊晃动，还有一大半。从石头城出来，可是带了满满五百皮囊！这帮酒囊饭袋，还没开战呢！

"军中粮草还能支撑多久？"他垂下沉重的头颅，他有胆量叛乱，就是有充足的粮草供应。而今，被崔文庭切断后路了，他无法撤退，只能前行。

"三十日。"

"我要实话。"

"二十天。"

"尉迟谋，我们是箭在弦上不得不发，你，就别东想西想了，好好干！苟富贵勿相忘，事成不会亏你！"

他闻言心惊，但不能表露半分慌乱，他是首领，强装镇定地拍打尉迟谋厚实的肩膀，给他鼓气，军心不可动摇，他的兵变行动不能先输气势！二十日的粮草，他必须要在十日内攻入宫内，不然，后果不堪设想。

"是，大将军，只是在下的娘子正待分娩，在下不知能否有命见得到自己的孩子？"尉迟谋以手背抹着眼眶，抽噎哽咽。

"当然能见到！胜负未定，别说丧气的话。本将军保证你会见到你家的大胖小子！"

英雄气短，儿女多情。尉迟公激励他的同时，想起他在石头城的女人与孩子们，他的女人是一位歌楼的年轻女子，他给她开了间"曼陀罗花"酒家，钱粮足够她衣食无忧养大孩子们，过好下半生。

这是他与她之间的约定，他宁愿他的孩子是私生子，也不愿失信对他怀有幻想与期待的梅雪衣。他对她许下承诺，是明知无法实现，还答应的诺言，自始至终，他对她有深深的内疚，有深深的爱慕，有深深的欲望。可他是军人，是大将军，他需要隐藏心事，肩负家庭的责任、军人的使命。

"大将军，倘若在下不幸阵亡，望大将军回到石头城，替在下照看我的孩子……"尉迟谋泣不成声，毫无勇士风骨，倒像是哭丧的娘们！

堂堂大男人的号啕大哭，未免显得可笑，若在平时，尉迟公必将狠狠痛骂他！但是现在，他不会，他能体会，他对死亡来临的恐惧，对见不到亲生骨肉成长的锥心痛楚。

他能死心塌地追随他造反，谋逆，流血，牺牲生命，痛哭一场算得了什么？但他反感他没完没了的号哭，晦气！他怎么不想想胜利呢？怎么不是胜利当官获得丰厚赏赐的喜极而泣呢？

他必须中止他的伤悲，忧伤像传染病，很快，军中将士都会得到传染，未开战即成四面楚歌，哪能打胜仗！

"我要的是哀兵必胜的信念！别忘了，你是尉家军的旗手，别离开石头城，就丧失男人的勇气。下不为例！"

尉迟公将牛角皮囊扔到他怀中，语气严厉挥手让他告退。他乏了，军情留待明日商议。

火盆的火燃起来，酒已烫热，蹲在地上拨弄火势的年轻小兵，满脸惊悚的伤疤，在火光照耀下，仅有一双俊美的双目，透出温情的柔光，才不那么可怕。

火的温暖，酒的香味，使尉迟公心情平复，这多像石头城的生活，生命回归到期盼的庸常日子。

"小子，你叫什么名？"他瞅着眼前为他递来烤肉的陌生小兵。

"回禀大将军，小人贱名血慈悲，喔，是薛慈悲，本是带着兄弟返石头城的平民，途中听闻有战乱，临时加入大将军的队伍。"名为薛慈悲的小伙子，自卑地将丑陋的疤脸掩映在火光中。

"你又不能杀人，就不怕白白送死？"

"小人能伺候军爷们，洗衣、煮饭、喂马，还能给大将军烧火烫酒。"薛慈悲的笑，朴实腼腆。以尉迟公阅人无数的直觉，这个小子是值得信赖的人。

"把你兄弟叫出来烤火、喝酒。"

"薛无过，来，见过大将军。"他朝帐篷外吹起口哨。

帐篷外响起一串轻灵如野猫的脚步声，一位面色污脏，头发打结成小辫，披着残旧缎袍的大男孩，看上去不会超过六岁，他怯生生走近尉迟公，跪下行礼。

"你兄弟是私生子？比你小这么多？"尉迟公打趣着，递给可怜的孩子牛角酒杯和肉脯。

"谢大将军垂怜，我这兄弟命途多舛。"薛慈悲回避着玩笑话，低头添柴烧火。

"你脸上的疤痕怎么回事？"尉迟公换个侧身仰卧的睡姿，入睡前的闲聊有助进入深度睡眠。

"小人在悬崖上采药跌入荆棘山谷，侥幸捡回性命，面上被荆棘划破。"尉迟公借助朦胧的柴火，见这薛慈悲抱他兄弟在怀，替他抓理乱发，悉心照顾他的兄弟。假若，他兵变失败，他必死无葬身之地，他的私生子们需要这样懂得照顾手足的淳朴男子。

"喂，小子，倘若本将军战胜为王，你想要什么奖赏？"

"不要什么奖赏，我们能顺利回到石头城，找个地方劳动生活，平凡过一生就得了。"薛慈悲呵暖双手，给他兄弟抓痒痒，他兄弟安然享受他的贴心呵护，看得尉迟公眼热。

"好小子！我有个提议，石头城内有间曼陀罗花的酒家，你们可投靠店主，她的店内正需要你这样勤快的人，呶，你拿这个给她，她就会收留你们。"尉迟公取下腰间用象牙打磨的手环，扔给薛慈悲。

"谢谢大将军，我们兄弟跟在大将军左右，打完胜战，同回石头城。"薛慈悲捡起象牙手环，小心翼翼塞入胸前。

"不用，你们不用跟着我，一上战场，双方杀红了眼，生死难测，本将军挑匹好马，你们明早离开大部队，回石头城去。"尉迟公张嘴打呵欠，伸展懒腰，眼皮沉重如山，他实在是太困了。

他指挥千军万马渡过河水滔滔的闪电河，不见敌人，只有绿意盎然的白桦林，树叶在半空飞舞，他的义女梅雪衣，穿着凄艳美丽的红嫁衣，从树林的洞穴走出来，满怀忧伤地来到他面前。

"雪衣。"他惊喜地张开双臂，要拥抱他的所爱，后背剧痛，他惊愕地回头，尉迟谋手握利剑刺中他。

"是你，我的好部下？"他来不及说完，倒在梅雪衣怀里，他以为她会伤悲哭泣，没有，她笑着从衣袖里抽出匕首从前面刺入他胸膛！他的鲜血溅入他的双眼，啊！他猛然坐起身，这场梦，来得蹊跷怪异。

帐篷内的柴火已成一堆乌黑的灰烬，他感到浑身燥热，甩掉盖在身上的羊皮被褥，帐篷发出扑通扑通的拍打响声，青鸟到了？他心头一喜，还未来得及起身，硕大的青鸟飞快钻入帐中，站定在他肩上，收拢翅膀，它脚上的信筒原封未动，梅雪衣不在宫中，会去哪里？

他摇晃头颅，鼻息通畅，精神好多了。起身走出帐篷，天上红日高照，扫除连日暴雨后的阴霾，朗朗晴空，好兆头！他感到莫名的兴奋，暂时没工夫去搭理昨晚梦境，他高呼他的忠诚下属尉迟谋。

"大将军早。"薛慈悲头顶汤盆，一手提水壶，一手牵他兄弟，低头迈入帐篷，这是给他打来洗脸水。尉迟公对他的勤快甚为满意，他记起昨晚的酒话，这小子，还真是伺候人的料，有心不舍，转念想，他身为大将军，岂能言而无信？

刚洗净脸，擦干手，尉迟谋面色惊惶冲入来，踢翻水壶，清水流淌满地，薛慈悲的兄弟薛无过手脚麻利捡起水壶。

"慌慌张张做甚？"他白了他一眼，对这下属渐有不满。

"大将军，你的坐骑不吃不喝，一早起来又在干嚎。"

"看来，这畜生也老了，不中用了，薛慈悲，送给你，你就牵这畜生走小道返回石头城，这畜生吃惯了石头城外的苜蓿花，它跟随本将军多年，也该寿终正寝了。"

尉迟公想起坐骑的异常举动，他的梦境，有不好的预感，事已至此，他无路可退。

"大将军，宇文云飞押送梅夫人作为人质前来交战，我们如何应对？他们放话出来，若不能和谈，就把梅夫人当场斩首，再进攻！"尉迟谋待薛慈悲走出帐篷，才附耳嘀咕。

人质？他们以为我会为一个女人放弃？就因为这个女人是我的义女？尉迟公心里在怒喝，面上轻描淡写反问："他们开出什么条件？"

"将军若退兵，封号爵位如常，驻守石头城，梅夫人送入终南山的万善寺颐养天年。"

"颐养天年？她才二十三岁，就要她守活寡等死？"尉迟公晃动着水壶，出言冷哼。

"这，大将军，如果兵败，石头城的兄弟们，一大半都会丢掉性命，我们如何向石头城的父老交代？"

"丢掉性命？这是凡间的法则：人必须要为活下来而抗争！"

尉迟谋的话，令他气急败坏，他们都想不劳而获？只考虑到战胜后的庆贺，不愿去付出！战争就是流血、死人！他是军人，难道忘记了战争的本性？

他心急如焚，望着投入帐篷内的一抹亮光，没有耐心也没有必要给他重复军人的荣誉、责任这些冠冕堂皇的苍白之词了，他们以为他是热衷杀戮的疯子

刽子手？

　　他不知道的是，有时候，自以为头戴皇冠的疯子，在某种意义上也许是幸福的。

　　"我昨晚梦见你与梅夫人杀死本将军。"尉迟公倏然转身，回到最为严酷的现实，开始疑心眼前对他点头哈腰的尉迟谋。

　　"这，怎么可能？大将军，别说笑，我可是追随你十多年的部下。"尉迟谋面如土色，扑通跪在地上，竭力申辩。

　　"我也这么认为，你和梅夫人，一位是我多年的部下，一位是我亲手抚养成人的义女，都是我最亲近最信任的身边人，你们应该保护我，而不是恩将仇报杀死我。"

　　"是，属下誓死追随大将军！"尉迟谋起身，拱手宣誓。

　　尉迟公的目光投向更为遥远的远方。"你能否想法潜入宇文云飞帐中，将梅夫人请来？"他不愿受到牵制，既然他们将梅夫人当成筹码，那他就先夺回筹码，再强攻就无后顾之忧。

　　"他们在路上，属下这就安排精兵沿路跟踪，伺机下手。"

　　尉迟公与他同时步出帐篷，薛慈悲与他的兄弟同骑他的坐骑来到他的帐篷前与他告别。

　　"好小子，愿上天庇佑你们好运！别走白桦林，有沼泽地。"

　　他目送他们远去的身影，走到马厩，选中匹黑马，向白桦林跑去。他要寻找梦境里的白桦林洞穴。

　　他来到白桦林，白日的树林，静谧幽深，一层淡淡的白雾像乳白色的飘带围绕在林间，他搜索着梦境的洞穴位置。

　　洞穴掩藏在如海藻茂盛浓密的植物后，他扒开八爪鱼样的绿植，钻进去，干燥的洞内有人住过的痕迹，燃烧的火堆，铺着黄黑兽皮，他兴奋而惧怕，如果梦境是真，他真会死在梅雪衣刀下？

　　洞外有脚步传来，他闪身躲在石块后，穿着海棠红嫁衣的梅雪衣神色怆然，手臂上搭着水绿的披帛，娇艳中带点雅淡。

　　"雪衣。"他无法掩饰自己激动的心情，热烈地呼喊她的名字，猛然现身。

　　"义父。"梅雪衣喜极而泣，张开渴望已久的双臂迎向他，殷红的红嫁衣像一团燃烧的火，焚烧着他，两人搂抱着滚到在兽皮上，多少年的梦寐以求，多少年的热切期盼，全化为这一刻灵与肉结合的决然。

"义父，雪衣以身相许报恩了。"

酣畅淋漓的激情瞬间，梅雪衣的情话，使他彻底癫狂，在他的有生之年，他多年苦心克制的欲望如洪水决堤。

"哪有什么恩可报？我是真心实意爱着你。"他待她情深意浓，用挂满钢针般胡须的唇热吻她。

"恩爱夫妻，有恩才有爱。义父，你是雪衣这一生最爱的男人，也是雪衣这一生最恨的男人。"

梅雪衣推开他，套上新衣，回转时，手里多出锋利的匕首，狠狠刺向他滚烫的胸膛……

洞口传来纷至沓来的脚步，急躁、迅猛，是他熟悉的尉迟谋的脚步声。

"等等，让我穿上战袍，戴上头盔，就是死，我也要死得有大将军的尊严！"

尽管对生死素来坦然，死神降临的此刻，尉迟公同样有浓烈的恐惧。

"义父，我的阿娘、阿爷，他们死得可有尊严？"梅雪衣的唇，朱砂如血，她的笑，冷漠绝情，她的手温柔有力，刺入他心脏最温柔的部分。

第六十三章

慕容伽莲：流苏花树

终南山有两大奇观，千年古松、百年流苏。

九株历经千年仍然蓊郁青翠、苍劲挺拔的古松，像九位天神守卫在终南山的山门，历代皇家修缮的万善寺即建在古柏生长的高台上。

万善寺门前，有两株百年树龄的流苏花树，春深开花，疏密无定，一枝数朵，色白纤细，花团锦簇，如积雪压树，蔚为壮观。

身穿丁香色罗裙的慕容伽莲坐在流苏花树下怀抱琵琶，披帛垂地，二姐慕容伽兰穿了茶白衣衫坐在旁边，拍掌附和，姐妹两人体态缥缈轻盈，容颜美貌，如阆苑仙葩的一对仙人下凡。

蹲在地上煮茶的雅霜不住捂嘴做呕吐状，慕容伽莲以为她是受了风寒感冒。

"妹妹都是当阿娘的人，还看不出来，那丫头是有喜了呗。"慕容伽兰的话臊得雅霜蒙着脸跑出老远。

天哪，不会这般巧合吧？慕容伽莲想起她为了搪塞宇文云飞，安排雅霜与他暗度春宵，就这样怀孕了？

"妹妹糊涂，你的婢女也该管教管教，生活不检点，影响妹妹清誉。"慕容伽兰端起碧玉茶碗，抿起红艳艳的小嘴。

"也不怪她，是妹妹自作主张的安排，她若真有孕，便是宇文云飞的种。"慕容伽莲忍住笑，得意地对姐姐把事情来龙去脉说个清楚。

"妹妹够坏，那宇文云飞艳遇不浅，这会子，指不定，正搂着梅雪衣在回石头城的路上快活呢。"

"怎么？他怎么会与梅夫人一起？"慕容伽莲吃惊地樱唇半启，思绪飞远，眼神向守卫寺庙大门的宇文雄方位瞟去。她将琵琶搁置脚下，摇动着姐姐手臂，要她说个究竟。

"不过是一场阴谋与爱情的三方交易。梅雪衣与宇文云飞联手出动，收买尉迟公的部下尉迟谋，梅雪衣出面，刺杀尉迟公，以她义父的人头换来她与宇文云飞双宿双飞驻守石头城的半生平和，尉迟谋升为大将军，率领尉家军驻扎西北兰山。"慕容伽兰眉飞色舞炫耀着出自她的得意之谋。

"梅夫人是才情兼备的冰美人，她怎么会瞧得上粗莽奸诈的宇文云飞？"慕容伽莲很不以为然，依她对梅夫人的了解，那样高傲清冷的女子，非常人所能驾驭。

"妹妹，这世上的事，看上去不可能，往往成为可能，姐姐略施小计，让这两人睡在一块了，这男女间，一旦有了夫妻之实，就会朝爱情路上靠拢。"慕容伽兰的笑意高扬，惊飞起古柏树上的寒鸦。

"姐姐，这后宫的池水，都快被你搅浑了。那么，姐姐可否成全妹妹的爱情？"慕容伽莲明面嗔怪，心头也打着自己的小九九。

"你想下嫁宇文雄？别妄想了。"两姐妹真是心意相通。

"为什么不可以？梅夫人都行？"慕容伽莲气呼呼地质问。当年为了维护家族安危，她违背诺言入宫，现在扶持他们大功告成，她想要的不过是嫁给那人，与他长相厮守，都不行？

"你是太子的阿娘，要有皇后母仪天下的德容，你这后半生都不能嫁人！"慕容伽兰神色变冷，态度强硬。

"姐姐，怎么可以厚此薄彼？"慕容伽莲双手捂面，带着哭腔，在姐姐面前，她难道只能永远是听话的小妹妹？任她摆布的傀儡？

"莲妹，如果你空虚寂寞，你想要多少年轻俊美的男子陪你，姐姐都给你找来，让你尽情享用，就这宇文雄，不行！"慕容伽兰依旧是姐姐的架势，不容商量。

"不，妹妹不是空虚寂寞，妹妹是要爱情，只与一人相爱，此情不渝的爱情！像姐姐与姐夫一样！"

慕容伽莲伏在桌面伤心哭泣，她从未把自己当成是有太子的阿娘，身负使命的女子，未来的皇太后，情爱、情感，岂能随她所愿？她只想是世间单纯的平凡女子……

"唉，妹妹，你姐夫想着要拉拢高成道这个顽固的老家伙，承诺高老头，把他的女儿许配给战神宇文雄。"

"不能换成其他人？朝堂那么多将门虎子？为何偏偏是他？"慕容伽莲垂死挣扎，就算要她绝望，也得给出令她心死的理由。

"他是战神，独一无二的战神！高老头的女儿暗恋他许久。"

绝望的现实，无望的明天，慕容伽莲见得到自己未来的路，她的心在痛。

"雅霜。"她听见姐姐旁若无人地颐指气使，她是惯为高高在上的女主人，极少主动对人伸出援助，哪怕身边的人是她的亲妹妹。

慕容伽莲仰躺在禅房精心铺陈的胡床上，靠在缃色仙鹤图的高背软枕上，木讷地凝视窗下一只汉代古铜花瓶上插的大朵高枝绿牡丹出神。陛下爱绿，想来曾居在万善寺的夫人中，也还有陛下的故交？可陛下已经死了，她们还不知情，还以为陛下会来探视她们，所以才安放陛下钟爱的名贵绿牡丹？

"莲妹，要以大局为重，别耍小女孩脾气，未来，你可是高贵的皇太后，入住德寿宫的女主人！"

慕容伽莲的这番话，犹如火上浇油，彻底惹怒了慕容伽莲，她像从没经历过叛逆期的少女，她要背叛他们，他们以为完全能掌控她，当她是长不大的小女孩？

"我不搬，我就是死也要在畅音阁！"她豁出去了，大有鱼死网破的决心与斗志。

"莲妹，你做不了主，太子也不会当太久的太子，姐姐与你姐夫想着，最好你们将皇位禅让，还你们富贵无双，意欲如何？"慕容伽兰的笑意，饱含轻视与骄横。

"禅让？"禅让，是历史政权建立的无往而不胜的利器。她彻底看清了姐姐与姐夫这对恩爱夫妻的狼子野心，他们早就谋划好篡位，自己还傻傻替他们做好内应，刺探情报，背叛陛下！

"如果我不同意呢？"慕容伽莲气得瑟瑟发抖。

"你没有选择，亲爱的莲妹。"慕容伽兰云淡风轻。

"我要回宫！"她气极败坏掀翻软枕。

"你在这万善寺好好闭门思过，清心静修一段时日，哪日想通了，再接你回宫。"慕容伽兰从衣袖取出紫檀色纹绣兰花的丝帕，塞入她手上。

"来人呐，将慕容夫人锁上！"慕容伽兰厉声呼喝，门外拥来四位大汉，手执精巧的金锁链，按住慕容伽莲娇躯，扣住她的双腿，锁链长至室内，供她可自由穿行。

慕容伽莲这才醒悟，姐姐用计哄骗她来万善寺，实质就是要软禁她在此。

"宇文雄，令尔好生守护慕容夫人。"慕容伽兰命人唤来宇文雄，当着两人的面，恬不知耻地说，"莲妹，姐姐我大发慈悲，留下宇文雄，你们可就地成好事，何必要那天长地久？曾经拥有也是一种温情美好的念想！"

她的话，直白伤人，羞得两人无地自容，慕容伽莲待姐姐出门良久，才转首回望，她的英雄战神宇文雄直挺挺站在她门口，为她保驾护航。

"你都听见姐姐的话了，怎还不遵从她的命令？"慕容伽莲赤着白生生的玉足下地，拉他入内，关闭门窗，抱着他嘤嘤哭泣，不能嫁给宇文雄，余生孤苦伶仃，守着青灯枯耗，不禁悲从中来，放声大哭。

两人温存半夜，醒来枕边絮语。

"雄哥哥，太子在宫内，只怕姐姐、姐夫难以轻饶他性命呢？"慕容伽莲以手抚弄他的金边耳环，愁云惨淡。

"莲妹妹，太子暂时无妨，反而是你，要想出个脱身之策才好。"宇文雄虽是雄赳赳气势，历练过生死，也渐有心思。

"莲儿如何走得了？姐姐心狠无情，莲儿无用时，她自会取走性命。"慕容伽莲蹬着被金锁拷住的腿，一头拷在房中圆柱，钥匙，被姐姐带走了。

"一时半会，他们不会上山，我先熟悉万善寺地形，再商议对策。"宇文雄拍着她的后背抚慰她。

自此，慕容伽莲被软禁终南山万善寺禅房，身边只留得孕中雅霜，勉力伺候，她仅能在方寸地活动，夜夜与宇文雄弹琴饮酒遣怀。

就此耳鬓厮磨约莫三月有余，是夜，宇文雄喝到大醉，突然口出狂言："莲儿，我的死对头崔文庭上山了，你帮我把他除掉！"

"什么？你们不是好兄弟？"慕容伽莲顿感诧异。

"从前是，现在不是，他的阿爷害死我阿爷，我把他阿爷杀死，一报还一报，他明日来取代我，驻守万善寺。"

宇文雄甩动着装置金铠甲的手臂，眉宇间充斥着两难抉择的痛苦。

"雄哥哥，崔文庭是姐姐、姐夫重用的大臣，你何必与他结下深仇大恨？当真谋杀了他，对你、我反而是坏事！"慕容伽莲语重心长地劝阻他，希望两人化干戈为玉帛？

"就算我不想杀他，他也想杀我！"宇文雄伸展手臂摇头，不太乐观。

"世无定论，雄哥哥，或许有转机呢。你是不是后悔和他闹翻了？"慕容伽莲眼波流转，注目着他摇摆不定的神色。

"以前对他怀有深仇大恨，从死牢出来后，对他的感觉变了，说到底，是他阿爷与我阿爷的事，我当初杀他阿爷，也并非报复私欲，他阿爷癫狂了，不杀会祸害他人。"说起往事，宇文雄双目赤红。

慕容伽莲走到他身旁，疼惜地摩挲着战神的脸颊，她的孤胆英雄，虚弱得像个孩子。

"雄哥哥，让莲儿来替你们解这个环。多一位敌人容易，多一位朋友难得。"她与他私语。

慕容伽莲在禅房设下酒席，邀约崔文庭、宇文雄，三人同席。

她隆重妆扮，霜色裙衫，珠翠环绕，兰麝奇芬，恍如巫山神女，围坐两人中间。

初识他们，在阿爷的寿诞晚宴。她弹奏琵琶，艳惊四座，血气方刚的宇文雄手执酒杯，不顾及阿爷及众宾客在场，当众向她表明爱慕之情，座中宾客无不哂笑，是丰神俊朗的崔文庭拉走他。她虽也怪宇文雄唐突，内心却对他情愫暗生。岁月荏苒，三人再见，竟是这般光景！

"我见君来，顿觉吾庐，溪山美哉！"慕容伽莲手执酒壶，先向两鬓染霜的崔文庭斟酒。

"鹤归华表山河在，气返青云雨露全。"崔文庭在西北兰山有两载之久，西北风沙磨砺掉他的文弱书生相，取而代之是威武刚勇的武夫气度。若不是他随口吟诵诗句的文采斐然，慕容伽莲几乎难以相认。

"文庭兄，此处少了谦明，缺了开弟，是为憾事。"宇文雄将门窗悉数打开，山上明月高悬，透出一地如水银辉，他在慕容伽莲的授意下，学着主动求和。

"谦明那小子，还常和司空璞玉去环采阁饮酒作乐？开弟，也是多年未见了。"崔文庭亦抚额惋惜。

慕容伽莲见两人已有冰释前嫌之意。她这位和事佬，颇为欣慰。

"开弟在营建大梵宫，忙于公事，谦明不知近况如何。"宇文雄摇头，金边耳环晃荡。

"宇文开，是条汉子！来，宇文雄，为你们宇文家族的英雄干杯！"崔文庭起身，双手高举酒坛，兀自咕咚咕咚饮下！

"是，开弟平时看上去文弱，不料也是有担当的血性男儿！"宇文雄也单手抓起酒坛豪饮！

慕容伽莲瞥见窗外月色如许，与亲生儿子不得相见，与相爱的人不得长相守，满腹愁绪，与何人诉说？唯琴声耳，便向雅霜要来琵琶，拨弄琴弦，愁思悠悠，恨意难消。

一曲《昭君怨》终，三人各怀心思，皆无语。

"慕容夫人，琴声哀婉，文庭先敬酒赔罪。"崔文庭站起身，斟满大碗酒，喝得滴酒不剩。

"赔罪？"慕容伽莲听得分明，原来他带有重任上山，绝非单纯叙旧。

"对，那大将军有令，要慕容夫人自行裁决……"

慕容伽莲不期然打了个寒噤，绝望之情骤涌心头，她与宇文雄交换下眼神，彼此心神领会。

"如何裁决？那大将军有指示吗？"宇文雄道出慕容伽莲的疑问。

"慕容夫人，文庭在来的途中，已多方思考，为何单单派文庭上山处理？那大将军与夫人知晓我们三人的交情，或许，他们的本意不是要慕容夫人的性命？"

崔文庭的推断，让慕容伽莲腾起希望，姐姐终究是血浓于水的亲人，不至于做得这般绝情。

"文庭，不瞒你，我与莲儿情投意合，奈何，现今身份悬殊，结不成百年之好。"宇文雄在酒意刺激下，抒情表白。慕容伽莲听到此处不免热泪滚滚，掩面娇啼。

"莲儿不能死，文庭，你最多智谋，请帮忙想个法子！"宇文雄鲁莽习性不改，慕容伽莲赶紧拽住他，递给他酒，塞住他嘴，生怕这家伙性急坏事。

"文庭将士兵们留在山门，特意单独会面，已有心救夫人。宇文兄，稍安勿躁，饮酒、吃菜！"崔文庭起身倒酒，慕容伽莲见他神色自如，应是良策在胸，也放松下来。

"崔尚书。"慕容伽莲唤着崔文庭的官衔，在他面前，她曾是陛下的夫人，虽是旧识，也有些许尴尬，她还得维持夫人的颜面，她的太子还在宫内，生死未卜。

"那将军之心，路人皆知，他是要取代小太子，依尚书来论，小太子如何保命？"

"夫人，太子性命堪忧，历代君王，惯于斩草除根，永绝后患！小太子也不例外。"

"就没别的法子保全他一条命？"

"他身上流淌着宇文氏族的血脉，他活着，就是谋反的存在。"崔文庭神色冷峻。

"我恨，我恨，我是慕容家族的女子，却不能救自己的亲生儿子，难道要我这个阿娘眼睁睁见到自己儿子去死吗？"

慕容伽莲捶胸顿足，头上步摇窸窣作响，眼泪早已流干，她无望地仰视窗外那一抹月白色的明月，无声的悲恸痛过号啕大哭的宣泄。

"莲儿，还有我。"宇文雄走到她身后，搂住她，她靠在他厚实滚烫的胸膛。还有他，也只有他，可是这个他，也快成为别人的夫君！

"若有来世，我不要生在这高门显赫的富贵人家，我不要！"慕容伽莲转头伏在他胸前，吐出醉意与真情。

"莲儿，此生不能结为夫妇，那就来世做夫妻。"宇文雄是男儿有泪不轻弹，只是未到伤心处。

户外埙声呜咽，孤寂深邃，慕容伽莲忙从宇文雄怀中抬起头，是崔文庭，不知何时离席，站在月色下独自吹埙。

"莲儿，我去与文庭商议如何救你！"他将她扶在席位上，疾步如风。

"傻瓜，你自然要救我。"慕容伽莲抚摸着轻微突起的腹部，晃动着脚下金链。小太子会死，令她绝望，怀中新生命，给她希望，她从不想要死，生命那么美好，她还没好好活够呢。

她望向户外的两位男人，一位雄壮魁梧，一位精瘦有力，不是她那位自命不凡，凡事为她做好安排的姐姐下令，她哪会与当今两位文武英雄月下饮酒清谈呢。

"金链，脚上金链如何弄断？"宇文雄与崔文庭并肩入室，两人坐下，大眼瞪小眼，对着慕容伽莲脚裸上的金链发愁。

"用你的金刚剑呢？"

"没试过，只怕会发出声响，惊扰将士。"慕容伽莲佩服地望着崔文庭，她和宇文雄怎么就没想到这一条呢？

"寺中存有多少坛酒？"崔文庭转向慕容伽莲。

"得问奴婢雅霜，尚书有何妙计？"慕容伽莲暗赞，崔文庭真是姐姐派来的好帮手！

"拿麻药麻醉将士们，再用金刚剑斩断金链，制造夫人跳崖假象，宇文兄与我将夫人奴婢带走，返回复命。"

"无人照顾莲儿，她被人伺候惯了呢。"宇文雄急切得很，慕容伽莲充满爱意地冲这位粗莽的汉子笑了，亏他想得周全。

"如果不带走奴婢，那将军及那夫人会疑心，如果谎称奴婢与慕容夫人殉葬，不合常理，眼下之计，只能带走！"崔文庭道出思索再三的结论。

"好，我下山后，另买奴婢照顾莲儿。雅霜有身孕，还不定谁伺候谁呢。"宇文雄同意崔文庭的意见。

"夫人。"三人刚商议妥当，挺着大肚的雅霜，惊魂未定地喘息道，"山下火光冲天，一队队的将士们都呐喊着冲上山来！"

"啊？事不宜迟，宇文雄，快，趁乱斩断金锁链，我出去看个究竟！"崔文庭闻言大变，他快步跑出去。

"莲儿，当心了！"宇文雄举起金刚剑，距她脚裸近处用力斩下去，火光飞溅，金器相割的钝响，只留下清浅的痕迹。

"快，继续斩！"慕容伽莲也急了，撩起裙摆，催促他。

宇文雄连续挥斩近百下，金链才断裂，两人欢呼着搂抱一团。

"莲儿，走，从这里来。"宇文雄牵着她，向后门走去。

"琵琶，我要琵琶！"走到门口，慕容伽莲突然想起来，她上前抱住琵琶，

"不，你不能拿走，崔文庭特意交代，要留下你的琵琶。"宇文雄强行将琵琶夺走，扔到胡床上。

慕容伽莲相信崔文庭是另有所用，她无奈地跟随宇文雄，来到后门流苏花树下的圆石桌旁，宇文雄用力推动石桌，露出黑黢黢的洞口，"莲儿，这下边的地下室，有干粮，快，下去藏好，我会抽空来看你。"

"宇文雄，你必须来看我！"她拉住他的手，神色羞涩，语气霸道。

"你要当阿爷了！"

这是她对他说过最动听的情话。

第六十四章

崔文庭：哀鸾孤桐上

崔文庭通身鸦黑，面色肃穆跪在阿爷崔如素的墓碑前，他的宝剑插在黄土地上，剑身的翠绿线穗在风中飘荡，他双手高执酒碗，洒向干裂的地面，浊酒倒入黄泥土内，发出吱吱欢叫。

残阳如泣，像行将就木的老人，抽噎着不舍离世，夏日晚风吹来远方槐花的馥香，生与死循环往复。

夕阳的余晖洒在剑身上，折射出七彩幻影，与安乐殿的房顶，由无数张七彩琉璃镶嵌，强光射出万花筒般的变幻气象，落在殿内白玉地板的牡丹图案上，闪现出迷迭重叠的光影，极有碧波荡漾的旖旎美感，多么相似？

他仰头吐气呼吸，起身拔出宝剑，在墓前舞剑，阿爷教会他的剑术，曾与他一起狩猎时的玩话，他日归去后，要他以舞剑祭奠，他铭记在心。

舞罢后，他俯首磕在黑色大理石的墓碑上，双腿跪到麻木，他在质疑自身，也在请教阿爷，阿爷，你常告诫文庭，在乱世，做好人的前提是要足够坏，因为荣誉总是只给那些获得了成功的作为。可文庭不愿要这样以出卖、交换获取的荣誉。

膝盖隐隐生疼，昨日跪在安乐殿上变幻莫测的光影里，双腿被凸出的花纹硌得生疼，汗水浸透官袍，他忍着不动，双手高举琵琶，从琴身的间距，偷窥朝堂动静。

安乐殿上的巨大龙椅，装饰繁复，五岁的小太子坐在里面，像被无形的手按捺住四肢，扭捏不安，更像是荒诞的玩具，引人发笑。龙椅左边站立着威严冷峻的那罗延，右边是须发皓白的高成道。

他强作镇定，谎称慕容伽莲羞愤自尽，她的假死，是他一手策划。不是不恐惧，恐惧是迷信的根源，也是造成残忍的主要原因之一，智慧始于征服恐惧。他牢记阿爷的教诲。

"皇阿娘，皇阿娘。"小太子见到琵琶，扭动着小身躯，用小小白皙手指指向崔文庭手中的琵琶，奶声奶气侧头向高成道喊着。

"端木无极，将琵琶呈给太子。"那罗延虽身着大将军官袍，发号施令的气势，却有帝王之威。

崔文庭趁机抬头，瞥见小太子清澈如泓的双眼，透着殷切的希望，隐藏着郁郁不欢。他黯然伤悲，这小太子年幼无知，不知死期逼近。整个朝廷，已被那罗延夫妇掌控，连那一向标榜忠君爱国的老臣高成道，都厚颜无耻站出来，表明心迹立场，倘若阿爷还在世，又不知会做何选择了。

"太子殿下，慕容夫人大义凛然，以身相殉，当之无愧贤夫人谥号，此琴当与先皇陛下陪葬。"高成道跪在小太子脚下，颤巍巍地建议。

"我那苦命的妹妹，慕容夫人的骨骸呢？"冷不防从后背传出呼天抢地的悲号。

身着苍色衣衫，由两名侍女搀扶着的慕容伽兰，掩面恸哭来到崔文庭跟前，凤目圆睁逼问他。崔文庭汗如雨下，他吃力地舐着干渴的嘴皮，强作镇定说出早已打好的腹稿应付："慕容夫人毒后身亡，臣本欲与宇文将军一起将夫人玉身装棺运回，岂料，那毒药竟有化骨功效，地面只余下一摊黄水。"

"看来，我这妹妹怨恨我这姐姐很深？都不愿保存全身？"慕容伽兰用狐疑的口吻质疑他。

"臣以战神荣誉做证，崔尚书所言句句属实。"宇文雄出场的证明及时到位。崔文庭悬着的心才掉落原位。

大腹便便的婢女雅霜，跪在地上，浑身哆嗦，崔文庭带她回来，也是要她做证，她估计被吓破胆，只是一味磕头饶命，不敢发声。

"妹妹也是命苦，身旁婢女都活得好端端的，她却想不开。太子殿下，念在这婢女身怀六甲的分上，发配掖庭。"慕容伽兰藐视着肥胖的雅霜，施恩般挥手，两旁宫人，左右拉着雅霜向殿外拖走。

崔文庭暗呼惊险，这雅霜留在宫内，若她口风不紧，岂不闯出大祸？他要想法使她不能泄密。

"崔尚书建有赫赫功劳，太子殿下，何不赏赐尚书后宫美女一名，以示嘉赏。"慕容伽兰向小太子磕头建议，崔文庭听得大惊失色，他自然明白深谙宫廷斗争权术的慕容伽兰心思，所谓的恩赐联姻，背后是她不信任的刺探情报与监视行踪的悉心安排。

"多谢那夫人，在下身戴重孝，不宜婚娶，望太子殿下体察。"崔文庭沉着应对，他对慕容伽兰怀有深深的戒备，他承认，她是有勇有谋的巾帼英雄，相比她的妹妹慕容伽莲。慕容伽莲具有女人天性的柔顺与纯洁、良善与温婉，上苍厚待她，看似无用，实则是真正趋近完美的女人，他才肯出手相帮，不图回报地帮助自己心仪的女人，对于他，是另一种成就。

"喔？这么说来，崔尚书就得三年内不得婚配？"慕容伽兰面露不悦之色，语气中是不相信的热嘲冷讽。

"是，那夫人。"崔文庭彬彬有礼躬身作答。

"崔尚书，孝心可鉴，夫人虽好意，就不必勉为其难了。"那罗延凝重的面色，稍微松动，他说服慕容伽兰放弃她的行为。

崔文庭冷眼旁观那罗延夫妻二人在朝堂上，夫唱妇随的配合，眼中哪里有小太子？以后他真正要伺候、面对的可是那罗延夫妇！退朝出来后，崔文庭跨马直奔崔氏家族的墓园，满腹焦虑，无人可诉，仅以祭奠之时的独白告慰阿爷的在天之灵。

"崔公子，谦明师父突然造访。"体肥肤黑的崔散金连爬百步台阶到他近前，气喘如风。

"好，正欲去寻他饮酒呢，他倒自己送上门来。"崔文庭拍打衣袍上的尘埃，拔剑疾步下山。

"崔公子，他不是一个人来，马背上坐着位蒙面的女子。肯定不是找你喝酒！"崔散金自作聪明地猜测。

"不就是他的相好司空璞玉嘛，那可太好了，有人抚琴，我们对饮成三人。"崔文庭原本悲伤忧虑，谦明的到来，了断了他的烦忧。

谦明手捏黑纱连帽斗笠，双手在背，优哉游哉漫步，崔文庭这才注意到他的头从后面看上去偏偏，司空璞玉面带忧戚，郁郁寡欢坐在走廊一把随手安放的木椅上。

"谦明兄。"崔文庭快步跑上前，亲热地抓住他的手，激动地摇晃，是太久未曾见到他了。

"文庭兄。"谦明目光精亮，如浩瀚海面的日月星辰，长久不见，他是愈加持重老成了。

"散金，还不在院内摆上桌椅？让我们兄弟把酒言欢？"崔文庭偏头吩咐身后仆人。

"把璞玉妹妹带来，是想给我们饮酒助兴？"崔文庭放开谦明，走到廊下，向司空璞玉行礼，见她与从前活跃爱笑大不同，嘴角带有无法释怀的阴郁。

"送来给文庭兄暖暖被窝。"谦明狡黠地笑。

"炎炎夏日，为兄需要的是清风入怀，这浑话，你也乱说？"崔文庭举起手掌，作势要打。

"璞玉，还不起身，来谢过文庭兄呀？"谦明也不躲闪，任崔文庭的手掌轻轻掠过他肩膀，对司空璞玉温和发话。

崔文庭见到站起身的司空璞玉，已身怀六甲！他惊诧地盯着谦明俊朗的面容，对他的来意，大略估摸一二。

"谦明兄，恭喜、贺喜！天下又将多位难得的饱学之士了。"崔文庭喜不自禁拱手道贺。谦明博学多才，以他这般聪明天下无二的人，若无后代，委实可惜。

"文庭兄，坐下详谈。"谦明面皮发红，崔散金摆好桌凳，三人依序落座，桌上有冰镇李子、西瓜，热菜，浊酒。

"谦明兄，此番到访，有何指教？"崔文庭替谦明斟满酒，料到他是有事拜托他，只是不解缘何司空璞玉此番总不肯笑脸示人，换在以往，三人弹琴、吃酒笑谈，可是诙谐欢快得很。

"文庭兄，谦明要出海远行求经，司空璞玉请兄代为照看，可好？"谦明爽朗饮下满杯酒，神色凝重。

"远行求经？需多长时间？"崔文庭放下青玉酒杯，捡起冰块内的乌紫李子，丢入嘴里咀嚼。这要如何是好？昨日才婉拒慕容夫人的提婚，现在接下怀孕的司空璞玉，他日若被生性多疑的慕容伽兰知晓，就怕惹来杀身之祸呢。

"无法定论，少则三年五载，多则八年十载，算是托付后事。"谦明的神情，是少有的肃然，他本该是天真随性、跅弛的人呀，崔文庭此时方理解司空璞玉的愀然不悦了，确是大事。

"放心，文庭兄，我绝不会为我的信仰献身，因为我可能是错的。但我必然要去求经书回来，这是历任圆通寺住持方丈的职责所在。"

崔文庭对谦明的矛盾言行，深感不解，他深信，谦明终将成为一代高僧大德，贤哲者，国之大宝，他有同样的职责使然。

"依谦明兄计策，为兄如何照顾璞玉呢？"崔文庭犹疑多时，终于下定决心，要接过司空璞玉这块烫手的山芋。

"有赖文庭兄了，璞玉分娩在即，若无夫妻之名，恐对孩子不利，如果文庭兄愿意割爱成全，不妨由你指定璞玉下嫁给你府上的仆人。"谦明离席拱手请求。

崔文庭不禁冲口而出："文庭素来敬重谦明兄佛学渊博，早当兄弟一般无二，怎能让兄长爱妾与下人的卑贱之躯同床共枕？为兄不弃，文庭迎娶璞玉，给足她及孩子日后的名分与尊崇，可好？"

"此策最好不过，璞玉，快来跪谢恩公。"谦明脸上挂满笑意，他要的就是这个结果，拉着神色根然的司空璞玉，要一起再次跪谢，被崔文庭一手扶起不让。他并非想乘人之危，谦明误会他的意图了，他只是与司空璞玉有夫妻之名，而不需有夫妻之实，实则是为保存谦明的骨肉后代，他无须解释，时间是最好的见证。

"几时走？让文庭为兄略备薄酒饯行？"崔文庭举箸停杯。

"饮完这杯送别酒，为兄就启程西行了，留下诗一首，聊以作别。"谦明气韵恬淡，要来纸墨笔砚，一挥而就：心善育明德，流熏万由延。哀鸾孤桐上，清音彻九天。

谦明自喻为哀鸾，崔文庭感同身受他的孤寂与伤悲，实则，谁不是哀鸾呢？谦明骑上马，戴上斗笠，头也不回地扬鞭远去。

崔文庭目送谦明的身影消失，一时五内俱焚，他钦佩他，能情爱深重，也能绝情离去。司空璞玉哭得无法自持，他可以视而不见，毫无情人分别的眷恋之情，并无凡人的爱之切，恨也切。

"崔公子，回去吧，他已离去了。"司空璞玉在他身后，泪痕已干，柔声打断他的纷纷愁绪。蓦然回首，司空璞玉的菱角桃花眼，水汪汪地凝视他，真个把他当成了夫君的深情脉脉，他即刻心慌意乱，躲避着她，转移话题："璞玉姑娘，今夜，暂时委屈住下，我去黑山寺借宿，明日早起，一道下山回府。"

"怎么？崔公子莫非嫌弃璞玉蒲柳之姿，卑贱之躯？"司空璞玉扑闪着她勾人魂魄的桃花眼，嘟起小嘴，似有无限委屈。

"岂敢，璞玉姑娘万万不可妄自菲薄，在下确有要事。散金，晚上，你守卫璞玉姑娘，不得出半点差错，如果璞玉姑娘掉一根头发，拿你问罪！"

崔文庭心下打算，室内狭小，孤男寡女共居一室，他怕自己把持不住，坏了对谦明的承诺，才要去黑山寺。

安顿好司空璞玉休憩，崔文庭跃马直奔黑山寺面见印海禅师。

在竹林幽篁处，印海禅师正抚古琴《广陵散》，崔文庭伫立在旁凝听，琴声有愤慨不屈的浩然之气，纷披灿烂，戈矛纵横，天下英雄竟一般雷同心境！

"崔文庭，好生糊涂，就不怕这个女人坏你名节，牵连你？"印海禅师听他道出来龙去脉，跌足大叹。

"我知道，一旦迎娶司空璞玉，自然得罪那大将军的夫人，以她妇人心胸，定会在那大将军面前控诉文庭为人虚伪狡诈，甚而引发杀身之祸。"

崔文庭的慧识，对他选择的风险，了然于胸。

"那你为何明知山有虎，偏向虎山行？"

"文庭以为，给谦明兄留下后代，比文庭得到朝廷重视更为重要。"崔文庭盘腿坐他禅房蒲团上，从容作答。

"有些人，是猛志固常在，愈挫愈勇。如果你事先预知，你今日的选择，日后将带给你灾害，你还会坚持你的选择吗？"印海禅师笑得不动声色。

"没有如果！印海禅师，谦明是少有的先哲，天下可以少我一个崔文庭这样的武夫，但不能少谦明那样的圣贤先哲！"崔文庭义愤填膺，慷慨悲壮。

"坐在朝廷龙椅上的人，可不会这么以为，崔文庭，你太意气用事了，只怕以后会付出惨痛代价，悔之不及。"印海禅师痛心疾首哀叹。

"《周易》有云：君子敬以直内，义以方外，敬义立而德不孤。文庭心意已决，谢过印海禅师好意。"

崔文庭不曾设想印海禅师对他自我认可的君子行径并不认同，好生懊恼对禅师全盘托出，惹得无事生烦。

"生米尚未煮成熟饭，文庭，你还可亡羊补牢。"

"如何亡羊补牢？"

"抛弃那个怀孕的女人，给些银两，任她自生自灭。天底下，怀孕的女人死去的不计其数，哪能管得过来？"印海禅师的眉宇，无端生出乖戾之气，崔文庭骤然见到，心生寒意，他并不了解这位披着袈裟、满嘴阿弥陀佛的印海禅师的真实面目。

"谦明这样的佛家子弟，不遵守佛门戒律，破了淫欲，你怎么还那么维护他？一个佛门中的败类？"

印海禅师面色突变，崔文庭暗自苦笑，自己是自投罗网了，从前三人一起雪中谈禅的欢快去哪里了？谦明生性纯真，从不矫饰自己的欲望。圆通寺的弟子们对他常去妓馆环采阁饮酒寻欢不满，他就召集众僧侣，在他们面前放了装满银针的钵。他对他们说："并不是随便一个修行的人都可以到妓馆蓄养女人，只有像我一样能将针都吃下去的才可以。"

随后，谦明就将那些针像吃饭一样一根一根不紧不慢地都吃下肚，众人皆目瞪口呆，他又吸一口气，将吞下腹内的银针如数逼出皮肤。这一招吞针术，是他早年在龟兹所学，整个寺庙的弟子们这才心服口服，对他的出格行径不再加以评说。

崔文庭听出印海禅师对谦明的妒忌之意，他不敢再出言维护谦明了，对于芸芸众生而言，谦明的不守戒律，是该遭受羞辱、谩骂，只有他明白，谦明是要成为一代高僧的人。非常人，怎能以常人来要求？

修行如印禅法师，都被表象所蒙蔽，宁愿放弃佛门子弟的慈悲为怀，为一己私欲，加害璞玉性命，这种行径，才是真正让人痛心疾首呢。

谦明将璞玉托付给崔文庭，也是认清人言可畏，他自身不怕死，只是怕连累璞玉，才将她托付给最值得信任的他，他怎能为了自己的利益安危舍弃人间正道的大义呢？

"崔文庭，你现在不会理解我对你的一片苦心，你以为我是大恶人，大恶人也能成佛，你信不信？"

　　印海禅师急得额头青筋突突直跳，他的凡间本性逐渐显露，崔文庭饶有兴致，引蛇出洞："放下屠刀，立地成佛？"

　　"佛家的涅槃就是大圆寂，大灭度。人的生命历程中，在世俗受的苦难熄灭了，但随之生度到另外一个圆满的境界，毁灭就是新生。"印海禅师似乎意识到自己的孟浪，语速趋为缓和。

　　"为何不认为谦明是另一种方式的修行成佛呢？"崔文庭的疑问也是在问自己，自己的坚守君子之道，是否正确。

　　"不，不能认同，他破戒了，就该遭受流放唾弃。"印海禅师面有愠色。

　　"恕文庭不敢苟同。"

　　"崔文庭，你帮助他，就不怕遭上天的谴责？"崔文庭听出他语气恶毒的背后并非恫吓。

　　"君子之诺，岂能因利益涉身而变？"崔文庭毫无惧色，坦然面对。

第六十五章

宇文开：泄密者

小迷楼是座迷宫，可宇文开没时间迷路。

十六宫，三十二院迤逦延绵，被大火毁了近半，残垣断壁依旧有苍凉、雄浑的力量，站在雕梁画栋的废墟上，灰头土面的宇文开，发誓由他重建的大梵宫定要超越小迷楼十倍的绮丽、巨大、庄严夺目。

自古帝王，无不热衷壮美、奢侈的物欲享受，源自人性需求。

他因工匠身份而活命，对他的手艺，更为感恩戴德。大梵宫的动工开初就是铲除小迷楼，夷为平地——旧的不去，新的如何来？

他比所有的工匠都要拼命、投入，无他，他是在为自我的重生奋斗。他心无旁骛地在工地上，陛下宇文虎死亡的噩耗传来，他也不为所动，直到手下工匠哗啦全作鸟兽散，余下他一人在散架的木材、花岗石间踽踽独行。

夜色苍茫，倦鸟归巢。他能去哪里？失去陛下的诏令，他就成了孤军奋战的光杆将军，工程浩大的大梵宫，仅凭他一己之力，就是有愚公移山、精卫填海的精神，也完成不了。

宇文开颓然坐在冰冷的花岗石上，体形硕大的黑鸦从头顶飞过，掀起一股来历不明的凄凄黑风，他眺望暮色沉重的深宫，兵变祸乱，人都跑去权力集中的核心宫殿，无人管辖不成气候的破烂工地。

长兄宇文雄自然会成为兵变的主力军，世袭尚书封号的崔文庭也逃不脱同样命运，他们一个尚武，一个崇文，谁坐上天子宝座，都少不了两人的辅佐。自己呢？还是阿娘说得对，做自己的本分，当一名远离政治斗争的工匠，平安即好。

宇文开正独自惆怅，一位相貌清奇的道长，手捻雪白长须，像天外飞仙，如风飘落眼前。

"宇文开，宫内兵变，你还傻站着，不出去拜见太子殿下？"

"谢道长提醒，敢问道长缘何至此？在下宇文开，奉命修建大梵宫，现下，工匠们都不知所踪，在下正不知如何是好，望道长指点一二。"

道长的训话，宇文开听来毫不刺耳，反觉亲切，偌大的天下，谁还会关心他的死活？他忙揪住道长袖袍求助。

"老道段纯阳。新天子即将登基，老道望气，一路追随宫内出现的王气，不想，隐然在此。"

段纯阳挥洒着拂尘，风吹得他衣袂飘然，月色下，他的脸色青白如瓷，骨相清奇，不是食人间烟火的凡人。

宇文开猛然记起，但凡修道高人，大都会御风术，看这段纯阳方才飘然而至的迅疾，道行高深哪。

"段道长莫非也会御风术？这新天子，该是年幼的太子殿下？"

"御风术，不过是雕虫小技。新天子嘛，也是，也不是。天机不可泄露。"

段纯阳眯眯眼笑得甚为老奸巨猾，干瘪面颊上浮现一团菊花褶皱。

"望段天师指点在下，宇文开当务之急，是整衣敛服进安乐殿跪拜新天子，三呼万岁？还是……？"宇文开见他并非故弄玄虚，便直接请教。

"活下来的首要，是顺从，实现自身抱负，顺从之上，还得拥有权力，权力有个特征，它源自有力量的人。"

段纯阳言不对题，在堆砌的石材、木料间，轻快地跳跃搜寻。

"段天师见解非凡，宇文开受教了。"宇文开随他身后，违心奉承。猜他这神色，是在找遗漏的宝贝？

"世无常贵，世无常师。小迷楼火灾始作俑者是天竺的卧佛子，成也是他，毁也是他，老道叹息，这世上再无小迷楼这般雄伟的建筑！"

段纯阳在宇文开蜗居的简陋木棚前停住脚步，突然间怆然涕下。

宇文开听得极为不服："天师以为，我泱泱大国就出不了一位能与天竺小国相提并论的工匠人才？"

"一代君王一代城，看这天运，恐怕还得出一位流传青史的名匠。就不知会是谁啰。"

"必宇文开是也!"宇文开意气风发主动请缨。

"哈,口出狂言的小辈,老道痛失师弟卧佛子,世上再无对手,怎一个孤独了得!"段纯阳俯身定睛审视他,充满鄙夷。

宇文开借助莹莹烛光,看得分明,他攥紧拳头,立下更为强烈的志向,平生总要修建一座举世无双、名垂青史的建筑!

"段天师,若无别事,请离去,宇文开要稍事休整,拜见太子殿下。"他对段纯阳的自负狂妄,颇为不满,冷冷下逐客令。

"老道有事不明,小迷楼无论从建造材质、设计、工艺,无不巧夺天工,何不站在巨人的肩膀上,在此原貌修缮如新,却要推倒重来,耗费大量财力物力?"段纯阳自顾挪步到室内,扶起散落在地、雕刻精巧、颜料鲜艳的一扇窗户,返身问他。

宇文开帮着他把这张带有卧佛子烙印的窗户摆正,他清楚卧佛子的本事了得,他自负他将做得更好。

"宇文开要破旧立新!不用踩在巨人的肩膀上。重新建造一座以建造、泥塑、壁画为三绝的罕见建筑,它属于这个时代,有这个时代的烙印,它叫'大梵宫'!"宇文开信誓旦旦吐出埋藏内心已久的梦想,毫不避讳他的野心勃勃。每一个人生来各有其使命,各有其欲望,长兄宇文雄是成为战神,他是要成为一代名匠。

"你要成为独树一帜的巨人?"段纯阳嘿嘿干笑,运气挥掌,整扇窗的颜料簌簌剥落,而雕刻的花卉虫兽纹丝不动。

"我师弟卧佛子,天赋极高,他的本领远超我,他炼制的长生丹药尤为技高一筹,老道自叹不如。"段纯阳单手抓住窗户,一手抠着图案,是在搜索什么秘密的动作。

"你要找出他的炼丹秘方?"宇文开忍不住出言奚落,好个窝囊没出息的道长,为何不自己去探究,非得想要不劳而获?

"如果你到了我这把年纪,就能体会我的无奈与悲哀了,如果有巨人能让我站在他肩膀上,我该多么幸运?你看我的鹤发老颜,活一日是一日,见得到未来,数得清日子。"

段纯阳读懂他的心语，无望地放下破损的华窗，嘴角抿出无动于衷的僵硬线条。

"真有长生不老的丹药吗？"宇文开对达官贵人痴迷的长生不老术，颇为不解。

"做了皇帝想登仙，不过是人的贪欲显现。"段纯阳一掌斩断木窗，嗤之以鼻冷哼道。

"那么，说有长生不老的丹药岂不是一场骗局？"宇文开惊骇地瞪大双眼，这些修道的老人，胆量可真大，竟敢哄骗陛下？

"骗局不骗局，不是你我所能断言，古往今来，哪个帝王不想向天再借五百年？永保子子孙孙的千秋万业？可谁又做到了？"段纯阳的话，絮絮叨叨，像是知天命的老人，发泄临终前郁结的不满。

"那你还心存妄念寻找卧佛子的不死丹药干吗？"

"不死丹药就是虚妄的希望，需要它的存在，哪怕最终到头是水中月，镜中花，不然，这么苦难的人生，如何熬得过去？"段纯阳抬手在太阳穴位揉捏，自言自语闭目慰藉。

宇文开想起阿爷的战神人生，辉煌短暂，也许，大多数人都心存幻想，拥有一粒不死丹药，他却甘愿放弃这愚蠢的执念。

"老道观你气相，日后贵不可言，位当工部尚书。不过，要先经历一场生死磨难，方才修成正果。"段纯阳突然睁开双眼，精光爆射的双眼，将他从头到脚，透视清晰，得出结论。

"什么生死磨难？能不能预先避开？"宇文开对他的未卜先知，并不盲从轻信，他不追求名利地位，无欲则刚，不肯陷入他人掌控的怪圈。

"不能！天地不仁，以万物为刍狗。尚书发迹后，还望相助老道。"段纯阳挥洒大袖袍，向他躬身垂首作拜。

"段天师占卜灵验，哪会需要在下相助呢？"宇文开咧嘴发笑，频频摇手，他都是泥菩萨过河，自身难保呢，明天打算求助兄长宇文雄，引荐安乐殿臣服太子殿下。

"人都有发达和落魄时，老道望气前至，实则为宇文尚书而来，望尚书不弃，赠老道信物，日后相认，也有个凭证。"

段纯阳一本正经伸出手掌索要他的信物，宇文开觉得甚为可笑，这老道的言行举止怪诞，为了打发他的纠缠，他从衣袖内东摸西摸无果，最后从腰间扯下五彩丝线编织的辟邪玉佩，放置他手掌。

　　"宇文尚书，来日方长，老道告辞！"段纯阳话音刚落，他的身影瞬间凭空消失。

　　宇文开走出木棚外，怅然若失，段纯阳像一阵风吹过，他都怀疑自己是做了一场怪梦，摸索到腰间空荡荡，才明白事情千真万确。

　　去找崔文庭还是宇文雄？他躺在木棚的简易板床上，辗转反侧。阿娘临死前留下遗言，要他回归崔文庭的崔氏宗族，他难以抉择。平心而论，崔文庭与他更为亲近，可宇文族一脉，只余下宇文雄，他难以割舍这份自小到大的兄弟情义。

　　迷迷糊糊睡到半夜，宇文开被人仰马嘶的闹腾惊醒了，谁会到他这地方来？可能是强盗？

　　他忙披衣，取下宝剑，打开木门，门口已被手持火把、拉弓搭箭的军士包围，他们气势汹汹，领头的黑衣青年将领，戴着虎头头盔，二话不说，向马下的他挥动手势，随之跳出数十位士兵手拿明晃晃的钢刀逼近他肉身。

　　"你们这是干什么呢？不问青红皂白就抓人？"宇文开昂头据理抗争，将手中宝剑舞得密不透风，后退到木棚内。

　　"活捉泄密者宇文开！"他听见年轻将领的呐喊，一头雾水，他怎么成了泄密者？什么泄密者？来不及多想，逃命要紧！

　　他能跑到哪儿去？离开小迷楼的宫内其他地形，他又不熟，只能像袋鼠一样在小迷楼未拆除的殿宇跳跃着东躲西藏。

　　士兵们以大海捞针的耐心与决心，将他逐步逼到最后一段高耸入云的残壁下，宇文开使出吃奶的劲，趁着天上月光被乌云遮住的绝佳时机，翻身跳入断壁的背面，他以为他会摔断胳膊，至少扭伤双腿，不，他完好无恙，他的身下是厚实松软的稻草，如果不是为亡命奔逃，宇文开简直要爬起身跪谢天上的月神了。

　　他在墨汁浓稠的黑夜里，谨小慎微地摸索着，寻找有灯火闪亮的窗户，他不能坐以待毙。

　　宇文开屏息静气，直至断壁前的脚步声消失，他才松口气，望见远处的树林

里，有昏暗的灯光若隐若现，他忙从稻草垛上跳下地，鼻孔钻入一股骚臭的马尿味，数匹马站直受惊，发出咴咴叫声，吓得他快速逃出马厩，向灯火闪亮处跌跌撞撞跑去。

他无意中撞入竹林深处，深一脚浅一脚靠近高门大户的墙角，他探头细看，室内有人说话的声音，他踮起脚，掀开窗户的边角，一双鞋面刺着红莲花的小脚，在洒金白色罗裙下伸缩，另一双是男人的黑帮靴筒，他看不清两人面容，只听闻他们的交谈声，急迫低沉，是密谋者的惯用伎俩。

"夫人要你将太子殿下用绿囊套住闷死，等她验明正身后，再偷送出宫，随便找个地方掩埋了。"

红莲花绣鞋的宫女声，凌厉狠毒，听得宇文开毛骨悚然，他耳朵贴住墙，要听得更为清晰。男子的回应，是胆量不足的犹豫不决："这可不是在逼迫老臣去死么？陛下对老臣一向优待，老臣怎忍心向他的亲骨肉下手？"

"罗什力，别不识好歹！夫人饶你不死，你以为是你福报大？想想你的九十高龄阿娘，孰轻孰重？"宫女的口吻是强势的胁迫。

"罢罢罢，自古忠孝难两全，想我罗什力一生为人，尽忠尽责，不想最后落得个欺君杀王的下场！"男子发出嘶哑的闷声。

"从是死，不从也是死，事成后，夫人会不会杀老臣灭口？"男子的话，透出吃定她们行径的恐慌。

"什么话？夫人哪里会是这样背信弃义的人？"穿红莲花绣鞋的宫女，语气中有掩饰不住的愤懑。

"在下杀人如麻，可这位毕竟是太子殿下，非普通人可比，圣颜反复，人心难测，除太子殿下易，除新王的心魔难。罢罢罢，承蒙新主信赖，在下就冒着砍头的风险，应承这事！"黑帮靴筒连着重重跺脚，似有不甘的无奈。

宇文开听得心如鼓响，念及方才追杀者给他安的罪名：泄密者？他何时成为泄密者？蓦然记起数年前，在大黑山打猎，听到背影神似崔文庭与宇文雄的谋反密谈，随后，就是慕容信家族出事，当下，他听到的这番密谈，又将会掀起什么样的血雨腥风？

"当心走漏风声，此事，你知、我知、天知、地知。"红莲鞋的宫女，疾步退到门口，宇文开急忙缩成一团，大气不敢出。

门推开后，两人前后脚分头离去，宇文开瘫软在墙角，好半天才回过神来，他决定不在此久留，左思右想，原路返回，从稻草垛上爬上断壁，滑落到小迷楼的工地上，与其像无头苍蝇四处逃亡，不如束手就擒，抱定打死不开口的原则，兴许能冲出一线生机。

他摸黑走入木棚内，饥渴难耐，疲惫不堪，真想倒在那张破败的木板上，踏踏实实睡上一晚，至于次日等待他的是美酒佳肴还是严刑酷打，已经不重要了。

他在朦胧中进入梦乡，赤脚踏上布满荆棘的小路，脚心扎满荆棘的小刺，万蚁噬心的痛。

"爱，从来不是温柔相待，爱是刺入胸膛的荆棘，刺激又粗暴。"

宇文开听见令他脸红心热的悦耳嗓音，他苦苦思慕的慕容伽兰着通身玄色的薄纱衣袍，笑意轻盈，向他走来。乌黑油亮的长发垂在柔嫩的腰身，发顶是一串洁白如雪的佛见笑花冠，他嗅到鲜花在阳光下热烈绽放的香气，激动得不能自制，热泪顺着脸颊流淌，他愿意跪在荆棘丛上，哪怕被扎得浑身是血，通身是刺！

"兰儿。"他口齿不清，卑微地跪在她脚下，像谄媚主人的一条狗，抱住她的玉腿，她裙摆的香粉，如春日北方的飞絮，飘飘洒洒落在他肩上，他的脸贴着顺滑的裙面，陶醉其间。

"告诉我，泄密者是谁？我要为阿爷复仇！"慕容伽兰的俏脸忽而化为罗刹怒容，惊得他立马松手，身体上的荆棘刺破他的皮肤，渗出点点鲜血，他慌乱为自己辩解："不是我，不是我。"

"不，就是你！是你害死我的阿爷！"慕容伽兰的痛哭，听得他肝肠寸断。宇文开手脚并用反身逃跑，他突然意识到自己是在以滚动的方式行走，才发现手臂、大腿布满荆棘，他成了一个圆滚滚的刺猬，天哪，我怎么成了怪物？

一束亮光直射他的双眼，他想用手挡光，手脚却不听使唤，他睁开眼，自己被捆绑成刺猬了，天色大亮，他被扔在囚车内，押送往未知的前方。

宇文开扭动头颅，路边是郊外的乡野风光，炊烟袅袅，鸟儿欢叫，这是要到哪里去？押送他的将士，拉长着黑马脸，脸上满是坑坑洼洼不肯通融的刻薄，他咽下与他说话的冲动，问也白问。

474.

他干脆仰面躺在囚车上，耳朵听到有马蹄飞奔前来的响动，是长兄宇文雄还是崔文庭？宇文开惦记着这两位世间的亲人。

　　"开弟，开弟。"宇文开见到一身红袍飘飘的长兄宇文雄快马奔跑到他囚车面前，他苦于无法下地，只得嘴里大呼小叫："长兄，你怎么穿成新郎样？"

　　"开弟，为兄就是要迎娶高成道尚书的千金，托人去宫内找你，才晓得你被押送途中，为兄这才快马加鞭赶来。你因何犯事？"宇文雄用衣袖揩干额上汗滴，语气急促。

　　"长兄，开弟都犯迷糊，被人莫名其妙抓走，诬告开弟是泄密者呢，开弟冤枉。"宇文开见到亲人，情绪振奋大声嚷嚷。

　　"这位壮士，请开恩，我这兄弟因何犯事？这是押送到何处？"宇文开见一贯骄傲的长兄从袖笼摸出一片金叶递给马脸大汉，语气客套，从前不可一世的战神神态，被现实挫折消磨得棱角全无。

　　"宇文将军，你这兄弟犯的可是死罪，押送大理寺，交由崔尚书审问，听说是替慕容信柱国公复仇。"

　　马脸大汉心安理得接过金叶，放入玉米黄的前排大牙咯嘣咬着，掂量成色真假。

　　"替柱国公复仇？这是多少年的旧事了，开弟，你怎会牵涉其中？"宇文雄一脸茫然。

　　宇文开更是稀里糊涂："长兄，小弟冤枉，怎么无端扯入这纷争。"

　　"唉，长兄先去打探明白，这位壮士，请高抬贵手，别为难我的兄弟，日后，多多有谢！"宇文雄面色凝重，冲马脸大汉拱手作别。

　　"亲兄弟，就是不同，放着春宵不度，重情义！"

　　马脸大汉冲着离去的宇文雄背影竖起大拇指。

　　宇文开听得百感交集，如果，如果长兄知道真相，他并非他的亲生兄弟，还会这般用心救他？庭上审查他的崔文庭才是他的亲生兄长！

第六十六章

那罗延：禅让

未知就是上苍，女人就是未知的变数。

夏日深夜，穿着大将军服的那罗延在安乐殿独步慢行，端木无极手持火把，紧随其后。他走上放置龙椅的高位，向下观望，空荡寂静的殿堂，像一头豁牙咧嘴的庞然大物，他走近龙椅，这把象征至高无上权力的龙椅，笨重华贵，多少人对其垂涎三尺？摩挲着椅背上凸出的龙头下颚，夫千金之珠，必在九重之渊，而骊龙额下。他想起这话，权力何止千金之珠？

坐上龙椅什么滋味？那罗延按捺不住好奇，他撩起铠甲下摆，端正身姿坐上龙椅，高高在上的视野深阔，仿佛见到脚下文武百官对他顶礼膜拜，左右大帮执扇宫女、太监，将他众星捧月，他是帝王，天下唯我独尊的帝王，俯视众生的感觉，妙不可言，尽管下面空无一人。

"是谁？"那罗延正扬扬得意陷入权力在手的遐想中，端木无极响亮的吼叫，惊得他迅猛从龙椅上走下来，抬头瞥到殿外有鬼鬼祟祟的三两人影晃动。

"大将军，外面有人，是离去还是……？"端木无极的眉眼，在火把照耀下，透出青春的张力与鲁莽的冲动，他稳重地挥手："出去瞧个究竟。"

两人刚走下高台，外面的人影直接闯入殿内，火光下，那罗延阔步上前失声惊呼："兰儿，这大半夜，你来安乐殿干什么？"

为首的是戴着黑帽面纱的慕容伽兰，她脚步轻盈，高高隆起的腹部，也阻挡不了她前行的进程，她的身后是两位力大无穷的壮汉，他们肩上各自扛着沉甸甸的绿色布袋。

"我的大将军夫君，兰儿为你拔心头刺去了呀。"慕容伽兰揭开面纱，露出兴高采烈的桃红面色邀功。

"什么刺？也不想想自己是快产子的阿娘？"那罗延以手指她腹，责怪她操心。瞧着她身后壮汉肩上的绿囊，明白定是什么人的尸首。

"夫君放一万个心，兰儿已是两个儿子的阿娘，生产、临盆有经验，夫君的大事要紧！"慕容伽兰的身上既有小女儿态的娇憨，也有为人阿娘的谋略。

"难为兰儿费心操劳。"那罗延听得心头发暖，上前握住她的玉手，冰凉如铁，"怎么回事？你的手这么冷？"此时夏夜，应当燥热才对。

"没什么要紧，夫君，你还是关心这个。"慕容伽兰抽出手，雀跃着指挥壮汉放下绿囊，解开，露出两颗人头。

"怎么是他们？"两颗稚嫩的人头分别是小太子宇文锐及与郑宓代为抚育的皇子宇文锐金。

他示意壮汉退下处理尸首，明天如何向群臣托个说辞，他得细细思量。

"怎么不可能是他们？为了你将得到的权力，他人的生命与死亡算得了什么。"慕容伽兰没好气地白了他一眼，费心耗力却落得这个下场？

"兰儿勿怪，夫君以为还是等到禅让后，再来斩草除根，也不迟。"

那罗延上前搂住妻子臃肿的腰身，再过三月就足月临产，他一手环抱不住。窃取天下皇位，总得有冠冕堂皇的说辞，不然，如此儿戏，史上流传岂不贻笑大方？

"夫君清楚，兰儿一贯性急，夫君，哎哟，我的肚子疼，嗨哟，不好了，我流血了……"

慕容伽兰话未说完，脸色变得惨白，软软倒在那罗延怀中，他急得高声怒吼："端木，速召尚医局的女医、上阳真人到此！"

他抱起慕容伽兰放在龙椅前的云母石几上平躺着，想想不妥，脱下衣袍覆盖着云母石几，才将昏死的慕容伽兰放好，跪在她面前，忠诚地守住她，无所适从的恐慌像潮水袭来。

他说过要保护她，但是，他只能悲哀且无奈地见到她白白流血，无从下手，一股细如红线的血流从慕容伽兰的罗裙下渗来，那罗延急慌慌用双手捂住，血不听使唤从他掌心五指间隙奔涌而出！

"来人，快来人！"他惊惶地咆哮，空荡荡的安乐殿，回荡着他的咆哮。

纷至沓来的脚步声如洪流汇入安乐殿，跑在最前边的是手臂挎着药箱的白袍女医，她身后是一帮端盘拿药准备有序的宫女们，那罗延这才松口气，退到旁侧。

上阳真人最后一个缓步前来，他像一头已成精的老猫，跳到他脚面："大将军，此地有死亡气，不宜久留。"他抽动着鼻翼，东张西望，双眼呈出怪异的碧绿色，那罗延想起刚被扛走的两具尸体，暗中佩服这老道确实有两把刷子，他保持沉默，等他发表高见，为帝王者，就得要人摸不透，看不清。没有神秘感，难以操纵权臣。

"大将军夫人骤然流血，恐怕与沾染死人气有关，老道建议大将军尽快将夫人转移到阳气最足的太仪殿去，方保夫人平安。"上阳真人急切建议。

"什么意思？腹中孩子呢？保不住？"那罗延听出异常，急得揪住他衣领摇摆，用力过大，上阳真人被他晃动得脸红脖粗。

"大将军，夫人血崩来得迅猛，是留大人还是孩子？"女医战栗着身躯来禀报。

"保兰儿！"那罗延毫不犹豫，他还有两个儿子，不能失去阿娘，孩子，以后还能再生。

"大将军，夫人保住后，以后恐难再有身孕。"女医擦拭着额上汗珠，诚惶诚恐，生怕他大发雷霆。那罗延沉默许久，隐隐觉得慕容伽兰突发血崩与她杀死两位皇子有关，她的果断无情与她的阿爷慕容信不相仲伯。

一阵手忙脚乱后，慕容伽兰轻启双眼，如一朵悄然绽放的白兰花，安躺在太仪殿。床前是阿蛮和朝云伺候，她需要静养。这样也好，前朝的事，她插手得过多了。

国不可一日无君。

次日傍晚，那罗延急召高成道、崔文庭、贺擒虎，中书令韩德林，他是慕容伽兰推荐，是她阿爷部属的儿子，一行人在空闲的德寿宫商议军机大事。

"太子殿下因食物中毒暴亡，国不可一日无君，诸位有何妙策？"那罗延开门见山，搓手道出难题。

"老臣以为，假传遗诏，禅让与大将军？"高成道老谋深算，他最先作

478.

答。那罗延听得正合心意，这是他想说但不能说的话，不禁用赞许的眼光表扬高成道。

随后，目光落在崔文庭面上："崔尚书，有何高见？"崔氏一族在朝廷文官中的威望甚高，他需要极力拉拢这股势力。

"大将军，臣接到大理寺的诏令，要臣亲审宇文开泄密一案。不知大将军知否？"崔文庭突然下跪，神色凛然。

那罗延沉下脸，这个崔文庭，什么态度？泄密者一案，自然是慕容伽兰唆使下令抓捕宇文开，他清楚她的用意，这是她藏在内心多年的复仇计划，为她阿爷的复仇大计。她也真太急了，他还没登基呢，也不知会他，就这样随性抓捕重臣？惹得朝廷内部军心不稳？他对慕容伽兰独断专横的行为略有不满，尽管她是处处为他着想，可他也感受到这个处处替他着想的背后，不过是一种温情的要挟。

他耐住性子，斟酌着回应："本将军有所耳闻，此事关联慕容柱国公一案，且时间久远，只是本将军纳闷，如何牵扯到宇文开？他不是在修建大梵宫？"

"在下与将军同感，想那宇文开不过一介工匠，如何与泄密有关？"崔文庭极为愤激的语调，就差没说他是被冤枉。

那罗延暗想慕容伽兰抓宇文开的真实意图，是真有疑点，还是借此将宇文一族铲除？他沉吟不语。

韩德林跪下行礼："大将军，宇文开虽是工匠不假，但是心怀异心也是有可能的，以臣之见，大将军受禅后，就得扫清宇文一族的障碍！"

那罗延对这位伽兰推荐的新人韩德林本事不甚了解，不过，凭他能提出这条思路，也是值得重用的人才。

"大将军，万万不可，万万不可！"高成道扑通跪在地上，捶胸顿首劝慰。

那罗延并不搭理他，以高成道深居宫中多年的阅历，他忌惮刚成婚的女儿与宇文雄安危，直接影响到他自身的地位。

世上的人，都是站在各自立场来看问题。

"贺擒虎，你的意见呢？"那罗延转向曾跟随崔如素，现在与崔文庭并肩作战的大将，他的忠心可嘉，他的勇猛可赞，他有意要直接统领他。

"在下与韩中书令持相同意见，大将军若登基，必定要铲除宇文一族，不然

479.

留下后患无穷。"

贺擒虎是识时务的俊杰，那罗延心中有数，他语气严苛转向崔文庭："崔尚书，此事关系重大，还望尚书抛弃私情，秉公办案。"

"是，那将军，在下遵命。"崔文庭答应得勉为其难。

"大将军，老臣以为事不可做绝。"高成道固执地阻止他。

"百无一用是书生！妇人心肠，难成气候！高大人，明日早朝，本将军任命你来宣读禅让诏书！"

那罗延见崔文庭臣服，吃下定心丸，朝廷重臣，被他收拾得服服帖帖，他傲然作答，许给高成道一个虚假的承诺："本将军答应你，战神宇文雄，日后功高可赐九锡！"

"大将军，九锡之礼，老臣不敢奢望！老臣只得一位女儿，愿将军能保贤婿宇文雄不死，老臣与贤婿定当誓死效忠大将军！"

那罗延满不在乎地笑了，誓死效忠？他才不会轻信呢，当年他与阿爷不也跪在安乐殿下对宇文虎表达同样的誓言，那又怎样？他不还是要篡位？

高成道的提议不过分，但却愚蠢。将来的政变，谁能保证谁不死？暂且答应他，见高成道这颤悠悠的身子骨，还能活到将来吗？

"好，本将军答应你就是了。"那罗延轻松将他打发走，明日早朝，他要想好计策面对群臣，这才是最重要的事。

那罗延回到太仪殿，慕容伽兰苏醒过来，正垂泪不止。朝云在旁出言安慰，两人的两个儿子留在府邸，跟随师父读书习武，已多日不见。

那罗延坐在床沿，动情地抱着她，亲吻她发出幽幽芳香的黑发，她本是多么烈性、坚强的千里马，而今，这腹中孩子的夭折，使要强能干的她伤心欲绝，他抚摸着她消瘦、柔弱的肩，为他分担多少重任的肩，他能做的就是顺利登上皇帝宝座，为她实现对她的承诺。

"明早，夫君就要接受禅让了，兰儿，别悲伤，以后，以后我们还会有孩子。"那罗延说着谎言，宽解她的心。

"贺喜夫君，这才真是不同寻常的天籁之音！兰儿明早盛装陪同。"慕容伽兰转悲为喜，泪痕未干，眉眼春意荡漾，是一潭风光旖旎的碧波。

"不，兰儿静养风体。朝堂是男人厮杀的战场，我的女人，在后宫安心等

480.

候佳音就是了。"那罗延坚定地婉拒她的好意，替她盖好锦绣被，转身欲走，是夜，他不打算睡眠。

"夫君，夜色苍茫，不早点歇息，这是去哪里？"慕容伽兰不安地追问。她萌生失去他宠爱的危机感。那罗延得意地笑着回她："夫君还有更重要的人会见，以确保明天的禅让万无一失。"

"又是般若寺的智仙老尼？"慕容伽兰不满地向他抗议。那罗延不再过多解释，这次，慕容伽兰猜错了，他要召见上阳真人。

步出太仪殿，那罗延抬头仰视夜空，一轮银盘似的圆月高挂夜空，数粒星子闪耀出钻石般的光芒，这应当是大吉的天象了。

"端木，召上阳真人，到长秋殿！"那罗延灵光乍现，月光带给他恋旧的愁思，他想起除去慕容伽兰之外，另一位令他神魂颠倒的女子，郑宓，两人曾行鱼水之欢的长秋殿。

他对充满血污的安乐殿最熟悉，可也最为厌恶，明日的禅让如果顺利，之后择吉日的受禅之礼，不能在不祥之地安乐殿举行。这才是他要找上阳真人的目的。

那罗延骑上他的黑马，向宫内唯一种植有梧桐树的长秋殿策马前行。

前主宇文虎的后宫夫人们死的死，走的走，空出的数座殿宇，仍然安排宫女们打扫，维持昔日的华贵气息。

长秋殿的宫灯在梧桐树荫中，透出迷人的黄晕，那罗延见到亮光，翻身下马，旧地重游，耳闻不知何处传来的洞箫呜咽，他怎不想念与郑宓的激情欢畅？梧桐叶叶关情，粉面佳人不在，倘若早一日为帝王，还会留下眼见佳人诀别的遗憾？他深以为憾，未能将心爱的女人郑宓留存在世。

那罗延将马系好，走入灯火幽暗的长秋殿。

掀开珍珠帘，一位背影窈窕的佳人正在擦拭桌椅，她专注劳作的身姿，曼妙撩人，那罗延大声咳嗽，提醒她有人到。受到惊吓的佳人迅速回头，那罗延目光落在她娇嫩的面容上，心头大喜，这后宫的佳人如斯之多？

"奴婢秋月拜见大将军。"这小宫女，倒也伶俐聪慧，她反身跪在他脚下行礼，嗓音似乳燕，空灵清脆。

"秋月？好名字，你负责管理这长秋殿？收拾得不错！"

那罗延张望这殿内器皿，一尘不染，恍如重新布置过一般华贵依然，他夸奖着这勤劳貌美的小宫女。

"谢大将军谬赞，奴婢本是后宫修剪花枝的花匠，因后宫人手不够，就指派到长秋殿了。"

秋月着装朴素大方，眼神清澈，好一位不懂世故的纯洁女孩。尤其那一对清凉如黑珍珠的双眸，那罗延看得心动，他伸出手，想要去拉她，听到上阳真人与端木无极的脚步声，他缩回手，安慰自己，来日方长，整个后宫的女人，都属于他。

"大将军，急召老道，有何吩咐？"上阳真人趋身向前行礼。

"秋月，准备盘冰果，本将军要与上阳真人赏月论天下！"那罗延举手将上阳真人迎到殿外梧桐树下的石桌椅上。

"大将军，好兴致！今晚可是花好月圆夜，天象吉祥，天上诸神庇佑大将军顺心遂愿！"上阳真人喜笑颜开，双手作揖，向他道贺。

那罗延听得懂他的话里深意，师父智仙早就断言，他手掌天生王字掌纹，额头龙角峥嵘，他是天生的皇帝命，前几年是潜龙在渊，而今该是飞龙在天了。

"本将军要请教真人，这宫内的安乐殿隐藏太多鬼魂，本将军要新开局面，换到哪一座宫殿合适呢？"

"唔，老道需要望王气，大将军成为陛下，所居所行，自然需要慎之又慎，方保皇权永固！"上阳真人也不含糊，他起身，伏在地上排出阴阳八卦阵图，东南西北中，五处张望，那罗延在旁，默然喝酒等候。

"大将军，以老道所观，王气还在小迷楼方位，大将军不妨重新另起一座高楼，开启新气象！"上阳真人上下跳跃，忙活半天，气息均匀稳稳禀报。

"小迷楼是前主宇文虎要修建的行宫之地，真人，可要看仔细点，确定只能在原地重建？偌大个宫内，就无其他风水宝地？"那罗延真不情愿遵循前任的足迹，他要开辟新天地，新天下！

"大将军，老道以人头担保，唯有小迷楼有帝王紫气在流淌，并且，日渐强大，大将军，天意如此，不可违抗！"

秋月捧着酒壶，来到那罗延身前斟酒，少女的幽香飘入他鼻息，他要重建属于他家族风格的行宫，此等重任只能是宇文开担当了，他暂时不能死，擢升为工部尚书！

心念既定，运筹帷幄的那罗延精神亢奋，克制着喷涌的情绪向美人挥手："秋月，侍饮！"

第六十七章

宇文开：与黑暗同舞

一切充满变数，一切早有定数。

天下牢狱一般同，笼罩着藏污纳垢的罪恶、凶神恶煞的狱卒、臭气熏天的牢饭，充斥十八层地狱的凄苦黑暗。

宇文开与死囚同住过地牢，以为自己足够坚强，当他步履蹒跚被推搡到大理寺的狱中牢房，却被一群受到惊吓的老鼠吓晕。这些活物们肆无忌惮冲他尖叫抗议，逼迫他腾挪地盘。他鼓起勇气，费力地驱逐它们后，躺在满是尿骚味的阴暗潮湿的咫尺空地，无声流泪。

他只能适应。阿娘说过，这个世界表面是七彩炫目的缤纷万象，实则最核心是单纯的黑、白、灰。有黑暗、有光明、有希望、有龌龊、有勾当、有下流，与光明同行，也要与黑暗为舞。

阿娘。宇文开惨然苦笑，寂然呼喊，手足都被镣铐拷死，他沮丧地挥舞着手臂，发出金戈碰撞的叮当火花。

"戴着镣铐起舞，而风流潇洒不改前色的英雄，是为真英雄。"这是崔文庭的腔调，宇文开以为自己出现幻听，他抬起头，牢门大拇指粗的铁栅栏间隙，确实站着位身着黑衣的人影。

"文庭兄？"他以为最先来探视的应该是长兄宇文雄。

"开弟，受苦了。"乔装打扮成狱卒的崔文庭掀开黑斗篷的连帽，露出俊朗分明的面孔，双眸闪烁着聪慧的光，他走到铁栅栏，伸出温暖的大手，紧紧握住他，宇文开内心泛起滚滚暖流，一时哽咽着说不出话来！

"开弟，明日开审，文庭向那大将军禀报，这事看来棘手，你被诬告为泄密者，不过是安在你头上莫须有的罪名。是谁与你有深仇大恨？非要置你于死地？"崔文庭蹙眉深思。

"是，开弟也惶恐，怎么凭空飞来这场横祸。文庭兄明鉴，开弟从不愿涉足宫廷权斗，平生所愿不过成为一名有所作为的工匠。"宇文开面贴栅栏，大吐满腹苦水。

"开弟，文庭冒险前来，是想给你提出建议，万山磅礴必有主峰，那将军要稳坐皇位，势必会对宇文一脉斩草除根，你，恐怕性命堪忧。"崔文庭走近栅栏前，背对着他，似乎有不得已的苦衷欲说还休。

"文庭兄，有何计策，留得开弟性命？"宇文开追问他，阿娘说过，他是崔氏后代，紧急关头，认还是不认？

"开弟，我与你结为兄弟，你脱离宇文家族，与宇文雄划清界限，兴许能侥幸活下来。"崔文庭犹豫再三，谨慎地提出他的建议。

宇文开差点就要脱口疾呼，我就是你们崔家的后代！他控制着即将爆发的情绪，仰倒在稻草堆，强迫自己冷静思索。崔文庭是为了救活自己，采用的计策？还是故意设计离间他与长兄的关系？他猜疑甚多。

"只是这样自保，实为下策，伤害你与宇文雄的兄弟情谊。"崔文庭道出宇文开耿耿于怀的疑虑。

"有上策吗？"宇文开有气无力地问他，崔文庭怨恨长兄杀害他的阿爷，此番来见他，是安了什么心？

"上策就是舍身就义，成全英明气节，舍去性命。文庭认为，还是苟活于世重要。"崔文庭神色激昂，推翻他以为的上策。

"文庭兄，开弟感激你患难见真情的勇气，容开弟好好思索，明日再答复你。"宇文开踌躇不决，他怕死，更不甘心死，可他更恐惧崔文庭的好意，只是他离间兄弟的阴招。

"开弟，不管你做何选择，文庭都以你为荣。"崔文庭似有所觉察他的忧虑所在。他戴上斗篷帽，临别回首，冲他竖起大拇指，这是他们曾经玩耍游戏的惯性小动作。宇文开吃力地举起戴着镣铐的手，竖起拇指回应，他与他，恐怕再难回到从前的推心置腹。

一切都在变幻，亲情、友情，宇文开痛苦地蹲下身，捂面苦思。阿娘、大娘被斩首，宇文一脉，仅他与宇文雄尚存，倘若他此时背叛宇文雄，加入崔氏，事情将出现转机。可他做不到，做不到生死存亡之危，弃下一同成长的宇文雄。大丈夫行事，当断则断的道理，他都懂，懂得天下的道理，却无法知行合一，该是多大的苦闷？

他要活下去！他还有未完成的壮志，壮志未酬身先死！情与利，孰轻孰重？宇文开在睡意蒙眬中，见到期待的长兄宇文雄，他拖起他，一同闯入荒坟累累的墓地。

在阿爷宇文泽被风化的石墓碑前，宇文雄强行按住他跪在墓前，逼迫他咚咚磕下无数个头，宇文雄才将他拉起训话："你这个没德行的家伙，死到临头，还顾虑什么？活命要紧，我也代你给阿爷禀报了，阿爷不会怪罪，你就加入崔籍逃命去！"

"阿爷、长兄！恕宇文开不能遵从。"宇文开泪如雨下，杂花葳蕤，野草繁茂，一代战神阿爷的坟墓，不过是一堆黄土，一张风化黄石，寒酸简陋如此！

谁人能识英雄冢？宇文开伏在黄土上，痛哭流涕，落地为兄弟，何必骨肉亲？阿爷与长兄对他这般宽宏大量的体谅，他能说什么？唯有以泪相赠。

手臂上钻心的噬疼，迫使他睁眼，有物在蠕动，他饿得头昏眼花，凑近看清，是一只掉毛的肉老鼠正卖力撕咬他臂上肉，他恐慌地大叫着起身，这太恐惧了！不，我要离开这里！

"长兄救我！文庭兄救我！阿娘救我！"宇文开惊恐地踩脚践踏逃窜的老鼠，脚上的镣铐将他羁绊，他一头栽倒在污浊的地面，跌跌撞撞费力地爬起来，用力晃动栅栏，高声号啕："来人呀，来人呀！"

"怎么？堂堂战神的兄弟，被一只老鼠吓尿了？我呸，丢人！你哪配这个威武的姓氏？"隔壁牢房传来极为轻蔑的怒喝。

"换你来！别假装英雄！"宇文开无处发泄，向隔壁哆嗦一团的黑影嘶吼。

"我？我早被这帮吃人肉的老鼠咬断四肢了，你来看！"

宇文开睁大双眼，见到一团脸上只剩下碧莹莹如狼眼的人彘，恶心得哇哇干呕！天哪，这里是人间地狱，这一团肉球，为何还活得张牙舞爪生龙活虎？

"你是嘲笑我都活成这样，还不求死？"肉球发出骇人长啸，听得宇文开浑身起鸡皮疙瘩。

"我与往昔节节肢解时，若有我相、人相、众生相、寿者相，应生嗔恨。"

肉球的双眼忽而散发祥和的柔光，朗声背诵经书，宇文开从他身上看不出半分生而为人，惨遭酷刑的仇恨与自卑。

"原来尊者是有《金刚经》护身？"宇文开壮起胆量，阿娘常年诵读的也是此经，他并不陌生。

"《金刚经》早有开示。成佛之前，就要与魔决斗！世人愚痴，以为成佛就是流于表象的吃素、诵经、持咒，殊不知，成佛就是历经磨难，与外魔心鬼决斗！"肉球滚到他脚下，眼里有灼热的火光跳跃。

"与魔决斗？"宇文开被他当头棒喝，意识瞬间清明，原本的胆怯、恐惧被陡然升起的无穷力量与无尽勇气代替。

"我若成佛，天下无魔！"肉球发出清朗的欢呼，幻化成一道五彩光芒的青烟，升至半空云散。

"尊者？"宇文开失声惊呼，揉揉双眼，确定自己不是在做梦，地狱也有诸佛庇佑，才派尊者现身说法？

"带宇文开！"牢狱的粗吼传来，震耳欲聋。

宇文开暗自松口气，终于能见到天日了，见到光明，就有希望。他记得阿娘的话，即使身陷绝境，仍然要有斗志。

笨重的镣铐，将他的双手、双足磨损得血迹斑斑，每走一步就得承受钝刀割肉的煎熬。

大理寺的堂前，大理少卿稳如磐石坐在中央，左侧是崔文庭，右侧是面色威严的中年男子，一对精明的双眼，转动不停。他背后站立一位五官清秀的侍从，宇文开见右侧者官服的色彩与兽纹，应与崔文庭职位不差上下。

宇文开勉力下跪，疼痛使得他的动作奇缓，正欲叩头行礼，右边的人声如虎啸："大胆泄密者宇文开，心怀叵测，神情倨傲，先大刑伺候，压压你的傲气！"

"韩中书令，这样有失偏颇，宇文开本是一介工匠，不懂规矩在所难免。"崔文庭不疾不徐地扭头为他辩解。

"崔尚书，可能老夫有失公允。对付这些嚣张之徒，不执行酷刑，难以让泄密者张嘴。杨少卿以为如何？"

韩中书令的笑，明显不怀好意。宇文开昂然挺胸，抱定与外魔搏斗。

"元约以为，崔尚书言之有理。"位居中间者是大理寺少卿杨元约，宇文开有印象，杨元约的兄长杨元素，是原镇川节度使郑郤宗手下，现替代郑郤宗成为镇川节度使。

"杨少卿，此言差也，韩中书令的话有理，对待背叛者，就不能心慈手软！先打一百大板！最好打断他腰板，看他还会不会骄横无礼！"

这番穷凶极恶的话是出自韩中书令背后女扮男装的女子之口，最毒不过妇人心。宇文开从不会打嘴仗，他闭上双眼，想起肉球尊者，人承受苦难的底线，远超想象。

他咬紧牙关，臣服现实。迟缓睁开的双眼不期然与大理寺少卿杨元约双目对视，后者的眼中，似被无形力量所胁迫的后怕，终于，少卿极为不情愿地下令了。

如狼似虎的两位公差上来，左右夹攻，把宇文开打得摔倒在地，他的腰间顿有断裂感，口腔内迸裂出咬破嘴唇的血溪，但就是不出声求饶，他祈求要置他于死地的神人，尽快现身，让他痛快地接受现状。

他昏死过无数次，反复挨打，被冷水浇醒，整个人趴在堂前，全身上下血流泪泪，宇文开的双眼已红肿成细线，叫天天不应，叫地地不灵，他不能听天由命，内心尚存一线希望，他的长兄宇文雄，怎么还不出现？他相信他一定会来救他！

"宇文开，是不是你向先主陛下告密，使得慕容信柱国公被害身亡？还不从实招来？"

韩中书令厉声逼问，这天下的冤案，不就是被屈打成招？宇文开意识混沌，他的身躯已不是他的身躯，他的意识还是他的意识。长兄！宇文开拖着残躯，艰难地向堂外一寸一寸地爬去。

"杨少卿，这宇文开打死也不承认，看来应当有冤屈。"崔文庭不再袖手旁观，斟酌着词句，为他辩护。

"崔尚书，你处处维护告密者，居心何在？"韩中书令面罩寒霜，语气凌厉。

“在下只是奉公执法，不愿再见到屈打成招的冤案。再有者，韩中书令也请

楚，若要一个人去死，莫须有的罪名还少吗？”崔文庭也极激怒了，出言不善。

宇文开双眼紧闭，脑海里回忆起多年前大黑山偷听到的密谈，那两人到底是

谁？现在推断，必然是在国公慕容信与往国公曹贵，可他们都已归尘土。被抓那

晚，他无意中听见谋杀太子殿下的阴谋，他不是告密者。宇文开嘴角自冷笑。

“崔尚书，那夫人有令，若宇文开不招，直接斩首！”那语气，冰冷刺骨，毫无温度，

神思优愁中，宇文开听见女扮男装的人说话，

他人的生命如蝼蚁，对她来说。

“那夫人视百姓性命为草芥，也太儿戏了！宇文开并没服罪，就这般妄断，

难以服众。”崔文庭以手击桌，力度强大，震得桌面的笔墨砚台首跳。

“怎么，身为尚书，不忠于朝廷，而为告密者效辩，崔尚书，你已丧失作为

人臣的本分了！”韩中书令拍案而起，怒斥崔文庭。

“君以国士待我，我必国士待之。请教韩中书令，宇文开的泄密动机何

在？”崔文庭的反击，力度铿锵。

“不是每一个泄密者，都需要动机！”韩中书令冷笑着，自负之极。

“这是公然的无耻！”崔文庭悲愤大喊。

两人离开口座位，在堂上你来我往的唇枪舌战，把个大理寺少卿杨元约当是

个摆设，将审讯的大理寺当成发怨的地方。

“好了，两位大人，就别打嘴仗了，宇文开一案，就按照那夫人意思，押送

出去，即刻斩首！”女扮男装者不耐烦地劝架，来到宇文开的面前，抬起脚，碰

碰宇文开的脸，验证他的死活。

宇文开无力地睁开眼，目光落在她绣着红莲花的绣鞋上，记忆之门豁然大

开，她就是附下手脍害太子殿下的凶女，真正的害人凶手来审问他这应无罪之

人，真是清天下之大稽。

“是，他必须斩首！”韩中书令与女扮男装者异口同声，达成一致。

“我想请问在座各位，如果你们认从未做过有罪的事，那么，我就认

公差。

“且慢！你们都认为宇文开是有罪的泄密者？”崔文庭挺身而出，挡住虎狼

可对宇文开的定罪！”

大梵宫词

宇文开彻底相信崔文庭还是他的好哥哥，他剧烈地咳嗽，咳出大口血浆，场中众人，谁也不言语，他不得不佩崔文庭，以其人之道还治其人之身，只是面对狼心狗肺的人，这招也是回天乏术，对牛弹琴。

"哼，崔尚书，休得花言巧语蛊惑人心！来人，带宇文开上刑场，执行斩首！"女扮男装者，像心怀怨恨的复仇者，神态是伸出吃人利爪的猛虎下山。

宇文开听见宣布他死刑，双腿瘫软，他惶恐地望向门外，他的长兄宇文雄呢，怎么还没出现他的身影？

"开弟，真正的勇敢不是杀戮，而是宽恕。"崔文庭噙着泪蹲在他面前，从袖中扯出丝帕，为他擦拭面容上污脏的秽物。

"文庭兄，可怕的不是堕落，而是堕落的时候非常清醒。我有罪，我的罪不是泄密，我的罪比泄密还严重，我的罪就是我的姓氏！"

宇文开虚弱地挤出笑容，他比任何人都明了自己的罪名，可他坚信，他不会就此死去，坚信还有奇迹会出现。

两名肥胖凶悍的公差拖着站立不稳着的宇文开，走向刑场。

"刀下留人！"宇文开在心若死灰的绝望中走向死亡之地，当身着胭脂红袍的长兄，大开淋漓纵马到他面前时，嗓声洪亮："奉那大将军军谕，擢升宇文雄翻翻滚滚下马，快如旋风刮到到堂前，"奉那大将军军谕，擢升宇文开为工部尚书，限三月内，全面建造缮大梵宫！逾期斩首！"

"真乃苍天有眼！"崔文庭叩额相庆，不顾尚书形象，小跑着来到宇文开身旁，用力摇醒他。

"阿娘，我的好阿娘。"劫后重生的宇文开欣喜若狂地扑在崔文庭的肩上，他多想大声疾呼，但却发不出声音。

第六十八章

慕容伽兰：兰德宫

没有什么比遵循皇权之路更为迫切和困难。

慕容伽兰搬入德寿宫。后宫空出的华丽殿宇不少，她均视为不吉，只选了朴素庄重的德寿宫。

她的道场，就得有她的气派。

德寿宫的外间走廊，摆满龙泉瓷瓶种植的兰草，换走暗黑粗布帘，调以柳黄色纱帘，将多扇封闭大门改为方格落地窗，夏风和煦，日光普照，死气沉沉的德寿宫顿时焕然一新。

盛装的慕容伽兰走在宫内镌刻纹路的方块大理石地板上，多年隐忍的等待，付出亲妹妹生命的代价，最终换来她走在这权力巅峰的后宫——她已成为皇后，天下女人的至高荣誉与最高地位。

"阿爷，女儿完成你的夙愿了。大姐做不到，小妹做不到，女儿替你完成。"她跪拜在庭院，手持燃香，祭奠阿爷、阿娘。总算等到这一天了，慕容伽兰并未喜极而泣，反而是满怀虚空。

朝云告知她宇文开被夫君一纸手谕擢升为工部尚书，她极为光火，宇文开是她多年查获最大嫌疑的泄密者，怎可就此饶过他性命还获得晋升？

她身为皇后，又如何？为此连着数日，不搭理夫君那罗延，将精力用在布置德寿宫，借以遣怀。

祭拜完毕，她走向德寿宫的廊檐，涂刷朱红油漆的长廊，兰草茂盛，红栏绿意，欣欣向荣。

坐在廊栏上，慕容伽兰欣赏兰草风姿，想着这一贯性格沉闷的那罗延也不主动求和，她有她的烦忧，他如今贵为天子，往日夫妻恩情是否如一？阿爷常道国家大事，不得牵涉儿女私情。该主动示好，打破僵局？又担忧就此放低身段，形成惯式，对自身不好。左右思忖，终是主意不定。

"兰儿，你偏爱兰花，不如将'德寿宫'改为'兰德宫'？兰德清雅，君子高洁。"心念着夫君，他竟抵达身旁，慕容伽兰按捺住喜出望外的心情，面上故作矜持冷漠。

"过几日，把这地也刷上红漆，墙上涂抹用沉香与花椒熏染的颜料，兰儿为夫君霸业出谋划策，功劳甚大。"那罗延站在她身后，表白讨好。

"兰德宫？好名，兰儿笑纳。"慕容伽兰正欲跪拜行礼，他上前扶着，搂抱入他怀。

埋在夫君厚实熟悉的肩上，慕容伽兰对他的爱意加重，谁说他不善讨好人？他方才的话，哪一句不是她所喜欢听，所想要的？椒房、红漆，可是与天子同等的享用。他还是她懂感恩知情义的男子汉。

对他的怨恨，一时去到九霄云外，她拉着他的手，两人并肩倚靠走廊栏杆，惠风和畅，兰香缥缈，一时不知说什么好。

"兰儿，宇文开一事，你得站在夫君的立场考虑，杀掉他，比踩死一只蚂蚁还易，关键是，他现在还不能死，他有利用价值。孤要在三月内完成大梵宫的建造，只有他做得到！你又何必急这一时？"

"兰儿不是不通情达理，替阿爷报仇的事，憋在心底太长久了，只想立即手刃他的头颅血祭阿爷！"

慕容伽兰气得语音走调，她答应阿爷，要当上皇后，她做到了，她也答应阿爷，要替他复仇，现在疑犯已缉拿，被夫君一句话，就放走，她怎么不气呢。

"如果宇文开是被冤枉呢？"

"夫君，兰儿宁可错杀一千，也不漏掉一人！"慕容伽兰回应得斩钉截铁。阿蛮说过，阿爷曾大胆揣测，泄密者应与宇文家族有关，但不知具体所指为何人，既然与宇文家族相关，所有宇文姓氏的人，都免不了有嫌疑，为保万无一失，那就统统杀掉！

"夫君，我厌倦了隐忍。"慕容伽兰转面凝望他，无限痛楚，无尽疲乏。

"等到宇文开将大梵宫完工，再交给你处置。"那罗延意志坚定，不容商榷。

慕容伽兰爱怜地抚摸他鬓角白发，时光流年，为了保存性命，两人何尝过上几年舒心畅意的日子？逼到退无退路，天下，也侥幸横夺在手，外人谁不言传纷纷，都以为这天下从孤儿弱母手上夺得容易，可她是结结实实杀掉妹妹、外甥，背负后世的骂名。

"兰儿，天下既定，总得需要信赖的人才辅佐，方能皇图永固。上阳真人、宇文云飞这两人，是信不过了，关键时刻掉链子，何人能替代？"

那罗延的忧心忡忡，慕容伽兰感同身受。原以为坐上这皇帝宝座，便是权力无边，所有人都得听命，可同时还得提防多少觊觎这宝座的狼子野心？

"宇文云飞，这狡诈的小子，竟然将计就计，夺得美人梅雪衣芳心，杀掉尉迟公，主动请缨跑到山高路远的石头城驻扎，暂且饶他一命。"

慕容伽兰对处事行径反复无常的宇文云飞，早有防备，才将阿爷部属的旧人韩德林招来，取代宇文云飞的皇宫守卫职责。

"他跑不出我们的手掌心，权且放养他，若他不出乱子，日后，让我们的儿子去收拾他，也来得及。"那罗延握紧她的手，两人不谋而合的默契，是数年来的相知相惜。

"高成道，这个老书生，心慈手软做不成大事，念他这次拥护皇位有功，暂保他封号，不过不能重用了。"那罗延深思熟虑，朝廷老臣、新人他都既防备又启用。

慕容伽兰了解她的夫君那罗延是睚眦必报的人，高成道的女婿宇文雄，是她的阿爷仇家嫌疑人之一，遂心生一计："夫君，扳倒高成道，只需先扳倒他的女婿，就可连根拔起了。"

"现在不能动他，兰儿。天下刚稳，人心要定。"

"好，臣妾谨遵圣言，先着手清理后宫，可好？"

"清理后宫？如何清理？"那罗延一头雾水。

"夫君勿惊惶，不过是遵守我们结为夫妇时的誓约罢了，夫君还记得否？"慕容伽兰走下连廊，漫步在夏风徐徐的黄昏，风儿吹起她的黑发，头上的步摇随之轻晃，她想到十四岁时的青庐交拜，他答应她，平生与她长相厮守，只与她生子。

"兰儿，可是在考验夫君？"那罗延从后搂住她腰，附耳私语："与卿长相守，子女独与卿生育。"

慕容伽兰喜不自禁，反身回应他一串热吻："夫君果然是信守承诺的君子，兰儿必不辜负夫君所望。想来阿爷给兰儿的'斩郎刀'只怕也无用武之地。"

那罗延闻言，瞬间松开手，面皮微红："我们已有两位皇子，日后早立太位，也免去手足相残，夫君也无心再生子了。"

"夫君不必多虑，臣妾意欲整治后宫风气，后宫不必沿用设立三宫六院旧制，只余兰德宫统领，其余各殿宇改为妇德学堂，由臣妾带头，倡导命妇们熟读《孝经》，勤俭持家，可好？"

慕容伽兰早有盘算，她要与那罗延做世间一对忠贞不渝的白头夫妻，天子当以身作则，给天下男人树立榜样，家和万事兴，天下安定。

"所谓夫妇，乃为彼此补过饰非，不被外界例法束缚，理应彼此相爱，穷尽一生相濡以沫。夫君可认可？"

"是，一切全凭兰儿安排。"那罗延放任她去做。

慕容伽兰忆及阿娘与阿爷先前恩爱，后有郭氏插足，阿娘备受冷落的凄惨情形，便愤愤不平。世间男儿，对美色，少有不动心者，谁不怀有多多益善的奢望。她的郎君与众不同，怎不让她感怀动容？

宫中黄门侍儿小跑来报称上阳真人到。那罗延牵她小手入内，夫妇两人分别坐在兰德宫中堂左右椅上，形如二圣听政。

"陛下、娘娘，圣体安康，老道年岁已高，专程辞别，望陛下恩准老道归隐田园，颐养天年。"

上阳真人跪下请辞，慕容伽兰与那罗延相互对视，都觉诧异。那罗延清清嗓子追问："真人辞别，总得将段纯阳道长请入宫内，方能离去。"

"就是，这是皇宫，可不是真人想来就来想走就走的民间客栈！"慕容伽兰语气加重训斥。

"实不相瞒，老道的这位同门师宗，行踪不定，神龙见首不见尾，老道也不知该去哪里才寻得到他。"上阳真人双手一摊，颇为无奈。

"真人，等到大梵宫建造好后，再离去不迟。"那罗延语气松动，慕容伽兰了解他的夫君，不过是他的缓兵之计。

"孤正要请教真人，孤欲大赦天下，何时为吉日？"

"陛下慈悲英明，老道以为，陛下心怀天下，日日便是吉时。"上阳真人神情诚恳，双手作揖，长跪不起。

这番马屁拍得真及时，那罗延闻言欣悦，志得意满再次追问："那么以真人所看，先主宇文虎有哪些方面，值得孤借鉴？"

"陛下要听真话？"上阳真人伏地恭问。

"那是必然。"那罗延面色庄严。

"以老道所观，先主陛下强在御人有术。他处置同时犯了大错和建了大功的尉迟公大将军，方法奇特，先命人将上百匹上好的布帛压在尉迟公身上，举刀做砍头状，而在刀就快抵达尉迟公颈部时，蓦然停住。如此举刀假砍重复几次，直到尉迟公连呼饶命为止。最后，先主把压在尉迟公身上的所有布帛如数奖赏给了他，使得尉迟公对他忠诚如一。"

"那又怎样？还不是悉数成了刀下鬼？"慕容伽兰嗤之以鼻，她认为上阳真人只是会溜须拍马屁的牛鼻子老道，他没说出真话。

"娘娘明鉴，那是先主陛下的运数终结。"上阳真人面带惨容，转而向慕容伽兰磕头。

"怎么？你是断定先主命数终结，才来辅佐孤吗？"那罗延始有得色。

"是，陛下。陛下圣明，上苍诸神庇佑陛下统领万里锦绣江山。"上阳真人清气十足的童音，不由人不信。

"以真人来占孤的国运？"那罗延正色道。

"贺喜陛下，陛下的江山千秋万代，国运亨通，子孙后代连绵不绝。老道虽年迈力衰，也是志在千里，想要汲取长生不老丹，敬献陛下，吾皇万岁万岁！"上阳真人再次跪拜磕头行大礼。

欣闻此言，慕容伽兰与那罗延得意地相视而笑，那罗延心情大好，挥手示意上阳真人退下，走到慕容伽兰面前，拉着她的手，笑意絷然："孤幸得有贤后在旁，好啦，孤得回太仪殿处理政务要紧。"

"臣妾恭送陛下。"慕容伽兰喜得心花怒放，起身跪拜作别。待那罗延身影刚出宫门，即刻令朝云前去将上阳真人拦截请来，她还有要事交代。

"请教真人，兰德宫宜加些什么吉祥宝物点缀，使得皇气延绵？"

"娘娘，兰德宫正门，前需有珍珠帘，进门后有山水屏风，将皇气吸纳，定保娘娘恩宠一世。"上阳真人懂堪舆，善面相，在宫内宫外视察一圈，落座后指出要害。

　　"真人，可与工部尚书宇文开传本宫口谕，大梵宫定要规模阔丽、金碧辉煌，远超过从前宫殿数百倍。"慕容伽兰端起茶碗徐徐吹气，漫不经心道出她的心思。

　　"陛下性本节俭，只恐怪罪使其结怨天下，如何是好？"上阳真人眼神闪烁不定。

　　"历代帝王，统有离宫别馆，今天下太平，仅造一宫，何足言费？若陛下问责，本宫自有说辞，以他知我夫妇年老，无以自娱，故盛饰此宫，使我夫妇安享天年，可谓忠孝。"慕容伽兰抬起纤纤玉指，撩拨额前梅花妆，温婉道来。

　　"老道谨遵娘娘口谕。"上阳真人不再无谓抗争，领命而去。

　　"朝云，想想这后宫诸殿，哪有珍珠帘、屏风？"

　　"娘娘，就数那长秋殿的珍珠帘最好，十万粒中选出一万粒，个个大如眼球，颗颗饱满，涂成金色，用丝线穿缀极为华贵；屏风嘛，畅音阁、霜云殿、朝霞殿均有，娘娘可愿亲去甄选？"朝云对后宫财宝如数家珍。

　　"那就先去看看屏风。"慕容伽兰走出宫门，天边露出火烧云晚霞，流光溢彩，正如她的心情。

　　霜云殿的云母屏风，镌刻着高士寒梅，虽是玲珑剔透，却太过小气；朝霞殿的玉屏风，镶嵌玳瑁螺钿，不过是春花秋月的俗物；畅音阁的缂素屏风，缺乏皇家气象，倒是意外翻出宇文雄赠送慕容伽莲聘礼的卧佛像，慕容伽兰摩挲着佛像，想起已死的妹妹，不免洒下几滴伤心泪珠。莲妹，你可不要怪罪姐姐，这皇帝位置只有一个，皇后也只得一位，有你无我，有我无你。她心默念，并不内疚。

　　"朝云，把这佛像装好，派人送到宇文雄手中，就说是本宫赏赐的新婚之礼。"

　　"岂不是要他睹物思情？"朝云接过佛像，怀抱在胸。

　　"就是要他这样，任他娶了谁家女子，还得惦记着我的妹妹。"

　　"娘娘如此，当初何不成全他们？"

　　"他们命苦，有缘无分，只能来生，下一世轮回再做夫妻。"慕容伽兰面露寒冰，眼神锐利。

"朝云，走，到长秋殿去见识见识，都说这长秋殿如何如何奢靡华贵，百闻不如一见！"慕容伽兰登上步辇。

"宇文虎真会享受，这殿好不奢华绮丽。"慕容伽兰在长秋殿下辇，刚至殿外，已觉布局、风格与诸殿大不同。

"凤凰鸣矣，于彼高冈。梧桐生矣，于彼朝阳。"朝云也不禁夸赞长秋殿的梧桐有森然气韵。

夜风吹来，环佩叮当，清脆悦耳。慕容伽兰见到长秋殿前金色珍珠帘，像一道锦瑟流光的缎面，又似上天倾泻的一片朝霞，试想盛装佳人娇立珠帘后，该是何等美好？慕容伽兰撩起珠帘，手感冰凉圆润，上好珍珠，名不虚传！

"娘娘，这有屏风呢。"朝云惊喜地呼声，唤醒殿内墙角正忙活插花的一位女婢，她走到慕容伽兰面前，跪下行礼，脆生生娇呼："奴婢秋月拜见娘娘，祝娘娘凤体安康。"

慕容伽兰傲然不答，见这奴婢虽是粗布衣裳，也难掩娇艳美貌本色，不由得心生嫉妒，这后宫的奴婢也生得这般貌若天仙，难怪宇文虎会亡天下！

"娘娘，奴婢负责清扫管理长秋殿，愿为娘娘效力。"秋月不仅人生得美貌，性子也机灵。

"走一边去，别妄想攀高枝，我家娘娘是后宫之主，这后宫诸殿，全属娘娘，轮不到你来卖乖弄巧！"

朝云可不是省油的灯，在慕容伽兰身边久了，自然也学到她一二成的识人本领。

"朝云，屏风在哪？"

"娘娘，可巧了，正好是青绿山水金漆彩绘屏风两扇，色彩艳丽，灿如锦绣。"朝云在殿内的里间，欢呼雀跃。

"秋月，去把这屏风好好擦洗洁净，娘娘要带走，还有珍珠帘，找工匠来拆下。"朝云使唤着秋月。

"是。"秋月平白无故遭到一顿抢白，言行举止愈发小心。她打来满铜盆清水，挽起衣袖，露出洁白如藕一截手腕，开始擦洗屏风。

慕容伽兰对她胜雪肌肤，颇有妒意，偏巧，她手腕上戴一串五彩丝线编结的同心结与肌肤相称，引得她频频注目。

"朝云。"慕容伽兰唤过她，示意她去取秋月手腕的同心结，这同心结看着很是眼熟。

"秋月，褪下你的同心结，取下给娘娘瞧瞧。"朝云走过去，蛮横发令。

"这，这不好吧？"秋月胆怯地后退，褪下衣袖遮住同心结，不肯拿出来示人。

"哟，你这么宝贝，难不成是陛下赏赐给你？"朝云嘴上出言讥讽，冲上前，拉住她手腕一把扯下来。

"是，是陛下恩赐。"秋月哭哭啼啼跪拜在地，慕容伽兰如雷轰顶，她慢悠悠走到她面前，伸出手，作势扶起惊吓成小羊羔的秋月："你说是陛下赏赐？是宇文虎？还是陛下，他宠幸你了？"

"娘娘，是，是陛下。"秋月哭得如带雨梨花，她以为慕容伽兰会因此宽待她，慕容伽兰诡异地笑了，和颜悦色吩咐她："先起来，把屏风擦洗干净。"

"是，娘娘。"秋月赶紧起身，端起铜盆去忙碌，慕容伽兰接过五彩丝线的同心结，放在眼前仔细看，没错，是她为那罗延编织挂在他腰间用以辟邪的同心结。

"好一个口是心非的男人！好一个勾引陛下的祸水！"慕容伽兰气得浑身战栗，她狠毒地盯着秋月柔娜的身影，妒火中烧。

"朝云，速速取我的斩郎刀来。"慕容伽兰咬住唇，狠狠下令，坐在长秋殿的象牙胡床上，努力克制心潮起伏的情绪。

斩郎刀，阿爷说能斩负心情郎，他今已贵为天子，她不能斩，但是她誓要将勾引他的浪妇斩杀！慕容伽兰充满恨意地紧盯秋月背影，这小娼妇就是俘虏猎人的陷阱。

"娘娘，屏风已擦洗完毕。"秋月跪在她脚下，清澈多情的双眸带有纯真的愁绪，嫩生生无瑕疵的俏脸，真像刚剥壳的鸡蛋。慕容伽兰笑而不语，长指甲抠着桌上的沉香如意，杀机渐重，秋月似有警觉，惊恐地低头。

"娘娘，斩郎刀。"朝云双手呈给她杀人利器。

"你这个小荡妇，胆敢引诱陛下？"慕容伽兰抽出利刃，怒声嘶吼，彻底丧失理智，刺入秋月稚嫩的胸。

"娘娘，秋月贱婢已命丧黄泉了，娘娘息怒。"若不是朝云夺过她手上沾满鲜血的利刃，慕容伽兰还不会停止，她大口喘息着，朝地上血肉模糊的尸身，抬脚践踏！

"娘娘，陛下闻讯前来了。"

"那又怎样？来得正好，要他瞧瞧，他干的好事！"

慕容伽兰正在气头上，根本不把陛下放在眼里。

第六十九章
崔文庭：偏殿之喜

多年以前，崔文庭在崔府偏殿呱呱坠地。他的第一声呼喊是阿爷，按照东都城习俗，婴孩出生第一声唤的是谁，注定谁将早亡，阿爷不以为不祥，反倒宽慰众人，人，终其一生，都将离去，无所谓迟与早。

恍如隔世，阿爷与世长辞，当年的崔氏二公子，已成英姿飒爽的朝廷重臣崔尚书。

仲夏季节，偏殿迎来新生命，司空璞玉产下八斤重的大胖小子！崔文庭深藏初为人父的喜悦，慢条斯理向阿娘卢玉兰的室内缓缓慢行。

偏殿前的古柳树上，蝉鸣阵阵，热，热得人稍稍动弹，就浸出浑身汗来。崔文庭摇动手中折扇，念及刚产下孩子的司空璞玉不能吹风吃冷遭罪，阿娘卢玉兰迟迟不肯承认司空璞玉的身份，更觉内热加剧。

他将身怀六甲的司空璞玉领回崔府，自然引起轩然大波，阿娘的怒骂，长兄崔文思的冷潮热讽，下人们的胡乱猜测，他都预料到了。

跪在地上，耐心承受阿娘劈头盖脸的呵斥、长兄崔文思添油加醋的帮腔，他默然承受，保持警惕，要在恰当的时机，向阿娘提出他的想法，达到他的意愿。

"不行，你要迎娶她入崔府，除非你是安了气死阿娘的心！"卢玉兰态度断然决绝。

"阿娘，千错万错是儿子的错，念阿娘看在她腹中有孕的分上，恳请阿娘大发慈悲。"崔文庭跪在阿娘膝下，固执地恳求。

500.

"文庭，不是长兄不替你说情，你这事，办得忒不地道，整个崔府的名声都被你给糟蹋了。阿娘没处罚你，也是万幸，你还奢望什么？"崔文思挤眉弄眼在旁火上浇油。

崔文庭不予理会，自从他继承阿爷封号爵位后，长兄崔文思就视他为眼中钉，肉中刺，在利益面前，亲兄弟的情义比纸薄。

"夫人，司空姑娘有身孕，是给崔家延续代，还请夫人三思，谨慎处置。"侍女沐清出场打破僵局。

崔文庭不禁对这位面目姣好、着装朴实的女子报以好感，真正的亲人成了敌人，还不如这下人丫头有见识。

"沐清，干什么多管闲事？活腻味了？"长兄崔文思抬手给了沐清一巴掌，崔文庭看得明白，起身朝崔文思擂上两拳，兄弟二人在阿娘面前扭打成一团，司空璞玉吓得尖叫，崔散金上前劝架，卢玉兰气得扔掉桌上的瓷器，大声呼号崔如素的名字，失去崔如素的崔府乱成一锅粥！

最终结局是阿娘妥协让步，司空璞玉成为崔文庭的侍妾，长兄不服气，强迫阿娘同意他将沐清收为他的侍妾，两兄弟总算平分秋色。

司空璞玉入住偏殿，崔文庭每日早晚起居饮食过去问候，其余时间，则忙于公务。

半道上，与长兄崔文思当头撞上，他伸出双手拦住他，"怎么？要去找阿娘？阿娘老人家刚刚睡下，阿庭，你为何不与司空璞玉同房共枕呀？"

"长兄，这是文庭私事，苦苦追问有何用心？"

崔文庭甚为不满，他的长兄崔文思何时变成道貌岸然、内心阴暗的男人了？

"当然有用心！为兄就能判断司空姑娘肚里的孩子是不是崔氏血脉？文庭，这是重中之重，不能糊涂！"崔文思板起面孔，忽而变得一本正经替他这位弟弟瞎操心。

"长兄胡来！这种事岂能玩话？"崔文庭唰地收起折扇，汗水从额头滴落。

"发那么大火干啥？你打算给你们的儿子取什么名呀？"崔文思促狭一笑，旁敲侧击。

"唔，长兄有好建议？"崔文庭收起怒容，偏不上他的当。

"文庭，你变了，不再对长兄坦诚相待了，实话告诉长兄，是不是这个孩子和你根本就没有关系？"崔文思换上眉飞色舞的表情。

"长兄！别欺人太甚！"崔文庭勃然大怒，他再不表现他的愤怒，就该彻底露馅了。他能去哪？只有转身到偏殿司空璞玉的房内。

他径直掀开门帘，衣衫不整的司空璞玉正给孩子哺乳。他当即羞得面红耳赤，尴尬地放下门帘，傻傻呆立在外。

谦明信任他，才会将司空璞玉托付给他，这份信任包含他可以与司空璞玉结为夫妇，但他不会这样做，基于男人间的友谊。

"崔公子，可以进来了。"司空璞玉在内间招呼，他不能不进去。

偏殿的空间狭窄，司空璞玉衣衫的胸前有被奶水湿透的水渍，她怀抱婴孩，望着他的神色，既满含期待，又扭捏不安。崔文庭不敢与她直视，她的目光热情又大胆，直接又坦诚。

"司空姑娘，谦明留下话没有，给孩子取什么名字？"他吞吞吐吐，没话找话，伸出手，要抱抱孩子，谦明的骨肉，他乐意视为己出。

司空璞玉将孩子递给他，婴孩在他臂弯内，安静地沉睡，突然睁开纯洁的双眼，冲他咯咯咯笑起来！

"这小子！"婴孩的笑融化了崔文庭戒备森严的心，他忍不住亲吻孩子奶香四溢的粉嘟嘟面颊。

"崔公子，谦明走前，要我忘记他，就当他死了。这孩子与你投缘，他出生后，还是第一次笑呢，你是他的阿爷，理应你来取名。"司空璞玉神色凄楚，面向罗帐内，潸然落泪。

"好，是我这阿爷大意，对不住，司空姑娘。"司空璞玉满腹愁思的怨恨，弄得崔文庭大窘。

"崔浩光，浩荡光辉？你看可以吗？"想起从波涛汹涌的海路到遥远的西边取经的谦明，顿生恻隐之情，他要给孩子取个寓意吉祥的好名！

他双手高举婴孩，像手托一轮小太阳，这小子咯咯笑个不停，一股温热的童子尿突如其来射得崔文庭满头满脸！

崔文庭将孩子递给璞玉，一手撩起袖袍擦拭面上的尿液，乐得大笑："这小子，和他阿爷一样调皮！"

"我生他前晚，梦见天上一颗星辰入怀。"司空璞玉羞答答地补充。

"好兆头！那就小名'阿星'？他的征程应是星辰大海。"

崔文庭乐滋滋地盯着孩子无邪的双眼，决定好生抚育他，男子汉大丈夫，来到这世间一遭，总得轰轰烈烈干番大事业，才不枉此生为人！

"阿星，好噢，喜欢你阿爷给你取的好名吗？"司空璞玉逗弄着怀里的崔浩光，神色舒展。

"阿娘来看过你和阿星吗？"崔文庭记起最重要的事，阿娘卢玉兰的态度，决定她以后在崔府的地位。

"沐清姐姐常来嘘寒问暖，她人真好。"司空璞玉下意识回避他的问题，此中深意，不言而喻。

婴孩张嘴啼哭，怕是要吃奶，崔文庭不便久坐，刚起身，崔散金慌慌张张跑到门口，口中嚷嚷："二公子，宫中来了位姑姑，速召二公子进宫！"

姑姑？崔文庭觉得诧异，宫中一般是派遣太监公公，甚少会有姑姑，是新封娘娘身边的人？

"司空姑娘，文庭告辞。"

他匆忙向司空璞玉行礼，随着崔散金来到崔氏中堂，但见一位淡扫娥眉、姿容秀丽的绿衫宫女，焦灼不安地在台前来回走动。

崔文庭见这女子颇为面善，出于礼节，向姑姑行礼，面上波澜不惊静听下文。

"崔尚书，本姑姑奉了兰德宫娘娘口谕，召尚书即刻进宫！"她的腔调、做派，却是熟悉得不能再熟悉！所谓姑姑原来是在大理寺有过交手的女子，崔文庭深感意外，只得从命行事。

两人出府，不发一言，各自上马直奔皇宫。

姑姑带着崔文庭，经过陛下议政的太仪殿，到长秋殿下马，崔文庭刚踏步进门，便觉察气氛异常，血腥气浓烈，宫女们正在焚香驱味，皇后娘娘独自坐在胡床上，眼窝泪痕深重。

"娘娘，崔尚书到。"姑姑走近皇后娘娘。

噢，崔文庭暗自狐疑，怎不见陛下身影？莫非一向以两情缱绻著称的这对模范夫妻也有闹矛盾的时候？

"臣高成道叩见娘娘。"白发苍苍的高成道汗流浃背，颤巍巍地叩头。

"两位爱卿，免礼，快，快，出宫将陛下追回来！"皇后娘娘仓皇失措，慌不迭地下令！

崔文庭从未见过皇后娘娘失态，他与高成道急从地上起身，出殿上马，顺着朝云给他们指出的陛下出宫方位，挥鞭快跑。

"高大人，娘娘因何仅召你我二人呢？"崔文庭在呼呼风声中问他，他了解，高成道与皇后娘娘的阿爷慕容柱国公交情匪浅。

"哼，不过看你我二人嘴严实，他们拌嘴，算是家丑，愈少人知晓愈好。"高成道老奸巨猾，识破机关。

"陛下，他能跑去哪里？"崔文庭颇为担忧，前方是青山连绵、炊烟四起的田园风光，不知不觉，两人已经跑到宫外四五十里的乡郊野外。

"放心，崔尚书，他一定会回来，再如何气恼，他不会与皇帝的宝座过不去！"高成道狡猾地捻须轻笑。

"高大人，请看前面，是否是陛下？"崔文庭到底年轻，眼力好，不远处的破败老庙门口，有匹浑身血红的骏马在悠然吃草，一位身穿黄袍的汉子在呆立出神。

"是陛下无疑了！那是他的汗血宝马。"高成道惊呼。

"陛下，陛下。"两人前后高呼疾驰前往。

"陛下，何事如此想不开？难道不顾江山社稷了？"两人相携并跪启奏。

"唉，说也可羞，自古帝王，无不是三宫六院。孤贵为天子，召幸一个宫女，却被皇后刺死，连普通老百姓都不如，还不如出居民间，乐得逍遥自在呢。"一代英主那罗延仰天叹息。

崔文庭见贵为帝王的陛下也会为儿女情事烦忧，清官难断家务事，暗自警示自己，陛下的这等风月闲事还是少理为妙。

只听高成道进言："陛下错也，陛下费心费力得有天下，岂能为一妇人，把天下看轻？"

"望陛下三思，此处荒郊野外，陛下九五之尊，不宜逗留休憩，以防意外，恳请陛下速还。"崔文庭也从旁力谏。

西山落日，晚霞满天，君臣三人，相顾无言，崔文庭看出陛下无处可去的踌踏，顺势上前扶他上马，高成道在前，陛下居中，他尾随护驾同。奔驰几十里，到了宫中，已是夜半时分。

慕容娘娘浑身簇新在宫门跪地迎接，陛下目不斜视，勒马停缰，崔文庭见状，忙与高成道交换眼色，两人悄然退至远处，任他们夫妇自去和解。

"崔尚书，学着点，从上至下，夫妇矛盾都是床头打架床尾和，颠扑不灭的真理。"高成道老道地兜售经验之谈。

"多谢高大人点拨，这世间最难，不过是男女的情字，在下就怕被这情字缠上，故意躲得远远的。"

崔文庭倚靠宫墙，想起孤身取经的谦明，他曾说过，情心即道心，道心也即情心。情到心到，情止心止。修行者对情感收放自如，而红尘中的他，做不到。

"有什么好躲？躲得过去吗？年轻人，该来的就接受，该离去的也接受。"高成道噗噗吹着衣袖上的灰尘，擦拭着额头汗珠，饱经忧患的过来人语气。

崔文庭想起他喜欢过的慕容伽莲，终究成为宇文雄的女人，杀死他阿爷的仇人！他曾经恨宇文雄入骨，在终南山与慕容伽莲一席欢宴，他的心软了，也曾用计离间宇文雄与宇文开的兄弟情，料不到两兄弟情深义重，他对宇文雄的恨，逐渐在淡化。

须臾片刻，宫女过来传唤，要两人到兰德宫侍宴。

一夜欢宴，崔文庭与高成道各又婉言相劝，陛下与娘娘金樽饮酒，终于破涕为笑。

"崔尚书，宇文开建造的大梵宫由你监督，要令他加快进程，要快！"

宴罢前，心急火燎的陛下对他委以重任。

还要快？加快工程进度，意味着更多地劳民伤财，对宇文开的难度也会加大，崔文庭对宇文开能否遵照陛下诏令完成任务，有深深的担忧。

他无意中发现阿爷遗留的信息，宇文开是他的骨肉，也就是说宇文开是他崔文庭同父异母的弟弟！崔文庭方才醒悟阿爷为何要他来继承世袭的封号爵位，而不是长兄，依阿娘的妒性，长兄的鲁莽，容不了宇文开。

而大理寺的审问，他看出皇后娘娘委派的姑姑朝云用心险恶，滥用私刑，不求他有罪无罪，只要他小命的目的。宇文开最终能保住性命，与陛下要修建大梵宫有最直接的关系，大梵宫建成之后呢？他又如何保宇文开的性命？

宴罢后，已是寅时，崔文庭直接策马到大梵宫的修建基地，时间太仓促，他不能虚度或耗费分秒。

夜风像幽灵，吹得崔文庭心惊胆寒。他在黑漆漆的夜色中，焦灼地四下搜寻通往火光冲天、嘈杂热闹如放烟花噼里啪啦的方位，拍马前进，眼前的巨型宫殿雏形轮廓生龙活虎矗立在他面前，他惊讶地张大嘴，在他的记忆里，这里是出过火灾现场成为废墟的小迷楼，曾经荒芜被人弃如敝屣的荒凉之地。

他的弟弟宇文开不声不响创造了一个伟大的奇迹！

"宇文开！宇文开！"他亢奋不已，骑马冲进现场，在堆满三五丈巨石、几十围大木的缝隙间，数万名面黄黑瘦，仅用破烂布条包裹下半身的工匠，正有条不紊地卖力劳作，茫茫人海，哪里见得到宇文开的身影？

他下马对正在一尊石像上雕刻狮子的石匠，大声问："你们的宇文尚书呢？"

那人转过脸，是位独眼工匠，他指着自己的嘴，呜呜呜发不出完整字句，原来是个哑巴。崔文庭失望地循着人头找，这里没有白昼黑夜，只有劳作、劳作、劳作！

他穿着整洁华丽的官服，惶恐不安地走在这些形似赤身裸体、散发汉酸臭味的工匠群中，他不敢想象，文弱的宇文开如何能指挥这帮野蛮的乌合之众？

迎面走来一位披着棕色斗篷的年轻人，同样地面黄黑瘦，五官眉目像是宇文开。

"开弟？"崔文庭欣喜地站到他眼前。

他双眼通红，咧嘴笑着，露出洁白的牙，手指举向他的喉结，摆摆头，上前热情地拥抱他。崔文庭紧紧抱住他的兄弟，他背上肋骨暴突，咿咿呀呀地发出含混不清的词语，他心下一沉，莫非他也成哑巴了？

宇文开身旁一位侏儒样的工匠开口说，"宇文尚书连日不停地指挥督工，他的喉咙撕哑，已经说不出话来了。"

"开弟。"崔文庭痛苦地低喊，为了活着，太不容易了！

宇文开摆摆手，表示不在意，拉着他，兄弟俩穿过嘈杂的工地，来到外边僻静的沟渠旁，面对面蹲在地上。

"陛下要我来下令，你还得加快进度，开弟，你怎么能办得到呢？"崔文庭双手抱头，困惑无奈。

宇文开听懂了，他神色冷酷地点点头，伸出食指指向沟渠的上游，崔文庭顺他的方向望过去，工匠们正面无表情抬着一具具尸体丢入沟渠内，他以为在掩埋，不，他看清楚了，不是掩埋，是直接将尸体变成奠基石，上面压上大石板，层层累积，崔文庭顿觉毛骨悚然，他不禁冲他的兄弟宇文开咆哮：

"你怎么能这样？草菅人命？"

宇文开沉着冷静，拉着他的手，在他掌心一笔一画，写下一个活字，一个快字，布满血丝的双眼，毫无温情地直视着他。

崔文庭注视着宇文开的眼，这双曾经清明澄澈的双眼，已被鲜血蒙蔽，他的心有被烈火炙烤的灼痛，痛苦分两种，一种让你更强大，一种让你更无能。为了活下来，宇文开选择变无情、强大，他这样为他的兄弟辩解。

陛下要求的快，他做得到，招募大量的匠人，不过，也会死更多的人。宇文开在他手心里飞速写出他的意思。崔文庭愈看愈后怕，他悔恨交加，接受陛下要他监工的诏令，让他也成为杀人如麻的帮凶之一。

宇文开继续在他手掌写道，他此生可以不结婚、不生子，但一定要修建出名垂青史的宫殿，完成阿娘的遗愿。

他活着，就是成为一名工匠？宁愿放弃俗世红尘的人间享乐？崔文庭此时才清醒，从始至终，他都不了解他，真实的宇文开，他的欲望，可不是文弱书生的欲望，他真的与崔氏有血亲关系？他也无战神刚勇的风范，也许，他不属于崔家，也不属于宇文家，他只属于他自己，归根他阿娘。

宇文开最后指着自己的胸膛，夜空与黑地，陛下居住的太仪殿，神情认真写道："就算要出卖灵魂，也要找个付得起价钱的人。陛下付得起，我愿把我的灵魂卖给他。"

"出卖灵魂？可你知否？你修建完大梵宫的那日，恐怕也是你的死期。"崔文庭高声提醒他，陛下能买你的灵魂，自然能要你的命。

宇文开保持缄默，深情凝望前方的大梵宫，他对它投入浸如骨髓的情意，如生命宝贵的希望。崔文庭揣摩他的心思，只要能修建好，便死而无憾？崔文庭做不到，怎么可能死而无憾？没有谁会如斯伟大。除非是圣贤，可这世间，真有圣贤存在吗？

崔文庭读不懂宇文开的哑语，他不惯与宇文开这样费力地沟通，他多想他能像从前在大黑山打猎喝酒的样子，对了，他记得宇文开最爱喝梨花春！

络绎不绝的工匠不时请示宇文开，中断两人的交谈，崔文庭决意离去，他要找名医来治疗宇文开的喉疾，带上纯酿的梨花春与他醉饮三天三夜！

他解下自己的锦绣斗篷，为宇文开披上，宇文开拴好斗篷绸带，泪花闪烁，崔文庭朝他挥手作别，心中酸楚难当，这位没人疼爱的弟弟呀，命苦！

回到崔府，天色微明，崔文庭的身上被汗水、灰尘、碎屑涂满，他刚踏入房中，正欲更衣，不想却见到长兄崔文思安然坐在他的桌前，跷起二郎腿，神色怪异望着他。

"长兄，好端端的，你跑我房间干吗？也不吱声，怪吓人。"崔文庭脱下官服道。

"文庭，你为何要这样做？是沽名钓誉吗？"崔文思理直气壮质问他。

"沽名钓誉？长兄以为文庭是贪慕虚名的人？"崔文庭以为他是知晓自己与司空璞玉的事，心虚着诘问。

"唉，谁知道你怎么想？那司空姑娘，禁不住我的游说，什么都给我说了。"

"说什么了？有什么好说呢？"崔文庭紧张地观察长兄神态，不敢确定他是真知晓还是假知道。长兄心存嫉妒阿爷将封号全数给自己继承，而他什么名也没捞到，仅仅获得数百亩田地，他很不满足，阿爷在时，还装成是心胸宽广的憨厚纯良长兄样，阿爷过世后，便见缝插针折磨他。

"你就真以为自个聪明过我？我承认，读书，我比不上你，用兵，我也比不上你，吟诗作画，我更不能与你相提并论，但有一样，你比不上我。"崔文思从椅子上起来，手中摇动他的折扇，背对崔文庭，语气平和。

"哪一样？"崔文庭停住更衣。

"厚颜无耻，不择手段。"他态度傲慢不恭告诉他。

"你把司空姑娘怎样了？"

崔文思蓦然痛悟，长兄是从不屑遵守底线的人。高山仰之可极，深渊度之可测，长兄之心难测。愚蠢！他失悔地捶打墙面。

第七十章

那罗延：龙者位

诺言会褪色，美人会迟暮。

夜幕会降临，天地同理。

紫纱八角宫灯映照下，楠木匾上"兰德宫"的鎏金篆刻，便有几分天上人间之感，着装艳丽的宫娥们鱼贯出入，那罗延整整龙袍襟角，迈上涂满红漆的台阶，要与他的妻子共享夜宴，不，是他的皇后慕容伽兰，他终于如愿以偿当上皇帝。

新上任的太监公公为他掀开珍珠帘，他瞥见这金色珍珠帘与长秋殿的何曾相似。眼前浮现无辜惨死的秋月，他停下向前踏入的脚步，对皇后，无端生出些许恨意。

他要的是无所畏惧的自由，曾经认为登上皇帝宝座，就可实现他的欲望与自由，恰恰相反，手握权力的滋味并非每口都甘美酥心，他的权力对他也是道德的枷锁。

不过宠幸了秋月，可怜的小宫女，就被皇后生生刺死！那天，他见到坐在胡床上的皇后娘娘，他那么宠溺的温顺小妻子，化身为浓妆艳抹的母夜叉，凶狠毒辣到他难以置信！

"那罗延，你不是答应我，一生只爱我一人？你现身为天子，天子无戏言，你怎么可以违背诺言？"她头上珠翠乱晃，举起血淋淋的斩郎刀指向他，凶神恶煞地质问道。

又是斩郎刀！专斩他心仪的女人，先是美丽绝伦的郑宓，接着是年轻稚嫩的秋月！

虽已过去数月，他仍心有余悸，刻意冷淡她。不是她屡屡示好，他也不会主动登门。

"陛下，一定要臣妾亲自跪迎才肯进来吗？"

他正抬腿犹豫，皇后带着粉面娇笑来到他跟前，她热衷的桃花妆，永远别出心裁，用了金粉点缀花蕊，娇艳中自有一番令人望而生畏的贵气，她是皇后，必然是百花中的魁首。

"孤只是头晕，想透透气再进去。"

"别让美人等得心灰意冷。"

美人？什么美人？他正为她的小肚鸡肠烦恼呢，怎么，她转性了，懂得主动以美人相送博取他的欢心？

"兰儿，你真是孤的贤后。"那罗延转而精神大振，亲热地牵住她的白嫩玉手，同步入室。

"贱婢秋羽叩见陛下、娘娘。"

一位身穿白羽轻裘的年轻女子，动作青涩跪在他面前，扬起水灵灵的小脸，美丽的双眸，充满纯洁的希冀。

去了一个秋月，来了一个更为鲜美的秋羽！那罗延顿时欣喜若狂，赶紧弯腰，将佳人扶起来，攥紧她柔若无骨的小手不放。

"皇后胸襟宏大，不愧是母仪天下的皇后。"他对皇后由衷地送出他的溢美之词，他是九五之尊的天子，岂能没有三宫六院呢？

"陛下，臣妾特意为陛下搜罗的秋羽，出身官宦世家的崔氏，精通琴棋书画，品性温良，望陛下喜欢。"

皇后慕容伽兰曲意奉承，双手举起琉璃玉杯。

那罗延不是圣人，眼见自己个性强势多年的小妻子在权位下，也要屈从谄媚，他好生得意。

"贤后苦心，孤最能体恤，来，与孤痛饮合欢酒！"

那罗延将皇后娘娘抱在怀中，与她共饮合欢酒，对她的煞费苦心，也得有所奖励。

"陛下，兰儿就一个要求，不可与她们生育龙子，这是陛下当年对臣妾的承

510.

诺。"皇后咬住他的耳，声音和她的牙齿一样锋利。

"孤遵守承诺。"他吻着她的额头，回答得坚决郑重。谁也不愿见到自己的骨肉手足相残，攀登皇位的杀戮无情，他已亲自尝试过。再者，在这广袤的土地上，他唯一能最终信任的只有皇后。

"陛下，那臣妾先行告退，留下两坛百花精酿的合欢酒，请陛下畅饮。"

他无意瞥见皇后的眉宇间，有隐忍的失落，很是解气，他受制于夫妻恩爱的束缚，总算能够心无旁骛地花天酒地了，忙乐不可支招来轻灵如天鹅的秋羽，坐到他怀中。

"秋羽，你是清河崔氏哪一宗？"他爱怜地揉捏她着了洁白罗袜的弓鞋，该不会与尚书崔文庭有什么亲情瓜葛吧？

"回陛下，崔尚书是贱婢的堂兄。"秋羽生得小巧玲珑，像是玉石雕刻有灵性的仙女。

"哦，你都读过些什么书？"那罗延不由得感叹。女子无才便是德，身边的皇后就是读的书多，太会耍心机，他其实希望这位小小的秋羽不求甚解最好，女儿家，不必活得张牙舞爪，让男人畏惧。

"回陛下，阿爷教导，天下何物最善，可以益人神智？莫若书籍。秋羽愚笨，只读了《孝经》，阿爷不让看《诗经》，说是靡靡之音，女儿家不宜。"秋羽黑白分明的双眸，天真无邪。

"你阿爷教女有方，他是什么官衔？"那罗延对《孝经》最为推崇，这秋羽的阿爷是何方高人，能如此教女。

"陛下，阿爷只是开棋馆与人下棋决胜负的市井小人物。"秋羽为她阿爷的卑微身份，似有自卑。

"你不向孤讨要一个官衔给你阿爷？"那罗延故意逗她。

"阿爷嘱咐过贱婢，不要什么赏赐，当年慕容柱国公救过阿爷的命，阿爷送我入宫，就是报恩。"

秋羽的一席话，触动那罗延的心，天下之大，权力之贵，也抵不过情义之重，他今天所享用的一切，若不是慕容柱国公的成全，皇后的谋划，皇后妹妹的牺牲退让，他哪能坐在上面呢？一时之间，对皇后的剽悍、泼辣、无情手段统统释然了。

"孤封你为秋羽夫人，入住长秋殿。"

那罗延搂抱着秋羽，寻欢作乐，纵情逍遥的心，消退过半。

"谢陛下恩赐。"秋羽欲起身下跪拜谢，被那罗延拖住，他不愿她驯化成太懂礼仪的宫中夫人。所谓尊重，也不是形式上的尊重，保留在内心反而珍贵。他更想她是爱慕他，像妻子爱慕夫君的自然爱慕。

"与孤同饮合欢酒。"他的柔情，也有无法抗拒的威势。

"陛下，崔尚书有急事求见，见还是不见？"端木无极碎步疾来，跪地请示。

"这小子，可真会挑时间，要他进来。"

那罗延的唇恋恋不舍从秋羽滚烫柔嫩的双唇移开，拍拍秋羽的脸，秋羽会意，忙坐回她的位置，在下臣面前，君王理应有君王的威严。

"臣叩见陛下。"崔文庭急匆匆进殿，宫内烛火微弱，他几乎撞翻身旁的酒坛。

"何事令崔尚书这般失态？"那罗延素来清楚他的同窗崔文庭是谨小慎微的人，定是有什么大事？

"启禀陛下，大梵宫已大功告成。"崔文庭的话带有压抑不住的哭腔。

"咦，大喜事！尚书是太过激动了吗？"那罗延兴奋地站直身躯，亲自走到崔文庭面前，搀扶他，要太监拿酒赏赐他。

"陛下，臣是因为工部尚书宇文开而难过，他这数月来，没日没夜，带领数万工匠建造，累得几乎丧命。"

崔文庭这样一位堂堂正正的大老爷们，说到后来，竟然放声痛哭！

"那孤好好重赏他就是了，爱卿，别像个娘们，起身与孤共饮同舞！"

那罗延极为亢奋，不顾君臣有别，忘形地拉起崔文庭的胳膊，原地起舞，秋羽则敲打羯羊鼓为他们助兴。

三圈舞罢，那罗延也是热汗淋淋，秋羽递过锦帕给他擦汗，他喘息未定，见崔文庭还是欲言又止的不痛快样，忍不住把湿透的手帕照面扔过去，假装怒喝："崔文庭，还心神不宁干什么？"

"陛下，臣有不情之请，望陛下恩准。"崔文庭稳稳接过手帕，再次跪在地下求道。

"是为宇文开？"那罗延猜准他来意。

512.

"陛下圣明，宇文开为修建大梵宫呕心沥血，三月工期，没日没夜劳作，他已成半个废人，说不了话的哑巴。望陛下开恩，赐他一块免死玉牌，为国家保留人才。"

"免死玉牌？"那罗延虽有酒意，也持有半分清醒，皇后一心要赐死宇文开，崔文庭苦心要保宇文开，他该如何做抉择？他要当贤明的君王，不是昏庸的帝君，当以国家利益为首要。公道而言，宇文开是国家不可多得的栋梁之材，若照顾皇后私情，就此失去一位利于国家的人才，岂非糊涂君王？崔文庭百般保护宇文开，也算是为国家大义。

"好，孤答应你，赏赐宇文开免死玉牌，这玉牌是见天不杀、见地不杀、见铁不杀！"

那罗延下令端木无极，即刻在库房搜寻一块玉石，正面刻印"御赐免死"，背面刻印"见天不杀、见地不杀、见铁不杀"，赏赐宇文开。

"陛下贤明，陛下圣明！"崔文庭连连磕头，喜不自禁举杯痛饮。

一坛酒过半，那罗延就令回太仪殿，秋羽侍寝，纯情青春的秋羽带给他另一种征服的快意，事后，秋羽下床，端起床头的玉碗，饮尽碗中汤汁。

"是皇后送来的？"那罗延佩服自己的妻子，做事缜密，毫不手软。

"是。"秋羽的神色毫无忧伤，她还是太单纯，不懂宫内女人的生存法宝，不是依附丈夫，就是依附儿子。

"秋羽真听话，好，睡觉吧，孤明日还要早朝。"

白玉堂前绿绮疏，烛残歌罢困意来。那罗延体力耗尽，疲惫得很。

次日晨起，那罗延兴冲冲奔赴大梵宫现场，此宫的奢华绮丽，胜过太仪殿数百倍，令他火冒三丈，当场怒责："崔文庭，大乐必易，大礼必简，你怎么监督的呢？孤知道你做事谨慎，才委派你监督，怎得耗费如此巨大，不是令孤落个穷奢极欲的昏君骂名？宇文开呢，罪当万死！"

他愤怒地挥洒龙袖，阔大的衣袖不时甩在端木无极身上，怒气冲冲在大梵宫外走来走去，就是不肯踏入半步。

崔文庭、宇文开、上阳真人三人齐刷刷跪在他脚下，只是一味磕头谢罪。

"上阳真人，你来说说，这个宇文开、崔文庭是不是故意要孤背负骂名？"

"陛下，此言差也。这大梵宫再怎样奢华，也比不上未央宫吧？那后世史家，谁人会骂一代英明的帝王汉高祖，负责建工的名相萧何？"

"噢，如此说来，这大梵宫还不算太过奢华无度？"将自己与汉高祖相比，那罗延心下稍感满足。

君臣五人走入大梵宫，宫殿内，地上铺的是从昆仑山开采的青玉，自带清冷幽光，雕刻着祥云，蕴含厚重的王者贵气。

那罗延踏脚上去，暗中与安乐殿作比较，不比不知高下，这大梵宫气势恢宏，用材考究，雕梁画栋，无不美轮美奂，那罗延愈看愈爱，他抬头望前，最迫切要见的是龙椅，属于他独一无二的帝王宝座。

"陛下，宇文尚书为了龙椅，可说是呕心沥血。"崔文庭察言观色本领非凡，趋步走到他面前，引领他。

那罗延保持帝王的威严与神秘不语。见到了！他见到了！白玉栏杆上的宝座，既威严又孤独，既显赫又务实，既骄傲又谦逊挺立在高处，安然等候他。他内心掀起惊天波涛，可面上纹丝不动。

皇者之位，王者宝座，理应保持孤单如隧道的决绝，哪怕群鸟飞离。

那罗延步伐沉重，如登千里高山。

"这把宝座，取名为'龙者位'。"

用上千斤的纯金与纯色青玉镶嵌而成的巨大宝座，椅扶手是两条昂首挺立的金龙，两条金龙的双眼分别用了红宝石，象征着"飞龙在天"的气宇轩昂，椅背用了"亢龙有悔"的反思，椅坐垫是"潜龙在渊"的蓄势待发。

崔文庭神情激动，细心解答。

"陛下，宇文开学识渊博，构思巧妙，他将《易经》精髓运用到'龙者位'上，群龙有首，大吉大利，请陛下坐江山，葆千秋万代基业。"

上阳真人先发制人的贺词，那罗延听得心潮起伏，他为什么是皇帝？无他，就是因为他拥有坐在这把龙者位上的权力，等同手握帝王权力象征的玉玺。

"宇文尚书实乃国家不可多得的人才，理应重赏！"那罗延转身冲黑瘦成条干柴棒的宇文开笑着肯定。

宇文开口不能言，双眼含泪，面色涨得红紫，跪下磕头谢恩。

"端木，速召太医，给宇文尚书诊治喉疾，定要治疗痊愈！"那罗延环顾宫内所有，无不悦目娱心，气势磅礴。

"真人，你以为这天下，走到哪一卦了？"那罗延坐在龙者位上，眼前天地大不同，他居高临下俯瞰众生。

"回陛下，是未济卦。是万物初始更新的卦象。"上阳真人恭敬作答。

"是吉兆还是凶兆？"那罗延对《易经》一知半解，也无精力深究其中，他只要结果。

"陛下，事物发展的规律，难以用吉或凶相一概而论，万事万物，吉凶相伴。天象走到这个卦象，是上好卦。"

"真人，你就长留宫中，孤少不了你。"那罗延对上阳真人不愿放手。

"陛下圣明，人心归拢，天下大势汇合，此一时彼一时，现在不是老道的时代，自有后来人。"

"段纯阳何时现身？"那罗延不再强人所难。

"陛下，少安毋躁，三日内，段纯阳必定现身，效力陛下，他的时运到了。"

上阳真人说得信誓旦旦，那罗延也深信不疑。

君臣四人，陷入沉默，那罗延举目四望，宫内的门柱、顶上盘旋着栩栩欲活的金龙，他坐在其间，也生幻觉，仿若自身也是金龙幻化。

"陛下，这大梵宫修得如此富丽堂皇，分明是宇文尚书居心不良。"皇后耳目灵通，她率领朝云、阿蛮气焰嚣张走入宫殿，气冲冲走来，兴师问罪。

"皇后，不以为这座大梵宫与孤很是匹配吗？"那罗延对她自作主张的蛮横开始反抗。

"陛下，民间怨声载道，说这大梵宫下埋了说不清的冤魂野鬼，你还住得下？"

皇后有备而来的一番冠冕堂皇说辞，听得那罗延君颜尽失。他不愿当面得罪她，将目光落在崔文庭身上，要他来应付。

"回陛下、皇后娘娘，工程浩大，工期紧迫，死伤人员，实乃正常，就连工部尚书宇文开因拖延喉疾落下半个残疾，臣以为，不可因噎废食来算罪过。"崔文庭不慌不忙的作答，硬生生呛住了皇后来势汹汹的问责。

"噢，宇文尚书难道成了哑巴？莫非是伪装，好逃脱罪责？"皇后走到跪在地上形色枯赢的宇文开面前，出言不善地讥讽。

"够了，皇后，孤已赏赐宇文开免死玉牌，见天不杀、见地不杀、见铁不杀。"那罗延决定要制止她神经质的发作。

"你，你又失信于我！"皇后当场气结，泪珠飞涌。

"众位爱卿退下。"那罗延就怕她施展女人的闺房武器，撒泼、要赖，贻笑大方。

"兰儿，来，坐上来。"

那罗延腾挪出龙者位另一半空位，示意端木无极将宫门关紧，整个宫殿，只剩下夫妇两人。

这把权力之椅似乎有令人愉悦的魔力，皇后走到他的身旁，坐在龙椅上，神色欣喜，泪珠收缩。

"真正的强者，不是杀戮，是宽恕。你为何耿耿于怀索取宇文开的性命？"

"兰儿是尽孝道，为父复仇，错在哪里？"皇后固执己见。

"是啊，你没错，可你现在身为皇后，就得抛开儿女、亲人的私人恩怨，以大局着想。"

"何为大局？"

"国家利益，百姓安危。"

"区区一个宇文开，哪里就影响到国家利益了？四海之内，人才济济，难不成就找不到一位比宇文开高明的工匠？"皇后不以为然。

"兰儿，这里是大梵宫，我们的梦想之宫。你我刚坐上龙者位，天下唯我独尊的龙者位，要想持久坐稳，就得不计前嫌，学会与敌人言欢。"

那罗延看得深远，他不是妇人，不会有妇人之短浅眼界，更不能受妇人所左右。

"夫君，那你答应兰儿的事，如果都不兑现，让兰儿日后如何信任？"皇后的话原是事出有因。

那罗延垂首沉默，他确实对她承诺过，他没必要解释，花半秒钟就看透事物本质的人和花一辈子都看不清事物本质的人，注定是截然不同的命运。

兴一利必生一弊，世间法使然。

"你把大象留在家里，却跑到森林寻找它的足迹。"皇后突然轻笑着，晃动双腿，像在花园荡秋千，似回到从前初嫁人妇的模样。

　　"夫君答应兰儿，宇文开的性命，交给你处置。"那罗延感念她的苦心，思虑再三，只能妥协，夫妇也好，君臣也罢，不过是此消彼长的博弈，有博弈，就有输赢，有输赢，就有妥协。

　　"夫君肯让步，兰儿也明理，那宇文开就暂且留着，什么时候，兰儿想要他命，就把他脑袋割下来，血祭阿爷。"皇后此时兴奋得像淘气的姑娘。

　　"兰儿大度，当今天下刚定，百废待兴，正是用人之际，宇文一族，功不可没。"

　　那罗延心事重重，遥望前方，四海之内，全在他一己之手，顿感肩头责任重大。

　　"高成道那老头，饶不得。"皇后无故又出一言。

　　"高尚书固守传统礼仪，算得上读尽圣贤书的人，他哪里得罪你了？"

　　"想我堂堂国母，他竟以普通妇人来称谓，他不是藐视兰儿吗？何止只藐视兰儿，就连兰儿的夫君，我的陛下，也一并藐视了呢。"

　　那罗延想起，那只是高成道劝他返宫的说辞而已，谁会用心记住？这皇后的耳目，当真是只手遮天了，防不胜防。

　　"皇后，孤刚夸你大度，怎么又不长记性？"他捏着她的鼻头，假作训话。

　　"陛下，高尚书不过一介满口仁义道德的伪君子，兰儿说说罢了。"

　　"唔，兰儿不愧是最聪慧的皇后。"

　　"夫君，兰儿定要与你一同开辟皇图永固，长治久安的天下盛世。"

　　受到夸赞的皇后，娇笑不已。

　　那罗延揽过她的肩，眯缝双眼，深以为傲。

　　"好，那就从大梵宫开始。"

　　正午艳阳，烈焰高照，穿透琉璃窗，将两人身影与大梵宫溶入七彩祥云的幻化中。

　　唯有天上诸佛深知，希望的本质，不过是欲望的纷争。

后　记

每一本小说的缘起，自有它命定的征程。

若非灯下重读南北朝时的著作《洛阳伽蓝记》，令我对这个充斥着征战、血泪的时代产生狂热的迷恋，便不会激发创作《大梵宫》的构思冲动。

这同样是风云际会、英雄辈出的朝代，透过历史迷离的斑驳纹路，隐约能听见他们奋力搏斗的呐喊与绝地挣扎的悲鸣——与身处当下的我们为了梦想实现的步步前行何其相似？

幸运的是，我们头顶的苍穹诸神从不会对身陷困顿、依旧不懈努力的人们视而不见。

我见君来，顿觉吾庐，溪山美哉。在创作过程中，尤为感谢亦师亦友的夫君吴强博士付出的心血与行动，他的有力支持，是我坚持完成的最大动力；还有那些多年来默默支持我的朋友及家人们，使我感受到生命中情谊的珍贵与美好；更要感谢四川文艺出版社的张庆宁女士及她的团队成员们，为《大梵宫》面世所作出的辛勤劳作。能和你们结伴同行，乃今生之幸。

人需要经历毕生的努力，才能获得最高的洞见。感恩此生，我因文字结下的种种善缘，唯愿精进并勇猛前行。